KB108532

건축과 교수는 이렇게 집을 짓는다

건축과 교수는 이렇게 집을 짓는다

발행일	2017년 12월 06일			
초판 5쇄	2019년 3월 27일			

지은이	김 선 규			
펴낸이	손 형 국			
펴낸곳	(주)북랩			
편집인	선일영	편집	오경진, 강대건, 최예은, 최승헌, 김경무
디자인	이현수, 김민하, 한수희, 김윤주, 허지혜	제작	박기성, 황동현, 구성우, 장홍석
마케팅	김회란, 박진관, 조하라, 장은별			
출판등록	2004. 12. 1(제2012-000051호)			
주소	서울시 금천구 가산디지털 1로 168, 우림라이온스밸리 B동 B113, 114호			
홈페이지	www.book.co.kr			
전화번호	(02)2026-5777	팩스	(02)2026-5747	

ISBN	979-11-5987-887-9 03810(종이책)	979-11-5987-888-6 05810(전자책)

잘못된 책은 구입한 곳에서 교환해드립니다.

이 책은 저작권법에 따라 보호받는 저작물이므로 무단 전재와 복제를 금합니다.

이 도서의 국립중앙도서관 출판예정도서목록(CIP)은 서지정보유통지원시스템 홈페이지(http://seoji.nl.go.kr)와
국가자료공동목록시스템(http://www.nl.go.kr/kolisnet)에서 이용하실 수 있습니다.
(CIP제어번호 : CIP2017033110)

본 저서는 2017년도 강원대학교 대학회계의 지원을 받아 수행한 연구임

(주)북랩 성공출판의 파트너

북랩 홈페이지와 패밀리 사이트에서 다양한 출판 솔루션을 만나 보세요!

홈페이지 book.co.kr • **블로그** blog.naver.com/essaybook • **출판문의** book@book.co.kr

건축과 교수가 직접 도전한 **상가주택 완공기**

건축과 교수는

이렇게

집을 짓는다

김선규 지음

북랩 book Lab

건물(建物)의 진면목(眞面目)

선사시대부터 집은 무수히 지어져 왔다. 아마 밤하늘의 별들만큼이나 많은 수의 집들이 지어지고 사라지고 다시 지어졌을 것이다. 살기 위해, 저장하기 위해, 전쟁하기 위해, 피신하기 위해……. 집을 지은 목적은 무수히 많을 것이고, 집의 형태도 무수히 다양할 것이며, 집들은 무수히 많은 사연들을 담고 있을 것이다.

중세시대까지 집 또는 건물들은 마스터(Master)라고 하는 장인(匠人) 또는 도목수(都木手)에 의해 설계되고 지어졌다. 그래서 그 건물을 지은 내역은 어느 왕이 재임하던 시대가 전부였다. 건물은 오로지 왕이나 영주, 세습귀족들의 작품이어야만 했다.

르네상스시대에 접어들면서 건물을 설계한 사람이 기록되기 시작했다. 미켈란젤로가 성 베드로 대성당을 설계했다는 기록이 그 예이다. 그런데 설계한 사람이 직접 지었다는 기록은 없다. 누가 지었는지 알 수 없는 것이다.

근대사회로 들어서면서 건물을 설계한 사람과 시공(施工)한 사람이 뚜렷하게 구분되기 시작했다. 건물의 설계는 누가했고 누가 지었는지가 기록에 남기 시작한 것이다. 현재는 건물의 설계자와 시공자가 완전히 구분되어 기록으로도 명확하게 남겨진다.

그런데 건물을 보면 우리는 그 건물을 설계한 사람만 떠올린다. 그것은 외관이나 내부구조와 같은 건물의 미학적이며 기능적인 면만을 강조하기 때문이다.

그런데 그것이 건물의 진짜 모습은 결코 아니다. 어쩌면 본래 모습을 짙은 화장으로 감춘 피에로의 모습일 수도 있다.

건물의 진짜 모습은 그 건물을 짓는 과정을 알았을 때 더욱 선명해진다. 건물을 지으며 발생했던 수많은 일화, 피와 땀이 얼룩진 기록들을 통해서 그 건물의 진정한 의미가 더욱 뚜렷해진다. 지금도 건물을 짓는 과정은 매일 기록하는 작업일지, 또는 완공된 다음에 발간하는 건설지를 통해 확인할 수 있다. 그런데 대부분의 작업일지나 건설지들은 무미건조한 나열식으로 기록되어 있다. 이런 기록들만으로는 건설 과정의 땀과 호흡, 그리고 진정한 숨결을 느낄 수 없다.

건설현장의 일화들이 소설 형식을 빌어서 발표되는 경우는 간혹 있다. 그러나 건물을 짓는 전체 과정이 생생하게 기록된 사례는 찾아보기 힘들다. 생생한 기록이 남아 있지 않은 여러 이유가 있을 것이다. 그중 하나가 건설기술자들이 건설 과정을 적나라하게 표현하는데 익숙하지 않기 때문이다.

물론 이 책을 쓴 저자(著者)도 전문작가는 아니다. 학창시절 문학 서클에 잠깐 가입했던 것이 전부이다. 그럼에도 이런 기록을 남기려고 시도하는 것은, 건물의 진면목(眞面目)은 건물을 짓는 과정에 들어간 생생한 모습, 땀과 눈물에서 드러난다고 생각하기 때문이다. 그리고 건물을 짓는 과정을 알게 된다면 건물을 보는 시각이 달라진다는 믿음 때문이다.

건물은 똑같은 것이 하나도 없다. 공장에서 자동차나 TV를 만들 듯이 똑같이 찍어낼 수 없다. 모든 건물들은 나름대로 자기만의 이야기를 갖고 있다. 따라서 각각의 이야기를 알아야만 건물의 진짜 모습을 제대로 바라볼 수 있는 것이다.

이 책의 대상인 SMJ House는 수많은 건물 중에서도 아주 작은 상가주택에 불과하다. 그러나 저자는 건물을 짓는 전체 과정, 즉 대지를 구입해서 입주하기까지 겪었던 일화들을 사실적이며 감성적으로 표현하려고 노력했다. 이러한 시도는 건물을 바라보는 시선을 좀 더 깊이 있게 만들고, 상가주택을 짓고자

하는 분들에게 미흡하나마 도움을 줄 수 있을 것이다. 또한 저자와 같은 건설관리(CM) 연구자들에게도 귀중한 참고자료로 활용될 수 있고, 그들에게 용기를 불어 넣을 수 있을 것이다.

이 건물은 저자 혼자 지은 것이 아니다. 아내인 미키가 절대적인 역할을 했다. 비록 책의 제목은 『건축과 교수는 이렇게 집을 짓는다』지만, 마땅히 『건축과 교수 부부의 상가주택 건축기』라고 해야 한다. 따라서 늘 저자 곁에 머물면서 상처를 보듬어주고, 격려해주며, 사랑해주는 아내 미키에게 이 책을 헌사(獻詞)하고자 한다. 그리고 부모가 집 짓는 과정을 처음부터 끝까지 지켜보며 응원해준 두 아들 준성, 준영에게 아름다운 추억으로 간직되길 소망한다.

담유(澹喩)는 저자의 호(號)이고, 미키는 저자 아내의 영문애칭(英文愛稱)이다. 가능하면 일반인들이 이해하기 쉬운 용어들을 사용하려고 노력했지만, 건축 및 건설관련 전문용어들도 다수 포함되어 있다. 전문용어에는 주석을 달아 놓았으나 충분하지는 않을 것이다. 그리고 본문에 나오는 지명(地名), 업체명(業體名), 등장인물(登場人物)들은 모두 실명(實名)이 아닌 가명(假名)임을 밝혀둔다.

2017년 12월 1일

澹喩 김선규

제6부 　외부마감공사

제1부
상가주택을 짓는 이유

담유
澹喩
건축일기

산자락에
움막을 짓다

담유는 시골에서 어린 시절을 보내서인지 몰라도 시골에 대한 향수가 유달리 강한 편에 속한다. 시골이라고 해야 전원일기에 나오는 그런 동네가 아니다. 시멘트 공장이 두 개씩이나 있어 온종일 시멘트 가루가 날리던 충북 단양군 매포면 매포읍이다. 매포에는 '한일시멘트'와 '성신양회'라는 거대한 시멘트 공장 두 곳이 있었다. 담유의 아버지는 한일시멘트에서 기술자로 근무하셨다. 그 덕분에 담유와 가족들은 한일시멘트 사택에서 살았다. 사택은 양변기까지 갖춘 꽤 현대화된 단독주택이었다.

담유는 매포국민학교를 다녔다. 학교는 한일시멘트 공장에서 외곽으로 조금 떨어진 평동이라는 작은 마을에 위치하고 있었다. 사택에서 학교까지 오가는 길은 비포장 자갈길이었다. 가끔씩 시멘트를 실은 트럭들이 지나가면 뿌연 흙먼지가 사방으로 날렸다. 학교까지 먼지를 뒤집어 쓴 채 한참을 걸었다고 기억한다. 그런데 결혼 후 가족들과 함께 학교를 방문해서 은퇴를 앞둔 은사를 만나 뵙고, 학교에서 살던 집까지 되돌아 가보았다. 자동차로 채 10분도 걸리지 않았다. 어린 시절 엄청나게 크고 지루했던 기억들이 성인이 되어보니 턱없이 작고 짧아져 있었다. 세월만큼 크기는 작아지고 길이가 줄어버린 것이다.

등하굣길 옆으로는 제법 넓은 개울이 있었다. 개울 옆의 나뭇잎은 늘 시멘트 가루가 두껍게 쌓여 있었다. 개울 위로 노출된 바위에도 시멘트 가루가 딱딱하게 굳어 있었다. 가끔 시멘트 공장 앞에서 농민들이 데모하는 모습도 보였다. 데모는 시시했고 요식행위 같았다. 이내 아무 일없다는 듯 또다시 시멘트 가루가 온 동네를 뒤덮었다. 담유에게 그런 시멘트 가루가 덮인 개울물은 여름엔 고무신 배를 만들어 첨벙거리고 겨울엔 썰매를 타며 자빠지던 놀이터였다.

매포국민학교는 한 학년에 두 학급을 넘지 않는 작은 규모였다. 그런데 사택에 사는 부르주아⑦ 아이들과 대대로 시골에 살던 농사꾼 아이들이 어울리다 보니 조금 희한한 분위기를 띠었다. 사택에 사는 아이들은 깔끔한 옷에 번듯한 책가방과 세련된 신발주머니를 갖고 다니는 새침데기였지만, 시골 농부의 아이들은 허름한 옷에 책보만 달랑 어깨 위로 비스듬히 동여맨 채 뛰어다니는 천덕꾸러기였다. 사택 아이들의 부모들은 대부분 도회지에서 고등교육을 받아 아이들 교육열이 남달랐지만, 농촌 아이들은 부모의 농사일을 거들어주느라 공부는 아예 뒷전이었다. 그러니 학교 분위기는 늘 어정쩡하고 어색할 수밖에 없었다.

봄철에는 모내기, 한여름은 벼 피 뽑기, 가을 수확을 앞두고는 메뚜기잡이가 체육시간의 대부분을 차지했다. 가끔씩 개울물 위·아래에 돌로 제방을 쌓아 오도가도 못하게 된 피라미, 송사리, 미꾸라지, 심지어 민물장어까지 뜰채나 맨손으로 건져냈다. 일 년에 한 번은 선생님들과 전교생이 다 함께 학교 앞산에 올라가 토끼몰이도 했다. 잡은 것들을 어떻게 했는지 기억나진 않지만, 향기롭고 아름다운 추억으로 여전히 생생하게 남아 있다.

그중 온 동네를 천방지축으로 뛰어다니며 놀던 시절, 국민학교 2학년 여름방학숙제에 대한 기억은 지금까지도 너무나 선명하다. 다가오는 개학이 싫었던 어느 날, 아버지께서 한 달 이상 내팽개쳤던 책가방 속에서 방학숙제를 찾아내셨다. 방학숙제는 자기가 살고 있는 집을 모형으로 만드는 것이었다. 담유는 그 숙제가 무엇을 의미하는 줄도 몰랐고, 아예 할 생각조차 없었다. 그런데 그날 저녁 아버지께서 집 모형을 직접 만들어 주셨다. 희미한 백열전등 아래에서 우리가 살던 사택 평면을 두꺼운 종이 위에 그린 다음, 평면도를 따라 벽, 방문, 창문에 두꺼운 종이를 오려서 풀로 붙이셨다. 그리고 방, 거실, 부엌, 화장실을 색이 다른 물감으로 칠하셨다. 아버지의 집중력과 손놀림은 대단하셨다. 담유의 어린 눈에도 모형은 정교했고 예뻤다. 그해 여름방학숙제 중 단연 최고의 작품이었다. 당연히 최우수상을 받았다. 담유가 받은 최초의 상장이었다.

물론 어린 시절 기억이라 부풀려졌을 수도 있다. 그러나 그 모형은 우리가 살던 사택의 현관, 방들, 부엌, 화장실, 문과 창문, 앞·뒤뜰까지 그 위치와 크기가 실제와 똑같았다고 감히 단언하고 싶다. 아버지께서 돌아가신 한참 후에야 그것이 지극한 자식사랑임을 깨달았다.

그 시절 아름다운 추억이 또 하나 있다. 담유가 살던 사택의 뒤편은 산이었다. 담유는 학교에서 돌아오면 책가방을 내동댕이치고 해질녘까지 뒷산을 오르내리며 뛰어 놀았다. 뒷산은 제법 가파르고 높아 정상까지는 한참을 올라가야 했다. 어린 담유에게는 집 근처 산자락이 주된 놀이터가 될 수밖에 없었다. 그 산자락에 혼자서 움막을 만들었던 것이다.

국민학교 3학년 여름, 놀이 삼아 집에 있던 삽을 들고 나와 산비탈을 'ㄴ'자로 파내기 시작했다. 놀다가 지치면 쉴 수 있는 평평한 자리를 만들고 싶었던 것이다. 돌들도 많이 섞여 있었다. 다행스럽게도 어린 담유가 굴릴 수 있는 수준이었다. 며칠 동안 쉬지 않고 땅을 파고 돌을 걷어냈다. 어느새 1평 남직한 평평한 바닥이 만들어졌다. 담유는 평평한 바닥과 비탈이 만나는 곳에 파낸 돌들을 일렬로 쌓았다. 마치 석벽 같았다. 석벽 중앙엔 창문을 흉내 낸 작은 구멍도 뚫었다. 내친 김에 산속을 돌아다니며 꺾어진 나무들을 주어다가 서까래를 걸치고 잡목들로 지붕을 얽어맸다. 그리고 빛바랜 볏단을 모아 지붕을 덮었더니 비가 새지 않았다. 바닥에 볏단과 잡풀을 깔고 입구를 가마니로 막았다. 마침내 작지만 아담한 공간이 만들어졌다. 그렇게 만들어진 작은 움막은 동네 장난꾸러기들의 신나는 놀이터가 되었다. 유난히 더웠던 그해 여름, 외삼촌들과 함께 이 움막에서 하루 밤을 지새우기도 했다.

어린 시절, 그것도 그리 평범하지 않은 분위기의 시골에서 아버지가 만들어주신 집 모형, 그리고 움막을 지었던 기억들은 담유를 훗날 건축의 길로 이끈 단초가 되었고, 언젠가 내 집은 반드시 내 스스로 짓겠다는 꿈을 꾸게 만들었다.

장인어른의 당부

장인어른이 돌아가신 지 만 14년이 지났다. 장인어른은 함경도 북청 출신이신데, 일사후퇴 때 흥남에서 철수하는 미군함정을 타고 내려오신 피난민이시다. 피난을 내려오시자마자 군에 입대하여 군복무를 하시던 중, 함경도 함흥인근 단천에 사시다가 역시 일사후퇴 때 피난을 내려오신 장모님을 만나 결혼하셨다. 그래서 장인과 장모님은 토박이 함경도 분들이시다. 장인어른은 정이 많으신 분이셨다. 특히 3남 1녀 중 외동딸이자 담유의 처인 미키를 특별이 아끼고 사랑해 주셨다. 장인어른은 미키의 두 아들을 볼 때마다 함경도 사투리로 "간나이 새끼"라며 따뜻한 가슴으로 품어 주시곤 했다.

장인어른과 장모님은 미키가 2살 때 마산에서 서울로 이사하셨다. 장모님과 함께 집에서 아동복을 만들어 동대문 평화시장에 납품하는 일을 하셨는데, 신당동에 적산가옥을 구입하실 정도로 약간의 재산을 모으셨던 것 같다. 그러나 옷을 만들어 납품하는 일이 너무 고되고 힘들어 오래지 않아 그만두셨다. 그리고는 송파구 마천동이 종점인 시내버스회사에 지입차주로 들어가셨다. 마천동 일대는 서울 도심에서 밀려난 저소득층들이 모여 사는 달동네와 별반 다르지 않은 곳이어서 땅값이 매우 저렴했다. 장인어른은 버스종점에서 가까운 버려진 대지 약 100평과 마천시장 내에 허름한 2층 상가건물(대지 약 100평)을 시차를 두고 구입하셨다. 그리고 후일 이곳에 다가구주택과 근린생활상가를 각각 지으셨다.

담유와 미키는 1988년 서울올림픽이 열리던 해에 결혼했다. 결혼할 당시 담유는 3년여 동안 직장생활을 하며 모아 두었던 돈을 미국 유학비용으로 모두 써버렸기 때문에, 장모님이 신혼집 마련할 비용을 빌려주어야 할 정도로 땡전

한 푼 없는 빈털터리였다. 결혼 후에도 장인어른은 우리를 살피며 티 나지 않게 도와주셨다. 우리가 최초로 도봉구 창동 기찻길 옆에 25평 주공아파트를 마련할 때에도 어김없이 도움을 주셨다. 덕분에 집에 대한 걱정을 일찌감치 덜 수 있었다.

장인어른께서 최초로 다가구주택을 지으신 것은 담유와 미키가 결혼하던 해인 1988년이었다. 이전에 구입한 대지 중 절반인 50평에 3층(반지하층, 1층, 2층) 조적벽체구조의 다가구주택을 직접 지으셨다. 반지하층 2가구, 1층 1가구는 임대를 주었고, 2층은 장인어른과 장모님이 거주하는 공간이었다. 미키와 결혼하기 전에 집이 완공되었기 때문에 담유는 건축 과정을 자세히 알 수는 없었다. 다만 건축 비전문가인 장인어른께서 집을 지을 생각을 하시고, 완공하셨기 때문에 많이 놀랐던 건 사실이다. 왜냐하면 그 당시 건축을 전공했다는 담유도 직접 집을 짓는다는 것은 상상 밖의 일이었기 때문이었다.

장인어른께서는 첫 집을 지으신 경험을 살려, 1995년에 대지 중 나머지 50평에 4층(반지하층, 1층, 2층, 3층)짜리 철근콘크리트구조의 다가구주택을 지으셨다. 그 다음 해인 1996년에 마천시장 내 허름한 2층 상가건물을 철거하고, 지하 1층, 지상 4층(1층 상가, 2, 3, 4층 주택)짜리 근린생활상가를 지으셨다. 참으로 엄청난 일을 해내신 것이었다.

이때 장인어른은 건물 짓는 비용을 전세 임대료로 빼가는 조건으로 건축업자와 계약했기 때문에 별도로 지불한 비용은 없었다. 건축업자였던 경동철물 김사장은 처음 맡은 철근콘크리트구조의 다가구주택은 나름대로 성의껏 지어주었다. 그러나 그것을 믿고 다음에 맡긴 근린생활상가는 날림으로 짓고 줄행랑을 쳐버렸다. 악덕업자였던 것이다. 김사장의 부실시공으로 장모님께서는 지금도 근린생활상가의 끝없는 하자와 보수공사로 시달리고 계신다. 건축을 전공한 담유는 장모님의 고생을 지켜보며 너무나 미안하고 송구스러울 따름이다. 그럼에도 불구하고 장모님께서는 장인어른이 돌아가신 후에 전세를 월세로 변경하기 시작해서, 지금은 모든 세대를 월세로 바꾸어 놓으셨다. 그 덕분에 장모님은 아직까지 월세 수입만으로 본인의 노후생활은 물론 자식들과 손자들의 용돈까지 챙겨주고 계신다. 장인어른의 탁월한 안목에 감탄하지 않을 수 없는 대목이다.

장인어른께서는 약주를 무척 좋아하셨다. 늘 과실주를 담가 안방 장롱 위에 진열해 놓으셨다. 장인어른은 집에서 술을 드시지 않는다. 담유가 방문하는 날이 장롱 위 과실주의 밀봉이 열리는 날이었다. 장인어른은 사위와 술잔을 주고받으면서 입버릇처럼 미키에게 하시는 말씀이 있었다.

"미키야, 아파트 깔고 있으면 뭐하냐. 아파트 팔아 땅을 사서, 거기에 상가주택 짓고 임대료를 받거라."

물론 담유에게도 당부하는 말씀이셨다. 그 당시 담유와 미키는 두 아들을 키우며 빡빡한 살림살이와 직장생활에 지쳐 있어 크게 공감하지 못했다. 그러나 담유와 미키가 어느 정도 자리를 잡은 후, 반복적으로 들었던 장인어른의 말씀이 얼마나 큰 사랑이었는지 알아차릴 수 있었다.

전원주택의
꿈을 접다

2012년 겨울 경춘선 복선전철이 개통되었다. 그동안 구리에서 춘천까지 자동차로 출퇴근하기 위해 경춘국도를 오가던 수고가 사라지게 된 것이다. 나이가 들어갈수록 운전하는 것이 힘들어지던 차에 너무나 반가운 소식이 아닐 수 없었다. 복선전철이 개통되는 날부터 전철을 타고 구리에서 춘천까지 출퇴근하는 길은 너무도 안락했다. 경기도에서 서울로 출퇴근하는 인파들과 역방향이기 때문에, 담유가 출퇴근하는 시간에는 전철 안이 전혀 붐비지 않고 넉넉하였기 때문이다. 그래서인지 전철을 타면 눈을 감고 조용히 생각을 가다듬기도 하고, 눈을 떠서 기찻길 옆 산과 들, 그리고 계절마다 북한강이 변하는 모습들을 감상하기도 했다.

춘천 가는 기찻길 옆으로 각양각색의 집들이 어울리며 스쳐 지나간다. 기찻길 옆 가까이에 붙어 있는 집들은 기차 소리 때문인지 대개 허술하거나 볼품없는 모습으로 빠르게 지나치지만, 먼 산골짜기나 강 건너 산자락에 정성스럽게 지어진 집들은 슬로우 비디오처럼 차창을 천천히 미끄러져 간다. 가끔 멀리 보이는 멋진 집들은 과연 어떤 모습일까 상상해 본다.

넓은 안마당에 깔린 잔디밭, 곳곳에 꽃나무와 솔나무가 심어져 있다. 현관을 열고 들어가면 마당 너머 한강을 바라볼 수 있는 햇살 가득한 거실, 포근한 안방과 여유로운 주방이 자리하고 있다. 목조계단을 올라가면 가지런히 정돈된 아이들 방과 전망 좋은 테라스가 일품이다. 꿈에 그리던 전원주택은 아닌지 여간 궁금한 게 아니다.

담유는 건축과를 나와서 그런지, 아니면 시골에서 자라서 그런지, 늘 전원주택을 꿈꾸며 살아왔다. 더 나이 들기 전에 바다가 보이는 어촌마을이나 청정한 숲으로 둘러싸인 농촌마을에 들어가, 아담한 이층짜리 목조주택을 짓고, 텃밭을 가꾸며 책을 벗삼는 그런 일상이 로망이었다. 그런데 문제는 이제 담유 혼자가 아니고 인생의 동반자인 미키가 곁에 있다는 사실이다. 도시생활에 익숙한 미키는 시골생활이라면 아예 질색하며 말조차 꺼내지 못하게 한다. 미키에게 시골에서의 생활은 말벗도 없을 뿐만 아니라, 슈퍼나 병원과 같은 편의시설이 부족해 너무나 불편하고, 텃밭을 가꾸는 노동은 턱도 없는 일이기 때문이다.

더욱이 장인어른은 미키에게 늘 아파트에 살지 말고 저층은 임대를 주고 맨 위층에 주인이 사는 상가주택을 지으라고 당부하셨기 때문에, 도시를 떠나 한적한 전원주택에 산다는 것은 상상조차 할 수 없는 일이었다. 실용적 측면에서도 부부가 은퇴한 후 임대 수입이 노후를 보장한다는 주장에는 대꾸할 엄두가 나지 않는다. 장모님이 본보기를 보이시기 때문이다.

담유는 애써 '인생을 반드시 실용적으로만 살아서야 되겠는가?', '어느 정도 여유롭게 자연과 대지와 벗 삼으며 살아가는 것도 얼마나 멋진가?'라고 항변해 보지만 아무 소용이 없다. 담유와 미키는 은퇴 후 어느 정도의 연금이 보장되어 있다. 임대 수입 없이도 노후생활에는 큰 문제가 없다. 그런데 왜 굳이 각박한 도시에만 머무르려고 하느냐며 미키를 유인해 보지만 꿈쩍도 하지 않는다.

부부관계에서는 나이가 들수록 남자보다 여자의 의견을 많이 따르게 된다. 이는 호르몬 변화니 뭐니 할 것도 없이 자연스러운 현상이다. 남자가 먼저 세상을 등질 확률이 높기 때문이다. 여자는 남편과 사별한 후에도 혼자 살아가야 한다. 따라서 오래 살 사람의 의견을 따르는 게 맞는 이치이다. 결국 담유는 오랫동안 꿈꾸어 오던 전원주택에 대한 로망을 접기로 했다. 미키의 완강한 반대도 있지만 장인어른의 말씀을 따르기로 한 것이다.

불행에
대비하다

사람이 살다보면 별의별 일을 다 겪게 된다. 평범하고 선하게 사는 사람들에게도 예외는 아니다. 아마 신의 섭리인지 모른다. 오랫동안 행복하고 즐거운 일들로 가득하다가도 자신도 모르게 불행한 일들이 연속되어 절망에 빠지게 되고, 끝내 헤어나지 못하고 흔적도 없이 사라지는 사연들이 부지기수다.

그래서 준비가 필요하다. 다람쥐들이 추운 겨울에 무사히 살아남기 위해 늦가을까지 열심히 도토리를 땅속에 묻어 두듯이, 우리들도 혹시 모를 불행에 대비하기 위해 조금이라도 여유가 있을 때 뭔가를 모아둘 필요가 있다.

누군가에게 불행이 엄습하면 불행에 비켜있는 사람들은 불행을 당하는 사람으로부터 멀리 떨어지려 한다. 불행의 불똥이 자신에게 튀지 않도록 말이다. 때론 불행을 당한 연유에 대해 자세히 알아보려 하지 않고, 불행을 당한 사람을 외면해 버리기도 한다. 마치 그 불행이 당연하다는 듯, 아니 불행의 상처가 더 깊어지길 기다리기라도 하듯이 말이다. 그런 살벌한 환경에서 살아남긴 쉽지 않다. 그래서 많은 불행들은 불행을 당한 사람들에게 치명상을 안기고 더 이상 회복하지 못하게 만들곤 한다.

불행은 은밀하게 다가온다. 인간 스스로 불행이 다가오는 것을 미리 알 수만 있다면 아무도 불행해지지 않을 것이다. 불행의 형태는 다양하지만 매우 혹독하다. 잘못이 없는데도 정치적인 갈등이나 보복으로 권력 앞에 발가벗겨지기도 하고, 그저 열심히 사는데도 어이없는 배신이나 협잡으로 추악한 구렁텅이에 던져지기도 한다. 참으로 황당하고 억울하기 짝이 없는 일이다. 그런데도 지켜보는 사람들은 불행한 사람의 편에 서려하지 않는다. 방어의식인지 집단 이지 메인지 분간할 수 없다.

그런데 이런 불행의 위험에는 누구나 노출되어 있다. 오늘 내가 불행 쪽에 서지 않아 다행이라고 생각해서는 안 된다. 언제든지 그쪽으로 내몰릴 수 있기 때문이다. 그래서 은밀하고 뼈아프게 다가오는 불행에 미리미리 대비해야 한다.

불행은 금전적으로 빈곤에 빠지게 한다. 요즘과 같은 경제사회에서 금전적인 빈곤은 인생을 추락하게 만드는 잔인한 징조이다. 더욱이 빈곤은 빈곤을 낳으며 끊임없는 악순환을 거듭하게 만든다. 그러므로 조금의 여유가 있을 때는 최악의 경우에도 빈곤에 빠지지 않도록 준비해 둘 필요가 있다.

우리들이 정상적인 직업을 갖고 정상적인 사회생활을 하는 동안에는 그런 생활이 오래 갈 것이라는 착각에 빠지는 경우가 많다. 때문에 정상적인 환경에서 불행에 대비하기란 쉽지 않다. 그런데 조금만 더 생각해 보면 정상적인 생활이란 주변의 다양한 위험요소들로 인해 언제든지 불안정해질 수 있음을 알 수 있다. 97년 IMF 경제위기와 08년 미국 리먼 브라더스 사태로 얼마나 많은 일자리가 사라졌으며, 얼마나 많은 사람들이 빈곤에 빠졌는지 쉽게 알 수 있다. 또 주변에 잘 나가던 친구가 작은 실수로 직장을 잃거나, 불의의 교통사고를 당하거나, 불치병으로 갑자기 건강을 잃거나, 부부갈등으로 가족이 해체되어 생활고를 겪는 경우도 흔히 발견할 수 있다.

그런데 불행한 일들이 닥친 이러한 상황을 사전에 대비한 사람들은 보다 쉽게 정상으로 돌아간다. 왜냐하면 미리 준비해 둔 것으로 불행에 맞설 힘을 유지했고 불행이 지나간 다음에는 살아날 기력이 남았기 때문이다. 그러므로 다람쥐가 도토리에 의존해서 추운 겨울을 보내듯, 불행이 닥쳐온 혹독한 시기에 누구의 도움 없이도 버텨낼 수 있는 도토리 같은 밑천을 준비해 두어야 한다. 언제 닥쳐올지 모를 불행, 주변에 득실대는 위험들로부터 벗어날 수 없다면 철저히 대비하는 수밖에 없다.

담유와 미키도 아이들을 교육시키며 맞벌이로 열심히 살아왔다. 그러나 이제 남은 것을 셈하여 보니 그렇게 넉넉하지가 않다. 모아둔 것이 변변치 못한 것이다. 그렇다고 주변에 든든한 빽이 있는 것도 아니다. 물론 항상 지켜봐 주시는 장모님이 계시지만 연로하시기 때문에 언제까지나 우리를 돌봐줄 수 없다. 이런 상황에서 우리에게 자칫 큰 불행이 닥쳐온다면 생활 자체에 큰 곤란을 겪을 수밖에 없을 것이다. 그렇다. 불행은 언제 어디서 닥쳐올지 모른다. 우리에게도 예외는 아니다. 그렇다면 우리도 나이가 더 들기 전 아직 힘이 남아 있을 때 뭐라도 준비해 두어야 한다. 최악의 경우 수입이 없는 상황에서도 빈곤해지지 않게 될 밑천을 마련해두어야 한다. 그 방법은 장인어른이 조언해 주시고 미키가 고대하는 상가주택을 짓는 것이다.

'그래, 상가주택을 짓자. 그것도 내 스스로 짓자!' 그렇게 다짐해 본다.

건축주-CM으로
일석이조를 노리다

담유는 K대 건축공학과 현직 교수이다. 주 전공은 건설사업관리(Construction Management, CM)[1]분야이며, 세부 전공은 공정관리(Time Management)[2]와 위험관리(Risk Management)[3]이다. 담유는 교수로 임용되기 전약 15년 동안 건설회사와 엔지니어링 회사에서 현장시공, 건설관리, 공정관리를 직접 경험했다. 그 후 17년 간 교수로 재직하며 건설공사에 대한 실무 감각이 많이 무뎌진 것도 사실이다.

담유는 국내 CM분야 발전을 위해 나름대로 열심히 연구하며 활동해 왔다. 그중 공정관리분야에서는 'BDM(Beeline Diagramming Method)기법'이라는 새로운 개념의 공정관리기법을 제안하였고, BDM기법 기반의 공정관리 프로그램인 '비라이너(Beeliner)'를 직접 만들어서 열심히 보급하고 있다. 위험관리분야에서는 위험허용도와 잔여 위험을 고려한 '위험대응반복프로세스'와 '위험성과지수(Risk Performance Index, RPI)체계'를 제안했다.

이러한 연구결과들은 다수의 국내·외 연구논문들과 네 권의 저서들(『공정관리특

---

1) 건설사업관리란 건설공사의 기획·타당성조사·분석·설계·조달·계약·시공관리·감리·평가·사후관리 등과 관리업무의 전부 또는 일부를 맡아서 수행하는 것을 말한다. 건설공사는 전문적이고 복잡한 일이어서 일정 규모 이상의 건축물은 건축주가 관리할 수 없다. 그래서 건축주를 대신해서 이 공사 일체를 맡아서 해주는 일이 필요하여 법으로 제도화하였다. 흔히 'CM'이라 부른다.

2) 공정관리(Time Management, Scheduling)는 사업관리(Project Management)관점에서 정해진 사업공기 내에 품질을 확보하며, 계획된 예산을 초과하지 않도록 사업과 관련된 모든 업무를 논리적이며 체계적으로 관리하는 활동으로 정의한다. 그러나 단순히 건설공사(Construction Project) 관점에서의 공정관리는 건설공사를 정해진 기간 내에 경제적으로 완성하기 위해 필요한 작업들을 분류하고, 이들의 공기와 순서를 결정하는 것으로 정의하기도 한다(김선규, 『공정관리특론』, 기문당, 2010).

3) 위험관리는 사업생애주기(Project Life Cycle) 전 단계 동안 사업에 영향을 미치는 불확실한 사건 및 상황들을 사전에 인지, 분석, 대응함으로써 사업목표에 불리하게 작용하는 위험요인들은 최소화시키고, 유리하게 작용하는 기회요인들은 극대화시키는 사전예방관리기법으로 정의할 수 있다(김선규, 『건설위험관리』, 기문당, 2010).

론』, 『건설위험관리』, 『BDM공정관리』, 『Advanced Topics in Measurements』)을 통해 발표했다.

그러나 국내 건설환경에서 새로운 제안들이 적극적으로 실무에 적용된 사례는 거의 없다. 제안만으로 수명을 다하는 경우가 대부분이다. 따라서 담유는 직접 BDM기법과 Beeliner의 실용성과 효율성을 확인하고 싶고, 위험대응반복 프로세스와 위험성과지수체계도 제대로 작동하는지 직접 검증하고 싶다. 나아가 좀 더 현실성 높은 연구를 위해 30여 년 전 현장기사로서 뛰어 다니던 젊은 세포들을 다시 일깨워, 건설현장의 생동감 넘치는 숨소리를 다시 한번 느끼고 싶다.

일반적으로 대학교수가 수행하는 대부분의 연구프로젝트들은 외부기관으로부터 자금을 지원받아 다른 연구자들과 공동으로 진행하는 경우가 많다. 따라서 연구의 주제, 범위, 방법, 기간 등에서 많은 제한을 받을 수밖에 없다, 그런데 담유가 직접 집을 짓는다면 그 누구의 간섭도 받지 않고, 담유가 원하는 방향으로 연구를 진행할 수 있을 것이다. 연구든 뭐든 스스로 만족해야 한다. 그래야 만족스러운 결과가 나온다.

건설공사를 수행하는 방법 중 건축주가 직접 시공하는 방식을 '건축주 직영공사'라고 한다. 건축주 직영공사에 건설관리(CM) 방법을 적용하면 '건축주(Owner)-CM'방식이 된다. '건축주(Owner)-CM'방식은 건축주가 건설에 대한 모든 책임을 홀로 짊어지고, 모든 CM업무를 직접 실행하는 것이다.

담유가 집을 직접 짓게 되면 그것이 바로 '건축주(Owner)-CM'방식이다. 담유는 CM을 전공했고, 대규모 프로젝트에서 CM의 일부인 공정관리분야를 실제로 수행했다. 그러나 CM 전체 과정과 전체 분야를 모두 경험해 보진 못했다. 만약 담유가 집을 짓는 전체 과정을 처음부터 끝까지 실행해 본다면 CM의 전체 과정뿐만 아니라 전체 분야까지 압축적으로 경험하게 될 것이다.

담유는 'CM을 뜬구름처럼 얘기하지 말자. CM을 코끼리 다리 만지듯 백가쟁명(百家爭鳴)하지 말자.'고 늘 주장해 왔다. 그런데 담유 스스로 '나는 어떠한가? 내가 뜬구름은 아닌지, 코끼리 다리 만지며 CM 전체를 아는 양 떠들어 댄 것은 아닌지.' 되돌아보곤 한다. 맞다. 광(光)만 판 것이다. CM 좀 공부했다고, CM 좀 경험했다고, 치열한 실무에서 떨어진 채, 맨 끝자리에 앉아 광만 흔들어 댄 것이다. 아무런 위험도 짊어지지 않은 채 말이다.

그래 내가 스스로 집을 지어 보자. 장인어른의 당부도 있고 미키도 원하고 있다. 물론 집 짓는 것이 쉬운 일은 아니다. 30여 년 전 현장경험만으로는 터무니없이 부족하다. 그런데도 만약 집을 무사히 완공시킨다면 남는 것은 제법 많을 것이다. 우리 가족의 불행에 대비할 수 있고, CM 전체 과정과 전체 분야에 대한 경험을 얻을 수 있다. 위험을 무릅쓸 만한 충분한 가치가 있는 것이다. 그렇다. 상가주택을 내가 직접 짓는 일은 그야말로 '일석이조(一石二鳥)'가 되는 것이다.

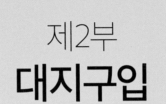

제2부
대지구입

담 유
澹 喩
건축일기

땅을
찾아보다

담유와 미키는 결혼 후 서울시 노원구 중계동 주변에서 오랫동안 살았다. 9년 전 담유와 미키는 각자의 출퇴근을 고려해서 경기도 구리시로 이사를 왔다. 그래서 지금은 어엿한 구리시민이다. 사람들은 자기가 사는 곳에 익숙해지면 그곳이 가장 편한 장소가 되는 것 같다. 가끔 TV다큐멘터리에서는 전국 곳곳에 산재한 시골마을이나 도시의 허름한 달동네들을 찾아다니며 그곳에서 살아가는 사람들과 인터뷰하는 장면들을 보여준다. 대부분의 사람들은 자신들이 사는 곳이 제일 편하고 좋다며 순박하게 웃는 모습을 볼 수 있다. 외지사람들이 보기에는 불편하기 짝이 없을 것 같은데도 수십 년 익숙해진 그곳이 그들에게는 세상에서 가장 편한 생활터전이자 보금자리인 것이다.

미키는 태어나서 대부분을 서울특별시민으로 살아와서 그런지 서울을 벗어나면 불안해한다. 그러다가 다시 서울로 돌아오면 안정을 되찾는다. 미키의 이런 반응은 어린 시절을 시골에서 보낸 담유에게는 조금 이해하기 힘든 현상이지만, 그런 미키도 구리에서 10년 가까이 살다보니 어느덧 구리가 많이 편해졌다고 했다. 참으로 기특한 일이 아닐 수 없었다. 담유와 미키에게는 노원과 구리지역이 가장 익숙한 곳들이고, 앞으로도 큰 변고가 생기지 않는 한 머물게 될 보금자리인 셈이다.

사실 상가주택을 짓겠다는 결심을 굳히기 전에도 이곳저곳 땅을 알아본 적은 많았다. 아직 투자할 여력은 없었지만 집을 짓겠다는 생각이 늘 머릿속을 맴돌고 있었기 때문이다. 그래서 집을 지을만한 빈 땅이 혹시 있을까 하며 인터넷을 검색해 보기도 하고, 차를 타고 지나다가 복덕방이 눈에 들어오면 불쑥 들어가 보기도 했다.

노원지역에서 땅을 알아본지는 꽤 오래 되었다. 구리로 이사 오기 전 중랑천변을 따라 걷거나 자전거를 많이 타던 터라 노원구 아니면 근처인 도봉구나 중랑구까지 이곳저곳 기웃거려 보았다. 그런데 서울은 변두리 지역일지라도 개발이 거의 완료되었기 때문에 비어 있는 땅들이 거의 없었다. 원주민들이 살고 있을 만한 곳들도 오래 전에 구획이 되어 있었고, 그곳에 오래된 단독주택들이 들어서 있어 상가주택을 지을 만한 땅을 발견하기란 쉽지 않았다.

반면 구리지역은 도시외곽이라 그런지 몰라도 노원에 비해 상대적으로 빈 땅들이 가끔씩 눈에 들어왔다. 아직 개발되지 않은 옛날 농지 같은 땅들도 있었는데 그런 곳에 상가주택을 짓는다면 과연 전세나 월세가 나갈 것인지, 상가임대는 가능할지 도무지 확신이 들지 않았다. 그리고 대부분의 땅들이 너무 넓거나, 마을과 멀리 떨어져 있거나, 아니면 개발제한구역에 묶여 있어 작은 상가주택을 짓기에는 적합하지 않았다. 땅이나 집은 인연이 닿아야 한다는 말이 있다. 아직 인연이 닿지 않아서인지 마음에 드는 땅들이 눈에 들어오지 않았다.

아직 구체적이고 뚜렷한 목표가 세워지지 않았고 여력도 없는 처지에서 땅을 알아보는 것 자체가 그저 공허한 꿈만 같았다. 그런데 지금 와서 돌이켜보면 그런 뜬구름 같은 관심이 씨앗이 되어 오랜 시간 무르익으며 결국 열매를 맺게 되는 것이다. 그래서 꿈을 꾸는 것은 좋다. 그것이 실현되든 실현되지 않던 일단 꿈을 가져야 한다. 꿈은 삶에 의미를 주고 포기하지 않도록 하는 활력이 된다. 'Be Ambitious' 라는 말도 있지 않은가? 비록 젊은이들에게 외치는 말이지만 삶을 살아가는 누구에게나 어울리는 아름답고 벅찬 외침이다. 다만 때가 무르익지 않았고 인연이 닿지 않았을 따름이다.

아직
때가 이르다

2012년 말. 경기도 남양주시 별내지역은 신도시 기반시설 공사가 한창 진행 중이었다. 토사를 실은 트럭들이 오고가며 일으키는 먼지가 뿌옇게 일어나는 황량한 공사판이었다. 더구나 겨울 초입에 갑자기 찾아온 이른 추위로 몸은 한껏 움츠러들었다.

별내는 서울 노원구와는 불암산과 당고개를 경계로 바로 인접해 있어 서울이나 다름없다. 담유와 미키가 아이들이 어릴 때 산정호수나 동해안 방향으로 여행을 갈 때면 늘 지나치던 익숙한 곳이다. 다만 개발제한(그린벨트)지역으로 묶여 있어 군부대와 과수원들만 산재해 있는 을씨년스러운 허허벌판이었다.

그런데 2010년경 이명박 정부가 주택경기를 살리기 위해 경기북부 신도시개발지구 중 하나로 별내를 지정하면서 개발제한이 풀렸다. 별내지구는 서울외곽순환도로가 중심부를 관통하고 있어 언젠가 개발된다면 강남까지의 접근성이 좋고 교통이 편리해 엄청난 인기를 끌 것 같았다. 별내지구 인근에 경춘선 갈매역이 들어서면 담유가 전철을 타고 출퇴근하기가 훨씬 수월해진다. 미키 역시 중계동까지의 출퇴근거리가 단축된다. 별내지구는 담유와 미키에게 그야말로 금상첨화였고 늘 관심의 중심에 있었다.

별내지구는 LH공사가 도로를 포함한 지구단위계획을 체계적으로 수립하고 도시기반시설을 조성했다. 따라서 담유와 미키가 그동안 둘러보던 자투리땅들과는 차원이 전혀 다른 제대로 구획된 대지였다. 그래서 담유와 미키는 공사가 한창 진행 중인 별내 주변을 이따금씩 차를 타고 돌아보곤 했다. 별내는 도시기반시설이 잘 갖추어졌기 때문에 땅값이 매우 비쌀 것이라는 짐작으로 땅을 사겠다는 생각은 미처 하지 못했다. 다만 '별내지구에서 분양하는 아파트를 구입해볼까?'라는 생각으로 가장 먼저 시공 중인 쌍용예가아파트 주변을 기웃거리는 게 전부였다.

별내지구의 공사는 의외로 빨리 진행되었다. 2010년경에 착공된 것 같았는데 2012년 말에 원주민들에게 단독주택단지의 분양이 이미 완료되었다. 그래서 일부 단독주택단지 내에는 네·다섯 채의 상가주택들의 골조가 벌써 올라가고 있었다. 아! 상가주택, 우리가 꿈꾸던 집들이 눈앞에서 지어지고 있었다.

담유와 미키는 별내에서 상가주택이 지어지는 것을 확인하자마자 머뭇거리지 않고 인근 부동산중개업소를 찾아갔다. 아직 부동산업소가 많이 들어서지 않았지만 두어 군데 들러 상가주택을 지을 수 있는 단독주택단지의 대지가격을 물어보았다. 1필지가 75평에서 80평 정도로 원주민에게 약 4억에서 4억5천만 원에 분양되었다고 했다. 현재 프리미엄이 약 1억5천에서 2억 원 정도 형성되어 있다는 것이다. 결국 1필지가 5억5천만 원에서 6억5천만 원 정도인데 위치가 좋을수록 비싸진다고 했다. 오! 그렇군, 이 말은 담유와 미키에게 땅을 구입할 돈을 마련할 수 있을지 여부와 상관없이 너무나 마음을 들뜨게 하였다. 드디어 꿈꿔 오던 로망이 현실로 다가오는 것 같았다.

나중에야 알았지만 별내에는 5곳의 단독주택지가 있었다. 그중 처음으로 찾아간 곳이 별내지구 중심부의 용암천 양옆으로 조성된 단독주택지였다. 단독주택지 바로 옆으로 퇴계원에서 의정부로 연결되는 43번 국도가 있다. 그 국도 역시 별내지구 개발과 함께 확장과 직선화 공사가 진행되고 있었다. 공사차량이 분주히 오가는 국도변으로 두세 곳의 부동산중개업소가 문을 열고 있었다. 그중 도마부동산은 부부가 운영하는 곳으로 남편인 이사장은 50대 후반의 서글서글한 인상을 가진 별내면 토박이였다.

이사장과 함께 용암천 옆 단독주택지를 둘러보러 나섰다. 도로는 아직 포장이 되지 않아 울퉁불퉁했고 단독주택지는 화강석으로 된 도로 경계석만이 대지를 구분하고 있었다. 아직 희뿌연 먼지만 날리는 어설프기 짝이 없는 단지였다. 그래도 담유는 공사 중인 상가주택들을 둘러보면서, 만약 이곳에 집을 짓는다면 출퇴근은 어떻게 해야 할지를 상상하고 있었다. 너무 많이 나간 생각이었지만, 마음에 들었던 것이다. 가장 가까운 역이 퇴계원역인데 차를 타고도

20여 분이 넘게 걸릴 듯했고, 갈매역은 너무 멀리 떨어져 있고 도로마저 공사 중이라 30여 분은 족히 걸릴 듯싶었다.

"이사장님, 이곳에서 퇴계원역이나 갈매역으로는 어떻게 가야 하나요?"

이사장은 아주 낙관적이었다.

"곧 버스가 다닐 것이고, 퇴계원 쪽으로 터널을 뚫는다고 하니, 집을 완공할 때쯤이면 퇴계원역까지 10분도 채 걸리지 않을 겁니다."

"음. 그럴 수도 있겠지. 그럼 지금 상가주택을 지으면 임대는 나갈까요?"

"전세는 짓자마자 나갑니다."

"아니 이렇게 황량한 곳에 아무런 편의시설도 없고, 거기다가 도로가 온통 파헤쳐져, 오고 가기도 힘든데 진짜 전세가 나갑니까?"

"요즘 전세가 부족해서 전세는 나오자마자 빠집니다."

걱정하지 말라는 투였다. 부동산중계업자들은 거래를 성사시키기 위해 최대한 낙관적으로 얘기한다. 그런데 담유는 상가주택 짓는 것에 온 신경을 집중하고 있어, 이사장의 넉살 좋은 뻥에도 진짜 그런가? 고개만 끄떡이다가, 땅이 있는지 궁금해졌다.

"그럼 지금 나와 있는 땅은 있습니까?"

"제가 잘 아는 원주민 부부가 분양받은 땅인데, 약 79평 정도로 4억5천에 분양받아 프리미엄 1억5천을 붙여 총 6억 원에 내놓았습니다."

부부가 지금 호주로 이민 간 딸을 방문하러 갔는데, 딸이 살고 있는 호주로 아예 이민을 가려고 땅을 싸게 내놓았다고 했다.

'6억 원이라.'

당장은 언감생심이었다. 이사장은 지금 6억 원이 다 필요한 게 아니고 분양계약금 1억5천만 원에 프리미엄 1억5천만 원을 붙여 총 3억 원만 있으면 땅을 살수 있다고 했다.

'음, 3억 원만 있으면 된다.'

그럼 나머지 3억 원은 어떻게 납부해야 하는지 물어보았다. 앞으로 2년 동안 6차례에 걸쳐 분할 납부하면 된다는 것이었다. 다만 토지대금 잔액을 완납하면 언제든지 상가주택을 지을 수 있고, 집 짓는 비용은 집장사들에게 전세금으로 빼가라고 하면 아무 문제없다는 것이었다.

그래도 되나 싶었다. 근데 3억 원이라면 담유와 미키가 집 담보와 신용으로 빌릴 수 있을 것 같은데, 3억 원의 이자는 과연 얼마란 말인가? 아직 아이들이 대학을 졸업하지 않아 두 사람의 월급에서 아이들 등록금과 생활비로 지출하는 비용이 제법 많은데, 과연 빌린 돈의 이자를 갚으면서 생활은 할 수 있을지 머리가 복잡하게 돌아가고 있었다.

땅을 사겠다는 의지를 처음 내비쳤으나 적지 않은 비용에 어리둥절해 하는 사이 미키가 이사장에게.

"프리미엄 1억5천은 너무 비싼 것 같아요. 5천만 원 정도 깎아 줄 수 있는지 물어봐 주실래요?"

역시 주부인 미키는 돈에 관해서는 담유보다 본능적으로 예민했다. 담유는 미키가 깎아 달라는 금액이 너무 큰 것 같아, 가능할지 눈만 껌뻑거리고 있었다.

"알겠습니다. 오늘 바로 호주에 전화해서 금액 조정이 가능한지 알아보겠습니다."

담유는 평상시처럼 그냥 한번 둘러보자며 나왔다가 갑자기 땅을 구매할 것 같은 모드로 변해버린 상황이 영 낯설었다. 그래도 '언젠가는 부딪힐 일인데, 그래 한번 가보자,'는 의욕이 가슴 밑바닥에서 꿈틀거리기 시작했다. 이사장에게 잘 부탁드린다며 부동산을 나와 집으로 향했다. 담유와 미키는 진짜 땅을 살 수 있을 것인지, 사도되는 것인지를 진지하게 고민하기 시작했다.

집으로 돌아오는 길에 자주 들렀던 해물칼국수집에서 저녁식사를 하면서, 계약금과 프리미엄을 지불하고 2년 동안 6차례에 걸쳐 토지대금을 분할납부할 수 있을지 꼼꼼하게 점검하기 시작했다. 일단 3억5천만 원은 집 담보와 신용으로 대출받아 지불한다. 통장잔고와 월급으로 5천만 원 정도는 상환할 수 있다고 해도 나머지 2억 원은 어떻게 할 것인가? 아이들 등록금과 생활비로 수입의 절반이 지출되고 있어 저축할 수 있는 여력은 많지 않다. 그런데 4개월마다 4회에 걸쳐 5천만 원씩 상환할 수 있겠는가? 아이들이 졸업했다면 무리해서 가능할 것도 같다. 그런데 아이들이 공부하는 중이고 혹시 무슨 일, 아니 큰일이라도 생겨 한 번에 큰돈이 필요하다면, 아마 견디기 어려울지 모른다.

또 하나는 아직 국내 건설경기와 주택시장의 침체기가 계속되고 있다는 것이다. 지방에는 미분양 물량이 쌓여 있어 많은 중소 건설업체들이 도산했고, 수도권마저 미분양 물량으로 대형건설업체들도 고전 중이다. 이명박 정부 들어 4대강 건설사업에 집중하다가 결국 침체된 건설경기를 활성화시키기 위해, 수도권중심으로 신도시, 보금자리아파트 단지를 속속 발표하면서 그린벨트를 풀고 있지만, 아직 건설경기는 좀처럼 침체의 늪에서 벗어나지 못하고 있다. 이런 상황에서 무리하게 상가주택을 지어 전세임대가 나가지 않는다면 집 짓는 비용까지 고스란히 떠안아야 하는 위험이 있다.

물론 별내가 아직 개발이 완료되지 않아 땅값이 시세보다 쌀 수는 있을 것이다. 그런데 지금과 같은 건설경기에서 무리해도 되는 것인지 도무지 확신이 서지 않았다. 적어도 아이들 공부가 마무리될 때까지 기다려야 되는 게 아닌지, 땅을 사고 상가주택을 짓는 그 자체가 큰 위험인데 자칫 아이들 공부에 영향을 미치기라도 하면 큰 낭패가 아닐 수 없었다. 담유와 미키는 집에 돌아와서 많은 얘기를 나누었지만 선뜻 땅을 사야만 한다는 결론에 도달하지 못했다.

다음날 오후 도마부동산 이사장으로부터 전화가 왔다.

"오늘 아침에, 호주에 있는 땅 주인과 통화가 되어 5천만 원을 깎아 줄 수 있는지 물어보았습니다. 가능하답니다."

다만 3억 원을 호주달러로 교환에서 자신의 딸 호주은행 계좌로 송금해 달라는 것이었다. 한마디로 말도 안 되는 조건이었다. 우리나라 외환거래법에 따르면 3억 원 상당의 외환송금은 절차상 매우 까다롭고, 원화 3억 원을 호주달러로 바꾼다는 것은 거의 불가능했다.

아직 때가 아니구나. 아이들이 졸업할 때까지 미루어야 될 것 같았다. 땅 주인의 무리한 요구가 담유와 미키를 머뭇거리게 한 것이다. 어쩌면 다행인지 모른다. 조급함으로 서두르다가 커다란 위험에 빠질 수 있다. 아주 편한 마음으로 땅 사는 것을 포기하기로 했다. 아직 때가 무르익지 않은 것이다.

인연이 닿지 않는 땅들

　　2015년 2월. 유난히 포근했던 겨울이 일찌감치 물러가고 있다. 지난겨울 눈이 거의 오지 않았다. 이제 눈 오는 것을 반기는 그런 낭만적인 나이는 아니다. 차에 눈이 쌓이면 털어내는 게 귀찮고, 눈 녹은 흙탕물에 차가 더럽혀지면 짜증이 난다. 눈이 오지 않으면 오히려 반가운 중년의 끄트머리에 다다른 것이다.

　아이들이 졸업을 앞두고 있다. 내년 봄이면 아이들은 모두 졸업한다. 그동안 담유와 미키는 맞벌이를 하며 열심히 벌었지만 아이들 뒷바라지를 하다 보니 모아놓은 것은 별로 없다. 다만 IMF가 막 지날 무렵인 2003년 중계동에 싼 가격으로 사놓았던 42평 아파트를 구리로 이사오며 전세를 주었고, 그 전세금으로 구리에 32평 아파트를 사서 지금까지 살고 있는데, 다행히 구리아파트 시세가 올랐다. 여기에 원금마저 까진 중국펀드와 통장잔고를 합친 게 재산의 전부이다. 이 정도로는 땅을 사서 집을 짓기에 결코 충분하지 않다. 그러나 아이들 교육이라는 불확실성이 제거되었고, 이제부터 맞벌이로 버는 대부분의 돈은 모일 것이다. 때가 무르익고 있는 것이다.

　담유와 미키는 가끔 외곽순환고속도로를 타고 별내지역을 지나다가 아파트들과 상가들이 쑥쑥 올라가는 것을 바라보며,

　'허허벌판이던 별내가 천지개벽을 하는구나.'

　감탄을 쏟아낸 적이 한두 번이 아니었다. 2012년 말에 희뿌연 먼지만 날리던 공사장에 어느덧 아스팔트 도로가 거미줄처럼 깔리고, 곳곳에 다양한 형태의 아파트단지, 상가, 편의시설들이 들어서고 있다. 별내를 가로지르는 불암천과 용암천변도 자연친화적으로 정비되면서 수도권 동북부를 대표하는 신도시로

탈바꿈해 가고 있다. 더구나 별내지구 남측 하단에 경춘선 별내역이 신설되었고, 지하철 4호선이 당고개에서 진접까지 연장되어 별내지구 북측을 통과하는 바람에 교통은 더욱 편리해지고 있었다.

겨울방학이 끝나지 않은 2월 중순, 담유와 미키는 이전에 땅을 구입하려던 용암천변 단독주택지를 다시 방문했다. 용암천변은 2년 전과는 완전히 다르게 다양한 형태의 상가주택들이 들어서 있었다. 특히 용암천변의 상가주택 1층에는 다양한 종류의 카페와 베이커리들이 입점해서 카페거리를 완성해 가고 있었다. 군데군데 보이는 빈 땅들은 주변 상가주택 거주자의 차들로 꽉 채워져 있어 상가주택들 대부분은 이미 임대된 듯 보였다. 다만 용암천변에서 멀리 떨어진 상가주택의 1층 상가들은 임대가 되지 않아 텅 비어 있었다.

담유와 미키는 상가주택을 둘러보며 단지 내에서 부동산중개업소를 찾아보았으나, 눈에 띄지 않았다. 1층 상가 임대료가 비싸서 그런가? 두리번거리는데, 용암천 서측 단독주택지 중간쯤에 1층 상가의 '대원부동산' 간판이 눈에 들어왔다. 대원부동산 문을 열고 들어갔다. 젊은 남자가 PC를 검색하다 말고 우리를 반갑게 맞았다. 자신을 정사장이라고 소개하면서 개발사업도 함께하고 있다고 했다. 활력과 의욕이 넘쳐 보였다.

"저희들은 이 주변에서 상가주택을 지을 만한 땅을 찾고 있습니다."

"아, 그러세요. 용암천변 단독주택지는 이미 상가주택이 많이 들어서서 남은 땅이 별로 없습니다."

담유는 너무 늦게 찾아왔나 싶었다.

"제가 잘 아는 분이 7억5천만 원에 내놓은 땅이 있긴 있습니다."

정사장은 일조권을 받지 않는 좋은 땅이라며, 사무실에서 가까우니 당장 함께 가보자는 것이었다.

땅은 블록의 중간에 낀 대지였다. 남쪽으로 도로에 접해 일조권은 받지 않으나 조금 답답해 보였다. 대지 주변으로 상가주택들이 이미 지어져 있고 주차된 차들로 가득했다. 대지조건은 남향이라 그런대로 괜찮으나, 용암천변에서 두 블록 정도 떨어져 있어 1층 상가 임대가 쉽지 않아 보였다. 더구나 땅값 7억5천만 원은 우리가 가진 금액을 초과했다. 부담스러운 금액이었다. 2년 전 사려고 했던 땅이 6억 원이었으니, 2년 간 1억5천만 원이 오른 것이다. 별내 단독주택지의 땅값이 이미 많이 올라가 있었다. 단지가 완성되어 갈수록 남는 땅은 적어지니 가격은 더 올라갈 것이다. 상가주택을 지으려면 우선 때를 놓치지 말아야 한다. 그런데 7억5천만 원이라. 무리해서 사야 되나? 갈등이 되기 시작했다. 담유가 잠깐 머뭇거리는 사이, 미키가 정사장에게 단도직입적으로 물어보았다.

"비싸네요. 5천만 원 정도 네고 가능할까요?"

미키의 갑작스러운 제안에 정사장은 눈을 껌벅이더니,

"7억5천이면 싸게 나온 겁니다. 제가 한 번 물어보겠습니다."

얼버무렸다. 이왕에 땅을 사게 된다면 좋은 땅을 사는 것이 좋지 않겠는가? 좋은 땅이란 1층 상가임대가 잘 나가고 임대료를 비싸게 받을 수 있는 땅이다. 그래서 하천변이나 모서리 땅들을 좋은 땅이라고 한다.

"정사장님, 이 땅은 용암천변에서 조금 멀리 떨어져 있네요. 상가임대가 잘 나가지 않을 것 같습니다. 임대 잘 나갈만한 땅은 없나요?"

"저쪽 건너편 단독주택지 보이시지요? 천변을 따라 카페들이 쭉 들어서 있습니다. 저기가 요즘 최고 인기지역인데, 중간에 빈 땅들이 몇 군데 나와 있어요."

정사장은 손으로 용암천 건너편을 가리키며 그곳으로 가보자고 했다. 용암천변 단독주택지 서쪽에서 동쪽으로 넘어가는 다리는 정말 멋졌다. 목구조로 다리 중앙에 큰 기둥을 세우고 기둥에서 굵은 철선으로 다리 상판을 떠받치는 사장교 형식인데, 초승달 모양의 두 상판이 다리 중앙에서 엇갈리며 물결치는 형상이었다. 단독주택단지 중앙에 이런 멋진 다리를 놓다니, 절로 감탄이 나왔다.

용암천 다리를 건너자마자 천변을 따라 다양한 형태의 상가주택들이 줄지어서 있었다. 천변 대지의 약 80%에 건물이 들어선 것이다. 1층 상가는 Tom&Toms, Mango6, Ediya 등과 같은 브랜드 카페들이 대거 입주해 있었다. 일명 '용암천 카페거리'로 유명세를 타고 있어 주말에는 사람들로 북적인다고 했다. 아! 2년 만에 이렇게 변하다니, 그야말로 천지개벽이었다.

상권이 자리를 잡아서인지, 정사장이 소개하는 용암천변에 남아 있는 땅들은 이미 9억 원에서 10억 원 이상을 넘어서고 있었다. 용암천에서 안쪽으로 들어간 모서리에는 아직 빈 대지들이 몇 군데 남아 있었다. 그곳도 이미 8억5천만 원 이상을 호가한다고 했다.

"이런 땅을 사야, 땅값이 계속 오릅니다."

정사장은 무리해서라도 지금 사두라며 권했다. 값싼 주식은 시간이 지나도 오르지 않지만 비싼 주식은 잠시 내리다가도 꾸준히 오르기 때문에 수익률이 좋다. 그래서 삼성전자같이 비싼 대장주를 사두면 꾸준히 재미를 보는 것이다. 땅도 마찬가지라는 것이다. 외지고 향이 좋지 않은 값싼 땅은 시간이 지나도 오르지 않지만, 천변이나 모서리에 위치하고 향이 좋은 비싼 땅은 계속 오르기 때문에 장기적으로 훨씬 이득이라는 논리였다.

맞는 말이다. 근데 가진 돈이 부족한데 비싼 땅을 무리하게 사두었다가, 만에 하나 갑자기 금리가 급등해서, 이자조차 갚지 못하는 최악의 상황이 오면 어떻게 할 것인가? 주변에 무리하게 투자했다가 가지고 있는 재산마저 다 날리고 빈털터리가 된 사람들이 얼마나 많은가? 담유는 냉정해지기로 했다. 아무리 좋은 땅이라도 가진 재산이나 능력을 초과해서 투자할 수는 없는 노릇이다. 이제까지 모은 재산은 별로 없지만 그래도 가난하지는 않다. 담유와 미키는 둘 다 은퇴 후 연금이 보장되어 있다. 노후에 궁핍해질 염려는 없다. 그래, 우리 능력을 너무 초과하는 땅에는 미련을 두지 말자. 담유는 정사장에게 처음 가본 땅을 7억 원에 네고할 수 있는지 확인해 달라고 부탁한 뒤 헤어졌다.

담유와 미키는 용암천변을 걸으며 상가주택 단지를 감상하기로 했다. 용암천변 아래에 반듯하게 놓인 자전거 길에는 그룹을 지어 자전거를 타는 사람들이 분주히 오가고 있었다. 자전거 길 옆 보행자 도로에도 아이들이 장난치며 뛰어다니고, 그 옆으로 젊은 연인들이 다정하게 산책하고 있었다. 별내지구 개발이 끝물이라더니 사실이구나. 이제 땅 살 기회를 놓친 것인가? 무리해서라도 좋은 땅을 사야 하나? 외진 땅에라도 상가주택을 짓는 게 나은 것인가?라며 담유와 미키는 서로에게 물어보았지만 딱히 결론을 낼 수 없었다. 발길은 2년 전 땅을 살 뻔했던 도마부동산 쪽으로 향하고 있었다.

43번 국도 옆 도마부동산은 2년 전의 모습 그대로였다. 부동산 양 옆으로 음식점들과 건자재상들이 반듯하게 들어서 있었다. 별내가 신도시로 빠르게 자리 잡아가고 있음을 새삼 느낄 수 있었다. 도마부동산 문을 열고 들어갔더니 이사장과 부인이 담유와 미키를 처음 보는 손님처럼 멀뚱히 바라보았다. 그래서 담유가 물어보았다.

"저희 기억나지 않으세요? 2년 전에 호주에 이민 가신다는 원주민분 땅 사려했었는데, 모르시겠어요?"

"아! 기억납니다. 반갑습니다."

이사장은 어색하게 웃었다. 아무래도 기억하지 못하는 눈치였다. 이사장도 적지 않은 나이인데 2년 전 손님까지 기억한다는 것은 무리일 것이다. 그래도 이사장은 여전히 서글서글한 웃음으로 환대해주었다.

이사장이 담유와 미키에게 자리를 권하는 사이 이사장 부인이 커피를 타서 가져다주었다. 담유는 커피를 마시며 물어보았다.

"2년 전 그 땅은 팔렸나요?"

"이미 팔렸지요."

그러면서 상가주택을 지을 수 있는 땅은 이제 몇 군데 남지 않았다고 했다. 그런데 자기가 잘 아는 사람이 7억 원에 급하게 내 놓은 땅이 하나 있다고 했다. 일조권도 받지 않고 천변에 접하고 있어 정말 좋은 땅이라는 것이다.

"사무실에서 멀지 않은데 한 번 가보시지 않겠어요?"

"그러시죠."

담유가 커피를 다 마시지도 않았는데도 이사장은 곧바로 웃옷을 걸치더니 앞장을 섰다. 무슨 연유에서인지 서두르고 있었다.

이사장이 소개하는 땅은 용암천변에서는 멀리 떨어져 있었다. 남쪽으로 도로에 접하고 북쪽으로 용암천 지류에 바로 옆이며, 동측에는 잔디밭이 있어, 대지 삼면이 개방되어 있었다. 꽤 좋아 보였다. 다만 잔디밭 바로 옆에 쓰레기 수거용 투입구가 설치되어 있었다. 쓰레기 냄새가 염려되고, 항상 지저분할 것 같았다.

"용암천에서 멀리 떨어져 있는데, 1층 상가는 나갈까요?"

"싸게 내놓으면 금방 나갑니다."

이사장은 멋쩍게 허허거리며 웃었다.

"얼마나 싸게 내놓으면 나갈까요?"

"월 백오십 정도면 될 겁니다."

그런데 옆에 있는 1층 상가들이 모두 썰렁하게 비어 있어, 이 집 상가만 나간다는 건 아무래도 억지 같았다. 다만 이사장이 용암천변에 남아 있는 땅이 이제 거의 없고, 이 땅도 급매로 나왔기 때문에 빨리 결정해야 된다는 말엔 수긍이 갔다. 이사장이 서두르는 이유였다.

조금 전, 대원부동산 정사장이 소개해 준 7억5천만 원짜리 땅보다 훨씬 좋은 입지조건이었다. 비록 물은 흐르지 않는 건천 옆이지만 건천 건너편으로 대규모 아파트 단지가 조성되고 있으니 그곳에서 상가를 찾는 손님들이 꽤 있을 것 같았다. 그리고 대지 삼면이 개방되어 있고 일조권도 받지 않으니, 용적률을 다 찾아서 집을 온전하게 지을 수 있는 것은 최대 장점이었다. 담유와 미키는 빠르게 결정해야 한다고 직감했다. 그래서 담유가 미키에게 동의를 구하듯,

"괜찮아 보이는데, 어때?"

"응, 괜찮은 거 같아."

"그럼, 이 땅 살까?"

미키가 고개를 끄떡였다. 그래서 담유는 이사장에게 부탁했다.

"그럼 땅 주인에게 계약하자고 전화해 주실래요?"

"알았습니다."

이사장은 곧바로 땅 주인에게 전화를 걸었다. 이사장과 땅 주인이 잠시 통화하더니, 언제 계약할 수 있냐고 물었다. 담유가 계약금을 마련해야 하니 3일 후 정도면 괜찮겠다고 말해주었다. 이사장과 땅 주인이 잠시 더 통화하더니 3일 후에 도마부동산에서 만나 계약하기로 했다. 이사장은 만족스럽게 너털웃음을 지었다. 담유가 잘 부탁드린다며 약속시간을 정해서 알려 달라고 한 다음 헤어졌다. 담유와 미키는 집으로 돌아오는 길에, 드디어 일을 벌였다고 생각하니 야릇한 두려움과 긴장감이 몰려왔다.

다음날 대원부동산 정사장으로부터 전화가 왔다.

"2천5백만 원 정도는 네고가 가능합니다."

"죄송합니다. 어제 용암천변 부동산에 들렀다가 땅을 계약하기로 했습니다."

정사장은 많이 아쉬워하면서 물어보았다.

"어떤 땅인가요?"

"좋은 땅입니다."

담유가 웃으면서 대답해 주었다. 정사장은 자기가 다른 물건들도 많이 확보하고 있으니, 계약하기 전에 다시 와서 둘러보자고 했다. 담유는 이미 계약하기로 했으니, 다음에 기회가 되면 연락하겠다며 정중하게 전화를 끊었다.

담유는 계약하기로 약속한 날 오전 10시경 도마부동산 이사장에게 전화해서 몇 시 정도에 만나기로 했는지 물어보면서, 오후 2시가 적당할 것 같다고 전했다. 약 30분 후 이사장으로부터 전화가 왔다. 땅 주인이 다른 부동산을 통해 어제 이미 계약했다는 것이었다.

'아니, 이게 무슨 뚱딴지같은 소리인가? 계약하기로 해놓고 다른 사람과 계약을 하다니.'

이사장에게 무슨 일인지 자초지종을 설명해 달라고 했다. 다른 사람이 7억3천만 원에 사겠다고 해서 곧바로 계약했다는 것이었다.

'아! 이런 일도 벌어지는구나.'

황당해 하는데, 이사장이 난감해 하며 자기도 이런 일은 처음 겪는다고 했다. 땅 주인이 자신한테만 땅을 내놓은 줄 알았는데 여러 곳에 내놓았다며 배신감마저 느끼는 듯했다.

'할 수 없지. 그 땅에 인연이 닿지 않나 보다.'

담유는 미키에게 땅 주인이 다른 사람과 이미 계약했다고 알려 주었다. 미키도 놀라며,

"아니, 어떻게 그럴 수 있지?"

도무지 믿어지지 않는 모양이었다.

"땅은 인연이 있어야 하는데, 우리에게 인연이 없었나 봐. 어쩔 수 없지 뭐. 가격을 더 많이 쳐주는 사람에게 파는 것은 당연하지. 근데 우리한테도 한번 물어봐 주면 안 되었나."

담유는 은근히 아쉬웠다. 하지만 이미 다른 사람에게 넘어간 걸 어떻게 하랴.

불가(佛家)에 '버리고 떠나기'라는 말이 있다. 미련이 집착이 되고 집착은 번뇌

를 불러와 괴로워지니 모든 것을 버리고 떠나라는 뜻이다. 땅을 사는 일이 구도(求道)의 길과 비교할 바는 결코 아니다. 다만 남에게 넘어간 땅에 대한 미련을 버리지 못하고 아쉬워하면 괴로워지는 것은 동일한 이치일 것이다. 이제 그 땅은 깨끗이 잊어버리고 인연이 닿은 땅을 찾아보는 것이다. 좋은 땅이 어디 그곳 하나뿐이랴. 마침내 땅을 사기 바로 직전까지 와보았다. 많이 진전된 것이다. 본격적으로 땅을 찾아 발품을 팔기로 했다.

좋은 땅은
가까이에 있었다

유난히 포근했던 겨울이 지나고 봄이 시작되었다. 요즘 겨울은 한해 추우면 그 다음 해는 포근해지는 현상이 반복되고 있다. 아마 지구온난화, 엘리뇨, 라니뇨 등 기상이변 때문이리라.

4월 첫째 주, 미키가 담유에게 지금 한창 택지조성 중인 갈매역 앞 갈매보금자리지구에도 단독주택지가 있다는 얘기를 들었다고 했다. 그래서 오늘 인터넷으로 검색해 보았더니, 갈매지구의 단독주택지도 원주민에게 이미 분양되었고 거래가 활발하다고 했다. 그러면서 갈매동 갈대부동산의 블로그에 물건이 많이 올라와 있다며 핸드폰으로 캡처한 화면을 보여 주었다.

담유와 미키는 갈매역 앞에 조성 중인 택지지구를 알고 있었다. 다만 택지지구 곳곳에 '원주민을 몰아내려는 LH는 사과하라!', '터무니없는 보상이 웬 말인가!' 등 보상과 관련되어 현수막이 곳곳에 걸려 있어 LH와 원주민간 갈등이 무척 심한 것 같았다. 그래서 갈매지구개발은 적어도 십년은 걸리겠거니 생각하고 있어 큰 기대는 하지 않고 있었다. 그런데 단독주택지가 있고, 분양이 되었고, 거래가 된다는 말은 청천벽력이었다.

2012년. 한창 공사 중인 갈매택지지구 북쪽에 경춘선 갈매역이 새로 들어섰다. 담유는 갈매역에서 전철로 출퇴근을 하면 편할 것 같다고 생각했다. 그래서 가끔 갈매역 주변에 상가주택을 지을 만한 땅이 있는지 인터넷으로 검색을 하고 자동차로 둘러보기도 했다. 그런데 아직 개발제한구역으로 묶여 있어 상가주택 신축은 불가능했고, 임대도 쉽지 않을 것 같아 거의 관심 밖이었다.

그런데, 갈매역 주변에 상가주택을 지을만한 단독주택지가 있다니, 사실이라면 온몸에 전율을 느끼게 할 만한 희소식이 아닐 수 없었다. 담유는 서둘러 노트북을 켠 다음 미키가 캡처한 화면을 보고 갈대부동산 블로그를 찾아 들어가 보았다. 갈대부동산의 블로그에는 전체 갈매택지지구 도시계획도와 함께 단독주택지 D1, D2, D3 블록들이 확대된 도면으로 올라와 있었다. 그리고 단독주택지 각 블록별 대지번호가 모두 적혀 있었고, 각 블록의 외곽에 위치한 대지번호들에는 빨간색 동그라미가 그려져 있었다. 또한 도시계획도 아래에는 '단독주택지는 2016년 12월 말에 준공되며 단독주택지 내 점포주택(상가주택)은 준공 이전인 2016년 4월 30일부터 착공이 가능하다.'는 문구가 적혀 있었다.

담유는 갈대부동산 블로그에 적힌 전화번호로 찾아 바로 통화를 시도해 보았다. 통화 벨소리가 4, 5회 울리더니 나이 지긋한 목소리의 남자가 전화를 받았다.

"갈대부동산이 맞나요?"

"네. 그렇습니다. 제가 사장입니다."

"지금 블로그를 보고 전화하는 겁니다. 갈매택지지구에 단독주택지가 있는 게 맞나요?"

"그럼요. 분양이 작년 10월경에 완료되었습니다."

그러면서 원주민이 분양 받은 땅들이 많이 나와 있다고 했다.

"아 그렇군요. 대지 가격이 대충 얼마인가요?"

"대지는 대략 70평에서 80평인데 4억에서 5억 원 정도에 분양되었습니다. 위치에 따라 1억에서 3억5천 정도 프리미엄이 붙어 있어요."

"그럼 아직 물건이 남아 있나요?"

"착공 가능시기가 내년 5월경이라 아직 물건이 많이 남아 있습니다."

"내일 부동산 사무실을 방문하려고 하는데 몇 시쯤이 편하신가요?"

"아무 때나 관계없습니다. 방문하기 전에 전화만 주세요. 사무실에서 기다리겠습니다."

담유와 미키는 통화를 마치고, 쓴 웃음을 짓지 않을 수 없었다.

'등잔불 밑이 어둡구나. 코앞에 단독주택지가 있었는데, 별내지역에서만 땅을 찾겠다고 헤매고 다녔으니.'

다음 날 오전, 갈대부동산에 전화해서 오후 5시경 방문하겠다고 미리 알려 주었다. 오후 5시, 담유와 미키는 갈대부동산 앞에서 만났다. 갈대부동산 사무실을 열고 들어갔다. 호리호리하고 작은 키의 나이 지긋한 남자가 반갑게 맞아주었다. 자신도 갈매동 원주민이라며 김사장이라고 소개했다. 사무실은 개발제한구역이라 보수공사를 못한 듯 천정은 기울었고 바닥도 잔뜩 금이 간 콘크리트 바닥이었다. 허름한 창고 같은 사무실을 김사장 혼자 지키고 있는 것 같았다. 김사장이 담유와 미키에게 앉기를 권하면서 커피를 마시겠냐고 물어보았다.

"그렇게 해 주시면 고맙겠습니다."

김사장은 사무실 문을 열고 나가더니 옆 사무실에 가서 커피를 부탁하고 돌아왔다.

"옆 사무실까지 가서 부탁할 필요는 없으신데."

"괜찮습니다. 옆 사무실과 같이 사용합니다."

김사장은 손사래를 치며 웃었다. 김사장은 70대쯤으로 나이가 많이 들어 보였다. 그런데도 젊은 담유와 미키에게 매우 공손하고 친절했다.

담유는 옆 사무실에서 타온 커피를 받아들고,

"저희들이 상가주택을 지으려고 땅을 찾고 있는데, 별내 신도시로만 열심히 돌아다녔습니다. 갈매에 별내 신도시같은 단독주택지가 있으리라고는 전혀 생각하지 못했습니다."

"아마 그럴 겁니다. 아직 공사 중이고 아무 것도 올라가지 않았으니, 지나다니는 사람들조차 잘 모를 겁니다. 근데 갈매지구도 올 가을 정도에는 LH 3단지 아파트가 준공하고, 내년에 입주 예정인 아파트들도 이미 분양이 완료되었어요."

갈매지구가 별내보다 전철이나 교통이 더 편리하고 서울과도 가까워 훨씬 좋을 거라며, 갈매택지지구 도시계획도면을 탁자 위에 펼쳐 보였다. 담유가 갈매택지지구 도시계획도면을 이리저리 살펴보다가,

"이곳에는 단독주택지가 3군데가 있는 것 같던데요."

"네. 그렇습니다. 갈매역 바로 앞에 있는 단독주택지가 D2블록이고, 산마루 길쪽으로 올라가면 D3블록이 있고, 갈매역과 별내역 사이에 D1블록이 있습

니다."

김사장은 각각의 블록 위치를 도면을 보며 손으로 가리켰다. 담유는 D2블록이 갈매역 바로 앞에 위치하고 있어 흥미로웠다.

"D2블록이 갈매역과 가까워, 전철 타기에는 가장 편리하겠군요."

"네. 그렇습니다. 그래서 D2블록에 프리미엄이 많이 붙었어요."

담유와 미키는 D1, D2, D3블록 도면을 다시 한 번 자세히 훑어보며 물어보았다.

"땅들이 대개 얼마 정도에 나와 있나요?"

김사장은 모서리 땅이 비싸다면서, D2블록 도면을 가리키며 각 대지별로 일일이 프리미엄이 얼마나 붙어 있는지 알려 주었다. 담유가 도면을 자세히 살펴보니 도면 위에 대지별 프리미엄 가격을 연필로 써놓은 것이었다.

"여기 연필로 적혀 있는 게 프리미엄인가요? 1.5면 1억5천, 2.0이면 2억 원의 프리미엄이 붙어 있다는 건가요?"

"그렇습니다."

김사장은 고개를 끄떡였다.

"그럼, 김사장님이 여기 프리미엄 적어 놓은 땅들을 모두 확보하고 있는 건가요?"

"네. 저도 이곳 갈매에서 증조부 때부터 살고 있어서 원주민들을 다 압니다."

김사장은 어깨를 으쓱해 보였다. 그런데 미키가 가만히 도면을 살펴보던 눈을 반짝거렸다. 미키가 핸드폰을 도면으로 들이대면서,

"김사장님, 도면을 사진 찍어도 되나요?"

공손히 물어보는 것이었다. 아마 미키는 도면에 써놓은 프리미엄 가격을 집에 가서 요모조모 따져보고 싶은 심산이었던 것이다. 미키의 갑작스러운 요구에 마음씨 좋아 보이는 김사장은 대뜸,

"그렇게 하시지요."

허락해 주는 것이었다. 미키는 얼른 핸드폰의 카메라 셔터를 눌러대기 시작했다. D1, D2, D3블록을 모두 찍은 것 같아, 담유가 미키에게 잘 찍었는지 확인해 보라고 했다. 미키가 꼼꼼하게 찍은 사진들을 확인하며 프리미엄 가격도

잘 보인다고 했다.

"그럼, 저희들이 집에 가서 D1, D2, D3 블록들에 대해 좀 더 고민해 보고, 내일 정도 다시 전화 드리겠습니다."

"그렇게 하시지요."

김사장은 일말의 의구심도 없었다.

담유와 미키는 오늘 이곳에 와 보길 잘했다면서 사무실을 나섰다. 사무실을 나와 그동안 무심하게 지나쳤던 갈매택지지구쪽으로 차를 돌렸다. 새로운 시각으로 공사 중인 갈매지구를 찬찬히 들여다보고 싶었다. 여전히 원주민이 LH를 비난하는 현수막들이 봄바람에 펄럭이고 있었다. 저 현수막 때문에 분양은 커녕 택지지구가 준공되려면 아직 멀었다고 생각했으니, 절로 웃음이 나왔다.

집에 돌아와서, 담유는 인터넷으로 갈매택지지구에 대해 좀 더 확실하게 알아보기 위해 이것저것 검색해 보다가, LH홈페이지에서 갈매택지지구 분양공고를 확인했다. 분양공고에서 갈매보금자리의 토지이용계획도, 지구단위계획도, 필지별 분양가 파일들이 있어 다운로드를 받아 세심하게 읽어보았다. 갈매역 앞 D2블록도 좋지만, 별내역과 갈매역 중간에 위치한 D1블록이 단지 규모가 크고 갈매천변에 위치하여 주거환경은 D2블록보다 나았다. 그리고 D3블록은 단지 규모도 작고, 갈매 뒤쪽으로 구리-포천 간 고속도로에 근접해 있어, 주거환경이 그다지 좋아 보이지 않았다. 일단 고려 대상에서 제외하기로 했다.

필지번호에 빨간 원이 그려진 대지들은 원주민에게 분양된 것이었다. 블록의 외곽, 갈매천변, 별내역에 가까운 땅들이었는데 한눈에 봐도 좋은 조건이었다. 분양된 대지 중 연필로 프리미엄이 적혀 있는 땅들이 매물로 나온 것이었다. 별내역에 가깝거나, 남쪽 도로에 면한 모서리 대지들의 프리미엄이 대체적으로 2억5천에서 3억5천만 원이고, 별내역에서 멀거나, 북쪽도로에 면하거나, 중간에 낀 대지들은 1억에서 2억 원 정도로 비교적 저렴하게 표시되어 있었다. 담유와 미키는 이런저런 상황을 가정해 보았다. 분양가를 4억5천만 원 정도로 잡고 프리미엄 2억 원 정도를 가정하면 총 6억5천만 원이 된다. 이 정도는 별내에서 알아보던 땅들보다 약 8천만 원에서 1억 원 가량 저렴하다. 담유와 미키가 감당할 수 있는 수준이었다.

다음날 담유는 사무실에서 갈매택지지구 지구단위계획과 미키가 핸드폰 카메라로 갈대부동산에서 촬영한 블록 사진들을 출력한 다음 다시 한번 꼼꼼하게 읽어보며 살펴보았다. 어제 집에서 미키와 함께 노트북으로 살펴보던 것보다 좀 더 상세한 정보들을 확인할 수 있었다. 그런데 D1블록 중간으로 고압선이 지나가는 철탑들이 세워져 있는 것을 발견했다. 철탑들을 대지 밖으로 이전하는 시기가 2016년 12월 말로 예정되어 있었다.

'고압선 철탑이라, 지중화한다고 해도 고압전류가 흐르면 여러모로 좋지 않을 것이다. 암도 발생한다는데.'

담유와 미키는 고압선이 지나가는 위치의 대지들은 일단 고려대상에서 제외시켰다. 그리곤 갈매천변 대지들을 살펴보았다. 별내역과 가까운 대지는 3억5천 이상 프리미엄이 붙어 있는 반면, 별내역에서 먼 대지들 중 하나인 110번 대지가 프리미엄이 2.2로 적혀 있는 것을 발견하였다.

'갈매천변에 위치해 있고 모서리 땅인데, 왜 이리 싸지? 북향이라서, 아니면 일조권에 걸려서 그러나?'

담유는 고개를 꺄우뚱거리며,

'이거 괜찮아 보이는데.'

형광펜으로 동그랗게 표시했다.

D2블록은 주변에 아파트단지와 상가들에 둘러싸여 있고, 국도가 바로 옆을 지나고 있어 주거환경은 D1블록에 비해 그리 좋아 보이지 않았다. 그렇지만 갈매역과 가까워 전철로 출퇴근하기 편리하기 때문에 D2블록 대지들도 꼼꼼하게 살펴보았다. D2블록 역시 모서리 땅이나 갈매역과 가까운 대지들의 프리미엄이 2.5에서 3.5까지 적혀 있어 만만치 않은 가격이었다. 국도변으로 북측에 위치한 모서리 땅인데도 D1블록 110번 대지와 똑같이 2.2로 표시된 230번이 눈에 들어왔다. 대지가 70평 정도로 상대적으로 작은 크기지만 갈매역까지 접근성이 좋아 보였다. 역시 형광펜으로 표시했다.

일단 D1블록의 110번 대지와 D2블록 230번 대지에 대해 연필로 적어 놓은 프리미엄이 정확하고 거래가 가능한지 확인하기 위해 갈대부동산 김사장에게 전화를 걸었다. 김사장은 전화벨이 울리자마자 전화를 받았다. 그리고 둘 다

거래가 가능하고 적혀진 프리미엄도 정확하다며 속사포처럼 대답했다. 그래서 담유는 집사람과 좀 더 협의한 다음 전화를 드리겠다고 했다.

지난 몇 차례 경험상 좋은 땅이라고 판단되면 빨리 의사결정을 해야 한다는 것을 본능적으로 느끼고 있었다. 지금 갈매단지는 아직 일반인들에게 많이 알려지지 않은 것 같다. 입지조건이 별내보다 나으면 나았지 절대 떨어지지 않으므로, 곧 땅을 구입하려는 사람들이 몰려올 것이다. 그렇다면 빨리 결정해야 한다.

여러 차례 통화를 시도한 뒤에야 미키가 전화를 받았다. 무척 바쁜 듯했다. 그래서 빠르게 D1블록 110번과 D2블록 230번 대지에 대해 설명해 주고 프리미엄을 알려 주었다. 미키는 숨 쉴 겨를도 없이, 둘 다 프리미엄을 2억2천만 원에서 2억 원으로 깎아 보라고 했다. 담유는 몇 억짜리 땅을 사는데 2천만 원이 뭐 그리 대수일까 생각했지만, 미키는 역시 가격에 민감했다. 그래서 남자와 여자가 서로 보완하며 살아가는가 보다. 담유는 알았다며 전화를 끊고, 갈대부동산 김사장에게 전화해서 D1블록 110번과 D2블록 230번 대지의 프리미엄을 2억2천에서 2억 원으로 조정해 줄 수 있는지 확인해 달라고 했다. 조정이 가능하면 언제든지 계약하겠다고 덧붙였다.

약 20분 후, 김사장으로부터 전화가 왔다. 두 땅 주인 모두 프리미엄을 2억 원으로 조정이 가능하며 언제든지 계약할 수 있다고 했다.

'아하, 갈매지역은 아직 사려는 사람보다 팔려는 사람이 많군. 2천만 원 깎아 달라고 하길 잘했네. 이러니 여자 말을 들으라는 건가?'

담유는 야릇한 희열을 느꼈다. 그리곤 얼른 미키에게 전화해서 2억 원으로 조정이 가능하다고 알려 주었다. 미키가 그럼 어느 땅으로 할 것인지 물어 보았다. 그래서 D2블록 땅은 갈매역과 가깝지만 우리가 실제 입주해서 살 것이므로 주거환경 측면에서는 국도가 바로 옆이라 별로 좋지 않은 것 같다고 했다. D1블록 땅은 갈매역이나 별내역에서 상대적으로 멀리 떨어져 있지만 갈매천 바로 옆에 위치하고, 경춘선 별내역에서 지하철 8호선이 연결되기 때문에, 주거환경이나 교통측면에서 D2블록보다 더 나을 것 같다고 했다. 우선 D1블록 110번 대지를 추진해 보자고 했다. 미키도 흔쾌히 동의해 주었다.

미키는 가격에는 민감하지만 담유가 최종 판단하는 것에 대해 거의 이의를 제기하지 않는다. 담유의 의사결정을 늘 믿고 따라 주는 미키가 고마웠다. 담유는 김사장에게 전화해서 내일 오후 5시 갈대부동산 사무실에서 만나 계약하기로 약속했다.

마침내 우리가 찾아 헤매던 땅을 발견한 것일까? 지난번 땅을 계약하기 전 무산된 경험 때문인지 실제 계약하고 계약금을 지불할 때까지 아무것도 예단할 수 없다. 그런데 왠지 느낌은 좋다. 9년 이상 살고 있는 구리시를 벗어나지 않을 것 같다. 희한하게도 가볍고 홀가분해졌다.

과연
타당성은 있는가?

내일 땅을 계약하기로 했다. 지난번 별내에서처럼 계약하기 직전 땅 주인이 다른 사람과 계약할지도 모른다. 다만 갈대부동산 김사장은 땅 주인이 자기와 오랫동안 알고 지내던 동네친구라며 담유를 안심시켰다. 그리고 단 이틀간이었지만 김사장을 대하면서 김사장이 빈말을 하거나 허풍을 떠는 가벼운 사람 같지 않고, 오히려 상대방을 존중하고 말을 가려하는 진중한 사람으로 보였기 때문에 신뢰가 갔다.

담유는 저녁식사를 마친 후 곧바로 노트북을 켜고 엑셀 프로그램을 실행시켰다. 그리고 새 엑셀파일을 연 다음 맨 위에 '타당성분석'이라는 글씨를 입력시켰다. 이제 구입하려는 땅이 과연 경제적으로 타당한 것인지 간단하게나마 분석해 보려는 것이다. 이러한 과정을 건설관리(CM)에서는 '사업타당성분석(Project Feasibility Analysis)' 또는 '사업경제성분석(Project Economic Analysis)'이라고 한다.

사업타당성분석은 사업을 본격적으로 추진하기 전에 반드시 실행해야 하는 과정인데 건설사업도 예외는 아니다. 사업타당성분석에서 가장 중요한 것은 투자 대비 수입의 균형을 판단하는 것이다. 만약 투자규모가 미래 수입보다 크면 사업은 적자가 예상되고, 반대로 수입이 투자보다 크다면 사업은 흑자가 예상되는 것이다. 사업은 적어도 '똔똔이', 즉 투자와 수입의 균형이 맞아야 추진할 수 있는 것이다.

담유는 가장 먼저 이번 상가주택을 짓는데 필요한 총투자 규모를 추정하기로 했다. 첫 번째가 대지구입비이다. 대지구입비를 추정하기 위해 사무실에서 출력해온 필지별 분양가 파일을 확인해 보니 D1블록 110번 대지의 크기가 73평이고 원주민에게 분양된 금액이 4억2천만 원이었다. 거기에 프리미엄 2억 원을 더하면 땅을 구매하는 순수비용은 6억2천만 원이다. 중계수수료로 약 500만 원을 추가하면 대지를 구입하는 총 금액은 6억2천5백만 원이 된다. 물론 땅을 구입하게 되면 등기를 해야 한다. LH가 갈매택지지구를 2016년 12월 말에 준공할 예정이고 단독 주택지를 땅 주인에게 이양하는 시점이 2017년 5월 말이다. 그렇다면 땅을 구입하는 시점에서 취득세를 포함한 등기비용은 내지 않아도 된다. 따라서 등기비용을 추가할 필요는 없다.

두 번째는 설계/감리비이다. 대지를 구입한 다음에는 설계를 하고 공사감리를 지정해야 한다. 설계비는 설계업체마다 천차만별이지만 일단 최소 2천만 원에서 최대 3천만 원으로 예상하고 중간인 약 2천5백만 원을 선택한다. 감리비는 업체별로 거의 차이가 없으므로 약 500만 원으로 가정하면, 전체 설계/감리비는 약 3천만 원 정도이다.

세 번째는 가장 많은 비용이 투자되는 실제 공사비이다. 설계하기 이전 단계에서 공사비를 추정하는 가장 일반적인 방법은 건축연면적에 평당 공사비를 곱해서 계산하는 것으로 개략견적 또는 개념견적(Conceptual Estimate)이라 한다. D1블록 단독주택지는 건폐율 60%, 용적률 200%까지 상가주택을 지을 수 있다. 따라서 대지면적이 73평이면 건축이 가능한 건축연면적은 대지면적의 200%인 146평까지 가능하다. 평당 공사비는 최소 320만 원에서 최대 450만 원까지 가정하고, 중간 정도인 평당 400만 원을 선택한다. 그렇게 되면 총공사비는 약 5억8천4백만 원으로 산출된다. 이상으로부터 총투자 규모는 대지구입비, 설계/감리비, 공사비를 합쳐 대략 12억3천9백만 원으로 추정할 수 있다.

담유는 총투자 규모를 추정한 다음 상가주택 준공 후 총수입 규모를 예상해 보았다. 총수입은 임대 수입과 보유하고 있는 가용재산의 합이다. 상가주택의 임대 수입은 2, 3층 각 2세대씩 총 4세대에 대한 전세금과 1층 상가보증금을 합친 금액이다. 세대별 평균 전세금액을 1억5천만 원으로 가정하면, 전체 4세대에 대한 임대료는 약 6억 원이다. 1층 상가보증금으로 3천만 원 정도를 가정해서 더하면, 예상되는 임대 수입 총액은 6억3천만 원이 된다. 그 다음 담유와 미키가 보유하고 있는 가용재산을 산출한다. 전세 임대 중인 노원 중계동아파트, 현재 거주하고 있는 구리 인창동아파트, 여기에 통장잔고와 중국펀드를 합친 것이 현재 보유 중인 가용재산이다.

최종적으로 총투자 규모 대비 총수입 규모를 비교해 본다. 담유와 미키가 충분히 감당할 수 있는 수준이다. 다만 현재 보유하고 있는 아파트를 당장 처분할 수는 없다. 아파트를 담보로 은행에서 대출을 받아야 하는데, 대출이자가 어느 정도인지는 알아보아야 한다. 다만 이론적으로 총투자비의 60% 정도만 현금으로 확보할 수 있다면 사업추진이 가능하다고 본다. 따라서 총투자비의 60%이면 7억4천 정도를 아파트 담보나 신용으로 대출을 받을 수 있으면 되는 것이다.

담유와 미키는 보유한 아파트 시세의 약 70% 정도까지는 대출을 받을 수 있고, 신용으로 3억 원까지는 낮은 이자율로 대출받을 수 있다. 따라서 총투자비의 60%는 어렵지 않게 조달할 수 있다. 그렇다면 남은 문제는 대출금 7억5천만 원에 대한 이자를 갚을 수 있는지 여부이다. 이자율을 연 3.5%로 가정하면 매달 2백3십만 원 정도는 이자로 지불해야 한다. 이 정도의 이자는 담유와 미키의 급여로 충분히 감당할 수 있다.

사업 초기에 전체 자금이 필요한 것이 아니다. 사업이 진행되면서 순차적으로 대출을 받아 조달하면 된다. 따라서 사업 초기의 이자부담은 그리 심하지 않다. 다만 공사를 착공하고 전세 임대비가 들어 올 때까지 최소 3개월에서 최대 6개월 동안은 버틸 수 있어야 한다. 그 정도는 버틸 수 있다.

마지막으로 자금조달과 관련된 주요 위험요인들을 점검한다. 첫째, 아파트담보 대출금액이 예상보다 적을 위험이다. 둘째, 담유와 미키가 신용대출을 충분히 받을 수 없는 위험이다. 셋째, 금리가 폭등해서 이자율이 예상보다 훨씬 높아질 위험이다. 넷째, 공사비가 예상보다 증가할 위험이다. 다섯째, 전세 임대가 나가지 않을 위험이다.

이들 위험요인의 발생확률은 어떤가? 대출부족과 이자율 상승은 IMF와 같은 심각한 경제위기가 닥쳐올 확률과 비슷하다. 현재 국내 경제상황에서 이런 일이 발생할 가능성은 극히 낮다. 그러나 공사비가 증가할 가능성은 매우 높다. 공사비 증가는 담유가 온전히 대응해야 할 내부위험이다. 즉, 담유의 능력에 따라 달라진다. 이런 위험조차 짊어지지 않겠다면 아예 시작도 하지 말아야 한다. 이 정도는 감당해야 한다. 'High Risk High Return, Low Risk Low Return'이다. 요즘 서울의 전세난으로 경기도로 빠져나오는 임대수요는 충분하다. 노원과 갈매지역도 마찬가지이다. 그렇다면 전세는 빠르게 임대될 것이다.

결과적으로 이번 상가주택 건설사업은 타당성이 충분하다. 현재 상황에서 이 이상의 사업타당성 분석은 불가능하다. 아직 확정된 것들이 많지 않고 그마저도 많은 변수들을 내포하고 있다. 그럼에도 불구하고 사업 초기 단계에서의 개략적인 사업타당성 분석은 매우 중요하다. 왜냐하면 사업을 진행할 것인가 말 것인가의 판단에 따라 투자가 이루어지게 되고, 투자가 이루어지면 끝까지 가야 한다. 만약 투자가 중간에 멈추는 순간 엄청난 손실이 발생할 수 있고, 자칫 회복하기 힘든 타격을 받을 수 있기 때문이다.

담유는 미키에게 개략적으로 정리된 사업타당성 분석자료를 보여 주며, 투자와 수입 항목들을 어떻게 설정하고 가정하였는지 꼼꼼하게 설명해 주었다. 미키도 담유의 설명을 들으며 자료를 유심히 살펴보더니, 고개를 끄떡이며 사업타당성 분석결과에 동의해 주었다. 그래, 이제 내일 땅을 계약하는 거야. 본격적으로 꿈에 그리던 내 집을 짓기 시작하는 거야.

물론 사업타당성 분석에 많은 오류가 있을 수 있다. 일단 건축연면적을 146평으로 가정했으나, 여기에는 확장부분과 다락면적이 포함되어 있지 않다. 만약 일조권을 받지 않는다면 최대 220평까지 늘어날 수 있으므로 3억 원 정도의 공사비가 추가될 수 있다. 그럴 경우에도 견딜 수 있는지 판단해야 한다. 아이들이 모두 졸업하므로 아이들에게 들어가던 자금을 투자비로 돌릴 수 있다. 그리고 구입한 대지를 담보로 대출을 받을 수 있고, 담유와 미키가 가입한 공제조합에서도 이율은 약간 높지만 어렵지 않게 빌릴 수 있다. 그렇다면 웬만한 오류에 의한 추가비용도 감당할 수 있는 것이다. 그래! 한번 시작해 보는 거야. 까짓것 못할 게 뭐 있나? 하면 되지. 담유는 이제까지 살아오던 방식 그대로, 과감하게 정면승부를 걸어 보기로 했다.

땅을 구입하다

4월 6일 오후 4시 30분경. 담유는 갈매역에서 내려 부동산까지 걸어갔다. 미키와는 4시 50분경 갈대부동산 앞에서 만나기로 했는데 아직 도착하지 않았다. 담유 혼자 사무실 문을 열고 들어가니, 김사장이 반갑게 맞아주었다.

"사모님은 같이 오지 않으셨나요?"

"지금 오고 있습니다. 곧 도착할 거예요. 땅 주인 분은 아직 오지 않으셨나봐요?"

땅 주인은 바로 옆 달래부동산 사장과 함께 올 거라고 했다.

오후 5시경 미키가 사무실에 도착했다. 그런데 갑자기 사무실 밖에서 소란스럽게 다투는 소리가 들려왔다. 담유는 당황스러웠다.

"무슨 일이 생겼나요?"

김사장은 원주민의 땅을 딱지형식으로 산 사람이 중간에 끼어있다는 것이었다. 담유는 무슨 소리인가 싶었다.

"딱지형식이라니요?"

원주민이 분양받기 전 미리 원주민에게 웃돈을 주고 분양권을 사놓은 것인데 '물딱지'라고 한다는 것이다.

"그럼, 토지 매매계약은 어떻게 되나요?"

담유는 계약이 가능할지 의문이 들었다. 매매계약은 원주민과 직접 체결해야 한다. 그런데 원주민이 자신의 도장 값으로 중간에 물딱지를 산 사람에게 프리미엄 중 일부를 떼어 달라고 한다는 것이었다. 그래서 소란이 벌어진 것이라고 했다.

담유와 미키는 처음 보는 광경이라 어리둥절하고 있는데,

"원주민이나 딱지 산 사람이나 모두 갈매지역에서 오래 동안 살던 사람들인데 돈 문제가 걸리니까 좀 더 달라, 못 주겠다고 하며 언성을 높이는 겁니다. 조금 지나면 다 해결될 겁니다."

김사장이 담유와 미키를 안심시켰다. 조금 지난 후 원주민과 딱지를 산 사람이 달래부동산 장사장과 함께 사무실로 들어왔다. 세 명 모두 약간 흥분한 상태 같았으나 침착하려고 애쓰는 모습이 역력했다.

담유는 모르는 체하며 김사장에게 물어보았다.

"계약서는 준비해 두셨나요?"

김사장은 이미 법무사가 작성해 두었다면서 본인 책상 위에 올려놓았던 계약서 3부와 분양대금 중 지금까지 약 2억2천만 원 정도 납부한 은행통장 사본을 가지고 왔다. 담유는 계약서를 살펴보았다.

"그럼, 납부하지 않은 분양금 2억 원은 제외하고, 이미 납부한 분양대금 2억2천만 원과 프리미엄 2억 원을 합해 매매대금으로 하면 되겠군요."

김사장과 장사장, 원주민과 낀 사람 모두 고개를 끄떡였다. 계약금은 김사장이 4천만 원으로 제안했고, 담유가 동의한 터라 별 이의가 없었다.

사무실 분위기가 뒤숭숭해서 얼른 계약서에 도장을 찍고 계약금을 넘겨준 다음 서둘러 일어나고 싶었다. 담유와 미키의 이런 마음을 알았는지, 밖에서 다투던 원주민은 낀 사람이 보는 앞에서 별 얘기 없이 계약서에 서명하고 계약금을 넘겨받고는 덕담을 건넸다.

"갈매는 참 좋은 지역입니다. 좋은 땅 사셨습니다."

아쉬워하면서도 다툰 게 멋쩍은 듯 머쓱해 했다. 김사장은 담유에게 잔금일을 확정하자고 했다.

"잔금은 언제쯤으로 하는 게 좋을까요?"

"2주 후인 4월 22일이 어떨까요?"

원주민과 낀 사람 모두 괜찮다며 동의해 주었다.

담유와 미키는 원주민과 낀 사람에게 서둘러 인사를 건네고 사무실을 나왔다. 그리고 미키의 차를 함께 타고 가면서, 말로만 듣던 딱지 거래가 바로 이런

것이구나 싶었다. 혹시 계약에 문제가 발생하지 않을까 염려되었다. 그래서 담유는 집에 도착하자마자 김사장에게 전화를 걸었다.

"아니. 중간에 물딱지를 산 사람이 있는데, 나중에 문제되지 않나요?"

김사장은 웃으면서,

"원주민과 낀 사람 둘 다 잘 아는 사람들인데, 원주민이 물딱지 값에 비해 프리미엄이 너무 높으니까, 약이 올라 프리미엄 중 일부를 달라고 합니다. 낀 사람이 일부 떼어 주기로 했어요."

걱정하지 말라는 것이다.

그렇다면 다행이다. 자, 이제부터 잔금을 준비해야 한다. 가장 먼저 구리 인창아파트를 담보로 미키가 대출 가능한 금액을 알아보기로 했으며, 모자라는 금액은 담유가 신용대출을 받기로 했다. 미키가 거래하는 K은행에 알아본 결과 3억 원까지 가능하다고 했다. 그렇다면 계약금으로 4천만 원을 지불하였으니 담유가 신용으로 8천만 원만 대출 받으면 된다. 담유도 거래하는 S은행에 8천만 원 신용대출을 알아보았다. 몇몇 서류만 제출하면 된다고 했다. 바로 다음날 필요한 서류를 떼어다 주었더니 언제든지 입금시켜 주겠다고 했다. 이제 잔금 치를 준비가 완료되었다.

지금까지는 예상한 바대로 대출받는데 큰 문제가 없었다. 담유와 미키의 신용이 좋아 대출이자도 그리 높지 않았기 때문에 이자 갚을 여력도 충분했다. 어쩐지 출발이 무난한 것 같았다. 잔금은 4월 22일 오전 10시에 치르기로 했다. 왜냐하면 잔금을 치른 다음 LH서울지역본부를 방문해서 대지의 명의를 변경해야 하기 때문이라고 했다. 그런데 미키는 그날 행사 때문에 나올 수 없어, 담유 혼자 잔금을 치르고 명의이전도 완료해야 했다.

4월 22일 오전 10시. 담유가 갈대부동산 사무실로 들어섰다. 김사장이 법무사무소 실장을 불러 대기시켜 놓았고, 달래부동산 장사장, 원주민과 낀 사람도 미리 와서 기다리고 있었다. 지난번 언성을 높이던 원주민과 낀 사람의 표정을 살펴보니 여유로웠다. 오늘 잔금을 치루면서 큰 불상사는 일어날 것 같지 않았다.

법무실장이 계약서를 세심하게 짚어가며 문제가 없는 것을 최종 확인하고,

준비해 온 잔금을 건네고 영수증을 받았다. 그리곤 담유의 차에 김사장을 태우고, 장사장의 차에는 원주민과 낀 사람을 태우고, 강남 논현동에 위치한 LH서울지역본부로 출발했다. 오전 11시 30분경 LH서울지역본부에 도착해서 원주민이 분양받은 D1블록 110번 대지 명의를 담유와 미키의 공동 명의로 변경했다. 마침내 상가주택 지을 땅을 산 것이다.

제3부
설계와 건축허가

담　유
澹　喩
건축일기

땅
잘 사셨습니다

　　설계를 본격적으로 진행하기 전, 대지와 관련된 여러 종류의 법령, 조례, 계획, 기준 등을 검토해서 건물의 규모와 형태를 대략적으로 추정해야 한다. 이를 '대지분석(Site Analysis)'이라 한다. 대지분석은 건축 관련 법규에 익숙한 설계전문가나 설계사무소에 의뢰하는 것이 빠르고 정확하다. 다만 한 곳에만 의뢰하기보다 두세 곳에 부탁하는 것이 좋은데, 전문가마다 법규나 기준을 적용하는 관점이나 방법이 다르기 때문이다. 건축주는 대지분석 의견 중 하나를 선택해야 한다. 제대로 된 건물을 짓느냐 마느냐는 대지분석부터 시작되는 것이다.

　　담유는 땅을 계약한 바로 다음 날, 평소 친분이 두터운 건축설계 전공 장교수에게 전화를 걸었다.

　　"상가주택을 지으려고 땅을 계약했는데 대지를 봐줄 수 있나요?"

　　"당연히 제가 봐 드려야지요."

　　반갑게 대답하며, 땅의 위치가 어디인지 물어보았다.

　　"계약한 땅의 지번을 알 수 있나요?"

　　"아직 LH가 택지조성 중이라 확정된 지번은 없습니다."

　　"그럼, 지구단위계획은 있나요?"

　　담유는 LH분양공고에 첨부된 지구단위계획은 있다고 했다. 장교수는 알았다면서 바로 확인하고 전화를 주겠다고 했다. 약 30분 후 장교수가 전화해서 지구단위계획을 찾았고 D1블록 CAD도면도 확보했다고 했다. 역시 건축설계전문가는 빨랐다. 장교수는 구리시 건축조례를 확인한 다음 정리해서 내일 알려 주겠다고 했다.

장교수는 상당히 유명한 건축가이다. 대학교수로 임용되기 전부터 설계사무실을 운영하고 있으며, 출중한 설계능력과 작품성으로 학계와 업계에서 지명도가 매우 높다. 사실 장교수는 조그만 상가주택을 설계할 정도로 여유롭지 않다. 그러나 담유와 여러 인연으로 친밀하게 지내는 터라 기꺼이 봐 주겠다고 호의를 베푸는 것이다.

다음 날 장교수로부터 전화가 왔다. 어제 대지조건을 꼼꼼하게 검토해 보았다고 했다. 대지위치가 모서리이고 일조권도 받지 않아 설계하기 매우 유리하고 좋은 땅이라고 하였다. 다만 주차가 5대로 제한되어 5가구 이상은 불가능하다면서, 다음 사항들을 정리해서 알려 주었다.

갈매택지지구에서 상가주택은 건폐율 60%, 용적률 200% 이내에서 지을 수 있다. 건폐율은 대지 내에 건물을 앉힐 수 있는 면적이다. 따라서 대지면적이 73평이면 73평의 60%인 43.8평까지 건물을 앉힐 수 있다. 용적률은 건물연면적(건물전체바닥면적)이 대지면적의 몇 %까지 가능한지 여부인데, 용적률 200%의 건물연면적은 대지면 73평의 2배인 146평까지 가능하다.

그 다음 건축물 층고와 건축연면적을 제한하는 일조권이다. 일조권은 건물의 북쪽 또는 남쪽 방향에 위치한 건물이 햇빛을 받을 수 있도록 보장하는 권리이다. 일반적으로 정남방향이면 건물의 북쪽에 위치한 건물이 사선으로 깎여 손해를 보고, 정북방향이면 건물의 남쪽에 위치한 건물이 사선으로 깎여 건물연면적이 줄어들게 된다. 갈매택지지구는 일조권이 정북방향이므로 남쪽에 위치한 건물이 손해를 보게 되는데, 갈매지구 D1블록 110번은 북쪽 끝 모서리에 위치하므로 일조권 때문에 손해를 보지 않아 설계하기 좋은 땅이라는 것이다.

또한 중요하게 고려해야 하는 것이 주차와 관련된 것으로서 주차대수, 진출입제한, 주차한계선이다.

첫째, 갈매택지지구 주차대수는 1가구 1대이다. 즉 1가구를 설계하면 반드시 1대의 주차공간을 확보해야 한다. 만약 5가구를 설계하면 최소 주차 5대가 가능한 공간을 확보해야 하는 것이다. 주차공간이 늘어날수록 1층 상가면적이 줄어들게 되므로 임대 수입은 그만큼 줄어든다. 그리고 1층 상가면적이 20평을 초과하면 주차 1대를 추가해야 된다. 만약 5가구를 설계하더라고 1층 상가면적이 20평을 초과하면 주차대수는 6대가 되어야 하는 것이다.

둘째, 대지 내로 차량의 진·출입을 제한하는 부분이다. 계약한 땅은 두 면, 즉 북측과 동측 면이 도로와 접하고 있다. 북측 면은 아예 진출입이 불가능하고, 동측 면은 5m만 가능하게 설정되어 있다. 따라서 대지 내 주차공간의 배치가 쉽지 않다는 것이다.

셋째, 대지 내 주차한계선이다. 주차한계선은 도로와 접하는 대지의 일부분을 보행공간으로 배정하는 것이다. 갈매택지지구는 대지경계선에서 1m 안쪽에 주차경계선이 설정되어 있어 주차공간을 대지경계선에서 1m 안쪽에 마련해야 한다. 이러한 주차한계선 역시 주차공간의 배치를 힘들게 한다.

장교수의 설명을 듣고 나니 땅은 잘 산 것 같았다. 다만 장교수가 알려 주는 것을 계약하기 전에 미리 검토 분석해서 계약할지 여부를 결정해야 했다. 그런데 계약한 다음 대지분석을 하다니, 앞뒤가 바뀐 것 같아 헛웃음이 나왔다.

'그래, 소도 뒷걸음치다가 쥐를 밟듯이, 거꾸로 가도 서울로 가면 되는 거 아닌가?'

담유는 속으로 위안하면서도, 그저 갈매천변에 위치하고 전철역에서 가까워 덥석 계약한 땅이 대지조건도 유리하고 좋다고 하니 천만 다행이라는 생각이 들었다.

미키에게 전화해서 장교수가 대지분석 결과 좋은 땅이란다고 전했다. 장교수를 잘 알고 있던 미키도 그러냐며 덩달아 좋아했다.

"그래, 왠지 잘 될 것 같네."

땅을 계약하기 전 대지분석을 미리 했어야 했다. 이번에는 운이 따랐다. 운은 항상 따라 주지 않는다. 운만 믿다가 자칫 구렁텅이에 빠져 헤어나지 못할 수도 있다. 이제부터라도 순서가 뒤바뀌지 않도록 조심해야겠다.

설계를
시작하기 전에

갈매택지지구 상가주택 건축공사가 내년 4월 30일부터 가능하다고 하니, 착공까지는 적어도 1년 정도 여유가 있어 설계할 시간은 충분하다. 설계기간은 건축주의 생각과 꿈을 도면으로 변형시키는 소프트한 과정이므로 공사할 때처럼 필요한 기간이 정해져 있지 않다. 급한 경우 건축설계자들은 밤샘 작업을 통해 단 1~2주 안에도 설계를 완료하기도 한다. 다만 서둘러서 설계를 마무리하게 되면 아무래도 설계도면에 많은 오류들이 잠재할 가능성은 매우 높다.

설계과정은 매우 중요하다. 비록 설계가 도면작성이라는 종이 작업에 불과하지만, 건축물의 최종 모습을 결정하고, 이를 기준으로 공사비를 산출하며, 실제 건축물을 시공하기 때문이다. 일반적으로 도면작성 과정에서 발견되는 오류는 도면만을 단순히 수정하므로 시간과 비용이 크게 들지 않는다. 그러나 실제 공사하는 과정에서 설계오류가 발견되거나 설계를 변경해야 한다면, 공사를 중단시키거나 완성된 부분을 깨어낸 다음 다시 작업해야 하기 때문에 많은 시간과 비용이 소모된다. 따라서 설계는 충분한 여유를 갖고 매우 꼼꼼하게 진행하는 것이 바람직하다.

설계과정은 사업의 종류와 규모에 따라 여러 단계로 구분된다. 소규모 건축물의 설계는 대개 계획설계와 실시설계로 나뉘지만, 대형건축물은 개념설계, 기본설계, 상세설계, 실시설계, 현장설계 등으로 세분화된다. 담유가 지으려는 상가주택은 소규모 건축물 중에서도 작은 규모이므로 설계과정을 불필요하게 세분화시킬 필요가 없어, 단순히 계획설계와 실시설계 두 단계로 구분하기로 했다.

계획설계(Schematic Design 또는 Conceptual Design)는 대지 위에 건물을 앉혀보고 그 안에 필요한 공간들을 스케치해 보는 것이다. 이 과정은 관련 법규를 참고하면서 건축물의 배치 및 윤곽, 임대세대의 크기와 수, 그리고 집주인이 거주하게 될 공간을 개략적으로 조합하는 것이다. 이후에 진행될 실시설계에 커다란 영향을 미치는 매우 중요한 단계이다.

또한 계획설계 과정을 통해 건축설계자의 경험이나 기술력, 건축주와의 의사소통능력 등도 판단할 수 있다. 따라서 계획설계는 단 한 명의 설계자에게 의뢰하기보다 가능하면 여러 명의 설계자에게 의뢰해 보는 것이 좋다. 대부분의 건축설계자들은 계획설계를 설계계약 전 서비스로 제공해 주지만, 일부 설계자는 설계계약 전에 어떠한 설계도 하지 않으려고 한다. 이러한 설계자에게는 의뢰하지 않는 편이 낫다. 왜냐하면 이러한 설계자들은 설계 과정에서 건축주의 의향을 무시하고 자신의 설계철학만을 고집하거나, 설계변경 요구를 제대로 들어주지 않아 건축주와의 갈등 발생 가능성이 매우 높기 때문이다.

그리고 설계를 본격적으로 진행하기 전에 건축물의 명칭을 결정해야 한다. 왜냐하면 건축설계도면에 건축사업명이 표시되기 때문이다. 물론 설계도면에 건축물의 주소만 넣는 경우도 있다. 그런데 설계도면에 건축물의 주소만 표시하는 경우 설계도면이 지칭하는 대상이나 아이덴티티(Identity)가 불명확해 시공 과정에서 혼란이 발생할 수 있다. 따라서 가능하면 도면에 건축물의 명칭을 넣는 것이 좋다.

담유와 미키는 상가주택의 명칭을 무엇으로 할지 여러 대안들을 놓고 고민했다. 미키는 남편의 영문자 이니셜인 담유와 자신의 영문자 이니셜인 미키만을 조합하여 'SM House'로 하자고 제안했다. 그런데 SM은 가수 이수만이 경영하는 'SM 엔터테인먼트'라는 연예기획사의 이름과 같아 별로 내키지 않았다. 그래서 담유는 아들들의 영문자 이니셜이 J이기 때문에 J를 넣어 우리 가족의 집, 즉 'SMJ House'로 하자고 수정 제안하였더니 미키도 흔쾌히 동의해 주었다. 앞으로 작성되는 모든 설계도면에서는 'SMJ House'가 들어갈 것이다.

그 다음은 설계하는 과정에 대한 공정계획(일정계획 또는 스케줄(Schedule)이라 함)을 미리 준비하는 것이다. 설계 과정은 현장시공처럼 먼저 해야 할 작업과 나중에 해야 하는 작업들의 순서가 논리적으로 명확하게 구분되지 않는다. 그러나 착공 전에 설계가 완료되고 건축허가를 받은 다음 착공계를 제출해야 하는데, 착공계에 첨부되는 서류들이 많기 때문에 서류들을 준비할 충분한 시간이 필요하다. 따라서 일반적으로 설계에 대한 일정계획은 공사를 착공하는 시점을 확정하고, 그 시점을 기준으로 설계 과정을 시간상 역순(逆順)으로 수립한다.

그런데 SMJ House의 경우 착공까지 1년여의 기간이 남아 있으므로 상세하게 설계공정계획(Design Schedule)을 수립해서 추적 관리할 필요성은 그다지 많지 않다. 다만 담유가 처음으로 상가주택을 설계하는 것이므로, 나중에 다시 상가주택을 짓게 되는 경우 그 설계에 참고하기 위해 SMJ House의 설계공정 관리 과정 그대로를 기록으로 남기기로 했다.

일반적으로 공정계획(Schedule)은 작업이 시작되기 전에 준비한다. 그런데 SMJ House 설계 과정은 담유가 처음 경험하는 것이므로 설계가 진행되기 전에 정확한 설계공정계획을 준비하기란 쉽지 않다. 따라서 SMJ House 설계공정 계획은 작업이 시작되기 전 공정표를 작성하는 방법인 계획공정표방식(As-Plan Method)을 적용하기보다, 설계가 진행되는 과정을 그대로 공정표에 표시하는 방법인 완료공정표방식(As-Built Method)을 적용하기로 했다. 즉 설계가 실제 진행되는 과정 그대로를 작업들로 분류하고 작업 간 논리(Logic)를 연결해서 설계공정계획을 작성하는 것이다. 그리고 이러한 설계공정계획 작성은 담유가 직접 개발한 공정관리 프로그램인 비라이너(Beeliner)⁴⁾를 활용하기로 했다.

---

4) 저자가 2010년 제안한 새로운 공정관리 기법인 Beeline Diagramming Method(BDM) 기법을 적용하여 개발한 공정관리 프로그램

그래도
갈매천변이 좋다

담유가 건축공학과를 나왔고 건설관리(CM)를 전공하는 대
학교수이기 때문에 주변에 건축설계를 전문으로 하는 동료나 선후배들이 많다.
그런데 막상 상가주택에 대한 설계를 의뢰하려고 이리저리 살펴보아도 마땅한
사람이 떠오르지 않았다. 물론 담유가 건축설계를 전공하지 않아 설계전문가들
과 교류가 많지 않은 탓도 있지만, 대부분이 대형 건축설계회사에 근무하며 대형
건축물을 설계하거나 건축설계작품을 주로 하기 때문에, 담유가 지으려는 작은
규모의 평범한 상가주택의 설계에는 관심이 덜한 것 같았기 때문이다.

특정분야 전문가라는 사람들은 대부분 자존심이 세다. 그런데 건축설계를
하는 사람들은 공학과 예술을 아우른다는 생각에 자존심을 넘어 우월감까지
내보이는 경우가 적지 않다. 물론 소수이긴 하지만, 일부 건축설계전문가들은
외모에서부터 꽁지머리를 하거나, 수염을 멋지게 또는 덥수룩하게 기르고, 원색
의 독특한 뿔테 안경을 쓰면서, 범상치 않은 옷을 입어, 자신이 특별한 재능을
가진 존재임을 은근히 드러내곤 한다.

따라서 건축설계전문가들을 대하기란 쉽지 않다. 평소 건축과 관련 없는 사
안에 대해서는 평범한 사람들과 별 차이 없지만, 건축설계로 화제를 돌리면 태
도가 돌변하면서 주도권을 행사하려는 경우가 많기 때문이다. 그래서 담유는
알고 지내던 건축설계전문가와 자칫 감정이 상할까봐 염려되어, 가능하면 편하
게 대화하면서 설계를 진행할 전문가를 찾아보았다. 계획설계를 의뢰할 전문가
로 가장 먼저 떠오른 사람은 대지분석을 해주었던 장교수이다. 장교수도 자존
심은 매우 강하지만 담유의 건설관리 전문성을 인정하고 있기 때문에, 담유와
갈등이 발생할 여지가 많지 않을 것 같았다. 장교수에게 전화를 걸었다.

"땅 잔금까지 다 지불했어요. 이제 계획설계를 해야 하는데, 장교수님께 부탁드려도 되겠습니까?"

장교수는 혼쾌히 그렇게 하겠다면서,

"최근 거제도에 별장 한 채를 설계해서 준공시켰어요. 그리고 잘 아시다시피 제가 주택 전문 아닙니까?"

시원스럽게 웃었다. 맞다. 몇 해 전 L지역 건축심포지엄에서 장교수가 설계한 작품들을 발표하는 슬라이드를 감상한 적이 있었다. 주변 자연환경과 잘 어울리게 설계한 여러 채의 주택들에 대해 설명을 들으면서 내심 감탄한 적이 있었다.

그런데 담유가 짓고자 하는 상가주택은 설계 작품이 아니라 임대가 잘 되면서 살기 편한 실용적인 집이다. 장교수가 발표한 설계 작품과는 연관성이 많아 보이지 않았다. 그래서 장교수에게,

"제가 짓고자 하는 상가주택은 평범한 건물입니다. 특별히 모양을 낼 필요는 없고, 그저 살기 편하면 됩니다."

"그래도 교수님 집인데 대충 지어서 되나요? 제가 최대한 아이디어를 내 보겠습니다."

"고맙습니다. 그럼 제가 생각하는 설계 요구조건을 말씀드려도 되겠습니까?"

"당연하지요. 말씀해 주세요."

장교수가 필기구를 준비하는 소리가 전화기를 통해 들려왔다. 장교수가 준비된 것을 확인하고, 담유는 설계조건을 다음과 같이 알려 주었다.

"지난번 대지 분석할 때 이미 말씀 드렸지만, 2, 3층은 2룸 또는 3룸의 임대세대를 2가구씩 총 4세대를 넣어주시고, 4층에는 주인세대 3룸에 임대세대 1룸을 추가해 주시기 바랍니다. 1층 임대상가에는 남녀 화장실을 각각 넣어주시면 좋은데, 화장실이 1개일 경우에도 상가를 나누어 분양하면 화장실도 나눌 수 있도록 아이디어를 내 주시기 바랍니다. 외벽마감은 노출콘크리트판넬, 송판콘크리트판넬, 전벽돌과 같이 Classic하고 Antique했으면 합니다. 이 정도면 충분한가요?"

장교수는 적은 것을 살피는 듯하더니,

"충분합니다. 그런데 주차가 5대밖에 안되기 때문에 4층 1룸 임대세대 추가는 어려울 것 같은데요?"

"아, 그건 준공된 다음에 4층에 3룸과 현관문을 공용하는 1룸을 독립세대로 만들어서 임대해볼까 합니다. 그래야 임대 수입이 조금 더 나올 것 같아서요. 물론 약간 불법적인 측면도 있지만, 현관을 같이 사용하니 요즘 유행하는 1가구 2세대 개념이라 괜찮지 않나요?"

"알겠습니다. 그렇게 해도 4층에 1가구 4룸이니 괜찮을 것 같네요. 한 번 만들어 보지요."

"그러면 언제쯤 계획설계안이 나올 수 있을까요?"

"다음 주 정도면 가능할 것입니다."

일주일이 지난 다음, 장교수로부터 전화가 왔다. 계획설계에 본격적으로 들어가기 전에 일단 2가지 계획안들을 모눈종이에 스케치해 보았다며, 시간 날 때 사무실에 들러달라는 것이었다. 사무실은 구리에서 멀지 않은 곳에 위치하고 있었다. 담유는 퇴근길에 장교수 사무실을 들렀다. 장교수는 담유를 반갑게 맞아주며, 자신이 스케치한 몇 가지 대안들에 대해 다음과 같이 설명해 주었다.

첫 번째 안은 엘리베이터를 설치하지 않는 안이었다. 장교수는 대지가 작고 4층에 불과한 저층이기 때문에 엘리베이터를 굳이 설치할 필요는 없다고 했다. 엘리베이터를 설치하지 않으면 공용면적이 줄어들게 되어 실평수가 늘어난다는 것이었다. 그리고 북쪽에 갈매천이 있지만 남쪽 방향에 거실과 안방을 배치하는 것이 햇빛이 잘 들어 좋다면서, 대지의 남측 방향으로 거실과 방들을 중점 배치하는 방안을 설명했다.

두 번째 안은 엘리베이터를 설치하는 안이었다. 계단실과 엘리베이터를 대지 중앙에 두고 각 세대를 배치하는 것이다. 이 경우 계단실과 엘리베이터가 중앙에 위치하여 공용면적을 많이 차지한다. 따라서 각 세대의 면적이 줄어들어 2, 3층에는 2룸 2세대 밖에 넣을 수 없고, 4층 4룸은 아예 불가능하다는 것이었다. 결국 장교수는 엘리베이터를 설치하지 않는 첫 번째 안이 더 낫다고 하였다.

장교수가 두 개의 안을 설명하고 있는 동안, 담유는 장교수가 갈매천보다 남측 방향을 중요시하고 있다는 생각에 적지 않게 당황했다. 담유가 대지를 구입하게 된 가장 큰 이유가 북측에 갈매천이 흘러 조망이 좋다는 것이었다. 그런데 장교수는 갈매천은 북측에 있어 향이 불리하다면서 남측을 강조하고 있었다.

그리고 장교수는 엘리베이터가 없는 안을 추천하고 있었다. 물론 엘리베이터가 없으면 실평수는 늘어난다. 그런데 요즘 고층아파트의 영향으로 거주자들이 엘리베이터에 익숙해져 있다. 아무리 낮은 층이라도 엘리베이터를 타려고 한다. 저층의 상가주택에서도 엘리베이터가 없으면 임대가 잘 나가지 않는다. 그런데 장교수는 엘리베이터가 없는 안을 강조하고 있는 것이다.

담유는 장교수의 설명이 끝나자 잠시 뜸을 들인 뒤,

"장교수님 수고하셨습니다. 역시 설계전문가라 다르시군요."

조심스럽게 운을 떼었다.

"근데 장교수님, 남쪽 대지에 집이 들어서면 조망이 가려집니다. 그리고 남쪽에 면한 거실과 방들이 옆집 창과 붙어 있어 서로 넘겨다 볼 수 있는데 사생활 침해 문제가 발생하지 않을까요? 저는 북측 갈매천이 조망이 좋고, 동측 도로 건너편에 집들이 들어서기 때문에 사생활 침해가 덜할 것 같네요."

거실을 남쪽에 배치하는 것에 대해 의문을 제기했다. 그러나 장교수는 완고했다.

"아닙니다. 남쪽 방향이 이 집의 핵심입니다. 그쪽을 강조하는 게 정답입니다."

담유는 일단 알았다며 고개를 끄떡인 다음, 엘리베이터 설치에 대해서도 의견을 제시했다.

"그리고 요즘 웬만한 상가주택은 엘리베이터를 다 설치하는 것으로 알고 있습니다. 엘리베이터가 없으면 세가 잘 나가지 않는다고 하는군요."

장교수는 엘리베이터가 필요하다는 의견이 내키지 않는 듯했다.

"4층 밖에 안 되는데 굳이 엘리베이터를 설치할 필요가 있나요? 괜히 공간만 차지합니다."

담유는 장교수가 설명하는 두 가지 안에 대해 계속 토론하면 논쟁으로 이어질까 염려되어 슬쩍 화제를 다른 곳으로 돌렸다. 요즘 건설경기가 어떤지 10여분간 얘기하다가, 장교수에게 복사본을 부탁했다.

"오늘 설명한 안들을 제게 복사해 주실 수 있나요? 집에 가서 집사람과 얘기해 보겠습니다."

"이것 그대로 가지고 가세요. 저에게도 똑같은 게 있습니다. 사모님과 잘 의논해 보시고 제게 연락주세요."

장교수는 스케치한 두 개의 안을 선뜻 건네주었다.

"감사합니다. 아직 착공하려면 시간이 많이 남아 있으니 천천히 생각해 보고 말씀드리겠습니다."

담유는 신경 써주셔서 감사하다며 인사를 건네고 사무실을 나왔다. 담유는 집으로 돌아오며 장교수가 제시한 안에 대해 이리저리 생각해 보았다. 그런데 동의하기 어려웠다. 담유의 생각과는 너무나 달랐기 때문이었다. 아무래도 장교수와 계획설계를 계속 진행하는 것은 갈등만 키울 것 같았다. 이제까지 잘 지내던 관계마저 해칠 것 같다는 걱정이 앞서기 시작했다.

담유는 저녁식사 후 미키에게 장교수가 제안한 안을 보여 주며 설명했다. 미키는 담유와 생각이 같았다. 갈매천 방향이 중요하고 엘리베이터는 반드시 있어야 된다는 것이었다. 그러면서 장교수와 갈등이 발생하면 안 된다며 염려했다. 미키는 장교수에게 도와주신 답례로 저녁식사를 대접해 드리고, 편하게 얘기할 수 있는 다른 설계전문가를 천천히 알아보자고 했다.

며칠 후 담유는 장교수에게 전화해서 설계를 천천히 진행하겠다는 의사를 전달했다.

"장교수님, 아직 시간이 많이 남아 있으니, 가을 정도에 본격적으로 설계에 들어갈까 합니다. 그때 다시 연락드릴게요."

"그러시죠. 지금은 너무 이릅니다. 내년 초에 시작해도 되요."

장교수는 호탕하게 웃었다.

"제가 언제 저녁식사 대접하겠습니다. 시간 내주시지요?"

담유의 제안에 장교수는 흔쾌히 그러자고 했다. 역시 성품이 좋은 분이셨다. 편한 시간에 만나기로 약속하고 통화를 마쳤다. 담유는 장교수가 제안한 두 가지 안에 대해 미키와 나눈 얘기를 차마 꺼낼 수 없었다. 자칫 자존심을 상하게 할 수 있기 때문이었다. 담유는 앞으로의 설계 과정이 결코 순탄치 않을 것 같다는 예감이 들기 시작했다.

규모가
작아서 그런가?

장교수의 제안을 완곡하게 미루고 난 며칠 후, 담유는 싱숭생숭한 마음에 갈매택지지구로 차를 몰았다. 아직 D1블록은 쌓아 올린 흙더미로 윤곽조차 알 수 없었지만, 바로 옆 LH아파트는 골조가 지상으로 막 올라오고 있었다.

일반적으로 대지 위에 흙을 쌓아 두는 이유는 흙의 무게로 자연스럽게 땅을 다지려는 것이다. 보통 2~3년 정도 흙을 쌓아 두면 눈과 비를 맞고 겨울과 여름을 지나면서 땅이 얼었다 풀렸다를 반복하며 단단해지기 때문이다.

담유는 이왕 와 본건데 구입한 땅의 윤곽이라도 알아볼 수 있을지 몰라 공사도로 옆에 차를 세워 두고 쌓아 놓은 흙무더기를 이리저리 살펴보았다. 그런데 아무리 둘러보아도 담유가 구입한 땅이 어디쯤 있는지 도무지 짐작할 수 없었다. 갈매천이 여기저기 파헤쳐진 것으로 보아 갈매천 정비 작업도 함께 진행하는 듯 보였다. 가끔씩 흙을 실은 육중한 트럭만 오가는 황량한 벌판에 서서,

'진짜 땅을 잘 산건지. 혹시 엉뚱한 땅 산 거 아닌가?'

의구심이 들기도 했다. 담유는 사방을 둘러보며 핸드폰으로 여러 장의 사진을 찍은 다음 집으로 돌아왔다.

담유는 이왕이면 상가주택을 많이 설계해 본 업체에게 계획설계를 맡기는 게 어떨까 생각하다가, 이런저런 인연으로 잘 알고 지내던 도부사장이 떠올랐다. 도부사장은 작년 말까지 국내 최고 건설사업관리업체인 한서매니지먼트에서 근무하다가 최근 일산에 위치한 중소규모의 설계감리업체로 옮겨 경영총괄 임원을 맡고 있었다. 그는 건축사 자격증을 보유하고 있고, 다년간 건설관리분야의 영업 경험도 가지고 있다. 담유는 도부사장이 나를 잘 알고 있으니, 나에

게 맞추어 줄 수 있을 것 같았다. 도부사장에게 전화를 걸었다.

"상가주택을 지으려고 갈매에 LH가 조성 중인 땅을 하나 샀어요. 계획설계를 맡기려고 하는데, 괜찮겠습니까?"

도부사장은 반색하였다.

"잘 하셨네요. 요즘 상가주택이 뜨고 있습니다. 근데 갈매라고 하면 별내 옆에 있지 않습니까?"

"네. 그렇죠."

도부사장은 옮겨 간 설계감리업체의 사장이 대학선배인데, LH에서 오랫동안 근무하다가 독립해서 LH일을 많이 맡아 한다고 했다. 특히 요즘 상가주택 설계도 많이 한다고 했다. 그리곤 지번을 알려 주면 곧바로 계획설계안을 만들어 보내겠다고 했다. 담유는 갈매택지지구 지구단위계획도상 위치와 번호를 알려 주었다. 그리고 장교수에게 보내 주었던 설계조건도 수정하지 않은 채 그대로 이메일로 보내 주었다.

도부사장에게 메일을 보낸 후 바로 도부사장으로부터 전화가 왔다.

"메일 잘 받았습니다. 그리고 LH홈페이지와 구리시 홈페이지에 들어가서 관련 자료들을 모두 다운받아, L과장에게 계획안 작업을 지시했어요."

"역시 LH일을 많이 해 보셔서 아주 빠르군요. 그럼 계획안이 나오는 대로 알려 주시기 바랍니다."

"저희 회사는 설계뿐만 아니라 시공까지 함께 합니다. 이 분야에서는 저희가 최고일 겁니다. 마음 푹 놓으시고 저희에게 맡겨주시기 바랍니다. 시공을 맡겨 주시면 설계는 무료로 해 드리고요."

사실 이번 상가주택은 담유가 직접 시공할 예정이기 때문에 건설업체에게 맡길 생각은 없었다. 그래서 도부사장에게,

"착공은 내년 5월에나 가능합니다. 그래서 시공은 천천히 생각하려고 합니다. 일단 설계를 잘 해야겠지요."

"네. 당연합니다. L과장이 상가주택 설계를 많이 해봐서 금방 좋은 안을 만들어 낼 겁니다."

담유는 언제쯤 안이 나올 수 있는지 물어보았다. 2~3일이면 충분하다고 했

다. 계획안이 나오는 대로 알려 달라고 했다.

3일 후, 도부사장으로부터 계획안을 메일로 보냈다는 전화가 왔다. 반가운 마음에 얼른 메일을 열어보았다. 1층 상가, 2~3층, 4층 평면도를 CAD로 그린 다음, PDF로 변환시킨 파일이 첨부되어 있었다. 1층부터 꼼꼼하게 검토해 보았다. 그런데 기대한 것과 달리 약간 실망스러웠다. 도부사장에게 다음과 같은 검토의견을 답변메일로 보냈다.

첫째, 1층 평면에서 상가면적이 겨우 13평 정도로 너무 작고, 주 출입구와 계단실이 북쪽 하천 도로변에 접하고 있어, 상가가 노출되는 면적이 축소되었습니다. 따라서 주차대수가 6대인데 5대로 축소시키고, 계단실과 엘리베이터를 남서쪽 모서리로 옮겨야 합니다. 둘째, 2~3층은 2룸씩 2가구로 거실과 주방/식당을 옹벽으로 분리시켰는데, 데드 스페이스(Dead Space)[5]가 너무 많습니다. 셋째, 4층 평면은 북동쪽 대지 모서리 부분에 다용도실을, 갈매천변에 부엌을 배치하고 남쪽에 거실과 안방을 배치하였는데, 이는 대지의 장점인 갈매천과 별내역 방향 조망의 장점을 살리지 못하고 있습니다. 넷째, 다락방 계획이 빠져 있어, 다락방 배치와 4층과 연계되는 동선(動線)을 확인할 수 없습니다.

L과장이 제안한 계획안 역시 장교수의 안처럼 갈매천 방향보다 남측을 중요시하고 있었다. 담유는 도부사장에게 전화해서 답변메일을 보냈으니, 메일 내용을 반영해서 다시 한 번 계획안을 수정해 달라고 요청했다. 도부사장은 당연하다는 듯, L과장에게 계획안을 다시 만들어보라고 지시하겠다고 했다. 그리곤 2~3일이 지났다. 그런데도 도부사장으로부터 아무런 연락이 없었다. 담유가 진행상황을 알아보기 위해 전화를 걸었다. 도부사장은,

"L과장이 교수님 메일을 확인했는데, 자신의 생각이 옳다며 수정하지 않으려 하네요."

담유는 어이가 없었다.

---

5) 못 쓰거나 불필요한 공간

"건축주가 수정을 요청하는데도 반영하지 않겠다니, 말이 되나요?"

"그러게 말입니다. 제가 이곳으로 옮긴 지 얼마 안 되서, 제 말을 잘 안 듣는 것 같네요."

아니, 이게 무슨 소리란 말인가? 옮긴 지 얼마 안 되었어도 회사조직에서 경영총괄임원의 말을 무시하는 부하직원이 있을 수 있단 말인가? 아주 기초적인 사항만 수정해 달라는 요청이었는데, 자신의 계획안만을 고집한다는 게 이해되지 않았다. 설계전문가의 특이한 고집인가?

담유는 도부사장에게 참으로 황당하다고 했다.

"도부사장이 어쩔 수 없다는데, 더 이상 어떻게 하겠습니까? 아마 규모가 작아서 그런가 보지요."

담유는 오히려 도부사장을 위로해 주었다.

"다른 데 알아볼게요. 괜히 제가 부탁한 일로 불편해 하지 마시기 바랍니다."

"정말 죄송합니다. 제가 다른 업체를 알아봐 드릴까요?"

"괜찮습니다. 제가 알아보지요."

설계조직이라 그런가? 담유도 회사경력이 15년 정도는 되는데, 이런 황당한 경험은 처음이었다. 아무리 작은 규모의 일이라도 최선을 다하는 게 기업의 기본자세 아닌가? 도부사장이 미처 파악하지 못했나 보군. LH일이 너무 많아서 그러겠지. 담유는 씁쓸하게 웃고 말았다.

제가
바로 그놈입니다

L과장의 태도가 너무 어이없고 자존심도 상했지만 빨리 잊는 게 낫다. 법정스님은 평생 무소유(無所有)를 추구하면서, 아무데도 얽매지 말라는 뜻의 본래무일물(本來無一物)을 강조하셨다. 20대 초반 방황하던 시절부터 법정스님의 책들은 담유에게 많은 영향을 끼쳤다. 그래서 담유도 가능하면 매사에 얽매이지 않으려고 노력한다. 괜히 걸리적거린다 싶으면 과감히 뿌리치고 혼자 길을 나선다. 무소뿔처럼 혼자 가는 것이다.

L과장의 상식 밖의 반응이 도부사장 탓은 아닐 것이다. 그렇다면 도부사장을 버리는 것보다 L과장을 잊으면 된다. 설계업체가 어디 한 두 군데인가? 살다 보면 기분 나쁜 일이 한둘이 아니다, 등 뒤에서 비수를 꽂아대는 경우도 비일비재하다. 이 정도면 아무것도 아니다. 그래 빨리 깨끗이 잊자.

아무래도 계획설계에 대해 다시 생각해 보아야 할 것 같았다. 장교수와 L과장은 건물과 접한 남측을 강조하지만 도저히 받아들일 수 없었다. 담유는 갈매천이 있는 북측의 조망이 너무나 소중했다. 갈매천 너머로 불암산이 시원하게 보이고, 별내 신도시의 스카이라인도 멀리서 물결치듯 넘실댄다. 이런 멋진 조망을 다용도실이나 부엌으로 차단할 수는 없었다. 전통적으로 남측이 햇빛이 잘 들어 밝고 따뜻하기 때문에 선호하지만, 요즘은 거실에 직사광선이 들어오는 것을 그리 반가워하지 않는다. 또한 최근 단열성능도 매우 좋아져서 북측이 춥다는 것도 옛말이었다.

그래서 담유는 직접 계획설계안을 만들어 보기로 했다. 담유는 CAD를 다룰 줄 모르지만, 파워포인트는 익숙하다. 일단 파워포인트로 작성해 보기로 했다. 물론 스케일은 정확하지 않을 것이다. 그래도 건물배치나 실배치 정도는 충분히 해낼 수 있다. 담유는 1층에서 4층까지 각 층 평면들을 파워포인트로 그리기 시작했다.

가장 먼저 1층 평면에서 우선 계단실과 엘리베이터의 위치를 결정한다. 남서쪽 모서리가 주변 건물들과 맞대고 있어 오로지 옆집의 벽만 보인다. 따라서 통로인 계단실과 엘리베이터를 그곳에 위치시키는 것이 최선이다. 상가는 북측과 동측 도로면에 최대한 길게 접하도록 한다. 그래야 손님들에게 상가측면이 최대한 많이 노출될 것이다. 상가의 영업이 잘 되어야 임대료를 넉넉하게 받을 수 있다. 그리고 주차장은 남쪽에 배치한다. 남쪽에 건물이 들어서면 답답해지기 때문이다.

그리고 2, 3층 평면에는 2룸과 3룸을 넣어본다. 엘리베이터와 계단실에서 출입해야 하므로 아무래도 한 층에서 두 세대를 남북으로 나누어야 할 것 같다. 북쪽 세대는 갈매천 쪽으로 거실을 위치시키고 남쪽 세대는 동측 도로쪽으로 거실을 위치시킨다. 엘리베이터와 계단실이 남서쪽에 있어 남측공간이 그만큼 줄어든다. 북측 세대는 3룸, 남측 세대는 2룸을 넣어 본다.

그 다음 4층 평면을 구성한다. 담유와 미키가 실제 거주할 집이고 아마 평생 살게 될지 모를 공간이기 때문에 최선을 다해 보자. 일단 갈매천과 불암산, 별내지역이 보이는 북동쪽 모서리에 거실을 배치한다. 북쪽으로만 거실창을 내게 되면 아무래도 빛이 적게 들어와 어두울 수 있다. 동측 아트홀 옆으로 작은 창을 내자. 그리고 거실과 연결되도록 주방을 배치하고 각 방들은 흩어보자. 4층에 3개 이상의 방은 배치하기 어려울 것 같다. 다락에도 방을 넣을 수 있으니, 4층은 방 3개만 넣는 것으로 한다. 다락층 평면은 아직 생각하지 말자. 왜냐하면 4층 평면에 따라 다락으로 올라가는 계단 위치가 변할 수 있다. 4층 평면을 확정하지 않은 상태에서 다락층 평면은 큰 의미가 없다. 다만 다행히 일조권을 받지 않으므로 다락층 전체를 주거공간으로 계획할 수 있을 것이다.

담유는 나름대로 고민하면서 세 가지 대안들을 만들어 보았다. 그리고 미키에게 대안들을 보여 주면서 평면을 배치한 의도를 설명했다. 미키도 흥미진진해 하며 자신의 생각을 덧붙였다. 나름대로 담유와 미키가 합의한 대안들이 만들어졌다. 그러나 담유와 미키가 합의한 대안이 최종 계획설계안이 될 수 없다. 건축법규나 시조례, 지구단위계획을 지켰는지 확인해야 한다. 그런 작업은 건축설계사무소에서만 할 수 있다. 그러나 담유가 만든 대안들은 계획설계를 위한 가이드라인은 될 수 있을 것이다.

이제부터 담유가 제안하는 가이드라인을 따라줄 건축설계자를 찾아보기로 했다. 평소 알고 지내는 건축설계자들은 많다. 그러나 담유의 가이드라인을 존중해 주고 따라줄 설계자가 있을지 의문이었다. 그런데 갑자기 페이스북 친구인 안준기가 떠올랐다. 가깝게 지내던 후배였는데 오랫동안 소식을 모르다가 어느 날 갑자기 페이스북에서 친구를 요청해 왔다. 일단 수락은 했지만 이 친구가 그 친구인지 아리송했다. 그래서 페이스북을 열어 안준기를 찾은 다음, 그가 작성한 게시물의 댓글에 조심스럽게 글을 올렸다.

"혹시 안준기씨가 맞나요?"

얼마 지나지 않아, 답변이 왔다.

"제가 바로 그놈입니다."

안준기는 참 착한 후배이다. 자신을 내세우지 않으며 상대를 세심하게 배려한다. 대학을 졸업하면서 담유는 건설회사에 취직했지만, 안준기는 유명한 건축가인 H씨의 문하생으로 들어갔다. 서로 가는 길이 달라졌기 때문에 거의 만나지 못했고 소식조차 전해 듣지 못했다. 전공은 같지만 세부전공이 다르면 거의 교류가 없는 분야가 바로 건축이다. 담유는 안준기에게 전화를 걸었다.

"안소장, 정말 오랜간만이네. 잘 지내고 있었어? 페북에 친구요청한 사람이 자네 같긴 했는데, 긴가민가했네."

"형님 오랜만이네요. 형님 얘기 많이 듣고 있습니다."

목소리는 그대로였다. 잠시 지나간 옛일을 떠올리며, 그동안 살아온 얘기를 간단히 주고받았다. 젊은 시절 안소장과 술도 많이 마셨던 것 같다. 그만큼 가깝게 지냈기 때문에 계획설계를 부탁하는데 전혀 부담되지 않았다.

"안소장, 요즘도 설계 많이 하나? 주로 작품하는 거 아냐?"

"H선생님이 돌아가시고, 설계사무실을 인수받아 열심히 하는데, 이제야 조금 자리를 잡아갑니다."

"사실 내가 상가주택을 지으려고 작은 땅을 샀는데, 설계를 부탁할 사람이 마땅치 않네. 상가주택 설계해 보았나?"

"상가주택은 많이 해보지 않았습니다. 저는 H선생님이 하시는 도서관이나 미술관 같은 쪽을 많이 했습니다. 그런데 설계라는 게 다 거기서 거기죠."

안소장은 설계대상을 가리지 않는다고 했다. 그러면서 지번과 위치만 알려 주면 인터넷으로 확인해 보겠다고 했다.

"형님이 집 지으시는데 제가 설계하는 게 당연하지요. 지번을 알려 주시겠습니까?"

"알았네. 아직 택지조성 중이라 정확한 지번은 없네만, 갈매택지 지구단위계획상 위치를 알려 주겠네."

담유는 지구단위계획에 표시된 위치를 알려 주고, 장교수와 도부사장에게 보내 주었던 설계요구조건도 이메일로 보내 주었다. 잠시 후 안소장이 메일을 확인했다며,

"제가 검토해 보고 내일 전화 드리겠습니다."

걱정하지 말라고 했다. 안소장은 예전과 거의 변함이 없었다. 항상 겸손하고 남을 배려하는 마음이 그대로 전해졌다.

다음날 안소장으로부터 전화가 왔다.

"좋은 땅 사셨네요. 혹시 생각하고 계시는 계획안은 있나요?"

역시 안소장의 상대방에 대한 배려는 여전했다.

"안 그래도 내가 몇 가지 안을 생각해 보았네. 그런데 파워포인트로 그려서 스케일은 맞지 않아. 그래도 참고는 할 수 있을 거야. 이거 이메일로 보내줄까?"

"당연하지요. 보내 주시면 제가 참고해서 계획안을 정리해 보겠습니다. 그리고 어느 정도 정리되면 연락을 드릴 테니, 저희 사무실을 방문해 주시죠."

"사무실이 어디지?"

"금호동이에요. 한강변인데 전망이 좋습니다."

그러면서 주소를 알려 주었다,

"계획안이 나오면 연락 주게. 그러면 사무실 방문해서 지내온 얘기하며 소주 한잔하세."

"좋습니다. 여전히 술 즐기시죠?"

"여전하지."

담유는 크게 웃었다. 아직 초여름인데도 푹푹 찌는 6월 중순, 안소장이 계획안을 정리했다며 사무실을 방문해 달라고 했다. 담유는 서울시내에서는 웬만하면 운전하지 않고 대중교통을 이용하는데, 초행길이라 차를 몰고 금호동 사무실을 찾아갔다. 깔끔하고 자그마한 상가건물 4층에 사무실이 자리하고 있었다. 문을 열고 들어가니 건물모형들이 가득 차 있었고, 벽면에는 출품했던 작품들이 빼곡히 걸려 있었다. 안소장 책상 위에도 온갖 서류와 도면들로 수북했다. 안소장과 반갑게 악수를 나눈 뒤 의자를 끌어다 앉았다.

"일이 많은 가봐. 사무실이 도면과 모형들로 꽉 차 있구먼."

"돌아가신 H선생님이 작업했던 것들을 차마 정리하지 못하고, 그대로 쌓아두다보니 그러네요."

H씨를 회고하는 듯, 눈빛에 아쉬움이 가득했다.

"정리한 계획안 보여 주겠나?"

안소장은 스케치한 모눈종이를 책상 위에 올려놓았다. 안소장이 정리한 1층, 2~3층 평면 계획안은 담유가 제안했던 그대로였다. 다만 4층 평면은 방과 주방의 위치를 변경했는데, 갈매천과 동측 모서리 부분에 있던 거실을 북측 중앙으로 이동시키고, 안방을 동측에 길게 배치하면서 주방은 남측에 위치시켰다. 그리고 주방 왼쪽으로 임대용 원룸을 넣었다. 북측 거실 왼쪽에 작은방을 넣으면서 작은방 아래쪽에서 다락으로 올라가는 계단을 설치했다. 임대용 원룸에 화장실이 추가된 탓인지 4층 방들의 크기는 작아져 실용성이 떨어졌다. 다락평면도 보여 주었다. 계단을 올라가자마자 조그만 방이 있고 동측으로 길게 서재를 배치했다. 그리고 임대용 원룸에서도 다락으로 올라가면 창고로 사용할 수 있는 작은 공간을 만들었다.

담유는 안소장에게 4층 주방이 남쪽에 있는데, 북쪽 좌측의 작은방과 위치를 바꾸면 어떨지 물어보았다. 그렇게 하면 다락으로 올라가는 계단을 설치하기 어렵다고 했다. 그 다음 다락에 설치하는 화장실의 천정 높이가 충분한지 물어보았다. 안소장은 용변을 보면서 허리를 구부리므로 괜찮다고 했지만, 화장실 공간은 여의치 않았다. 대체적으로 아기자기하게 공간을 배치한 것으로 보아 고민한 흔적이 역력했다. 그러나 공간들이 왠지 협소하고 불편하게만 느껴졌다.

"역시 미술관 같은 작품들을 많이 해서 그런지 공간이 아주 오밀조밀하게 잘 꾸며졌네. 그런데 4층과 다락층 평면을 좀 더 단순화시킬 수 없을까? 너무 복잡하고 좁아 보이는군."

"형님 성격 여전하시네요. 변함없이 시원시원하시고 단순한 걸 좋아하시니. 알겠습니다. 제가 다시 한 번 고민해 보겠습니다. 대신 시간을 좀 넉넉히 주시지요."

담유는 안소장이 일 때문에 스트레스를 받는 것 같았다.

"설계할 시간은 넉넉하니 천천히 고민해 보게. 우리 소주 한잔하러 갈까? 오랜만에 만났는데 내가 한 잔 사겠네."

둘은 사무실을 나와 근처 삼겹살집으로 발길을 돌렸다. 숯불에 노릇하게 잘 구워지는 삼겹살과 소주를 곁들이며 안소장과 지나온 세월을 밤늦도록 회고했다. 술자리가 끝나기를 고대하던 가게주인이 문을 닫는다고 했다. 안소장에게 다시 정리되면 연락을 달라고 했다. 담유는 대리운전을 불러 집으로 돌아왔다.

거의 20여 일이 지난 6월 말, 안소장으로부터 정리가 되었다는 전화를 받았다. 담유는 지난번과는 달리 전철과 버스를 갈아타며 금호동 사무실을 찾아갔다. 도착하니 거의 6시 가까이 되었다. 사무실은 여름열기를 에어컨으로 식히고 있었지만, 워낙 더운 날씨 탓에 사무실 전체가 땀 냄새로 가득했다. 일이 많고 분주해 보였다. 안소장은 담유가 사무실에 도착한 것을 알면서도, 노트북에 무언가 입력하느라 집중하고 있었다. 담유는 바쁜 분위기가 왠지 낯설었다.

"무척 바쁜가 봐. 일이 많나보네."

"H선생님 덕분에 일이 많이 들어옵니다. 열심히 해야지요."

안소장은 멋쩍게 웃으며, 책상 언저리에 있던 모눈종이를 끌어다가 담유에게 보여 주었다.

"상가주택을 다시 정리한 게 이겁니다."

"아직 CAD 작업을 하지 못했구면."

"네. 저희들이 바빠서 아직 CAD 작업을 못했어요. 오늘 결정해 주시면

CAD 작업에 들어가려고 합니다."

안소장은 거칠게 숨을 몰아쉬었다. 안소장이 다시 정리한 4층을 보니 평면은 거의 그대로였다. 다만 다락으로 올라가는 계단을 'L'자에서 'ㄷ'자 형태로 변경해서 북측 방을 약간 늘리고 계단 밑에 수납공간을 만들었다. 다락으로 올라가는 계단 바로 옆에 작은 방의 크기도 늘려놓았다. 그리고 다락에서 계단이 뚫린 공간으로 거실을 내려다보게 했다. 담유는 평면이 그다지 마음에 들지 않았다.

"평면에는 거의 변화가 없고, 계단만 조금 변했네."

"제가 아무리 고민해 봐도, 4층 평면은 지난번 안이 제일 나은 것 같습니다. 방 크기는 작다고 해서 조금 늘렸어요."

안소장이 너무 바빠 상가주택 설계에 많은 시간을 할애하지 못하는 것 같았다. 아무래도 안소장에게 상가주택은 규모가 너무 작은 것 같았다. 담유는 갑자기 힘이 빠져나가는 것을 느꼈다.

"스케치한 것 가지고 가서 집사람과 의논해 볼께. 내가 이거 가지고 가도 되나?"

"그럼 복사해 드리겠습니다."

직원에게 복사를 시킨 다음 봉투에 넣어 담유에게 건네주었다.

"오늘 너무 바쁜 것 같은데, 저녁식사 같이 할 수 있나?"

"내일까지 마감해야 하는 게 있어서요. 다음 기회에 한 잔하면 안 될까요?"

"그래, 그럼 다음에 하세. 집에 가서 검토하고 연락하겠네."

정신없이 돌아가는 사무실에서 빨리 나오고 싶었다. 담유는 더위에 지친 사람들로 가득한 전철을 타고 오면서, 바쁜 안소장에게 괜히 부담만 주는 건 아닌지 미안한 생각이 들었다. 20일 이상 시간을 주어서 뭔가 새로운 아이디어가 나올 것 같았는데, 그리고 어느 정도 CAD 작업도 되었을 줄 알았는데, 안소장에게 기대가 너무 컸던 것 같았다. 그래 당사자인 나만 바쁘지. 일이 많은 안소장은 내 맘 같진 않을 거야, 그렇다고 안소장에게 여유가 생길 때까지 기다리고만 있을 수 없지 않은가? 계획안이 나와야 개략 공사비도 뽑아보고, 마감을 무엇으로 할지 고민도 해볼 텐데……. 안소장에게 설계를 맡기는 것에 대해 다시 생각해 보기로 했다.

집에 돌아와서 미키에게 안소장이 계획설계를 진행하는 상황을 설명했다. 그리고 아무래도 안소장이 너무 바빠서 설계를 우리가 생각하는 일정에 맞추기 어려울 것 같다고 말해주었다.

"그럼, 다른 사람에게 맡겨요. 당신이 아는 설계자들 많잖아요."

미키는 다른 설계자를 알아보라고 했다. 그래 알고 있는 설계자는 많다. 그런데 내 맘 같이 움직여 주지 않으니 참으로 난감한 것이다. 담유는 CAD를 직접 배워보겠다고 했다.

"아무래도 안 되겠어. 내가 CAD를 배워서 직접 설계를 해보면 어떨까?"

"아니, 당신도 이제 50대 후반인데, 새로운 소프트웨어 사용법을 익혀서 도면을 직접 그려보겠다는 거예요?"

미키는 말도 안 된다는 듯 피식 웃었다.

"안되는 게 어디 있어. 시간이 많으니까 한 번 해 보는 거야."

담유는 늘 이런 식이다. 안하는 건 있어도, 안 되는 건 없는 것이다.

담유는 며칠 동안 복사해온 스케치를 검토하다가, 안소장에게 전화를 걸었다.

"안소장, 아무래도 일이 너무 많은 거 같네. 나는 가능하면 일찍 설계를 마무리해서 공사를 준비하려고 했거든, 근데 안소장이 너무 바빠서 내 일정에 맞추지 못할 것 같네."

"형님, 제가 바쁜 일 마무리되면, 형님 상가주택 제대로 봐줄게요."

"아니야, 내가 CAD를 직접 배워 보려구. 학창시절로 돌아가서 직접 그려보지 뭐. 혹시 잘 안되면 그때 도움을 청하겠네."

안소장은 무슨 뚱딴지같은 소린가 싶었던 모양이다.

"형님, 그거 못하십니다. 20대도 아니고, 두어 달만 기다려 주세요. 제가 하겠습니다."

담유는 거듭 스스로 해보겠다면서 안소장에게 그동안 도와줘서 고맙다고 했다. 그리고 한가해지면 삼겹살집에서 소주 한잔 다시 하자며 통화를 마쳤다.

구리에도
설계사무실이 있구나

땅을 산지 두 달이 훌쩍 지나갔다. 지난해에는 여름 내내 장마가 계속되어 건설현장이 제대로 돌아가지 않았다고 했다. 올해는 6월 하순부터 7월 초인 지금까지 비다운 비가 전혀 내리지 않고 있다. 장맛비가 오지 않으면 농사꾼들에게는 재앙이지만 건설현장에서는 축복이다. 현장일이 쉬지 않고 잘 돌아가기 때문이다. 담유가 구입한 땅은 자연성토를 위해 흙을 2m 이상 높게 쌓아 놓았다. 비가 많이 올수록 땅속으로 빗물이 골고루 스며들어 땅이 조밀해지고 단단해진다. 그래서 담유는 농사꾼의 입장으로 비가 많이 오기를 학수고대하고 있었다. 그런데 간간히 가랑비만 내리고 있었다.

땅을 구입한 다음 곧바로 설계를 시작했다. 그런데 아직 출발선에서 멀리가지 못하고 있다. 그나마 성과라면 장교수, L과장, 안소장과 접촉하면서 계획안에 대해 어느 정도 고민해 본 것이다. 내년 5월이 착공예정이기 때문에 시간적으로 여유는 많다. 그러나 담유는 '건축주-CM'방식으로 직접 공사를 해볼 요량이라 준비할 것들이 많다. 그래서 시간이 무의미하게 흘러가는 것이 내심 초조했다.

'좋다. 내가 직접 AutoCAD를 배워서 머릿속에 정리된 계획안을 도면으로 만들어 보지 뭐. 세상에 안되는 게 어디 있어.'

담유는 직접 CAD를 사용해서 도면을 작성해 보기로 했다. 일단 CAD책을 구입하기 위해 구리 돌다리사거리에 위치한 서점을 찾아갔다. CAD관련 서적들은 매우 다양하고 많았다. 아예 한 코너 전체가 CAD책들로 수북이 쌓여 있었다. 담유는 CAD책들을 뒤적여보며 비교적 수월해 보이는 AutoCAD 책 한 권을 골랐다. 제목은 『AutoCAD 따라 하기』였다. 그림과 예제가 많아 쉽게 따라하며 배울 수 있을 것 같았다. 집으로 돌아와서 인트라넷에 올려진 정품 AutoCAD 프로그램을 PC에 다운로드받아 설치했다.

담유도 30대 초반 엔지니어링 회사에 재직할 당시, 오라클(Oracle)을 이용해서 설계공정관리프로그램을 직접 프로그래밍했던 경험이 있다. 그리고 BDM기법 기반의 공정관리 프로그램인 Beeliner도 담유가 직접 시스템을 설계하고 개발을 주도했다. 따라서 전산관련 지식과 프로그래밍 언어에 대한 기초는 꽤 탄탄한 편이다. 그래서 AutoCAD 쯤이야 했던 것이다.

일단 『AutoCAD 따라 하기』를 꼼꼼하게 읽어보며 머릿속으로 어떻게 작동하는지 그려보았다. 그런데 젊을 때와 달리, 페이지를 넘기면 이전 페이지 내용이 아리송해졌다. 담유도 어느덧 오십대 중반을 넘겨 기억력이 옛날 같지 않았다. 읽었던 내용이 금방 가물거리니, 앞으로 돌아가서 똑같은 내용을 다시 읽어야만 했다. 한 번만 앞으로 가는 것이 아니라 수차례 반복해야 했다. 그러니 진도가 더디지 않을 수 없었다.

일단 읽은 내용이라도 숙달하기 위해, AutoCAD 프로그램을 열어놓고, 하나하나 따라해 보기 시작했다. 책만 읽는 것보다는 좀 더 기억에 남았지만, 그마저도 2~3일이면 가물가물해졌다. 절망감이 밀려들기 시작했다.

거의 2주 만에 책에 나온 예제들은 모두 따라해 보았다. 이제 책의 마지막 부록에 있는 샘플 프로젝트를 온전히 AutoCAD로 만들어보면 된다. 샘플 프로젝트는 아파트 한 세대의 평면을 만드는 것이었다. 담유는 최선을 다했으나, 역시 책에서 습득했던 기억들은 어느새 아련해져 있었다.

'이제 나이가 들긴 들었구나. 옛날 같지 않아.'

절로 한숨만 나왔다. 그래도 여기서 멈출 수는 없다. 거의 20여 일 동안 최선을 다해 습득한 AutoCAD 지식을 한 번도 써보지 않고 버릴 수는 없었다. 그래서 담유는 파워포인트로 스케치해 놓은 계획안을 AutoCAD로 옮겨 보기로 했다. 무척 더디고 힘들었으나 밤늦도록 악착같이 며칠을 매달렸다. 마침내 1층, 2~3층, 4층 평면도를 대충이나마 만들어냈다. 그런데 진이 다 빠졌다. 이렇게 계속 할 수는 없을 것 같았다.

하는 수 없이 설계사무실에서 근무한 경험이 있던 옆 사무실의 신 군에게 마무리를 부탁했다. 신 군은 AutoCAD에 익숙해서인지 단 이틀 만에 마무리했다. 그리고 완성된 CAD파일을 이메일로 보내 주었다.

'그래 무리였어. 진작 신 군에게 부탁할 걸.'

이제 옛날의 담유가 아니다. 인정할 건 인정하자. 담유는 고마운 마음에 신군과 동료들을 불러내어 단골인 솥뚜껑구이집으로 직행했다. 주인의 넉넉한 인심 속에 소주를 곁들이며 즐거운 삼겹살파티를 가졌다.

윤재규 사장은 가평에서 설계사무실을 운영하고 있으면서, K대학에서 강의도 맡고 있었다. 강의하러 오는 날이면 담유의 사무실에 종종 들렀다. AutoCAD로 계획안을 손보느라 진땀을 빼고 있던 7월 말 오후, 윤사장이 사무실로 불쑥 들어왔다. 웬일이냐며 반갑게 인사하고 자리에 앉으며 냉장고에서 시원한 음료수를 꺼내 권했다. 윤사장은 담유가 집을 짓는다는 얘기를 들은 것 같았다.

"집을 지으신다면서요?"

대뜸 물어 보기에, 담유가,

"어떻게 아셨어요? 내년에나 착공할 예정입니다."

"직접 AutoCAD를 배워서 도면을 만들고 있다는 소문을 들었습니다."

담유는 소문이 참 빠르구나 싶었다.

"내년 5월에나 착공하니 시간이 넉넉한 것 같아, 제가 직접 계획설계안을 만들어보려고 합니다. 그런데 힘드네요. 이제 저도 늙은 것 같습니다."

담유는 윤사장에게 AutoCAD로 작업 중인 컴퓨터 모니터를 보여 주었다.

"CAD는 책으로 배워서 할 수 있는 게 아닙니다. 제가 설계사무실을 하고 있으니 도와드릴 수 있습니다."

담유는 집을 지으면서 가능하면 주변 사람들에게 폐를 끼치고 싶지 않았다. 그래서 그럴 필요 없다고 했다.

"구리에 상가주택을 짓는다고 하셨죠? 그러면 구리에 있는 설계사무실에 맡기세요. 허가 받는데 유리합니다."

윤사장이 구리 설계사무실에 맡기라는 말에 갑자기 귀가 번쩍 뜨였다. 담유는 구리에 설계사무실이 있는지조차 생각해 보지 않고 있었다.

윤사장을 배웅한 뒤, 담유는 의자를 뒤로 젖히고 한동안 천장을 휑하니 쳐다보았다. 구리시에 있는 설계사무실이라, 구리가 아주 작은 도시인데 구리에도 설계사무실이 있을지 의문이 들었다. 그래서 인터넷으로 구리시 설계사무실을 검색해 보기로 했다.

AutoCAD 화면을 내리고 네이버를 띄운 다음 '구리시 설계사무실'을 입력하고 엔터키를 눌렀다. 10여 개 남짓 설계사무실들이 나열되었다.

'아하, 구리시에도 설계사무실이 있구나? 한둘도 아니고 십여 개나 되다니.'

예상 밖이었다. 한 업체 한 업체 검색해 보는데 홈페이지가 있는 업체는 단한 곳뿐이었다. 교문설계사무실이었다. 교문설계사무실 홈페이지에 들어가 보니 홈페이지는 매우 단순하게 꾸며져 있었고 첨부된 정보도 거의 없었다. 그것마저 전혀 업데이트되지 않는 듯 보였다. 여하튼 구리에도 설계사무실이 있다는 사실에 담유는 내심 놀랐다.

담유는 교문설계사무실 전화번호를 확인하고 전화를 걸었다. 전화벨이 몇번 울리자 젊은 남성이 전화를 받았다. 자신이 설계사무소 소장이라고 했다.

"다름 아니라, 제가 구리 갈매지구에 상가주택을 지으려고 합니다. 그래서 설계사무실을 알아보는 중이에요."

"아, 그러세요. 구리에 지으시면 구리시에 등록된 건축설계사무소에 맡기는 게 여러모로 유리하고 편리합니다."

"네. 아무래도 그렇겠죠. 내일 사무실을 방문해도 될까요?"

"그러세요. 내일은 하루 종일 사무실에 있을 겁니다."

다음날 오후 구리시에서 제일 번화한 돌다리사거리 모퉁이의 상가건물 5층에 위치한 교문설계사무실을 방문했다. 사무실은 매우 작은 규모로 책상은 두어 개만 배치되어 있었다. 소장 혼자서 일을 하는 듯 다른 자리는 비어 있었다.

"소장님 혼자 근무하시나 봐요?"

담유가 자리에 앉으며 물어보았다. 소장은 함께 일하는 다른 소장도 있다면서 잠시 볼일이 있어 나갔다고 했다. 사무실은 건축사 두 명이 동업하는 듯 보였다. 다른 소장의 자리가 없는 것으로 보아 사무실은 별도로 운영하면서 필요할 때 협력하는 것 같았다. 소장은 담유에게 커피나 차를 마시겠냐고 묻지도 않고 곧바로 대지위치를 알려 달라고 했다. 그래서 담유는 가지고 온 CAD도면을 책상 위에 올려놓았다.

"제가 CAD로 계획안을 만들어 보았습니다. 허가도면을 작성해 주실 수 있는지 한 번 봐 주시겠습니까?'"

소장은 깜짝 놀라며,

"아니, 이걸 직접 만드셨습니까?"

"제가 AutoCAD 책 보고 배우면서 만들어 보았습니다."

소장은 담유가 내민 CAD도면을 펼치며 믿기지 않는 듯했다.

"혹시 건축을 전공하셨나요?"

"네. 그런데 설계전공은 아닙니다."

소장은 곧바로 목소리를 부드럽게 낮추었다.

"그러시군요. 한 번 살펴볼게요."

소장은 도면을 찬찬히 훑어보기 시작했다.

"이 정도면 허가도면을 충분히 만들 수 있습니다."

기본은 마련되었으니 법규를 검토하고, 살만 더 붙이면 된다는 의미 같았다. 소장은 본격적으로 자신을 소개하기 시작했다. 자신들이 구리지역에서 설계를 가장 많이 한다고 했다. 그리고 자신들의 설계도면은 완벽하기 때문에 도면매수가 다른 사무실보다 많고, 투시도까지 그려주면서도 설계비는 평당 7만 원 정도라고 했다. 평당 7만 원이면 담유가 예상하던 설계비보다 훨씬 저렴했다. 그런데 소장의 장황한 설명을 들으면서도 썰렁한 사무실 분위기 때문인지 그의 말에 신뢰가 가지 않았다.

"소장님 말씀 잘 들었습니다. 제가 사무실 근처 인창동에 살고 있으니, 좀 더 생각해 보고 연락드리겠습니다."

담유는 서둘러 사무실을 나왔다.

집에 돌아와 미키에게 구리시에도 건축설계사무실이 있다며 오늘 교문설계 사무실을 가보았다고 했더니, 깜짝 놀랐다.

"이런 촌에도 건축설계사무실이 있나요?"

"그러게 말이야. 그런데 사무실도 작고 너무 영세해서 신뢰가 가지 않아."

담유는 구리에 있는 설계사무실에 맡기는 것은 무리일 것 같다고 했다.

"그래도, 구리시에서 허가를 쉽게 받을 수 있고, 설계비도 매우 저렴해."

담유는 왠지 아쉬웠다. 그런데 미키의 눈동자는 초롱초롱 빛나기 시작했다.

"그럼, 구리시에 있는 다른 설계사무실도 알아보는 게 어떨까요?"

"인터넷으로 검색해 보니, 10여 군데 밖에 없더군. 그나마도 홈페이지는 오늘 방문했던 교문설계사무실밖에 없었어."

담유는 시큰둥하게 대꾸했다. 미키는 인터넷 검색에서는 담유를 압도한다. 담유는 인터넷으로 아무리 검색해도 발견하지 못하는데, 미키는 신기하게도 잘 찾아내곤 했다.

"제가 한 번 검색해 볼게요."

미키는 주저 없이 노트북을 켰다, 그리고 이리저리 검색하기 시작했다. 검색을 시작한 지 얼마 지나지 않아 뭔가를 찾아낸 것 같았다.

"태우설계사무소가 있는데, 파워링크로 연결되어 있네요. 홈페이지도 잘 꾸며져 있어요."

담유가 얼른 노트북을 돌려 미키가 찾은 태우설계사무소 홈페이지를 살펴보았다. 분명 소재지가 구리시였다. 홈페이지는 제법 잘 꾸며져 있었고, 설계 자료도 많이 올라와 있었다. 담유는 어이가 없었다.

"당신 참 신기해. 어떻게 그렇게 잘 찾아. 난 아무리 뒤져봐도 없던데."

"그게 내공이지."

미키는 담유의 허리를 쿡 찔렀다.

모든 설계에는
정답이 있습니다

구리시 호수공원 건너편 정자에는 찜통더위를 피해 마실 나온 노인들이 정자 옆으로 요란하게 쏟아지는 인공폭포의 물보라로 열기를 식히고 있었다. 태우설계사무소는 호수공원 바로 옆 상가건물 4층에 위치하고 있었다. 담유는 엊그제 태우설계사무실에 전화를 걸어 설계사무소 대표건축사인 장순덕 대표와 오늘 오후 2시에 만나기로 약속했다.

지하 주차장에 차를 세워 두고 블록 벽으로 된 계단실을 따라 4층까지 올라갔다. 사무실의 반투명 유리문 앞에는 여러 켤레의 신발과 실내화들이 어지럽게 널려 있었다. 유리벽 내부로 탁 트인 넓은 공간과 고급스러운 칸막이들이 보였다. 서너 명의 직원들이 각자 책상 위에 놓인 두 대의 커다란 모니터 앞에서 분주하게 일하고 있었다.

담유의 문 여는 소리에 젊은 남자직원이 벌떡 일어나며 물어보았다.

"무슨 일로 오셨나요?"

"장순덕 대표님과 약속했습니다."

직원이 4층에서 옥탑으로 연결된 철제 돌림계단 쪽으로 걸어가며 담유에게 따라오라고 손짓하였다. 직원을 따라 돌림계단을 올라가니 옥탑에는 칸막이 없는 넓은 회의실과 대표건축사 사무실이 있었다. 직원이 장대표 사무실 문을 열고 손님이 오셨다고 알려 주었다. 소파에서 서류를 보고 있던 장대표가 여유롭게 일어나며, 담유를 반갑게 맞아주었다.

장대표의 방은 웬만한 중견기업 CEO의 방처럼 매우 넓고 모던하게 잘 꾸며져 있었다. 장대표가 담유에게 응접의자에 앉을 것을 권했다. 담유가 의자에 앉으며,

"사무실이 넓고 좋네요. 한강까지 훤히 다 보이는군요."

하며 장대표에게 명함을 건네주었다.

"고맙습니다. 별거 아니에요."

장대표는 담유의 명함을 살펴보고는,

"K대학 건축과 교수님이시군요."

반색하면서, 탁자 위에 수북이 쌓인 서류들을 옆으로 치웠다.

"일이 많은가 봅니다. 사무실이 많이 바빠 보이네요."

장대표는 자기 명함을 담유에게 건네주며,

"아니에요. 일 별로 없어요."

라며 겸손해했다. 그런데 첫 인상이 평범한 사람 같아 보이진 않았다. 장대표는 대학을 졸업하고 재벌 L그룹의 자회사인 C설계사무소에서 15년간 근무했다고 했다. 구리시에 사무실을 오픈한지는 약 10년 정도 되었다고 했다. 주로 구리시와 남양주시 일대의 공공건물 설계를 많이 하고, 전국적인 현상설계공모에도 적극적으로 참여한다고 했다. 담유는 장대표의 소개에 적잖이 놀라고 있었다.

"구리시에 이렇게 큰 건축설계사무실이 있을 줄 몰랐습니다. 대단하군요."

담유는 갈매택지지구에 상가주택을 지으려고 한다면서 가방에서 CAD도면을 꺼냈다. 그리고 장대표에게 도면을 건네주었다. 장대표는 CAD도면을 받으면서 태우설계사무실에서 별내지구에 이미 18건 넘게 상가주택을 설계했다고 했다. 상가주택 설계에서 다른 설계업체들보다 훨씬 많은 실적을 가지고 있다며 목에 힘을 주었다. 그리고 갈매택지지구에서도 벌써 설계계약을 8건이나 체결했다고 했다.

"그래요? 전혀 예상 밖입니다."

담유는 다시 한 번 놀랐다. 갈매에서도 벌써 8건이나 계약을 했다니 도저히 믿어지지 않았다. 장대표는 의외로 침착했다. 그리고 덧붙였다.

"하남 미사지구에도 상가주택 많이 짓고 있는 거 아시죠? 그곳에도 10건 넘게 설계했습니다."

자신들은 상가주택 설계전문가라는 것이었다. 사실 예상 밖이었다. 구리에 설계사무실이 있을까 의문이었고, 며칠 전 방문했던 돌다리사거리의 교문설계사무실도 너무 영세했다. 그런데 구리시에 상가주택설계를 전문으로 하는 이렇게 큰 사무실이 있다니. 머리를 한 대 쥐어 박힌 것 같았다.

장대표는 자신의 책상에 놓여 있던 갈매택지지구단위계획을 가지고 왔다. 지구단위계획 도면을 펼치며 담유에게 구입한 땅의 위치가 어디인지 물어보았다. D1블록 110번 대지라고 했다. 장대표가 잠시 지구단위계획 도면을 손을 짚으며 확인하더니 입가에 미소를 띠었다.

"참 좋은 땅 사셨네요."

"급매로 나왔고, 갈매천변에 있어 이것저것 따지지 않고 그냥 샀습니다."

"사시는 순간 이미 1억은 이득 본겁니다."

장대표는 톤을 조금 높이며,

"구리는 북쪽 대지가 일조권을 받지 않는데, 이 땅은 일조권도 받지 않고 모서리에 있으며 갈매천변에 있으니, 나중에 집값이 많이 오를 거예요."

장대표는 갈매택지지구에 대해 이미 모든 사항을 파악하고 있는 듯했다. 담유는 일조권이 유리하다는 사실을 이미 알고 있었다. 그런데도 처음 듣는 것처럼 고개를 끄떡여 주었다.

장대표는 담유가 건네준 CAD도면을 유심히 살펴보더니 의미심장한 미소를 지었다.

"손 좀 봐야겠네요. 모든 설계에는 정답이 있습니다."

설계에는 정답이 있다는 말이 면도날처럼 꽂혀 왔다. 보통은 아니군. 장대표는 담유가 생각하는 설계조건을 알려 달라고 했다. 그래서 담유는 1층 상가와 2~3층 2룸과 3룸 2세대씩 총 4세대, 4층에는 3룸인데 1룸은 임대를 주었으면 좋겠다고 했다. 그리고 주차위치나 대수는 알아서 판단해 달라고 했다. 장대표는 담유의 설계조건을 수첩에 적으면서,

"네. 이 정도 대지면 대부분 그렇게들 하십니다. 제가 정답을 찾아보겠습니다."

장대표는 자신감이 넘쳤다. 담유에게는 다행스럽고 반가운 일이었다.

"그렇게 해 주시면 고맙겠습니다. 얼마나 시간이 필요한가요?"

"갈매지구는 내년 5월이 되어야 착공이 가능합니다."

장대표는 이미 갈매택지지구 착공시점도 알고 있었다.

"일주일 후인 9월 초에 가능할 것 같네요."

담유는 여름 내내 CAD도면과 씨름하느라 휴가를 다녀오지 못했다.

"여름휴가는 다녀오셨나요?"

"지금 설계하는 건이 너무 많습니다. 바쁜 것 끝내고 9월 말쯤 시간나면 가
야죠."

장대표는 여름휴가를 몇 년째 가지 못했다고 했다.

"알겠습니다. 그럼 정답이 나오면 알려 주세요."

담유는 장대표의 정답에 방점을 찍으며 사무실을 나왔다.

정답이라? 모든 설계에는 정답이 있다는 말은 처음 들었다. 설계란 건축주의
생각이나 아이디어, 그리고 설계자의 관점에 따라 달라지는 것으로 알고 있었
다. 그런데 장대표는 설계에 정답이 있다며 단호하게 말하는 것이었다. 그렇다
고 장대표에게 설계에 무슨 정답이 있느냐고 이의를 제기할 생각은 없었다. 왜
냐하면 태우설계사무실의 규모나 분위기가 만만치 않았고, 상가주택설계를 많
이 해 보았다는 장대표의 자신감 넘치는 태도가 이전까지 느껴보지 못했던 무
한 신뢰로 다가왔기 때문이었다.

설계계약을
체결하다

한여름 더위가 가시지 않은 9월 초, 태우설계사무소 장대표가 계획안이 정리되었다면서 사무실을 방문해 달라고 했다. 그래서 담유는 미키와 함께 오전 10시경 태우설계사무실에 도착했다. 냉방이 안 되는 한증막 같은 계단실을 올라가 4층 설계사무실 문을 열고 들어섰다. 사무실 내부는 에어컨 냉기로 가득했지만 의외로 한산했다. 아마도 바쁜 일이 끝나 대부분의 직원들이 휴가를 떠난 듯했다. 지난 번 분주하게 돌아가던 분위기와는 전혀 딴판이었다. 직원 한 명이 모니터 앞에서 작업을 하다가 담유와 미키를 발견하자 일어났다. 누구인지 묻지도 않고 장대표가 옥탑에 계신다며 앞장서서 돌림계단을 올라가기 시작했다.

장대표는 대표실 문밖에서 담유와 미키를 기다리다가 반갑게 맞아주었다. 소파에 앉기를 권한 다음, 미리 준비해 둔 다기에 불을 붙였다.

"바쁜 일이 마무리된 것 같네요. 직원들 휴가 보내셨나요?"

담유가 장대표에게 사무실이 한산해 보인다고 했다.

"네. 어제 설계공모 작품을 제출했는데, 오늘 오후 늦게 출근할 겁니다. 몇몇은 내일부터 휴가 다녀오라고 했어요."

작품을 제출한 다음 날은 늘 이렇다며 대수롭지 않게 말했다. 장대표가 찻잔에 차를 담아 테이블에 올려놓으며 미키에게 말을 건넸다.

"사모님도 설계에 관심이 많으신가 보네요."

"네."

미키가 짧게 대답하며,

"사무실이 꽤 넓고 잘 꾸며져 있네요. 제가 이 사무실을 인터넷으로 검색해서 찾았어요."

"그래요? 교수님이 찾으신 게 아닌가요?"

장대표는 껄껄대며 호탕하게 웃었다.

장대표가 자리에 앉고 나서 이런저런 가벼운 대화를 나누었다. 그리고 장대표의 사이드 테이블에 올려놓았던 도면을 담유에게 건네주었다.

"제가 정리한 계획안입니다. 한번 검토해 보시지요."

계획안은 CAD도면으로 작성되어 있었고, 1층, 2~3층, 4층, 다락층 평면도였다. 담유는 장대표가 건네준 도면들을 1층부터 차례대로 살펴보기 시작했다.

1층 평면에서 엘리베이터와 계단실은 남서쪽 모서리에 위치시켰다. 상가는 의외로 반듯하고 면적이 커보였다. 5대의 주차공간도 남쪽에 군더더기 없이 배치되었다. 2층 평면은 북측에 3룸, 남측에 2룸으로 구성되었는데, 북측 3룸은 북측 면에 방 3개를 일렬로 배치하고 거실은 동측에 창문을 설치하였다. 남측 2룸은 남측 면에 방 2개를 일렬로 배치하고 거실은 3룸과 같이 동측에 창문을 설치하였다. 4층 평면은 남측으로 방 2개를 배치하였고, 북측에는 북서쪽에 주방과 보조주방, 북동쪽으로 거실을 크게 위치시켰다. 다락으로 올라가는 계단은 거실의 남쪽 벽에 배치했고, 다락 평면에서 거실공간은 다락까지 뚫려 있었다. 옥상테라스를 남서쪽에 위치시키면서 다락층 내부에는 벽을 만들지 않았다.

'아니, 어쩌면 이렇게 내가 생각하고 있는 것을 잘 정리할 수 있단 말인가!'

장대표가 건네준 평면도를 살펴보면서, 담유는 속으로 깜짝 놀랐다.

"장대표님 대단하시네요. 아주 깔끔하게 정리하셨네요."

장대표는 담유의 표정을 살피더니,

"설계에는 정답이 있습니다. 이 대지는 제가 정리한 평면이 정답이고, 다른 대안은 나올 수 없습니다."

장대표는 단호하고 자신만만했다. 담유가 미키에게 의견을 물었다.

"당신도 보았지? 잘 정리된 것 같지 않아?"

미키는 눈을 껌뻑이며,

"저는 건축전공이 아니라 잘 몰라요. 당신이 잘 정리되었다면 그렇겠지요."

담유가 만족하는 모습을 보며 덩달아 기분이 좋은 듯 보였다.

정말 설계에는 정답이 있는 것일까? 마치 장대표는 담유가 무엇을 원하는지 간파하고 그에 맞추어 계획안을 만든 것 같았다. 담유가 생각했던 것들을 깔끔하게 정리한 것이다. 담유가 만족해하는 모습에 우쭐해진 장대표가 물어보았다.

"교수님, 오늘 오신 김에 제가 설계해서 시공 중인 상가주택을 돌아보지 않으시겠습니까? 별내에 2곳 시공 중인데 오늘 같이 가실 수 있나요?"

그렇지 않아도 담유는 장대표가 설계했다는 상가주택을 직접 가서 확인하고 싶었다. 미키에게도 장대표가 상가주택을 많이 설계했다고 얘기한 터라 그렇게 하자고 했다.

"그러시죠. 아직 오전 10시 30분이니 별내현장 둘러보고 점심식사를 함께 하시지요."

"알겠습니다. 그러면 별내현장에서 시공 중인 건설회사 사장도 나와 있으라고 하겠습니다."

장대표는 누군가에게 전화를 걸어서, 50분까지 현장에 손님을 모시고 간다고 알려 주었다.

"더 더워지기 전에 서둘러 출발하시지요."

담유가 장대표에게 함께 차를 타고 가자고 했다. 장대표는 오후에 약속이 있어 자기 차를 가지고 가야 한다면서, 자신이 앞서갈 테니 따라오라고 했다.

별내는 담유와 미키가 지난 몇 년간 땅을 알아보려고 수차례 와 보았던 지역이라 장대표의 차를 따라가기 쉬웠다. 장대표의 차가 멈춘 별내현장은 용암천 변의 매우 비싼 땅이었다. 골조공사가 완료되어 외벽에 돌을 붙이고 있었다. 현장에는 장대표가 전화했던 건설회사 C사장이 미리 와 기다리고 있었고, 장대표를 보자 반갑게 악수를 나누었다. 장대표가 담유와 미키를 소개하자 C사장이 명함을 건네면서,

"장대표님이 설계를 잘 해주셔서 시공하기 편하고 세도 잘 나갑니다."

수완 좋게 장대표를 은근히 띄워 주었다.

"아, 그렇습니까? 나중에 장대표님께 설계를 부탁하면 공사에 대해 의논드리

겠습니다."

담유는 건성으로 말했다.

"장대표님, 현장에 올라가 볼 수 있나요?"

장대표가 C사장에게 물어보았다.

"C사장님, 현장에 올라가 봐도 되나요?"

C사장이 고개를 끄떡이며 괜찮다고 했다. 그리곤 앞장서서 공사 중인 건물 안으로 들어갔다. 장대표가 미키에게 함께 올라 갈 수 있는지 물어보았다.

"사모님도 같이 올라가 보시겠습니까?"

미키는 조금도 망설이지 않고,

"네. 저도 올라가 보겠습니다."

당당하게 건물 안으로 따라 들어갔다.

공사는 외벽 돌 붙이는 작업과 함께 내부에서는 미장 작업이 한창이었다. 계단실에 자재들이 어지럽게 널려있어 부딪히거나 넘어질까 염려되었다. 4층까지 올라가 작업 상황을 둘러보고 곧바로 건물 밖으로 나왔다. 담유는 현장상태가 썩 마음에 들지 않았으나 C사장에게,

"공사가 잘 진행되고 있군요."

인사치레를 했더니 C사장이 웃으면서,

"저희 회사가 상가주택 시공실적은 제일 많습니다."

한껏 우쭐해하며 대답했다.

담유와 미키, 장대표와 C사장 넷이 함께 현장 근처 칼국수 집에서 점심식사를 했다. 점심식사가 끝나자 C사장은 선약이 있다며 먼저 일어났다. 칼국수 집을 나오면서 담유가 장대표에게,

"집에 가서 소장님이 정리한 도면을 다시 한 번 찬찬히 검토하고 연락드려도 되겠습니까?"

"그러시죠. 아직 시간이 많이 남았으니, 천천히 검토하시고 연락주세요."

장대표는 여유만만했다. 집으로 돌아오는 차 안에서 담유는 미키에게,

"장대표가 상가주택 설계를 많이 해본 것 같군. 정리를 참 잘했어. 그리고 사업가로서 수완도 대단한 것 같아."

장대표를 칭찬했다.

"인상이 좋고 신뢰가 가는데요."

미키도 고개를 끄떡였다. 집에 돌아와 장대표가 정리한 도면들을 다시 한 번 꼼꼼하게 살펴보았다. 그런데 2~3층의 북측 3룸에서 방 3개를 북쪽에 일렬로 배치한 것이 마음에 들지 않았다. 북측 갈매천과 불암산 쪽으로 전망이 좋은데, 그 방향으로 거실창문을 내지 않았다. 그리고 남측 2룸도 남측으로 거실창문을 설치하면 좋겠다고 생각했다. 미키도 담유의 생각에 동의했다.

며칠 후 담유는 장대표에게 전화를 걸었다.

"대표님이 정리한 안을 꼼꼼하게 다시 살펴보았는데, 정말 잘 정리하신 것 같네요. 다만 2~3층 3룸의 거실창문을 북쪽으로, 2룸의 거실창문을 남쪽으로 내서, 방위치를 다시 배치하면 어떨까요."

"저도 그렇게 배치해볼까도 생각했습니다. 교수님이 원하시면 그렇게 다시 배치하지요."

장대표는 흔쾌히 동의해 주었다. 장대표도 2~3층의 거실 창문을 어느 방향으로 낼지 고민이 많았던 것 같았다. 그런데 상대방 의도를 읽는 눈치도 보통이 아닌 듯싶었다.

"고맙습니다. 그러면 그렇게 수정하는 것으로 알고 계약하시지요. 그러면 설계비는 어느 정도 생각하시나요?"

장대표는 기다렸다는 듯이 대답했다.

"저희는 평당 8만 원 받습니다. 제가 보기에 이 땅은 일조권을 받지 않고 확장면적도 감안하면 200평은 넘을 것 같네요. 그러면 1,600만 원 정도이네요. 단 부가세는 별도입니다."

장대표의 제안은 담유가 예상했던 설계비보다 낮았다. 담유는 혹시나 하면서, 디스카운트해줄 수 있는지 물어보았다.

"100만 원 정도 깎아 주실 수 있나요?"

장대표는 조금도 망설임 없었다.

"그렇게 하시지요. 단 감리를 저희한테 주시는 조건입니다."

감리용역까지 달라는 것이었다. 그래서 담유는 설계를 완료한 다음 감리는 생각해 보자며 1,500만 원에 계약하기로 했다. 담유는 사업타당성분석시 설계와 감리비를 합쳐 3천만 원 정도로 예상했다. 그러니 설계비 1,500만 원은 감리비 500만 원을 추가해도 당초예산보다 약 1천만 원 정도 절약되는 것이다. 담유는 장대표에게 계약서 초안을 요청했다.

"그럼 설계계약서 초안을 보내 주시겠습니까?"

"며칠 내로 준비해서 메일로 보내 드리겠습니다."

장대표는 시원시원했고, 사업수완이 좋아보였다. 며칠 후 장대표는 계약서 초안을 이메일로 보내 주었다. 담유가 이메일을 다운받아 읽어보니 대한건축학회의 표준설계계약서에 '갑'과 '을'을 명시했을 뿐 계약조항은 변경하지 않았다. 다만, 설계기성금 지급조항에서 표준계약서와는 조금 달랐다. 설계기성금 지급을 단순히 계약 시 50%, 허가도면 제출하면 나머지 50%를 완납하는 것으로 되어 있었다. 그래서 담유는 장대표에게 전화를 걸어 계약수정을 요구했다.

"장대표님, 표준계약서를 준용한 계약조항들에 이견은 없습니다. 다만 설계기성금 지급은 건축허가와 동시에 완납하는 것으로 되어 있는데, 저는 계약금 30%, 건축허가 시 40%, 공사 준공 후 30%로 변경했으면 좋겠습니다. 제가 CM 전공 아닙니까? 설계계약은 공사가 준공될 때까지 계속 되어야 한다고 생각합니다."

"교수님, 우리나라에서 설계계약은 관행상 건축허가를 받으면 끝나는 것으로 합니다. 공사에 들어가면 감리가 책임을 지게 되지요."

장대표는 설계기성금 지급 조항에 대한 수정을 완곡하게 거절하였다.

"저는 설계비의 10%라도 공사가 준공된 다음에 지급하는 것으로 했으면 좋겠습니다. 그래야 설계자가 좀 더 책임감을 갖고 설계를 하고, 공사가 완료된 다음 준공도면까지 마무리해 주어야 설계자의 임무가 끝나는 게 아니겠어요?"

담유도 단호하게 맞받았다. 장대표는 잠시 말이 없더니, 결국 동의해 주었다.

"교수님 그렇게 하시지요. 그럼 설계비의 10%는 준공 후 받는 것으로 수정하겠습니다."

"이해해 주시니 감사합니다. 그럼 언제쯤 계약서에 서명할까요?"

"편하실 때 사모님과 함께 오시지요."

9월 12일, 담유는 미키와 함께 태우설계사무실을 방문했다. 장대표는 4층 사무실에 내려와서 담유와 미키를 반갑게 맞아주었다. 담유가 옥탑 대표사무실로 올라가지 않느냐고 물어보았다. 오늘은 4층 회의실에서 계약서에 서명만 한다면서, 계약서를 미리 준비해 두고 있었다. 그리고 수정된 CAD도면도 계약서 옆에 놓아두었다.

담유가 책상 위에 놓인 계약서의 설계기성금 지급조항을 확인해 보았다. 계약 시 40%, 건축허가 시 50%, 공사 준공 후 10%로 변경되었고, 계획안도 담유가 요청한 바대로 수정된 것을 확인했다. 그래서 담유와 미키가 2부의 계약서에 공동 날인한 다음 장대표에게 넘겨주었다. 장대표도 계약서에 날인해서 계약체결을 완료하였다. SMJ House 최초의 계약이었다.

"장대표님. 앞으로 잘 부탁드립니다. 시간은 많이 남아 있지만 실시설계를 가능하면 일찍 끝내서, 공사비가 어느 정도 될지 미리 견적해 볼까합니다."

담유는 기본계획이 확정되었으니, 실시설계를 서둘러 달라고 부탁했다.

"그렇게 하시지요. 실시설계는 성인호 소장이 맡아 할 것입니다."

장대표가 성소장을 불렀다. 칸막이 반대편에서 일하고 있던 성소장이 회의실로 들어왔다. 장대표는 성소장을 담유와 미키에게 소개했다.

"성소장은 저와 함께 C설계사무소에서 근무하다가 같이 구리로 왔습니다. 성소장도 태우설계사무실 창업멤버입니다."

성소장은 담유와 미키에게 인사를 했다.

"처음 뵙겠습니다. 성인호입니다. 앞으로 실시설계 도면은 제가 맡아서 진행하겠습니다."

성소장은 키가 작고 호리호리했으나 인상은 선해 보였다. 담유는 성소장과 악수를 나누었다.

"반갑습니다. 앞으로 잘 부탁드립니다. 저희 집에 대해서는 장대표로부터 들으셨나요?"

"그럼요. 잘 알고 있습니다. 실시설계 하는 과정에서 또 많이 변경될 겁니다. 제가 실시설계 하는 중간중간 교수님께 검토를 받겠습니다."

성소장은 걱정하지 말라는 듯 자신 있게 대답하였다. 담유와 미키는 어쩐지 뿌듯해졌다. 장대표도 좋았지만 동업자이면서 온순해 보이는 성소장이 실시설계를 맡는다니 안심이 되었다. 왠지 모를 신뢰감에 편안한 마음으로 사무실을 나올 수 있었다.

담유는 오늘 SMJ House를 짓기 위한 첫 계약을 했고, 이제 진짜 시작이라고 생각하니 전투에 임하는 것처럼 갑자기 알 수 없는 긴장감과 불안감이 몰려왔다. 그래서 미키에게 초조함을 감추려는 듯 가슴을 쭉 펴면서,

"이제 진짜 짓기는 짓나 보네. 잘 되겠지."

"잘 될 거야. 화이팅 합시다."

미키는 오른손 주먹을 불끈 쥐며 담유에게 내밀었다.

'을'이
'갑' 되다

        땅을 구입하고 거의 5개월이 지나서야 설계업체를 선정했다. 설계계약을 하고 나니 긴장이 어느 정도 풀렸다. 그동안 계획설계안을 만들기 위해 노심초사했던 기억들이 연기처럼 희미해져 갔다. 담유는 이제부터 태우설계사무소에게 맡기고 기다리면 되는 거야. 느긋하게 기다릴 작정이었다. 그런데 설계계약을 한지 2주일이 지났는데도, 장대표나 성소장으로부터 아무런 소식이 없었다. 그동안 잘 되고 있겠거니 하며 분주하게 보내고 있었는데, 그래도 어떻게 진행되는지 궁금해졌다. 담유는 장대표에게 전화로 안부를 물었다.

"대표님 잘 계시지요? 늦게라도 휴가 다녀오셨나요?"

"아 네. 9월 말에 고향을 잠시 다녀왔습니다. 그게 휴가라면 휴가겠지요."

아무 일 없는 듯, 그저 웃었다.

"실시설계는 잘 진행하고 있나요?"

담유의 질문에 장대표는 잠시 누군가에게 물어보았다.

"요즘 구리시에서 현상설계 나온 게 있어 그거 준비하느라, 교수님 댁은 아직 시작하지 않았나 봐요."

담유는 잠시 머뭇거리며 생각했다.

'아니 이게 무슨 소리야. 잘 진행되고 있는 줄 알았는데, 아직 아무런 작업도 하지 않았다고?'

잠시 얼떨떨해 하다가, 침착하게 물어보았다.

"그럼 언제 실시설계를 시작하려고 하나요?"

장대표는 성소장에게 전화를 돌려주었다.

"교수님, 아직 시간이 많이 남아 있으니 천천히 해도 됩니다. 이번 현상설계 마무리하면 바로 시작하겠습니다. 잠깐 기다려 주시지요."

성소장은 급하지 않으니 재촉하지 말라고 했다. 담유는 속으로,

'아니, 이게 무슨 한가한 소리란 말인가? 장대표나 성소장에게는 많은 일들 중 하나이지만, 담유에게는 한시가 급한 일생일대의 모험인데, 계약을 잘못한 게 아닌가?'

의구심이 비수처럼 날아들었다. 담유는 초조함을 억누르며 성소장에게 물어보았다.

"그럼 언제쯤 실시설계 초안이라도 볼 수 있을까요?"

"2주 후에 현상설계를 제출한 다음인 10월 말에나 가능할 것 같습니다."

성소장은 태연했다. 10월 말이라. 물론 그때까지 만이라도 실시설계 초안이 나와 준다면 일정상 전혀 문제가 되진 않는다. 다만 장대표나 성소장이 SMJ House에 대해 너무 여유 있게 생각하는 것 같아 마음에 걸렸다.

"그러면 너무 늦어지는데요. 10월 중순에는 공사비를 한번 뽑아 보고 싶었는데, 그때까지 안 되나요?"

담유는 어느 덧 사정조로 변했다.

"10월 중순이라, 어려울 것 같은데, 한 번 해 보겠습니다."

성소장은 큰 인심 쓰듯 말했다. 담유는 성소장의 심기라도 건드릴까봐,

"잘 부탁드립니다."

조심스럽게 전화를 끊었다.

건설공사에서 '갑'은 계약을 체결할 때까지만 '갑'이고, 계약을 체결한 다음에는 '을'이 '갑'이 된다는 말이 새삼 떠올랐다. 이제 무작정 성소장의 처분에 맡겨야 한다는 말인가? 참으로 황당했지만, 그렇다고 이제 와서 설계계약을 파기하고 다른 업체를 알아볼 수도 없는 노릇이었다. 그래 할 수 없다. 기다려 보자. 그렇게 마음을 추스를 수밖에 없었다.

10월 말, 성소장으로부터 실시설계 초안이 완료되었으니 사무실로 와 달라는 전화를 받았다. 설계계약을 체결하고 정확히 한 달이 지난 시점이었다. 장대표는 외근 중이라면서 성소장 혼자 사무실에서 담유를 기다리고 있었다. 담유가 도착하자마자 곧바로 회의실로 들어가 성소장이 준비한 실시설계 초안을 검

토하기 시작했다. 성소장이 만든 실시설계 초안은 장대표가 만든 계획설계안에서 거의 변화가 없었다. 단지 CAD도면으로 벽체, 창호, 그리고 거실/주방 가구를 표시한 게 전부였다. 장대표의 계획설계안을 정식도면으로 변경시킨 것에 불과했다. 그래서 담유가 성소장에게 의아한 듯 물어보았다.

"도면내용은 거의 변하지 않고 벽체와 창호만 표시되었군요. 이것이 실시설계 도면입니까?"

성소장은 상가주택같은 소규모 건축설계는 계획설계와 실시설계의 경계가 애매모호해서, 계획설계를 좀 더 상세하게 그리면 실시설계가 된다고 했다. 그리고 실시설계는 허가도면이므로 여기에 구리시의 허가에 필요한 도면들만 추가하면 된다는 것이다. 구체적으로 건축개요, 배치도, 주차계획도, 오배수계획도, 각 층 평면도, 입면도, 단면도, 마감 및 창호표, 주요 상세도 등을 추가하고, 구조설계, 전기, 설비, 통신관련 도면을 추가하면 된다는 것이다. 따라서 오늘 담유가 실시설계 초안 평면을 확정해 주면, 곧바로 실시설계에 본격적으로 들어가겠다고 했다. 담유는 성소장의 설명을 이해하기 힘들었다.

"그래도 입면은 결정해야 실시설계가 가능하지 않나요?"

"안 그래도 3차원으로 입면을 준비했습니다."

성소장은 기다렸다는 듯, PC에 연결된 프로젝트 빔의 전원을 켰다. 건물 입면이 3차원으로 빙빙 돌아가면서 스크린에 투사되기 시작하였다. 담유는 깜짝 놀라면서 속으로,

'아니, 3차원 시뮬레이션까지 준비하다니, 기대 이상인데.'

잔뜩 기대에 부풀어 스크린에 집중했다. 3차원 시뮬레이션이 끝난 다음 담유가,

"3차원 입면을 프린트할 수 있나요?"

"그럼요. 가능합니다."

성소장은 직원을 불러 출력해 오라고 지시했다. 잠시 후 직원이 3차원 입면을 출력해서 가져와 회의탁자에 올려놓고 입면들을 꼼꼼히 살펴보기 시작하였다.

그런데 동서남북 입면들의 창문들이 너무 많고 크기도 클 뿐만 아니라, 옥탑 4면을 높다란 가벽으로 옥상망루처럼 돌려놓았다. 'ㅅ'형태의 다락경사지붕은 외부에서는 보이지 않아, 마치 사무실건물 같았다.

"제가 보기에 입면의 창문들이 너무 많은 것 같은데, 입면창문과 평면창문이 일치되나요?"

"아, 이건 개념적인 입면입니다. 평면과 맞지 않습니다."

"그럼, 이 입면은 별 의미가 없다는 거군요. 그리고 옥탑을 가벽으로 돌렸는데, 전 경사지붕이 그대로 노출되었으면 합니다."

담유는 시큰둥해졌다.

"입면은 평면이 확정된 다음 다시 그려야 하고, 외벽 마감도 결정해야 하니, 지금 보시는 것은 그냥 개념이라고 생각하시면 됩니다."

성소장은 가볍게 넘어가려 했다. 담유는 속으로,

'그렇다면 오늘 내가 여기 온 이유가 뭐지? 장대표가 계획한 평면에 벽체와 창문만 넣은 게 다 아닌가?'

갑자기 실망감이 몰려왔다.

"성소장님, 저는 실시설계 초안이 어느 정도 되었다고 하기에, 입면과 단면계획이 모두 완성된 줄 알고 왔어요. 그런데 거의 진전된 게 없네요. 일단 오늘 보여 주신 평면도라도 제게 메일로 보내 주시겠습니까? 이 상태에서 공사비를 한번 뽑아 보겠습니다."

"아직 마감도 층고도 결정되지 않아 공사비 산출은 무리 아닐까요?"

담유의 냉담한 어조에 성소장이 약간 긴장하는 듯했다.

"괜찮습니다. 스케치만 가지고도 공사비 산출을 할 수 있어요. 이 정도면 대충이나마 공사비를 뽑을 수 있을 것 같은데, 제가 마감과 층고는 가정해서 견적하겠습니다."

성소장은 벽체와 창호를 넣은 평면도를 출력해 왔고, 오늘까지 완성된 CAD 도면도 이메일로 보내 주기로 했다. 담유는 성소장에게,

"제가 집에 가서 일단 입면과 단면을 파워포인트로 스케치해 보겠습니다. 그러면 그걸 참고하셔서 입면과 단면도를 만들어 보시지요."

담유는 서둘러 사무실을 나왔다. 집으로 돌아오면서 담유는 벌써 10월 말인데 아직도 설계에 아무런 진전이 없다고 생각하니 한심스러웠다.

'아! 내 맘대로 해 주지 않는구나. 계약을 했더니 이제 자기들 스케줄대로 가려고

하는구나. 공사비를 뽑아봐야 예산을 잡고 공종별로 업체들을 알아볼 수 있는데.'

가슴이 답답해졌다. 결국 담유가 앞서 가지 않으면 아무 일도 진전되지 않을 것 같았다. 집에 도착해서 저녁식사를 한 다음, TV가 켜진 거실의 응접탁자 위에 노트북을 켜고 이메일을 확인해 보았다. 성소장이 보낸 CAD도면이 도착해 있어 다운로드를 받아 출력했다. 그리곤 평면도를 보면서 동서남북 입면과 단면을 파워포인트로 스케치하기 시작했다.

옥상망루 모양을 모두 삭제해서 다락경사지붕이 그대로 나타나도록 했다. 외벽마감은 1층과 계단실은 노출콘크리트로, 2, 3, 4층은 청고벽돌로 그려 넣었다. 그리고 창호는 층별 평면을 고려해서 필요한 부분에만 설치하고, 4층 거실 창호는 북측은 통유리로 동측은 모서리부분만 조망용으로 설치했다. 2, 3층 창호 역시 실의 특성 및 가구배치를 고려하여 설치했다. 계단실 내부마감은 무늬코트로 했다. 1층 충고는 5.5m로, 2, 3, 4층 충고는 3.4m로 높였다. 일조권을 받지 않기 때문에 건물의 충고를 얼마든지 높일 수 있기 때문이었다.

10월 26일, 담유는 파워포인트로 스케치한 계획을 설명하기 위해 태우사무실을 찾아갔다. 장대표는 상을 당했다며 출근하지 않았다. 설계계약을 체결한 이후 장대표의 모습은 보이지 않았다. 성소장만 사무실에 있었다.

성소장에게 담유가 스케치한 입면과 단면계획을 설명해 주었다. 성소장은 담유가 스케치한 대로 실시설계 도면 작업을 진행하겠다고 했다. 다만 계단실 외벽의 노출콘크리트는 단열이 잘 되지 않으므로 노출콘크리트판넬로 변경하는 게 좋다고 했다. 그리고 2, 3, 4층 충고는 3m만으로도 충분할 것 같다고 했다. 담유는 일단 그렇게 하라고 했다. 다만 앞으로 2~3주 내에 건축허가용 평면계획을 완료해 달라고 부탁했다.

담유가 적극적으로 설명하는 내내 긴장했던 성소장은,

"교수님, 내년 2월 말까지만 허가받으면 됩니다."

아직 여유가 많다며 쓴웃음을 지었다.

"저도 시간이 많은 줄 알고 쉬엄쉬엄 왔는데, 벌써 10월이 다 가고 있습니다. 이러다가는 내년 2월이 되도 허가도면이 나오지 않을 것 같아요."

담유는 재차 서둘러 달라고 했다. 그러나 성소장은 건성으로 듣는 듯했다.

방향을 잃고 헤매다

벌써 11월 중순이다. 별로 진행된 것도 없는데 시간은 잘도 흘러간다. 11월 16일 성소장으로부터 건축허가용 평면과 입면을 완료했다는 전화가 왔다. 10월 26일에 담유가 입면과 단면 스케치를 건네준 지 정확히 3주가 지났다. 이번에는 가시적인 성과가 있으리라는 기대감에 서둘러 태우사무실로 갔다. 여전히 장대표는 나타나지 않았다. 아마 성소장에게 넘기고 완전히 손을 뗀 듯했다. 성소장이 자신이 정리한 건축허가용 도면에 대해 설명하기 시작했다.

건축법규상 상가면적을 134㎡로 나누어 0.5가 초과되면 주차를 1대 추가해야 하는데, 장대표의 계획안에서 상가면적은 0.7이므로 주차 2대를 추가했다. 그래서 3층을 1세대로 넣는 것으로 평면을 수정했다. 그리고 1층 현관 진입 시 계단을 설치해야하기 때문에 층고를 4.5m로 낮추었다. 2층 2룸에서 방을 남측에 일렬로 배치하고 거실 창문을 동측으로 이동시켰다. 옥상테라스 난간을 조각지붕 형식으로 변경했다.

담유는 성소장의 설명을 들으며 완전히 딴 세상에 와 있는 기분이었다. 장대표가 제안했던 계획안과 다르고, 건축주인 담유의 의도와도 전혀 맞지 않는 것이었다. 담유는 성소장이 설명해 주는 내내,

'아니 3주 동안 진행했다는 결과가 이게 뭐란 말인가? 전혀 엉뚱한 것 아닌가?'

속이 타들어가고 있었다.

"성소장님, 이게 뭡니까? 제가 스케치한 내용을 정리해서 오늘 입면과 단면을 확정하는 거 아닌가요? 그런데 완전히 새로운 안을 제시하니, 이게 어떻게 된 일입니까? 장대표도 알고 계시나요?"

담유는 흥분을 애써 감추며 물어보았다.

"맞습니다. 최초 계획안과는 완전히 달라졌는데요. 법규 때문에 어쩔 수 없습니다."

성소장은 태연했다.

"그럼, 장대표님이 법규도 제대로 파악하지 않고, 계획설계를 했다는 건가요?"

담유가 어이없어 했더니,

"그럴 수도 있지요."

성소장은 냉정하게 말을 끊었다.

"아무리 그렇더라도, 이렇게 변경시키는 것은 받아들일 수 없습니다. 주차대수가 늘어나지 않도록 상가면적을 줄이시죠. 그리고 3층에 1세대는 절대 안 됩니다. 그렇게 하면 타당성이 없어요. 그리고 1층 현관 진입하는데 계단 설치도 절대 불가입니다. 세를 사는 분들이 유모차나 쇼핑카트로 짐을 옮길 때 계단이 있으면 너무 불편해요. 절대 안 됩니다. 그리고 난간 위의 의미 없는 조각지붕은 없애 주시기 바랍니다."

담유는 성소장의 변경한 설계안에 대해 조목조목 반박했다. 성소장은 설계 전문가로서 자존심이 상하는지, 찡그린 표정으로 듣고만 있었다.

"제가 장대표와 연락해서, 성소장님이 변경한 안에 대해 의논해 보겠습니다."

담유는 곧바로 사무실을 나왔다.

아니, 황당해도 너무 황당한 상황이었다. 태우설계사무실과 계약한 이유가 장대표가 담유의 생각을 잘 정리한 계획안 때문이었다. 그런데 건축허가도면을 작성해야 하는 시점에서 계획안을 전부 바꾸어야 한다는 성소장의 생각을 도저히 이해할 수 없었다.

'장대표와 성소장간 갈등이라도 있는 것인가? 그래서 이렇게 다른 얘기를 하는 건가?'

의구심이 들었다. 담유는 장대표에게 전화를 걸었다. 장대표가 전화를 받자마자,

"장대표님, 사무실 방문할 때마다 안 계셔서 요즘 통 뵐 수가 없네요. 잘 계시지요?"

안부부터 물었다.

"네. 요즘 구리지역발전모임에 자주 참석하느라 시간 내기가 쉽지 않습니다. 교수님, 무슨 일 있으신가요?"

장대표는 웃으면서 무심하게 되물었다.

"오늘 건축허가용 입면과 단면을 확정하려고 사무실에서 성소장을 만났는데, 대표님이 정리한 당초 계획안과 전혀 다른 안을 성소장이 제안해서 많이 당황했습니다. 시간도 많지 않은데, 이제 와서 장대표님의 안이 법규에 맞지 않는다며 변경했네요, 혹시 알고 계시나요?"

담유의 설명을 듣고 있던, 장대표는 깜짝 놀라는 듯했다.

"아니 무슨 말씀이신가요? 성소장이 오늘 교수님 만나서 건축허가용 평면과 입면을 확정한다고 해서 그런 줄 알았습니다. 그런데 성소장이 완전히 새로운 안을 내 놓았다니요? 전혀 몰랐습니다. 제가 성소장과 얘기해 보겠습니다. 죄송합니다. 요즘 제가 바빠서 챙기지 못했습니다."

전혀 뜻밖이라는 듯 미안하다는 말만 반복하였다. 그래서 담유는 성소장과 잘 의논해서 계약 당시 계획안대로 건축허가도면을 작성해 달라고 부탁한 다음 통화를 마쳤다.

아니, 입면과 단면을 확정하려다가 계획안을 변경해야 한다니, 정말 그래야 한다면 큰일이 아닐 수 없었다. 일주일 후인 11월 30일, 성소장으로부터 다시 전화가 왔다. 당초 계획안대로 건축허가도면 2차 수정안을 완성했다는 것이었다. 그래서 또 어떻게 수정했는지 반신반의하며 사무실로 갔다. 성소장은 심각한 표정으로 2차 수정한 건축허가도면을 설명했다. 요지는 주차대수를 5대로 하기 위해 4층 평면을 국민주택규모인 84㎡로 줄여야 하므로 4층 평면계획을 수정했다는 것이었다.

성소장이 다시 수정한 4층 평면도는 남측에 테라스를 두고, 방 2개를 매우 작게 축소시켰다. 특히 거실을 남측에 위치시켜 하천을 조망할 수 없었다. 부엌만 하천 쪽인 북측에 배치했다. 그리고 2층의 2룸과 3층의 2룸을 복층으로 하여 1세대를 구성했다. 이번에는 지난번 1차 수정안보다 더 많은 수정이 이루어졌다. 장대표의 당초 계획안과는 전혀 다른 2차 수정안이었다.

성소장의 설명을 들으면서 담유는 너무 어이가 없었다. 성소장이 제정신인지 의심하지 않을 수 없었다. 한마디로 4층 면적을 줄여야 한다는 것이었다. 성소장과 길게 대화할 생각이 더 이상 생기지 않아, 알았다고 한 뒤 곧바로 사무실을 나왔다.

설계하는 사람들이 특이하다는 말은 많이 들어보았으나, 이렇게 어이없을 수도 있나? 참으로 기가 막혔다. 장대표에게 성소장과 잘 의논해서 당초안대로 건축허가도면 초안을 완성하라고 했더니, 이번에는 더 많이 변경시켜 당초 계획설계안은 아예 흔적도 없이 사라져버렸다.

너무 어이가 없었다. 장대표에게 전화해서 물어보았다.

"오늘 성소장이 제안한 건축허가도면 2차안을 보았습니다. 그런데 당초 계획안은 흔적도 없이 사라졌네요. 성소장과 의논해 보셨나요?"

"지난번 교수님이 당초안대로 하라고 해서, 제가 성소장에게 당초안대로 건축허가도면 초안을 작성하라고 했습니다. 그런데 그렇게 되지 않았나요?"

"장대표님, 성소장과 전혀 커뮤니케이션 되지 않나 봅니다. 도대체 어떻게 된 건가요? 시간이 갈수록 더 엉뚱한 방향으로 가고 있으니."

담유는 맥이 풀려 힘없이 얘기했다.

"성소장, 그 친구 왜 그러지? 법규 때문에 무엇을 변경해야 된다는 거야. 도무지 이해되지 않네. 성소장과도 당초 계획설계안이 법규랑 아무 문제없다는 거 확인했는데. 나 참. 교수님 죄송합니다. 제가 성소장과 다시 한 번 의논해보고, 정 안되면 다른 소장에게 건축허가도면을 맡기겠습니다. 정말 죄송합니다."

장대표는 너무나 송구스러워했다. 설계사무실의 대표인 자신의 체면이 구겨진 것보다, 고객의 뜻을 외면하는 성소장이 원망스러운 것 같았다.

"장대표님이 직접 해 주실 수 없나요? 시간은 계속 흘러가는데 너무 실망입니다."

담유는 장대표가 직접 허가도면까지 마무리해 줄 것을 강력하게 요구했다.

"제가 사무실운영 뿐만 아니라, 임대사업, 영업까지 다 해야 하기 때문에, 실시설계까지 하진 않습니다. 교수님, 제가 잘 알았으니, 일이 제대로 되도록 조치하겠습니다. 죄송합니다."

담유에게 거듭 양해를 구했다. 담유는 할 수 없이 그렇게 하라고 한 다음 전화를 끊었다. 이제부터 어떻게 할 것인가? 그렇다고 설계사무실을 변경하기에는 너무 늦었다. 설계란 참으로 쉽지 않구나.

12월 16일. 장대표로부터 전화가 왔다. 당초계획안대로 건축허가도면 3차 수정안을 완료했다는 것이었다. 이제 큰 기대는 걸지 않고 있었다. 여기서 더 악화되지 않았으면 하는 심정으로 사무실로 향했다. 장대표와 성소장이 함께 기다리고 있었다. 담유가 자리에 앉아 커피 한 잔하면서 연말연시 세상 돌아가는 얘기를 잠시 나눈 뒤, 장대표가 직접 건축허가도면 3차 수정안에 대해 설명해 주었다.

3차 수정안은 당초 계획설계안 그대로 건축허가도면으로 작성했다. 다만 주차대수 5대를 유지하기 위해 4층 면적을 84㎡ 이하로 줄여야 한다고 했다. 그래서 4층 작은방의 바닥에 구멍을 뚫고 사다리를 설치해서 3층의 2룸 세대에서 사용하는 것으로 허가를 받고, 준공 후 4층 작은방의 바닥 구멍을 메운 다음, 4층 주인세대에서 작은 방을 사용하는 것으로 하자는 것이었다. 즉 약간 불법을 하겠다는 것으로 이 정도 불법은 누구나 한다는 것이었다. 그래도 3차 수정안은 당초 계획설계안을 대부분 반영하는 것이라 성소장이 제안했던 1, 2차 수정안보다는 훨씬 나아 보였다. 그러나 담유는 평생 살 집인데 불법을 해야 한다니 영 내키지 않고 찜찜했다. 그래서 장대표에게 오늘은 여기까지 의논하고 집사람과 좀 더 고민한 다음, 내일 연락을 주겠다며 사무실을 나왔다.

다음날 담유는 성소장에게 전화해서 3차 수정안에 대해 여러 각도로 고민해 보니, 준공 후 4층 작은방의 바닥을 막는 불법공사가 영 내키지 않는다고 했다. 차라리 주차를 6대로 늘리고 4층은 장대표의 당초안대로 하는 게 최선일 것 같으니, 그 방향으로 건축허가 및 실시설계를 진행해 달라고 요청했다.

12월 말이 다가오는데 실시설계는 여전히 방향을 잡지 못하고 헤매고 있다. 연말에는 각종 모임과 행사로 일이 더딜 수밖에 없다. 내년 초까지 거의 진행되지 않을 것이다. 마음을 비우고 가다듬자. 일체유심조(一切唯心造)라 하지 않았던가. 모든 것은 마음먹기 나름이다. 그래, 올 한 해 우여곡절은 많았지만 설계에 대해 그만큼 배웠다며 위로하자. 마음을 비우자.

배를 갈아타고
건축허가를 받다

2016년 새해가 밝았다. 지난여름 무더위 탓인지 이번 겨울은 유난히 춥다. 올해 5월 초에는 반드시 착공할 것이다. 적어도 착공 두 달 전엔 건축허가를 받아야 하는데 아직 건축허가용 도면은 멀게만 느껴졌다. 담유가 먼저 장대표에게 전화를 걸어 새해인사를 건넸다.

"대표님, 새해 복 많이 받으시고 가족 모두 건강하세요."

"감사합니다. 교수님도 복 많이 받으시고, 올해 집 짓는 일 잘 되시길 기원합니다."

장대표의 답례는 정중했다.

"3월까지는 건축허가를 받아야 이것저것 준비해서 5월 초에 착공할 텐데요. 걱정입니다."

"안 그래도 교수님께 전화 드리려 했는데, 교수님 댁 건축허가도면은 성소장에서 오형석 소장으로 바꾸려고 합니다. 성소장이 현상설계 때문에 계속 바쁘기도 하고, 오소장이 건축주와 호흡을 잘 맞추고 일처리도 빠릅니다. 제가 오소장한테 교수님께 전화 드리라고 하겠습니다."

설계소장을 바꾸겠다는 장대표의 말은 마치 새해 선물 같았다.

"아, 그러세요. 오형석 소장님도 상가주택 많이 설계해 보셨나요?"

"당연하지요. 성소장은 현상설계를 많이 하지만, 오소장은 상가주택을 주로 설계합니다."

담유를 안심시켰다. 그리고 오소장은 구리에서 일하지 않고 금곡에서 일한다면서 금곡사무실도 태우사무실이라는 것이었다.

"잘 되었네요. 경춘선 금곡역에서 가깝겠군요."

담유는 일단 오소장을 만나봐야겠다고 생각했다. 그날 오후 오소장이 담유에게 전화를 했다.

"교수님, 안녕하십니까? 장대표에게 말씀 많이 들었습니다. 앞으로 제가 교수님댁 건축허가도면을 맡게 되었는데, 제가 일하는 사무실에 편하실 때 한번 방문해 주실 수 있나요?"

오소장은 첫 통화인데도 담유를 이미 여러 차례 만난 듯 거리낌이 없었다. 그래서 담유는 인사치레할 겨를도 없이 주소를 알려 달라고 한 다음, 조만간 사무실을 방문하겠다고 했다.

1월 15일, 경춘선 금곡역에서 걸어서 10분 거리에 위치한 오피스텔 건물이 오소장의 사무실이었다. 사무실 문이 잠겨 있어 초인종을 눌렀다. 오소장은 누군지 묻지도 않고 문을 열어주었다. 오소장은 호리호리하고 조금 말랐으나 인상이 퍽 좋았다. 사무실은 오피스텔 원룸으로, 벽 주변에 컴퓨터 모니터와 책장을 배치하고 중앙에 커다란 회의탁자를 두 개 붙여 놓았다. 사무실 공간은 비좁았지만 잘 갖추어져 있었다. 담유는 오소장이 권하는 차를 마시며 오소장이 과연 어떤 사람인지 알아보기 위해 설계 이외 잡다한 얘기를 꺼내 보았다. 오소장은 아주 직설적이고 시원시원해서, 담유와 호흡이 잘 맞을 것 같았다.

담유는 태우설계사무소와 계약하게 된 배경과 계약 이후 실시설계 하는 과정에서 느꼈던 아쉬움과 실망감에 대해 비교적 소상하게 얘기해 주었다. 오소장은 자신은 건축주를 대하는 자세가 성소장과는 전혀 다르다고 했다. 설계하는 과정을 실시간으로 알려 주면서 긴밀하게 건축주와 의논하기 때문에 설계진행이 빠른 편이라고 했다. 건축허가도 약속한 기간 내에 받아주니 자신을 믿고 맡겨달라는 것이었다. 그래서 담유는 오소장이 장대표에게 일을 하청받는 게 아닌지 의구심이 들었다.

"오소장님, 혹시 태우설계사무소에서 하도급 받아 일하시는 건 아닌가요?"

"이게 제 명함입니다. 장대표와 태우설계사무실에서 함께 일하다가 지금은 독립했습니다."

오소장은 웃으면서, 자신의 이름이 적힌 태우설계사무소 명함을 건네주었다. 장대표와 하도급 관계는 아니고 협력 관계라고 했다. 담유는 그러냐며 그냥 고개만 끄떡였다.

가벼운 얘기를 주고받은 후, 담유와 오소장은 성소장으로부터 건네받은 3차 수정안을 검토하기 시작했다. 오소장은 갈매택지지구가 대지경계선에서 1m 내에는 주차할 수 없기 때문에 3차 수정안으로는 허가를 받을 수 없다고 했다. 현재 LH와 구리시에 1m 내 주차 불가능 부분을 해제해 달라는 민원이 제기되었고, 행정절차가 진행 중이라고 했다. 오소장은 의외로 갈매택지지구에 대해 많은 정보를 갖고 있는 듯했다.

"교수님, 앞으로 실시설계를 어떻게 진행하는 게 좋을까요?"

"계약 당시, 장대표 계획설계안에 충실하게 건축허가도면을 작성해 주면 좋겠습니다."

"네. 그렇게 하겠습니다."

오소장은 그동안 진행된 설계상황을 파악한 다음, 빠른 시일 내에 4차 수정안을 만들어 이메일로 보내 주겠다고 했다.

3일 후인 1월 19일, 오소장으로부터 이메일을 받았다. 오소장이 보내준 4차 수정안은 장대표의 계획설계안과 거의 동일했다. 다만 1층 주차를 5대로 하면서 상가면적은 65㎡(135㎡의 0.5배 이하)로 축소시켰으나, 준공 후 용도변경을 통해 확장할 수 있다고 했다. 그리고 4층 평면계획도 계획설계안과 거의 동일했다. 다만 주방면적, 거실 창, 안방의 창문 위치를 변경시켰고, 1층 기둥을 구조적으로 안전한 위치로 이동시켰다. 오소장의 수정계획안을 꼼꼼하게 살펴보니 성소장이 번번이 계획설계안과 다른 수정안을 제시했던 것과는 달리 담유의 의견을 거의 반영하고 있었다. 담유는 마음이 한결 편안해지며 오소장을 신뢰하기 시작했다. 그래서 담유는 오소장에게 전화를 걸어 이메일로 보내준 4차 수정안을 기준으로 건축허가도면을 진행해 달라고 부탁했다.

1월 27일부터 2월 6일까지, 오소장은 담유에게 수시로 전화를 걸어 평면과 단면에 대해 세세한 부분까지 의견을 물어보았다. 오소장은 계단실 단면계획을 1층 엘리베이터 앞에서 곧바로 계단이 시작되면서, 중간층 2곳에서 180도로 꺾이는 계단참 설치 안을 제시했다. 오소장의 안은 계단참의 높이가 사람키를 조금 넘을 정도로 낮았다. 담유는 곤란하다고 생각했다. 그래서 담유는 1층 현관을 열고 들어오자마자 곧바로 계단이 시작되면서, 한 번 꺾이는 계단참 단면계획을 제안했다. 담유의 단면계획에서는 계단참의 높이가 거의 2.5m에 달해 키가 큰 사람의 머리도 닿을 염려가 없었다. 담유는 자신의 계단참 단면계획을 오소장에게 이메일로 보내 주었다. 오소장은 이메일을 확인한 다음,

"교수님 제안이 정답이네요. 역시 건축과 교수님이라 다르시군요."

담유를 은근슬쩍 띄워주었다. 또한 오소장이 제안한 박공경사지붕은 다락의 절반 이상을 사용할 수 없었다. 담유는 지붕경사면을 지붕중심선에서 4m까지만 완만한 기울기로 하고, 4m 지점에서 수직단면을 만든 다음 처마 끝까지는 급한 기울기의 경사지붕을 제안했다. 오소장은 지구단위계획에서 경사면의 기울기가 10/4에서 10/7까지로 규정하고 있다면서, 담유의 제안이 규정 내에 들어오는지 우선 확인해야 한다고 했다. 가능하면 담유의 제안을 따르겠다고 했다. 담유의 의견을 존중해 주었다.

그 외에도 1층 전기 및 수도계량기 위치, 1층 화장실 문 위치, 2~3층 창문 및 방문 위치 변경, 4층 계단 옆 옹벽 제거, 다락방 창문 위치, 옥상테라스 바닥재 등 세부적인 것까지 일일이 담유와 상의했다. 성소장에서 오소장으로 배를 갈아탄 다음, 비로소 건축허가용 도면 작업은 순항하기 시작했다.

2월 11일, 평면과 단면이 모두 확정된 다음 오소장이 입면계획을 보내왔다. 입면계획은 창호주변만을 강조한 매우 평범하고 밋밋한 제안이었다. 그래서 담유는 직접 입면계획을 스케치해 보기로 하고 우선 평면도를 보면서 입면을 파워포인트로 그리기 시작했다. 담유가 파워포인트로 입면을 그리는 것을 옆에서 지켜보던 미키가,

"당신 참 잘 그린다. 평면보고 입면도가 금방 떠오르는 거야?"

짐짓 흥미로워 했다.

"건축과 나오면 누구나 할 수 있어."

담유는 대수롭지 않은 듯 대답하고, 2시간 만에 동서남북 입면도를 완성했다. 이제 입면도에 색을 입혀야 했다.

"당신이 생각하고 있는 건물외벽 모습 있어?"

미키에게 물어보았다. 미키는 색에 대해 예민하다. 그런데 드라마에 열중하느라 담유의 얘기를 듣는 둥 마는 둥 했다. 그래서 담유는 외벽에 색을 직접 입혀보기로 했다. 첫 번째는 외벽 면을 층별로 나누어 색을 달리하는 방안인데, 미키가 빵 쌓아 놓은 것 같다며 질색했다. 두 번째는 외벽 면을 대각선으로 크게 두 조각으로 나누는 방안이었는데, 너무 날카로워 보였다. 세 번째는 외벽 면을 수직 수평선으로 네 조각으로 나누는 방안이었는데, 미키가 그중 제일 낫다고 해서 일단 세 번째 안을 잠정적으로 결정했다.

일반적으로 건축설계자들은 결코 외벽을 4분면으로 과감하게 또는 단순하게 나누지 않는다. 대부분 의장적인 요소를 감안해서 아기자기하게 구성한다. 그날 저녁 늦게 담유가 파워포인트로 스케치한 입면계획을 오소장에게 이메일로 보내 주었다.

2월 15일, 오소장이 건축허가도면이 모두 준비되었다면서 담유에게 사무실을 방문해서 최종적으로 확인해 달라고 했다. 한겨울 매운바람은 여전했으나 금곡사무실로 향하는 발걸음은 한결 가벼웠다. 사무실 문을 열고 들어서니 오소장이 환하게 웃으며 맞아주었다. 커피를 마시며 가벼운 대화를 나눈 다음, 오소장이 회의탁자 위에 펼쳐 놓은 건축허가용 실시설계 도면들을 하나하나 설명하기 시작했다.

담유는 이미 건축허가용 도면의 모든 내용을 파악하고 있었지만 그래도 오소장의 설명에 귀를 기울이며 세세하게 살펴보았다. 입면계획을 포함하여 담유와 오소장이 그동안 상의하며 결정했던 사항들이 빠짐없이 정확하게 반영되어 있었다. 담유가 확인을 마치자,

"건축허가용 위임장, 그리고 교수님과 사모님의 인감증명서를 스캔해서 보내 주세요. 그러면 2월 18일이나 19일 구리시에 건축허가를 접수하겠습니다."

2월 19일, 오소장이 구리시에 건축허가를 접수시켰다고 알려 주었다.

"구리시 도시과에서 건축주인 교수님에게 전화를 걸어, 건축허가를 그대로 진행할 것인지 물어볼 겁니다. 그러면 그대로 진행할 거라고 답변하시면 됩니다."

구리시 도시과가 건축주에게 건축허가 진행여부를 묻는 이유는 LH와 국토부가 갈매지구단위계획을 변경할 예정이기 때문인데, 변경되는 지구단위계획은 대지경계선 1m 내 주차 불가능 조항이 삭제된 것이다. 오소장은 SMJ House는 기존의 지구단위계획으로 건축허가를 받아 준공시킨 다음, 변경된 지구단위계획을 사유로 주차장의 용도를 변경하는 것이 주차 5대를 유지하면서 상가면적을 확장시키는 최선의 방법이라고 조언해 주었다. 담유는 오소장의 조언을 그대로 따르기로 했다.

3월 7일, 건축허가권자인 구리시에서 건축분야 보완사항을 통보해 주었다. 1층 상가면적을 축소시키고, 경사지붕 단부의 층고가 너무 낮다며 높이라는 것이었다. 기존 주차장법에 의하면 1층 피로티 상가면적이 주차면적보다 크면 1층으로 간주한다는 것이다. 상가주택은 3층까지만 인정되므로, 1층 상가면적을 주차면적 이하로 줄여야 한다. 오소장으로부터 전화가 왔다.

"1층 상가면적은 준공 후 용도변경을 통해 확장할 거니까 허가과정에선 축소시키는 게 좋겠습니다. 그리고 다락층 최고 높이를 낮추면, 경사지붕 단부의 높이는 높아집니다."

오소장의 제안에 담유는 흔쾌히 동의해 주었다. 3월 8일, 오소장은 수정안을 다시 제출했다고 알려 주었다.

3월 14일, 오소장이 구리시로부터 건축허가를 받았다는 문자 메시지를 보내왔다. 그리고 건축허가서도 이메일로 보내 주었다. 담유는 오소장에게 문자를 보냈다.

"오소장님, 수고 많으셨습니다. 감사합니다."

잠시 후 오소장으로부터 답변문자가 왔다.

"교수님도 수고 많이 하셨습니다."

땅을 구입하고 난 다음, 거의 11개월 만에 설계가 완료되었다. 고진감래(苦盡甘來)라는 말이 있다. 고생 끝에 낙이 온다는 뜻과 같다. 비록 설계하는 과정은 길고도 험난했지만, 고생한 만큼 보답이 있을 것이다.

이제 새로운 출발선에 다시 섰다. 종이에 집을 그리는 게 아니라, 땅 위에 집을 세워야 한다.

담유는 좌우명(座右銘)인 진인사대천명(盡人事待天命)을 떠올렸다. 일단 사람으로서 할 수 있는 최선은 다하고, 하늘의 뜻을 기다리는 것이다.

SMJ House 설계 완료 공정표

(Level 3 of 3 Schedule)

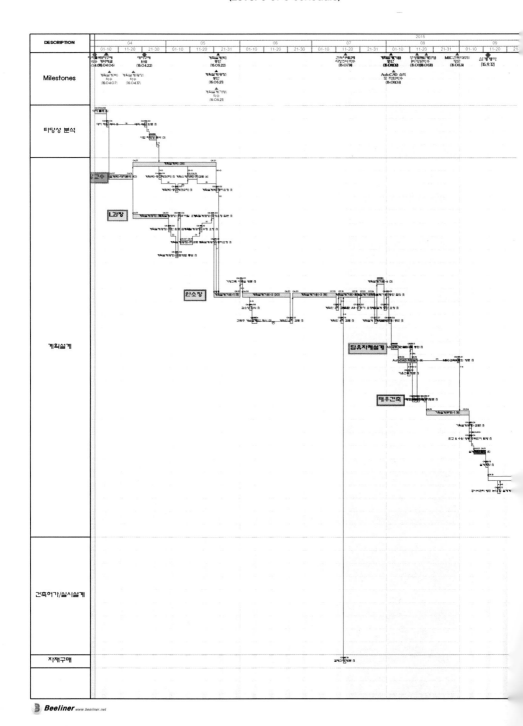

		2016					REMARK
10	11	12	01	02	03	04	
11-20	21-31	01-10	11-20	21-30	01-10	11-20	21-31	01-10	11-20	21-31	01-10	11-20	21-29	01-10	11-20	21-31	01

제4부
공사 준비

담 유
潭 嶮
건축일기

유비무환과
인터넷

우리는 일반적으로 일이 잘못된 다음에야 후회하지만, 때때로 특별히 경험하지 않은 일을 앞두고서는 혹시 잘못되면 어쩌나하며 미리 염려하기도 한다. 담유는 지금 전혀 경험해 보지 못했던 상가주택을 지으려고 한다. 그것도 누구의 도움도 없이 혼자 직접 지으려고 한다. 어디서부터 어떻게 준비해야 할 지 감이 잘 잡히지 않는다. 뭔가 잘못될 것 같은 예감과 나중에 후회할 것 같다는 불길한 생각이 끊이질 않는다. 경험해 보지 못한 일을 앞두고 있으니 당연하다. 그런데 유비무환(有備無患)이라는 말이 있다. 철저하게 준비하면 환란이 없어진다는 뜻이다. 어떻게든 준비하면 그만큼 나아지지 않겠는가? 미리 걱정만 하지 말고 생각나는 대로 최대한 준비해 보기로 했다.

담유는 1983년 1월 대림산업에 입사해 본사 건축부에서 근무하고 있었다. 그런데 그해 봄부터 방영된 KBS의 이산가족찾기는 여의도 한복판에 만남의 광장을 급조하도록 만들었다. 물론 군사정권이 국민의 환심을 사려는 수작이었다. 담유는 본사에서 견적업무를 하다가 갑자기 만남의 광장현장에 파견 나가라는 지시를 받았다. 신입사원이 얼마나 도움이 되겠는가마는 여하튼 회사의 명령이니 따를 수밖에 없었다. 덕분에 약 2달 반 동안 여의도 현장에 파견근무하게 되었다.

만남의 광장현장은 터파기부터 마감까지 장마가 긴 6월에서 8월, 약 3개월 동안 진행된 돌관공사였다. 그해 장마는 무척 사나웠다. 시도 때도 없이 쏟아지는 소나기는 정말 징글징글했다. 장대비 속에서도 공사는 강행되었다. 낮과 밤이 따로 없었다. 최악의 무모한 공사였다. 악전고투 끝에 8월 15일, 전두환 대통령이 준공테이프를 끊은 뒤에야 본사로 복귀했다.

담유는 곧바로 해외근무를 자원했다. 그해 11월 말부터 약 3년여 동안 사우디아라비아 리야드 P/H현장에서 현장시공기사로 근무했다. P/H현장은 공기가 촉박할 뿐만 아니라 적자현장으로, 쉬는 날이 거의 없는 최악의 해외현장이었다. 새벽부터 밤늦게까지 사막의 뜨거운 열기와 할라스(모래폭풍)바람을 맞으며 상상을 초월하는 극한의 경험을 했다.

담유가 겪었던 최악의 현장경험들이 직접 집을 짓겠다고 부추긴 동기 중 하나지만, SMJ House에 활용할 수 있을지 자신은 없었다. 왜냐하면 이미 30여 년 전에 겪었던 특이한 현장경험들이었기 때문이다.

또한 그 이후 담유가 경험한 대부분의 프로젝트는 원자력발전소, 경부고속철도, 인천국제공항 건설사업과 같은 대형국책사업들이었다. 따라서 SMJ House 같은 소규모 건설공사는 담유에게 당연히 낯설 수밖에 없었다. 대규모 건설공사는 오랜 기간 동안 여러 분야의 전문 인력들과 협력업체들이 절차와 시스템에 의해 체계적으로 진행된다. 그러나 소규모 건설공사는 소위 집장사라는 영세업자들이 그들의 경험과 직관에 의존해서 진행하므로, 담유가 체득한 경험과 이론들이 SMJ House에 적용될 수 있을지 의문이었다.

2015년 9월, 설계는 아직 계획설계조차 확정하지 못한 채 지지부진하기만 했다. 가능하면 일찌감치 설계를 마무리하고, 차분히 공사를 준비하려 했건만 이미 당초계획은 어긋나 버렸다. 그렇다고 늦어지는 설계를 마냥 기다릴 수만은 없어 무엇이든 준비하기 위해 가장 먼저 인터넷을 뒤져보기로 했다. 역시 인터넷에는 상가주택과 관련된 많은 정보들이 올라와 있었다. 상가주택 전문시공업체들의 홈페이지와 블로그들, 상가주택 자재를 공급하는 업체들의 홈페이지와 블로그들, 그리고 상가주택을 직접 지어본 개인 블로그들도 많이 눈에 띄었다.

네이버에서 '상가주택'을 검색하면 상가주택을 전문으로 하는 건축설계사무소, 건설회사, 건축주, 부동산, 블로그들이 몇 페이지에 걸쳐 나열된다. 이들을 하나하나 꼼꼼하게 읽어보면 상가주택의 설계에서 자재구입, 공사 진행에 대한 많은 정보를 얻을 수 있다. 다만 상가주택과 연결된 회사의 홈페이지들은 대개 광고를 목적으로 하고 있기 때문에, 회사소개와 자사의 실적만 올려놓아 공사에 필요한 실제 정보를 얻기 쉽지 않다. 그럼에도 불구하고 몇몇 회사의 홈페이지는 상가주택 공정표, 공종별 단가표 등을 올려놓기도 한다. 그러한 정보들을 빠짐없이 다운로드받아 별도의 문서로 편집해 놓으면, 전체 공사의 공정계획을 수립하거나, 공종별 견적을 받아 비교할 때 매우 유용하게 활용할 수 있다. 담 유가 인터넷을 검색하고 별도의 문서로 편집한 주요 정보들은 대체로 다음과 같다.

> 첫째, M건축에서 수원시 광교 카페거리에서 설계한 상가주택의 평면도, 입면도, 단면도와 준공 후 건물 내·외부사진
>
> 둘째, V디자인에서 고양시 삼송지구에 설계한 상가주택들의 평면도, 입면도, 단면도, 준공 후 건물사진
>
> 셋째, R건축에서 위례신도시에 설계한 상가주택들의 평면도, 입면도, 단면도
>
> 넷째, C건설회사 홈페이지에 올려놓은 상가주택의 공종별 공사기간과 공종별 단가표, 공종별 시공사진
>
> 다섯째, S건설회사에서 별내지구에 시공한 상가주택의 엑셀로 작성된 공정표

이상의 정보들 중에 네 번째 공종별 단가표와 다섯째 엑셀로 작성된 공정표 는 SMJ House의 설계가 완료되지 않은 상태에서 총공사비를 예상하고 초기 공정계획을 수립하는데 매우 유용하게 활용되었다. 그러나 이보다 훨씬 유용했 던 정보는 바로 〈상가주택건축이야기〉라는 개인 블로그였다. 종합건설회사에 다니다가 퇴직한 다음 상가주택 짓는 일을 건축주 대신해서 관리감독해주는 회사를 창업한 L씨가 만든 블로그였다.

L씨는 자신의 블로그에 직접 상가주택을 지으면서 경험한 자료들을 공종별 로 매우 상세하게 올려놓았다. 그 내용들은 상가주택 시공 전 단계와 시공단계 로 구분되었다. 시공 전 단계와 관련된 정보들은 대체로 다음과 같다.

- 상가주택 건축시점과 건축허가 전 알아봐야 할 사항에 대하여
- 상가주택 토지 구입하기
- 상가주택 계획, 설계부터 시공, 준공, 사후관리까지

- 이주자택지에 대하여
- 일조권 사선제한, 건물이격거리에 대하여
- 상가, 주택, 공장, 빌딩 건축설계에 대하여
- 건축설계사무소, 건축사사무소 계획설계 의뢰 전에 필히 하셔야 할 사항에 대하여
- 상가주택 건축 시 설계사 시공사 분쟁, 공사 중단, 소송관련, 건축주 피해대책에 대하여
- 상가주택 건축 시 취등록세, 농어촌 특별세, 지방교육세, 인지세, 부가가치세, 양도세, 상속세, 증여세 등 세금에 대하여
- 상가주택 건축 부가가치세에 대하여
- 상가주택 건축도면, 구조도면 보는 법에 대하여
- 상가주택 계획설계와 건축사사무소 선정에 대하여
- 상가주택 건축 시 설계계약서, 감리계약서 등 특약사항 및 조건에 대하여
- 상가주택 건축 건설회사 선정부터 도급계약에 대하여
- 고용보험료 및 산재보험료 산정을 위한 총공사금액 산정
- 상가주택 건축 대략적인 공종별 평당 공사비에 대하여

그리고 시공단계와 관련된 정보는 공종별로 필요한 자재들과 시공방법들에 대해 매우 상세하게 설명하고 있는데, 대체로 다음과 같다.

- 상가주택 건축 착공식, 기공식에 대하여
- 상가주택 착공 이야기
- 겨울철 동절기 공사 시공 계획 및 동절기 공사 시 챙길 것
- 상가주택 건축 진행순서 이야기
- 상가주택 건축 가설공사에 대하여
- 상가주택 건축 토공사에 대하여
- 상가주택 건축 공통가설공사에 대하여
- 엘리베이터 이야기
- 지반보강공법에 대하여

- 상가주택 건축 터파기, 기초공사에 대하여
- 상가주택 건축 철근콘크리트공사에 대하여
- 상가주택 건축 레미콘, 철근에 대하여
- 상가주택 건축 조적공사에 대하여
- 상가주택 건축 단열재 및 단열기준에 대하여
- 상가주택 건축 타일공사에 대하여
- 상가주택 건축 석공사에 대하여
- 상가주택 건축 금속공사에 대하여
- 상가주택 외장 마감공사에 대하여
- 상가주택 도시가스 인입공사와 비용에 대하여
- 상가주택 상수도 인입공사와 인입비에 대하여
- 한전불입금 전기인입비용 전기요금 건기사용신청에 대하여
- 상가주택 건축 하자이행보증금 발급 이야기
- 건물 준공 후 취득세 및 매매 시 양도소득세에 대하여
- 상가주택 준공 후 불법으로 쪼개기 등 건축허가 사항과 다를 경우의 처벌

이상과 같은 정보들은 대학교재인 건축시공학에 나오는 내용들과 매우 유사하다. 그러나 건축시공학의 내용들은 상가주택이라는 소규모 건축물을 대상으로 하지 않고 일반건축물을 대상으로 하기 때문에 매우 일반적으로 기술되어 있다. 반면에 L씨가 올려놓은 내용들은 건축시공학의 내용들과는 달리, 자신이 직접 상가주택을 설계·시공하며 겪었던 경험들을 매우 상세하게 기술하고 있어, 상가주택을 짓고자 하는 사람들에게는 많은 도움이 된다.

담유는 L씨가 올려놓은 내용들을 모두 다운로드받아 문서파일로 만든 다음 수차례 반복하며 정독했다. 물론 실제 공사를 진행하다보면 공사마다 특성이 다르므로 L씨가 올려놓은 정보와 일치하지 않는 경우도 많다. 그러나 L씨가 올려놓은 정보는 담유가 SMJ House를 직접 지을 수 있겠다는 자신감을 갖게 했던 귀중한 자료였다.

요즘을 인터넷 시대라고 한다. 책이나 논문 같은 문서로만 얻을 수 있었던 정보들을 인터넷이라는 글로벌화 된 정보망에서 실시간으로 얻을 수 있게 되었기 때문이다. 이제 상가주택을 짓는 일뿐만 아니라 무슨 일을 하려고 하면, 인터넷이라는 거대정보창고는 필수불가결한 존재가 되었다. 다만 현장에서 짓는 일까지 인터넷이 대신할 수 없으므로 인터넷의 한계도 인정해야 한다. 담유에게 인터넷은 SMJ House를 계획하고 시공하는 과정에서 귀중한 정보를 제공해준 고마운 친구였다.

상가주택
공종별 업체들을 알아보다

건설현장에서 일하는 노무자들을 흔히 '노가다'라고 한다. 노가다는 일제강점기의 잔재가 남아 있는 오래된 일본식 현장용어이다. 우리나라 대형건설회사에서는 20여 년 전부터 현장용어를 한국어로 바꿔 사용하려 노력하고 있어 지금은 일본식 현장용어가 많이 사라졌지만, 소규모 현장에서는 아직도 일본식 현장용어를 많이 사용하고 있다. 특히 상가주택과 같이 소규모 건설현장에서 사용하는 용어는 아직도 대부분 일본식인데 그런 용어를 꾸준히 사용하는 이유는 다양하다. 그중 하나는 건설기술이나 기능이 도제관계에 의해 전수되는 경우가 많기 때문에 선배들이 사용하는 현장용어를 그대로 물려받아서 그럴 것이고, 그 다음은 현장이라는 특수 환경에 일반인들이 쉽게 접근하지 못하도록 텃세를 부리는 것일 수도 있다.

여하튼 일반인이 집을 직접 지으려고 할 때 머뭇거리게 되는 원인중 하나가 바로 건설현장 특유의 텃세이다. 노가다는 그들 나름대로의 규범과 규칙을 가지고 있어 일반인들이 접근하고 동화되기 쉽지 않다. 또한 일반인들을 여차하면 골탕 먹이는 집단이 바로 노가다이다.

건설현장을 나름대로 경험했고 건설관리에 대한 학문적 성과도 웬만한 담유에게도 노가다란 결코 만만치 않은 집단이다. 담유가 상가주택을 직접 지으려면 일본식 용어를 사용하는 노가다와 공사기간 내내 하루 종일 마주쳐야 하는데, 과연 그들과 동화되며 무리 없이 공사를 진행할 수 있을지 확신이 들지 않았다. 왜냐하면 그들이 일본식 용어에 미숙한 담유를 적지 않게 무시할 뻔하고 자기네들끼리 아는 용어로 따돌리려 할 가능성도 다분하기 때문이다. 그래서 담유는 과거 사우디아라비아에서 100여 명 정도의 한국인과 외국인 노무자들을 이끌며 공사했던 경험이라도 부족하지만 밑천삼아 보기로 했다.

일단 상가주택에 필요한 공종들을 정확히 파악하는 것이 급선무였다. 그래서 인터넷을 검색하면서 상가주택에서 언급되는 공종들을 뽑아보았다. 건축시공학에서 구분하는 건축공사의 공종들과 크게 다르지 않았다. 다만 상가주택의 경우 공종별 공사규모가 일반 건축공사에 비해 상대적으로 작은 탓에 공종들이 세분화되거나 묶여 있었다. 상가주택에 필요한 공종들을 정리해 보니 다음과 같았다.

- 가설공사
- 시스템비계공사
- 토공사
- 골조공사
- 전기공사(통신/소방전기 포함)
- 설비공사
- 엘리베이터공사
- 석공사
- 창호공사
- 잡철공사
- 지붕공사
- 방수공사
- 조적공사
- 미장공사

- 노출콘크리트공사
- 타일공사
- 수장(석고)/목공사
- 목문공사
- 도장공사
- 도배공사
- 싱크대공사
- 마루공사
- 에어컨공사
- 도시가스공사
- 인터폰/CCTV공사
- 부대토목/조경공사
- 가구공사

의외로 필요한 공종들이 다양하고 많았다. 이중에서 착공하기 전에 가장 먼저 선정해야 할 업체가 바로 골조공사를 담당하는 골조업체이다. 골조공사는 건물의 골격을 만드는 공사로서 대부분 철근콘크리트로 구성된다. 철근콘크리트는 목수가 거푸집을 조립하면 철근을 배근하고 콘크리트를 타설해서 만들어진다. 그래서 골조공사에서 가장 큰 비중을 차지하는 일이 거푸집 조립 작업이다.

목수는 크게 거푸집을 조립하는 형틀목공과 내부마감 즉 인테리어를 담당하는 내장목공으로 구분한다. 이중 형틀목공들은 항상 외부환경에서 작업하기 때문에 일이 힘들고 거친 편이다. 또한 늘 안전위험에 노출되어 있어 신경이 날카롭고 다루기도 쉽지 않다. 흔히 노가다에서 '곤조'라는 성깔을 가장 많이 부리는 직종이 바로 형틀목공이다. 그들은 마음에 안 들면 일하다 말고 그냥 철수한다거나, 인건비 지불이 지연되면 현장사무실을 점거하기도 한다. 골조공사가 제대로 되지 않으면 후속 공종들인 석공사, 창호공사, 미장공사 등에서 큰 곤란을 겪기 때문에, 골조업체 선정은 무엇보다 중요하다.

골조업체와 함께 전기업체와 설비업체도 선정해야 한다. 전기공사와 설비공사는 형틀이 거푸집을 조립하는 중간에 들어와 전기배관과 설비배관을 설치하므로, 골조공사과정에서 전기와 설비는 형틀과 항상 같이 움직인다. 따라서 골조업체와 호흡이 잘 맞는 전기업체와 설비업체를 선정하는 게 좋다.

골조업체, 전기업체, 설비업체가 선정되면, 공사가 시작되기 전 가설컨테이너를 가져다 놓아야 하고, 골조공사에 앞서 터파기를 해야 하므로 가설업체와 토공사업체도 알아보아야 한다. 또한 골조공사와 외부마감공사에 필수적인 외부비계업체, 엘리베이터 종류에 따라 엘리베이터 구조가 달라지므로 엘리베이터 업체도 미리 결정해야 한다.

가설컨테이너는 가능하면 현장에서 가까운 업체에서 가져오는 것이 좋다. 토공사는 기초 터파기와 되메우기 작업인데 주로 장비업체가 맡는다. 장비업체는 쉽게 알아볼 수 있고, 가격도 거의 동일하므로 크게 문제되지 않는다. 그리고 외부비계의 경우 설치비용이 골조공사에 포함되어 있으면 골조업체가 알아서 외부비계를 설치하고 해체한다. 그러나 정부가 보조해 주는 시스템비계를 설치하고자 할 경우 시스템비계업체를 별도로 알아보고 선정해야 한다. 엘리베이터 업체는 손에 꼽을 정도이다. 현대엘리베이터가 가장 시장 점유율이 높고, 티센, 오티스 등이 있다.

이상은 공사를 시작하기 전에 반드시 선정해야 하는 업체들이다. 이외에도 외부에 돌을 붙이는 경우, 돌을 선택하고 발주한 다음 제작해서 현장으로 운반되기까지 약 2주에서 3주 정도 소요되므로, 석공사업체도 미리 알아둘 필요가 있다. 창호업체는 외부 석공사가 완료된 다음 들어오지만, 좋은 업체를 선정하기 위해 미리미리 알아두어야 한다.

나머지 공종의 업체들도 최적의 시점에 들어 올 수 있도록 충분한 시간을 갖고 협상해야 한다. 담유는 사전에 알아본 공종별 업체들을 엑셀파일로 정리했다. 엑셀파일에는 공종별 업체들의 업체명, 업체주소 및 전화번호, 업체정보를 획득한 방법, 업체정보를 확보한 시점, 네고(Nego) 가능여부에 대한 판단 등도 적어 놓았다.

담유는 생각날 때마다 인터넷으로 업체들을 검색해 보았다. 여러 업체들이 나열되었고, 현장 가까이에 있는 업체들은 전화를 걸어보기도 했다. 그런데 인터넷으로 알아본 업체들을 선택해도 되는지 의문이었다. 노가다라는 사회가 보통사회가 아닌데, 아무런 연고도 없는 업체들이 상가주택 건설의 문외한인 담유에게, 고분고분할지 아니면 뒤통수를 칠지 모를 일이었기 때문이었다. 그래도 담유는 열심히 찾아보았고 때론 귀동냥으로 전해 들은 업체들까지 엑셀파일에 차곡차곡 입력해 두었다. 엑셀파일은 어느 덧 십여 페이지를 넘어서고 있었다.

공종별 주요 작업과
자재들을 정리하다

심포니 오케스트라(Symphony Orchestra)는 다양한 악기가 어울리고 조화되는 과정을 통해 아름답고 웅장한 선율을 만들어내는데, 건축물을 짓는 과정을 심포니 오케스트라에 비유하기도 한다. 건축물을 짓는 방법이나 자재들은 종류가 많고 다양해서, 그것들을 잘 어울리도록 조합하는 게 중요하다는 의미일 것이다.

상가주택을 짓는 과정은 일반 주택공사와 매우 유사하므로 공종별 적용되는 주요 작업들이나 자재들도 일반 주택공사와 별반 다르지 않다. 다만 상가주택은 규모가 작기 때문에 기계화 또는 자동화된 공법들이 적용되지 않고, 대부분 기능 인력의 수작업에 의존한다. 따라서 공종별 기능 인력들이 잘 협력하도록 하는 것이 중요하다. 그리고 상가주택에 필요한 작업과 자재들도 가능하면 신기술이 적용된 공법이나 최신제품들을 사용하는 것이 좋다. 신기술이 적용된 공법과 자재들은 가격대비 성능측면에서 유리할 뿐만 아니라, 집의 가치도 향상시키기 때문이다.

인터넷에는 상가주택의 공종별 주요 작업과 자재들에 대한 정보가 많이 올려져 있다. 건축공사에 대한 지식을 어느 정도 가지고 있다면, 공종별 주요 작업과 자재들을 어렵지 않게 정리할 수 있다. 담유는 SMJ House를 짓는 과정에 필요할 것으로 예상되는 공종별 주요 작업과 자재들을 다음과 같이 정리하였다.

첫째, 가설공사는 경계측량과 수평규준틀(야리가다) 보기, 가설컨테이너 설치, 가설전기 인입, 가설용수 확보 작업들을 포함한다. 시스템비계공사는 시스템비계 신청, 시스템비계 설치 및 해체 작업들을 포함한다.

둘째, 토공사는 온통(매트, MAT)기초 공법을 적용하므로, 터파기, 토사반출, 잡석 깔기, 바닥 단열재 깔기, 방습재(PE필름) 깔기 작업들을 포함한다.

셋째, 기초공사와 골조공사는 일반 철근콘크리트 공법을 적용하므로, 형틀(거푸집)설치 및 해체, 동바리설치 및 해체, 철근배근, 레미콘타설, 외벽거푸집 단열재부착, 외벽형틀(야기리) 상승, 바닥 먹줄띄우기(먹매김) 작업들을 포함한다. 형틀은 유로폼을 주로 사용하고, 철근의 경우 중국산은 불량품이 많아 국산을 사용한다. 레미콘은 설계 강도는 210kg/cm^2이지만 집을 좀 더 견고하게 만들기 위해 240kg/cm^2를 사용하는 것이 좋다. 단열재는 네오폴, 아이소핑크, 경질우레탄 등이 있다.

넷째, 전기공사는 전선관(CCTV/인터폰 포함) 매입, 분전반 설치, 전기/통신선 입선, 전기계량기 설치, 전등 및 콘센트 설치, 소방기구 설치, 전기/통신/소방 준공검사 등을 포함한다.

다섯째, 설비공사는 급수/오배수 배관매입, 난방엑셀 포설, 보일러 설치, 위생기구 및 수도 설치, 오배수관 연결, 수도계량기 설치, 오배수 준공검사 작업들을 포함한다. 설비배관은 VG1와 VG2가 있는데, VG1은 재질은 강하지만 작업이 어렵다.

여섯째, 엘리베이터 공사는 엘리베이터 선정, 엘리베이터 피트(PIT) 골조 확인, 엘리베이터 하부 방수, 엘리베이터 설치, 엘리베이터 준공검사 작업들을 포함한다. 엘리베이터는 국내에서 생산되는 현대, 오티스, 티센 엘리베이터 중 사용이 편리하고 AS가 잘 되는 제품을 선택한다.

일곱째, 석공사는 건식공법으로 돌의 종류 선택, 돌 붙이기, 외벽 실측 및 나누기, 계단실 바닥 돌 보양, 실리콘 및 바닥 줄눈(메지) 넣기, 준공 후 마무리 작업들을 포함한다. 돌은 세계 어디나 동일한 재질이지만, 크게 가격이 비싼 국산과 저렴한 중국산으로 나뉜다.

여덟째, 창호공사는 플라스틱 창호(PW)와 알루미늄 창호(AW)를 설치하는 공법으로 창호의 종류 선택, 방화문틀/주출입구문틀 설치, 상가 샷시 설치, 창문틀 설치, 문짝/창문 설치, 샷시 유리 끼우기, 창호 철물(하드웨어) 설치, 코킹 넣기, 차면시설 설치, 준공 후 마무리 작업들을 포함한다. 잡철공사는 창호업자가 함께 시공하며, 계단난간 설치, 테라스 난간 설치, 베란다 난간 설치, 빗물 선홈통 설치 작업들을 포함한다. 창호제품의 브랜드는 그야말로 다양하고 가격도 천차만별이다. 그중 LG하이샷시와 KCC창호가 가장 선호도가 높다.

아홉째, 지붕공사는 지붕자재(징크) 선정, 지붕틀 설치, 지붕 목재널판 설치, 방수포 설치, 징크 설치, 빗물받이 및 홈통 설치 작업들을 포함한다. 징크는 티타늄과 스틸징크가 있으며 티타늄은 너무 비싸고, 스틸징크는 저렴하다.

열 번째, 조적공사와 미장공사는 대부분 동일업체가 시공하며, 조적공사는 화장실 피트, 방수턱 시멘트벽돌 쌓기 작업들을 포함한다. 미장공사는 바탕면 고르기, 코너비드 설치, 미장 초벌, 미장 마무리, 계단실 미장, 기포콘크리트 타설, 방통 타설, 미장 땜빵 작업들을 포함한다. 노출콘크리트공사는 바탕면 처리, 노출콘크리트 표현 작업들을 포함한다.

열한 번째, 타일공사는 부위별 타일의 종류 선택, 타일의 종류별 붙이기 방법 선택, 타일 나누기, 타일 보양, 타일 줄눈 넣기, 코킹 넣기 작업들을 포함한다. 타일은 국산과 중국산으로 구분되나 중국산은 대체적으로 저렴하고 조잡하다는 평이 있다.

열두 번째, 수장(석고)/목공사는 외기에 닿는 벽 목재틀 및 스티로폼/석고보드 설치, 천장틀 및 천정 석고보드 설치, 우물 천정 설치, 다용도실/욕실/계단실 천정 설치, 벽체 목틀 및 석고 설치, 인테리어 필름 붙이기 작업들을 포함한다.

열세 번째, 목문공사는 내부 목문틀 설치, 목문짝 설치, 목문 도어핸들 설치 작업들을 포함한다. 목문의 브랜드도 그야말로 다양하고 가격도 천차만별이다. 그중 LG하우시스와 영림도어가 가장 브랜드 가치가 높고 검증된 제품으로 알려져 있다.

열네 번째, 도장공사는 다용도실 유성(광텍스) 페인트, 상가 벽 수성 페인트, 계단실 무늬코트, 계단/테라스 난간 녹막이/유성페인트, 내부계단 목재 바니쉬 페인트 작업들을 포함한다.

열다섯 번째, 도배공사는 주인세대는 실크벽지, 임대세대는 일반벽지를 사용한다. 싱크대는 주인세대는 메이커 제품, 임대세대는 비메이커 제품을 설치한다. 마루공사는 주인세대는 강마루, 임대세대는 강화마루를 사용한다. 도배지도 전차만별인데 LG제품이 가장 우수하다.

열여섯 번째, 에어컨공사는 에어컨 배관, 에어컨 설치 작업들을 포함한다. 에어컨은 대부분은 삼성. LG, 위니아 제품이다.

열일곱 번째, 도시가스공사는 도시가스 내부배관, 도시가스 연결, 도시가스 계량기 설치 작업들을 포함한다. 도시가스는 면허업체가 시공해야 한다.

열여덟 번째, 인터폰/CCTV공사는 세대별 인터폰 설치, 내·외부 CCTV 입선 및 카메라 녹화장비 설치 작업들을 포함한다. 인터폰은 국내 시장을 코멕스(KOMAX)와 코콤(KOCOM)이 양분하고 있다.

열아홉 번째, 부대토목/조경공사는 우수관 설치, 대지경계석 설치, 보도블록 기초 다짐 및 버림콘크리트 타설, 보도블록 포설, 조경 식재 작업들을 포함한다.

스무 번째, 가구공사는 책상 및 거실장 구매, 드레스룸 및 현관 팬트리(Pantry) 가구 설치, 서재, 자녀 방 책장 설치 작업들을 포함한다.

건축공사비를
견적하다

무슨 일을 꾀하든지 그 일을 성사시킬만한 밑천이 있어
야 한다. 그 밑천이란 것은 이미 갖고 있는 것도 있겠지만 다른 곳으로부터 빌
려야 하는 경우도 많다. 집을 짓는데 들어가는 밑천도 매한가지이다. 만약 짓
고자 하는 집에 들어가는 밑천, 즉 돈의 규모가 가진 것만으로도 충분하다면
굳이 다른 곳에서 빌리지 않아도 되겠지만, 그렇지 않을 경우 다른 곳으로부터
빌려 충당해야 한다. 그런데 돈 빌리는 일이 그리 간단하지 않다. 돈을 쉽사리
빌려주지도 않을 뿐만 아니라, 빌려주더라도 까다로운 조건을 내세우며 충분한
담보를 요구하기 때문이다.

여하튼 집을 짓는데 돈이 부족하면 집을 짓다가 중단하게 되고, 최악의 경우
빚에 시달리며 가진 재산마저 날릴 수 있다. 따라서 집을 짓기 전에 반드시 집을
짓는데 필요로 하는 돈의 규모를 추정해 보고, 필요한 돈을 조달하는 방법까지
완벽하게 준비해야 한다. 일반적으로 집을 짓는데 들어가는 돈을 '건축공사비(건
축비 또는 공사비)'라 하고, 건축공사비 규모를 추정하는 것을 '견적'이라 한다.

담유는 설계를 가능하면 일찍 마무리하고 그것을 기준으로 상세하고 정확한
견적을 통해 건축공사비를 추정하려고 했다. 그런데 10월 말인데도 계획설계마
저 확정되지 않고 있으니, 상세견적을 시작할 엄두도 내지 못하고 있다. 그렇다
고 마냥 설계가 끝나기를 기다리고 있을 수만은 없어, 담유는 태우설계사무실
성소장에게 지금까지 진행된 설계도면만이라도 정리해 달라고 요청했다.

성소장은 참으로 알 수 없는 인물이다. 인상은 매우 선하고 편해 보인다. 담
유가 요청하면 '네'라며 마치 금방 해줄 듯 답변한다. 그런데 이후 아무런 연락
이 없어, 전화를 하면 그때서야 시작한다며 서둘러댔다. 그래서 태우설계사무

실 장대표에게 여러 차례 불만을 표시했으나 별반 달라지지 않았다. 그래서 이번에는 좀 더 단호한 어조로, 성소장에게 개략 견적이라도 해야 할 것 같다면서, 11월 중순까지 지금까지 진행된 건축도면만이라도 정리해 달라고 요청했다. 건축도면과 함께 구조·전기·기계설비 도면이 완비되어야만 제대로 된 견적을 할 수 있다. 그런데 아직 건축도면조차 마무리되지 않았는데, 구조·전기·기계설비 도면까지 요청하는 것은 무리였기 때문이었다.

담유는 갈매택지지구 땅을 구매한 다음, 곧바로 건설현장을 관리하고 있는 윤정호와 강진일에게 SMJ House를 직접 짓겠다는 계획을 일찌감치 알려 주었다. 정호와 진일은 늘 담유 가까이에 있는 각별한 사이이고, 특히 상가주택 규모의 건설공사에 풍부한 경험을 가지고 있어, 담유에게는 천군만마(千軍萬馬)와 다를 바 없었다.

정호는 배려심이 많고 성실해서 늘 편안하다. 11월 초순 담유는 정호에게 전화했다.

"설계가 아직 마무리되지 않았는데, 지금까지 진행된 건축도면을 기초로 개략견적을 해보았으면 좋겠네."

"네. 설계도면이 진행된 만큼 그것을 기초로 견적해 보겠습니다."

담유의 제안에 정호가 화답했다.

11월 15일. 성소장으로부터 건축도면중 평면도, 입면도, 단면도가 완성되었다는 연락을 받았다. 그런데 여전히 주차를 6대로 하면서 상가주택의 면적을 줄인 상태라 담유의 마음에는 들지 않았다. 그런데도 일단 정호에게 개략견적을 부탁하기로 했다.

담유는 정호에게 전화해서 11월 18일 만나자고 했다. 진일도 함께 나온다고 했다. 11월 18일 오후 4시경 담유가 건축도면 2부를 준비해서 약속장소로 나갔다. 정호와 진일은 이미 도착해서 기다리고 있었다. 정호와 진일에게 건축도면을 각각 건네주면서,

"부담 갖지 말고 전체 공사금액만 뽑아보게."

"네. 그렇게 하겠습니다."

정호는 늘 그렇듯 가볍게 웃으면서 1~2개월 정도 시간을 주면 틈틈이 물량을

산출해서 개략적인 내역까지 만들어 보겠다고 했다. 담유는 아직 시간적 여유가 많으니 서두를 필요 없으며, 도면에 없는 부분들은 정호가 나름대로 가정(假定)해서 견적해 달라고 했다.

정호는 SMJ House와 같은 소규모 상가주택에 대한 견적과 현장관리 경험이 많고, 진일은 현장 시공경험이 풍부하다. 따라서 정호와 진일은 담유가 시도하려는 '건축주-CM 방식'의 공사수행에 많은 도움을 줄 수 있을 뿐만 아니라, 필요한 연구정보도 체계적으로 확보할 수 있다. 그야말로 Win-Win인 것이다. 담유, 정호, 진일은 견적 시작을 축하하는 의미에서, 옆 건물의 삼겹살집으로 자리를 옮겼다. 숯불에 구워진 삼겹살에 소주를 곁들이며 앞으로 진행될 일들을 화제 삼아 많은 얘기를 나누었다.

2016년 1월 7일. 정호로부터 견적을 끝내고 시공내역서까지 만들었다는 연락을 받았다. 견적을 의뢰한지 한 달 반 만이었다. 정호는 담유의 사무실로 찾아와서 시공내역서를 건네주었다. 담유는 신입사원시절 입에서 단내가 나도록 견적을 많이 해본 터라, 정호가 만든 시공내역서를 꼼꼼하게 살펴보았다. 불충분한 도면이었음에도 제대로 만들어져 있었다. SMJ House 공사에서 예상되는 모든 공종들을 상세품목까지 일일이 물량을 뽑았고, 상세품목들에 단가들을 곱하여 상세품목별 비용까지 산출했다. 그런 다음 상세품목의 비용들을 공종 단위로 집계하여 전체 직접공사비를 취합했다. 마지막으로 각종 보험료, 기타경비, 일반관리비 등의 간접비를 추가하여 최종공사비를 산출한 것이었다.

담유는 꼼꼼하게 견적해준 정호가 너무나 고마웠다.

"대충 견적해 보라고 했더니, 완벽하게 내역서까지 꾸며 왔네. 너무 힘들지 않았어?"

"별거 아닙니다. 평소에도 도면이 불충분한 상태에서 견적을 많이 해보아서, 크게 힘들지 않았습니다. 다만 건축도면이 확정되지 않아, 물량이 변동되면 최종공사비가 변할 수 있습니다. 그런데 단가는 그대로 적용하면 됩니다."

정호는 쑥스러운 듯 얼굴을 붉혔으나 목소리에는 자신감이 넘쳤다. 담유는 너무나 흡족해서 입 꼬리가 눈동자에 닿을 지경이었다.

정호가 산출한 최종 공사비는 약 6억5천만 원 정도였다. 아마 최종 건축도면에서 추가되는 부분도 있을 테지만, 연면적 200평을 기준한다해도, 평당 325만 원으로 담유의 예상보다 매우 낮은 금액이었다. 담유는 고개를 갸우뚱거렸다.

"이 금액으로 진짜 할 수 있을까?"

"지방 소도시에서는 가능한 금액인데 수도권에서는 잘 모르겠습니다. 그래도 경험상 가능할 것도 같습니다."

정호의 말엔 경험이 짙게 배어 있었다.

당초 사업타당성을 검토할 때 연면적 146평을 기준으로 평당 400만 원을 집어넣어 총공사비를 약 5억9천만 원으로 추정했다. 지금은 확장면적과 다락층까지 포함해서 연면적이 210평을 초과하고 있으니, 평당 400만 원을 적용하면 최종공사비는 8억4천만 원까지 올라간다. 그러니 정호가 제시한 6억5천만 원은 비록 설계·감리비와 기타공과금 등이 포함되어 있지 않았지만, 매우 저렴한 금액임은 분명했다.

모든 일을 추진함에 있어 목표를 너무 낙관적으로 정해 놓으면 안 된다. 정호가 계산한 6억5천만 원은 매우 낙관적이고 어쩌면 희망적인 공사비일지 모른다. 그래서 담유는 정호가 견적한 건축공사비는 일단 참고만 하기로 했다. 건축허가도면이 최종적으로 확정된 다음, 상세견적을 다시해서 정확한 최종공사비를 산출할 것이다. 다만 정호가 건네준 공사내역서는 담유가 앞으로 공사비 계획을 수립할 때 귀중한 기초자료가 될 것이다.

정호의 수고에 마땅히 보답해야 했다. 담유는 단골인 옥돌삼겹살집으로 자리를 옮겼다. 담유와 정호는 저녁 늦도록 옥돌에 바짝 구워진 삼겹살에 소주잔을 주고받으며, 상가주택과 관련된 많은 얘기를 나누었다. 담유와 정호는 흠뻑 취했고, 밤하늘의 달은 휘영청 밝았다.

공정관리계획을
수립하다

일반적으로 공사규모와 관계없이 건설공사를 추진하고자 할 때 반드시 준비해야 할 계획이 비용관리에 대한 '공사비관리계획'과 일정관리에 대한 '공정관리계획'이다. 건설공사를 관리하는 과정에서 비용과 일정은 서로 밀접한 관계를 갖고 상호 보완적이기 때문에, 어느 한 쪽이 더욱 중요하다고 단정 지을 수 없다. 왜냐하면 공사비를 관리하기 위해 비용과 수입이 발생하는 시점과 규모를 추정하기 위해서는 공정관리계획으로부터 비용항목별 일정정보를 얻어야 하고, 반대로 공정관리계획에서 작업별 비용규모나 가중치를 추정하기 위해서는 공사비계획으로부터 작업 단위별 비용정보를 얻어야 하기 때문이다. 다만 공사비관리계획이나 공정관리계획 모두 설계도면으로부터 관련 정보들을 도출해야하므로 설계도면의 정확도와 완성도가 매우 중요하다.

10월 말, 담유는 설계가 지지부진함에도 불구하고 공사비관리계획 수립을 위한 기초정보를 얻기 위해 정호에게 견적을 부탁하면서 공정관리계획도 정확하진 않지만 대략적으로 수립해 보기로 마음먹었다. 왜냐하면 설계가 늦어진다고 설계 이후 해야 할 준비 작업들을 마냥 늦춘다면, 땅을 일찍 구매해서 충분한 여유를 갖고 공사를 준비하겠다는 당초 계획은 의미가 없어지기 때문이었다.

일단 상가주택 공정관리나 공정표에 대한 정보를 주변사람들에게 물어보았다. 그런데 국내 공정관리 관행상 기록으로 남겨진 것은 거의 없고, 공사기간이 대략 6개월 정도 필요하다는 말 외엔 더 이상 얻을 게 없었다. 그래서 정보의 바다인 인터넷을 검색해 보기로 했다. 인터넷에도 상가주택 공정관리계획에 대한 구체적인 정보는 별로 없었으나, 그나마 쓸 만한 정보 두 가지를 찾아낼 수 있었다.

첫 번째는 상가주택 건설과정을 크게 'Step 1(건축 상담→가설계 및 수정→공사계약 체결)', 'Step 2(건축허가→건설착공계 접수 및 시작→골조완성)', 'Step 3(내·외장 마감→창호 및 인테리어→기타 마무리)', 'Step 4(현황측량 및 준공→건축물 사용승인→건축물 대장 작성 및 등기완료)'. 이렇게 네 단계로 구분한 다음, 건설착공계 접수 및 시작 2주, 골조공사 2개월, 내·외장 마감 45일, 창호 및 인테리어 1개월, 기타 마무리 2주, 현황측량 및 준공 2주로 간단하게 제시한 것이었다. 각각의 기간들을 단순히 더하면 전체 공사는 6개월이 소요되는데, 이러한 단순한 정보가 과연 필요할까 싶지만 공정계획을 수립할 때 주요 완료시점별 소요기간을 추정하는데 유용하게 참조할 수 있다.

두 번째는 M건설 블로그에 올려져 있는 정보로서 엑셀파일에 공사기간별 주요공종들을 나열한 것이었다. 각 주요 공종의 작업순서들을 일별로 나열하였는데 작업들 간 연결 관계는 표현하지 않았으나, CPM(Critical Path Method)공정계획[6]을 만드는데 참고할 정도는 되었다.

M건설의 엑셀파일 일정정보를 담유가 개발한 공정관리 프로그램인 비라이너(Beeliner)로 옮겨보기로 했다. 엑셀파일 정보를 비라이너로 옮기는 과정에서 작업기간이나 작업순서가 애매한 경우가 많았다. 그래서 엑셀에 표시된 주요 작업들의 완료시점에 최대한 맞추되, 작업들의 작업 기간을 조정하고, 작업 간 연결 관계도 추가시키면서, CPM형식으로 만들어 갔다. 마침내 비라이너 CPM공정계획 초안이 완성되었다. 그런데 완성된 비라이너 CPM공정계획의 전체 공사기간은 140일에 불과했다. 일반적인 상가주택 전체 공사기간 6개월에는 한참 미치지 못했다. M건설의 엑셀파일 일정정보에 뭔가 오류가 있는 것인지, 아니면 M건설이 공기를 인위적으로 줄인 것인지 알 수 없었다.

그래서 정호에게 견적을 부탁한지 보름 정도가 지난 11월 말, 정호와 진일을 사무실에서 만나 비라이너로 작성된 CPM 공정표를 보여 주었다.

"저희들도 M건설의 공정표가 어떤 상가주택을 대상으로 만들어졌는지 알 수

---

6) 사업에 필요한 모든 작업들을 선·후행 관계로 연결시켜 네크워크(Network)를 구성함으로써, 작업별 일정뿐만 아니라, 여유시간의 계산을 통해 주공정선(Critical Path)을 찾아내고 집중 관리할 수 있도록 하는 공정관리기법

없네요."

그래서 정확성 여부를 판단하기 어렵다고 했다. 정호는 개략견적하면서 M건설의 공정표도 함께 검토해 보겠다고 했다.

2016년 3월 중순 건축허가를 받은 도면을 정호에게 넘겨주었다. 약 한 달이 지난 4월 중순경, 정호가 마감일정계획을 바차트(Barchart)[7] 형식으로 만들어서 사무실로 가지고 왔다. 정호가 자신이 만든 공정표를 설명해 주었다.

"저는 착공한 후 2개월만인 6월 말에 골조가 완료되는 것으로 가정했습니다. 그리고 그 이후의 마감일정만 표시했습니다."

7월 1일부터 엘리베이터, 조적/미장/방수, 석공사를 시작해서, 9월 중순에 가구와 인테리어공사가 완료되는 일정이었다. 추가공사, 사용승인기간, 준공시점은 표시하지 않았다. 정호가 작성한 마감일정을 감안하면 대략 10월 중순경에 공사가 완료된다. 이 역시 일반적인 상가주택 공기보다 약 보름 정도 짧은 공정계획이었다.

담유는 M건설 공정정보를 바탕으로 만든 CPM공정계획 중에서, 마감공정을 정호가 작성한 일정계획으로 바꾸었다. 마침내 SMJ House의 최초 CPM공정계획이 만들어졌다. 다행스럽게도 착공 전에 확정되었다. 계획은 미래에 대한 예상이다. 계획에서 정확하다는 말은 큰 의미가 없다. 왜냐하면 계획은 실제상황에 맞도록 계속 수정되어야 하기 때문이다.

공정계획의 가장 중요한 역할은 혹시 놓치는 업무가 없는지 확인하도록 하고, 적절한 시점에 일이 시작될 수 있도록 관련된 업무들을 조정해 주는 것이다. 만약 일이 계획대로 진행되지 않는다면 원인을 분석해서 곧바로 시정조치를 취하거나 계획을 수정해야 한다.

공사비는 공종별 업체들과 계약서를 작성하는 순간 90% 이상 결정되지만, 공정관리는 공사기간 내내 반복되는 업무이다. 그리고 공정계획에는 공사와 관련된 비용, 품질, 안전, 계약 등 모든 정보들이 담겨 있다. 따라서 공정관리만 잘 해도 공사의 80%는 성공한 셈이다.

---

7) 작업의 시작과 끝을 바(Bar), 즉 막대로 연결하고 이를 달력에 맞추어 표시하는 공정관리기법

중이 제 머리는 못 깎는다는 말이 있다. 사실 스님들은 자신의 머리를 잘 깎는다. 그런데 왜 이런 말이 회자되는지 잘 모르겠다. 아무튼 담유는 소위 말하는 공정관리전문가이다. 담유가 SMJ House 공정관리를 제대로 못한다면 그야말로 중이 제 머리도 못 깎는 격이 된다. '건축주-CM 방식'에서 공정관리는 온전히 건축주의 몫이다. 담유는 정신을 바짝 차리기로 했다.

공사비관리계획을
수립하다

2016년 1월 7일. 정호로부터 6억5천만의 시공내역서를 건네받은 다음 공사비관리계획을 수립해 보기로 했다. 가장 먼저 공사에 소요되는 자금이 시기별로 어느 정도 필요한지 파악하는 것이 우선이었다. 공정계획은 확정되진 않았지만, M건설이 엑셀로 만든 일정정보를 CPM공정계획으로 변환시켜 놓았다. 일단 그것을 기준으로 시점별 필요한 공사비를 추정하기로 했다.

착공 전에 투입되는 자금규모는 설계계약금, 감리계약금, 산재/근재보험가입비, 가설컨테이너 임대계약금, 골조공사계약금, 전기공사계약금, 설비공사계약금, 기타 인허가비용 등으로 약 6천만 원 정도이다. 그리고 공사가 본격적으로 착수된 다음 첫 달에는 골조 중간기성금, 레미콘비용, 철근비용, 전기공사 기성금, 설비공사 기성금, 기타 기자재 구입비용 등을 포함하여 1억5천만 원 정도가 필요할 것 같았다. 두 번째 달부터 4개월 동안은 매월 약 1억2천만 원 정도 필요할 것으로 예상되었다. 따라서 전체 예상 공사비는 약 6억9천만 원이 된다. 이러한 예상 공사비는 정호가 견적한 금액보다 4천만 원 정도 높다. 그러나 공사비는 결코 낙관적으로 판단해서는 안 된다는 원칙에 부합하는 것이다.

건설공사에는 워낙 많은 불확실성과 위험요소들이 내재되어 있기 때문에 예상하지 못했던 사건들로 인해 추가비용이 투입되는 경우가 많다. 자칫하면 빚더미에 올라 재산을 탕진하는 사태까지 벌어질 수도 있다. 따라서 공사비관리계획은 최악의 시나리오(Worst Scenario)를 기반으로 수립해야 한다. 그렇다고 너무 비관적으로만 공사비관리계획을 수립한다면 예상 공사비가 턱없이 높아져, 자금을 조달하기 어려울 뿐만 아니라, 불필요한 금융비용까지 지불해야 한다.

따라서 최악의 경우도 적절한 수준에서 판단해야 한다.

담유는 6억9천만 원이라는 예상 공사비를 어떻게 조달할 것인지 구체적인 계획을 수립해 보았다. 일단 현재 가지고 있거나, 확실한 수입이 예상되는 금액은 은행잔고, 급여 및 기타 수입 등을 합쳐서 약 1억5천만 원 정도이다. 나머지는 신용대출, 아파트처분비용, 대지담보대출, 기타 대출 등으로 충당해야 한다. 그런데 땅을 구입하면서 구리 인창아파트는 이미 담보대출을 받았으므로, 그것으로 추가 담보대출은 사실상 불가능했다. 그래서 담유는 일단 주거래은행인 S은행의 구리지점을 찾아가 대지담보대출을 상담받기로 했다.

S은행 구리지점은 구리에서 가장 번화한 돌다리사거리에 위치하고 있었다. 은행에는 이미 많은 손님들로 북적거려, 프리미엄 고객창구가 있는 VIP실로 곧바로 들어갔다. VIP실에는 두개의 고객창구가 있었다. 왼쪽 고객창구 의자가 비어 있어 상담직원에게 앉아도 되는지 물어보았다. 나이는 꽤 들어 보였으나 정장차림을 한 상담직원은 하던 일을 잠시 멈춘 채 미소를 띠면서, 경상도 억양으로 말을 건넸다.

"무슨 일로 오셨나요?"

"대출상담 받으려고 합니다."

"그러시군요. 자리에 앉으시죠."

상담직원은 건너편 자리를 권했다.

"무슨 일로 대출을 받으려고 합니까?"

담유가 갈매택지지구에 상가주택을 지으려고 한다니까, 상담직원의 얼굴이 갑자기 굳어졌다.

"저희 은행은 건설자금 대출은 심사가 매우 까다롭습니다."

담유는 건설자금 대출이 까다롭다는 말이 선뜻 이해되지 않았다. 그래서 갈매택지지구에 대한 설명과 땅을 사게 된 동기, 상가주택이 어떤 것인지 자세히 설명해 준 다음 명함을 건네주었다.

"교수님이시군요."

상담직원은 담유의 명함을 살펴보고는 갑자기 태도가 호의적으로 돌변했다. 상담직원은 자신의 명함도 담유에게 건네주었다. S은행 구리지점의 부지점장인 남부장이었다.

"높은 분이시군요. 그런데 대출상담까지 하시나 봐요."

"요즘은 위아래가 없습니다. 모든 직원들이 상담하고 있습니다."

남부장은 담유에게 주민등록증을 보여 달라고 했다. 그래서 운전면허증을 건네주었더니, 남부장은 컴퓨터로 무엇인가를 한참 검색했다.

"저희 은행 최우량 고객이시군요. 반갑습니다."

그제야 담유에 대한 경계를 완전히 풀었다. 남부장은 갈매택지지구가 아직 LH로부터 땅 구매자인 담유에게 등기가 넘어가지 않았기 때문에, 땅을 담보로 대출받기 위해서는 LH로부터 먼저 승인을 받아야 된다고 했다. 그리고 땅을 담보로 건설자금을 대출할 경우 토지감정가의 50% 미만으로 대출금이 제한된 다고 했다. 또한 실제 대출받기 위해서는 대출금이 건설자금에 사용되었다는 증빙서류를 제출해야 하는 등 매우 까다롭고 대출이자도 높은 편이라고 했다. 남부장이 담유에게 물어보았다.

"땅을 판 원주민이 LH로부터 토지를 분양받았다는 증빙서류를 가지고 오셨 나요?"

"네. 가지고 왔습니다."

"아, 그렇군요. 오늘 대출신청서를 작성해서 제출해 주시면, 제가 본점과 연락해서 정확한 대출한도액과 이자율, 그리고 필요한 서류와 절차를 알려 드리 겠습니다."

담유는 지체 없이 3억2천만 상당의 대출신청서를 작성해서 남부장에게 건네주었다. 남부장은 대출신청서를 받으면서, 별내지역의 W은행이나 H은행에서도 상가주택 건설관련해서 대출을 많이 해주는 것으로 알고 있으니 그곳도 같이 알아보라고 했다. 만약 S은행에서 대출승인이 나지 않거나, 이자율이 높을 경우에 대비하라는 뜻이었다. 남부장은 본점과 협의해서 대출이 확정되면 연락드리겠다고 했다.

담유는 S은행 구리지점을 나오면서 속으로 되뇌었다.

'신용이 최우량임에도 건설자금 대출받기가 이렇게 힘들다니.'

그렇다면 땅을 담보로 대출받을 수 있는 규모를 줄여야 한다. 담유는 곧바로 신용대출로 방향을 전환하기로 했다. 담유는 2억 원까지 신용대출이 가능하고, 1억 원은 마이너스통장에서 융통할 수 있다. 미키도 1억 원까지 신용대출이 가능하고, 5천만은 마이너스통장에서 융통할 수 있다. 그렇다면 4억5천만 원까지는 신용대출만으로도 가능하다. 그렇다면 가용한 금액 1억5천만 원과 신용대출 4억5천만 원을 합쳐 6억 원까지는 자금을 확보할 수 있다. 예상 공사비 6억9천만 원에서 6억 원을 뺀 나머지 9천만 원만 대지를 담보로 대출받으면 된다. 이 정도 규모는 준공 후 정산할 수도 있고, 준공 전에 2, 3층의 4세대가 전세계약으로 나간다면 충분히 해결될 수 있다.

담유는 남부장이 추천한 대로 별내지역 W은행과 H은행을 찾아가 토지담보 건설자금 대출에 대해 상담해 보았다. 건설자금 대출이 까다로운 것은 S은행과 별반 다르지 않았다. 다만 W은행은 대출이자율을 S은행보다 조금 낮추면서 자기네 은행을 주거래은행으로 바꾸라는 조건을 제시했고, H은행은 대출이자율이 S은행보다 오히려 높았다.

며칠 후 남부장이 본점으로부터 대출승인을 받았다고 연락했다. 대출한도는 2억8천만 원, 대출이자는 3.5%라고 하였다. 그리고 2억8천만 원을 일시에 대출해주지 않고 건설과정에서 발행한 영수증을 모아 제출하면 영수증 합계의 50%까지만 대출해 준다고 했다. 따라서 자금이 필요한 시점에서 필요한 만큼만 대출받을 수 있으므로 불필요한 이자를 내지 않아도 된다고 했다. 남부장의 연락을 받고 나서, 담유는 미키와 협의를 통해, 우선 주거래은행인 S은행으로부터 토지담보 건설자금 대출을 받은 다음, 나머지는 신용대출로 충당하기로 결정했다.

이제 건설과정에서 시점별 필요한 자금규모를 추정했고, 시점별 자금을 조달하는 방법까지 확정했다. SMJ House 공사비관리계획의 윤곽이 잡힌 것이다. 이제부터 공사비가 어떻게 지출되는지 항목별로 꼼꼼하게 체크하고, 적절한 시기에 대출을 받아 현금흐름이 무난하도록 관리하는 일만 남았다. 이를 위해 비용지출을 건별로 기록하는 장부인 'SMJ House 사업비 지급대장'과 시공내역서의 공종별 계약금액에서 건별 지출금액을 공제하고 남는 공종별 잔여공사비를 관리하는 'SMJ House 잔여공사비 현황'을 엑셀파일로 만들었다.

대형건설현장에서는 다중 체크가 가능한 체계적이며 복잡한 공사비관리체계를 수립하고 운영한다. 그러나 SMJ House는 소규모 상가주택이고 건축주 직영공사이므로 공사비관리계획을 복잡하게 수립할 필요가 없다. 더구나 담유혼자 건설공사의 모든 분야를 관리하는 '건축주-CM 방식'이다. 따라서 공사비가 집행되는 현황을 단순하면서도 명확하게 추적하는 것만으로도 충분하다.

골조공사, 전기공사, 설비공사 업체를 선정하다

2016년 2월 20일, 스며드는 냉기를 막으려고 단단히 저며 놓았던 베란다 커튼을 활짝 열어젖혔다. 새벽녘에 많은 눈이 내려 아파트 앞 저층 다세대 주택들의 지붕은 온통 하얗게 변해 있었다. 주택들 옆 좁은 골목에도 내린 눈이 그대로 쌓여 있었고, 방금 지나간 듯 차바퀴 자국 한 쌍만이 나란히 찍혀 있었다.

오늘은 갈매택지지구 공사현장을 오랜만에 가보아야겠다. 지난달 방문했을 때 대지 위에 쌓아 놓았던 성토용 흙을 옮기고 단지 내 도로에도 쇄석을 깔았다. 오늘은 대지 위를 직접 걸어보며 주변도 살펴볼 수 있을 것 같았다. 더구나 눈이 많이 내려 어수선한 공사현장도 꽤 운치 있게 변했을 것 같다는 상상도 들었다.

어제 마침내 태우설계사무소 오소장이 건축허가도면을 구리시에 제출했다. 오소장은 구리시 건축과 공무원들을 잘 알고 있다면서, 앞으로 3주 정도면 건축허가를 받을 수 있을 것 같다고 했다. 오소장 덕분에 그동안 지리멸렬했던 설계과정이 잘 마무리되어서인지, 홀가분한 기분으로 집이 지어질 땅을 제대로 한 번 둘러보고 싶었다.

그날 오후 미키와 갈매택지지구로 차를 몰았다. 공사현장은 지난번보다 눈에 띄게 변해 있었다. 단독주택지 옆의 LH아파트는 골조공사를 마무리하고 외벽 마감 작업이 한창이었다. 단독주택지와 LH아파트 사이에 위치한 근린생활지역에는 상가건물들이 동시에 착공해서 기초와 골조공사가 많이 진척되고 있었다. 그중 갈매천 바로 옆 상가건물인 U플라자의 골조가 이미 2층까지 올라가고 있었다. 시공 중인 상가건물들 옆으로 컨테이너들이 여러 채 들어서서 이미 상가분양 및 임대 현수막을 걸어 놓고 영업을 시작했다. 상가건물 앞 6차선 도로는 아스팔트 기층포장[8]만 완료되었으나, 차를 타고 현장에 진입하기가 훨씬 수월해졌다. 그래서인지 많은 차들이 주차되어 있었고, 오가는 사람들도 자주 눈에 띄었다.

이제 SMJ House 착공까지 2개월 밖에 남지 않았다. 건축허가도면을 기준으로 착공에 필요한 공종들의 업체들을 서둘러 결정해야 한다. 물론 그동안 인터넷을 통해 공종별 업체 목록을 정리해 놓았지만, 아직 업체들을 직접 만나 얘기해보거나, 도면을 건네주고 견적을 받아 보진 않았다.

전통건축에서는 도목수(都木手)가 공사의 모든 일을 맡아 진행한다. 도목수는 목수의 우두머리로서 건물을 설계하고, 건물의 토대를 놓고, 뼈대를 세운 다음, 마무리하는 모든 건축과정을 책임진다. 전통건축은 대부분 목공사이므로 도목수 혼자 공사 전체를 맡아 진행할 수 있다. 그러나 현대건축은 너무나 복잡하고 다양한 자재와 여러 공종들이 어울리므로, 도목수 혼자 공사를 진행할 수 없다. 그럼에도 상가주택 건설공사에서 목수는 착공과 함께 건물이 들어설 자리를 표시하는 야리가다매기[9], 기초공사, 골조공사를 책임지는 가장 중요한 역할을 담당한다. 따라서 착공 전에 가장 먼저 골조공사를 담당할 형틀목수 또는 골조업체를 선정해야 한다. 그리고 골조업체와 함께 작업하는 설비공사와 전기공사업체도 선정해야 한다.

SMJ House가 지어질 D1블록 110번 대지는 골조공사가 한창 진행 중인 U플라자 신축현장 바로 뒤편에 위치하고 있었다. 그래서 담유는 U플라자 앞에 차를 세운 다음 U플라자 현장 울타리 옆을 돌아 110번 대지로 접근하려는데, 현장 뒤쪽에 컨테이너 하나가 눈에 들어왔다. 컨테이너에 상가주택 분양 및 임대라는 현수막이 없는 것으로 보아 분양사무실은 아닌 듯싶었다. 담유는 컨테이너에 다가가서 창문으로 안쪽을 살펴보았다. 누군가 책상에 앉아 전화를 걸고 있었다. 담유는 호기심에 출입문을 가볍게 노크했다. 전화하던 사람이 통화를 멈추고 출입

---

8) 아스팔트 표층 바로 아래, 노반 바로 위의 기초포장
9) 건물이 들어설 자리와 경계를 표시하는 규준틀 매기

문 쪽으로 다가와 문을 열어주었다. 담유가 웃으면서 인사를 건넸다.

"안녕하십니까? 옆 신축공사 현장사무실인가 봐요?"

"네. 그렇습니다. 무슨 일이시죠?"

"아 네. 옆 단독주택지에 상가주택을 지을 건축주인데요. 대지 준비상태를 알아보려고 와 보았습니다."

담유는 명함을 건네주었다.

"그러시군요. 앉으시죠."

U건설 채차장으로 U플라자 현장소장을 맡고 있다고 했다. 채차장은 얼굴이 뽀얗고 잘 생겨서 전혀 현장직원 같아 보이지 않았다. 담유가 농담을 건넸다.

"현장소장이 아니라 본사임원처럼 보이네요."

"고맙습니다."

채차장이 수더분한 미소를 지어 보였다. 담유는 채차장에게 편한 느낌을 받았다.

"제가 집을 5월 초에 착공하려고 하는데, 현장을 경험한 지 너무 오래되서, 뭐부터 준비해야 할지 모르겠네요."

"그러시군요. 그럼 저희 같은 종합건설회사에 맡기시면 됩니다."

채차장은 환하게 웃었다.

"규모가 작아 건축주 직영이 가능하다고 해서, 제가 경험도 해볼 겸 직접 지어 보려고 합니다. 그래서 골조업체부터 알아보고 있는데 구리지역 업체들을 잘 몰라서 어떻게 해야 할지 모르겠네요. 혹시 U플라자 골조공사를 하고 있는 업체를 소개시켜 줄 수 있나요?"

담유는 단도직입적으로 골조업체를 소개해 달라고 했다. 채차장은 눈을 반짝이면서 반문했다.

"그러면, U건설 백주일 사장님께 직접 물어보시지요. 혹시 바로 앞에 있는 분양사무실 컨테이너에 계시지 않던가요?"

"분양사무실에는 들르지 않았습니다. 그럼 그곳에 한 번 가볼까요."

담유는 곧장 현장사무실을 나와, 도로변에 위치한 U플라자 분양사무실 컨테이너로 가서 유리문을 열고 들어갔다. 책상과 응접세트 그리고 사무기기가 제대로 갖추어진 사무실에는 40대 후반 정도의 여자 2명과 50대 후반 정도의 남자 1명이 앉아 있었다. 여자직원이 담유를 반갑게 맞이하면서 공손하게 물어보았다.

"무슨 일로 오셨나요?"

"분양 문의하러 온 게 아니라, 제가 직접 상가주택을 지으려고 하는데, 현상사무실 채차장이 이곳에 오면 U건설 백주일 사장님이 계시다고 해서 만나 뵈러 왔습니다."

사무실의 가장 후미진 곳에 앉아있던 50대 후반 남성이 후덕한 표정을 지으며,

"아. 그러세요. 제가 백주일입니다."

자신의 명함을 건네주었다. 그래서 담유도 명함을 건네주었다.

"교수님이시군요. 근데 직접 지으시려고요? 힘들 텐데요. 저희한테 맡겨주세요."

백주일 사장의 서글서글한 말씨에는 충청도 사투리가 약간 섞여있었다.

"제가 건축과 교수이고, 연구하는 것도 있고 경험도 해볼 겸 직접 지어 보려합니다."

"그러시군요. 그럼 제가 도와드리겠습니다. 도면은 나왔나요?"

"네. 이제 허가도면이 들어갔는데 곧 허가가 날 것 같습니다."

"그럼 허가 들어간 도면 가지고 계시나요?"

"네. 차에 있습니다. 가지고 올까요?"

"그렇게 하시지요. 제가 한 번 검토해 보겠습니다."

담유는 차 트렁크에 넣어두었던 허가제출도면을 가지고 와서 백사장에게 건네주었다.

"저희들이 전체 내역서를 만들어 보겠습니다. 한 번 검토해 보시고, 마음에 드시면 전체 공사를 다 맡기시면 되고요. 아니면 필요한 공종만 맡기셔도 됩니다."

백사장이 짓는 U플라자는 갈매택지지구에서 최초로 시공되는 상가건물이었다. 그래서 그런지 백사장은 갈매택지지구 건축공사를 선점하고 싶다는 의욕과 자신감이 넘쳐 보였다. 담유와 처음 대면하는 자리인데도 내역서까지 만들

어 주겠다고 하니, 그동안 만나 보았던 업자들과는 전혀 딴판이었다. 담유는 백사장의 적극적인 태도에 내심 고마웠다. 구리지역 업체로부터 제대로 된 내역서를 받아보면 구리지역 시공단가에 대해 많은 정보를 얻을 수 있기 때문이었다.

담유는 백사장에게 허가도면이 나오는 대로 CAD파일을 이메일로 보내 주겠다고 한 다음, 사무실을 나와 D1블록 110번 대지 쪽으로 걸어 들어갔다. 단독주택지 내 도로들은 어느 정도 완료되었고, 대지 내에 쌓여 있던 성토용 흙도 거의 치워져 있었다. 대지의 윤곽이 한 눈에 들어왔다. SMJ House가 지어질 73평의 대지는 생각보다 좁아 보였다. 그러나 북측의 갈매천과 그 너머 별내지역 그리고 우뚝 솟은 불암산이 한눈에 들어오니 땅을 잘 샀다는 만족감이 온몸으로 퍼져 나갔다. 담유와 미키는 눈에 덮인 대지 위에 발자국을 이리저리 내면서 꼼꼼하게 둘러본 다음 현장을 떠났다.

집에 돌아와서도 백사장의 적극적인 호의에 담유의 좋아진 기분은 쉽게 가라앉지 않았다. 그런데도 백사장에게만 견적을 맡겨보는 것은 어쩐지 부족하고 위험하다는 생각이 들었다. 모든 거래에는 비교견적이 필요하다. 그래야 시장가격을 정확히 알 수 있고 최선의 계약을 할 수 있는 것이다. 그래서 백사장이 제시하는 견적과 비교할 만한 대상을 찾으려 했으나, 구리지역에는 인터넷 말고는 직접 만나본 업자들이 없으니 난감하기만 했다. 그런데 작년 8월 태우설계사무소 성소장이 강동대교 건너 미사하남지구에도 단독주택단지가 여러 곳이 있고, 자기들이 10여 개 상가주택을 설계했다며 자랑하던 기억이 떠올랐다. 미키에게 미사하남지구를 방문해 보자고 제안했더니, 고개를 끄떡이며 그러자고 했다.

3월 중순. 봄이 일찍 오고 있었다. 담유는 구리시에서 건축허가를 받자마자, 백사장에게 건축허가도면 CAD파일을 이메일로 보내 주었다. 그리고는 미키와 함께 미사하남지구로 향했다. 미사하남지구에서 시공 중인 업체를 만나볼 요량이었다. 미사하남지구는 갈매택지지구보다 규모가 서너 배는 커보였다. 서울시 송파구에 근접해 있고 올림픽대로로 강남까지 접근성이 좋아, 갈매택지지구와는 분위기가 사뭇 달랐다. 이미 많은 아파트들이 신축 중에 있었으며, 단독주택지역이 7곳으로 갈매지구보다 4곳이나 많았다.

그중 R1지역은 상가주택이 거의 80% 이상 완공되어 있었다. 담유와 미키는 이미 완공된 R1지역 상가주택 앞에 차를 세우고 걸어 다니며 꼼꼼하게 주변을 살펴보았다. 별내지역 상가주택들과 별반 다르지 않았다. 골조공사가 진행 중인 상가주택을 찾아보았으나 눈에 띄지 않았다. 그래서 한창 공사가 진행 중인 R2지역으로 이동했다.

R2지역은 사방이 공사를 하고 있어 주차할 곳이 마땅치 않았다. 그래서 담유는 자재가 어지럽게 쌓인 도로 옆에 차를 세웠다. 봄기운이 완연해서인지 현장들은 분주했다. 담유는 현장들을 살피다가 골조공사가 진행 중인 상가주택 모서리에 놓인 컨테이너 현장사무실을 발견했다. 컨테이너는 새것으로 깨끗하고 번듯했다. 유리문 안을 살펴보니 누군가 책상 앞에서 담배를 피우고 있었다. 담유는 출입문을 두드렸다. 잠시 후 나이가 꽤 들어 보이는 사람이 문을 열어주었다.

"무슨 일이시죠?"

"저희가 상가주택을 지으려고 하는데, 공사 중인 건물들을 구경하며 둘러보고 있습니다."

"들어오시지요."

눈매는 부리부리 했으나, 웃으며 앉을 자리를 권했다. 담유가 명함을 건네주었더니, 상대방도 명함을 건네주었다. H건설 현장소장인 추소장이었다.

"바로 옆 신축중인 건물 현장소장님이시군요."

"네. 그렇습니다. 그런데 교수님이시네요? 어디에 상가주택을 지으려고 하시나요?"

추소장은 담유가 상가주택을 지으려고 한다는 말에 큰 관심을 보였다.

"갈매택지지구에 지으려고 합니다."

"아, 별내 옆이군요. 제가 태릉 쪽을 자주 다녀 그 지역을 잘 알고 있습니다."

추소장은 별내지역을 잘 안다면서 침을 꿀꺽 삼켰다. 추소장은 중견건설업체에서 대규모 아파트단지 현장소장으로 일하다가 정년퇴직하고, 조그만 건설회사인 H건설에서 상가주택 현장을 봐준다고 했다. H건설 직원은 아니고 공사기간 동안만 봐준다는 것이었다. 그리고 자신은 건설현장 경험이 풍부하고, 건축기사와 석사학위까지 가지고 있다면서 장황하게 이력을 소개했다. 마치 자신에게 현장을 맡기면 전혀 걱정할 게 없다는 말처럼 들렸다. 담유는 추소장의 자랑에 찬물을 끼얹을 생각은 추호도 없었다. 가능하면 비위를 맞추어 기분을 좋게 하는 것이 많은 정보를 얻어내는데 유리하다고 생각했기 때문이었다.

담유는 추소장에게 상가주택 건설과 관련된 여러 얘기를 나누다가,

"제가 직접 지으려고 하는데, 골조공사를 맡을 업체를 찾고 있습니다."

담유가 넌지시 속내를 비쳤더니, 추소장은 기다렸다는 듯이 제안했다.

"저와 오랫동안 함께 일해 온 형틀 배목수가 있는데, 아주 일을 잘하고 정확합니다. 한 번 만나 보시겠습니까?"

담유는 골조업체를 소개시켜 준다는 말에 너무 반가웠다.

"맡기겠다고 결정하지도 않았는데 괜찮을까요?"

속마음을 살짝 감춘 채, 은근슬쩍 말을 뺐다.

"걱정하지 마세요. 이제 본격적으로 공사가 착공되는 시기라 바쁘겠지만, 제가 오라면 언제든지 옵니다."

"그럼 내일이라도 만나 뵐 수 있을까요?"

추소장은 곧바로 핸드폰을 꺼내 배목수에게 직접 전화를 걸더니, 내일 현장에 오라고 했다. 배목수가 내일 가능하다고 했다. 담유가 보기에 추소장과 배목수는 오랜 친구처럼 보였다.

"혹시 전기, 설비업체도 만나볼 수 있나요?"

담유는 내친 김에 전기와 설비업체도 물어보았다.

"당연하지요. 배목수와 함께 일하는 전기, 설비업체가 있는데 내일 같이 오라고 하겠습니다."

추소장은 목에 힘을 주며 반색했다. 담유는 추소장의 과한 호의에 놀라면서도 사무라이처럼 올라간 추소장의 눈썹에서 왠지 모를 강단과 신뢰가 느껴졌다. 그래서 담유는 추소장에게 고맙다는 인사를 정중하게 건네고, 내일 오후 2시 다시 방문하겠다며 사무실을 나왔다.

담유는 처음 찾아들어 간 H건설 현장사무실에서 추소장 소개로 지역 업체

들을 만나볼 수 있게 되었다는 사실이 전혀 믿겨지지 않았다. 왜냐하면 경험상으로 건설에 종사하는 사람들은 건축주를 처음 만날 때 대부분 자기 속마음까지 쉽게 내보이지 않는다. 그런데 추소장은 전혀 달랐기 때문이었다. 담유와 미키는 H건설 사무실을 나온 다음 근처 현장사무실 몇 군데를 더 들어가 보았으나, 역시 대부분 바쁘다면서 상담에 쉽게 응하지 않았고 호의적이지도 않았다.

담유와 미키는 다음날 오후 2시 H건설 현장사무실을 다시 방문했다. 그날이 일요일이었음에도 추소장, 배목수, 그리고 전기, 설비업체 사장들이 모두 나와 있었다. 약간 긴장하고 있는 듯 보였다.

"일요일인데, 교회 다니시지 않나 봐요?"

담유가 분위기를 누그러뜨릴 겸 웃으면서 물어보았다.

"교회 다니지 않습니다. 노가다가 일요일이 어디 있습니까? 비 오지 않으면 당연히 일해야지요."

네 명 모두 동시에 크게 웃었다. 추소장이 배목수를 소개해 준 다음, 전기 명사장과 설비 은사장도 소개해 주었다. 네 명 모두 순박한 인상으로 현장냄새가 물씬 풍겨왔다.

담유가 준비해 온 SMJ House 도면을 펼쳐 놓았다. 추소장과 배목수, 전기사장, 설비사장은 자신들의 경험담을 곁들이며 많은 이야기들을 쏟아내기 시작했다. 이 정도 규모의 상가주택은 별거 아니라면서도 담유가 처음 해보는 일이라 힘들 거라는 우려 섞인 걱정을 구구절절 쏟아냈다. 결국 자신들에게 공사를 맡기면 아무런 걱정 없이 무난하게 준공할 수 있을 것이라는 제안으로 이어졌다. 담유는 그들의 말에서 키포인트가 무엇인지 뽑아내려고 온 신경을 집중했지만 별반 얻은 게 없었다. 더구나 1시간여 동안 좁은 공간에서 쉴 새 없이 뿜어대는 그들의 담배연기에 미키가 더 이상 견디기 어려워했다. 담유는 SMJ House 도면을 참고해서 골조, 전기, 설비공사 금액을 견적해 달라고 부탁한 다음 서둘러 현장사무실을 나왔다.

약 3일 후, 설비 은사장이 문자로 설비공사 견적을 이메일로 보냈다고 하기에 확인해 보니 약 2천5백만 원(부가세 포함) 정도였다. 그 다음날에는 전기 명사장이 전기공사 견적을 약 2천4백만 원(부가세 포함)으로 보내왔다. 그로부터 2일 후

배목수로부터 전화가 왔다.

"직접 만나 뵙고 견적금액을 알려 드리겠습니다."

"그러시지요."

배목수를 집 앞 커피숍에서 만났다. 배목수는 견적서를 가져오지 않았다. 말로만,

"제가 뽑아보니 1억2천만 원 정도 들어갈 것 같네요. 다만 철근은 별도입니다."

"그럼, 철근은 얼마 정도 예상하시나요?"

"대략 3천만 원 정도 들어갈 겁니다."

그러면서 전체 골조공사는 1억5천만 원 정도 잡아야 한다고 했다. 담유는 배목수에게 골조공사 전체 견적을 부탁했는데 왜 철근은 별도인지 물어보았다. 자신은 목수이기 때문에 목수 일만 할뿐 철근일은 하지 않는다고 했다. 담유는 일단 검토해 보고 연락을 주겠다고 한 다음 헤어졌다.

전기, 설비공사는 정식으로 물량을 산출해서 단가를 넣은 제대로 된 견적서를 보내왔고 금액도 예상 범위 내에 있었으나, 골조공사는 제대로 된 견적서도 없이 구두로 총액만을 알려 주었는데 담유의 예상을 훨씬 초과하는 금액이었다. 그래서 일단 명사장과 은사장은 전기, 설비공사 후보업체로 고려하기로 했으나, 배목수는 고려대상에서 제외하기로 했다.

3월 20일경 U건설 백사장에게 전화를 걸었다.

"허가도면은 받으셨나요?"

"네. 잘 받았습니다. 안 그래도 견적이 다 나와서 보내 주려고 했습니다."

담유가 견적서를 보내달라고 했다. 다음날 SMJ House 전체 공사에 대한 견적서를 이메일로 보내왔다. U건설의 견적서는 공종별로 상세품목들의 물량을 뽑아내고 각각에 자재비, 노무비, 경비를 넣어 직접공사비를 계산했다. 그리고 간접공사비, 일반관리비, 이윤을 포함한 전체 공사비를 산출한 그야말로 제대로 된 견적서였다. 총공사비는 8억 원(부가세별도) 정도였다. 8억 원은 담유가 예상하는 공사비 6억9천만 원에서 1억1천만 원을 초과하는 금액이다. 건축연면적 200평을 기준으로 한다면 평당 약 400만 원 수준이었다. 종합건설업체의 경우

사무실운영비, 직원급여 및 각종 제세공과금 등 간접비가 추가되므로 건축주 직영공사보다 공사비가 높아지는 것은 당연했다.

그런데 담유는 U건설로부터 받은 견적서의 제대로 된 형식에는 만족했지만, 총공사비는 담유의 예상을 초과해서, 조금 깎아 볼 요량으로 백사장에게 전화를 걸었다.

"제대로 된 견적서를 보내 주셔서 고맙습니다. 다만 제가 예상하는 공사비를 많이 초과하는데 조금 깎아줄 수 있나요?"

"저희들도 신경 많이 써서 견적했습니다. 그런데 어느 정도 네고해 드리면 되나요?"

백사장은 시원시원하게 대답했다. 담유가 내친 김에 크게 낮추어 보았다.

"7억 정도에 가능할까요?"

"1억을 깎아달라면 곤란할 것 같습니다. 부가세를 합쳐 8억8천 정도 견적이 나왔는데, 그건 무리 같군요."

백사장이 화들짝 놀랐다. 담유는 재빨리 방향을 틀었다.

"제가 이번에는 직접 공사를 해보려고 하는데, 혹시 골조공사만 해 주실 수 있나요?"

"그것도 가능합니다."

백사장이 조금 안도하는 눈치였다. U건설 자회사로 골조공사만 전문하는 회사인 Y사가 있는데, 그 회사에서 하면 된다는 것이었다. 담유는 백사장이 골조공사만 가능하다는 말에 너무 반갑고 뜻밖이었다.

"진짜 가능하시다는 말이지요?"

"그럼요. 그런데 골조공사를 얼마에 해 드리면 될까요?"

백사장은 단도직입적으로 담유가 생각하는 금액을 물어보았다.

"저는 1억 원 정도 생각하고 있어요. 대신 레미콘, 철근, 외부비계는 제가 제공할 겁니다."

"그렇게 하시지요."

백사장은 조금의 머뭇거림도 없이 수락했다.

아니 이럴 수가 있나? 이렇게 저렴하고 수월하게 그것도 제대로 된 건설회사에 골조공사를 맡길 수 있다니, 오랫동안 고민을 거듭하던 가장 중요한 공종의 업체를 이렇게 쉽게 결정할 수 있다니, 도저히 믿어지지 않았다. 그래서 서둘러 계약을 하고 싶은 마음에 담유는 백주일 사장에게 운을 떼었다.

"그럼 계약서는 어떻게 할까요?"

"저희 회사에 정식 계약서 형식이 있으니, 제가 이메일로 보내 드리겠습니다."

담유는 내친 김에 전기, 설비업체도 물어보았다.

"전기, 설비는 제가 알아둔 업체가 있는데 어떻게 하는 게 좋을까요?"

"전기, 설비는 골조공사를 맡은 회사와 호흡이 잘 맞는 업체들이 함께 해야 합니다. 저희들과 오랫동안 함께 한 업체들이 있는데 그 업체들에게 맡기시지요. 제가 전기, 설비업체 사장들에게 가능하면 가장 싸게 견적 넣으라고 하겠습니다."

그러면서 전기 신사장과 설비 박사장을 소개해 주었다. 담유는 순식간에 벌어지는 골조업체, 전기와 설비업체 선정에 호흡이 가빠졌다.

"알겠습니다. 연락처를 알려 주시면 곧바로 전화해 보겠습니다."

백사장은 곧바로 문자로 연락처를 알려 주겠다고 했다.

담유는 너무나 갑작스럽게 이루어진 골조업체 선정에 약간 얼떨떨했다. 그런데 SMJ House가 U플라자 신축현장 바로 옆에 있어 백사장이 관리하기 좋고, 특히 갈매택지지구의 첫 번째 상가주택 건물이라는 상징성 때문에 백사장의 흥미를 끈 것 같았다. 그래서 저렴하게 거의 원가수준으로 골조공사를 수락한 것이다. 아마 백사장의 전략이 옳을지 모른다. SMJ House에서 이득을 보지 못하더라도, SMJ House를 제대로 시공하게 되면 주변 건축주들이 자신에게 공사를 의뢰할 가능성이 높기 때문이었다.

백사장이 전기 신사장과 설비 박사장의 연락처를 보내와 곧바로 전화했다. 두 사장 모두 백사장과 오랫동안 일해 왔다면서, 도면을 보내 주면 곧바로 견적해서 보내 주겠다고 했다. 그래서 지체 없이 전기, 설비도면을 보내 주었더니 2일 후에 견적서를 보내왔다. 두 견적서 모두 품목별 물량을 산출하고 단가를 집어넣어 총공사비를 산출한 제대로 된 형식을 갖추고 있었다. 그런데 희한하게도 전기와 설비공사 모두 2천만 원(부가세 제외)으로 똑같았다. 이 금액은 하남

미사지역에서 전기 명사장과 설비 은사장에게서 받은 금액보다 약 2백만 원에서 3백만 원까지 저렴했다. 담유는 백사장과 오랜 친분관계를 유지해 온 업체들이었기 때문에 조금도 망설이지 않고 계약하기로 결정했다.

U건설의 자회사인 골조공사 전문 Y사에서 보내온 계약서는 일반조건과 특수조건을 모두 갖춘 제대로 된 형식의 공사도급계약서였다. 계약 금액은 1억 원(부가세별도)이며, 계약금 30%(이행보증서 발행), 매월 공사 진척상황에 따라 기성금을 지급하는 조건으로, 매우 정상적인 계약서였다. 그래서 담유는 3월 31일 U플라자 신축공사 현장 옆 U건설 현장사무실에서 백사장을 만나 계약하기로 약속했다. 3월 31일, 백사장을 만나 골조공사 계약을 체결했다. 그리고 4월 9일, U건설과 오랫동안 협력관계를 유지해 온 전기 신사장과 설비 박사장을 만나 전기와 설비공사 계약도 체결하였다. 드디어 SMJ House를 짓는 과정에서 최초로 투입되면서도 가장 중요한 골조공사, 전기공사, 설비공사 업체선정을 완료했다.

엘리베이터, 레미콘, 철근업체를 선정하다

　　2, 3년 전만해도 4층 정도의 상가주택에 엘리베이터를 설치하는 경우는 많지 않았다. 그러나 최근 4층 상가주택에는 엘리베이터를 대부분 설치한다. 이는 아무래도 요즘 사람들이 아파트 생활에 익숙해져 엘리베이터를 필수적인 편의시설이라고 생각하기 때문일 것이다. 특히 SMJ House는 1층 높이가 5.4m로 웬만한 상가건물의 2층 높이에 해당한다. 거기다가 2, 3층 높이도 3m이므로 일반적인 상가주택보다 전체 층고가 3m 이상 높기 때문에 엘리베이터 없이 계단을 오르내리기는 힘들다. 엘리베이터가 없으면 임대료를 낮추어야 할지도 모른다. 그래서 설계단계부터 엘리베이터는 반드시 설치하는 것으로 계획했다.

　　엘리베이터를 설치하기 위해서는 기초공사할 때 엘리베이터가 위치할 하부에 피트(Pit)를 만들어야 한다. 따라서 착공 전에 엘리베이터를 결정해서 실시설계에 반영해야 한다. 왜냐하면 엘리베이터 제조사마다 엘리베이터 규격과 사양이 다르기 때문이다.

　　국내 엘리베이터 제조사는 현대엘리베이터, 티센엘리베이터, 오티스엘리베이터가 있다. 대부분의 상가주택은 이 중 하나를 선택한다. 담유는 일단 이들 회사의 본사 영업부서에 전화해서 구리남양주지역 영업담당자의 연락처를 알아냈다. 그리고 영업담당자들과 연락을 취해 집 앞 커피숍에서 만나기로 약속했다.

　　가장 먼저 오티스엘리베이터 영업담당자와 만났다. 오티스는 과거 LG산전의 엘리베이터 부서를 인수한 회사인데, 세계 최초의 엘리베이터 제조사로서 국제적으로 명성이 대단한 회사이다. 오티스 담당자는 오티스엘리베이터의 장점을 부각시키며 열심히 홍보했다. 그런데 왠지 디자인이 올드하고 별로였는데도 가격은 다른 제조사보다 비쌌다.

그 다음 티센엘리베이터 영업담당자를 만났다. 티센은 과거 동양엘리베이터를 인수한 독일계 회사라 역시 국제적으로 명성이 자자하다. 티센은 디자인이 모던하고 좋았으나, 엘리베이터의 앞뒤가 길고 옆으로 좁아 불편해 보였다. 가격은 상대적으로 가장 저렴했다.

마지막으로 현대엘리베이터 영업담당 이상민 차장을 만났다. 첫 인상이 매우 좋았다. 서글서글하면서도 영업 때문에 굽실거리지 않는 모습이 마음에 들었다. 현대엘리베이터는 국내 상가주택 엘리베이터 시장 점유율 70% 이상을 차지하는 부동의 1위 업체이다. 애프터서비스가 상대적으로 유리하다. 더욱이 엘리베이터 내부가 정사각형이면서 엘리베이터 천정이 높아 긴 짐을 옮기는데도 편리해 보였다. 또한 엘리베이터 벽 중간에 손잡이가 돌려져 있어, 나이가 들거나 아픈 사람에게 많은 도움이 될 것 같았다.

담유는 3개 제조업체의 브로슈어를 받아들고 미키와 논의했다. 미키 역시 현대엘리베이터 9인승이 제일 좋다고 했다. 현대엘리베이터로 쉽게 결정했다. 그래서 4월 16일 집 앞 커피숍에서 현대엘리베이터 이차장과 만나 계약을 체결했다. 엘리베이터 제조 및 설치비용은 총 3천4백만 원(부가세별도)이며, 계약금 10%, 엘리베이터 현장 도착 시 70%, 엘리베이터 준공 승인 후 20%를 지급하는 조건이었다.

그리고 착공 전 레미콘 공급업체도 선정해야 한다. 담유는 일단 현장 주변 레미콘 업체들을 네이버로 검색해 보았다. 약 20여 개 업체가 나열되었다. 현장과 가장 가까운 레미콘 제조사가 성신양회였고, 먼 곳은 25㎞ 이상 떨어져 있었다.

4월 15일 담유는 성신양회 영업담당자에게 전화를 걸었다.

"갈매택지지구에 상가주택을 지으려고 합니다. 레미콘을 공급해 줄 수 있나요?"

"계약된 물량이 많아 어렵습니다."

영업담당자는 조금도 주저하지 않고 거절했다. 그래서 담유는 성신양회 사무실을 직접 찾아갔다. 영업사원 대부분은 외근 중이어서 사무실은 텅 비어 있었다. 젊은 영업직원 1명만이 서류 작업을 하고 있었다.

젊은 영업직원에게 말을 건넸다.

"레미콘 공급관련해서 의논하러 왔습니다."

"현장이 어딘데요?"

"갈매택지지구에 상가주택을 지으려고 합니다."

영업직원은 조금 짜증 섞인 말투로 어쩔 수 없다는 듯 옆의 회의탁자에 앉으라고 했다. 잠시 후 하던 일을 멈춘 영업직원이 회의탁자로 오더니, 현재 아파트 건설현장에 공급계약물량이 많아 상가주택에 레미콘 공급은 불가능하다며 퉁명스럽게 말했다. 담유는 성신양회 젊은 영업직원의 거만한 모습에 어이가 없었다.

"영업을 이렇게 합니까? 아무리 건설붐 때문에 레미콘이 호황이라지만 이렇게 손님을 막 대해도 되는 건가요?"

"죄송합니다. 상부 방침이 당분간 레미콘계약을 중지하라는 것이어서 어쩔 수 없습니다. 이해해 주십시오."

그제야 공손하게 대답했다. 담유는 뒤도 돌아보지 않고 사무실을 나오면서 속으로,

'아, 참으로 갈 길이 멀 구나. 곳곳에 함정이 도사리고 있으니.'

나빠진 기분을 추스르려고 긴 숨을 한껏 들이켰다.

현장과 가까운 곳에 위치한 레미콘 업체들 대부분은 요즘 별내, 갈매, 다산지구에 불어 닥친 아파트 건설붐으로 레미콘 공급물량이 넘쳐나서 상가주택에 레미콘 공급하기 어렵고, 공급 단가도 비싸다고 했다. 참으로 난감하지 않을 수 없었다.

그래서 곰곰이 생각해 보다가 갈매택지지구에 H개발에서 시공 중인 I아파트 현장이 떠올랐다. H개발에 근무하는 대학후배인 C소장에게 전화를 걸었다. 담유가 C소장에게 I아파트 현장 옆에 상가주택을 지으려고 하는데 레미콘 공급업체를 결정하지 못했다고 했다.

"형님, I아파트 현장소장을 잘 아는데요. 제가 연락해 보겠습니다."

C소장은 반갑게 화답했다. 10여 분 후 C소장으로부터 전화가 왔다.

"형님, I아파트 L소장에게 연락했더니, 현장을 방문해 달라고 하네요. 저와

친한데 잘 도와줄 겁니다."

C소장은 교수가 상가주택까지 짓는다며, 준공하면 반드시 불러달라고 했다.

담유는 I아파트 L소장에게 전화해서 레미콘 업체선정이 되지 않아 힘들다고 했다. L소장은 현장을 방문해 달라고 했다. 담유는 곧바로 갈매역 앞 I아파트 현장사무실을 방문했다. I아파트 L소장은 담유에 대해 이미 많은 얘기를 듣고 있다며 반갑게 맞아주었다. 자신이 잘 아는 회사후배 K가 퇴사하고 진접읍 청우레미콘의 영업부장으로 근무하고 있다고 했다. L소장은 K에게 직접 전화를 걸었다.

"교수님이 상가주택을 지으려고 하는데, 레미콘을 싸게 공급해 주게."

L소장은 웃으면서도 거의 명령조였다. K는 금방 그렇게 하겠다고 답변하는 것 같았다. L소장은 담유에게 K가 좋은 가격에 공급할 것이라면서 혹시 잘 안되면 다시 연락해 달라고 했다. L소장과 현장 관련해서 많은 얘기를 나눈 다음, 가벼운 마음으로 현장사무실을 나왔다.

담유는 I아파트 현장사무실을 나오며 K에게 전화를 걸었다. K는 영업직원 윤진우 대리가 연락을 줄 것이라면서 걱정하지 말라고 하였다. 1시간 후 윤대리로부터 전화가 왔다. 그래서 윤대리에게 갈매택지지구 U플라자 현장사무실을 아는지 물어보았다. 갈매택지지구와 근처 아파트에 레미콘을 많이 공급하고 있다면서 잘 안다고 하였다. 그래서 U건설 현장사무실에서 만나기로 약속했다. 약 2시간 후 윤대리가 U건설 현장사무실 근처라고 했다. 담유가 사무실 문을 열고 나가보았더니, 윤대리가 사무실 주변에서 두리번거리고 있었다. 담유가 윤대리에게 손짓을 했더니 웃으면서 사무실로 뛰어왔다.

윤대리는 K부장님으로부터 특별 오더를 받았다고 했다. 청우레미콘 공급단가표를 보여 주며, 여기서 85%까지 할인해 주겠다는 것이었다. U건설 현장사무실에 함께 있던 채차장이 눈짓으로 그 정도면 좋은 가격이라고 했다.

"계약은 어떻게 하나요?"

담유가 묻자마자, 윤대리는 레미콘 공급계약서를 책상 위에 펼쳐 보이며 기입할 곳을 짚어 주었다. 결국 4월 15일 레미콘 공급계약도 순식간에 결정했다. 이게 운발이 따르는 건지 아니면 나쁜 징조인지 도무지 알 수 없었다. 다만 착공이 다가오면서 긴장과 불안감은 점점 더해가고 있었다.

이제 레미콘이 결정되었으니, 철근 공급업체를 알아보아야 했다. 레미콘 계약체결을 옆에서 지켜보던 U건설 채차장에게 철근 공급업체를 아는지 물어보았다.

"그럼요. 제가 거래하는 동부제강이 있는데 정말 신뢰할 만한 기업입니다. 주문하면 정시에 정확하게 현장에 운반해 줍니다. 동부제강 금사장님께 전화해 놓을 테니 연락해 보시지요."

채차장은 금사장에게 곧바로 전화를 걸어 담유가 상가주택을 짓는데 철근을 좋은 가격에 공급해 달라고 부탁했다. 담유는 채차장에게 고맙다고 한 다음 일단 U건설 현장사무실을 나와 집으로 향하면서 현장근처에도 철근업체가 많은데, 굳이 용인에 있는 동부제강으로부터 공급을 받아야 할까 약간 의구심이 들었다.

그래서 집에 도착해서 네이버로 근처 철강업체를 찾아보았다. 제일 가까운 곳이 구리백화점 앞 철강업체가 있었고, 금곡에도 몇몇 업체가 있었다. 그래서 일단 주변 철강업체에게 전화를 해 본 결과 국산 철근이 톤당 58만 원 수준인데 공급이 달려 가격이 점차 오르고 있다고 했다. 철근가격에 대한 정보를 얻은 다음 동부제강 금사장에게 전화를 걸었더니, 금사장은 너무나 반갑게 전화를 받았다.

"교수님, 제가 좋은 가격에 공급해 드리겠습니다. 국산 사용하실 거지요?"

담유가 중국산은 싸지만 품질보증이 되지 않아 국산을 사용할 예정이라며, 국산은 톤당 얼마인지 물어보았다.

"다른 데 알아보시고, 그곳보다 적어도 5천 원 정도는 디스카운트해 드리겠습니다. 지금 철근가격이 올라가는 중인데, 아마 톤당 58만 원 정도 부를 겁니다. 철근가격은 어디나 거의 동일합니다. 그런데 저는 57만 5천 원에 공급해 드리겠습니다."

금사장은 가격까지 확정했다. 무조건 최저가에서 5천 원을 깎아주겠다는 것이었다. 담유는 금사장의 꾸밈없는 제안에 그렇게 하자고 했다.

"그럼 계약서는 어떻게 작성하나요?"

"철근은 특별히 계약을 체결하지 않습니다. 철근이 필요하면 2~3일 전에만 알려 주시면 됩니다."

"그렇군요. 알겠습니다."

담유는 동부제강과 거래하기로 결정했다. 다음날 금사장이 페북 친구를 요청해 와서 수락해 주었다. 금사장은 고맙다면서 성심성의껏 철근을 공급하겠다고 약속했다. 그리고 자신이 어떻게 생활하는지 페북에서 찾아보면 근황을 알 수 있다고 했다. 담유는 금사장의 페북을 검색해 보았다. 금사장의 손자들과 찍은 사진이 대부분이었다. 금사장의 페북 사진들을 살펴보며, 매우 가정적이고 온화한 사람이라고 생각했다.

이제 레미콘, 철근까지 결정되었으니 당장 공사를 시작해도 무리가 없었다. 그런데도 미진한 게 없는지 둘러보며 찾아내려 했지만 쉽게 찾아지지 않았다. 아마 이번 SMJ House 공사가 완료될 때까지 이런 찜찜함은 계속될 것이다. 다만 다음에 상가주택을 한 번 더 짓는다면 그때는 명확한 그림을 그리고 주변을 챙길 수 있을 거라며 스스로 위로했다.

착공을 위한
마지막 절차를 진행하다

서서히 착공일이 눈앞으로 다가오고 있다. 땅을 구입한 이후 거의 14개월이 지나면서 많은 우여곡절을 겪었다. LH가 상가주택 용지에 건축을 허용하는 4월 30일 착공하기 위한 준비는 거의 마무리되어 간다. 이제 사소한 행정업무만 남았다.

그중 경계측량은 대지경계선을 확정하는 것으로서 한국지적공사의 자회사인 한국국토정보공사가 대행한다. 그런데 갈매택지지구는 아직 준공이 되지 않았기 때문에 확정측량을 할 수 없고 LH가 직접 대지경계를 측량해 주어야 한다고 했다. 그래서 LH에 경계측량을 요청했더니, 4월 18일 단지를 시공 중인 한솔건설에서 나와 경계측량을 했다.

요즘 경계측량은 매우 간단하고 과학적이었다. 한솔건설의 직원이 GPS를 단 측량봉을 가져와 GPS로 대지의 경계점 위치를 확인하고 표시해 주는 게 전부였다. 경계석 위에 빨간 스프레이를 뿌렸고, 대지 중앙에는 철근을 박아 표시했다. 채 20분도 걸리지 않았다. 이로서 경계측량은 끝난 것이었다.

그리고 공사 중 발생하는 각종 안전사고에 대비해서 보험을 가입해야 한다. 보험은 공사의 위험요인으로 인해 발생할 수 있는 손해에 미리 대비하는 것이다. 보험료를 아끼려고 하다가 공사 중 사고가 발생해서 큰 낭패를 겪는 경우가 많기 때문에, 가입이 가능한 보험은 모두 들어 두는 것이 최선이다.

공사를 착공하기 전에 의무적으로 가입해야 하는 보험으로 고용보험과 산업재해보험(통칭 '산재'라고 함)이 있는데, 근로복지공단에서 관할한다. 구리지역은 근로복지공단 의정부지사에 직접 가서 보험을 신청해야 한다. 3월 21일 근로복지공단을 방문해서 건축허가서와 건축개요를 제출했다. 그 자리에서 산재보험료를 산정해서 알려 주었다. 곧바로 의정부지사 아래층 농협은행에 가서 완납했더니 완납증명원을 발급해 주었다. 산재보험은 시스템비계 신청, 착공계를 제출하기 전에 반드시 가입해야 한다.

산재보험을 가입하면 공사 중 발생하는 웬만한 사고에는 대비할 수 있다. 그러나 사망사고가 발생할 경우 산재보험만으로 보상이 충분하지 않다면서, 산재보험을 보완하기 위해 근로자재해보험(근재보험)에 별도로 가입해야 한다고 했다. 근재보험은 일반 보험회사에서도 취급해서, 4월 22일 MG손해보험을 소개받아 보험에 가입했다.

그 다음은 시스템비계 신청이다. 골조공사와 석공사, 창호공사를 위해 건물 외벽에 임시로 외부비계를 설치해야 한다. 외부비계는 일반강관비계와 시스템비계로 구분된다. 일반강관비계설치는 일반적으로 골조공사계약에 포함되지만, 비계를 부실하게 설치할 경우 안전사고 발생위험이 높다. 반면 시스템비계는 비계부속품들이 모듈화되어 있어 조립 및 설치가 용이하고 안정적이며 튼튼하다.

최근 들어 정부차원에서 건설현장의 안전사고율을 낮추기 위해 시스템비계를 권장하면서, 정부 예산으로 시스템비계 설치를 지원하고 있다. 정부 예산이 한정된 탓에, 대개 3, 4월이면 예산이 모두 소진된다. 따라서 가능하면 연초에 신청해야만 보조금을 받을 수 있다. 담유는 대유공업이라는 시스템비계 전문업체를 통해 시스템비계를 신청해서 4월 4일 허가를 받았다. 시스템비계를 설치하면 안전사고 발생가능성이 낮아질 뿐만 아니라, 산업안전관리공단으로부터 지적사항이 줄어드는 효과를 얻을 수 있어 일석이조이다.

그리고 현장사무실을 설치해야 한다. 현장사무실은 대개 가설컨테이너를 사용한다. U건설 백사장이 대한가설을 소개해 주었다. 대한가설과 컨테이너 (3*6m) 1개를 3개월 사용하는 것으로 조건으로 75만 원(운반 및 상하차비 10만 원 제외)에 임대계약을 체결했다. 착공 3일 전인 4월 27일 현장 옆 대지에 가설컨테이너를 가져다 놓았다. 가설컨테이너를 가져다 놓기 전에 LH로부터 옆 대지 주인의 연락처를 알아내어 전화로 양해를 구했다. 다행스럽게도 옆 대지 주인의 자녀들이 모두 담유가 재직 중인 학교에 다닌다면서, 얼마든지 자기 땅을 사용하라며 기꺼이 허락해 주었다.

SMJ House는 갈매택지지구에서 가장 먼저 착공하기 때문에 가설전기와 가설용수도 반드시 확보해야 한다. 가설전기는 한국전력공사 구리지사에 전기업체가 신청하면 가설전기 신청비용과 보증금 납부통지서를 보내온다. 비용을 완납하면 곧바로 전기업체가 가설전기를 설치하게 된다. 공사착공 전날인 4월 29일 전기 신사장이 가설전기를 설치해 주었다. 가설용수는 구리시 급수팀에 급수를 신청하면 구리시에서 나와 현장을 확인하고 견적한 다음, 구리시 급수시설 지정업체를 선정해서 급수설비를 설치하도록 한다. 급수설비는 공사착공시점에서는 반드시 필요하지는 않지만 가능하면 빨리 설치하는 게 좋다. SMJ House는 공사착공 후 14일이 경과된 5월 13일에야 상수도 계량기와 임시수도를 설치했다.

이제 구리시에 착공계를 제출해서 허가를 받아야 한다. 착공계 제출은 건축사사무소가 대행하는데 착공계를 제출하기 전에 감리계약을 체결해야 한다. 이미 태우설계사무소와 설계계약 할 때 장대표가 감리도 맡겠다고 했다. 태우설계사무소 장대표와 구리시 건축과 직원들과 친분이 있다니 여러모로 편리할 것 같았다. 4월 18일, 태우설계사무소에서 감리계약을 체결했다. 태우설계사무소가 구리시에 착공허가를 신청한 다음 날인 4월 25일, 구리시로부터 SMJ House 착공허가를 받았다.

이제 착공을 위한 모든 준비가 끝났다. SMJ House 공사를 준비해 온 전체 과정을 비라이너 CPM공정계획으로 상세하게 표현해 두었다. SMJ House 공사 준비단계 CPM공정표 이름은 'SMJ House Pre-Construction Phase Schedule'이다.

여기까지 오는 과정을 돌이켜보니 정말 많은 일들이 있었다. 그런데 운이 따라 주어 잘 극복해온 것 같다. 착공준비를 마무리하면서 늘 그렇듯 돌아가신 아버님이 여전히 돌봐주신다는 것을 새삼 느끼고 있다. 자신보다 자식을 너무나 사랑했던 아버님, 49세에 일찍 돌아가셨지만, 돌아가신 후에도 늘 자식들 곁에 머물며 물심양면으로 도와주고 계신다. 담유는 한순간도 잊지 않고 있다. 아버님 감사합니다.

제5부
골조공사

담　유
澹　喩
건축일기

고사를 지내고
규준틀을 매다

4월은 참으로 좋은 계절이다. 겨울 추위가 물러갔다는 안도감보다 부드럽게 와 닿는 봄바람이 싱그러웠다. 겨울 내내 을씨년스럽던 산등성이는 곳곳에서 솟아나는 여린 새싹들의 향기로운 봄 내음으로 가득했다. 며칠 전 가볍게 내린 봄비 덕분에 갈매택지지구의 공기는 한층 맑아졌고, 건물이 들어설 대지 위로는 봄 이슬도 살포시 내려앉아 있었다.

4월 중순경, U건설 백주일 사장으로부터 연락이 왔다.

"평내에서 상가주택을 짓고 있는 함일오 소장을 현장소장으로 내정했습니다."

담유는 의아했다.

"U플라자 현장소장인 채차장이 맡는 게 좋지 않을까요? 바로 옆이라 관리하기도 편할 거 같은데요?"

"U플라자가 마감공사에 들어가서 채차장이 시간 내기 어려울 것 같습니다. 대신 함소장의 집이 SMJ House 근처니까 평내 현장을 오가며 관리하면 될 것 같네요."

아무리 그렇더라도 담유는 채차장의 인상이 너무 좋아, 내심 SMJ House 골조공사를 맡아주었으면 했는데, 회사 형편이 그렇다고 하니 어쩔 수 없었다.

"혹시 고사를 지내실 건가요?"

담유는 백사장의 느닷없는 제안에 잠시 망설였다. 고사는 착공 전에 공사를 안전하게 마치게 해달라며 기원하는 제사의식이다. 최근 건설회사에서 고사를 '안전기원제'라는 이름으로 바꾸어 부르기도 하지만, 건설에 종사하는 사람들은 고사를 마치 통과의례처럼 여긴다. 물론 기독교를 믿는 사람들에게는 거부감이 들겠지만 고사는 우리나라에서 오래 전부터 내려오던 건설현장의 전통의

식이다. 담유도 건설업에 발을 들여 놓은 후 고사를 지낸 다음, 제사상에 올렸던 시루떡이나 공사명을 인쇄한 수건들을 많이 받았었다. 그래서 고사에 대해 거부감은 크게 없었다. 그러나 미키가 기독교인이라 과연 고사에 동의해 줄지 의문이었다.

"집사람이 기독교인이라 동의할지 모르겠네요. 집사람과 의논해 보겠습니다."

담유는 백사장에게 말미를 달라고 하였다.

착공 일주일 정도를 앞두고, 미키에게 넌지시 물어보았다.

"착공 전에 고사를 지내는 건 어떨까?"

"고사가 무슨 의미가 있어요. 미신에 불과한데."

아니나 다를까 미키는 못마땅해 했다.

"고사를 미신이라고 보기 전에, 전통적으로 해 오던 것이고, 우리가 처음 짓는 집이기 때문에, 안전시공을 기원하는 마음으로 해보는 것도 괜찮을 것 같은데."

담유는 고사를 지내고 싶다는 의사를 내비쳤다. 미키는 제사를 지내는 것과 관련해서 담유의 의견을 묵묵히 따라 주었기 때문에 결혼 후 종교문제로 다툰 적은 거의 없었다. 그래서 그런지 미키는 더 이상 토를 달지 않았다.

"그럼 뭘 준비하면 되는 거죠?"

"정식으로 제사음식을 만들 필요는 없고, 시루떡에다 편육, 그리고 막걸리만 있으면 될 거야."

"편육은 맛이 없으니, 내가 직접 돼지고기를 사다가 수육을 삶을게요. 김치도 필요하겠네요."

"김치는 제사 지낸 다음, 수육 먹으면서 곁들이면 돼. 집에 있는 김치면 될 거야."

"김장김치라 맛이 없어요. 수육에는 겉절이가 어울려요. 겉절이를 새로 담글게요."

담유는 내심 고사 지내는 일에 미키가 반대하면 어떻게 하나 염려했으나, 아무런 거부감 없이 성의껏 제사 음식을 준비하겠다는 미키가 너무나 고마웠다.

담유는 백주일 사장과 착공 하루 전인 4월 29일 오전 10시, 건물이 들어설

자리와 경계를 표시하는 규준틀을 매기[10](야리가다 매기)로 약속했다.

"백사장님, 규준틀 매는 날 몇 분이나 오시죠?"

"저랑, 함소장, 그리고 목수 2명이 전부입니다."

담유는 미키에게 시루떡과 수육을 너무 많이 준비할 필요는 없다고 했다. 그러나 미키는 U건설 다른 직원들, 주변 상가 분양하는 사람들, 그리고 갈매동 원주민들에게 모두 시루떡을 나누어 주는 게 좋겠다면서 1말 정도 넉넉히 준비하겠다고 했다. 그리고 수육도 혹시 모자라면 안 된다면서 15인분은 준비하겠다고 했다.

"너무 많은 거 아냐?"

담유가 남으면 어떻게 할 거냐고 했다.

"남으면 냉장고에 넣어두면 되요."

미키는 여유 있게 준비할 요량이었다.

2016년 4월 29일

마침내 SMJ House 시공이 본격적으로 시작하는 날이 밝았다. 미키는 고등학교 교사라 오전 8시까지는 학교로 출근해야 하기 때문에 고사를 지내는 현장에 오진 못한다. 그래서 미키는 새벽부터 일어나 수육을 준비했고, 수육이 식지 않도록 겹겹이 싸면서 시루떡을 맡긴 떡집의 위치를 알려 주었다. 그리곤 새로 담근 겉절이 맛이 현장사람들의 입맛에 맞을지 염려하기에,

"현장사람들은 음식에 까다롭지 않고, 이 정도면 정성이 충분하고도 남으니 걱정하지 마."

미키를 다독여 주었다. 미키가 학교로 출근한 다음, 담유는 제사상으로 쓰일 접이식 작은 식탁과 미키가 준비한 수육과 김치박스를 차에 옮겨 싣고 떡집으로 출발했다. 인창동 배탈고개 근처의 떡집에 들러 시루떡 1박스를 실은 다음, 사노동 길가에 새로 오픈한 세븐일레븐에서 제사용 막걸리 3병을 구입했다. 물

---

10) 건물의 위치와 높이, 땅파기의 너비와 깊이 등을 표시하기 위한 가설물로, 보통 수평규준틀과 귀규준틀이 있는데, 건물의 귀퉁이나 그 밖의 요소에 설치하여 공사를 진행한다.

론 고사를 지낸 다음 음복주로 쓸 요량이었는데, 아무래도 3병으로는 모자랄 듯싶었다.

오전 8시 50분경 현장사무실에 도착했다. 주변에 인기척은 전혀 없었고, 택지지구를 오가는 덤프트럭들만이 뿌연 흙먼지를 날리고 있었다. 사무실 가까이에 차를 대고 혼자서 준비해 온 고사음식과 용품들을 사무실 안으로 옮긴 다음, 사무실 밖으로 나와 불암산을 바라보았다.

불암산이 아침안개에 가려 희미하게 보였다. 해가 떠오르며 안개가 점점 엷어지더니 불암산의 암벽들이 선명하게 드러나기 시작했다. 불암산 산등성이는 태릉선수촌에서 시작해서 서서히 오르다가 산중턱의 헬리콥터장을 지나며 내려가더니, 갑작스럽게 불쑥 솟아올랐다. 불암산 정상의 가파른 바위들은 마치 스위스의 명산 마테호른을 닮아 있었다.

'아, 불암산이 이렇게 멋질 줄이야.'

오전 9시 30분 U건설의 백사장과 함소장, 그리고 채차장이 현장에 도착했다. 백사장은 기분이 좋아보였다.

"오늘 날씨 좋습니다. 목수사장, 목수반장도 함께 왔습니다."

목수사장은 현장에서 조금 떨어진 빈터에 주차한 다음 걸어오고 있었다.

"형틀을 맡은 이상태입니다."

이사장이 악수한 다음 명함을 건네주었다. 명함을 보니 회사주소지가 안산이었다.

"안산업체인가요?"

"네. 그렇습니다. 함소장 소개로 이번 일을 맡게 되었습니다."

"안산에서 여기까지 출퇴근이 가능한가요?"

백사장이 옆에서 듣고 있다가 끼어들었다.

"현장근처에 임시숙소를 마련할 예정입니다. 요즘 서울에는 일이 많아 목수들 구하기가 너무 힘들어서, 함소장이 잘 아는 업체를 소개받았습니다. 함소장과 일을 많이 했으니 잘할 겁니다."

담유는 이왕이면 구리나 남양주 업체였으면 했지만, 이미 안산업체를 결정했다니 어쩔 수 없었다.

"잘 부탁드립니다."

이상태 사장은 멈칫하더니, 자신은 직접 일을 하지 않고 목수일은 목수반장이 챙길 거라며 함께 온 하원일 반장을 소개했다. 하반장은 육십이 훨씬 넘어 보이는 노인으로 귀에 보청기를 끼고 있었다.

"반갑습니다. 잘 부탁드립니다."

담유가 먼저 하반장에게 인사를 건넸더니, 하반장은 멋쩍게 웃었다.

"제가 부탁드려야죠."

어눌하게 대답하곤, 엉거주춤한 자세로 건축도면을 펼치며 규준틀 맬 자리를 살피기 시작했다.

오전 10시 SMJ House가 지어질 대지 중앙에 돗자리를 깔고 제사상인 식탁을 펼친 다음 준비해 온 시루떡, 수육 한 접시를 그 위에 올려놓았다.

"그런데 촛불이나 향이 없어도 되나요?"

"없어도 됩니다. 정성이지요."

"그럼 제가 먼저 절을 올리겠습니다."

담유가 제일 먼저 신발을 벗고 돗자리에 올라섰다. 백사장이 담유의 종이컵에 막걸리를 따라 주었다. 담유가 막걸리 잔을 제사상 위에 올려놓고 절을 하면서,

"무사히 공사가 완료되도록 도와주십시오."

아버지에게 하듯 읊조렸다. 이어 백사장, 함소장, 채차장, 이사장, 하반장 순서로 절을 하였는데 모두들 너무나 진지했다. 제사는 채 십여 분이 걸리지 않았는데, 고사를 준비했던 과정에 비하면 너무나 순식간이라 뭔가 허전했다. 고사를 마친 다음 백사장은 막걸리 1통을 손에 들고 현장 주변을 돌며 막걸리를 뿌리기 시작했다. 제사를 지낸 다음의 '고수레'라는 의식이었는데, 현장 구석구석 빠짐없이 뿌려주는 백사장의 모습이 너무나 엄숙했다. 건설이 그만큼 위험하고 고된 과정이기 때문이리라.

현장 주변에 막걸리를 뿌린 다음 곧바로 규준틀매기를 시작했다. 규준틀매기는 터파기 할 자리를 정해주고, 터파기 한 후에도 건물의 윤곽을 확인할 수 있게 하는 매우 중요한 작업이다. 목수 이사장과 하반장이 번갈아 도면을 뒤적여가면서 꼼꼼하게 규준틀을 매어 나갔다. 도면의 치수에 맞게 줄자로 거리를 잰 다음,

교차되는 위치에 다루끼[11]라는 각목을 박고, 각목 간에는 노란색 실을 연결해서 단단히 묶었다. 담유는 규준틀매기가 오전 내내 또는 하루 종일 걸릴 것으로 예상했는데, 작은 상가주택이라 그런지 30분 정도 만에 마무리되었다.

규준틀매기가 끝난 다음 현장사무실로 함께 들어갔다. 사무실 책상 위에 시루떡, 수육, 김치, 막걸리를 펼쳐 놓고, 앞으로 공사가 잘 되길 기원한다며 서로 덕담을 주고받았다.

"고사를 지내면, 비가 예보된 날에 콘크리트를 쳐도 비가 피해 갑니다. 저도 그런 경험이 있어요."

함소장이 고사를 지내 덕을 본 얘기를 꺼냈다. 목수 이사장이 웃으며 맞장구 치더니, 내일부터 목수들이 들어오는데 숙소가 마땅치 않다며 걱정했다.

"이 근처에 모텔이 많을 텐데, 알아보시면 될 겁니다."

담유는 이사장을 안심시키며, 고사를 다시 끄집어냈다.

"고사가 그 만큼 효과가 있나요?"

고사 덕을 보았으면 하는 바람이었다. 담유는 함소장과 이사장에게 막걸리 잔을 부딪치며 화이팅을 외쳤다.

---

11) 5cm x 5cm 각재

땅을 파고
버림콘크리트를 타설하다

        본격적인 공사는 땅을 파는 터파기부터 시작된다. 그런데 집짓는 준비과정에서 알게 된 갈매동 원주민 배길호 사장은 SMJ House가 들어설 D1블록 110번 대지가 과거에 논이었다고 했다.

    "원래 이 주변이 전부 논이었어요. 논 위에다가 흙을 한 1~2m 정도 쌓은 것 같습니다."

    배사장은 이 땅이 갈매천변 바로 옆에 위치하고 있어, 지반이 매우 약할 것이라며 우려했다. 그래서 담유는 한 달 전쯤 LH공사 토목공사 담당자에게 문의해 보았다.

    "혹시, D1블록 지반 조사한 자료가 있나요?"

    담당자는 이메일로 지반조사위치도[12]와 토질주상도[13]를 보내 주었다. 지반조사위치도에는 갈매택지지구 전반에 대해 시추 조사한 내용이 표시되어 있었다. D1블록 110번 대지에서 제일 가까운 시추공번은 SB-1이었다. SB-1에 대한 토질주상도를 살펴보니, 지표면에서 0.0~3.0m까지는 매립토로서 표준관입시험[14]의 N치[15]가 6에 불과했다. 3.0~6.5m까지는 퇴적토로서 N치가 15~17이었

---

12) 기초의 설계, 시공 등 흙파기 공사의 설계, 시공에 필요한 자료를 얻기 위하여 실시되는 지반의 조사. 대지 내의 토층, 토질, 지하수위, 지반의 내력, 장해물 상황 등을 조사하는 것

13) 지반 구성을 기둥 모양으로 나타낸 그림

14) 원위치에서의 지반 조사의 보편적인 방법. 로드 끝에 외경 5.1㎝, 내경 3.5㎝, 길이 81㎝의 스플릿 스푼 샘플러를 부착하고, 보링 구멍 내에서 무게 63.5㎏의 해머를 높이 75㎝에 낙하시켜 30㎝ 관입시키는 데 요하는 타격 횟수(N값)를 측정하는 시험. 사질토의 경우에는 N값에서 전단 강도나 모래의 압축성 등을 판정할 수 있으며, 지반 지지력의 추정에 쓰인다. 점성토의 경우에도 일단 가늠을 할 수 있으나 오히려 토질 자료의 채취를 목적으로 한다. N값의 분포에서 그 지반에 대한 기초 구조나 공법의 판단 자료가 얻어진다.

15) N치는 표준관입시험시 rod 선단에 표준관입용 sampler를 부착하고 63.5㎏의 떨 공이를 76㎝ 높이에서 낙하시켜 30㎝ 관입시키는데 필요한 타격횟수이다.

고, 6.5~11.0m까지는 풍화토로서 N치가 40~50이었다.

SMJ House는 지하층이 없어 지하 1.2m 정도만 터파기한 다음 두께 1.0m 정도의 매트(Mat)기초[16]를 만들기 때문에 약 1.2m 지점에서의 지내력[17]이 매우 중요하다. 일반적으로 N치가 30 이상이면 지내력이 충분하다고 판단한다. 그런데 SMJ House 대지는 지하 3.0m 지점까지 N치가 6에 불과하므로 1.2m 지점은 연약지반임이 분명했다. 따라서 충분한 지내력을 확보하기 위해 별도의 말뚝기초나 지반보강공사를 고려할 필요가 있었다. 그런데 말뚝기초[18]나 지반보강공사는 지내력이 약한 연약지반에 적용하는 기초형식이기 때문에 많은 비용이 추가된다. 따라서 지반보강공사를 해야 할지 여부를 신중히 판단해야 한다. 담유는 전문가에게 자문을 구해보기로 했다.

가장 먼저 SMJ House를 설계한 태우설계사무실 성소장에게 전화했다.

"구조설계하기 전에 지내력시험을 해 보았습니까?"

"지하층이 없는 소규모 상가주택에서는 별도로 지내력시험을 하지 않습니다."

성소장은 상가주택은 무조건 매트기초로 설계한다면서, 지내력은 고려하지 않는다고 했다.

"대지가 논 위에 성토되었고 갈매천 바로 옆이라 준공 후 건물이 기울기라도 하면 어떡하죠?"

담유는 지반이 약해 걱정된다고 했다.

"이제까지 매트기초로 설계된 상가주택이 기울어진 사례는 없어요."

성소장은 웃으며 단정적으로 말했다.

---

16) 상부 구조물의 전부 또는 대부분을, 접지 면적을 넓게 잡기 위하여 바닥 구조를 거꾸로 한 것 같이 넓은 판 모양으로 담당하게 한 기초. 지지하중이 무겁고 지내력(地耐力)이 적을 경우 등에 사용된다.

17) 지반의 허용 내력. 허용 내력은 지반의 허용 지지력과 구조물에 해를 주지 않을 정도의 침하량(허용 침하량)을 고려하여 정한다. 지반의 지지력은 점착력 · 내부 마찰각 · 단위 체적 중량 등 지반 자신의 성질이나 기초 저면의 형상, 기초가 설치되는 깊이 등에 따라 좌우된다.

18) 말뚝기초는 비교적 직경이 작은 긴 구조 체를 타격이나 진동에 의해 소정의 위치까지 박는 기초를 말한다. 이러한 말뚝의 기능은 상부구조물의 하중을 지지하고, 좋은 지지력을 가진 흙이나 암반의 층에 구조물의 하중을 전달하며, 지반을 다져서 지반의 지지력을 증가시킴은 물론 구조물의 침하를 방지하고, 그리고 측 방압력에 저항할 수 있어야 한다.

"만약 불안하시면 말뚝기초나 팽이기초[19]로 보강하면 됩니다."

성소장은 남 얘기하듯 쉽게 넘어가려 했다.

"말뚝기초나 팽이기초로 보강하게 되면 비용이 많이 들어가고, 공기도 늘어나는데, 좀 더 신중해야 하지 않을까요?"

담유가 반문했지만, 성소장은 냉정했다.

"빠듯한 설계비용으로 구조설계에서 지내력시험까지 해보는 것은 무리입니다."

"알겠습니다."

담유는 성소장으로부터 해결방안이 나올 것 같지 않아 전화를 끊었다.

물론 국내 설계비용이 선진국에 비해 낮은 수준이다. 그래서 국내관행상 소규모 건축설계에서는 지내력시험을 하지 않는다고 했다. 건축주가 원하면 자신의 비용으로 지내력시험을 해야 한다는 의미였다. 담유는 씁쓸했지만, 힘들었던 설계과정을 떠올리며 지내력시험과 관련해 더 이상 태우설계사무실과 의논하지 않기로 했다.

아무래도 상가주택 시공경험이 많은 U건설 백사장이 뭔가 해결책을 가지고 있을 것 같았다. 담유는 백사장에게 물어보았다.

"LH공사에서 보내준 지반조사자료를 살펴보니 SMJ House 주변이 연약지반인데, 말뚝기초나 기초보강공사를 해야 되나요?"

"아마, 연약지반일 겁니다. U플라자 땅을 파보았더니 지하 5m 지점부터 점토가 나와 고생 많이 했어요. 그래서 갈매천변쪽 대지 절반은 말뚝을 박았는데, 생각하지 않았던 추가비용이 많이 들어갔습니다."

U플라자 지반이 점토라면, 그 옆의 SMJ House의 지반도 마찬가지일 것이다.

"그런데 제 경험상 상가주택같이 소규모 건물은 매트기초로 충분하리라 생각합니다. 군이 기초 박을 필요 없어요."

백사장도 기초보강이 필요 없다고 했다.

담유는 백사장의 말처럼 매트기초만으로 건물하중을 견뎌낼지 도저히 가늠

---

19) 기초지반의 지내력이 부족할 때 5층 이하 건물의 기초 보완을 위해, 팽이모양으로 생긴 콘크리트구조체를 촘촘히 건물의 기초 아래에 깔아서 하중을 골고루 분산시키고 기초MAT의 두께를 증가시켜 침하를 막아주는 공법

할 수 없었다. 그래서 구조전문가인 김태일 교수에게 직접 물어보기로 했다. 김교수는 구조설계실무가 풍부한 지진전문가라서 뭔가 해답이 나올 것 같았기 때문이었다.

"제가 집을 지으려고 합니다. 그런데 연약지반이라네요."

담유는 SMJ House 도면과 구조 계산서를 들고 김교수에게 보여 주었다. 김교수는 도면과 구조계산을 살펴보더니,

"연약지반이라면 일반적으로 기초보강을 해야 합니다. 그런데 매트기초가 원래 연약지반에 적용되는 기초공법이라……."

김교수는 기초보강 여부에 대해 명확하게 답변하지 않았다. 그래서 담유는 김교수에게 물어보았다.

"혹시 매트기초를 설계하는 공식이 있나요?"

김교수는 일본 동경대학의 대학원 세미나 자료를 출력해서 건네주었다. 동경대학 세미나 자료에는 매트기초형식별로 기초 크기를 설계하는 난해한 공식들과 함께 건물하중이 매트기초에 전달되고, 이에 반발하는 지내력을 화살표로 표시한 그림들도 세밀하게 그려져 있었다. 담유는 난해한 공식은 이해할 수 없었으나, 그림에서 매트기초에 반발하는 지내력이 균등하게 분포하는 것을 알 수 있었다.

"김교수님, 매트기초에 대한 반발력은 동일합니까?"

"매트기초는 모래나 점토지반에도 적용됩니다. 다만, 기초 저면의 토질이 균일해야 합니다. 만약 지반이 모래나 점토가 혼합되어 있으면, 토질에 따라 반발력이 다르기 때문에 건물이 기울어질 수 있습니다."

김교수의 얘기를 듣고, 담유는 사무실로 돌아와서 곰곰이 생각해 보았다.

'그렇다면, 말뚝기초나 지반보강을 하지 않아도 되겠구나.'

매트기초에 대한 믿음이 조금씩 생기기 시작했다. 즉 매트기초의 반발력이 균등분포라는 것은 마치 배가 물의 균등한 반발력으로 가라앉지 않고 안정적으로 떠 있는 것과 같은 이치가 아닐까라는 생각이 들었다.

이제까지 매트기초에 대해 물어본 결과를 종합해 보면, 집이 들어설 대지가 연약지반이라 걱정은 되지만 매트기초로 충분하다는 의견이었다. 그리고 김교

수가 건네준 자료에서도 매트기초에 대한 반발력이 균등하므로 건물이 쉽게 기울어질 것 같지 않았다. 다만 성토한 흙과 논바닥의 토질이 균질하지 않다면 문제가 발생할 수 있다.

자, 그럼 어떻게 할 것인가? 관건은 균질한 토질이다. 대지가 완벽하게 균질하진 않겠지만 그렇다고 생뚱맞게 여러 종류의 흙이 섞여 있지는 않을 것이다. 물론 말뚝기초나 지반보강공사로 설계를 변경할 경우 추가비용과 공기지연이 불가피하다는 점은 매우 꺼림직하다. 그러나 최종 결정은 건축주인 담유의 몫이고, 결정에 대한 모든 책임도 담유가 짊어져야 한다. 결국 담유는 매트기초를 그대로 유지하기로 최종 결정했다.

2016년 4월 30일

토요일이다. LH공사에서 토지사용이 가능하다고 공지한 첫날이다. 담유와 미키는 토지사용이 가능한 첫날 곧바로 착공하기로 오래전부터 마음먹었기 때문에 새롭게 밝아오는 날이 낯설지는 않았다. 다만 처음 지어 보는 집이라 앞으로 무슨 일이 벌어질지 과연 완공할 수 있을지 막연한 불안감으로 밤새 뒤척였다. 새벽 4시쯤 일어나 현대엘리베이터 계약금을 송금한 다음 오전 6시까지 어제의 일들을 건설일지에 정리하고, 오전 6시 30분 현장사무실에 도착했다.

어제 밤 집에서 미키와 함께 안전모에 비라이너 마크 스티커를 붙인 다음 빗자루도 함께 자동차에 실어다가 사무실로 옮겨 놓았다. 오전 7시 U건설 함소장이 현장에 도착했고, 10여 분 뒤 목수 이사장 및 하반장도 도착해서 곧바로 터파기 작업을 준비했다. 사십대 초중반인 함소장과 이사장은 농담을 주고받았다.

"이 정도 상가주택은 땅 팔 거도 없어요. 그냥 맨땅에 콘크리트 쳐도 됩니다."

함소장은 터파기 작업은 아무 것도 아니라는 듯 경험 많은 노가다 티를 한껏 내고 있었다. 반면에 목수 하반장은 어제 먹매김한 규준틀과 노란 실이 간밤에 이상은 없었는지 뒷짐을 진 채 느릿느릿 살펴보고 있었다.

오전 7시 40분에 U건설 관계회사인 U중기의 백호 1대, 덤프 1대가 현장에 도착했고, 백사장으로부터 소개받은 U중기 강사장도 뒤따라왔다.

"원래는 백호(Back Hoe) 1대, 덤프트럭(Dump Truck) 2대 투입하려 했습니다."

강사장은 피식 웃었다.

"백사장이 터파기한 흙을 바로 옆 U플라자 되메우기에 사용하라고 해서, 덤프트럭 1대만 가지고 왔습니다."

결국 U플라자 되메우기도 오늘 가져온 장비로 마무리하겠다는 것이었다. 백사장에게는 꿩 먹고 알 먹기였다. 7시 50분 본격적으로 터파기 작업이 시작되었다. 그런데 백호가 파내는 흙속에는 폐타이어, 헝겊조각 등 온갖 폐기물들이 섞여 있었다. 안 그래도 내심 불안했던 연약지반이었는데 그야말로 쓰레기더미였다. 담유는 파낸 흙을 바라보며 지금이라도 터파기를 중단시키고 말뚝기초를 해야 하나 갑자기 불안해지기 시작했다.

'이왕 시작한 것, 그냥 가자. 쓰레기더미라도 균일하면 된다.'

담유는 스스로 안심시키며, 혹시 좋은 흙이 나올까 봐 되레 걱정하기 시작했다. 얼마나 지났을까. 엘리베이터 피트를 파내려 가던 백호 기사가,

"점토가 나오네요."

라고 하더니, 갑자기 터파기를 멈추었다. 담유와 함소장, 이사장, 강사장이 일제히 엘리베이터 피트 쪽으로 달려갔다. 터파기한 흙을 살펴보았더니, 논바닥 흙인 점토였다.

'아. 큰일이구나. 엘리베이터 피트 부분은 점토인데, 다른 부분이 폐기물과 잡토라면 이건 균일한 토질이 아니다.'

담유는 갑자기 머리가 띵해지기 시작했다.

"논바닥 깊이가 얼마나 되는지 확인하게 좀 더 파봐."

강사장이 백호 기사에게 좀 더 파볼 것을 지시했다. 백호 기사가 피트를 좀 더 파더니,

"논바닥이 20㎝ 정도밖에 안되네요."

걱정하지 말라는 투였다. 강사장은 논바닥 점토를 모두 파내고, 옆에 쌓아 두었던 잡토로 다시 채우라고 지시했다. 백호 기사는 강사장이 지시한 대로 능숙하게 잡토를 채우더니 백호 삽으로 단단히 눌러가며 땅을 다졌다.

"저렇게 하면 엘리베이터 피트 부분이 괜찮아질까요?"

담유는 강사장에게 근심스럽게 물어보았다.

"그럼요. 괜찮아요. 그리고 논바닥이 20㎝ 정도밖에 되지 않으니 걱정하지 않아도 됩니다."

강사장은 피식 웃었다. 엘리베이터 피트 하부는 점토를 없앴다고 하지만 다른 부분은 잡토이고 그 아래는 논바닥 아닌가? 담유는 찜찜하기 그지없었다. 현장경험이 풍부한 강사장이 저렇게 장담하는데 무시할 수 없는 노릇 아닌가? 담유는 강사장에게 짐짓 단호하게 얘기했다.

"지금이라도 터파기를 멈추고, 파일을 박는 게 좋지 않을까요?"

"걱정 붙들어 매십시오. 이런 조그만 건물은 논바닥에 지어도 기울어지지 않습니다."

강사장은 말을 뚝 잘랐다. 참으로 이런 상황이 의사결정하기에 가장 어려운 순간일 것이다. 이론적으로 설명하기 어려울 때, 풍부한 경험으로 밀어 붙여도 되는 것인가? 연약지반에 대한 대처문제는 이론적으로 충분히 검토해 왔다. 그럼에도 흙속의 폐기물과 점토를 직접 눈으로 확인하다보니 멈칫거리는 것이다. 여기서 멈출 수는 없지 않은가? 각오한 대로 그대로 가자. 경험을 믿는 수밖에 별도리가 없었다.

담유는 지금 이 순간의 머뭇거림으로 얼마나 많은 나날들을 불안함과 악몽에 시달려야 하나 생각하니 갑자기 숨이 막혀왔다. 머릿속은 건물이 준공되고 얼마 지나지 않아 엘리베이터 피트 쪽이 서서히 가라앉으며, 건물이 옆으로 꽈당 넘어지는 슬로우 모션(Slow Motion)이 계속 반복되고 있었다.

백호 기사는 시간이 지날수록 노련한 솜씨로 수평규준틀 맨 자리를 정확하게 도려내듯 땅을 파내었다. 목수 이사장과 하반장은 백호 기사가 정확한 깊이로 땅을 파냈는지 레벨기로 측정한 다음 정확하면 청색스프레이로 'O'표시를 하였다. 백호와 덤프 그리고 터파기하는 작업자들은 그저 주어진 일에만 열심일 뿐, 담유가 상상하는 장면을 떠올리는 것 같지 않았다. 담유 혼자 심각한 것이다. 담유는 갑자기 몰려오는 고독함으로 입안이 말라가기 시작했다.

터파기는 약 4시간 만에 끝났다. 예상보다 빨리 완료된 것이다. 이제 터파기한 지반을 보강하기 위해 잡석다짐[20]을 해야 한다. 약 30㎥(루베[21]) 분량의 잡석을 실은 트럭 2대가 도착했다.

"저거, 제일 좋은 돌입니다."

강사장은 목에 한껏 힘을 주었다. 트럭이 자갈을 내려놓자, 백호가 자갈을 삽에 실어 터파기한 지반 위로 넓게 펼쳐 깔았다. 그리고 지반과 건물 사이 열교환을 막기 위해 잡석 위로 단열재(네오폴)와 습기를 차단하는 비닐(PE필름)을 덮었다.

비닐 위에 버림콘크리트[22]를 타설하면 오늘 일정은 마무리된다. 오후 4시 30분경 콘크리트 펌프카[23]가 도착했고, 그로부터 약 10분 후 버림콘크리트를 실은 레미콘[24] 트럭 2대도 도착했다. 버림콘트리트 타설이 시작되었다.

"너무 한쪽으로 몰리잖아. 콘크리트 똑바로 쏴."

함소장이 펌프카 기사에게 핏대를 올렸다.

"콘크리트를 밀대로 골고루 펼쳐야지. 왜 나한테 그래요."

펌프카 기사가 눈을 크게 뜨고는, 콘크리트를 밀던 인부들에게 큰 소리쳤다.

버림콘크리트는 약 11㎥로 약 40분 만에 타설을 완료했다. 이로써 착공 첫날 작업 목표인 터파기와 버림콘크리트 타설이 모두 완료되었다.

담유는 작업자와 장비들이 모두 철수한 다음, 한참 동안 버림콘크리트가 타설된 현장을 떠나지 못하고, 석양에 빛나는 콘크리트면을 근심스럽게 바라보았다. 과연 이대로 기초공사를 진행해도 될지 여전히 머릿속이 복잡했기 때문이다.

담유는 살아오면서 겪었던 어려운 상황들을 떠올렸다. 그럴 때마다 담유는 과감하게 정면 승부를 선택했다. 물론 정면승부를 걸다가 수렁에 빠지기도 했

---

20) 흙 위에 자갈을 깔아 지내력을 높이고 기초가 더 단단한 땅 위에 서 있도록 해주며 습기가 올라오는 것을 차단해주는 효과도 있다.

21) 현장에서는 입방m 단위인 ㎥를 루베, 평방m 단위인 ㎡를 헤베라고 부른다.

22) 기초·지중보·토방 콘크리트 등의 밑에 전처리로서 표면을 수평으로 매끄럽게 하기 위해 타설하는 콘크리트로서 먹매김을 위해 타설되기도 한다.

23) 건물을 지을 때 지상에서부터 건물이 올라가는 곳까지 콘크리트를 배송하기 위하여 만들어진 건설 장비로서, 크게 자주식과 비자주식이 있다.

24) 레미콘(REMICON)이란 Ready Mixed Concrete의 약자로서 완벽한 콘크리트 제조설비를 갖춘 공장에서 시멘트, 골재(모래, 자갈), 물, 혼화재의 재료를 이용, KSF4009에 규정된 제조방법, 품질검사 등에 준하여 제조한 후 트럭믹서(Truck Mixer) 또는 에지테이터 트럭(Agitator Truck)을 이용하여 공사현장까지 운반되는 굳어지지 않은 유연한 상태의 콘크리트를 말한다.

고 상처도 많이 받았다. 그러나 과감한 승부는 쉽게 얻을 수 없는 귀중한 경험과 억척스러운 내성을 갖게 했다. 그러나 이번 연약지반 문제는 이전과는 조금 다르다. 한순간의 잘못된 결정이 돌이킬 수 없는 재난으로 돌아올 수 있음을 본능적으로 느끼고 있기 때문이었다. 기초는 건물이 올라가고 나면 재시공하기 어렵다. 따라서 연약지반은 엄청난 큰 위험요소인 것이다.

'이번 위험은 너무나 크지 않은가? 무릅쓰기에는 너무 무모하지 않은가?'

담유는 끊임없이 자문해 보았다. 그러나 담유는 늘 그래왔듯 정면승부를 택하면서 위험을 무릅쓰기로 마음을 굳혀가고 있었다.

'그래 매트기초가 연약지반에 적합한 형식이고, 매트기초에서 건물하중에 대한 반발력은 균등하다. 그래 균등하다는 쪽으로 배팅하는 거야.'

담유는 더 이상 흔들리지 말자며 이를 꽉 물었다.

2016년 5월 1일

착공 다음날인 일요일이다. 이른 아침 버림콘크리트가 제대로 양생되었는지 확인하고 싶은 마음에 서둘러 현장으로 향했다. 현장에는 이미 대여섯 명의 목수들이 기초매트를 만들기 위한 거푸집을 유로폼[25]으로 조립하고 있었다. 목수들이 어제 타설한 버림콘크리트 위를 아무 일 없다는 듯 오가며 작업하는 것을 보니 콘크리트가 밤새 단단하게 굳은 것이 분명했다. 담유는 목수 하반장에게 안부를 물었다.

"오늘 일찍 나오셨네요. 이 근처에서 주무셨나요?"

"네. 근처 찜질방에서 하룻밤 보냈어요. 오늘 중으로 숙소를 마련할 겁니다."

하반장은 대수롭지 않게 말했다. 그리고 버림콘크리트 위에 기둥과 옹벽이 앉을 위치를 확인하고 먹을 놓는데 여념이 없었다.

강남역 근처에서 점심을 겸한 회의가 있어 참석한 다음 오후 3시경 현장으로 돌아왔다. 함소장과 목수반장이 심각한 표정으로 중얼거리며 대지 남쪽 부분을 줄자로 재보더니 터파기가 잘못되었다고 했다. 그래서 담유가 함소장에게

---

25) 4"×8", 3"×6" 등 일정한 규격으로 미리 합판 등의 뒷면에 강재 틀을 붙인 거푸집 패널(form panel, 폼판넬)

무슨 일인지 물어보았다.

"야리가다를 정확히 매지 않았나요?"

"야리가다는 정확했는데, 백호 기사가 땅을 너무 많이 팠습니다. 1m 정도를 넓게 팠네요."

"그런 일도 벌어지나요? 이미 잡석과 버림콘크리트를 타설했는데 큰일이군요."

담유가 놀라면서 난감해 했다.

"죄송합니다. 이런 실수는 거의 나오지 않는데, 목수반장이 나이가 많아 터파기할 때 확인을 제대로 못한 것 같습니다."

함소장은 책임을 목수반장에게 돌렸다. 담유는 골조공사에 대한 모든 책임이 함소장에게 있는데 목수반장에게 책임을 전가하다니,

'뭐 이런 사람이 다 있어. 터파기 잘못된 최종 책임은 현장소장이 져야 되는 게 아닌가?'

함소장이 실망스러웠다. 일을 하다보면 얼마든지 잘못될 수도 있고 실수할 수도 있다. 그런데 그런 잘못과 실수를 남에게 전가하는 것이야말로 비겁하고 치사한 짓이고, 갈등의 씨앗만 싹트게 할 뿐이다.

담유는 함소장에게 많이 파낸 부분을 어떻게 하면 되는지 물어보았다.

"내일 백호를 다시 불러 정리하겠습니다."

"그럼, 깔아 놓은 잡석과 단열재는 어떻게 해야 하나요?"

"단열재를 깔지 않아도 되는 부분에 단열재를 깔아 놓았습니다. 그냥 제거하면 됩니다. 많이 파낸 부분은 어제 남은 잡석을 다시 깔고 다지겠습니다."

"그럼, 잡석 위에 버림콘크리트를 다시 타설하지 않아도 되나요?"

"버림콘크리트는 구조체가 아닙니다. 단순히 먹매김하기 위해 표면을 평탄하게 하는 것입니다. 버림콘크리트가 없어도 잡석 위에 먹놓을 수 있습니다."

함소장의 얘기를 들어보니 큰 문제는 없어 보였다. 그런데 다시 불러야 하는 백호 장비비용은 누가 내야 하는 것인지 물어볼까 하다가 그냥 넘어가기로 하였다. 공사를 하다보면 불가피하게 추가비용이 발생하게 된다. 그런데 말도 안 되는 실수로 비용을 추가 지불해야 한다고 생각하니, 기분은 썩 좋지 않았다.

'이 정도 실수는 다행으로 생각하자. 백호를 다시 부르면 된다고 하니 천만다행 아닌가?'

담유는 스스로 위로하기로 했다.

2016년 5월. 2일.

아침 일찍, 작은 백호가 현장에 들어와서 많이 파낸 부분을 1시간여 동안 정리한 다음 곧바로 철수했다. 아침 일찍 잘못된 터파기를 정리했기 때문에 목수들은 기초매트 거푸집 작업을 순조롭게 진행할 수 있었다.

기초를
놓다

         목수 하반장은 본인 말로 60대 중반이라고 했지만, 허리를 약간 구부린 채 팔자걸음으로 느릿하게 걷는 모습을 보면 70세가 훨씬 넘어 보였다. 터파기한 다음날 하반장은,

"제 책상도 하나 있었으면 좋겠습니다."

가설사무실에서 도면을 펼쳐 놓고 작업을 해야 하니 책상이 필요하다고 했다.

"알겠습니다."

담유는 지체 없이 사무실에서 사용하지 않는 회의탁자와 의자 몇 개를 가져와 현장사무실 출입구 앞에 자리를 만들어 주었다.

하반장은 시간이 날 때마다 도면에 뭔가를 표시하고 꼼꼼하게 메모하였으며, 담유에게는 늘 정중하고 깍듯했다. 담유는 사무실을 출입하며 하반장이 펼쳐 놓은 도면들을 가끔씩 눈여겨보곤 했는데, 자재목록을 적어 놓은 메모지의 반듯하고 균형 잡힌 글씨체에서 하반장이 보통사람은 아닐 거라 생각했다. 그래서 가끔 하반장에게 목수일은 언제부터 시작했는지 목수일하기 전에는 무엇을 했는지 물어보고 싶었지만, 혹시 하반장의 아픈 상처를 건드릴 것만 같아 쉽게 입을 떼지 못했다.

2016년 5월 3일

목수들이 기초매트 거푸집 작업을 완료한 다음날, 철근팀이 들어와 기초매트 철근배근을 시작했다. 철근팀의 배근 작업은 너무나 일사불란해서 기계들이 움직이는 것 같았는데, 마치 작업자들 서로 간 작업방법과 순서에 대해 이미 완벽하게 합의한 것처럼 보였다.

"참 일들 잘하는군요."

담유가 철근 일하는 것을 보고 감탄했더니,

"저 철근팀이 아마 남양주 지역에선 제일 잘할 겁니다."

옆에서 작업을 지켜보던 함소장이 거들었다.

가장 먼저 기초매트 주변의 두께 1m 정도인 줄기초[26] 부분에 굵은 철근들을 빽빽하게 배근한 다음, 두께가 60㎝ 정도인 기초매트 중앙부에 굵은 철근들인 HD22[27], HD19를 20㎝ 간격으로 바둑판처럼 배근해 나갔다.

기초매트 중앙부 철근 작업은 하부근[28]과 상부근[29] 배근 작업으로 나뉜다. 철근팀이 하부근을 배근하고 나면 설비팀과 전기팀이 들어와 설비배관[30]과 전기배관[31]을 매입하게 된다.

"함소장님, 오늘 전기팀, 설비팀 다 들어오나요?"

"그럼요. 오늘부터는 철근팀과 전기팀, 설비팀이 항상 같이 일할 겁니다."

철근 하부근 배근이 완료된 다음, 전기팀은 곧바로 들어와서 기초매트 하부근 위에 전기와 통신배관 작업을 재빠르게 마무리했다. 그러나 설비팀은 다른 현장 작업 때문에 제시간에 들어오지 못하고, 철근팀이 상부근을 배근할 때 들어와 설비배관 작업을 시작했다. 따라서 상부근을 배근하는 도중에 상부근 아래로 지름 100㎜의 오수관[32]을 끼워 넣어야 했는데 무척 힘겨워 보였다. 그러나 설비팀은 아무런 불평도 하지 않은 채 철근팀에게 방해될까 봐 오히려 눈치를 보며 일했다. 결국 철근팀이 철수하고 한참 지난 후에야 설비배관 작업이 마무리되었다.

"일찍 들어왔으면 쉽게 작업하셨을 텐데 오늘 너무 힘들게 작업하시네요."

담유가 설비 박사장에게 위로의 말을 건넸다.

---

26) 건축물의 벽체 또는 기둥의 하중을 지지하는 연속한 기초
27) 고장력 이형철근(High Tension Deformed Bar)으로 지름이 약 22㎜ 굵기임
28) 철근 콘크리트의 보 또는 슬라브의 하부에 배치하는 철근
29) 철근 콘크리트의 보 또는 슬라브의 상부에 배치하는 철근
30) 건축설비의 냉온수관, 급배수관, 급탕관 등의 각종 관을 설치하는 공사
31) 건축전기의 전기/통신선 등의 각종 관을 설치하는 공사
32) 건물 내 및 그 부지 내에서 오수를 배제하는 관

"현장일이 다 그렇지요 뭐. 하루 이틀 한 것도 아닌데, 그래도 오늘은 이만하면 일찍 끝난 겁니다."

박사장은 철근팀과 부대끼는 것이 숙명이라는 듯 피식 웃고 말았다.

2016년 5월 4일

목수반장은 1층 기둥과 옹벽이 세워질 위치의 먹을 다시 확인했다. 목수반장이 먹놓은 자리를 확인하면 철근팀은 1층 옹벽을 세우는 위치에 철근 사시깽이를 약 50㎝ 높이로 세웠다. 사시깽이[33]가 세워지면 전기팀이 1층 사시깽이 철근에 전기계량기 박스, 전기/통신배전반 박스, 전기콘센트 등을 고정시켰다. 그 다음 목수들이 1층 바닥을 낮게 타설해야 하는 부분에 다루끼를 대어 고정시키고, 옹벽 철근에 노란색 끈을 묶어서 1층 바닥 높이를 표시했다. 이로써 기초매트 레미콘 타설 준비는 마무리되었다.

2016년 5월 5일

공휴일인 어린이날이다. 아침부터 날씨가 맑아 기초매트 레미콘 타설하기에 딱 좋은 날이었다. 오전 7시 현장에 도착해 보니, 목수들이 엘리베이터 옹벽과 기초매트 외곽 거푸집 보강 작업을 하고 있었다. 레미콘 타설 중량과 압력 때문에 거푸집이 파손되어 레미콘이 터지는 경우가 간혹 발생한다. 그럴 경우 터진 레미콘으로 인해 자칫 큰 사고가 발생할 수 있기 때문에, 레미콘 타설 전에 거푸집이 단단하게 고정되었는지 반드시 확인한 다음 필요하면 보강해야 한다.

레미콘 타설은 목수들도 할 수 있지만 대개는 철근팀이 맡는다. 오전 8시경 철근팀이 도착했고, 10분 후 레미콘을 타설할 펌프카도 도착했다. 레미콘은 공사착공 전에 청우레미콘에서 공급하기로 계약한 터라, 레미콘 타설 3일 전 청우레미콘 윤대리에게 미리 전화해서 콘크리트 강도 240kPa(킬로파스칼)[34]로 100㎡를 예약해 두었다.

---

33) 일본어로서 '사시낑'이라고도 하며, 바닥철근과 연결되는 벽 하부철근으로 이음근 또는 전단보강근을 일컬음

34) 콘크리트 강도를 나타내는 단위

오늘이 마침 어린이날을 포함한 연휴 첫날이어서 레미콘 차들이 정상적으로 현장에 도착할 지 걱정되었다. 오전 9시경 레미콘 첫 차가 도착했고, 곧바로 레미콘 타설이 시작되었다.

"서울 외곽으로 나가는 방향은 자동차로 꽉 막혔습니다. 반대로 서울로 들어오는 길에는 차들이 별로 없네요."

레미콘 운전기사는 공장에서 구리까지는 막힘없이 왔으나 레미콘을 타설한 다음 공장으로 돌아가는 길이 막힌다면서 오늘 레미콘 타설은 쉽지 않을 것 같다고 했다.

역시 레미콘 차 7대까지는 원활하게 현장에 도착했으나, 그 이후로는 레미콘 차가 많이 지체되었다. 정오를 훌쩍 넘어서야 레미콘 16대분 96㎥까지 타설하였다.

"10㎥ 정도 더 쳐야겠는데요."

철근반장이 레미콘이 부족하다고 했다. 담유는 곧바로 청우레미콘 윤대리에게 10㎥를 더 보내달라고 했다.

"그럼, 돈을 먼저 입금시켜 주셔야 합니다."

윤대리는 추가비용을 지불하지 않으면 공급할 수 없다고 했다. 담유는 당황스러웠다.

'뭐, 이런 경우가 다 있지. 믿지 못하겠다는 건가?'

레미콘 타설은 2시간 이상 지연되면, 콘크리트가 굳기 시작하기 때문에 하자가 발생할 수 있다. 담유는 급하게 레미콘 추가비용을 송금했다. 약 30분이 지나 레미콘 10㎥를 실은 레미콘 차 2대가 도착했다. 서둘러 기초매트 레미콘 타설을 마무리했다.

이제 기초매트 위의 주차장 부분을 평평하고 단단하게 만드는 기계미장 작업35)만 끝내면 오늘 일은 마무리된다.

오후 1시경 기계미장 작업자가 기다리면서 한마디 했다.

"콘크리트 표면이 어느 정도 말라야 기계를 돌릴 수 있습니다."

---

35) 기계를 이용하여 벽, 천장, 바닥에 흙이나 회반죽, 모르타르를 바르는 일

기계미장 작업자는 아직 작업을 시작할 수 없다고 했다.

"아직 멀었습니다. 제가 잘 마무리해 놓을 테니 염려마시고 들어가세요."

기계미장 작업자는 담유에게 손짓으로 먼저 들어가라고 했다. 담유는 아무래도 너무 오래 기다려야 할 것 같았다.

"그럼, 콘크리트 표면에 고인 물이 잘 빠지게 해주세요."

기계미장 작업자에게 부탁한 다음, 건물의 기초를 놓았다는 홀가분한 마음으로 귀가했다.

시스템비계를 매다

2016년 5월 6일

하루 종일 비가 내렸다. 기초매트 콘크리트가 경화[36]되는 과정에서 콘크리트 표면에 습기가 충분할수록 내부는 더욱 단단해진다. 따라서 콘크리트 타설한 다음날 내리는 비는 반갑고 고마운 선물과도 같다. 오전 8시경 현장에 나가서 기초매트 콘크리트와 기계미장한 면을 확인해 보았다. 매끈하고 단단하게 잘 마무리된 것 같았다. 어느 정도 굳은 다음에 비가 내려서인지 빗방울 자국도 거의 보이지 않았다.

2016년 5월 7일

비가 개인 새벽하늘은 정갈하기 그지없었다. 아침 일찍 목수팀은 엘리베이터와 기초매트 외곽 거푸집을 해체했고, 목수반장은 기초매트 위에서 1층 계단실, 화장실 옹벽 및 기둥 위치에 먹을 놓았다. 오전 새참시간에 외벽단열재[37]로 사용할 아이소핑크(100T) 180매가 출하되었다는 문자 메시지를 받았다. 오후 3시가 지나서야 단열재를 실은 트럭이 현장에 도착했다. 그런데 운전기사가 단열재를 내려놓지 않고 두리번거렸다. 담유가 현장사무실 옆에 쌓아 놓으면 된다고 했다.

"단열재 내릴 직영인부 없습니까?"

운전기사의 표정이 찌그러졌다.

"직영인부는 없는데요. 혼자 내리지 못하나요?"

---

36) 콘크리트가 수화반응을 거쳐 굳어지는 현상
37) 건물 내부가 일정한 온도를 유지하도록 건물 바깥쪽을 피복하여 외부로의 열손실이나 열의 유입을 적게 하기 위한 재료

담유는 당황스러웠다. 마침 지나가던 목수 하반장이 담유에게 속삭였다.

"단열재는 운전기사가 직접 내려놓는 겁니다."

담유는 운전기사에게 하반장의 말을 전달했다. 운전기사는 기분이 더럽다는 표정으로 침을 바닥에 퉤 뱉었다. 그리곤 어쩔 수 없다는 듯 트럭 짐칸에 실린 단열재를 다섯 묶음씩 등에 짊어지고 내려놓기 시작했다. 담유는 운전기사의 기분도 풀어줄 겸, 단열재 한 묶음을 잡고 등에 올려놓으려고 했으나 꿈쩍도 하지 않았다. 만만한 무게가 아니었다.

"그냥 놔두세요. 제가 하겠습니다."

운전기사의 고함에 놀라, 담유는 얼른 사무실로 돌아왔다. 운전기사는 30분 만에 단열재를 모두 내려놓고는 아무런 말도 없이 떠나 버렸다.

최근 들어 건물의 단열에 대한 관심이 부쩍 높아지고 있다. 5~6년 전만해도 어쩔 수 없다며 받아들이던 결로현상은 이제 거주의 질을 떨어뜨린다며 절대 용납하지 않는 추세이다. 그래서 담유는 허가도면에는 외부단열재가 네오폴 (120T)로 설계되어 있었지만, 네오폴보다 단열성능이 월등히 좋으며 두 배 이상 비싼 아이소핑크를 붙이기로 과감하게 결정했다. 미키 역시 SMJ House가 오랫동안 살아갈 집인데 단열재는 최고 등급이어야 한다면서 담유의 결정에 흔쾌히 동의해 주었다.

2016년 5월 8일

목수팀이 1층 옹벽거푸집(계단실/화장실) 설치 작업을 시작했고, 오전 8시경 되메우기[38] 장비인 백호가 도착했다. 되메우기는 터파기할 때 파내어 대지 옆에 쌓아 놓았던 흙을 기초매트 주변에 다시 메우고 백호 삽으로 단단하게 눌러 다지는 작업이다. 백호를 다루는 운전기사의 노련하고 날렵한 솜씨 덕분에 오전 중에 마무리되었다.

---

38) 지하 구조물의 주위 등 여분으로 판 부분에 토사를 메워서 원상으로 복귀하는 것

　오전 7시 10분경 시스템비계를 설치하기 위해 대유공업 윤사장과 함께 비계공들이 현장에 도착했다. 기초 주변에 되메우기를 완료하면 외부비계[39]를 설치하게 되는데, 담유는 착공 전 이미 시스템비계[40]를 설치하기로 대유공업과 계약을 맺었다. 시스템비계는 비계기둥, 비계발판, 비계계단 등이 부품으로 구성되어 있어, 현장에서는 그것들을 단순히 끼우고 조립하기만 하면 비계설치가 완료된다.

　비계공들은 트럭에 실린 비계부품들을 현장에 내린 다음 도면을 들고 현장을 몇 바퀴 돌아보더니 곧바로 비계설치 작업을 착수하였다. 비계설치팀의 작업은 대단히 조직적이고 체계적으로 진행되었다.

　"옛날에는 강관파이프를 클램프(Clamp)[41]로 연결해서 외부비계를 만들었기 때문에 시간이 많이 걸리고 위험했는데, 이제 시스템비계로 전환되면서 비계설치 시간도 단축되고 많이 안전해졌네요."

　담유가 윤사장을 보며 감탄스러워 했다.

　"요즘 정부에서 70%가량 보조해 주기 때문에 점차 시스템비계로 전환되고 있습니다."

　윤사장이 어깨를 으쓱거렸다.

　"사장님 돈 많이 버시겠네요."

　담유가 은근슬쩍 농담을 건넸다. 윤사장은 자신이 타고 온 벤츠 승용차를 눈짓으로 힐끗 가리키며,

　"조금 벌지요."

　목에 힘이 잔뜩 들어갔다.

　시스템비계는 2차례에 걸쳐 설치된다. 1차는 1층과 2층까지 4단으로 설치하고, 2차는 3층, 4층, 다락층까지 나머지 4단을 설치한다. 따라서 시스템비계는 총 8단이다. 오늘은 시스템비계 1차 설치 작업으로 오전 중에 완료되었다. 설

---

39) 건축공사 시 외벽 높은 곳에서 작업할 수 있도록 설치하는 임시가설물

40) 임의로 설치할 수 있는 강관 비계와 달리, 구조계산을 통하여 규격화되어 조립할 수 있도록 제작된 비계로 상대적으로 안전성이 높음

41) 비계용 부재 혹은 동바리와 수평연결재와의 교차부에 체결용으로 사용되는 체결기구

치 완료된 시스템비계는 건물이 올라갈 주변을 둘러싼 견고한 격자틀 모양이었다. 담유는 점심식사 후 비계계단으로 1차 시스템비계의 맨 꼭대기인 4단까지 올라갔다.

불어오는 맞바람 때문인지 비계가 조금 흔들렸다. 마치 롤링하는 배위에 타고 있는 듯 어지러움과 현기증을 느꼈다. 잠시 숨을 고른 다음 비계위에서 아래를 내려다보았다. 택지조성공사가 한창인 드넓은 갈매택지지구가 한눈에 들어왔고, SMJ House 옆 갈매천이 별내역까지 곧게 뻗은 모습은 한편의 그림이었다. 시스템비계 맨 위에 놓인 비계발판을 따라 현장 주위를 한 바퀴 돌면서 핸드폰 카메라로 여기저기 사진을 찍었다. 그중 가장 잘 나온 사진 몇 컷을 페이스북에 올리고 나서 시스템비계를 내려왔다.

1층 골조가
높이 올라가다

2016년 5월 10일

시스템비계를 설치한 다음 날 새벽까지 비가 내렸다. 5월 들어 예년보다 흐린 날이 많아지면서 비가 자주 내리고 있다. 레미콘 타설 후에 내리는 비는 콘크리트를 단단하게 만들지만, 형틀 작업할 때 비가 내리면 작업자들이 미끄러져 사고가 발생할 위험이 높아진다. 그래서 비가 오면 작업을 아예 시작하지 않거나 중단시켜야 한다. 그런데 SMJ House의 경우 입주할 시점이 아직 결정되지 않았기 때문에 공기지연을 미리 걱정할 필요는 없다. 다만 공정관리의 목표공기가 5개월 반이므로, 공정관리전문가인 담유는 작업할 수 없는 날이 많아지면 왠지 불안하고 불편해진다. 일종의 직업병인 것이다.

담유가 SMJ House를 직접 지으면서 가장 신경 쓰는 부분은 당연히 공정관리이다. 이번 기회에 건축주가 직접 시공하는 공사에서 공정관리를 어떻게 해야 하는 것이 최선인지 파악하는 것도 매우 중요한 목표이다. 그래서 비라이너로 CPM 공정계획을 만들고, 매일 매일 공정현황을 꼼꼼하게 챙기면서, 공정계획을 갱신(Update)하는 일에 정성을 쏟으려고 한다.

그리고 현장 작업자들의 일거수일투족 말 한마디도 빠트리지 않고 기록하려고 한다. 왜냐하면 현장의 모든 일은 현장 작업자에서 비롯된다고 생각하기 때문이다. 장비에 많이 의존하는 토목공사와는 달리, 건축공사는 대부분 인력에 의존하므로 현장 작업자들의 태도에 공사의 성패가 좌우된다고 해도 과언이 아니다. 따라서 현장 작업자들이 편하게 일할 수 있는 환경을 만들어 주어야 한다.

담유는 과거 현장경험으로부터 현장 작업자들을 편하게 해주는 가장 좋은 방법이 그들과 터놓고 대화하며 소통하는 것이라고 생각한다. 왜냐하면 과도하게 간섭하거나 지시일변도의 명령조로 작업자들을 대하면 반드시 역효과로 되돌아온 경험을 많이 겪었기 때문이다. 따라서 일이 늦어졌다고 조급해지거나 실수 때문에 화가 나더라도 가능하면 내색하지 않고 부드럽게 타이르는 것이 최선이다. 물론 건축주의 이런 관대한 행동이 작업자들의 긴장을 이완시켜 작업이 더욱 늦어지거나 품질이 하락할 가능성도 배제할 수 없다. 그러나 현장 작업자의 작업태도와 작업현황을 꼼꼼하게 살피면서 한 템보 늦게 대응하는 것이 현장 작업자들을 편안하게 해주고, 현장 작업자들이 편한 만큼 작업효율과 품질은 덩달아 좋아지게 된다.

2016년 5월 11일

아침 일찍부터 철근팀은 목수반장이 놓은 먹을 따라 계단실 옹벽과 기둥에 철근을 배근하고 있었다. 그들은 기초매트 철근을 배근할 때처럼 서로 간 거의 말을 건네지 않고, 마치 기계가 움직이듯 철근을 재단하고, 어깨에 둘러매서 정해진 위치로 옮겼다. 그리고 철근 간격을 확인한 다음 철근들이 교차하는 부위에 결속선을 재빠르게 묶었다.

SMJ House의 1층 층고(層高)[42]는 엄청나게 높다. 일반 상가주택의 1층 층고는 높아봐야 4.2m를 넘지 않는데, 담유는 1층 층고를 최대한 높여 달라고 부탁해서 5.4m까지 높였다. 그래서 1층 옹벽과 기둥의 철근배근 작업의 품이 일반 상가주택의 곱절 이상 들어간다. 일반 상가주택의 1층 옹벽과 기둥 철근배근은 우마[43]에 올라가서 작업하지만, SMJ House는 틀비계[44]를 2단 높이로 쌓아야 5.4m 높이의 철근배근이 가능하다. 그런 만큼 작업시간은 길어지고 품이 많이 들어가는데도, 철근팀은 불만스러운 기색 없이 묵묵히 작업에만 열중하고 있었다.

그래서 담유가 U건설 함소장에게 물어보았다.

---

42) 층높이
43) 60㎝ 높이의 수평작업대
44) 공장에서 미리 강관을 일정한 틀로 가공한 유닛(unit)을 현장에서 상하를 끼워 맞추거나 얽어매서 세우는 비계

"철근팀은 서로 말 한마디 없이 쉬지도 않고 일하네요?"

"저렇게 하지 않으면 철근 인건비를 맞출 수가 없습니다. 철근 단가가 매우 박한 거지요."

"아니, 그래도 그렇지. 말도 하고 쉬면서 일해야 하지 않나요?"

"오랫동안 호흡을 맞추어서 서로 잘 알고, 어떻게 일하는지도 뻔하기 때문입니다. 신경 쓰지 마세요."

그러면서 함소장이 담유에게 줄자를 가져와 달라고 했다. 함소장은 철근배근이 정확한지 확인한 다음 사진으로 남겨야 한다면서, 본인이 줄자로 철근 간격을 재는 모습을 핸드폰 카메라로 찍으라고 했다. 그래서 함소장과 담유는 계단실 옹벽과 기둥들에 철근이 배근된 모습을 이곳저곳 옮겨 다니며 줄자로 재며 사진을 찍었다.

사실 철근배근 간격은 감리가 현장에 직접 나와 확인해야 하지만, 감리가 철근배근 도중에 현장에 나와 확인하는 경우는 거의 없다. 철근배근이 모두 완료된 다음, 레미콘을 타설하기 바로 직전에 확인한다. 이마저도 사정사정해야 겨우 나와서 건성으로 둘러보고 돌아간다. 이런 상황에서 함소장이 철근배근 상황을 꼼꼼하게 사진으로 남겨 놓겠다고 하니 고마운 일이 아닐 수 없었다. 그런데 함소장의 이러한 선심은 담유의 신임을 얻어 골조공사에서 추가비용을 받아내려는 얄팍한 술수였음이 얼마 지나지 않아 들어났다.

1층에서 철근배근 작업이 진행되는 동안, 목수들은 현장 옆 공지에서 유로폼을 연결시켜가며 널따란 옹벽과 2층 바닥거푸집, 그리고 1층 기둥과 2층 보 거푸집을 조립하고 있었다. 목수반장은 왼손에 도면을, 오른손에 줄자를 들고, 목수들이 조립한 거푸집들의 치수를 꼼꼼하게 확인했다. 목수반장의 확인이 끝나면, 목수들은 연결된 거푸집들이 흔들리지 않도록 강관파이프를 거푸집 위에 대고 반생[45]으로 단단히 묶어서 고정했다. 비 개인 아침, 따가운 햇살이 번져가는 넓은 공지에서 작업에 열중하는 목수들의 모습은, 마치 부지런히 밭을 가는 농부들 같았다.

---

45) 철근을 엮거나 각목 등을 붙잡아 맬 때 쓰는 굵은 철사

2016년 5월 12일

오전 7시 반 크레인이 현장에 도착해 있었다. 어마어마한 크기와 우레와 같은 엔진소리에 정신이 번쩍 들었다. 목수들은 크레인으로 현장 옆 공지에 제작해 놓았던 옹벽, 바닥, 기둥, 보 거푸집을 들어 올려 현장 안쪽으로 이동시키고 있었다. 거대한 크레인의 붐대 끝에 매달린 거푸집이 구름 한 점 없는 푸른 하늘을 가르며, 시스템비계를 넘어가는 모습은 그야말로 장관이었다.

목수 2명이 공지에서 거푸집을 크레인 줄에 묶으면, 크레인은 거푸집을 들어 올려 시스템비계를 넘어 기초매트로 옮겼다. 기초매트 위로 넘어온 거푸집은 목수 4명이 양옆에서 붙잡고 먹줄 위에 서서히 내려놓은 다음 단단하게 고정시켰다. 목수반장은 크레인 기사와 워키토키로 크레인이 정확하고 안전하게 움직이도록 연락을 주고받았는데, 그 모습이 마치 전장에서 병력과 장비를 이동시키는 지휘관처럼 당당했다.

하루 종일 거푸집을 옮기던 크레인은 오후 4시경 철수했고, 목수들도 퇴근하기 위해 옷을 갈아입었다. 목수반장에게 수고하셨다며 인사말을 건네고 시스템비계 맨 위에 올라가 아래를 내려다보았다. 1층 옹벽과 기둥거푸집은 100% 설치 완료되었고, 2층 보거푸집은 약 50%, 2층 바닥거푸집도 약 30% 정도 완료되었다. 다시 지상으로 내려와 우뚝 서있는 1층 기둥 거푸집을 올려다보았다. 1층의 기둥들은 층고가 5.4m라는 물리적인 수치보다 훨씬 높아 보였고, 그 위에 걸쳐있는 2층 바닥거푸집과 보거푸집들은 마치 바닥으로 쏟아질 듯 위태롭게 느껴졌다.

2016년 5월 13일

새벽까지 비가 내리다가 오전 6시경 비가 멈추고 하늘은 맑게 개이기 시작했다. 건설현장에서 오전 6시를 지나도 비가 계속 내리면 그날은 공치는 날이다. 현장 작업은 보통 7시에 시작해서 5시에 마무리되는데, 7시에 작업을 시작하기 위해서는 작업자들이 늦어도 6시에는 집을 나선다. 집을 나설 때 비가 오면 그날은 일을 하지 않는다. 오늘처럼 6시 언저리에 비가 멈추게 되면 조금 애매해진다. 오야지[46]는 그날의 일기예보를 보고 비가 계속 내릴지 그칠지 판단해서 작업자들에게 출근여부를 통보한다. 만약 6시 이후 오야지가 작업자들에게 일한다고 통보하고, 작업자들이 현장에 도착해서 아침식사를 하면, 7시 이후에 비가 오더라도 반나절 일당을 지불해야 한다.

올 봄은 평년보다 비가 많이 내리고 있다. 그나마 다행스러운 것은 대부분 밤에 내리기 때문에 낮 동안은 작업이 가능하다는 것이다. 오늘은 목수 6명이 1층 골조 거푸집 설치를 마무리하기 위해 하루 종일 열심히 일했다. 철근팀도 4명이 오후에 현장에 들어와서, 2층 바닥보에 들어갈 스트럽[47]을 절단하고 구부려 놓았다.

스트럽 작업을 마무리하고 현장사무실에 들른 철근반장에게 물어보았다.

"1층 골조 레미콘 타설이 언제쯤 가능할까요?"

"목수들의 거푸집 작업이 앞으로 3일은 더 해야 될 것 같고, 거푸집 작업이 완료된 후에 철근 작업을 2일 정도 해야 합니다. 18일 정도에 레미콘 타설이 가능할 것 같네요."

목수반장에게도 확인해 보니 역시 18일쯤이라고 했다. 그렇다면 기초매트 타설이 5월 5일이었고, 중간에 하루 쉬었으므로 1층 골조 작업은 총 12일이 소요되는 셈이다. 결국 1층 골조공사는 계획일정 14일보다 2일 정도 당겨지는 것이다.

건설현장에서 일정이 당겨지는 것은 매우 좋은 현상이다. 일정을 당겨서 여유를 만들어 두면 다른 요인에 의해 공기가 지연되었을 때, 여유일수로 지연일수를 상쇄시킬 수 있다. 건설공사는 외부환경에서 작업하므로 다양한 요인들에 영향을 받는다. 거기다가 작업자들의 숙련도, 팀워크, 기분 등과 같이 기계적으로 통제할 수 없는 요소들도 영향을 미친다. 따라서 건설공사가 계획대로 진행되는 경우는 거의 없다.

만약 계획보다 실적이 늦어지면 공기지연이 발생된다. 공기가 지연되면 비용은 당연히 증가되고 품질은 떨어진다. 왜냐하면 지연된 공기를 만회하려면 더

---

46) 일본말 속어로 주로 남자들인 아버지, 노인, 직장의 우두머리, 음식점 등의 주인을 가리키며, 건설현장에서는 현장책임자 또는 단종업체 사장을 일컬음
47) 스트럽(stirrup-늑근)은 철근배근에 관련된 용어로서, 사인장 균열에 대비하여 보강하는 철근을 지칭함

많은 인력과 장비가 필요하기 때문에 추가비용이 들어가고, 공기를 만회하려고 서두르다 보면 품질에 소홀해질 수 있기 때문이다. 따라서 건설현장에서는 반드시 실행 가능한 공정계획을 수립하고, 계획 대비 실적을 주기적으로 추적 관리해서 공기가 지연되지 않도록 세심하게 관리해야 한다.

2016년 5월 14일

토요일이자 석가탄신일이다. 우리나라의 오랜 관행이지만 공휴일에도 건설현장은 쉬지 않고 일한다. 담유는 공휴일에 일하는 것에 대해 늘 찜찜하다. 그래서 기회가 되면, 우리나라 건설현장도 이제 주 5일만 일하고 공휴일에 쉬는 선진 건설 환경이 조성되어야 한다고 주장한다. 그러나 그렇게 되면 인건비를 올려야 하고 덩달아 공사비도 올라가니, 누구도 쉽게 공휴일에 쉬면서 일하자는 데 동의하지 못한다. 더욱이 공사비가 오르게 되면 집값이 상승하고 전·월세도 상승하게 될 것이다. 정부도 쉽게 결정할 수 없는 노릇이다.

오늘도 목수 6명이 출근해서 1층 골조 거푸집 설치 작업을 계속했다. 2층 바닥과 보거푸집 설치를 약 70% 정도 완료하였고, 거푸집 작업 중 가장 어렵다는 1층 계단실의 계단참 밑판과 옆판까지 설치했다.

2016년 5월 15일

일요일임에도 작업은 계속되었다. 통상적으로 현장 주변에 아파트나 주거용 건물들이 인접해 있는 경우 일요일에 작업해서는 안 된다. 건물 입주민들이 토요일 작업까지는 참아주지만, 일요일 새벽부터 망치나 장비 소음으로 모처럼의 휴식이 방해받으면 짜증을 내거나 화를 내기 일쑤이다. 짜증이 심해지면 민원을 제기해서 공사를 중단시키기도 한다. 그런데 갈매택지지구에서 SMJ House는 처음 착공한 상가주택이므로 주변은 허허벌판이라 민원이 발생할 여지가 전혀 없기 때문에 일요일 작업도 가능하다. 그래서 목수 6명은 평일처럼 출근해서 1층 골조 거푸집 설치 작업을 계속했다. 2층 바닥보와 계단 거푸집 설치를 거의 90% 가까이 완료했다.

2016년 5월 16일

어제 오후 3시부터 가랑비가 내리더니 지난밤엔 꽤 많은 비가 쏟아지다가 새벽녘에야 잦아들었다. 비가 그친 현장에 출근한 목수 6명은 2층 바닥 거푸집 설치를 계속해서 2층 바닥 거푸집 설치를 완료했다. 곧바로 2층 바닥 거푸집 위에 아이소핑크 단열재를 깔기 시작했다. 2층 바닥 단열재는 1층 상가로 빠져나가는 열을 차단하기 위해 설치하지만, 2층 거주민의 생활소음이 1층 상가로 전달되지 않도록 하는 차음기능도 하므로 빈틈없이 깔아야 한다. 담유는 2층 바닥에 깔린 단열재들이 제대로 깔렸는지 세심히 살펴보았다. 단열재는 틈새 없이 잘 깔려져 있었다.

2016년 5월 17일

아침 일찍부터 목수반장은 어제 완료된 2층 바닥에 올라가, 2층 평면도를 꼼꼼히 살펴보며 2층 바닥 단열재 위에 먹을 놓고 있었다. 먹줄 놓기를 도와주는 목수에게 먹통을 잡도록 해서 팽팽해진 먹줄을 위로 가볍게 당겼다가 놓았더니, 단열재 위에 먹줄이 직선으로 선명하게 표시되었다. 2층 골조 옹벽이 들어설 위치와 현관문, 방문, 욕실문, 창문의 위치까지 빠뜨리지 않고 꼼꼼하게 먹줄을 놓았다. 오전 11시경 먹줄 놓기가 완료되었다.

"먹놓은 것을 확인해 주시겠습니까?"

목수반장은 먹이 정확한지 확인해 달라고 했다. 담유는 목수반장과 함께 2층 바닥에 올라가 줄자로 재며 확인했다. 1~2cm 정도의 오차는 있었으나 문제될 정도는 아니었다.

점심식사 후 크레인과 함께 철근을 실은 트럭이 도착했다. 철근 이사장, 철근 반장, 철근 작업자들이 트럭에 실린 철근을 크레인으로 2층 바닥 위로 올려놓기 시작했다. 담유는 2층 바닥에 철근을 올리면서 너무 한쪽에 집중적으로 쌓지 말라고 했다. 철근반장은 1층 동바리[48] 수평연결재[49](후리도매) 작업이 어느

---

48) 거푸집판을 고정 또는 지지하기 위한 지주

49) 비계기둥 또는 지주의 사오 간격을 유지하고, 기둥 밑의 움직임을 방지하는 목적의 수평연결재

정도 완료되었으니 괜찮다면서 2층 바닥 양쪽으로 분배해서 철근을 쌓아 놓았다. 철근팀은 철근을 2층 바닥에 올려놓자마자 보 철근배근 작업부터 시작했다. 그런데 2층 바닥보들이 워낙 복잡하게 얽혀있고 단면의 형태도 제각각이라, 보 철근배근 작업이 일사불란하게 진행되지 않았다.

오후 4시 30분경 철근팀장이 보의 절반 정도만 철근배근을 완료했다. 담유는 철근반장에게 물어보았다.

"레미콘을 언제쯤 타설할 수 있을까요?"

"앞으로 3일은 더 작업해야 할 것 같습니다. 레미콘 타설은 20일쯤이나 해야겠네요."

20일이면 공정계획상 1층 골조 레미콘 타설 일자와 똑같아진다. 담유는 괜찮다며 고개를 끄떡여 주었다.

2016년 5월 18일

현장으로 출근하는 자동차 라디오에서 오늘 한낮 최고 기온이 31도까지 오른다는 기상예보가 흘러나왔다. 아직 여름이 시작되지도 않았는데 31도라니 지난 며칠 동안 자주 비가 내리기에 올 여름은 시원해서 작업하기 좋을 거라 기대했건만 뜻밖이었다. 현장에 도착해 보니 철근팀이 2층 바닥보 철근배근을 이미 시작했다. 목수들은 계단거푸집 마무리와 2층 바닥 거푸집을 지지하는 동바리들을 수평으로 단단히 묶는 수평연결재 작업을 시작했다.

"아, 1층 층고가 너무 높네요. 품이 장난 아니게 들어가겠습니다."

함소장은 1층 층고가 5.4m로 높아 수평연결재를 2단으로 설치해야 한다며, 일반 상가주택보다 품이 갑절 이상 들어간다면서 인상을 찌푸렸다.

오후 2시경 철근반장이 철근 작업자들에게 보 철근배근을 오늘 중으로 끝내야 한다면서 재촉하는 모습을 처음 목격했다. 철근을 어깨에 둘러매고 옮긴 다음, 철근을 재단하고, 스트럽을 끼우는 작업이 힘에 겨웠는지, 철근 작업자들의 얼굴은 어느새 굵은 땀방울로 범벅이 되었고, 작업복의 등과 겨드랑이는 땀으로 흥건했다. 2층 바닥의 체감온도는 오늘 아침 기상예보인 31도를 훨씬 넘어서고 있음이 분명했다.

오후 3시경 설비팀이 들어와 2층 화장실과 다용도실 바닥에 설비 배관 작업을 시작했다. 상가주택에서 설비배관은 일반적으로 옹벽을 타고 올라가는데 그 이유는 작업의 편리성도 있지만, 설비피트[50]를 없애서 공간을 넓게 확보하려는데 있다. 함소장은 설비피트가 반드시 있어야 한다며 박사장에게 지시했다. 거의 반말 투였다.

"박사장, 2층 화장실에 설비피트를 반드시 만들어야 해."

"아 참, 상가주택에서 설비피트는 공간만 줄어들게 하는데, 굳이 만들라고 고집하네."

박사장은 불만스러운 듯 혼자말로 중얼거렸다. 담유는 일반 건축공사에서 설비피트 만드는 것을 당연하다고 생각해서, 박사장을 타일렀다.

"박사장님, 함소장이 하자는 데로 합시다."

그러나 박사장은 여전히 함소장의 일방적인 지시가 마음에 들지 않은지 짜증스러워했다. 박사장은 할 수 없다는 듯, 화장실 모퉁이에 설비피트를 만드는 것으로 가정하고 오배수 배관을 피트로 몰아서 배관하기 시작했다.

설비배관은 플라스틱 재질의 VG1 또는 VG2관을 사용한다. 이 관들은 매우 견고해서 충격에 강하고 쉽게 구부러지지 않기 때문에, 설비배관은 바닥철근 중 하부근을 배근한 다음 상부근을 배근하기 바로 전에 설치해야 편하게 작업할 수 있다. 만약 상부근을 배근했다면 상부근 아래에 설비배관을 끼워 넣어야 하기 때문에 작업은 몇 갑절 어렵게 된다. 따라서 설비팀은 항상 철근팀의 작업 상황을 예의주시한다. 철근팀이 설비팀의 작업을 기다려주지 않기 때문이다. 만약 철근팀이 하부근 설치를 완료했는데 즉시 설비팀이 배관 작업을 하지 않는다면, 철근팀은 기다려 주지 않고 상부근 배근 작업을 마무리한다. 어떻게 보면 참으로 냉정하고 야박하게 보이지만 철근 작업도 인건비와의 싸움이기 때문에 어쩔 수 없다고 했다.

오후 4시경 전기팀이 현장에 도착했다. 전기팀은 늘 여유롭게 작업한다. 전기배관은 호스형태로 잘 구부러지기 때문에 작업이 용이하고 작업속도 또한 빠

---

50) 설비배관 파이프들을 모아 놓은 옹벽으로 만들어진 작은 공간

르다. 다만 전기배관은 각 방마다 전등, 전기스위치, 전기콘센트, 인터넷 통신, 인터폰, CCTV, 온도조절기, 배전반 등 설치해야 할 장소가 설비배관보다 많다. 전기 신사장은 전기공사만 35년 이상 해온다고 했다. 도면을 보지 않고도 거침 없이 전기배선 작업을 진행하기에, 담유는 신사장에게 농담을 걸었다.

"신사장님에겐 전기도면이 필요 없나 봐요?"

"전기는 다 똑같아요. 탁 보면 어디에 뭐를 설치할지 안보고도 다 압니다."

신사장은 마음씨 좋은 이웃집 아저씨처럼 껄껄거리기만 했다. 신사장은 얼마 전부터 자신의 아들인 신오석에게 전기공사 기술을 전수하고 있다고 했다. 아들은 아빠보다 힘이 넘치고 우직했으나, 기술이나 기능 측면에서는 아버지인 신사장을 따라가기에는 아직 역부족이었다.

설비 박사장도 자신의 아들에게 설비공사 기술을 전수하고 있었다. 어느 날 설비 박사장의 핸드폰 화면에 아들의 사진이 올라있는 것이 보였다. 박사장이 아들을 얼마나 아끼고 사랑하는지 한 눈에 알아챌 수 있었다. 다만 아들은 신세대라서 아버지처럼 밤과 낮, 휴일을 가리지 않고 작업하지 않는다고 했다. 주말마다 축구동호회에 나가고, 평일에도 작업하다 말고 오후 5시면 친구 만나러 간다. 현장에서 일하는 젊은이들을 보며, 이제 우리나라 건설현장도 밤과 낮, 휴일도 없이 일해 온 건설관행에서 벗어나야 할 때임을 절실하게 느끼고 있다.

요즘 주변을 둘러보면 부모의 직업을 자식들에게 물려주는 모습이 부쩍 늘어나고 있다. 예전에는 부모들이 자신의 일을 업보로 여기면서 자식에게 물려주지 않으려 했다. 그리고 자식들도 부모들의 길을 가지 않겠다며 다른 길을 선택했다. 그런데 시대가 바뀌었는지, 아니면 건설업도 선진국 형태로 변해 가는 것인지, 건설전문직종에서 오랫동안 경험을 쌓아온 부모들이 자식들에게 물려주는 사례들이 적지 않다. 부모의 평생 직업을 자식이 물려받는 것은 참으로 아름답고 바람직해 보인다.

2016년 5월 19일

이른 아침부터 목수팀은 1층 동바리 수평연결재 작업을 계속했다. 철근팀은 어제 마무리하지 못한 2층 바닥 상부근 배근 작업과 계단 철근배근 작업을 시작했다. 오후 2시경 철근팀이 2층 바닥 상부근 배근을 마무리한 다음, 목수반장이 2층 바닥에 놓은 먹을 따라 바닥에서 약 50㎝ 정도 높이로 사시깽이를 세우기 시작했다. 전기팀은 사시깽이 철근에 전기/인터넷/통신콘센트와 전기스위치용 배관들을 붙인 다음 결속선으로 단단히 묶었다.

오후 4시가 지나서야 철근 작업이 완료되었다. 전기팀은 사시깽이에 전기배관을 묶는 작업을 계속하고 있었다. U건설 함소장은 담유에게 2층 바닥 철근 작업이 완료되었는데 정확하게 배근되었는지 확인해 보자고 했다. 담유와 함께 2층 바닥으로 올라가 철근배근 간격을 일일이 줄자로 재보며 확인한 뒤 사진을 찍었다. 1층 골조 작업을 시작한 지 16일 만에 레미콘 타설하기 전 모든 준비 작업이 끝났다.

갈매천 물을
길어다가 뿌리다

드디어 1층 골조 레미콘을 타설하는 날이다. 1층 층고가 높아 레미콘을 타설할 때 거푸집에 이상이 생겨 콘크리트가 새어 나오거나 거푸집 전체가 무너지면 작업자들이 큰 사고를 당할 수 있다. 담유는 지난밤 내내 레미콘 타설 중 사고가 발생하면 어쩌나 하는 망상으로 깊은 잠을 자지 못해 눈은 푸석해지고 온몸이 찌릿거렸다.

현장에 도착해 보니 레미콘 타설을 위한 펌프카가 이미 도착해 있었다. 오늘 레미콘 타설은 매우 위험한 작업이기 때문에 철근반장이 직접 자바라[51]를 잡는다고 했다. 철근반장은 고무장화를 신은 채 펌프카의 자바라에 콘크리트 진동기를 묶어 2층 바닥으로 올려놓았다. 오늘 펌프카 운전은 펌프카업체 전사장이 직접 맡기로 했다며 철근반장과는 친하다고 했다.

오전 8시 레미콘 타설 준비를 마친 전사장이 사무실에 들러, 레미콘 차가 도착하기 전까지 담유와 이러저런 얘기를 나누었다. 커피를 마시던 전사장은 자기 아들이 자폐아인데 자폐증을 고치기 위해 백방으로 노력했던 얘기를 들려주었다. 담유는 전사장이 40대 중반쯤으로 머리를 노랗게 물들이고 있어 혹시 건달은 아닌지 의심하고 있었다. 그런데 그의 말을 듣다보니 너무나 가정에 충실하고 자식을 끔찍하게 사랑하는 모범적인 가장이었다.

우리는 흔히 건설현장이 험하고 고된 노동의 연속이기 때문에 그곳에서 일하는 사람들을 얕보는 경향이 없지 않다. 어떤 이는 현장사람들을 사회경쟁에

---

51) 펌프카의 끝에 매달려 있는 레미콘 타설용 고무관

서 밀려나거나, 좋지 않은 일에 연루되어 사고를 치고 숨어 다니는 사람들 쯤으로 업신여기기도 한다. 그런데 담유는 젊은 시절 현장경험에서부터 최근 2개월 동안 겪어본 현장사람들 대부분이 너무도 순박하고 착하며 성실한 사람들임을 새삼 느끼고 있었다. 이런 순수한 심성을 가진 사람들을 어떻게 일방적으로 업신여기며 하대할 수 있단 말인가?

전사장은 커피를 다 마시고 일어서며 조언해 주었다.

"오늘 같은 날에는 레미콘을 타설한 후 2~3시간이 지나면 2층 바닥슬라브 위에 물을 흥건히 뿌려주어야 크랙(crack)이 가지 않습니다."

특히 봄·가을에는 날씨가 건조해서 콘크리트에 크랙이 많이 발생하니 양생[52]에 주의해야 한다는 것이었다. 전사장의 오랜 경험에서 우러나오는 진지한 충고임을 그의 순수한 눈빛에서 읽을 수 있었다.

오전 8시 반경 철근반장은 레미콘 타설 준비를 모두 마쳤다며 담유에게 레미콘 차를 보내달라고 했다. 담유는 즉시 청우레미콘에 전화를 걸어 레미콘 차를 보내라고 했다. 레미콘 회사 배차담당자가 오늘은 타설 물량이 많아 레미콘이 원활하게 공급되지 않을 수 있다며 미리 양해를 구했다. 그래서 담유는 철근반장과 전사장에게 오늘 물량이 많아 레미콘 차가 제시간에 도착 못할 수 있다고 전달했다.

"오늘 내에는 다 치겠죠."

별일 아니라는 듯 웃어넘겼다. 다만 오늘 날씨가 무더우니 레미콘 타설을 완료하고 두어 시간 지난 다음 반드시 슬라브 위에 물을 흥건히 뿌려주어야 한다는 말을 거듭 강조했다.

담유가 레미콘 차를 보내달라고 한지 30여 분 후 첫 차가 현장에 도착했고 곧바로 레미콘 타설이 시작되었다. 레미콘 타설에서 가장 중요한 것은 콘크리트가 어느 한쪽으로 집중되지 않도록 바닥 전체를 돌아가며 콘크리트를 골고루 부어넣어야 하고, 부어넣은 콘크리트에 진동기를 넣어 콘크리트가 밀실하게

---

52) 콘크리트 타설 후 그 경화 작용을 충분히 발휘하도록 콘크리트를 보호하는 작업. 즉, 일광·풍우 등에 대하여 콘크리트의 노출면을 보호하는 것, 충격이나 과대한 하중을 주지 않도록 보호하는 것, 충분한 습도나 온도를 주는 것 등이다.

채워지도록 하는 것이다. 철근반장은 펌프카 자바라를 두 손으로 붙잡은 채, 펌프카 전사장에게 리모콘으로 자바라 위치를 이동시키라고 지시하면서 숙련되고 노련한 솜씨로 콘크리트를 부어넣었다. 철근반장이 콘크리트를 부어넣으면 철근 작업자 2명이 옆에서 기다리다가 콘크리트가 부어진 곳에 진동기[53]를 깊숙이 집어넣고 스위치를 켰다. 콘크리트는 곧바로 소용돌이치며 거푸집 안쪽으로 빨려 들어갔다.

레미콘 차 4대까지는 순조롭게 현장에 도착했다. 그 다음은 1시간이 지나도록 도착하지 않았다. 담유가 레미콘 배차담당자에게 전화해서 재촉했다.

"콘크리트가 굳습니다. 레미콘 빨리 보내 주세요."

"오늘은 물량이 너무 많아 어쩔 수 없습니다."

배차담당자는 레미콘 출하가 밀렸다며 미안해했다. 레미콘 차가 지연된다는 말을 전해 들은 철근반장은 걱정되는 모양이었다.

"큰일이네. 오늘 엄청 더운데. 콘크리트를 치고 1시간 이상 지나면 굳기 시작하는데."

콘크리트가 경화되기 시작하면 콘크리트 이음면[54]이 생긴다는 것이었다. 오전 10시를 지나면서 다시 레미콘 차 3대, 11시 반부터 4대가 연속적으로 도착했다. 12시 이전에 총 12대 분량의 레미콘을 타설했다. 이제 1층 옹벽과 기둥, 계단에는 콘크리트가 모두 채워졌고, 2층 바닥도 거의 70% 정도가 채워졌다.

"아직 많이 남았나요?"

담유는 철근반장에게 남은 물량이 얼마인지 물어보았다. 철근반장은 2층 바닥을 둘러보더니 눈짐작으로,

"2대 정도는 더 와야 할 것 같네요."

담유는 레미콘 배차담당자에게 2대를 더 보내달라고 했다. 12시 30분 레미콘 차 2대가 동시에 현장에 도착해서 마지막 레미콘 타설을 시작했다. 레미콘 마지막 타설 작업은 철근반장이 레미콘을 부어넣으면 옆에서 대기하던 철근공

---

53) 콘크리트를 거푸집 안에 치밀하고 균질하게 촉진하기 위하여 진동을 주어 다지는 기계
54) 콘크리트 타설 중 휴식으로 응결이 시작되는 면

1명이 콘크리트 밀대로 콘크리트를 골고루 펼쳐 놓았고, 다른 1명은 따라가면서 길고 커다란 밀대로 콘크리트면을 평평하게 마무리(시야기)했다. 오후 1시경 1층 골조 레미콘 타설이 마침내 완료되었다.

담유는 1층 골조 레미콘 타설이 이번 공사에서 가장 위험한 순간이라고 오래전부터 예상했었다. 그래서 비계위에 올라가 레미콘 타설 전체 과정을 지켜보며 긴장의 끈을 놓지 않았다. 무사히 완료된 것을 확인하고 나니 온몸에 기운이 다 빠져나가며 맥이 풀렸다. 목수반장과 목수 2명도 레미콘이 타설되는 동안 1층의 벽과 기둥 거푸집 상태를 확인하며 혹시라도 모를 거푸집이 터지는 사고에 대비했었다. 담유는 레미콘 타설이 완료된 다음 사무실에 모인 철근반장, 펌프카 전사장, 목수반장에게 감사인사를 건넸다.

"오늘 수고 많으셨습니다."

"교수님도 수고했습니다."

모두 아무 일도 아니라는 듯 얼굴에 미소가 번졌다.

오후 1시 반 철근팀이 온몸에 묻은 콘크리트 찌꺼기를 씻어내고, 전사장도 펌프카에 남아 있던 콘크리트를 마지막 레미콘 차에 버린 다음, 늦은 점심식사를 위해 현장을 떠났다. 모두들 돌아간 뒤에도 남아 있던 목수반장이 담유에게 먼저 들어가라고 했다.

"오늘 수고하셨으니 일찍 들어가시죠. 저는 남아서 2층 골조 도면을 검토할까 합니다."

"반장님도 수고 많으셨는데 오늘은 일찍 들어가서 쉬시죠."

"이 나이에 숙소에 들어가도 할일이 없어요."

담유에게 계속 들어가라고 종용했다.

"그럼, 서너 시쯤에 2층 바닥에 물을 뿌려주시겠습니까?"

"네. 제가 뿌려줄 테니 걱정하지 마시고 집에 들어가서 쉬세요."

목수반장에게 물을 뿌려달라고 부탁한 다음 사무실을 나서려고 하는데 U건설 함소장이 사무실로 들어왔다.

"소장님도 오늘 수고 많으셨습니다."

"제가 평내현장 잠깐 다녀오는 사이에 레미콘 타설이 완료되었네요. 제가 오후에 남아서 양생하겠습니다."

함소장이 미안하다며, 물을 뿌려주겠다고 했다.

"목수반장님이 물을 뿌려주신다고 했으니, 소장님은 집에 들어가셔도 됩니다."

"반장님도 들어가세요. 제가 옆 U플라자 사무실에서 할 일이 있으니 제가 물을 뿌릴게요."

함소장이 굳이 자기가 하겠다며, 목수반장에게도 숙소로 돌아가 쉬라고 강요하다시피 했다. 결국 담유와 목수반장은 레미콘 타설 때문에 점심식사를 걸렀던 터라, 함소장에게 물 뿌리는 것을 맡기고 현장사무실을 나섰다.

오후 4시경 집에서 쉬고 있던 담유가 함소장에게 전화해서 물을 뿌렸는지 확인했다. 함소장은 현장에 수돗물이 나오지 않아 물을 뿌리지 못하고 귀가했다며 태연하게 말했다. 담유가 깜짝 놀라 함소장에게 물어보았다.

"왜 물이 나오지 않는지 LH에 알아보셨나요?"

"LH에서 마침 수도관 설치공사를 하는 바람에 수도밸브를 모두 잠갔다고 합니다. 저도 어쩔 수 없네요."

"그러면 다른 방법을 찾아서라도 물을 뿌려주어야 하지 않습니까? 오늘 기온이 34도까지 올라갔는데 1층 골조 콘크리트에 크랙이라도 가면 큰일 아닙니까?"

"그럼 저더러 어떻게 하라는 겁니까? 물이 안 나오는데 무슨 수로 물을 뿌립니까?"

함소장은 도리어 짜증을 냈다. 담유는 전화를 끊고 현장으로 급하게 차를 몰았다.

현장에 도착해서 수돗물을 확인해 보니 물이 나오지 않았다. LH에 전화해서 물어보았다.

"오늘 수도배관 공사 중이라 수도밸브를 잠갔습니다."

'그러면 어떻게 해야 하나?'

담유는 갑자기 현장 옆을 흐르는 갈매천이 생각났다. 그래서 갈매천에 물이 흐르고 있는지 살펴보았다. 실개천처럼 물이 조금씩 흐르고 있었다. 담유는 혹시 물을 담을 양동이가 있을지 U플라자 현장 주변을 두리번거리며 살펴보았다. 방수액을 담는 하얀색 플라스틱 통이 버려져 나뒹구는 것이 눈에 들어왔다. 얼른 달려가 플라스틱 통을 집어 들고 갈매천변으로 다가갔다. 그런데 갈매천은 갈매택지지구보다 약 10여 미터 아래에 있었고, 갈매천변을 따라 커다란 돌들로 석축을 쌓아 놓아 갈매천으로 내려가기가 쉽지 않았다.

담유는 지금 이 순간 갈매천 이외에는 물이 없기 때문에 무조건 갈매천으로 가야한다는 일념에 석축을 내려가기 시작했다. 아직 공사 중인 석축은 흙들이 군데군데 쌓여 있어 미끄러웠다. 석축을 반쯤 내려 왔을 즈음, 담유의 오른발이 석축 위에 쌓인 흙에 미끄러지면서, 2~3m 석축 아래로 떨어지고 말았다. 담유는 엉덩이로 떨어지며 엉덩이, 무릎과 팔꿈치에 심한 통증을 느꼈다. 악을 쓰며 일어나 갈매천까지 뒤뚱거리며 다가가서, 플라스틱 통에 간신히 물을 담고는 석축위로 기어 올라왔다.

담유는 온몸으로 통증이 퍼져 나갔으나, 비계사다리로 2층 바닥까지 올라가 갈매천에서 담아온 물을 뿌렸다. 그런데 물의 양이 워낙 적어 물 뿌린 흔적조차 없이 금세 사라지고 말았다. 이제 다시 갈매천으로 돌아가 물을 길어오려고 하니 갑자기 눈앞이 깜깜해졌다. 결국 갈매천에서 물을 길어다 뿌리는 것을 포기하고, LH가 수도공사를 마치고 수도밸브를 열어줄 때까지 기다리기로 했다.

오후 5시경 LH로부터 전화가 왔다.

"수도공사가 끝났습니다. 수도밸브를 열었으니 확인해 보시죠."

담유는 현장 옆에 설치된 임시 수도밸브를 열어보았다. 흙탕물로 변한 수돗물이 꽐꽐 쏟아졌다. 담유는 곧바로 수도밸브에 호스를 연결한 다음 2층 바닥으로 올라가 2층 바닥 구석구석까지 물이 홍건하게 넘치도록 뿌려주었다. 아직 해가 지지 않아 주변은 한낮 더위에 달아오른 열기로 가득했지만, 물로 홍건한 2층 바닥을 바라보니 너무나 뿌듯하고 행복했다.

'내가 살 집이니 이렇게 악착같이 물을 뿌려주지. 남의 집 지어주면 이렇게 할 수 있을까?'

담유는 혼자 중얼거리면서도, U건설 함소장의 무책임한 말이 떠올라 화가 치밀어 오르기 시작했다.

저녁 늦게 담유는 U건설 백사장에게 전화했다.

"오늘 함소장이 레미콘 타설할 때 현장에 오지 않았습니다. 나중에 와서는 물을 뿌려준다고 약속해놓고 지키지 않았어요."

담유는 오늘 레미콘 타설과 양생과정에 대해 상세하게 말해주었다. 백사장은 함소장을 당장 해고시키겠다면서 담유보다 더욱 화를 내었다.

"그러지 마시고, 함소장을 잘 달래서 다른 현장에 활용해 보시죠. 다만 내일부터 함소장이 우리 현장에 나오지 않도록 해주세요."

담유는 단호하게 말하고 전화를 끊었다.

2층 바닥에 물을 뿌리고 어둠이 깃들 때까지 현장에 머물다가 집으로 돌아왔다. 담유의 상처투성이인 초췌한 모습에 미키는 거의 넋이 나간 듯 깜짝 놀랐다. 미키는 서둘러 담유의 무릎과 팔꿈치의 상처에 약을 발라주고는 자초지종을 물었다. 담유는 너무 피곤하다며 내일 얘기해 주겠다고 말한 뒤 방으로 들어가 그대로 쓰러져 잠에 빠져들었다.

오늘은 참으로 길고 긴 하루였으나, 오늘 발생했던 사건들로 많은 것을 실감하고 느꼈다.

첫째, 위험관리에서 예상했던 위험요인들은 차분히 대비하기 때문에 위기상황으로 발전하는 경우가 매우 드물지만, 예상하지 못했던 위험요인들에는 아무런 대비도 하지 않았기 때문에 엄청난 위기상황에 빠진다는 사실을 실감했다.

둘째, 위험관리에서 예상되는 위험요인들을 철저히 관리하는 것도 중요하지만, 예상하지 않았던 위험요인으로 인해 위기상황이 발생했을 경우에도 신속하게 대응할 수 있는 위기관리능력을 갖추어야 한다는 사실도 절감했다.

마침내 1층 골조 작업이 완료되었다. 일반 상가주택보다 층고가 2m 이상 높아 많이 지연되었다고 생각했는데 계획보다 2일밖에 지연되지 않았다. 기초매트공사에서 생겼던 여유 2일로 지연 2일을 상쇄했다. 이제 계획과 실적이 똑같아졌다. 공정관리계획은 일단 그대로 유지하기로 했다.

목수들이 이상하다

2016년 5월 21일

담유는 잠자리에서 쉽게 일어날 수 없었다. 엉덩이에서 허리를 타고 등 쪽으로 올라오는 통증 때문이었다. 그래도 어제 타설한 콘크리트가 제대로 양생되었는지 확인해야겠다는 생각에 억지로 몸을 일으켜 세워 아침식사를 대충 때운 다음, 현장으로 급히 향했다.

목수반장은 이미 2층 바닥에 먹놓을 준비를 하고 있었다. 담유는 어제 있었던 해프닝은 접어두고, 목수반장에게 가볍게 말을 건넸다.

"콘크리트 양생은 잘 되었나요? 혹시 크랙이 많이 가지 않았습니까?"

"어제 물을 충분히 뿌려주어서 그런지 양생이 아주 잘 되었습니다."

목수반장은 함소장이 수고했다는 말을 했다. 담유는 아무런 대꾸도 하지 않고 서둘러 2층 바닥으로 올라갔다. 2층 바닥은 어제 뿌려준 물이 콘크리트에 잘 스며들어 가느다란 실크랙만 간간히 보일 뿐 콘크리트 면은 이미 단단하게 굳어져 있었다. 어제 상처로 범벅된 수고 덕분에 1층 골조가 제대로 양생되는 것 같아 담유의 마음은 한층 가벼워졌지만, 이제부터 함소장 없이 홀로 현장을 관리해야 한다는 생각에 불안감이 엄습했다.

'그래. 어차피 내가 책임져야 하는 건데 뭐. 무소뿔처럼 혼자 가는 거야.'

담유는 스스로 위로하면서 비계를 내려왔다.

목수반장은 오전 내내 2층 벽과 문틀 위치에 먹을 놓았고, 다른 목수 2명은 1층 계단 옹벽거푸집을 떼어 내고 있었다.

"어제 레미콘을 타설했는데, 하루도 지나지 않아 옹벽거푸집을 떼어도 괜찮나요?"

담유가 목수반장에게 아직 콘크리트가 굳지 않았는데 거푸집을 너무 빨리 탈형[55]하는 게 아닌지 의구심 가득한 말투로 물어보았다.

"요즘 날씨가 좋아 하루면 콘크리트가 굳습니다. 그리고 너무 굳으면 옹벽거푸집을 떼어 내기가 힘들어집니다. 그래서 옹벽거푸집은 레미콘 타설한 다음 날 떼어 내지요. 걱정하지 마세요."

목수반장은 웃으면서 먹놓는 일에만 열중하였다. 이론적으로 거푸집 존치기간[56]은 벽이나 보 옆 거푸집의 경우 보통 3~4일, 보 밑과 바닥은 6~7일 정도이다. 그러나 현장에서는 이러한 규정을 거의 지키지 않고 경험에 의존하는 경우가 많다. 현장은 이론과 다르다는 말을 흔히 한다. 그러나 이론은 현장측정치와 경험에서 정리된 것이므로 이론을 무시하는 것도 옳지 않다. 다만 이론은 현장의 오차를 감안해서 어느 정도 여유를 갖고 있으므로, 현장 작업자들이 이론적 여유의 한계치를 넘어서지 않도록 관리해야 한다. 담유는 벽체의 경우 내부 철근들이 대부분의 자중[57]을 감당하고, 콘크리트는 아직 상부하중[58]을 받지 않으므로 콘크리트가 경화되어 제 모양을 유지할 수 있다면 거푸집을 떼어도 괜찮겠다는 생각에 그대로 넘어가기로 했다.

2016년 5월 22일

일요일인데 목수들이 출근했다. 목수 2명은 거푸집해체 작업을 계속하였고, 목수반장을 포함한 목수 3명은 2층 골조 외벽거푸집(일명 '야기리'라고 함)을 만들기 시작했다. 현장 옆 공지에서 유로폼을 연결한 다음 강관파이프로 단단하게 묶어 외벽거푸집을 조립했는데, 2층 골조 외벽을 일정구간으로 나누어 여러 조각으로 제작하였다. 목수반장이 도면을 보고 목수들에게 외벽거푸집 조각들의 치수를 알려 주면, 목수들은 그에 맞는 유로폼들을 조합했다. 하루 종일 2층 골조 외벽거푸집에 사용되는 전체 조각 중 약 50% 정도 조립했다.

---

55) 거푸집을 떼어 내는 것
56) 콘크리트 타설부터 거푸집을 해체하기까지의 기간
57) 자체 무게
58) 위로부터 아래로 전달되는 무게

거푸집 해체 작업으로 1층 내부에는 거푸집과 합판 동바리들이 수북이 쌓여 있고, 현장 외부에도 거푸집이외 각종 각재들이 어지럽게 널려 있었다. 목수반장은 현장을 정리해야 한다며 직영인부 2명을 불러달라고 했다.

"직영은 제가 비용을 지불해야 하나요?"

담유는 비용처리가 궁금했다.

"원래는 골조공사를 맡은 U건설에서 비용을 지불해야 하는데, 저가로 수주했다며 현장정리를 하지 않네요."

목수반장은 잠시 머뭇거리며 말했다. 담유는 알았다면서 내일 직영인부 2명을 불러 현장정리를 시키고, 비용은 직접 지불하겠다고 했다.

사실 현장에서 가장 신경 쓰이는 부분이 건축주와 업체들 간의 갈등이다. 왜냐하면 현장에서 발생하는 대부분의 문제들이 갈등에서 비롯되기 때문이다. 따라서 갈등을 최소화시키는 것이 중요한데, 갈등을 최소화시키려면 누군가가 양보해야 한다. 담유는 U건설이 골조공사를 저가로 수주했다고 하니, 괜한 일로 얼굴 붉히고 싶지 않았다.

2016년 5월 27일

아침부터 푹푹 쪘다. 아직 한여름이 되려면 2개월이나 남았는데 한낮 기온이 35도까지 올라간다고 했다. 날씨가 더워서인지 목수 4명만이 출근해서 작업하고 있었다. 목수 2명은 거푸집과 동바리 해체 작업을 3일째 계속하였다. 목수반장은 다른 목수 1명과 외부거푸집을 조립하면서, 오늘 출근한 직영인부 2명에게 현장 주변에 널린 거푸집과 각재, 그리고 각종 작업쓰레기들을 정리하라고 지시했다.

"오늘은 목수들이 많이 나오지 않았네요?"

목수반장은 목수 2명이 개인일 때문에 안산으로 돌아갔다는 것이었다. 아니 무슨 소린가? 개인사 때문에 하던 일을 중단하고 돌아가다니, 뭔가 이상했다.

"그럼 현장에 다시 돌아오지 않는다는 건가요?"

목수반장은 난감해하며 고개를 끄떡였다. 통상적으로 상가주택 골조는 2층부터는 1주일에 1층씩 올라간다. 그런데 2층 골조 작업이 이미 3일이나 경과했는데 2층 바닥에 먹만 놓았지 설치작업은 진행되지 않고 있었다. 담유는 목수 반장에게 조심스럽게 물어보았다.

"무슨 일이 있나요?"

목수반장은 목수 이사장에게 물어보라며 말끝을 흐렸다. 담유는 사무실로 들어와 이사장에게 전화를 걸었다.

"오늘 목수들이 4명밖에 나오지 않았네요. 어떻게 된 건가요?"

"목수들이 말을 잘 안 듣네요. 내일부터 다른 목수들을 올려 보내겠습니다."

이사장은 머뭇거리더니 걱정하지 말라고 했다. 뭔가 이상이 생긴 것 같았다. 분명 개인 문제는 아닌 것 같았다. 그래서 담유는 U건설 백사장에게 전화를 걸어보았다.

"목수들이 4명밖에 나오지 않았는데 이유를 알고 계신가요?"

"4명밖에 나오지 않았다고요?"

백사장은 전혀 뜻밖이라는 듯 깜짝 놀랐다.

"아니, 이사장 이XX 정신 나간 거 아니야? 제가 알아보고 연락드리겠습니다."

잠시 후 백사장으로부터 전화가 왔다.

"제가 알아보니, 함소장이 목수 이사장과 친분이 있어 계약했는데, 함소장이 현장을 더 이상 맡지 않으니 이사장이 저러는 거 같습니다. 제가 알아서 할 테니 걱정 마십시오."

'그렇군. 함소장과 이사장이 동갑내기이고 일을 같이 많이 해보았다면서 친분을 과시하더니, 함소장이 손을 놓으니까 이사장도 손을 놓겠다는 뜻이군.'

담유는 지금 벌어지고 있는 상황이 이해되었다. 담유는 골조업체들이 공사 도중에 문제를 많이 일으킨다는 말을 수없이 들었던 터라, 혹시 모를 문제에 대비하기 위해 담유와 친분이 두터우며 인력사무실을 운영하는 강진일 사장과 계속 연락을 취하고 있었다. 담유는 강사장에게 전화를 걸어 현재 상황을 설명해 주었다.

"교수님, 그럴 줄 알았습니다. 현장 주변에도 목수들이 많은데 굳이 안산업체를 데려올 때부터 뭔가 이상하다고 생각했습니다. 그런데 걱정하지 마십시오. 이사장이 중간에 그만 둔다면 제가 데리고 있는 목수들을 동원하겠습니다."

강사장은 담유를 안심시키면서 말을 덧붙였다.

"U건설 백사장이 저가로 수주했기 때문에 이사장에게도 저가로 하도급주면서, 함소장에게 건축주한테 많이 빼먹으라고 시켰을 겁니다. 근데 교수님이 만만치 않으니 더 이상 손해보기 전에 빠지려는 거지요. 이 동네가 다 그렇습니다."

강사장은 언제라도 목수들이 필요하면 전화해달라고 했다. 오후 4시경 거푸집 해체 작업과 외부거푸집 조립 작업이 거의 마무리되었다. 그런데 현장정리는 아직 절반 정도 남아 있었다. 목수반장에게 직영을 어떻게 할지 물어보았다.

"직영인부를 하루 더 오라고 할까요?"

"그래야 될 것 같습니다."

목수반장이 고개를 끄떡였다. 담유는 인력사무실 사장에게 전화해서 오늘 보내준 직영인력들을 내일 다시 보내달라고 했다. 인력사무실 사장은 내일 비가 온다는데 작업할 수 있을지 모르겠다고 했다. 담유는 내일 아침에 비가 오면 내일모레 보내달라고 했다.

못에
발바닥이 찔리다

2016년 5월 24일

새벽부터 낮 12시까지 계속 비가 내렸다. 현장 작업은 없었지만, 담유는 현장사무실에 나와 하루 종일 골조공사 이후에 들어 올 공종들의 업체와 전화로 연락하면서 공사범위와 내용들에 대해 논의하였다. 아직 골조공사가 많이 남았기 때문에 골조공사 이후 들어 올 업체들을 선정하기에는 이른 시점이다. 하지만 미리미리 시간적 여유를 갖고 여러 업체들과 상담하며 견적을 받아 계약을 준비해야 한다. 그래야 업체들이 적절한 시점에 적절한 인원을 현장에 투입할 수 있을 것이다.

저녁 5시 귀가하기 전 현장내부 거푸집 해체상황을 둘러보려고 1층 계단실 안으로 들어갔다. 계단실 내부는 해체된 거푸집과 각목들이 산더미처럼 쌓여 있었다. 그래서 조심조심 1층 엘리베이터 앞쪽으로 각목을 밟고 건너가는데, 쌓인 각목들이 밀리면서 발바닥에 심한 통증을 느꼈다. 얼른 발을 빼고 각목을 살펴보니, 각목 위로 뛰어나온 대못에 핏자국이 선명했다. 급하게 운동화와 양말을 벗어 발바닥을 살펴보았다. 발바닥 중앙에 대못 자국이 생겼고, 그곳에서 피가 흘러나오고 있었다. 상처를 벗은 양말로 단단히 눌러 지혈시킨 다음, 엉거주춤한 자세로 1층 계단실을 빠져나와 차를 타고 집으로 돌아왔다.

담유의 발바닥을 살펴본 미끼의 눈이 휘둥그레졌다.

"미쳤군. 빨리 병원으로 갑시다."

미키는 당장 병원에서 꿰매야 한다면서 집 근처 O정형외과로 뛰다시피 서둘러 갔다. 다행히 늦은 저녁시간이라 병원에는 환자들이 별로 많지 않아 곧바로 진찰을 받을 수 있었다. 의사가 못에 찔린 부위를 살펴보았다.

"꿰맬 정도는 아니네요. 상처부위를 소독하고, 파상풍예방주사를 맞으면 됩니다."

의사는 침착하게 괜찮다고 하면서, 항생제를 처방해 주었다. 집에 돌아오며 미키는 담유에게 앞으로 운동화 신고 현장에 절대 가지 말라고 했다.

"신발장에 등산화가 있는데, 그거 왜 안 신어. 제발 말 좀 들어요."

2016년 5월 25일

오전 8시 목수 4명이 크레인으로 2층 골조 외부거푸집인 야기리를 인양시키고 있었다. 야기리가 크레인에 매달려 시스템비계를 넘어 2층 골조 외벽 위치로 넘어가는 모습은 그야말로 장관이었다. 다행히 바람이 불지 않았고, 하늘은 씻은 듯 청명했다. 만약 크레인에 매달린 야기리가 흔들리거나, 자칫 시스템비계에 걸리기라도 하면, 야기리가 손상되고 시스템비계가 파손되어, 작업하던 목수들이 큰 사고를 당할 수도 있다. 그래서 담유는 목수반장에게 여러 차례 안전하게 작업해 달라고 신신당부했다.

"오늘은 바람이 없는 좋은 날씨고, 목수들이 야기리 인양에 이골이 난 사람들이니 걱정하지 마세요."

목수반장은 담유를 애처로운 듯 바라보며 헛웃음을 지었다.

오전 8시 20분경 함소장으로부터 소장업무를 인계받은 U건설 채차장이,

〈금일 작업 내용, 2층 외부형틀설치 및 1층 형틀해체 자재정리〉

라는 문자를 보내왔다.

〈고맙습니다.〉

담유는 곧바로 답변문자를 보냈다. 9시경 채차장이 U플라자 현장 단도리[59]를 마치고 SMJ House 현장으로 건너왔다. 채차장에게 어제 엘리베이터 출입구 높이를 재기 위해 내부로 들어갔다가 통로에 쌓인 각목 위로 돌출된 못에 발바닥을 찔렸다고 얘기해 주었다. 채차장은 깜짝 놀라면서 파상풍 주사를 맞았는지 물어보았다. 어제 병원에서 파상풍 주사를 맞았다고 했더니, 채차장이

---

59) 준비 작업을 뜻하는 일본식 현장용어

골조 작업 중에는 반드시 안전화를 신어야 한다며 신신당부했다.

잠시 후 목수반장이 현장사무실로 들어왔다.

"엘리베이터 출입구 높이를 아무도 체크해 주지 않아, 현대엘리베이터 시공도면을 보고 2,500㎜ 이상 출입구를 만들어 놓았는데, 오도리바[60] 위에 구멍이 생겼네요."

담유와 채차장이 얼른 현대엘리베이터 시공도면을 확인해 보았다. 건축도면에는 1층 오도리바까지 높이가 2,278㎜인데 반해, 현대엘리베이터 시공도면에는 엘리베이터 높이가 2,450㎜으로 건축도면과 차이가 났다.

"제가 직접 확인해 보겠습니다."

채차장은 현장을 확인하고 사무실로 돌아왔다.

"출입구가 2,500㎜이고, 폭 30㎜ 정도 여유가 있습니다. 엘리베이터 설치에는 문제가 없을 것 같네요. 그런데 엘리베이터 출입문 위에 층수 표시 LED를 설치할 수 없을 것 같습니다."

담유는 엘리베이터 도면에 실측을 하겠다고 명기되어 있다며, 현대엘리베이터 강북설치팀이 실측했는지 우의식 부장에게 물어보겠다고 했다. 담유는 우부장에게 전화했다.

"엘리베이터 출입구 높이가 2,300㎜밖에 나오지 않네요."

우부장은 깜짝 놀라면서 오늘 중으로 현장에 와서 직접 확인해 보겠다고 했다. 오후 1시경 우부장이 도착해서 현장을 확인했다.

"엘리베이터 층수 표시 LED는 엘리베이터 출입문 위에만 설치하는 게 아니고, 출입문 옆에도 설치할 수 있습니다."

그러면서 골조가 언제 완료되는지 물어보았다.

"6월 20일 정도 완료될 것 같습니다."

"그럼, 7월 초에 엘리베이터 설치가 시작되니, 그전에 엘리베이터 층수 표시 LED를 옆으로 이동시켜 제작하면 됩니다."

우부장은 걱정하지 말라며 곧바로 현장을 떠났다.

---

60) 계단참을 일컫는 일본말

오후 1시 30분 담유는 벽산단열재 이재호 차장에게 전화했다.

"현재까지 단열재가 380장 들어왔어요. 앞으로 몇 장 더 필요합니까?"

이차장은 상가주택은 보통 700장 정도 들어간다고 했다.

"이차장님, 사용하다 남는 단열재는 수거해 가나요?"

"상태가 좋은 것만 수거해 갑니다."

"그럼 깨끗하게 잘 정리해 놓을 테니, 다음번에 단열재 들어오는 트럭에 남는 단열재를 수거해 가세요."

이차장은 단열재 트럭 기사에게 지시해 놓겠다고 했다.

오후 4시경까지 외부거푸집을 고정시키는 목수들이 마치 다람쥐들이 나무를 타듯 야기리(외벽거푸집)를 고정하는 강관파이프를 밟고 오르내리고 있었다. 너무나 불안해 보였다. 목수반장에게 목수들이 강관파이프에 안전고리를 매게 하라고 했다.

"목수들이 안전고리 매는 것을 귀찮아합니다. 저 사람들 야기리 고정시키는 작업에 이골이 나 있으니, 너무 걱정하지 마세요."

목수반장은 웃기만 했다. 담유는 너무나 어이가 없었다.

"자칫 발을 헛디디거나, 강관파이프을 놓치기라도 하면 1층 바닥으로 추락하는데, 저래도 되는 건가요?"

"아직 2층이고, 시스템비계가 설치되어 있기 때문에 추락해도 다치지 않습니다."

목수반장은 여전히 태평이었다. 현장은 이래서 힘들다. 분명히 안전상에 문제가 있는데, 귀찮다고 안전조치를 취하지 않는 것이다. 아무리 안전도구를 착용하라고 해도, 뒤돌아서면 거치적거린다며 금세 벗어버린다. 그래도 잔소리는 계속해야 한다. 그게 그나마 안전사고를 예방하는 것이다.

"반장님, 작업이 조금 늦어지더라도 목수들에게 안전띠를 매라고 하세요. 자칫 큰일 날 수 있습니다."

담유가 거듭 부탁하자, 목수반장이 목수들에게 안전띠를 매라며 큰소리로 외쳤다. 목수들은 목수반장을 힐끗 쳐다보고는 하던 일을 계속했다.

목수들의 야기리 고정 작업을 지켜보다가 인테리어 업자가 사무실에서 기다린다고 해서 사무실로 돌아왔다. 인테리어 공사에 대해 얘기하고 있는데, 목수반장이 사무실로 들어왔다.

"야기리 인양이 내일 오전까지 마무리 될 것 같습니다. 내일 철근팀이 들어와도 될 것 같네요."

담유는 채차장에게 전화했다.

"목수반장님이 야기리 인양이 약 70% 마무리되었다네요. 내일 철근팀이 들어와도 된답니다."

채차장 본인이 현장에 와서 확인한 다음 철근팀에게 직접 연락하겠다고 했다. 더위가 일찍 시작된 것 같아, 가능하면 골조공사를 하루라도 당겨 본격적인 더위에 대비하고 싶었다. 목수반장은 담유의 이런 마음을 알았는지 야기리 인양이 끝나지도 않았는데 후속 작업을 미리 챙겨주고 있었다.

현장은 사람들이 일하는 곳이므로 사람들의 마음을 얻는 것이 중요하다. 현장관리자가 일정을 앞당기고 비용을 절감하고 싶은 것은 당연하다. 그러나 이런 속내를 일하는 사람들에게 지나치게 노출하면, 일하는 사람들을 불편하게 만들어 오히려 역효과를 초래할 수 있다. 따라서 현장관리자는 항상 마음속으로만 관리하고, 겉으로는 농담을 건네는 부드러운 자세를 견지할 필요가 있다. 엄청난 인내가 필요하다. 그러나 일하는 사람들의 마음을 얻으면, 현장의 일들은 쉽게 풀리기 마련이다.

목수들 인건비가
지급되지 않다

2016년 5월 26일

더운 날씨 탓인지 안개가 자욱하게 깔렸고 하늘에는 구름이 가득했다. 7시 5분경 2층 골조 야기리 인양을 마무리하기 위해 어제 왔던 크레인이 현장에 다시 들어왔다. 크레인이 오전에 인양을 끝내고 오후에 다른 현장으로 이동해야 한다며 목수들은 서둘러 작업을 시작했다. 1층 서측 외벽거푸집, 엘리베이터 동측 외벽거푸집, 현관출입구 상부 2층 외벽거푸집 순서로 인양시켰다. 오전 9시경 야기리 작업을 마무리한 크레인은 곧바로 현장에서 떠났다.

외벽거푸집 인양이 끝나갈 즈음, 철근 이사장이 현장에 도착했다.

"2층 바닥 콘크리트면을 너무 거칠게 시야기(마무리)했어요."

담유가 이사장에게 눈을 흘겼다.

"저 상태에서 바닥방음재 깔게 되면 파손될 게 뻔합니다. 그리고 2층 바닥 먹매김도 쉽지 않을 것 같네요."

"날씨가 더워 그렇게 되었습니다. 미안합니다."

다음 층부터는 바닥면 마무리를 잘하겠다며 멋쩍은 듯 고개를 창밖으로 돌렸다. 철근 이사장과 함께 온 철근공 2명이 야기리 인양 작업을 마무리한 크레인으로, 철근다발과 철근가공기계를 2층 바닥에 올려놓았다. 철근 이사장은 내일부터 철근배근을 시작하겠다며 급히 현장을 떠났다.

외벽거푸집 인양을 마무리하자마자, 목수반장은 2층 바닥에 먹매김을 시작했고, 목수들은 외벽거푸집 안쪽에 단열재를 붙이기 시작했다. 먹매김은 점심시간 전에 끝났고, 단열재 부착은 오후 3시경 완료했다. 목수반장이 먹놓은 바닥에 목수들이 내벽거푸집을 지지할 각목(네모도)을 고정하기 시작했다.

어제 아침처럼 안개가 자욱했으나 하늘에는 구름 한 점 없었다. 오전 7시 반경 목수 이사장이 현장에 와서 목수반장에게 큰소리로 나무랐다.

"1층 엘리베이터 출입문 옹벽을 그따위로 설치하면 어떻게 해. 벽체를 누가 까낼거야."

갑작스런 망신살에 목수반장의 얼굴이 붉어졌다. 그러더니 목수반장은 목수 이사장에게 거칠게 대들었다.

"도면에 표시가 제대로 되어 있지 않아 그렇게 되었는데. 그게 왜 내 실수야."

목수반장의 기세에 목수 이사장도 물러서지 않았다. 목수사장과 목수반장의 말다툼이 심상치 않게 번져갔다. 지켜보던 담유가 중간에 나서며 흥분을 가라앉히려 했으나, 언쟁은 점점 도를 넘고 있었다. 담유는 목수사장과 목수반장은 갑과 을의 관계인데, 이렇게까지 언성을 높일 필요가 있나 싶었다.

나중에 안 일이지만, 담유가 U건설에 골조계약금과 기성금을 넉넉하게 지급했고, U건설도 목수사장에게 기성금 일부를 지급했으나, 정작 목수들에게 인건비가 지급되지 않아, 목수반장과 목수들의 불만이 쌓여가고 있는 중이었다. 현장에서 가장 빈번하게 발생하는 인건비 미지급 사태가 벌어지고 있는 것이었다.

철근팀 4명도 아침 일찍 현장에 도착했다. 철근팀은 작업복을 갈아입고 곧바로 2층으로 올라갔다. 그리고 별말 없이 어제 인양시켜 놓은 철근들을 옮긴 다음 철근절단기로 재단하며 외벽거푸집 안쪽에 철근배근을 시작했다. 오전에 외벽 철근배근을 마무리한 다음, 오후에는 목수들이 설치해 놓은 네모도 중간에 내벽 철근배근을 모두 완료했다. 철근팀이 2층 내부에서 철근배근하는 동안, 목수팀 5명은 외벽거푸집을 강관파이프로 단단히 묶기 시작했다. 설비팀 3명도 오후에 들어와 벽 철근배근이 완료된 부분에 매립되는 설비배관을 설치했다.

오후 2시경 지붕징크업체인 인성건축 이진상 소장이 현장을 방문했다. 이소장은 업체사장이었으나 아직 젊다면서 소장으로 불러달라고 했다. 갸름한 얼굴에 홀쭉한 체형인 이소장은 현장에 어울리지 않게 너무 연약해 보였다.

"저는 잘 아는 사람들과만 거래합니다."

이소장의 눈빛은 진실해 보였고 열정이 가득했다. 이소장은 건축도면을 쭉 훑어보았다.

"매끈한 징크로 하시죠."

"그건 천천히 생각해 봅시다. 견적 내 주실 건가요?"

이소장은 지붕면적을 계산한 다음 오후에 견적서를 보내 주겠다고 했다. 오후 7시경 이사장이 견적서 천 삼백만 원을 보내왔다. 이전에 현장을 방문했던 징크업체 월앤루프의 견적가보다 무려 천만 원 정도 저렴한 가격이었다. 담유는 이사장이 물량을 잘못 뽑은 게 아닌지 지붕도면을 꼼꼼하게 살펴보았다. 이사장의 물량은 정확했다. 월앤루프가 뺑튀기한 것이었다.

오후 4시 반경 설비 박사장이 사무실로 들어와 물어보았다.

"2층 3룸 다용도실의 보일러 배출구 위치를 어디로 할까요?"

박사장과 함께 2층으로 올라가 살펴본 다음, 다용도실 창문 옆에 설치하라고 했다. 그리고 설비 박사장에게 물어보았다.

"화장실 피트(Pit) 공간 확보를 위해 화장실사이 옹벽을 어떻게 타설하는 게 좋을까요?"

"환기구는 층별 슬라브로 빼내고, 화장실 옹벽 전체를 타설하는 것이 화장실 간 소음차단에 유리합니다."

즉 3룸과 2룸의 화장실피트 내부에도 옹벽을 타설하라는 것이었다. 담유는 고개를 끄떡였다.

오후 5시경 석공사업체인 서암석재 이성호 사장이 돌 샘플을 가지고 현장을 방문했다. 문을 열고 들어오는 이사장의 빅스마일은 퍽이나 인상적이었다. 이사장이 도면을 검토한 의견을 말했다.

"지 생각에는 포천석, 고흥석은 도면 그대로 시공하는 게 좋지만, 문경석은 포천석과 색이 비슷해서 구별이 잘 안되유. 차라리 짙은 주황색의 카파오로 하는 게 좋을 것 같네유."

그리고 1층 엘리베이터 벽은 공짜로 대리석을 붙여 주겠다고 했다. 이사장은 충청도 보령 출신이었는데 충청도 사투리가 심했다. 특히 이사장의 웃는 모습은 입 꼬리가 귀에 닿을 정도로 크고 일품이었다. 그야말로 빅스마일이었다. 아직 장난기가 남아 있었다.

이사장은 직접 돌을 붙인다고 했다. 그런데 날씨가 더워지면 돌 붙이기가 힘들어지니, 골조공사가 마무리되자마자 돌을 붙이자고 했다.

"3층 골조가 완료되면 실측해서 곧바로 1차분 물량을 발주하고유, 나머지 물량은 골조공사가 완료된 다음 실측해서 발주하는 게 좋아유."

담유는 이사장이 어쩐지 마음에 들었다. 아니 그냥 마음에 들었다. 그래서 흔쾌히 그러자고 했다.

오후 4시경 철근팀이 철근배근을 끝내고 철수했다. 목수팀은 외벽의 안쪽거푸집을 설치하다가 오후 5시경 철수했다.

"2층 설비배관을 모두 마무리하려면 오후 7시까지는 작업해야 합니다. 제가 현장사무실 문 잠그고 갈 테니, 먼저 퇴근하세요."

설비 박사장은 일을 끝내려면 아직 멀었다며, 담유에게 먼저 들어가라고 했다. 설비와 전기팀은 정말 참을성이 많은 사람들 같다. 골조공사에서 설비와 전기는 목수와 철근팀이 작업하는 상황을 눈치껏 살피면서 작업해야 하는 처지라 늘 수동적일 수밖에 없다. 목수와 철근팀은 설비와 전기는 알아서 따라오라며 자기들 일정대로 작업을 진행한다. 만약 거푸집과 철근배근 작업이 먼저 끝나면, 설비와 전기 작업은 갑절 이상 힘들어지고 그만큼 품도 많이 들어간다. 이런 불리한 여건 속에서도 설비와 전기팀은 거의 화를 내거나 짜증을 내지 않는다. 마치 운명이라는 듯 묵묵히 받아들이는 모습이 여간 안쓰럽지 않았다.

2016년 5월 28일

며칠 동안 계속되는 아침안개가 참으로 끈질겼다. 오전 9시경 U건설 채소장이 사무실로 들어왔다.

"2층 창문 높이를 결정해야 합니다. 법적으로 바닥마감에서 창문 아래까지 1,200㎜를 확보해야하기 때문에, 바닥에 깔리는 방음재, 기포, 방통의 높이 120㎜와 창문틀 여유 100㎜를 감안해서 창문 개구부 위치를 정하지요."

담유는 창문 높이는 설계도면대로 하면 되는 것으로 알았다. 그런데 그게 아닌 모양이었다. 설계도면이 그만큼 부실한 것이다. 그래서 일단 콘크리트 바닥에서 1,200㎜ 높이에 창문거푸집 틀을 넣는 것으로 결정한 다음 목수반장에게 알려 주었다.

그런데 나중에 알게 되었지만, 목수반장의 실수로 콘크리트 바닥에서 1,300㎜ 지점에 창문거푸집틀이 설치되어, 2층 창문 높이가 100㎜ 정도 줄어드는 황당한 일이 발생했다.

"목수반장이 이런 실수한다는 건 말도 안 됩니다."

채소장은 목수반장이 판단력이 흐려졌기 때문이라며 모든 책임을 목수반장에게 돌렸다. 그러나 골조공사는 U건설과 계약했다. 따라서 목수반장에게 모든 책임을 전가하기보다 관리감독을 제대로 하지 못한 U건설과 채소장의 책임이 더 큰 것이다.

오전 9시 반경 창호공사업체인 현성창호 방사장이 현장에 들렀다. 베란다 난간형식과 현관문 디자인 샘플에 대해 논의했다. 10시경에는 U건설 채소장이 소개한 인테리어업체 대유건축 심사장도 현장을 찾아왔다.

"이 동네에서는 인테리어공사를 제일 많이 했을 겁니다."

심사장은 스스로 최고 전문가라며 장황하게 자신의 경력을 늘어놓았다. 자기에게 인테리어공사 전체를 맡기면 약 1개월이면 충분히 마무리할 수 있다고 자신만만해 했다.

"인테리어 공사범위가 어디까지인가요?"

담유의 질문에 심사장은,

"거실천정, 거실 아트홀, 화장실 타일마감, 목조계단, 1층 상가 및 주차장 천정마감 정도인데, 4천만 원 정도면 됩니다."

인테리어 공사비 4천만 원은 담유가 당초 계획했던 금액보다 훨씬 낮았다.

심사장이 바쁜 일 있다며 현장을 떠나고 난 다음, 20여 분 후 담유에게 전화를 했다.

"조금 전 말한 4천만 원은 아니고, 정확한 공사비는 골조공사가 끝나봐야 알수 있어요."

"뭐라고요? 그럼 4천만 원은 아니네요."

심사장은 아무렇지도 않은 듯 그렇다며 전화를 끊었다. 담유는 어리둥절했다. 아침부터 목수 4명이 내벽 거푸집 설치 작업을 계속했고, 오후 5시경 약 50% 정도 완료했다. 전기팀 2명도 오전 8시 현장에 들어와 어제 배근된 벽철근에 전기콘센트와 배관을 묶기 시작했고, 오후 5시경 2층 내벽 전기배관 작업을 모두 끝내고 철수했다.

가평목수들이
투입되다

2016년 5월 29일

일요일인데도 목수 3명이 출근해서 내벽거푸집 설치 작업을 계속했다.

"내일부터 목수 3명이 빠지고, 새로운 목수 1명이 투입될 겁니다."

목수 이사장은 담담하게 말했다.

"혹시 목수 수급에 문제가 있나요?"

"문제는 없어요. 내일부터 새로운 목수로 교체되는 겁니다."

아무래도 목수 이사장과 목수들 사이에 뭔가 있는 듯싶었다. 그런데 목수사장과 목수반장은 침묵으로 일관하고 있어 속사정을 알 수 없었다. 다만 목수들은 팀워크로 일하는데, 팀구성원이 변경된다는 것은 별로 좋지 않은 징조임이 분명했다.

담유는 목수팀 분위기가 심상치 않음을 감지하고, 위험관리차원에서 혹시 발생할지 모를 목수 작업 중단사태에 대비하기로 했다. 담유는 가평에서 인력사무소를 운영하는 강진일 사장에게 전화를 걸었다.

"목수가 부족하면, 가평에서 목수를 보내줄 수 있나?"

현장경험이 풍부한 강사장은 담유의 말을 듣고,

"목수들한테 뭔가 문제가 발생한 것 같군요. 제가 목수 이사장과 직접 통화해 보겠습니다."

강사장에게 목수 이사장의 연락처를 알려 주었다. 그리고 목수 이사장에게도 전화해서 목수 수급에 문제가 발생하면 가평인력의 강진일 사장에게 도움을 받으라고 했다. 목수 이사장도 강사장과 통화해 보겠다고 했다.

2016년 5월 30일

오전 6시 30분경 현장에 도착해 보니, 목수 6명이 작업하고 있었다. 목수반장이 담유에게 말을 건넸다.

"오늘 가평에서 목수 3명이 충원됩니다."

담유는 곧바로 가평인력 강사장에게 전화해서 자초지종을 물어보았다.

"제가 어제 목수 이사장과 통화해 봤습니다. 목수 이사장이 목수 3명을 보내 달라고 부탁했습니다."

그래서 오늘 목수 3명을 보내기로 했으며, 곧 현장에 도착할 것이라고 했다. 담유의 짐작이 맞았다. 목수팀에 문제가 발생했고, 목수 이사장은 목수 수급에 어려움을 겪고 있었다. 오늘 임시방편으로 목수 수급을 해결했으나, 앞으로가 더욱 걱정이었다.

담유는 오전 9시 20분 한국전력 구리지사 통전팀에 전화했다.

"5월 말까지 전기를 넣어준다고 했는데, 오늘부터 전기가 공급되나요?"

"네. 그렇습니다."

아직까지 U플라자에서 전기를 임시로 끌어다 쓰고 있어, 현장에서 필요한 전기를 충분하게 공급하지 못하고 있었다. 담유는 전기 신사장에게 전화했다.

"신사장님, 오늘부터 전기 공급이 된다고 합니다."

U플라자에서 임시로 끌어다 사용하는 전기선을 차단하고, 한전에서 공급하는 전기를 사용할 수 있도록 조치해 달라고 부탁했다.

오전 9시 26분 태우설계 성소장에게 전화했다.

"옥상 남측에 베란다를 신설하는 안에 대해 검토가 완료되었나요?"

"아직 완료되지 않았습니다. 11시까지 변경도면을 메일로 보내 드릴게요."

오전 11시경 변경도면을 이메일로 받아 확인하였으나 도면이 너무 부실했다. 평소 알고 지내던 옆 사무실 박 군에게 베란다 바닥, 옥상 난간, 창문, 징크 표시를 수정해 달라고 부탁했다. 오후 5시 박 군이 수정한 도면을 보내왔다.

오후 2시 30분경 목수 이사장이 크레인과 함께 현장에 도착했다. 목수 이사장은 크레인으로 현장 옆 공지에서 목수들이 조립한 3층 바닥거푸집을 인양시키겠다고 했다. 잠시 후 이사장이,

"아직 2층 내벽거푸집 설치 작업이 완료되지 않았네요. 오늘 인양 작업이 어렵겠습니다."

내일 오전 크레인이 다시 들어와 인양한다고 했다.

'이게 무슨 소리인가? 크레인 사용료가 시간당 20만 원 정도는 될 텐데, 크레인을 불러놓고 그대로 돌려보내다니.'

뭔가 일이 틀어지는 듯했다.

크레인을 돌려보내고 목수 이사장은 아무 일도 없었다는 듯, 오늘 가평에서 충원된 목수 3명이 골조공사가 완료될 때까지 함께 일한다고 했다. 그리고 가평 목수들이 일을 잘해 만족스러워했다.

'아니 이건 또 뭐지? 기껏 크레인 그냥 보내놓고 가평목수들 칭찬이라니.'

목수반장이 오늘 오전까지 내벽거푸집 설치를 완료시키면 오후에 바닥거푸집을 크레인으로 인양하기로 약속한 것 같았다. 그런데 목수반장이 약속을 지키지 않아 크레인이 그냥 돌아간 것이다. 이런 상황에서 목수 이사장은 크레인이 그냥 돌아간 것에 대해 목수반장에게 아무런 질책을 하지 않았고, 목수반장도 목수 이사장을 외면하고 있었다. 뭔가 터질 듯 불길한 조짐이 넘실댔다. 오후 5시경 내벽거푸집 설치 작업이 완료되었다.

오후 6시 30분, 집에 돌아와 샤워하고 있는데 강사장으로부터 전화가 왔다.

"오늘 보낸 목수 3명은 골조가 완료될 때까지 일할 겁니다."

그리고 안산목수들이 작업한 골조의 가네[61]가 맞지 않는다면서 지금 수정해야 한다고 했다. 담유는 강사장에게 현재 목수팀 내 분위기가 심상치 않은데, 골조 가네가 맞지 않는다고 하면 가평목수들과 갈등이 발생할 수 있으니, 모르는 척 가만히 있으라고 했다.

참으로 어려운 일이다. 골조의 가네가 맞지 않으면, 석공사, 창호공사, 내부 인테리어 공사들이 줄줄이 영향을 받는다. 그런데 이미 1층 골조의 가네가 맞지 않는다니 앞으로가 더 걱정이었다. 담유는 목수반장에게 1층 골조 가네가 맞는지 직접 확인해 보기로 했다.

---

61) 건설현장에서 은어처럼 사용되고 있는 말로써 직교, 직각을 의미하는 말임

오후 7시 40분 담유는 목수반장에게 전화했다.

"6월 1일에 2층 골조 레미콘 타설이 가능할까요?"

"1일은 어렵고, 2일에나 가능할 것 같네요."

그러면서 목수 이사장이 자기에게 물어보지도 않고 일방적으로 레미콘 타설 일정을 잡는다며 언성을 높였다. 화가 난 목수반장에게 1층 골조의 가네가 맞는지 도저히 물어볼 엄두가 나지 않았다. 목수 이사장과 목수반장의 의사소통이 원활하지 않으니, 목수팀 내부갈등은 점점 더 심각해지고 있었다.

2016년 5월 31일

여전히 맑았으나, 한낮 기온이 30도를 웃돈다는 반갑지 않은 날씨 예보가 아침 뉴스에서 흘러나왔다. 비가 오면 목수 작업을 할 수 없지만 더운 날씨는 목수들을 쉽게 지치게 한다. 그래서 작업효율이 떨어지고 안전사고 위험은 높아진다. 이래저래 신경이 곤두 설 수밖에 없다.

오전 6시 30분, 목수 이사장으로부터 전화가 왔다.

"목수들에게 레미콘 타설이 2일로 변경되었다는 말을 하지 말아 주세요. 가능하면 1일 오후에라도 레미콘을 타설할 수 있도록 목수들을 독려하겠습니다."

목수 이사장 입장에서는 목수들이 작업을 정해진 날짜에 완료하지 못하면 목수일당을 추가 지불해야 하므로, 목수들을 독려하는 것은 어쩌면 당연하다. 다만 목수사장과 목수팀은 끈끈한 동료의식으로 일해야 하는데, 어찌된 영문인지, 목수사장과 목수팀 간 동지애는 찾아볼 수 없고, 오히려 적대감만 가득했다.

오전 8시 20분, 대유건축 심사장에게 인테리어 공사를 했던 실적을 사진 찍어 보내달라고 문자를 보냈다. 그러나 하루 종일 답이 없었다. 오전 9시 15분경 전기 신사장이 한전에서 전기를 사용할 수 있도록 준비해 주지 않았다고 했다. 담유는 신사장에게 한전에 직접 문의해 보라고 했다.

오전 11시경 정호가 자신이 잘 아는 금성창호로부터 건네받은 창호 카탈로그와 문틀 샘플을 가지고 사무실을 방문했다. 금성창호의 창문틀 샘플은 창문 프레임에 철물이 들어가 있어 내구성이 좋아 보였다. 목문틀도 고급스럽고 튼

튼해 보여 금성창호와 계약하는 게 좋겠다고 생각했다.

"도면이 일부 수정되었습니다. 수정된 도면을 기준으로 견적해 주시겠습니까?"

금성창호는 정호가 소개해 주어 믿을 만했으나, 본사가 강릉에 있어 구리까지 와서 작업할 수 있는지 의문이 들었다. 작업자들이 숙식할 경우 공사비가 추가되는데 그 부분을 어떻게 할지 좀 더 의논해 보기로 했다.

오후 3시 반 3층 바닥거푸집 인양이 완료되었다. 목수들은 인양된 3층 바닥거푸집들을 연결하고 있었으며, 바닥거푸집 하부에도 동바리를 설치하면서 내벽거푸집 보강 작업을 함께 진행하고 있었다. 목수반장은 레미콘 타설이 2일로 변경되었는지도 모르고 내일 오후에라도 레미콘을 타설하겠다며 모처럼 작업을 독려하고 있었다.

2016년 6월 1일

목수 9명이 3층 바닥거푸집과 계단거푸집을 설치하고 있었고, 채소장과 목수 이사장은 현장사무실에서 목수 인력수급에 대해 논의하고 있었다. 목수 이사장은 목수 수급에 문제없다고 했으나, 채소장은 목수 이사장의 말을 액면 그대로 믿지 않는 듯 보였다.

오전 9시경 목수반장이 계단 설치가 약 70% 완료되었다면서, 철근팀이 오전에 들어와 3층 바닥에 철근을 배근하기로 했는데 아직 들어오지 않았다고 했다.

"아무래도 오늘 오후에 레미콘 타설하지 못할 것 같네요."

목수반장은 오늘 오전에 레미콘 타설이 힘들다는 것을 알았다고 했다.

"내일 레미콘 타설하고, 목수일에 데마찌[62] 나지 않도록 단도리해 놓겠습니다."

그리곤 담유에게 레미콘 타설이 내일로 연기된 것을 미리 알려 주지 못해 미안하다고 했다. 담유는 목수 이사장과 이미 레미콘 타설을 내일로 연기하기로 했는데, 목수반장이 미안하다고 하니 괜히 움찔했다. 담유는 목수반장에게 레미콘 타설이 연기된 것을 이해할 수 있다며 고개를 끄떡여 주었다. 목수반장은 한결 편안해했다. 일흔의 나이에 어울리지 않게 참으로 순박해 보였다.

---

62) 작업이 없다는 일본말

오후 5시, 채소장에게 전화해서 철근배근 작업 상황을 물어보았다.

"오후 1시에 철근팀이 들어와서 3층 바닥 하부근을 배근했고, 오후 4시부터 설비팀과 전기팀이 들어와서 3층 바닥에 설비배관과 전기배관을 설치하기 시작했는데, 오늘 중으로 마무리될 겁니다."

그러면서 내일 아침 일찍 철근팀이 3층 바닥 상부근을 배근하면, 오전 9시경부터 레미콘 타설이 가능하다고 했다. 철근팀, 설비팀, 전기팀은 그야말로 아무런 문제없이 호흡이 잘 맞는데, 목수팀만 여전히 삐꺽거리고 있었다.

레미콘 타설하다가
거푸집이 터지다

2016년 6월 2일

2층 골조 레미콘 타설이 예정된 날이라 평소보다 이른 오전 6시 40분 현장에 도착했다. 철근팀은 이미 도착해서 작업을 준비하고 있었다. 철근 이사장에게 어제 저녁 감리가 현장에 왔었는데, 엘리베이터 옹벽 철근을 HD10에서 HD13으로 변경하라는 지적을 받았다고 했다.

목수반장은 오늘은 레미콘을 타설해서 안산목수들만 작업하고, 가평목수 3명은 오늘은 쉬고 내일 출근한다고 했다. 목수들은 레미콘 타설하기 전에 3층 바닥거푸집을 보강하고 1층 동바리 일부를 해체한다고 했다.

오전 7시경 U건설 채소장이 3층 바닥 위에서 철근 이사장과 철근배근상태를 꼼꼼하게 확인했다. 아마 어제 감리 태우설계 성소장이 다녀가서 신경이 쓰인 모양이었다. 채소장이 오전 9시쯤 감리 성소장이 다시 와서 검측할거라며, 성소장이 검측한 다음 레미콘을 띄우겠다고 했다.

그런데 오전 9시 10분이 지났는데 성소장은 현장에 도착하지 않았다. 담유는 성소장에게 여러 차례 전화했으나 통화중이라는 신호음만 들려왔다. 오전 9시 40분경에야 비로서 통화가 되었다. 성소장은 현장에 오고 있다면서 10분 내에 도착할 수 있다고 했다. 그런데 10시가 지나도 성소장이 도착하지 않았다. 태우설계 장대표에게 전화를 했다.

"성소장이 다른 곳을 들러 간다고 했는데요."

장대표가 미안해했다. 성소장은 10시 30분이 지나서 현장에 도착했다. 성소장은 미안한 기색도 없이 채소장과 3층 바닥에 올라가서 검측하기 시작했다.

성소장은 3층 바닥 철근 스페이서(Spacer)[63]의 높이가 낮아 피복두께가 나오지 않는다고 지적했다. 담유는 평내건재에 스페이서를 긴급 주문했고, 10시 55분경 새로운 스페이서로 모두 교체했다.

2층 골조 레미콘 타설물량은 약 60㎥ 정도로 레미콘 10대 분량이다. 오전 11시 10분경 레미콘 첫차가 도착했다. 아홉 대까지는 연속으로 들어왔으나, 마지막 한 대는 잔여물량을 확인한 다음 띄우기로 했다,

오후 12시 40분경 여덟 번째 레미콘을 타설하다가 2층 2룸 안방 외벽거푸집의 낡은 유로폼 일부가 터지며 콘크리트가 새어나왔다. 목수 2명이 긴급하게 터진 유로폼을 보수했으나, 이미 새어나온 콘크리트가 거의 1㎥ 정도 되었다. 목수들이 합판을 깔아 놓고 새어나온 콘크리트를 삽으로 퍼서 올려놓았다.

"내일쯤 콘크리트가 굳으면 잘게 깨서 폐기물처리하면 됩니다."

채소장은 걱정하지 말라고 했다. 오후 1시경 콘크리트 타설하던 철근팀장이 레미콘 10대 60㎥를 전부 타설했는데, 아직 3㎥이 더 필요하다고 했다. 담유는 청우레미콘에 3㎥를 추가로 주문한 다음, 2층 2룸에 쌓아 놓은 새어나온 콘크리트를 확인하기 위해 2층으로 올라갔다.

담유는 터진 콘크리트를 그대로 쌓아 놓으면 나중에 처리하기 쉽지 않을 것 같아, 사무실로 내려와 콘크리트 공시체를 담아두었던 플라스틱 통과 막삽을 들고 2층으로 다시 올라갔다. 담유는 막삽으로 터진 콘크리트를 플라스틱 통에 담았다. 그리고 플라스틱 통을 3층 바닥으로 올리려고 했으나, 2층 내부에 빼곡히 세워진 동바리들 때문에 몸조차 가누기 힘들었다. 담유가 터진 콘크리트를 옮기려는 것을 발견한 채소장이 다급하게 달려왔다.

"뭐 하시는 겁니까?"

그리곤 담유가 들고 있던 플라스틱 통을 낚아채듯 빼앗았다.

"목수들이 거푸집을 제대로 보강하지 않아 터진 겁니다. 당연히 목수들이 뒤처리해야지요."

채소장은 목수반장에게 목수 6명 모두 2층 콘크리트 터진 곳으로 올라오라

---

63) 철근을 바닥에서 띄워 주는 철근 받침대

고 지시했다. 2층에 올라온 목수들은 담유가 플라스틱 통에 담아 놓은 콘크리트를 한심하게 쳐다보았다. 이내 목수들이 2층 바닥에서 3층 바닥까지 시스템 비계위로 일렬로 서더니, 아주 익숙한 몸놀림으로 2층 바닥에 쌓인 콘크리트를 3층 바닥으로 퍼 올리기 시작했다. 터진 콘크리트를 퍼 올리는 목수들이 짜증 낼까 걱정되었지만 그들은 거의 무표정하게 일했다.

"레미콘 타설하다보면 거푸집 터지는 경우가 많아요. 목수들에게는 익숙한 일입니다. 신경 쓰지 마세요."

채소장은 담유를 안심시켰다. 오후 2시 20분경 2층 골조 레미콘 타설이 완료되었다. 2층 거푸집이 터져서 약간 지체되었지만, 1층 골조 레미콘 타설과 비교하면 일찍 마무리되었다. 그리고 터진 거푸집을 곧바로 보수했고, 큰 사고로 연결되지 않아 천만다행이었다.

오후 2시 30분, 목수반장에게 퇴근 전에 물을 한번 뿌려달라고 부탁한 다음 일찍 귀가했다. 오후 8시경 미키와 함께 현장에 돌아와서 물을 뿌렸는지 확인했다. 그리고 호스를 연결해서 다시 한 번 물을 흥건하게 뿌려주었다. 1층 레미콘 타설하고 물을 뿌리려다 수도가 나오지 않아 고생했던 기억이 되살아났다.

3층 바닥에 물을 뿌려준 다음, 어둠이 내린 현장 주변을 둘러보니 깜깜한 칠흑이었다. 그러나 갈매천 건너편 별내지역은 아파트와 상가들의 불빛으로 눈부신 야경이 펼쳐지고 있었다. 검게 솟아오른 불암산을 배경으로 밤하늘로 뻗어가는 아파트 불빛은 홍콩 침사추이의 밤하늘에 펼쳐지는 심포니 오브 라이트(Symphony of Light)와 별반 다르지 않았다.

목수반장이
실수를 반복하다

2016년 6월 3일

오전 6시 20분, 현장에 도착했다. 목수 6명이 출근해서 작업을 준비하고 있었다. 목수반장에게 물어보았다.

"콘크리트가 아직 덜 굳었을 텐데, 너무 작업을 서두르는 게 아닌가요?"

"날이 더워서 3층 바닥 콘크리트가 충분히 굳었어요. 밟아도 괜찮습니다."

3층 바닥 먹매김이 가능하다고 했다. 오늘은 1층 동바리 해체, 1층 내부 거푸집 정리, 2층 벽 거푸집 해체하고, 가평목수 3명이 출근해서 목수들이 9명으로 늘어나서, 6월 말까지는 골조공사를 충분히 끝낼 수 있다고 했다.

오전 9시 30분, 산업안전관리공단의 지킴이가 현장을 방문했다. 지킴이가 현장 안전관리를 체크하고 지적사항들을 사무실 책상 위에 올려놓았다. 지적사항들은 현장자재 정리정돈 부실, 방호선반 미설치, 시스템비계 작업자 안전모 미착용이었다.

오후 3시경 목수들이 2층 내벽거푸집을 해체하고 있었다. 대유공업 비계설치팀도 현장에 들어와서 시스템비계의 2차분인 4층과 다락층 비계를 설치하기 시작해서, 오후 4시 30분경 시스템비계 설치가 완료되었다.

완전한 모습을 갖춘 시스템비계는 2층 골조까지 올라온 SMJ House를 거대한 품으로 감싸고 있었다. 정사각형으로 반듯하게 엮어진 시스템비계의 회색 파이프들이 너무나 견고하게 조립되어 있어 현장 주변을 압도했다. 담유는 시스템비계 최상부에서는 과연 어떤 전경이 펼쳐질지 호기심이 발동하여 단숨에 가장 높은 곳으로 올라갔다. 최고 높이가 23m에 이르는 시스템비계 꼭대기에서 내려다보는 갈매천은, 마치 까마득한 절벽 아래를 흐르는 그랜드캐년의 콜

로라도 강 같았다. 갈매지구를 둘러쌓고 있는 야산들이 눈높이에 들어오고, 사방으로 뻥 뚫린 벌판은 그야말로 압권이었다.

오전 8시 20분경 현장에 도착해 보니, 목수팀 6명이 야기리 인양 작업을 준비하고 있었다. 목수반장에게 가평목수 3명이 출근했는지 물어보았다.

"가평에서 오는 도중 신호등에서 대기하다가 뒤차가 박았답니다."

충돌사고가 나서 오늘은 출근하지 못한다고 했다. 가평인력 강사장에게 전화했다.

"목수들은 괜찮아? 교통사고가 났다는데 다치지는 않았어?"

"다치지는 않았습니다. 화요일부터 다시 출근할 겁니다."

강사장의 답변이 뭔가 찜찜했다.

'교통사고라? 그럴 수 있지.'

그런데 뭔가 다른 사연이 있는 것 같았다.

오전 8시 30분 크레인이 현장에 도착해서 야기리 인양을 시작했다. 남측 외벽거푸집부터 시계방향으로 돌아가며 외벽거푸집을 2층에서 3층으로 끌어올렸다. 야기리 인양은 2층 외벽거푸집을 떼어 낸 다음, 그대로 3층까지 끌어올려 3층 외벽거푸집으로 사용하는 것이다. 외벽거푸집 인양 작업은 매우 수월하게 진행되었다. 담유는 2층 외벽거푸집 인양 작업을 이미 경험한 터라 3층 야기리 인양 작업이 별로 생소하진 않았지만, 목수들이 여전히 안전띠를 매지 않고 외벽거푸집을 묶은 강관파이프를 타고 오르내리는 모습이 너무 조마조마했다.

"목수들한테 외벽거푸집 강관파이프를 타고 오르내리지 말라고 하세요. 조금 번거롭더라도 내부로 이동하라고 하세요."

담유의 거듭된 요청에도 목수반장은 여전히 목수들에게 맡겨두라며 가볍게 웃어 넘겼다.

현장에서의 안전사고는 익숙한 작업에서 발생하는 경우가 많다. 익숙하지 않은 작업에서는 조심스럽기 때문에 안전사고 발생빈도가 오히려 줄어든다. 현장에서 벌어지는 실제상황은 이론과 반드시 일치하지 않는다. 그렇다고 이론적인 관점을 무시해도 안 된다. 왜냐하면 이론은 실제상황으로부터 도출되고 정리된 것이기 때문이다. 그렇다고 이론에만 치우쳐도 안 된다. 만약 이론에만 집착해서 작업자들을 통제한다면 작업자의 자율성을 떨어뜨려 작업효율이 저하되고, 작업자들의 피로를 한층 높일 수 있다. 따라서 이론을 실제상황에 적절하게 대응시키며 관리해야 한다.

그런데 외부거푸집을 안전띠도 매지 않고 오르내리는 목수들에게 안전하게 작업하라고 하는 것이 과연 무리일까? 작업을 중단시켜야 할까? 가끔 작업의 효율성과 안전성 사이에서 혼란스러워진다. 그래도 안전이 최우선 아니겠는가? 담유는 허허 웃는 목수반장과 다람쥐처럼 외부거푸집을 오르내리는 목수들을 멀뚱히 바라보면서 사고만 나지 않기를 간절히 바랄 뿐이었다.

오전 9시 10분 U건설 백주일 사장이 사무실로 들어왔다.

"목수들이 인건비를 받지 못해 문제가 생겼습니다."

어제 목수 이사장과 회의를 가졌다고 했다. 백사장은 목수팀과 인건비 4,300만 원(장비 포함), 철근팀과 2,600만 원에 계약했고, 자재비로 1,500만 원을 추가해서 골조공사 직접공사비를 8,400만 원으로 잡았고, 여기에 간접공사비로 현장경비 500만 원, U건설 현장소장의 관리비 400만 원을 보태 총 9,400만 원으로 실행예산을 짰다고 했다. 결국 골조공사 계약을 1억 원에 했으니 600만 원 정도 남는다고 했다.

"……"

담유는 할 말이 없었다. 백사장이 담유에게 U건설의 실행예산을 알려 줄 이유도 없고, 담유도 U건설의 실행예산을 알 필요도 없는 것이다. 그런데 백사장은 골조공사 실행예산을 장황하게 들먹이고 있었다.

백사장은 이어서, 목수 이사장이 지금까지 이미 150품 3,000만 원이 들어갔는데, 앞으로 남아 있는 1,300만 원으로 3층, 4층, 다락층까지 마무리해야 한다며, 아예 불가능하다는 것이었다. 목수 이사장이 예상하고 있는 목수팀 인건비는 총 6,300만 원 정도인데, 당초 U건설과 계약한 금액보다 약 2,000만 원 초과한다고 했다. 덧붙여서 목수 이사장은 U건설과 첫 거래이기 때문에 1,500만 원 정도는 손해를 감수하려고 했으나, 손해가 너무 많다는 것이었다. 그래서 이사장은 월요일에 목수들에게 1,500만 원을 지불하고, U건설에게 남아 있는 인건비에 대해 기성을 신청하겠다는 것이었다.

"……"

담유는 숨이 턱 막혀왔다. 백사장은 계속 자기 얘기만 늘어놓고 있었다. 목수들의 작업이 너무 느리고 문제가 많아, 목수들에게 인건비를 추가로 지불할 수 없다고 했다.

'그러면 어쩌자는 것인가?'

담유는 속으로 중얼거렸다.

'아니, 내가 U건설 백사장과 계약한 것이지, 목수 이사장과 계약한 것이 아니지 않은가?'

백사장은 목수들에게 화가 잔뜩 나있었다. 백사장은 잠시 숨을 고른 다음, 자기는 문제가 발생하면 정면 돌파하는 스타일이라면서 자신이 알아서 처리할 테니 걱정하지 말라며 사무실을 나갔다.

'백사장 자신이 알아서 처리할 일을 왜 나한테 말하지?'

담유는 어리둥절할 따름이었다. 아마 모자라는 인건비를 담유가 책임져달라는 뜻이리라.

오후 4시경 3층 야기리 인양이 완료되었다. 목수반장이 내일은 일요일이라 목수들이 모두 쉰다고 했다. 담유는 아침에 백사장이 들려준 얘기를 떠올리며, 목수들이 인건비를 제대로 받지 못해 쉬겠다는 것이리라 짐작했다.

"저는 내일 출근해서 할 일이 좀 있습니다."

목수반장 본인은 숙소에서 할일이 없으므로 출근해서 직영들과 현장정리하고 3층 외벽거푸집에 단열재를 붙이겠다고 했다.

"그러면, 단열재를 붙이는 직영비용을 어떻게 처리해야 하나요?"

담유가 목수반장에게 물어 보았다.

"교수님이 일단 먼저 지불하고, 나중에 목수 이사장과 정산하면 됩니다."

가당치도 않은 소리였다. 이렇게 어수선한 분위기에서 미리 지불한 돈을 어떻게 정산하란 말인가? 담유는 목수반장에게 내일은 푹 쉬시라고 했다. 오후 5

시경 3층에 올라가서 외벽거푸집에 창문틀 30%, 단열재 20% 정도 부착한 것을 확인했다. 목수들의 내부갈등이 정점으로 치닫고 있는데, 쉽사리 대응할 수 없다는 무기력함에 발걸음은 무거웠다.

2016년 6월 5일

일요일이라 조금 늦은 오전 9시경 현장에 도착했다. 그런데 목수 이사장이 중국동포 3명을 데리고 와서, 목수반장과 함께 3층 외벽거푸집에 창문틀과 단열재를 부착하고 있었다.

'아니, 목수 이사장은 그렇다 치고, 목수반장에게 오늘은 쉬라고 했는데 왜 나온 거지?'

담유는 고개를 갸우뚱했다. 목수 이사장은 내일 철근팀이 들어 올 예정이라 오늘 외벽창문틀과 단열재 부착을 끝내겠다고 했다. 철근팀에게 그동안 일정 약속을 지켜주지 못해 미안했는데, 더 이상 신용을 잃을 수 없다면서 이번에는 약속을 지키겠다고 했다. 목수들 내부가 어떻게 돌아가는지 도무지 감이 잡히지 않았다.

담유는 2층 골조공사가 제대로 되었는지 둘러보기 위해 벽거푸집을 떼어 낸 2층으로 올라갔다. 그런데 2룸 안방 창문의 개구부를 살펴보다가 창문틀이 작은방 쪽 옹벽(두께 150㎜)에 바짝 붙어 있는 것을 발견했다.

'아니, 창문틀이 옹벽에 붙어 있어도 되나?'

담유는 이상하다는 생각에 사무실로 내려와서 도면을 살펴보았다. 도면에는 2룸 안방의 창문 개구부가 옹벽으로부터 325㎜ 떨어져 있었다. 창문 개구부를 잘못 뚫은 것이다.

"2층 2룸 안방의 창문 개구부가 잘못 뚫린 것 같습니다."

목수 이사장이 도면을 들고 직접 2층으로 올라갔고, 잠시 후 내려와 안방의 창문 개구부가 잘못 뚫렸다며 한숨을 쉬었다.

목수 이사장은 곧바로 3층으로 올라가서 3층 2룸 안방의 창문 개구부도 2층 2룸 안방의 창문 개구부 위치와 동일한 것을 확인했다.

"아니, 창문을 어떻게 뚫어 놓은 거야?"

목수 이사장은 옆에 있던 목수반장에게 개구부 위치가 잘못되었다며 눈을 부라리며 큰소리로 꾸짖었다. 목수 이사장의 꾸지람에 목수반장도 가만히 있지 않았다. 언성을 높이며 맞대응했다. 분위기가 점점 험악해지자 담유는 그냥 사무실로 내려왔다. 잠시 후 잠잠해진 것 같아 3층으로 다시 올라가 보았다.

"내가 먹은 제대로 놓았는데, 목수들이 창문틀을 잘못 설치했어요."

목수반장은 자신에게만 책임을 묻는 이사장을 당장 요절내겠다는 듯 분을 참지 못하고 있었다. 담유는 외벽창문틀 위치가 잘못되었음을 확인하고, 어제 채소장이 엘리베이터 개구부 옆 옹벽의 좌우가 바뀌었던 말이 갑자기 떠올랐다. 그래서 엘리베이터 1층 개구부로 가서 옹벽의 좌우 간격을 재어보았더니 좌측 375㎜, 우측 425㎜이었다. 설계도면과 정반대인 것이다. 그래서 목수 이사장에게 알려 주었다.

"엘리베이터 옹벽의 좌우 간격도 잘못되었군요."

목수 이사장은 씩씩거리며 엘리베이터 도면을 들고 엘리베이터 1층 개구부로 가서 옹벽 좌우가 바뀐 것을 확인하곤 혀를 차며 내려왔다.

"목수반장이 이런 실수를 하지 않는 사람인데 말도 안 되는 실수를 하네."

목수 이사장의 관자놀이 혈관이 굵어지며 눈은 벌겋게 달아오르고 있었다. 목수반장이 먹매김만 해주고 목수들이 거푸집을 제대로 설치했는지 확인하지 않았다는 것이다.

'아, 목수팀이 점점 꼬여 가는구나. 목수반장이 말도 안 되는 실수를 반복하고 있고, 목수팀 내부갈등은 점점 심각해져 가고 있으니.'

담유는 목수 이사장과 목수반장 사이에 또 다시 고성이 오갈 것 같아, 이사장에게 일찍 들어가야 한다면서 서둘러 현장을 떠났다.

오후 6시경 집에 그대로 있자니 3층 외벽창문틀 설치가 너무 궁금해졌다. 3층 외벽창문틀과 단열재 설치를 확인하기 위해 미키와 함께 현장으로 돌아갔다. 3층에 올라가 외벽창문틀과 단열재가 모두 부착된 것을 확인했고, 3층 2룸 안방의 창문틀 위치도 정확하게 옮겨진 것도 확인했다. 목수 이사장에게 엘리베이터 옹벽간격이 수정되었는지 전화로 물어보았다. 3층부터 제대로 시공하겠지만, 엘리베이터 제작업체와 1, 2층 옹벽을 수정해야하는지 논의해 보겠다고 했다.

오전 6시 30분경 현장에 도착했다. 철근 2명이 이미 도착해서 사무실 문이 열리기를 기다리고 있었다. 약 10분 후 철근 이사장이 도착했고, 7시경 철근을 인양하기 위해 크레인이 도착했다. 크레인이 자리를 잡고 철근을 3층 바닥으로 올려놓자 곧바로 내벽 철근배근 작업이 시작되었다.

오전 7시 30분경 채소장이 사무실로 들어왔다. 담유가 2층 2룸 안방의 창문 개구부 위치가 잘못되었고, 엘리베이터 개구부 양옆 옹벽도 잘못 되었다고 말해주었다. 목수 이사장으로부터 이미 들어서 알고 있다고 했다.

"2층 창문 개구부가 잘못 뚫린 부분은 조적을 쌓은 다음 외벽에서 단열재를 붙이고, 내벽에는 미장하면 됩니다. 그리고 엘리베이터 옹벽 잘못된 부분은 조적을 쌓고, 하스리[64]하면 돼요."

채소장은 현장에서 늘 일어나는 일이라며 담유를 안심시켰다.

전기팀이 3층 벽철근에 전기배관을 설치하기 위해 현장에 도착했다. 전기 신사장에게 인터폰/CCTV업체를 알려 달라고 했다. 세운통신 이근호 사장을 소개시켜 주었다. 이사장에게 전화를 했다.

"신사장님한테 소개받아서 전화드립니다."

"아, 고맙습니다. 제가 수요일 현장 방문해도 될까요?"

"그렇게 하시지요."

인터폰과 CCTV는 외부마감이 끝나고 실내에 벽지를 붙인 다음 들어온다고 했다. 전기팀이 골조 공사할 때 인터폰과 CCTV 배관을 매립해 주어야 하므로, 전기팀과 호흡이 잘 맞는 업체여야 한다고 했다.

8시 25분경 채소장에게 소개받았던 에어컨 설치 업체 LS공조 김동철 사장에게 전화를 했다.

"U건설 채소장에게 소개받아 전화 드립니다."

"아 네. 제가 U건설 일을 많이 해서 채소장을 잘 압니다. 금요일 현장을 방문하겠습니다."

---

64) 잘못 타설된 콘크리트를 깨내는 작업

에어컨배관은 외벽에 돌을 붙이기 전에 외벽단열재를 파내고 설치해야 한다. 그렇게 하지 않으면 외벽 돌 위로 에어컨배관이 노출되어 보기에 좋지 않고, 외부 충격에도 쉽게 손상될 수 있다. 따라서 골조가 완료되면 돌을 붙이기 전에 에어컨배관이 설치되어 있어야 한다.

9시경 지붕징크업체인 인성건축 이진상 소장에게 지붕콘크리트 위에 징크 하지 작업하기 전에 단열재를 깔 수 있는지 물어보았다.

"가능합니다. 하지틀을 설치한 다음 단열재를 깔면 됩니다."

단열은 항상 신경 쓰이는 부분이다. 지붕단열은 더욱 그랬다. 다행히 이소장이 지붕단열에 대해서는 걱정하지 말라고 하니 안심이 되었다.

오전 11시 20분경 3층에 올라가 보았다. 철근팀 5명은 늘 그렇듯 작업에만 열중하고 있었다.

'얼마나 오랫동안 함께 일을 해왔으면, 서로 말이 필요 없을까?'

참으로 신기했다. 오후 4시경 벽 철근배근 작업이 완료되었고, 오후 4시 20분경 전기배관도 완료되었다. 오후 2시경 설비배관을 시작했던 설비팀도 오후 5시경 작업을 완료하고 철수했다. 철근팀, 전기팀, 설비팀은 스스로 알아서 들어와 작업한 다음 조용히 떠난다. 마치 구름에 달 가듯이 가는 나그네 같다.

오후 5시 20분경 집으로 돌아오는 길에 보수보강 전문업체를 운영하고 있는 대학동기 김성태 박사에게 전화했다.

"외벽 창문의 개구부 위치가 30㎝ 정도 잘못 뚫려 보강해야 하는데 벽돌을 쌓고 미장해도 괜찮을까?"

"콘크리트로 보강하는 것이 가장 좋네. 만약 벽돌을 쌓게 되면 외벽에 액체방수로 마감하게."

김박사는 담유가 집을 짓는다며 부러워했다. 준공되면 반드시 초청하라고 했다.

오후 5시 30분경 집에 도착해서 샤워를 하고 식탁에 앉았다. 미키가 밥그릇을 올려놓은 다음,

"2룸과 3룸 주방의 싱크대 배치가 잘못되었어요. 그리고 우리가 거주할 4층 주방의 냉장고 옆 수납공간도 좁아요. 수정해야겠어요."

미키는 주방과 마감자재에 대해 특별히 예민하고 신경을 많이 썼다. 주방

싱크대 배치가 변경되면 설비배관도 재시공해야 한다. 설비 박사장에게 전화했다.

"집사람이 주방 싱크대와 수납공간의 배치를 수정한다는데 괜찮겠습니까?"

"재시공해야 하면 해야지요. 걱정하지 마세요."

담유의 걱정과 달리 박사장은 너그럽게 대답했다. 이미 시공된 2, 3층의 주방 싱크대 설비배관까지 아무런 불평 없이 재시공해 주겠다니, 이런 호인이 어디 또 있을까?

설비 박사장은 참으로 선한 사람이다. 건설현장에서 노동하며 살아가는 사람들 대부분이 악의가 없고 선한 심성을 가지고 있다는 것을 늘 느끼고 있지만, 설비 박사장은 구름 한 점 없는 청정한 하늘 같았다. 담유보다 한 살 아래인 박사장도 살아오며 수많은 고비를 넘겼고 많은 상처도 받았을 것이다. 그럼에도 순박한 모습 그대로이니, 온갖 모함과 술수가 난무하는 화이트칼라사회에서 이런 심성은 여간해서 찾아보기 힘들 것이다.

2016년 6월 7일

오전 7시, 목수 이사장이 현장에 나와 있었다.

"오늘은 목수 몇 명이 나왔나요?"

"가평에서 목수가 1명 추가되어 총 10명이 작업합니다. 10일 오후 또는 11일에는 레미콘을 타설할 수 있을 것 같네요."

목수 이사장의 표정이 그다지 밝아 보이지 않았다.

오전 9시 한전 구리지사 통전팀을 방문해서 정나은 과장을 만났다.

"7월 6일부터 엘리베이터를 설치해야 합니다."

담유는 그전에 본전기가 들어와야 한다고 했다. 정과장이 6월 말까지는 들어갈 것이라고 했다. 한전 구리지사에서 나와 근처에 위치한 태우설계사무실을 방문해서 성소장을 만났다.

"2층 2룸 안방의 창문 개구부가 잘못 뚫렸습니다. 어떻게 보수하는 게 좋을까요?"

성소장은 벽돌을 쌓고 단열재와 미장으로 마감하면 누수보다 단열에 문제가 발생할 수 있다며, 가능하면 콘크리트를 타설하라고 했다.

오전 11시경 사무실로 돌아와서 2층 2룸 안방의 창문 개구부에 콘크리트를 타설하는 시공도(Shop Drawing) 3종류를 모눈종이에 스케치해 보았다. 세 가지 중 하나를 선택해서 사진을 찍은 다음 채소장에게 문자로 보내 주었다. 약 1시간 후 채소장이 창문 개구부에 콘크리트를 타설하겠다는 문자를 보내왔다.

오후 늦게 별내역에서 미키를 만나 현장으로 돌아왔다. 3층에 올라가서 작업 상황을 확인해 보았다. 현장 내부가 어두워 잘 보이지 않았으나 내벽 거푸집 작업이 약 50% 정도 완료된 것 같았다. 별내쪽을 바라보았더니 아파트와 상가 불빛으로 불야성을 이루고 있었다. 완공된 다음 옥상 테라스에서 소주 한잔하며 바라보게 될 별내 야경은 정말 환상적일 것 같았다.

"소주 맛도 일품일 거야."

담유는 입맛을 다시면서 지그시 눈을 감았다. 미키가 입술을 씰룩대더니 담유 허리를 쿡 찔렀다.

전기분전반 설치가
잘못되다

2016년 6월 8일

오전 8시 30분경 목수팀 9명이 3층 내벽거푸집을 설치하고 있었다. 목수반장에게 3층 골조 레미콘 타설이 언제쯤 가능할지 물어보았다.

"13일쯤 가능하지 않을까요?"

시큰둥하게 대답했다. 목수팀 내부 분위기를 알려 주는 듯싶었다. 담유는 목수팀 분위기가 더욱 험악해지기 전에 골조공사를 마무리해야 할 것 같아 가능하면 작업일정을 당기고 싶었으나, 목수팀 내부사정이 허락하지 않을 것 같았다. 목수반장에게 조심스럽게 물어보았다.

"12일 비가 온다고 예보되었는데, 좀 더 서두를 수 없을까요?"

"비가 오면 하루 더 지연되는 거죠."

목수반장은 냉정하게 딱 잘라 말했다. 건설현장은 늘 살얼음판을 걷는 듯 두드려보며 앞으로 나아가야 한다. 일을 서두른다고 그만큼 빨리 진행되지 않고, 쌍욕을 해댄다고 작업능률이 오르지 않는다. 오히려 작업자들의 마음을 잃어 역효과만 생길뿐이다. 건축현장의 작업 대부분은 인력에 의존한다. 따라서 작업자의 마음을 얻는 것이 무엇보다 중요하다.

요즘 대부분의 산업분야에서 인공지능(Artificial Intelligence, AI)을 도입한다고 야단법석이다. 특히 이세돌을 이긴 알파고(AlphaGo)의 등장은 가까운 미래에 인간의 모든 작업이 인공지능을 갖춘 로봇들이 대신할 것이라는 주장에 힘을 싣고 있다. 그러나 건축공사는 인공지능을 갖춘 로봇들이 대신하기에는 작업환경이 너무나 다양하고 변수들도 많은 것 같다. 즉 인간만이 할 수 밖에 없는 복잡한 작업환경과 인간만이 판단할 수밖에 없는 심리적이며 감성적인 요인들이 너무 많은 것이다. 따라서 건축공사는 로봇이 대신하는 마지막 산업분야가 되지 않을까 싶다. 만약 로봇이 감성을 갖추고 사람들을 지배할 수 있는 시점이 된다면, 인간은 아마 멸종되어 지구상에서 사라진 이후일지도 모른다.

현장관리의 중심은 사람관리이다. 사람관리는 매우 감성적이기 때문에 마음을 상하게 하면 일이 쉽게 뒤틀린다. 그러나 마음을 얻으면 얽히고 꼬였던 일들도 술술 풀린다. 지금 목수들 사이에 갈등이 점증하고 있다. 마음은 급하지만 목수들에게 상처주지 않도록 조심하는 게 최선이다.

오전 9시 30분경 2층에 올라가 둘러보던 중 2층 3룸의 현관 옆방 문틀 중간에 전기분전반 박스가 설치된 것을 발견했다. 마침 전기 신사장 아들 신오석이 작업 중이었다.

"2층 3룸 전기분전반 위치가 잘못된 것 같네요."

신오석은 깜짝 놀라며 반문했다.

"목수반장님이 그곳에 분전반을 설치해도 된다고 해서 그렇게 했는데요."

담유는 목수반장을 찾아서 전기분전반의 위치가 잘못되었다고 했다. 목수반장은 이미 알고 있다는 듯 신오석에게 위치를 이동시키라고 했다는 것이다. 목수반장의 마음이 현장에서 점점 멀어지고 있는 것 같았다. 될 대로 되라는 식 같았다. 어떻게 해야 하나 난감하기만 했다. 그래 참고 기다려 보자.

내벽 철근배근할 때 전기분전반 박스를 설치하는데, 이미 콘크리트가 타설된 상태라 분전반을 이동시키기 위해서는 콘크리트를 깨 내고 전기배관을 다시 설치해야 한다. 일이 갑절 이상 힘들어지게 생겼다. 목수반장의 무책임한 말투에 전기 신오석이 매우 난감해 했다. 담유는 U건설 채소장에게 전화했다.

"2층 전기분전반이 잘못 설치되었네요."

그런데 채소장이 엉뚱한 말을 했다.

"저희 U건설은 골조공사만 책임지고 전기공사는 책임지지 않습니다."

담유는 갑자기 화가 치밀어 올랐다.

'아, 뭐 이런 무책임한 답변이 있을 수 있단 말인가!'

그래도 한 템포 참으면서 반문했다.

"골조공사 맡은 업체가 전기, 설비공사를 봐주지 않으면 누가 봐줍니까? 그리고 전기업체는 U건설에서 소개해 주지 않았나요?"

U플라자 현장사무실에 있던 채소장이 한걸음에 사무실로 달려왔다. 채소장은 2층 전기분전반 위치가 잘못된 것을 확인하곤 3층으로 올라갔다. 3층의 동일한 위치에 분전반 역시 잘못 설치된 것을 확인했다. 옆에 따라 올라갔던 신오석에게 분전반을 이동시키라고 지시한 다음 사무실로 내려왔다. 채소장은 담유에게 골조공사를 맡은 자기들이 전기와 설비공사를 코디네이트해야 하는 게 맞는다고 했다. 그리고 실수했다며 정중히 사과했다.

전기 신사장에게 전화해서 전기분전반이 잘못 설치되었다고 했다. 신사장은 이미 알고 있었다고 했다.

'아니 무슨 소리인가?'

목수반장과 신사장은 알고 있었으나 담유와 채소장은 몰랐던 것이다. 점점 일이 꼬여가는 것 같았다. 담유가 신사장에게 콘크리트가 더 굳기 전에 이동시켜 달라고 했다. 다음 주 전기입선[65]할 때 칼(다이아몬드 커터로 추정됨)로 옹벽을 커팅한 다음 옮기겠다고 했다. 어색하게 앉아있던 채소장에게 물어보았다.

"3층 레미콘 타설이 언제쯤 가능할까요?"

채소장은 여전히 미안한 듯 조심스럽게 말했다.

"11일에 타설하려고 했는데, 목수팀 작업이 너무 느려, 11일 타설이 가능할지 다시 한 번 확인해 보겠습니다."

뭔가 불길한 기운이 넘실대고 있었다. 오후 1시 40분 인터폰/CCTV 설치 업체인 세운통신 이근호 사장이 현장을 방문했다. 담유는 어수선한 마음을 추스를 겸 인터폰 설비와 CCTV 설비 설치방법에 대해 논의했다.

오후 1시 50분 시스템비계 방진막 설치팀이 현장에 도착했다. 대지 모서리인 동측과 북측면은 도로와 접하므로 방진막을 의무적으로 설치해야 하지만, 서측면은 도로와 접하지 않아 방진막을 설치하지 않아도 된다고 했다. 방진막은 현장의 먼지가 현장 밖으로 빠져 나가는 것을 막아 주지만, 현장 작업자들이나 자재, 장비들이 현장 밖으로 떨어지는 것을 방지하는 역할도 한다.

---

65) 전기배관에 전기선을 넣는 작업

"서측면까지 추가로 설치해 주세요. 추가비용은 정산해 드리겠습니다."

오후 4시경 방진막 설치가 완료되었다. 건물의 외부를 파란 방진막이 둘러쌓고 있어, 골조가 보이지 않으니 왠지 답답해 보였으나, 튼튼한 재질의 방진막 덕분에 현장이 더욱 안전해진 것 같아 왠지 뿌듯했다.

오후 2시 30분, U건설 백사장이 사무실을 들렀다. 백사장이 내일 목수 이사장과 잔여공사비에 대해 회의한다며 심각한 표정을 지었다. 드디어 목수팀 내부 문제를 풀기 위해 본격적으로 논의한다니 다행이었으나, 만약 합의가 되지 않을 경우 어떤 일이 벌어질지 예상하기 힘들었다. 담유는 백사장에게 말을 건넸다.

"예산문제는 잘 해결될 수 있을까요?"

"목수 이사장이 당초 견적을 잘못했으니 이사장 책임인데, 아무래도 저도 손해를 볼 것 같네요."

백사장은 쓴웃음을 지었다. 담유가 나설 수 있는 상황이 아니라, 기다려 보자는 심정으로 태연한 척, 백사장에게 내일 논의 잘 해달라고 부탁한 뒤 자리를 피했다.

오후 5시 작업이 마무리되었다고 하기에 3층에 올라가 내벽거푸집이 90% 정도 완료된 것을 확인했다. 그렇다면 내일 4층 바닥 거푸집 작업을 끝내고, 모레 4층 바닥 철근배근을 완료하면, 11일에는 레미콘 타설이 가능할 것 같기도 했다. 그런데 내일 백사장과 목수 이사장이 잔여공사비에 대해 회의를 한다고 했으니, 그 결과에 따라 레미콘 타설 일정이 확정될 것이다.

형틀목수들이 철수하다

2016년 6월 9일

오전 7시 반경 서암석재 이성호 사장과 통화해서 야기리를 4층으로 인양하면 3층까지 실측이 가능해지니 그 시점에서 계약하기로 했다. 오전 8시경 지난해 〈MBC 건축박람회〉에서 보았던 우편함 제작업체인 마스터테크 방혜영 부장에게 전화해서 우편함 모델과 가격에 대해 알아보았다.

오전 8시 30분경 현장에 도착했다. 미키가 준비해 준 망고주스 1박스, 카스타드 2박스, 초코파이 1박스를 냉장고로 옮긴 다음, 담유는 목수들 갈등이 조금이라도 진정되었으면 하는 바람으로 목수반장에게 말을 건넸다.

"날씨가 점점 더워지네요. 목수들과 나누어 드시지요."

오전 9시경 3층에 올라가 작업현황을 살펴보았다. 안산목수들은 내벽거푸집 작업을 계속하고 있었고, 가평목수들은 4층 바닥 거푸집 아래에 동바리를 세우고 그 위에 장선[66]을 걸치고 있었다.

오전 11시 10분 목수 이사장이 사무실로 들어왔다.

"내일 오전까지 거푸집 작업을 끝내면, 오후에는 철근팀이 들어 올 수 있습니다. 모레 오전까지 4층 바닥 철근배근을 깔고, 11일 오후에는 레미콘 타설할 수 있도록 하겠습니다."

담유는 목수 이사장이 오늘 U건설 백사장과 잔여공사비 관련 회의를 한다는 것을 알고 있었지만, 목수 이사장은 별말 없었다. 담유도 그냥 모르는 척했다.

오후 5시경 목수팀이 4층 바닥거푸집 작업을 거의 마무리했다. 목수 이사장

---

66) 바닥 거푸집을 받쳐 줄 수평 각재

이 얘기했던 것보다 반나절 일찍 끝났다. 늦어지지 않는 것만으로도 고마운데, 반나절을 당겼으니 목수들 갈등이 해결되려나 기대되었다. 목수반장은 조금 전에 철근 이사장이 다녀갔다면서, 내일 아침 철근팀이 작업하러 들어온다고 했다. 그리고 내일 오전에는 4층 바닥에 먹을 놓을 것이라고 했다. 담유가 목수 반장에게 농담을 건넸다.

"반장님, 저희가 오래 오래 살 층이니까, 먹 잘 놓아주세요."

"완공되면 삼겹살이나 구어 먹으러 와야겠네요."

목수반장은 주름진 얼굴을 펴면서 환하게 웃었다. 목수반장은 오늘 백사장과 목수 이사장의 회의가 잘 되리라 믿는 눈치였다. 그래서 기분이 한껏 들떠 보였다. 노인이 즐거워하는 모습은 참으로 보기 좋다. 이것도 인지상정(人之常情)인가?

2016년 6월 10일

오전 8시 목수 이사장이 오전 중으로 목수 작업이 완료될 것이라며 내일 레미콘을 타설할 수 있다고 했다.

"철근사장이 어제 다른 현장에서 야근하는 바람에 오늘은 철근팀을 모두 쉬게 했다고 하네요. 내일 오전 철근팀을 왕창 투입해서 오전 10시까지 철근배근을 끝낼 거라고 했습니다."

담유는 내일 레미콘을 타설한다니 다행이라고 생각했다. 그런데 어제 백사장과 회의결과에 대해 아무런 언급이 없어 궁금했다.

잠시 뜸을 들이던 목수 이사장이,

"목수반장과 다른 목수 2, 3명은 오늘까지만 나오고 내일부터 나오지 않을 겁니다."

기어코 일이 터진 모양이었다. 목수 이사장은 계속해서,

"가평에서 젊은 목수들이 보강되었고, 계단거푸집 전문인 목수 배반장이 목수반장을 대신해서 먹을 놓을 것입니다."

다시 말해 내일부터 배반장이 목수팀을 이끌어 갈 것이라는 얘기였다.

오전 8시 30분경 채소장이 굳은 표정으로 현장사무실로 들어왔다.

"내일 오후 3층 골조 레미콘을 타설하는데, 전기와 설비 작업까지 문제없이 끝내놓겠습니다."

그리고 더 이상 말없이 사무실을 나갔다.

'무슨 일이 있긴 있구나. 드디어 터진 것인가?'

온갖 잡념이 몰려왔다.

9시경 LS공조 김동철 사장이 현장사무실을 찾아왔다. 작은 체구의 김사장은 60대 중반이었는데, 강원도 홍천이 고향이라고 했다. 담유에게 금세 말을 놓으며 친근함을 표시했다. 한눈에 참 괜찮은 분임을 직감했다.

"현장에 올라가서 확인해 볼까요?"

"아직 골조공사 중인데 지금은 때가 아닙니다. 도면만 보고 가지요."

김사장은 도면을 살펴보더니, 에어컨과 실외기 설치할 위치를 물어보았다. 담유가 임대세대, 4층, 다락층 에어컨 설치위치를 도면 위에 표시해 주었다.

"골조공사가 마무리되고 돌을 붙이면 다시 확인해 보러 오겠습니다."

김사장은 사람을 많이 가린다고 했다. 담유의 인상이 무척 마음에 들었는지,

"제가 원가로 설치해 드릴게요."

"아니, 원가가 어디 있어요. 그래도 남아야지."

담유는 목수들이 골치를 썩이는 와중이라 김사장의 원가라는 말이 신선하게 와 닿았다.

오전 9시 30분경 목수반장을 만나볼 겸 4층으로 올라갔다. 4층 바닥거푸집 설치는 거의 완료되었는데, 목수반장은 보이지 않았고 배반장이 4층 바닥에 먹을 놓고 있었다. 먹을 놓던 배반장이 담유를 힐끗 쳐다보더니 아무 말도 하지 않고 먹만 계속 놓았다.

"목수반장님 어디 계시죠?"

"저도 모르겠습니다."

배반장의 말에는 가시가 있었고 퉁명스러웠다. 담유는 머쓱해져 내일 레미콘 타설 전에 감리가 나와 검측해 주어야 한다는 생각이 떠올랐다. 태우 성소장에게 전화했다.

"내일 레미콘 타설할 예정입니다. 내일 오전 10시까지 검측해 주세요."

현장분위기가 뒤숭숭한 게 뭔가 폭발할 것 같은 분위기였다.

오전 10시 50분, 목수들을 잠시 잊기 위해 징크 이진상 소장에게 전화를 걸었다.

"지붕 빗물받이[67]와 옥상 테라스 빗물홈통[68] 설치도 견적에 넣어 주세요."

이소장은 낭랑한 목소리로 옥상테라스 빗물홈통은 창호팀에서 설치하면 되고, 그전에 루프드레인(Roof Drain[69])은 설비팀에게 부탁하면 된다고 했다. 만약 창호와 설비팀에서 설치해주지 않겠다고 하면 자신이 해 주겠다고 했다.

'이진상 소장도 꽤 괜찮은 사람이구나. 근데 목수들은 왜 저러는 거야.'

담유는 갑자기 짜증이 났다. 오후 3시 40분경 목수반장과 목수들이 잔뜩 화가 나서 작업을 중단하고 사무실로 몰려왔다. 목수들이 U건설 백사장과 목수 이사장에게 쌍욕을 하면서, 이사장이 1,500만 원을 내놓으면서 서로 나누어가지라고 했다는 것이다. 목수들은 모두 철수하자며 웅성거렸다. 목수 중 한 명이 웃통을 벗으며,

"백사장, 이XX 어디 있어?"

당장 무슨 일을 낼 듯 고성을 지르는데, 백사장이 현장사무실로 씩씩대며 들어왔다.

"언제 돈을 안준다고 했어? 이사장이 나한테 1,500만 원을 넣어주면 내가 모두 정리하면 되잖아."

쩌렁쩌렁한 목소리로 목수들을 몰아붙였다. 드디어 목수팀 내부에서 곪아오던 갈등이 터지고 만 것이다.

2016년 6월 11일

오전 6시 40분 현장에 도착해 보니 철근사장, 철근반장을 포함해서 철근팀 9명이 이미 나와 있었다. 7시경 크레인이 도착하자, 철근 및 장비들을 4층 바닥으로 올려놓은 다음 4층 바닥 철근배근을 시작했다.

---

67) 지붕에서 흘러내리는 빗물을 모으는 받침대
68) 지붕, 옥상, 빗물받이에 모인 빗물을 지상으로 내리는 빗물 수직관
69) 지붕 위의 빗물을 한데 모아 빗물 수직관으로 흘러가게 하는 빗물 취입구

목수반장과 안산목수팀은 이미 도착해 있었으나 작업복으로 갈아입지 않았다. 목수반장은 담유를 똑바로 쳐다보지 않고 조용히 말을 건넸다.

"일을 마무리 짓지 못해 미안하게 됐습니다. 백사장 참 나쁜 사람이에요."

6시 50분경 백사장이 사무실로 들어왔다. 표정이 안 좋았다. 백사장에게 인건비 정리는 어떻게 되었는지 물어보았다. 백사장은 어제 다 정리했다며 투덜거렸다.

"목수반장 참 나쁜 사람입니다."

담유는 목수반장과 백사장이 서로 나쁜 사람이라고 하니 어리둥절했다. 백사장은 말을 덧붙였다.

"목수들 일이 느려 터져서, 품만 잡아먹었어요."

인건비 손해가 많다는 것이었다.

"목수들한테 손해를 분담하자고 제안했습니다. 그런데 목수반장이 단칼에 거절했어요."

한마디로 기가 막힌다고 했다.

"오야지도 지가 손해를 볼 것 같으면, 직접 못 주머니 차고 망치질 했어야지. 빤히 쳐다보고만 있었으니."

목수 이사장이 직접 일을 했으면 이렇게까지 손해보지 않았다고 했다.

"목수반장도 나이가 들어 몸이 아프면 현장에 나오지 말아야지. 일도 못하면서 일요일까지 나와 거드름만 피워 놓고, 품을 다 달라고 우기니."

목수반장 몫으로만 80품을 손해보았다고 했다. 백사장의 하소연을 듣고 있던 담유가 오늘 목수들이 작업하지 않으면 계단거푸집이 완료되지 않는다고 했다. 그러면 레미콘 타설이 어려운데 어떻게 할 것인지 물어보았다.

"오늘 레미콘 타설할 수 있도록 마무리하는 조건으로 정리하기로 했습니다."

백사장과 목수 이사장은 이미 결론을 낸 것 같았다. 7시경 목수들이 작업복으로 갈아입고 작업을 시작했다. 잠시 후 목수 이사장이 현장사무실에 들어왔다. 별 얘기 없이 커피 한 잔 마시더니, 백사장과 사무실 밖으로 나가 뭔가 의논하는 것 같았다.

7시 10분경 4층에 올라가 보았다. 철근팀이 4층 바닥에 철근을 배근하고 있었다. 8시 반경 목수반장이 안산목수들은 모두 철수한다고 했다. 공사를 마무리하지 못해 미안하다며 가평목수들이 마무리할 것이라 했다.

9시 30분경 현장에 다시 올라가 보았다. 안산목수 3명이 계속 작업하고 있어, 채소장에게 안산목수들이 모두 철수한 게 아닌지 물어보았다. 채소장은 오늘 3명이 작업하고 있는데, 월요일 출근하면 계속하는 것이고, 그렇지 않으면 가평목수로 대체할 예정이라고 했다.

10시 30분경 전기 신오석이 4층 바닥에 전기배관 작업하기 위해 들어왔다. 전기통신도면을 확인하며 작업하는지 물어보았더니 아직 보지 못했다는 것이다. 아버지인 전기 신사장이 시키는 대로 일하는 것 같았다. 요즘 신사장은 현장에 거의 오지 않고 아들만 보내고 있었다. 신오석에게도 도면을 보여 주는 게 좋겠다 싶어 사무실로 데리고 와서 전기통신도면을 보여 주었다.

"4층 TV, 인터넷 위치가 헷갈리네요."

신오석은 도면을 뒤적이더니 머리를 조아렸다.

"도면대로 부엌과 거실에 각각 설치하고, 4층 콘센트는 거실에 2곳, 안방 1곳, 서재 1곳에 추가 설치하면 됩니다."

담유가 도면을 가리키자 신오석은 고개를 끄떡였다. 이제 신사장의 아들인 신오석이 전기업체 오야지가 된 것이다.

11시 10분경 설비 박사장이 4층 바닥 설배배관 작업을 끝내고 현장사무실로 내려왔다.

"에어컨 배관은 거실과 안방에만 했어요."

담유가 서재에도 에어컨 배관이 필요하다고 했다.

"아 그래요. 서재 에어컨 배관은 4층 옹벽 배관 작업할 때 남쪽 옥상테라스로 올라가는 배관에 연결시키면 됩니다."

설비 박사장에게서 안 된다는 말을 들은 적이 없다. 사막의 오아시스 같은 존재였다. 11시 20분 철근반장이 철근배근 작업을 완료했다며 사무실로 들어왔다. 담유가 냉장고 음료수 한 박스를 꺼내 철근반장에게 건네주었다.

"더운데 수고 많았습니다. 이거 식구들과 나누어 드시지요."

땀으로 범벅된 철근반장의 얼굴이 환해지면서, 옆에 있던 채소장을 툭 건드렸다.

"콘크리트가 너무 되지 않게 띄워달라고 그래. 알았지."

채소장이 레미콘을 주문할 때 너무 되지 않게 해달라는 부탁이었다. 레미콘이 되면 더운 날씨에 콘크리트가 밀실하게 채워지지 않는다.

"안 그래도 슬럼프(Slump)값[70]을 18같은 15로 변경했어."

채소장도 말을 놓으면서 능청스럽게 답변했다. 둘이 친하다고 했다. 목수들이 속 썩이는 와중에도 성실한 철근팀이 있어 위안이 되었다.

오후 1시 펌프카가 도착했다. 약 45분 후 레미콘 첫차가 도착해서 레미콘 타설이 시작되었다. 오늘은 물량부담이 적어서인지 교통이 원활해서인지, 레미콘 차는 지체되지 않고 차례대로 도착했다. 오후 4시경 11번째 레미콘 차를 마지막으로 총 66㎥을 타설했다. 오후 1시 30분경 가평인력 강사장으로부터 전화가 왔다.

"목수 이사장이 2,200만 원 밖에 받지 못했다면서, 저희 목수인건비는 다음 달 10일에나 준다고 하네요."

강사장의 말투에는 불만이 가득했다.

"강사장, 인건비 정산하면 더 이상 목수를 투입하지 말고 빠지는 게 좋겠네."

담유는 강사장에게 괜스레 미안했다. 성심성의껏 도와주었는데 인건비도 제때에 못 받는 것 같아서였다. 옆에 있던 채소장 역시 강사장이 이번 사태에 깊숙이 개입되지 않는 게 좋다며 정산한 뒤 빠지라고 했다. 채소장은 목수 이사장과 향후 대책을 논의하겠다면서, 일요일과 월요일에는 작업하지 못할 것 같다고 했다. 오후 5시경 비가 예보되어 있어 철근반장에게 전화를 했다.

"오늘 저녁에 비가 온다는데 비닐을 덮지 않아도 될까요?"

"굳이 덮을 필요 없습니다. 레미콘을 타설한 다음 3시간 정도 지나서 비가 내리면 콘크리트 표면만 거칠어지지, 내부는 오히려 잘 굳어요."

철근반장은 낙천적인 사람이다. 늘 즐거워 보였다. 펌프카 자바라를 잡고 레

---

70) 콘크리트의 슬럼프값이란 현장 타설되는 콘크리트의 유동성 또는 작업성을 나타내는 척도. '슬럼프값이 크다'라는 것은 콘크리트의 반죽질기가 질다 즉, '콘크리트를 거푸집 안에 부어 넣을 때 유동성과 작업성이 좋다'라는 의미이고, 반대로 '콘크리트의 슬럼프 값이 작다'라는 것은 '콘크리트의 반죽질기가 되다 즉, 콘크리트를 거푸집 안에 부어 넣을 때 유동성과 작업성이 나쁘다'라는 의미임

미콘을 타설할 때는 온몸이 콘크리트로 범벅되지만, 샤워하면 멋쟁이로 변신한다. 차도 닛산 인피니티 세단을 몰고 다닌다. 퇴근할 때면 일류회사 직원이나 별반 다르지 않았다.

마침내 기나긴 하루가 지나갔다. 아침 일찍부터 목수반장이 동료목수들과 철수한다고 해서 심란했다. 다행스럽게 목수반장이 끝까지 침착하게 대응해 주었고, 철근팀, 전기팀, 설비팀도 각자 맡은 일들을 제시간에 마무리해 주었다.

회자정리(會者定離)라는 말이 있다. '만나면 반드시 헤어진다.'는 뜻이다. 70대 노인인 목수반장을 만나 그의 부드러운 인간미에 감동하면서, 건설현장 노동자들의 따뜻한 속내를 느낄 수 있었던 귀중한 시간이었다. 그러나 건설현장에 늘 악령처럼 따라붙는 임금체불 문제가 결국 목수반장과의 인연을 끝내게 하고 말았다.

오늘 아침 목수반장이 철수하겠다는 말은 어느 정도 예상했다. 그럼에도 목수반장은 혹여 담유가 놀랄까봐 끝까지 차분하게 배려해 주고 동료들을 달랬다. 늘 작업복 차림이던 목수반장이 처음 새 옷으로 갈아입고 현장에 나타났다. 담유에게 그동안 고마웠다며 악수를 청해 그의 손을 잡아보았다. 목수반장의 손은 거칠었지만 따뜻했다. 사무실을 나가는 목수반장의 뒷모습은 너무나 쓸쓸했다.

회자정리의 반대인 '헤어진 자는 반드시 만난다.'는 리자정회(離者定會)라는 말은 없다. 아마 한 번 헤어지면 좀처럼 다시 인연을 맺기 어렵기 때문일 것이다. 오늘 목수반장이 떠나가면 다시 만나긴 싫지 않을 것이다. 아무쪼록 목수반장과 동료목수들 모두 건강하고 행복하길 바랄 뿐이다.

내일부터 목수 작업은 어떻게 될지 또 무슨 일이 벌어질지 불안하기 짝이 없다. 오늘까지 무사히 마무리된 것만 생각하자며 집으로 향했다. 너무나 지치고 피곤하다. 비가 내리기 시작했다.

새로운 목수팀이
투입되다

2016년 6월 12일

오전 9시 현장에 도착해서 4층 바닥에 올라가 보았다. 새벽녘에 쏟아진 소나기로 바닥이 흠뻑 젖어 있었다.

오후 2시 40분경 서암석재 이사장이 변경해서 보내준 대금지불 조건을 최종 확정하고 다음 주말에 계약하기로 했다. 대금지불 조건은 계약금 10%(계약 후 10일 이내), 자재 입고 시 30%, 외부 마감 시 40%, 잔금은 준공 후 20%를 지급하는 것이다.

오후 4시 30분경 미키가 비계다리를 통해 4층 바닥에 올라가 보자고 했다. 미키는 외부에 노출된 비계다리에 올라서면 사시나무 떨듯 겁을 낸다. 그럼에도 미키는 우리가 살 4층이 어떤 모습일지 궁금해서 올라가 보고 싶었던 것이다. 담유가 손을 잡아주어 간신히 4층 바닥으로 올라왔다. 시원하게 트인 현장 주변을 살펴보던 미키가,

"여보, 4층 거실 창문을 좀 더 크게 하면 어떨까?"

미키는 거실에서 바라보는 불암산, 갈매천, 별내 아파트와 건물들의 물결치는 스카이라인이 너무나 마음에 들었던 것이다. 올라오길 잘 했다고 했다.

2016년 6월 13일

오전 7시 목수 이사장과 목수 2명이 현장사무실로 들어왔다. 목수 이사장에게 오늘은 목수 2명이 작업할 것이냐고 물어보았다. 목수 배반장이 4층 바닥에 먹을 놓을 것이라고 했다. 어제 미키가 제안한 대로 4층 거실 창문을 크게 확대해서 도면에 표시하고, 배반장에게 건네주었다.

배반장이 현장사무실을 나가자, 목수 이사장은 이제 공사에서 손을 뗄 것이라고 했다. 오늘 목수 2명이 나온 것은 다음 목수팀이 들어왔을 때 4층 바닥 먹매김이 되어 있어야 작업을 계속할 수 있기 때문이라고 했다. 오늘 먹매김만 해놓고 모두 철수한다고 했다.

오전 9시 40분경 현성창호 방사장이 견적서를 이메일로 보내왔다. 4층 다락으로 올라가는 내부 철제계단과 1층 화장실 상부 바닥 철제틀 설치가 포함된 것으로 총 6천6백만 원이었다. 방사장에게 전화해서 5천8백만 원에 하자고 했다. 방사장은 한 번 웃더니 그러자고 했다. 담유는 속으로 깜짝 놀랐다.

'뭐야. 그럼 처음부터 견적을 높게 부른 건가?'

담유는 다른 창호업체로부터도 견적을 받아 보았다. 방사장의 견적이 결코 높지 않았다. 오히려 약간 저렴했다.

'Nego(협상)의 여지가 있었나? 혹시 손해보는 거 아닌가?'

단번에 깎아주다니 얼떨떨했다. 혹시 너무 많이 깎은 건 아닌지 걱정되었다.

오후 3시경 U건설 백사장, 채소장과 목수팀 문제를 논의했다. 백사장은 목수 이사장이 데리고 온 안산목수들은 손을 떼게 될 것이고, 2~3일 내에 새로운 목수팀을 구성해서 다시 작업을 착수할 예정이라고 했다. 담유는 U건설 백사장이 손해를 보는 것 같아 내심 미안했다. 그리고 골조공사 계약당시부터 1억 원으로는 부족할 것 같다고 예상했다. 그래서 혹시 모를 상황에 대비해서 약 1,000만 원 정도 추가공사비를 생각하고 있었다.

지금이 바로 예상했던 위험이 현실화되면서 공사에 손해를 끼치는 위기상황이다. 이런 위기상황에서는 누구의 잘잘못을 따지기 전에 일단 위기상황을 벗어나는 것이 급선무이다. 그러기 위해서는 U건설 백사장의 짐을 덜어주는 것이 나을 것 같았다. 백사장에게 골조공사를 잘 마무리해 주면 천만 원 정도 추가로 지불할 수 있다고 말해 주는 것이 현 상황에서 도움이 될지 판단이 잘 서지 않았다. 그러나 지금은 일이 꼬였고, 상처도 적지 않게 받은 상황이다. 담유는 속으로 생각했다.

'그래, 백사장에게 추가공사비를 줄 수 있다고 말해주는 것이 이 상황을 수습하는데 도움이 될 거야.'

그리고 쇠뿔을 당김에 빼듯이 제안했다.

"백사장님, 골조공사를 잘 마무리해 주면 1,000만 원을 추가로 드릴게요."

담유의 제안에 백사장은 뜻밖이라는 듯 깜짝 놀랐다.

"감사합니다. 제가 손해보는 한이 있어도 공사를 잘 마무리하겠습니다. 너무 걱정하지 마세요."

자신이 모든 책임을 지겠다는 강한 의지를 드러내 보였다. 백사장은 찌푸렸던 양미간을 펴고, 한껏 밝아진 표정으로 다른 목수팀을 알아보겠다며 몸을 일으켰다. 백사장이 현장사무실을 나가자, 채소장도 씁쓸하게 웃었다. 담유의 제안이 위기극복에 많은 도움이 될 것 같다는 표정이었다. 냉수를 한 모금 들이키더니,

"골조를 함소장에게 맡긴 것부터 잘못된 거예요. 앞으로 제가 잘 마무리하겠습니다."

채소장은 입술을 지그시 깨물었다. 오후 3시 40분경 세운통신 이근호 사장과 통화해서 엘리베이터 내부에 CCTV를 설치해 주는 조건으로 4백만 원에 계약하기로 했다. 예상보다 낮은 금액이었다. 곧바로 현대엘리베이터 이차장에게 CCTV업체가 엘리베이터 내부 CCTV를 설치해 주기로 했다며 전화로 알려 주었다.

"잘 하셨습니다. 저희가 직접 내부 CCTV를 설치하게 되면 비용이 많이 추가됩니다."

이차장은 건축주에게 불필요한 추가비용을 빼내려 하지 않는다. 담백해서 좋았다.

오후 4시경 담유는 채소장에게 타일업체 소개를 부탁했다.

"요즘 타일공들이 부족해서 난리입니다."

채소장은 타일업체들이 속을 많이 썩인다고 했다. 그러면서 타일업체 소개를 망설였다. 담유가 그래도 한 업체만 소개해 달라고 했다. 마지못해 김구영 사장을 소개해 주면서, 타일업체는 모두 조심하라고 당부했다. 곧바로 김사장에게 전화했다. 신호음이 몇 차례 울린 후 김사장의 괄괄한 목소리가 들려왔다.

"U건설 채소장에게 소개받아 전화 드립니다."

"아, 그러세요. 채소장 잘 알지요."

현재 충북 음성에서 숙식하면서 작업하고 있다며 다음 주 올라간다고 했다. 김 사장은 거두절미하고 곧바로 타일공사 범위를 물어보았다. 일단 화장실 8개, 옥상 테라스에 석재타일을 붙인다고 알려 주었다. 다음 주 현장에 들르겠다고 했다.

오후 4시 10분경 징크 이진상 소장이 현장을 방문했다. 바짝 마른 체형에 하얀 얼굴의 이소장은 작은 서류가방을 어깨에 둘러메고 있었다. 영 현장사람 같지 않았다.

"이소장님 지붕 물량 잘못 뽑은 거 아닙니까? 너무 적은 거 같아요."

이소장은 입 꼬리를 움칠했다.

"골조가 다 끝나봐야 정확한 물량이 나옵니다."

그런데도 현재도면에서는 정확하게 뽑았다고 했다. 담유가 혹시 몰라 찔러보았는데 요동이 없었다. 이소장이 비록 젊지만 전문가다웠다.

오후 4시 30분경 4층 바닥에 올라가 보았다. 4층 바닥에 먹매김이 모두 완료되어 있었다. 도면을 가지고 다시 올라가 꼼꼼하게 대조해 보았다. 먹은 깔끔하고 정확하게 놓여 있었다. 그런데 목수 배반장은 이미 현장을 떠났는지 보이질 않았다. 현장에 늘 남겨두던 목수공구들도 눈에 띄지 않았다. 안산목수들이 아무런 말도 남기지 않고 모두 철수한 것이었다. 그래 헤어질 때는 뒤돌아보지 않는 게 좋을 수도 있겠지. 그래도 왠지 섭섭했다.

2016년 6월 14일

오전 8시 10분 현성창호 방사장에게 창호공사 계약서 초안을 보냈다. 오전 8시 14분 인터폰/CCTV 이근호 사장에게 계약서 작성이 필요한지 물어보았다.

"계약서가 굳이 필요 있나요? 견적서로 대신하시죠."

이사장은 공사가 끝나면 공사비 전액을 지급해 달라고 했다.

오전 8시 20분 도시가스 김혜숙 과장에게 도시가스공사 계약서를 작성해야 하는지 물어보았다.

"도시가스공사는 관공서에 신고해야 합니다. 반드시 계약서가 필요합니다."

김과장은 도시가스공사 표준계약서가 있으니 메일로 보내 주겠다고 했다.

오전 8시 22분 LS공조 김동철 사장에게 에어컨 배관공사 계약서를 작성해야 하는지 물어보았다.

"계약서가 뭔 필요 있어. 작업 끝나면 한 몫에 주면 되지."

공종별 계약서는 작성하자는 업체보다, 견적서로 대신하자는 업체가 훨씬 많았다. 물론 세금문제 때문일 것이다. 그리고 그동안 관행상 계약서 없이 공사를 해왔기 때문에, 계약서 작성 자체에 매우 서툴다. 계약서 없이 일을 하다보면 나중에 공사비를 받지 못하는 경우도 발생하고, 추가공사에 대한 정산을 제대로 받지 못하는 경우도 빈번하다. 그런데도 귀찮다며 계약서를 외면한다.

담유는 가능하면 계약서를 작성하려고 노력한다. 일단 계약서 작성에 대한 의향을 물어본다. 계약서를 작성하지 않겠다고 외면하면 설득해서라도 계약서를 작성하게 한다. 계약서를 작성해 두면 별것 아닌 계약조항 같아도 서로에게 의무감이 생기고, 뭔가 보호를 받는다는 안도감도 생기게 마련이다. 따라서 계약서는 반드시 작성한 다음 일을 시작하는 것이 서로에게 이득이다.

오전 11시 30분경 U건설 백사장이 사무실로 들어왔다.

"양주에서 U플라자 2호점 형틀 작업하고 있는 목수들이 내일부터 들어 올 겁니다."

백사장은 양주목수팀이 U건설의 에이스라며, 안산목수들과는 차원이 다를 것이라고 했다. 한껏 자신감을 드러냈다. 담유가 어제 1천만 원을 추가로 지불하겠다는 호의에 한껏 업(Up)된 듯, 서둘러 에이스 목수들을 투입하겠다는 것이었다. 내일(15일) 3층 벽거푸집을 떼어 내고, 모레부터 본격적으로 4층 거푸집 설치 작업을 시작하겠다고 했다.

이게 전화위복(轉禍爲福)인가? 안 좋은 일로 낙심하고 있을 때 의외로 좋은 기회가 찾아오는 경우가 간혹 있다. 금세 분위기가 역전되며 나아지는데, 이를 '화(禍)가 복(福)으로 바뀌었다.'고 하는 것이다. 지금이 그런 경우인가?

백사장은 안산목수팀에게는 5월분 인건비까지 지급했다고 했다.

"6월분은 6월 말에 지급할 예정입니다. 그런데 안산목수들이 기술자 양심상 너무 많은 품을 요구하네요."

백사장은 안산목수들이 요구하는 전액을 줄 수 없다고 잘라 말했다. 만약 안산목수들이 담유에게 직접 연락해서 인건비를 지급해달라고 요구하면, 이미 백사장에게 공사비를 모두 지급했기 때문에 백사장과 합의하라며 빠지라고 했다.

"가평인력 강사장이 투입한 목수 인건비는 오늘이라도 달라고 하면 모두 지급하겠습니다."

백사장은 뭔가 스스로 정리를 끝낸 것 같았다. 안산목수 인건비는 모두 지급하겠지만 애를 먹이겠다는 말로 들렸다. 아무쪼록 담유에게 불똥이 튀지 않기만을 바랄 뿐이었다.

오늘은 현장에서 아무런 작업도 진행되지 않았다. 공사를 시작하고 비가 오지 않는 멀쩡한 날에 작업이 없기는 처음이었다. 담유는 전공이 공정관리이므로, 작업에 데마찌 나는 것을 가장 싫어한다. 현장이 멈춰 있으면 혀에 바늘이 돋듯 견딜 수 없이 불편하다. 그러나 오늘은 어쩔 수 없다. 목수들이 바뀌는 과정이므로 기다려야 한다. 다만 내일 비가 예보되었는데 백사장이 장담했던 양주목수팀이 들어 올지 의문이었다.

2016년 6월 15일

오전 7시 5분 백사장으로부터 전화가 왔다. 오늘 양주목수팀이 들어와 작업을 시작한다는 것이었다. 기상예보대로 오전 6시부터 세차게 소나기가 내리고 있어 오늘은 일하기 어렵지 않느냐고 걱정스럽게 물어보았다. 백사장은 오늘은 3층 내부에서 벽거푸집을 탈형하는 작업이므로 비 오는 것과는 상관없다고 했다. 그리고 오후에는 외부거푸집 야기리 인양을 준비하고, 내일 오후에는 4층으로 야기리를 인양하겠다고 했다.

소나기가 내려 작업이 없을 줄 알고 집에서 빈둥대다가, 백사장의 전화를 받고 오전 7시 30분경 급하게 현장으로 달려갔다. 현장사무실에는 백사장, 채소장, 그리고 양주목수팀 조재진 사장이 도면을 뒤적이며 얘기하고 있었다. 조사장은 약간 그을린 얼굴에 살짝 벗겨진 이마, 초롱초롱한 눈매가 인상적이었다. 키는 적당했으나 몸은 다부졌다. 직접 목수일을 한다는 것이었다.

백사장이 담유에게 조사장을 소개시켜 주었다. 담유와 조사장은 가볍게 웃으며 악수를 했다. 조사장의 손목 힘이 강하게 전달되었다. 조사장은 다락층 단열재에 대해 단도직입적으로 물어보았다.

"단열재 두께는 얼마로 하나요?"

"옥상테라스 바닥은 아이소핑크 150㎜, 다락지붕은 내부 50㎜, 외부 100㎜를 붙일 겁니다."

담유는 조사장의 느닷없는 질문에 얼떨떨했다. 보통사람은 아닌 듯싶었다. 그래서 곧바로 맞받았다.

"4층 안방에 장롱이 들어갈 수 있도록 화장실 폭을 200㎜ 줄이고, 화장실 창문위치를 안방 쪽으로 붙여 주세요."

조사장이 눈을 껌뻑였다. 담유도 만만한 상대가 아님을 직감하는 듯했다. 옆에서 담유와 조사장의 기 싸움을 지켜보던 채소장이 끼어들었다.

"아침에 설비 박사장을 만났습니다. 4층 화장실의 변기와 세면대 위치를 맞바꾸었다고 하네요. 그리고 현재의 창문크기로는 세면대 위에 거울을 설치할 수 없답니다."

조사장은 안방의 화장실 창문위치가 최종 결정되면 알려 달라고 한 다음, 자신도 직접 작업해야 한다며 곧장 현장으로 올라갔다.

갑작스러운 반전이었다. 안산목수팀이 철수한 다음, 적어도 일주일 정도는 공사가 멈출 것 같았는데, 백사장이 호언장담한 대로 오늘 아침 비가 오는데도 양주목수팀이 현장에 투입된 것이다. 그리고 양주목수팀 조사장은 쾌활한 성품의 50대 초반 정도로, 전혀 형틀목수 같지 않았는데, 도면을 살피며 골조공사를 논의하는 품세를 보니, 전장의 한복판에서 단호하게 지휘하는 장군 포스(Force)가 느껴졌다. 나중에 알게 되었지만 조재진 사장 3형제가 모두 유명한 목수들이며, 막내인 조사장이 가업(家業)인 골조업체를 맡아 운영하고 있다고 했다.

조사장은 안산목수팀 이사장과 달리 직접 목수일을 한다. 백사장은 목수 오야지가 직접 망치질해야 목수들이 잘 따라오고 인건비도 절약된다면서, 안산목수팀의 허술한 목수관리를 못마땅해했다. 담유는 조사장의 갑작스러운 등장으로 약간 당황했으나, 이내 골조공사가 제대로 진행될 것이라는 확신이 들기 시작했다.

오전 8시 10분 현성창호 방사장에게 전화해서, 화장실 창문크기를 줄이려고 하는데 어느 정도까지 줄이면 좋겠는지 물어보았다.

"600x600 정도면 됩니다."

방사장의 답변은 늘 간단명료하다. 창문크기가 600x600이면 4층 바닥에서 1,900㎜ 상단에 설치된다. 바닥마감을 빼고도 1,800㎜ 위에 창문이 설치되기 때문에 그 밑에 세면대와 거울을 설치할 공간은 충분했다.

오전 9시 40분 벽산단열재 이차장에게 전화해서 마지막 단열재 물량인, 아이소핑크 150㎜ 28매, 100㎜ 80매, 50㎜ 80매를 주문했다. 금요일 오전까지 현장에 도착시키겠다고 했다. 오전 10시 도시가스 김혜숙 과장으로부터 전화가 왔다.

"오후 1시경 현장에 가려고 하는데, 괜찮나요?"

도시가스배관 위치를 확인하기 위해 현장에 오겠다는 것이었다.

"제가 오후에 외부에서 회의가 있어요. 아마 현장에 없을 겁니다. 김과장님이 현장에 오시면 건축도면에 도시가스 배관위치를 형광펜으로 표시해 주시면 안 될까요?"

도시가스 영업을 담당하는 김혜숙 과장의 외모는 그다지 빼어나지 않았으나 너무나 친절하고 적극적이었다. 이래서 여자가 건설현장에서 영업을 하는구나. 남과 여를 떠나 사람들은 저마다 어울리는 직업이 있는 듯했다. 김과장은 흔쾌히 그렇게 하겠다며 쟁반에 구슬이 굴러가듯 화답했다.

오전 10시 30분 외부회의를 위해 현장을 떠났다. 오후 늦게까지 회의가 계속되는 바람에 결국 현장으로 돌아오지 못했다.

2016년 6월 16일

오전 6시 45분 양주목수팀 7명과 크레인이 도착해서 야기리 인양을 준비하고 있었다. 오전 7시 10분 야기리 인양이 시작되었다. 목수들은 3층과 4층을 오르내리며 3층 외벽거푸집을 떼어 내고, 4층 외벽거푸집을 지지할 동바리를 설치한 다음, 4층으로 야기리를 끌어올렸다. 조사장은 못 주머니를 옆구리에 찬 채 직접 망치를 두드리며 야기리 인양을 진두지휘했다. 이제까지 보지 못했던 안전하고 일사불란한 모습이었다. 담유는 넋을 잃은 듯 멍하니 쳐다보았다. 다람쥐들처럼 불안하게 오르내리던 안산목수팀을 떠올리면서 입맛을 다셨다.

오전 7시 10분 백사장이 현장사무실로 들어왔다. 담유 책상 위의 서류들을 바라보며 말을 꺼냈다.

"안산목수들을 진작 정리했어야 했는데."

백사장은 정리가 늦은 걸 후회했다.

"지들 먹은 식대만 3백만 원 이상 요구하고 있어요. 목수반장은 일요일 아무도 없을 때 현장에 나온 것까지 일당을 요구하니 기가 차지 않습니까?"

백사장은 입맛을 다셨다. 그리고 6월 말 정도에 안산목수들이 현장사무실로 찾아와 담유에게 직접 인건비를 달라고 할 수 있으니, 그럴 경우 이미 다 지급했다고만 하라고 했다. 백사장은 담유에게 불똥이 튀지 않도록 최선을 다하고 있는 듯했다.

오전 8시 10분 창호공사 방사장에게 전화로 계약서 초안에 대한 의견을 물어보았다.

"대충 주세요."

방사장은 별걸 다 묻는다는 식이었다. 알아서 하라는 것이었다.

"계약금 30%, 창틀설치 후 40%, 준공 후 30%로 할까요?"

담유의 제안에 방사장은 단박에,

"네."

라고 대답했다. 계약서를 수정해서 이메일로 보내 주었다. 오전 내내 조사장이 야기리 인양을 지휘하며 일사불란하게 일을 진행했다. 안산목수팀보다 한참 빠르고 안전했다. 오후 3시경 야기리 인양이 완료되었다. 담유는 야기리 인양이 완료된 4층으로 올라가 보았다. 목수들이 인양된 외벽거푸집 내벽에 단열재를 부착하고 있었다. 채소장이 4층에서 야기리 작업을 지켜보다가 담유에게 말을 건넸다.

"내일 아침, 마지막으로 주문한 단열재가 도착하면, 오전 중으로 단열재를 모두 붙일 겁니다. 오후에는 철근, 전기, 설비팀에게 들어오라고 했어요."

현장분위기가 단숨에 달라졌다. 양주목수들은 철근팀처럼 말없이 일에만 몰두했는데, 짜임새가 있었고 제대로 되는 것 같았다. 담유는 목수팀에 따라 작업의 속도와 품질이 달라진다는 사실에 새삼 놀라고 있었다.

골조공사 이후를
본격적으로 준비하다

2016년 6월 17일

오전 6시 50분 목수와 철근팀은 이미 현장에 도착해서 작업복으로 갈아입고 있었다. 목수팀 7명은 1층에 남아 있던 동바리들을 제거하고, 철근팀 7명도 4층 옹벽 철근을 배근한다고 했다. 목수팀과 철근팀은 서로 잘 알고 있는 듯 서로 농담을 주고받았다.

어제 저녁 4층 거실 모서리에 벽난로를 설치하면 운치 있고 분위기가 좋을 것 같아 미키에게 거실에 고풍스러운 벽난로를 설치하자고 제안했다.

"벽난로가 멋있어 보이지만, 타다 남은 재가 날리면 거실이 지저분해질 텐데."

미키는 별로 내켜하지 않았다.

"그래도 한 번 검색이나 해보지 뭐."

담유는 한 번 알아나 보자며 인터넷으로 벽난로 업체들을 검색해서, 현장에서 가까운 삼호벽난로 한우덕 대표의 연락처를 알아냈다. 오전 7시 20분 한대표에게 전화를 걸어 벽난로 위치 및 굴뚝 구멍 낼 곳을 자문받고 싶다고 했다. 한대표는 카탈로그를 준비해서 토요일 오전에 현장을 방문하겠다고 했다.

오전 7시 30분 전기 신사장이 도착했다. 신사장에게 4층 벽등, 우물천정등, 계단등의 위치를 알려 주었다.

"신사장님, 4층에 전기콘센트를 추가 설치해 줄 수 있나요?"

"그럼요. 전기콘센트는 가능하면 많이 설치해 두는 게 나중에 편리합니다. 콘센트 위치만 알려 주세요. 얼마든지 설치해 드릴게요."

전기 신사장도 참 좋은 사람이다. 그의 너털웃음은 일품이다. 신사장은 U건설 백사장과 군대에서 장교와 사병으로 만나 거의 35년간 알고 지낸다고 했다. 가끔씩 백사장이 군장교 시절 괴팍스럽게 본인을 포함한 사병들을 괴롭히던 일화들을 들려주곤 했다. 그런데 신사장은 백사장에 대해 원망하기보다, 백사장이 제대 후 군대시절의 사병들까지 세심히 챙겨주고 있다며 늘 고마워했다.

신사장은 담유보다 한 살 위인데 허리가 옆으로 약간 굽어 있다. 허리통증으로 오랜 시간 작업하기 어려워 이제 아들에게 자신의 경험과 노하우를 물려주고 있다고 했다. 신사장 아들인 신오석은 듬직한 체구를 지녔다. 이제 겨우 전기공사 3년차이므로 많이 서툴지만, 작년에 결혼해서 떡두꺼비 같은 아들을 낳아 아버지 신사장의 자랑거리를 만들어 준 효자였다. 신사장은 휴식시간에 사무실을 자주 들렀다. 그럴 때면 자신의 핸드폰에 저장된 손자의 사진과 동영상을 담유에게 보여 주며 후덕한 할아버지의 너털웃음을 짓곤 했다.

이른 아침 담유와 미키는 우편함 모델을 마스터테크 MB110 BLACK으로 최종 결정하고, 담유가 A4용지에 우편함 배치도와 번호 등을 스케치한 다음 사진으로 찍어놓았다. 오전 9시 우편함 제조업체 마스터테크의 방혜영 부장에게 MB110 BLACK모델 스케치 사진을 문자로 보내 주었다. 방부장으로부터 전화가 왔다.

"문자 잘 받았습니다. 그런데 우편함 깊이를 알려 주세요."

담유는 서암석재 이성호 사장에게 전화해서 우편함 깊이가 어느 정도면 좋겠는지 물어보았다. 120㎜ 정도가 적당하다고 해서, 방부장에게 그대로 전달해 주었다. 그리고 방부장에게 우편함 가격을 물어보았다.

"보통 개당 25,000원입니다. 제가 특별히 22,000원으로 디스카운트해서 8개에 126,000원에 해 드리겠습니다. 입금해 주시면 곧바로 제작해서 2~3일 내에 택배로 보내 드릴게요."

오후 2시 20분 채소장이 현장사무실로 들어왔다. 4층 레미콘 타설이 언제쯤 가능한지 물어보았다. 22일 정도 예상하고 있는데 그날 비가 예보되었다면서 날씨를 보아가며 일정을 잡겠다고 했다.

담유는 1층 화장실 천정고가 5.4m로 너무 높아 중간쯤에 바닥 슬라브를 설치하면 그 위를 창고로 사용할 수 있을 것 같았다.

"채소장님, 화장실 천정 중간쯤에 바닥 슬라브를 설치하면 어떨까요?"

"좋은 아이디어인데요."

채소장은 1층 화장실로 직접 가서 살펴보겠다고 했다. 1층 화장실 천정을 살펴보고 오더니 가능하다고 했다. 담유는 채소장에게 1층 화장실 옹벽에 전기와 설비배관들이 매설된 위치를 알려 주었다. 그리고 1층 화장실 천정 바닥 슬라브를 설치하게 되면 추가비용이 어느 정도 될지 물어보았다.

"많이 주면 좋지요"

채소장은 웃으면서, 다락층 레미콘 타설할 때 함께 타설하면 된다고 했다.

오후 2시 30분 설비 박사장이 현장에 도착했다. 담유가 박사장에게 다락층에 보일러를 별도로 설치하는 게 어떤지 물어보았다.

"좋은 생각이네요. 16,000kcal 보일러를 추가하면 되는데, 보일러 값은 70만 원입니다."

"그래요. 그럼 다락 보일러를 추가로 설치해 주세요."

약 1시간 후 설비 박사장이 작업을 마치고 현장을 떠나려고 했다. 혹시 4층 서재의 에어컨 배관을 설치했는지 물어보았더니 깜빡한 듯 설치하지 않았다고 했다. 박사장과 함께 4층 서재로 올라가 에어컨 설치 위치를 알려 주었다. 박사장은 함께 온 설비공에게 서재 벽을 타고 올라오는 환기구에 물 빼는 배관을 연결하라고 지시했다. 설비공은 잠깐 사이에 배관을 연결했다. 전기 신사장에게도 서재 에어컨 전용 콘센트를 설치했는지 물어보았다. 다락층 바닥 철근 배근할 때 설치하면 된다고 했다.

4층은 담유 가족이 살아갈 공간이다. 아마 오랜 시간 머물게 될 것이다. 그래서 그런지 몰라도 신경 쓰이는 곳이 한두 군데가 아니다. 미키 역시 곳곳을 찬찬히 들여다보며 의견을 제시하고 있다.

'이게 내 집을 짓는 보람이고 낙이 아닐까?'

담유는 흐뭇했다. 오후 3시 50분 신기호로부터 전화가 왔다.

"1층 콘크리트 공시체 강도시험결과가 24.5로 나왔습니다."

담유는 24이상 나왔으니 괜찮다고 했다. 기호는 참으로 성실하고 착하다. 1

층 콘크리트 타설할 때 만들어둔 공시체를 정확히 4주 만에 강도시험을 한 것이었다. 4주 전 공시체 만든 것을 까맣게 잊고 있었는데, 콘크리트 강도가 기준치를 초과하였다니, 한결 마음이 편해졌다.

오후 5시경 옹벽 철근배근, 전기와 설비 작업이 마무리된 것을 확인하고 막 퇴근하려는데, 사무실 밖에서 채소장, 함소장, 자재업자가 다투는 듯 큰소리가 들려왔다.

"무슨 일입니까?"

담유가 문을 열고 채소장에게 물어보았다. 함소장이 소개해 준 자재업자를 통해 거푸집 자재를 들여왔는데, 물량차이가 난다며 언쟁이 벌어졌다는 것이다.

"잘 해결되었습니다."

채소장은 웃으면서 신경 쓰지 말라고 했다. 함소장이 이래저래 많은 피해를 주고 있어 영 개운치 않았다.

2016년 6월 18일

오전 7시 양주목수팀 11명이 4층 벽거푸집을 설치하기 시작했다. 채소장과 백주일 사장도 현장에 나와 있었다. 채소장이 목수 9명에 조공 2명이 추가되었다고 했다.

오전 7시 30분경 작업현황을 둘러보기 위해 4층으로 올라갔다. 4층 엘리베이터 옹벽 부분을 살펴보다가 엘리베이터 출입문 좌측 제어판 자리에 철근이 배근되어 있는 것을 발견했다. 사무실로 내려왔다.

"채소장님, 엘리베이터 제어판 자리에 철근을 배근해 놓았네요. 철근을 제거하지 않으면 목수들이 그 위에 거푸집을 설치할 것 같습니다."

채소장은 눈이 휘둥그레져서 4층으로 뛰어 올라갔다가 잠시 후 내려왔다.

"철근팀이 실수한 것 같습니다. 목수반장에게 철근을 잘라내라고 했어요. 큰일 날 뻔했습니다."

잘못된 철근배근 위에 거푸집을 설치하고 콘크리트를 타설하게 되면, 콘크리트가 굳은 다음 그 부분을 제거해야 하는데, 하스리 작업도 만만치 않다.

오전 10시경 삼호벽난로 한우덕 사장이 현장을 방문하였다. 한사장과 벽난로 연도 설치, 옥상 테라스 연도주변 방수, 벽난로 주변 마감에 대해 논의한 다음, 다음 주중으로 벽난로 설치 여부에 대해 집사람과 의논한 다음 알려 주겠다고 했다. 그런데 벽난로 설치에 대해 미키가 동의할 가능성은 그리 높아 보이지 않았다.

오전 11시 30분경 채소장과 철근반장이 사무실로 와서 다락 바닥 레미콘 타설할 때 옥상테라스 바닥 물매를 잡기 위해 미장공을 불러야 한다고 했다. 정호에게 전화해서 미장공을 불러달라고 했다.

"옥상테라스 바닥 물매는 방수나 타일공이 잡을 수 있어요. 레미콘 타설할 때 평소대로 나라시(평평하게)만 해 놓으면 됩니다."

정호는 아무래도 레미콘 타설할 때 가평에서 미장공을 보내기가 번거로운 것 같았다. 채소장과 철근반장에게 정호의 의견을 전달해 주었다. 별말 없이 그렇게 하자고 했다. 미장공이 반드시 필요한 줄 알았는데 그것도 아닌 모양이었다. 내친 김에 철근반장과 1층 화장실 천정 중간에 바닥 슬라브 레미콘 타설하는 방법에 대해 의논해 보았다.

"펌프카에 기다란 자바라를 설치해서 타설하면 됩니다. 그런데 작업이 까다로워 비용이 추가되는데요."

철근반장이 능청스럽게 말했다.

"추가비용은 신경 쓰지 마시고, 콘크리트만 잘 쳐주세요."

담유는 시공만 잘해달라며 철근반장 허리를 꾹 찔렀다. 철근반장은 기분이 좋은 듯 크게 웃으며 걱정하지 말라고 했다.

오후 3시 30분경 서암석재 이성호 사장이 현장을 방문해서 석공사 계약을 체결했다.

"고맙습니다."

계약을 체결한 이사장이 고개를 꾸뻑하며 빅스마일을 지어 보였다.

"제가 오히려 부탁드려야지요."

담유가 손사래를 쳤더니, 이사장은 멋쩍은 듯 화제를 돌렸다.

"내일 오전에 골조 3층까지 실측해서 1차분을 오더(Order)할 거예유. 그리고 골조가 끝나면 곧바로 나머지를 실측해서 2차분을 오더하겠시유."

이사장의 계획은 치밀해 보였다. 그리고 포천석은 버너구이, 고흥석과 카파오는 연마석으로 하고, 고흥석과 카파오는 포천석보다 5㎝ 정도 돌출시키겠다고 했다.

"교수님, 이런 거 보신 적 있나유?"

주머니에서 기다란 회색 쇠봉을 꺼내더니, 담유 앞에 내밀었다.

"별거 아녀 보이지유. 이래봬도 특허 받은 제품이어유."

외벽에 돌을 고정시키는 앵커였다. 이사장은 이것을 사용하면 단열재를 손상시키지 않으면서, 돌을 단단하게 고정할 수 있다고 했다.

이성호 사장은 나이에 비해 젊어 보인다. 주름이 거의 없고 피부가 매끈하다. 그런데 얼굴에 큰 상처는 아니지만 작은 상처들이 곳곳에 남아 있다. 이사장의 삶이 그대로 얼굴에 드러나는 것이 아닐까? 천진난만해 보이면서도 수심이 가득한데 빅스마일은 일품이다. 어딘지 모르게 정이 가는 사람이다.

오후 4시 30분경 양주목수 조사장이 현장사무실로 들어왔다.

"엘리베이터 도면에는 엘리베이터 천정이 4층 바닥에서 4m만 올라오는 것으로 되어 있네요."

목수 조사장은 채소장이 4m 40㎝라고 한다며 엘리베이터 도면을 확인하자고 했다. 담유는 최종 수정된 엘리베이터 도면을 훑어보았다.

"조사장님, 마감선과 지붕 슬라브 두께를 감안해서, 다락층 바닥에서 1m 20㎝ 높이에 엘리베이터 천정을 설치하면 되겠네요."

양주목수팀이 투입되고 나서 일이 너무나 잘 풀리는 것 같았다. 조사장이 수시로 현장사무실에 들러 애매모호한 부분에 대해 미리미리 확인해주니, 목수들이 다시 작업하는 일들도 현저히 줄어들었다. 그리고 조사장은 담유에게도 농담을 곧잘 걸어왔고, 동료목수들과도 격의 없이 농담을 주고받았다. 목수 오야지로서 만만치 않은 관록이 엿보였다.

2016년 6월 19일

목수팀이 바뀌고 맞는 첫 일요일이다. 오전 6시 50분 양주목수팀 9명이 모두 출근해서 작업복으로 갈아입고 있었다.

오전 7시 20분 4층 현장에 올라가 보았다. 목수반장이 다락층 바닥보와 개구부 위치를 물어 보았다. 담유가 도면을 보여 주며 상세하게 설명해 주었다. 그리고 현관 팬트리(Pantry) 창문 위쪽 단열재가 제대로 끼워지지 않아 틈이 크게 벌어져 있으니, 에폭시나 단열재 조각으로 메꾸라고 했다.

오전 11시 50분경 점심식사를 위해 집에 갔다가 오후 2시경 현장에 돌아왔다. 목수 조사장이 거푸집들을 직접 옮기고 있었다.

"4층 층고가 너무 높네요. 그리고 웬 보가 이렇게 많나요?"

조사장은 구조설계가 마음에 들지 않는 모양이었다. 그래서 일이 빨리 진행되지 않는다며 투덜거렸다. 4층 층고가 거의 4m에 이르니 일반 층고보다 1m 이상 높다. 따라서 목수 작업이 그 만큼 힘들어지는 것은 당연했다.

2016년 6월 20일

오전 6시 50분 목수팀 9명이 작업을 준비하고 있었다. 크레인도 이미 도착해서 고정다리를 펴고 붐대를 길게 뺀 채, 다락층 바닥으로 거푸집 자재를 인양할 준비를 하고 있었다. 7시부터 크레인 작업이 시작되었으며, 다락 바닥에 깔 단열재 아이소핑크(150㎜)부터 올려놓기 시작했다.

오전 7시 20분 채소장에게 전화해서 4층 레미콘 타설할 때 2층 2룸 안방의 창문 개구부 잘못 뚫린 부분과 1층 엘리베이터 계단참 구멍을 어떻게 처리할지 물어보았다.

"이번에 4층 레미콘 타설할 때 구멍들을 모두 메울 건가요?"

채소장이 잠시 후 현장사무실로 건너왔다.

"수요일 오후 레미콘 타설할 때 전부 메우겠습니다. 레미콘을 신청해 주시죠."

채소장은 U플라자 현장을 맡고 있기 때문에, 두 현장을 오가느라 정신없었다. 담유는 직접 뽑은 4층 레미콘 물량 84㎡을 참고하라며 채소장에게 건네주었다.

오전 8시 30분 현성창호 방사장으로부터 전화가 왔다. 오늘 계약하자고 했다. 담유는 미키가 함께 있으면 좋겠다며 오후 5시경 현장사무실로 오라고 했다.

오전 10시 도시가스 라인드림 김혜숙 과장이 현장사무실을 방문해서, 도시가스공사를 4백만 원에 계약했다. 김과장이 외부비계를 해체하기 전에 외벽가스배관을 설치해야 하고, 천정 목틀을 설치하기 전에 천정가스배관을 설치해야 하므로 여유시간을 두고 알려 달라고 했다. 그러면서 자기네들도 틈틈이 현장에 들러 작업 상황을 파악하겠다고 했다.

오전 10시경 싱크대 전문업체인 가람퍼니처 김상근 이사에게 전화했다.

"김이사님, 지난 일요일 집사람과 한샘 상봉점에 갔었는데, 싱크대 가격이 엄청나대요."

김이사는 크게 웃었다.

"브랜드는 다 그렇습니다. 저희 같은 영세업체에서 싱크대를 만들어 브랜드에 납품하는데, 브랜드에서는 자기네 상표만 붙여 가격을 따따블로 부릅니다. 완전 사기죠."

김이사는 자신들 제품 품질이 브랜드와 똑같은데 가격은 훨씬 저렴하다고 했다. 김이사에게 주방가구 배치계획 초안을 만들어 수요일 현장을 방문해 달라고 했다.

오후 2시 10분경 동부제강 금사장에게 마지막 철근 물량을 주문하면서 그동안 수고했다는 문자를 보냈다. 금사장은 U건설과 오랫동안 거래하면서 신용을 쌓은 60대 중반의 매너 좋은 신사였다. 적지 않은 나이에도 담유에게 페이스북 친구를 요청했고, 페이스북에 자신의 가족과 손자들의 사진 속에 즐거워하는 모습을 올려놓았다. 그야말로 행복한 가정의 구심점 그 자체였다. 철근을 주문하면 가장 저렴한 가격으로 정확한 시점에 정확한 물량을 현장에 도착시켜 주었다. 혹시 남는 철근은 군말 없이 회수해 갔다.

건설은 사람과의 만남에서 시작되고 만남으로 끝난다. 좋은 사람을 만나 좋은 인연을 만들어 가면 그 자체가 행복 아니겠는가? 좋은 사람들과 좋은 집을 짓는 일만큼 보람된 일도 찾기 힘들 것이다. 건설은 좋은 사람들과 행복을 만들어가는 과정이 되어야 한다. 그런데 그게 말처럼 쉽지 않다.

오후 3시경 양주목수 조사장이 현장에 들렀는데 작업복 차림이 아니었다.

"조사장님, 오늘 웬일로 가다마이를 입고 계시나요?"

담유가 작업복을 입지 않은 것을 가다마이라고 놀렸다. 조사장은 웃으며 어이없어했다.

"오늘은 작업현황만 둘러보려고요. 근데 백사장이 얼마나 주려는지 모르겠습니다."

조사장은 백사장과 이번 공사금액에 대해 확정짓지 않고 작업한다고 했다. 그러면서 이런 규모의 골조공사는 적어도 1억5천만 원은 들어갈 것이라고 했다. 현장에서 발생하는 대부분의 문제는 돈에서 비롯된다. 혹시 백사장과 목수 조사장 사이에 돈 문제로 또 다시 분쟁이 발생하지 않을까 걱정스러워지기 시작했다.

오후 5시경 방사장이 현장사무실을 방문해서, 창호금속공사를 5천5백만 원에 계약했다. 미키가 애교 섞인 말투로 방사장에게 말을 건넸다.

"1층 현관문은 격자형으로 해 주세요. 그리고 4층 주인세대 현관문은 금강방화문 카탈로그에서 고르면 되나요?"

금강방화문 카탈로그는 지난해 MBC건축박람회에서 가져온 것인데, 매우 고급스러운 제품들로 가득했다. 미키의 말을 가만히 듣고 있던 방사장은 씩 웃었다.

"사모님, 아직 시간이 넉넉합니다. 천천히 결정하시면 됩니다."

방사장은 언뜻 보면 인텔리처럼 도도하고 깍쟁이 같아 보인다. 그런데 자근자근 얘기를 듣다 보면 참으로 인정 많은 따뜻한 사람임을 느낀다. 방사장은 젊은 나이에 상경해서 고생을 많이 했고, 사기도 많이 당해, 처음 만나는 사람을 경계한다고 했다. 그런데 일단 마음의 문을 열면 한없이 양보하는 선한 성품을 가지고 있다.

좋은 사람을 만나는 것만큼 행운은 없다. 건설에서 좋은 사람을 만나기가 쉽지 않다고 한다. 그런데 좋은 관계를 맺다 보면 좋은 인연이 되고 좋은 인연은 좋은 사람을 만든다. 좋은 관계를 맺는 것이 좋은 사람을 만나는 첫 걸음이라면, 건설도 예외는 아닐 것이다.

2016년 6월 21일

오전 8시 목수팀들이 4층 옹벽거푸집 마무리 작업과 다락층 바닥거푸집 작업을 하고 있었다. 다락층 바닥거푸집 작업현장에 올라가 목수반장과 다락층으로 올라오는 내부계단 오드리바(계단참) 슬라브를 돌출시키는 길이에 대해 의논했다.

4층 거실에서 다락으로 올라가는 계단은 거실과 안방을 구분하는 이 집의 핵심 포인트이다. 일단 계단은 콘크리트가 아닌 목제나 철제계단으로 설치하기로 결정했다. 콘크리트 계단은 너무 차갑고 딱딱한 느낌이라 제외시켰다. 목제계단은 따뜻하고 부드럽다. 그런데 자칫 삐거덕거리는 소음이 염려되었다. 철제계단은 차갑지만 모던한 분위기를 연출할 수 있다. 목제와 철제 둘 다 장단점이 있어 망설이고 있다. 그러나 계단을 지지할 다락층 계단참과 계단 위 공간은 미리 충분히 확보해 놓아야 한다.

목수반장과 계단 최상부에 위치한 계단참의 길이를 물건을 든 채로 돌아 설수 있도록 여유 있게 빼놓기로 했다. 그리고 계단을 올라가는 도중 머리가 다락층 바닥에 닿지 않도록 계단이 시작되는 부분 바로 위의 공간도 충분히 확보하기로 했다. 이런 것들이 건축허가도면에 제대로 표시되지 않았기 때문에 시공하면서 결정할 수밖에 없다. 이게 우리나라 영세 설계업체의 현실이다. 목수반장은 담유의 염려를 충분히 이해했는지 고개를 끄떡였다.

오전 11시 30분 한전 구리지사 정나은 과장에게 전화했다.

"이달 말에 본전기가 들어오는 게 확실한가요?"

"네. 그렇습니다."

정과장은 임시전기 신청은 되어 있으나 본전기 신청은 되어 있지 않아 작업할 수 없다고 했다. 전기 신사장에게 전화해서 본전기 신청을 해달라고 부탁했다. 본전기가 들어오기 위해 전기계량기를 설치해야 하는데 비용이 만만치 않다. 그래서 신사장이 본전기 신청을 미루고 있었는지도 모르겠다. 여하튼 엘리베이터를 설치하기 위해 본전기는 반드시 들어와 있어야 했다.

오전 11시 40분 안산목수 하반장으로부터 전화가 왔다.

"교수님, 4층 골조 레미콘 타설은 언제 하나요?"

전혀 뜻밖이었다. 담유는 바짝 긴장했다.

'아니 웬일이지? 혹시 인건비를 직접 지급해 달라는 것은 아닌가?'

담유는 목소리를 가다듬고 안부를 물었다.

"반장님, 잘 계시지요?"

하반장은 쉰 목소리로 잘 있다고 했다. 담유가 안산목수팀이 철수하고 3일 반나절 동안 작업을 못했는데, 다른 목수팀이 들어와서 일정을 당겼다고 했다. 그리고 내일 4층 레미콘 타설할 예정이라고 했다.

"일이 빨리 진행되는군요."

하반장은 자기들이 일을 잘못해서 미안하다고 했다. 목수반장은 그냥 궁금해서 전화했다며 집에서 쉬고 있다고 했다. 담유가 건강을 잘 챙기시라고 했더니, 목수반장은 거듭 미안하다며 통화를 마쳤다. 담유는 궁금해졌다.

'하반장이 왜 전화했을까?'

인건비를 직접 달라는 요구는 분명 아니었다. 그저 궁금해서 전화했고, 자기들이 일을 못 끝내 미안하다는 말만 되풀이했다. 코끝이 찡해졌고 눈알이 뻑뻑해졌다.

오후 2시 20분 1층 바닥에서 전기 신사장이 쉬고 있었다.

"신사장님, 본전기를 신청하셨나요?"

"본전기를 받으려면, 전기통신맨홀부터 설치해야 합니다."

신사장은 내일 레미콘 타설하면 펌프카 때문에 맨홀 설치가 어려우니, 내일이나 모레 오전에 전기통신맨홀을 설치하자고 했다.

"신사장님, 허리 아프실 텐데 사무실로 들어와 쉬시지요?"

"아닙니다. 전기통신맨홀 위치만 확인하러 들렀어요."

신사장은 다른 현장으로 가야한다며 몸을 일으켰다. 옆으로 구부러진 허리가 너무나 안쓰러웠다. 열심히 살아온 흔적이었다.

평내건재에 맨홀과 맨홀 뚜껑 가격을 물어보니 맨홀은 7만5천 원 맨홀 뚜껑은 19만 원이라고 했다. 전기, 통신 두 세트를 모레 오전까지 보내달라고 했다. 혹시 내일 비가 오면 연기될지 모르니, 내일 다시 전화 주겠다고 했다.

오후 5시경 정호에게 전화해서 내일 방수와 미장업체가 현장을 방문하는지 물어보았다.

"내일 오전 7시 30분 가평에서 출발합니다."

정호는 싱글거렸다.

"내일 업체들 현장에 오면 물량을 반드시 뽑으라고 하게."

정호에게 업체들이 구리에 왔을 때 실측까지 끝내라고 했다. 가평과 구리를 오가기 번거로울 것 같아서였다. 채소장도 방수와 미장업체를 소개해 주었으나, SMJ House 물량이 적다며 꺼려했다. 그래서 정호가 거래하는 가평업체를 소개받았다. 요즘 구리와 가평사이에 고속도로가 뚫려 1시간 정도면 출퇴근이 가능하다. 그런데도 가평업체들은 구리에서 일하는 것을 그리 탐탁하게 여기지 않는 것 같았다.

방수는 정말 중요한 공종이다. 집 다 지어놓고 물이 새면 그 보다 큰 낭패는 없다. 보수하기도 어렵고, 보수해도 계속 하자가 발생하기 때문이다. 그래서 방수업체 선정은 매우 중요하다. 이왕이면 잘 아는 업체 또는 잘 아는 사람으로부터 소개받는 것이 좋다. 그래서 정호에게 부탁한 것이다.

오늘은 다락층 바닥 거푸집과 1층 화장실 천정 거푸집 설치를 완료했다. 다락층 엘리베이터 옹벽 안쪽 거푸집만 남았는데, 내일 철근배근한 다음 완료할 것이라고 했다.

2016년 6월 22일

오전 6시 50분 철근을 실은 트럭과 크레인이 도착해 있었다. 오전 7시 10분경부터 크레인이 철근을 인양하기 시작하였다. 철근을 모두 올려놓자, 철근 이사장이 합세한 철근팀 5명은 이제까지 그래왔듯이 묵묵히 철근을 배근하기 시작했다.

'얼마나 오랫동안 일했으면 이토록 일사불란할까?'

매번 감탄하지만, 아무런 망설임 없이 철근을 나르고, 자르고, 배근하고, 결속선으로 묶는 과정은 마치 시계바늘이 돌아가듯 한 치의 오차도 없었다.

오전 7시경 설비 박사장이 설비공 2명과 함께 현장에 도착해서 곧바로 다락층 바닥으로 올라갔다. 다락층 바닥 철근배근 작업에 맞추어 들어온 것이다.

철근 이사장은 설비 박사장과 그리 친해 보이지 않았다. 설비 박사장은 철근 이사장을 힐끗 쳐다보고는 곧바로 옥상테라스에 루프드레인(Roof Drain)[71]용 PVC 파이프(100㎜)를 철근에 결속선으로 묶어 고정했다. 그리곤 다락층 화장실, 세탁기, 싱크대 하부 배관 작업을 시작했다.

오전 9시 30분 정호가 가평방수 이배준 사장, 가평미장 오영석 사장과 함께 현장에 도착했다. 담유가 악수를 청했다.

"반갑습니다."

가평방수 이사장은 멋쩍은 듯 뻣뻣하게 손을 내밀었고, 가평미장 오사장은 엉거주춤하게 손을 내밀었다. 정호와 거래를 많이 해서 어쩔 수 없이 구리에 왔다는 듯 텁터름한 표정이었다. 담유는 애써 외면하고 함께 현장에 가보자고 했다. 현장 이곳저곳을 둘러보며 방수 및 미장 작업에 대해 논의했다. 방수 이사장은 털털하지만 깐깐한 말투였다. 미장 오사장은 수더분해 보였으나 내키지 않는다는 표정이었다. 담유는 방수와 미장이 조속히 마무리되어야 인테리어 공사를 착수할 수 있으니 서둘러 달라고 부탁했다. 옆에 따라다니던 정호가 방수와 미장은 걱정하지 말라며 환하게 웃었다. 옆에 있던 방수 이사장과 미장 오사장은 마지못해 따라 웃는 듯했다.

오전 9시 50분 현장에서 방수와 미장에 대해 논의하고 있는데, 태우 성소장이 다락층으로 올라가는 것을 발견했다.

"성소장님, 검측하러 오셨나요?"

"네."

성소장은 철근배근 상황을 둘러보고 현장사무실로 내려가겠다고 했다. 잠시 후 성소장이 사무실로 내려와서 철근배근이 잘 되고 있다며 만족해했다. 성소장이 부르지도 않았는데 현장에 오기는 처음이다. 지난번 3층 레미콘 타설 때 애먹이는 바람에 장대표에게 한마디 들은 듯싶었다.

오전 10시 서암석재 이성호 사장이 현장사무실을 방문해서 3층까지 실측한 시공도면을 보여 주었다. 어제 오후 늦게 아무도 없는 현장에 와서 실측을 했

---

71) 지붕 위의 빗물을 한데 모아 빗물 수직관으로 흘러가게 하는 빗물 취입구

다는 것이다.

"교수님, 고홍석, 카파오, 포천석 붙일 위치가 헤깔리네유."

이사장이 고개를 갸우뚱거렸다. 그럴 만도 했다. 입면이 모서리를 중심으로 좌측에서 우측이 카파오가 올라가며 좌측면과 우측면이 사분할 되어 있어, 돌 붙이는 사람들에게는 낯선 모양임이 분명했다. 담유가 입면도를 펼쳐 놓고 돌 붙이는 위치에 대해 꼼꼼하게 설명했다. 이내 이사장은 순박한 빅스마일을 지어 보였다.

"아, 알겠습니다."

이사장은 확실하게 이해했다면서 곧바로 자재를 발주하겠다고 했다. 돌은 중국산을 주로 사용하기 때문에, 중국에서 돌을 가공한 다음, 운반과 통관을 거쳐 현장에 도착하는데 약 2주일이 소요된다고 했다.

오전 10시 10분경 이성호 사장과 얘기하는 도중, 가람퍼니처 김상근 이사가 주방가구 카탈로그와 샘플을 가지고 현장을 방문했다. 주방가구는 공사의 막바지에 설치한다. 그러나 주방가구 배치 안이 나와야 설비배관과 주방 벽타일이 결정되므로, 주방가구업체는 가능하면 이른 시점에 알아보아야 한다. 주방가구는 주부의 몫이다.

"김이사님, 저한테 얘기해 보았자 아무 소용없습니다."

담유는 김이사에게 미키가 있어야 주방가구 배치를 논의할 수 있다며, 다음 주중으로 초안을 만들어 다시 한 번 방문해 달라고 부탁했다.

오전 11시 10분경 다락 보(Girder)와 바닥 하부근 배근이 완료되었는데, 철근 반장이 오늘은 레미콘 타설이 어려울 것 같다며 짜증스러운 표정을 지었다. 오후 2시경 철근배근이 완료되는 시점에서 비가 내리기 시작했다. 시간이 지날수록 세차게 내렸다.

"비가 오는데 오늘 레미콘 타설이 가능할까요?"

담유의 걱정스러운 질문에 채소장은 청우레미콘에서 오늘 타설하기를 원한다며 3시까지만 기다려 보자고 했다. 그때까지 비가 그치지 않으면 내일로 연기하겠다고 했다. 비가 잠잠해지기를 기다렸으나 빗줄기는 점점 더 굵어져만 갔다. 비 내리는 것을 지켜보던 콘크리트 타설팀과 펌프카 기사가 오늘 타설은 어려울 것 같다고 했다. 내일로 연기하자고 해서 내일 레미콘 타설하기로 최종 결정했다.

오후 2시 40분 비가 쏟아지는데 설비 박사장이 담유에게 다락으로 같이 올라가자고 했다. 다락층 바닥에서 설비배관을 연결하고 있었다.

"우산 좀 붙잡아 주시겠어요?"

박사장이 빗물에 본드가 씻겨 나간다며 담유에게 우산을 씌워달라는 것이었다. 담유는 촘촘한 철근사이로 설비배관을 연결하려 애쓰는 박사장 위로 우산을 씌워 주었다. 설비배관이 철근사이에 끼어 어긋나는데 비는 계속 퍼붓고 있었다. 빗물에 박사장의 손이 계속 미끄러졌다. 담유는 턱과 어깨사이에 우산을 끼우고 두 손으로 박사장을 거들었다. 마침내 설비배관이 연결되었다. 레미콘 타설을 연기했는데도 박사장은 자신이 맡은 일을 마무리하려고 안간힘을 썼다. 박사장의 책임감이 예사롭지 않았다.

오후 3시 콘크리트 타설팀과 펌프카가 철수했다. 목수팀은 2층 창문보강, 1층 엘리베이터 인방 거푸집 작업을 계속했다. 현장을 떠나려는 철근반장에게 1층 화장실 천정 중간바닥, 1층 엘리베이터, 2층 창문보강 철근배근 작업이 얼마나 걸릴지 물어보았다.

"한 시간도 채 걸리지 않아요. 내일 출근하면 즉시 마무리해 놓겠습니다."

철근반장은 약속이 있는 듯 서둘러 사무실을 나섰다.

2016년 6월 23일

오전 7시 10분 펌프카가 도착해서 레미콘 타설을 준비하고 있었다. 철근팀은 약속대로 1층 엘리베이터 인방, 2층 창문보강 거푸집에 철근배근을 신속하게 마무리했다. 철근팀이 철근배근을 끝내자 목수팀이 열려 있던 측면 거푸집을 덧대었다. 4층 레미콘 타설 준비가 완료된 것이다.

오전 7시 30분 철근반장이 청우레미콘 출하실에 직접 전화해서 레미콘 차를 출발시키라고 했다. 오전 8시 30분 레미콘 첫차가 도착해서 레미콘 타설이 시작되었다. 8대까지는 연속해서 도착했다.

오전 9시 반경 9번째 레미콘 차부터 다시 연속적으로 도착했고, 오전 10시 반경 13번째 레미콘 차가 도착해서 4층 골조 레미콘 타설이 완료되었다. 오전 11시경 마지막 14번째 레미콘 차가 도착해서 2층 창문 개구부. 1층 엘리베이터 상부, 1층 화장실 천정 바닥에 보강용 레미콘을 타설함으로써 모든 일정이 마무리되었다.

오늘은 너무도 원활하게 아무런 문제없이 레미콘 타설을 완료했다. 새로운 목수팀이 투입되며 현장 분위기가 반전된 것이 오늘 레미콘 타설에도 영향을 준 것 같았다. 역시 건설은 사람이다. 사람은 마음만 먹으면 못할 일이 없지만, 틀어지면 아무 것도 할 수 없다. 큰 고비를 넘긴 것 같았다. 한결 홀가분해진 마음으로 귀가했다.

상량식을 하고
다락 지붕을 덮다

2016년 6월 24일

새벽 2시부터 비가 내리기 시작하더니 오전 9시경까지 약하게 계속 내렸다. 오전 6시 40분경 백사장과 목수 조사장이 사무실에 나와 얘기하고 있었다. 목수팀 4명은 4층 내부 옹벽거푸집을 해체한다고 했다.

"조사장님, 오늘 비가 오는데 작업할 수 있나요?"

"오늘은 옹벽거푸집을 바라시(해체)하지 않으면 시간이 지날수록 달라붙어서 형틀해체가 더 힘들어져요. 오늘 해체하는 게 좋습니다."

목수들이 내부에서 작업하므로 비가와도 괜찮다고 했다. 백사장은 안산목수들이 6월 말 현장에 올라와 인건비를 더 달라고 소란을 피울 것 같다고 했다.

"그 친구들 막 나가면 경찰을 불러야지요."

"그냥 조용히 해결해 주세요."

담유는 안산목수들을 불필요하게 흥분시키지 말라고 했다. 잠시 후 채소장이 현장사무실로 들어와서 전기통신맨홀 설치를 내일로 연기한다고 했다. 그리곤 오늘 내리는 비는 콘크리트를 굳히는데 더없이 좋다며 반색했다. 백사장의 찌푸린 얼굴과는 대조적이었다.

오전 9시 15분 징크 인성건축 이진상 소장으로부터 전화가 왔다.

"골조가 언제 끝나나요?"

"다음 주 중에는 마무리될 것 같습니다. 징크공사 계약서를 정식으로 작성해야 하지 않겠어요?"

"원하시면 그렇게 하시지요."

이소장은 계약서작성을 마치 큰 인심 쓰듯 말했다.

"그러면, 계약금 10%, 공사 완료 시 60%, 준공 후 30% 지급하는 조건이면 괜찮겠어요?"

담유의 제안에 이소장은 지체 없이 동의했다. 이소장은 징크 작업이 석공사와 동시에 착수되어야 하고 석공사만큼 시간이 걸린다고 했다. 조금은 과장된 듯싶었다. 서암석재 이사장과 작업일정을 협의해 보라고 했더니, 이사장과 잘 아는 사이라며 알았다고 했다.

오후 2시경 안산목수팀 목수 하반장으로부터 전화가 왔다. 오전에 백사장이 했던 말을 떠올리며 바짝 긴장했다.

"공사가 잘 진행되나요?"

"어제 4층 레미콘 타설했습니다."

새로 투입된 목수팀은 목수사장도 망치를 들고 직접 일한다고 했다. 하반장은 잠시 머뭇대는가 싶더니,

"목수들이 인건비를 다 받지 못했어요. 백사장 전화번호를 아시나요?"

백사장에게 직접 전화를 걸겠다는 의미였다. 담유는 하반장에게 잠시 기다리라고 한 다음, 백사장에게 전화해서 목수 하반장이 전화번호를 묻는다고 했다.

"안산목수 이사장에게 물어보면 내 전화번호를 알 수 있습니다. 무슨 꿍꿍이가 있는 거예요."

백사장은 자신의 연락처를 알려 주지 말라고 했다. 하반장에게 다시 전화해서 백사장이 알려 주지 말란다고 했다. 하반장은 목수들이 백사장을 직접 찾아갈 것이라고 했다. 뭔가 큰일이 벌어질 듯 험악한 분위기가 감돌았다.

오후 3시가 넘으면서 구름사이로 햇살이 간혹 비추는데 가랑비는 멈추지 않았다. 4층 내부 옹벽거푸집 해체가 완료되었다. 목수 조사장과 목수반장이 다락층 바닥에 먹을 놓기 시작했다.

2016년 6월 25일

오전 6시 40분 목수 조사장과 목수반장을 포함한 목수팀 5명이 크레인으로

마지막 야기리 인양을 준비하고 있었다. 철근팀 2명은 야기리 인양에 앞서 다락층으로 철근을 올려놓은 다음 철수한다고 했다.

오전 7시 10분 준성이가 외박을 나온다고 해서 연천군 초성리역으로 출발했다. 오전 8시 30분경 준성이와 함께 현장으로 돌아왔다. 준성이가 다락층 바닥까지 올라가서 주변을 돌아보더니, 건물이 높고 경치가 좋다며 만족스러워했다.

준성이를 집에 데려다 주고, 오전 9시 20분경 현장으로 돌아왔다. 야기리 인양중인 다락층에 올라갔다. 크레인에 매달린 야기리가 바람에 심하게 움직이고 있었다. 목수들이 야기리를 고정하려고 안간힘을 썼으나 바람에 계속 흔들렸다. 담유가 급하게 맨손으로 야기리를 붙잡았다. 조사장은 잠시 멈춘 야기리를 단숨에 바닥에 고정시켰다. 바람이 불 때 야기리 인양은 매우 위험하다. 자칫 바람에 야기리가 바람개비처럼 돌기라도 하면 큰 사고로 이어질 수 있다. 목수들의 작업복이 바람에 펄럭였다.

"바람이 너무 센데요. 작업을 잠깐 중단하시죠."

조사장은 야기리 인양이 다 끝났다며 껄껄 웃었다. 바람은 잦아들지 않았다. 오전 11시경 조사장이 사무실에 들러 야기리 고정 작업이 모두 끝났다고 했다. 그리고 농담을 걸어왔다.

"이제 상량식을 잘하셔야 집에 복이 들어옵니다."

조사장의 상량식이라는 말에 담유는 귀가 번쩍 뜨였다.

"요즘 상량식은 안 하는 것 같던데요."

담유는 고개를 갸우뚱했다.

"처음 짓는 집은 상량식을 해야요. 그래야 조상신들이 돌봐줍니다."

조사장은 상량식을 반드시 해야 한다고 했다. 담유는 조상신이라는 말에 괜스레 머쓱해졌다. 그래서 목수사장에게 언제쯤 하는 게 좋을지 물어보았다. 조사장은 되었구나 싶었는지,

"경사지붕 거푸집을 조립해서 인양해야 하니, 수요일쯤이면 좋겠네요."

조사장은 손으로 입을 가리더니 헛기침하며 살짝 웃었다. 그래 속는 척 해주자. 담유는 미키의 반응이 궁금해졌다.

상량식(上樑式)은 집을 지을 때 기둥을 세우고 보를 얹은 다음 마룻대를 올리면서, 새로 지은 건물에 재난이 없도록 지신(地神)과 택신(宅神)에게 제사 지내는 의식이다. 전통 목조건축에서는 거르지 않는 중요한 행사였으나, 요즘에는 특별한 경우를 제외하고 상량식을 하지 않는다. 목수 이사장이 담유에게 상량식을 언급하는 것은 상량식 그 자체보다, 상량식때 건축주가 내 놓는 봉투금액에 더 많은 기대를 하고 있기 때문이다.

오전 11시 30분 점심식사도 할 겸 집으로 왔다. 미키에게 상량식 얘기를 꺼냈다.

"목수들이 수요일에 상량식을 하자고 하네."

미키의 눈치를 살폈다.

"그럼, 뭘 준비하면 되나요?"

미키는 상량식에 대해 아무런 거부감도 보이지 않았다. 김이 샜다. 만에 하나 거부하면 목수사장에게 미키가 반대해서 못한다고 해줄 요량이었다. 미키는 태어날 때부터 기독교인이다. 외가 쪽이 원래 독실한 기독교 집안이기 때문이다. 그런데도 미키는 담유가 전통적으로 제사 지내는 것에 대해 반대하지 않았다. 그래서 종교문제로 다투어 본 적이 없다.

"고사지낼 때처럼 시루떡, 수육, 김치만 30인분 정도 준비하면 될 것 같은데."

현장사람들과 갈매원주민인 배사장, 김사장을 비롯한 몇몇 분들만 초청하면 될 것 같았다. 미키는 행사에 매우 예민한 편이다. 필요 이상으로 준비물에 신경을 쓴다. 그래서 미키에게 행사의 의미나 규모를 가능하면 축소시켜 말해야 한다.

오후 12시 50분 터파기 장비 '03백호'가 도착했다. 전기 신사장을 비롯한 전기팀 4명이 전기통신맨홀 설치 작업을 시작했다. 먼저 시스템비계 하단을 해체하고, 주변의 목재 및 동바리를 치웠다. 치워진 공간으로 백호가 들어가더니 전기통신맨홀이 들어갈 자리를 파내기 시작했다. 흙을 다 파낸 후 백호 삽으로 전기통신맨홀용 콘크리트를 들어 올려 땅속으로 집어넣었다. 맨홀을 고정시키고 주변에 되메우기를 하고 나니 오후 4시였다. 전기통신맨홀 설치 작업이 완료되었다.

오후 4시 40분경 다락층 작업 상황을 둘러보고 내려오는데, 목수반장이 내일모레 뵙겠다고 했다. 담유는 눈을 크게 뜨며,

"내일은 목수 작업이 없나요?"

안산목수들이 번쩍 떠올랐다. 뭔가 잘못되었나 싶었다.

"다락층 작업물량이 얼마 되지 않습니다. 오늘 외벽거푸집 설치를 끝내고, 단열재도 다 붙일 겁니다."

목수반장은 담담하게 말했다. 그래 내일은 일요일이다. 목수들도 쉬어야 되지 않겠는가. 그래서 모처럼 쉬는 것이다.

2016년 6월 26일

일요일임에도 이른 시각인 6시 40분, 철근팀 4명이 이미 도착해서 다락층 옹벽 철근배근을 준비하고 있었다.

다락방 창문은 도면에 뻐꾸기 창으로 계획되어 있었다. 그러나 지붕경사 각도 때문에 창문 높이가 너무 낮아 하늘만 보일 뿐이었다. 그래서 다락방 창문을 옆벽에 설치하기로 했는데, 목수들이 아직 창틀박스를 설치하지 않았다. 옆벽에 뚫을 수 있는 최대 창문 폭을 줄자로 재어 보았다. 약 1,450㎜까지 넓힐 수 있을 것 같았다. 철근반장에게 창문크기를 정확히 잰 다음 색연필로 표시하고, 그 부분에는 벽 철근을 배근하지 말라고 했다.

오전 7시 40분 설비 박사장이 동료와 함께 현장에 도착했다. 다락층의 설비배관 도면은 없다. 왜냐하면 법적으로 다락층을 주거목적으로 사용할 수 없기 때문이다. 그럼에도 불구하고 대부분의 상가주택은 준공된 다음 다락층에 화장실과 주방을 설치한다. 따라서 골조 공사할 때 다락층 바닥에 미리 설비배관을 매설해 놓아야 한다.

박사장도 이런 관행을 잘 알고 있었다. 다만 도면이 없기 때문에 다락층에 배치될 화장실 주방 위치를 정확히 알려 주어야 한다. 담유는 박사장과 함께 다락층으로 올라가 화장실의 샤워기, 세면대, 변기위치, 주방의 세탁기, 싱크대 위치를 알려 주었다.

오전 11시 철근팀이 다락 옹벽 철근배근 작업을 완료하고 내려왔고, 10여 분

뒤 설비 박사장도 작업을 마무리했다며 사무실로 내려왔다. 마침 미키가 준비해 온 수박을 함께 나누어 먹으면서, 올해 유난히 더운 날씨를 화제 삼아 모처럼 여유시간을 가졌다.

2016년 6월 27일

오전 6시 50분 목수팀 10명이 다락층 옹벽거푸집 설치를 준비하고 있었다.

"반장님, 다락방 창문 폭을 1,450㎜로 표시해 두었습니다. 그 부분은 철근을 배근하지 않았습니다."

목수반장에게 어제 표시해 둔 다락 창문위치를 알려 주었다. 목수반장은 60대 후반으로 강릉사람이다. 영동지방 특유의 사투리가 맛깔스러웠다. 젊은 시절 사업을 크게 벌이기도 했으나, IMF로 말아먹었다고 했다. 그리고 노가다를 시작했는데, 목수 조사장과는 7년 이상 함께 일한다고 했다. 목수반장은 목수 조사장을 대단히 높이 평가했다. 젊은 사람이 목수 오야지로서 대단한 능력을 가지고 있다며 한껏 추켜세웠다. 그 말은 맞는 말이었다. 목수사장이 직접 작업하며 자신보다 나이 많고 경험 많은 목수들을 통솔하는 것을 보면 범상치 않았다.

오전 7시 50분 전기 신오석이 전기공 1명과 함께 도착해서 다락층 벽철근에 전기배관을 설치하고 있었다. 신오석에게 다락층 인터폰 설치위치와 북측 남측 테라스 외등 설치위치를 알려 주고 있는데, 채소장이 이미 다락층에 올라와 있는 것을 발견했다.

"다락층 레미콘은 언제 타설하지요?"

담유는 채소장에게 거푸집을 모두 해체하고 정리하는 시기도 물어보았다.

"30일 다락층 레미콘 타설을 완료하면, 다음달 4일 정도에 3층까지 1차로 거푸집을 모두 해체해서 정리할겁니다. 그리고 8일 정도에 4층과 다락층까지 거푸집을 해체해서 정리하겠습니다."

채소장은 이미 거푸집 해체와 정리까지 일정을 잡고 있었다. 거푸집이 모두 해체되어야 창문틀과 목문틀을 설치할 수 있고, 곧이어 미장 작업이 가능해진다. 미장 오사장은 가능하면 한 번만 들어와서 미장 작업을 마무리하길 원하고 있었다. 가평에 일이 많고, 오가기가 많이 번거롭기 때문일 것이다. 그런데 미장을 단번에 마무리할 수 있을까? 그건 거의 불가능하다. 미장할 곳도 많지만, 미장 작업은 다른 공종들과 겹치므로 홀로 일하고 떠날 수 없기 때문이다. 오사장도 잘 알고 있을 터였다. 고르고 단단한 미장면이 나오기 위해서는 고도로 숙련된 기능이 필요하다. 미장 오사장의 심사를 편하게 해주는 게 최선이다.

오전 8시 10분 정호에게 전화했다.

"28일이나 29일중에 목수팀과 철근팀 그리고 동네 분들 모시고 상량식겸 점심식사를 할 예정이네. 강사장과 함께 현장에 와주겠나?"

정호는 상량식이라는 말에,

"요즘 그런 거 안 하는데요"

라며 의아해했다. 담유가 목수들이 원해서 한다고 했더니, 정호가 피식피식 웃길래, 그냥 오라고 했다.

골조공사가 끝나고 이어지는 작업이 외벽에 돌을 붙이는 것이다. 10시 40분 서암석재 이사장에게 전화를 했다.

"이사장님 석공사를 언제 시작하나요?"

"다락 외부거푸집을 해체하면 곧바로 들어가겠습니다."

이사장은 1층에서 3층까지 약 10일, 4층에서 다락층, 그리고 1층 화장실 벽까지 약 15일 걸린다고 했다. 내부에 돌 붙이는 것은 방화문틀과 엘리베이터를 설치해야 시작할 수 있으므로 아직 정확한 일정은 잡을 수 없다고 했다.

오후 1시 30분경 다락층을 점검하던 중, 준성이 방에 전기 컨트롤박스가 매립되어 있는 것을 발견하고, 급하게 전기 신오석에게 전화를 했다.

"다락방에 전기 컨트롤박스가 있네요."

"아 그건, 전기 컨트롤박스가 아니고 CCTV 컨트롤박스입니다."

"CCTV 콘크롤박스는 다락층 거실 벽에 있어야 되지 않나요?"

"그런가요? 그러면 지붕 슬라브 전기 배관할 때 이동시키겠습니다."

현장에서는 잠시 한눈을 팔면 작업이 엉뚱한 방향으로 진행되는 경우가 많다. 작업자들이 도면을 보지 않고 경험에 의존해서 작업하는 경우가 많기 때문이다. 따라서 작업하기 전 작업해야 할 부분을 정확히 알려 주어야 하고, 작업이 정확하게 진행되는지 확인해야 한다. 그리고 작업이 끝나면 제대로 되었는지 재차 확인해야 한다. 다락층은 원칙적으로 주거공간이 아니므로 CCTV 컨트롤박스를 설치하지 않는다. 따라서 도면에도 표시되어 있지 않다. 도면에 없는 경우 좀 더 꼼꼼하게 작업지시하고 챙겨야 했는데, 잠시 잊고 있는 사이 엉뚱한 곳에 CCTV 컨트롤박스가 설치되어 있었던 것이다. 만약 콘크리트가 타설되었다면 CCTV 컨트롤박스 옮기는 일은 거의 불가능할 뻔했다. 그 전에 발견되어 천만다행이었다.

2016년 6월 28일

오전 6시 잠결에 문자 메시지 신호음이 들렸다. 서암석재 이성호 사장이 자신의 처가 사망했다는 부고를 직접 문자로 보낸 것이었다. 깜짝 놀라서 멍하니 창밖을 바라보았다. 어둠이 걷히고 있었다. 그런데 오늘은 상량식 하는 날이다.

오전 7시 현장에 나왔으나 아무도 이사장 부인이 사망한 사실을 모르고 있었다. 오전 9시경 경기도 광주에 차려진 빈소로 문상을 갔다. 담유가 첫 문상객인 듯 넓은 빈소는 썰렁하기 그지없었다. 이사장은 홀로 빈소를 지키다가 담유를 보더니, 이내 굵은 눈물을 흘리며 소리 없이 흐느끼기 시작했다.

"처가 어제 집 앞 건널목을 건너다가, 그만."

이사장은 말끝을 맺지 못했다. 건널목을 건너는데 트럭이 덮쳤다고 했다. 처가 불쌍하다는 말만 반복했다. 인명(人命)은 재천(在天)이라 하지만 이건 아닌 것 같았다. 이사장이 힘든 석공 일을 하면서 3남매를 잘 키웠고, 석공으로서 나름 신용을 얻어 안정된 가정도 꾸렸다. 그런데 처가 갑작스럽게 세상을 떠났으니, 어떤 말로 위로가 되겠는가?

"이사장님, 아이들을 봐서라도 힘을 내세요."

더 이상 할 말이 없었다. 담유는 이사장의 등을 두드려 주고, 황망히 빈소를 나와 현장으로 돌아왔다.

오전 10시 집에 들러, 미키가 준비한 수육 15근을 6개의 도시락 통에 나누어 담고, 시루떡 한 박스를 찾아서 오전 11시경 현장에 도착했다.

오전 11시 30분 정호, 강사장이 현장에 도착했고, 곧이어 태우 장순덕 대표, 백주일 사장도 도착했다. 얼마 지나지 않아 갈매동 원주민들인 배길호 사장, 이태석 사장, 김영호 사장, 배사장 부인과 며느리가 손자들을 데리고 현장까지 걸어왔다. 채소장은 이사장 부인 빈소에 문상 갔다며 오지 않았다.

상량식을 위한 제사의식은 생략했다. 넓게 펴놓은 단열재 위에 둘러 앉아 수육과 막걸리를 곁들이며 상량식을 대신했다. 목수팀들도 별도로 마련된 단열재 위에서 수육과 막걸리를 먹으며 점심식사를 함께 했다. 모두들 즐겁게 덕담을 주고받았다. 목수반장에게 목수들과 소주 한잔하라면서 30만 원을 넣은 금일봉을 건네주었다. 서암석재 이사장의 부인이 돌아가신 것을 아는 사람은 아무도 없었다.

오늘은 새벽부터 이사장 부인이 교통사고로 사망했다는 말에 심란해서인지 몰라도, 상량식을 마친 다음에도 개운하지 않았다. 온몸에 피곤이 송곳처럼 찔러왔다. 인생이란 바람처럼 왔다가 바람처럼 가는 것인데 뭐 이렇게까지 아등바등 살아야 하나? 그저 허무하기만 했다.

2016년 6월 29일

오전 6시 40분 철근팀 6명이 크레인으로 남아 있던 철근을 다락층 바닥으로 인양하고 있었다.

오전 7시 10분 철근반장이 경사지붕 콘크리트면을 잡아줄 미장공을 불렀는지 물어보았다.

"잘 모르겠는데요."

담유는 금시초문이었다. 철근반장은 지붕경사면을 미장공이 시야기해 주어야 한다면서 미장공 한 명을 불러달라고 했다. 오전 7시 30분 채소장이 다락층으로 올라왔다.

"미장공을 불러야 하지 않겠습니까?"

채소장은 자신이 거래하는 미장업체에 전화해서, 미장공 한 명을 보내달라고 했다.

"일당이 18만 원이라고 합니다."

"알았습니다. 불러주세요."

오전 7시 40분 채소장과 앞으로 일정에 대해 논의했다. 오늘 철근 작업이 일찍 마무리되면 오후에 레미콘을 타설하자고 했다. 채소장은 오전에 펌프카를 부르면 하루치 장비비를 주어야 한다며, 오후에 펌프카를 불러 반나절만 사용하자고 했다.

체소장은 오늘 오후 레미콘을 타설하면 내일 내부 옹벽거푸집을 해체하고, 4층 거푸집과 동바리를 다락으로 올려 크레인으로 지상에 내리겠다고 했다. 3층 거푸집은 목수들이 지상으로 내려 정리하면 된다고 했다. 4일까지 거푸집 정리를 마치고 5일 대청소하면, 골조공사는 완료된다고 했다.

오전 7시 50분 전기 신사장에게 전화해서 본전 시설부담금을 납부했다고 알려 주었다. 한전에서 7월 1일까지 본전을 넣어준다고 했으니, U플라자와 연결된 임시전기를 본전으로 대체하면 된다고 했다. 오전 8시경 전기 신오석이 현장사무실에 들러 경사 지붕에 설치할 전등 위치를 알려 달라고 했다. 소방도면 위에 전등 위치를 표시해 주었다. 다락층 화장실과 창고 전등은 준공 후 칸막이벽을 만든 다음 설치하므로, 일단 다락천정에 전등 배선만 달아 놓겠다고 했다.

오전 10시 20분경 가람퍼니처 김상근 이사가 현장을 방문해서 2, 3층 싱크대, 신발장을 스케치한 모눈종이를 보여 주었다. 4층 싱크대 문 샘플도 가져왔다.

"김이사님, 스케치 잘 하시네요."

담유가 김이사의 그림솜씨를 칭찬해 주는데, 옆에 있던 미키가,

"임대세대는 김이사님께 맡기면 될 것 같네요. 그런데 4층 주방가구는 한샘으로 할 생각입니다."

김이사는 4층 주방까지 맡겨달라고 했다.

"한샘이 주방가구에서는 최고 브랜드인데 뭔가 다르지 않겠어요. 비싼 만큼 값어치를 하겠지요."

미키는 완강했다.

"그러시면, 제가 잘 아는 한샘 영업사원을 소개해 드릴게요."

김이사는 아쉬운 표정이 역력했다.

오전 11시경 다락층 경사지붕 철근배근과 전기배관이 완료되었다. 10여 분 후 펌프카도 도착했다. 오후 12시 레미콘 첫차가 도착해서 다락층 레미콘 타설이 시작되어, 오후 2시경 완료되었다. 다른 층에 비하면 눈 깜짝할 사이에 끝난 셈이다.

오후 1시부터 경사지붕면에 쇠흙손 미장이 착수되었다. 무더운 날씨 탓에 콘크리트가 빨리 굳어지며 미장 작업은 더디게 진행되었다. 오후 5시 채소장으로 부터 미장 작업이 완료되었다는 연락을 받았고, 미장공에게 18만 원을 송금해 주었다.

마침내 4월 30일 착공해서 오늘 6월 29일까지, 정확히 60일 만에 골조공사의 피날레인 다락 지붕을 덮었다. 참으로 길고 긴 두 달이었다. 많은 우여곡절들이 있었으나, 많은 분들의 도움으로 무사히 골조공사를 마무리한 것이다.

젊은 시절 겪었던 현장경험이 이번 SMJ House 골조공사 과정에서 큰 힘이 되었다. 젊을 때는 대형건설회사의 해외현장에서 말단 건축기사로서 상사의 지시를 실행하는데 급급해, 건설현장이 돌아가는 전체 모습은 알아차릴 수 없었다. 그러나 직영공사라는 특성 때문에, 현장반장을 비롯한 다국적 노무자들과 직접 부딪히며 일했던 경험은, SMJ House의 첫 번째 완료시점(Milestone)인 '골조공사 완료'까지 오는 과정에서 현장사람들을 이해하고 위기상황을 극복하는데 큰 도움이 되었다. 아무리 작은 경험이나 인연이라도 가볍게 여기지 말라는 선인(先人)의 가르침이 헛된 것이 아님을 새삼 깨달았다.

제6부
외부마감공사

담　유
澹　喩
건축일기

현장을 정리하며, 마감공사를 준비하다

2016년 6월 30일

새벽 4시 바람소리에 잠에서 깨었는데 창밖엔 가랑비가 내리고 있었다. 어제 타설한 다락층 콘크리트 양생에 도움이 될 것 같은 반가운 비였다.

골조공사가 전체 공사에서 차지하는 비율은 비용관점에서 보면 대략 40% 정도이다. 그러나 공사의 난이도 측면에서 보면 거의 70~80% 정도를 차지한다 해도 과언이 아니다. 그만큼 골조공사는 수많은 위험들이 곳곳에 잠재되어 있는 거칠고 고된 과정인 것이다. 현장에서 골조공사가 완료되었다고 하면 모두들 한시름 놓는다. 담유도 일단 안도감이 밀려왔으나, 앞으로 해야 할 마감공사도 여전히 만만치 않기 때문에 머릿속은 여전히 복잡했다.

마감공사는 크게 외부마감공사와 내부마감공사로 나뉘고, 또다시 습식마감공사와 건식마감공사로 구분된다. 골조공사는 거푸집, 철근, 설비/전기 배관 작업들만 계속적으로 반복되지만, 마감공사는 다양한 공종들이 내·외부에서 동시에 진행된다. 따라서 마감공사는 작업들 간 선·후행 관계를 잘 살피면서, 작업들의 간섭이 최소화되도록 관리하는 것이 중요하다.

이제부터 골조공사에 사용되었던 각종 자재들을 해체 및 정리하고, 마감공사를 위한 공간을 만들어 주어야 한다. 거푸집 해체과정에서 자칫 큰 부상을 당할 염려가 있고, 현장정리도 숙련된 작업자들이 투입되지 않으면 작업시간이 한없이 길어지므로 여전히 긴장해야 한다.

또한 마감공사의 각 공종별 업체들을 계속적으로 알아보고 면담을 통해 살핀 다음, 최종적으로 계약을 체결해야 한다. 특히 각각의 업체들이 현장에 투입되기 전 준비할 시간이 필요하므로, 충분한 여유를 갖고 최고의 마감공사 업체들을 선택해야 한다. 담유에게는 만만치 않은 도전이다.

오전 6시 50분 목수팀 10명이 다락층 거푸집 해체와 1층 거푸집과 동바리 정리 작업을 준비하고 있었다. 어제 타설한 콘크리트가 잘 굳었는지 확인해 보기 위해 다락층으로 올라갔다. 다락 최상부 경사지붕은 빗물에 씻긴 깔끔한 면으로 쇠흙손 미장 작업은 제대로 되었으나, 경사지붕의 가장자리는 울퉁불퉁했다. 아마 콘크리트가 굳기 시작한 다음 쇠흙손 미장을 한 것 같았다. 이렇게 엉성한 지붕경사면에 단열재를 깔면 단열재가 제대로 밀착되지 않을 게 뻔하고, 단열효과는 크게 저하될 것이다.

오전 7시 15분 대유건축 심현구 사장에게 전화해서 어제 다락층 레미콘을 타설했다고 알려 주었다.

"벌써 타설했어?"

심사장은 싱글거리며 반말이었다. 담유와 나이가 같으니 친구 먹자는 것이다.

"8일이나 9일쯤 미장이 들어오는데 그 전에 목문틀을 설치해 주세요."

담유도 반말로 대꾸할까 하다가 정중히 부탁했다. 계약관계에서 너무 친해지면 제대로 일을 시킬 수 없다. 따라서 어느 정도 거리감을 유지하는 게 좋다.

"내일이나 모레 현장에 들러 문틀 크기를 실측 할게~~~요."

담유의 존대에 조금 어색했는지 심사장의 말끝이 뭉그러졌다. 귀에 거슬렸으나 채소장이 소개해 준 업자이니 일단 믿어보기로 했다.

오전 7시 25분 현성창호 방사장에게 전화했다.

"어제 다락층 레미콘 타설했습니다. 8일이나 9일경에 미장이 들어오는데, 그 전에 방화문틀을 설치해 주세요."

방사장은 미장이 너무 늦는다며 답답해했다. 담유는 속으로 움찔했다.

'아니, 이제 마감이 시작되었는데 늦다니!'

방사장 성격이 의외로 급한 듯싶었다.

"내일 중으로 현장에 가서 체크해보겠습니다."

방사장이 입맛을 다시는 소리가 들려왔다. 방사장이 경영하는 현성창호는 경기도 시흥에 있다. 구리에 오려면 거의 1시간 반 이상 걸린다. 왕복 3시간은 잡아야 한다. 그래서 현장에 한 번 올 때 많은 작업을 해야 하므로, 단도리(작업준비)에 신경 쓰는 것이다.

오전 7시 30분 정호에게 전화했다.

"미장 작업이 8, 9일 중에 들어오는 게 맞는지 확인해 주게. 그리고 엘리베이터 피트 방수 작업을 3일 정도에 시작할 수 있나?"

"엘리베이터 피트에 동바리가 아직 그대로 남아 있던데요. 그것부터 해체해야 합니다."

동바리 해체를 오늘 시작했으므로 3일까지 엘리베이터 피트 내부 동바리가 해체될 수 있을지 의문이었다.

오전 8시 20분 채소장과 거푸집 해체 및 현장정리 일정에 대해 논의했다.

"오늘 중으로 다락층 내벽과 외벽거푸집을 최대한 정리해서, 오후에 크레인을 불러 지상으로 내려놓겠습니다."

채소장은 내일 현장정리를 위해 직영인력 4명을 불렀다고 했다. 그러면서,

"내일 비가 온다고 예보되었는데, 작업할 수 있을지 모르겠습니다."

고개를 갸웃거렸다. 오후 5시 다락 내벽과 외벽 거푸집 해체가 완료되었고, 크레인으로 다락 거푸집들을 지상에 내려놓은 것을 확인했다.

2016년 구월 1일

오전 7시 현장정리인력 3명이 작업복으로 갈아입고 있었다. 다락으로 올라가 보았다. 내·외부 옹벽거푸집이 모두 해체되어 지상으로 내려져 있었으나, 4층 내부는 해체된 거푸집들로 가득 채워져 있었다. 채소장은 1층부터 3층까지 쌓여 있는 거푸집과 동바리를 먼저 정리하겠다고 했다. 담유가 엘리베이터 피트 방수가 우선이니, 엘리베이터 피트 동바리부터 제거해 달라고 했다.

아무래도 3일 이전에 엘리베이터 피트 동바리가 치워질 것 같지 않았다. 현대엘리베이터 이차장에게 전화해서 엘리베이터 자재반입을 13일로 연기해 달라고 했다.

"알겠습니다."

서글서글한 이차장은 괜찮다고 했다. 현대엘리베이터는 시장 점유율이 거의

70%에 달해, 고객들에게 매우 고자세이다. 그래서 자기네들 일정에 현장 작업을 맞추어야 한다. 조금이라도 틀어지면 짜증내기 일쑤였다. 그런데 이차장은 너무나 공손했다. 이것도 운(運)인가?

오전 7시 40분 정호에게 전화했다.

"거푸집 해체와 현장정리를 다음 주까지 계속해야 할 것 같네. 방수와 미장 작업을 늦추는 게 어떨까?"

정호는 가평에 다른 일들이 너무 많다며, 방수는 11일, 미장은 11일에서 13일 사이에 착수해야 한다고 했다. 방수와 미장이 늦어지면 후속공종들에 영향을 미친다. 왜냐하면 미장은 내부마감공사에서 크리티컬(Critical)공종[72]이기 때문이다. 미장을 끝내야 벽과 천정에 석고보드를 대는 수장공사가 시작될 수 있다. 물론 벽에 석고보드를 대기 위해 그 전에 창문틀이 설치되어야 하니, 또 다시 창호공사가 우선이다. 마감공사에서는 많은 공종들이 앞서거니 뒤서거니 진행된다. 따라서 각 공종별로 제 시간을 지키지 못하면 공기는 한없이 지연된다.

그런데 미장업체가 가평이 본바닥이라며 구리에 와서 일하는 것을 내켜하지 않으니 걱정이다. 차라리 구리업체를 알아볼 걸 후회가 된다. 그러나 이제 돌이키기에는 시간적 여유가 없다. 그래 정호가 소개했으니 알아서 챙기겠지. 믿어보기로 했다.

오전 8시 방음재 전문업체 피엔제이가 어제 사무실 책상 위에 올려놓았던 카탈로그를 발견했다. 카탈로그를 뒤적거리며 방음재의 성능과 시공방법을 읽고 난 다음 영업담당 유대리에게 전화를 걸었다.

"카탈로그 잘 봤습니다. 방음재 가격이 어떻게 되나요?"

"헤배(㎡)당 4,800원입니다."

방음재는 일반적으로 EVA라는 자재를 많이 사용한다고 했다. 그래서 평내건재에 전화해서 방음재 EVA를 가지고 있는지 물어보았다. 재고는 없지만 사용물량과 시점을 미리 알려 주면 제시간에 맞추어 가져다주겠다고 했다.

요즘 층간소음으로 위·아래층간 갈등이 빈번하다. 심지어 칼부림에 살인까지

---

72) 핵심공종, 또는 주요공종을 뜻함

벌어지고 있다. 그래서 담유는 바닥에 방음재는 반드시 좋은 자재를 깔겠다며 단단히 마음먹고 있다. 일반적으로 상가주택의 허가도면에는 방음재를 반드시 시공하게끔 되어 있으나, 실제 현장에서는 제대로 시공하지 않는다. 왜냐하면 추가비용 때문이기도 하지만, 방음재가 스티로폼 재질이기 때문이다. 그래서 방음재 위에 기포콘크리트를 타설하고 굳어진 다음, 밟으면 발자국과 함께 푹 꺼져버려, 방바닥 마감이 깔끔하게 나오지 않는다.

오후 5시경 채소장과 거푸집 해체와 현장정리 일정에 대해 다시 논의했다.

"내일 현장정리인력 5명을 투입해서 3층까지 모든 거푸집과 동바리를 1층으로 내려놓고, 아직 제거하지 않은 1~3층 각목과 거푸집도 가능하면 모두 해체할 예정입니다."

채소장은 덧붙여서,

"6일부터 목수들을 투입해서, 4층과 다락층 천정 거푸집과 동바리를 떼어 내 옥상테라스에 쌓아 놓으면 크레인으로 지상으로 내리겠습니다. 그러면 늦어도 8일까지 현장에서 모든 골조공사 자재들이 반출될 것입니다."

최대한 현장정리를 서둘러 마무리하겠다고 했다.

2016년 7월 2일

오전 7시 현장정리인력 5명이 작업을 준비하고 있었다. 채소장은 오늘 작업 목표가 3층까지 거푸집 동바리 등 모든 형틀자재를 지상으로 내린 다음 반출하는 것이라면서, 작업반장에게 4층으로 올라가는 계단에 쌓인 유로폼부터 치워서, 4층으로 올라가는 통로를 확보하라고 지시했다.

오전 11시 10분 징크 이진상 소장이 지붕에 올라가 실측하고 있다고 했다. 급하게 지붕으로 올라가 보았다. 이소장은 이미 실측을 끝냈다.

"아니, 현장에 왔으면 왔다고 얘기하고, 지붕에 올라가야 되지 않나요?"

담유가 이소장에게 눈을 치켜떴다.

"실측하고 현장에 내려가려고 했습니다."

이소장은 히죽거리며 웃었다. 이소장은 젊은 나이에 벌써 징크업체 오야지가 되었으니 만만한 사람은 아니다. 이소장과 사무실로 내려왔는데, 마침 미키도 현장에 도착했다.

"징크색상은 요즘 회색이나 검정색이 대세예요. 회색으로 하는 게 어때요?"

미키가 이소장에게 징크색상을 묻는 것이었다.

"외벽에 붙이는 돌이 카파오이니 브라운 색상이 어울리지 않을까?"

담유가 색상에 대해 미키에게 이의를 제기하는 것은 매우 드문 일이다. 그런데,

"요즘 회색을 많이 시공하지만, 이번 경우는 외벽이 갈색이므로 브라운색이 나을 것 같네요."

미키와 담유의 의견을 듣고 있던 이소장이 담유 손을 들어주었다. 색에 대해 민감한 미키가 잠시 생각하더니, 무슨 일인지 브라운색으로 양보했다.

'아니, 우째 이런 일이! 색상에 대해 내 의견을 따르다니!.'

담유는 속으로 깜짝 놀랐다. 그러나 미키는 두고두고 회색으로 하지 않은 것을 후회했다.

12시경 전기 신사장으로부터 전화가 왔다.

"현장정리가 9일쯤 마무리되면, 10일부터 전기입선 작업을 들어가려고 합니다."

전기입선 작업은 약 5일에서 7일 정도면 완료된다고 했다. 전기입선이 끝나야 전기콘센트와 전기스위치 주위에 미장을 할 수 있다. 따라서 미장 작업 전에 전기입선이 완료되어야 한다.

담유는 설비 박사장에게 전화해서 설비팀이 들어오는 일정에 대해 물어보았다.

"벽에 수도와 보일러 배관이 되어 있어야 그 위에 미장을 할 수 있다고 하네요. 10일부터 들어 올 수 있나요?"

"네. 가능합니다."

박사장의 대답은 간단했다. 주방과 보일러실에만 설비배관 작업을 하므로 미장 작업과 동시에 가능하다. 정호에게 전화해서 전기가 10일부터 입선 작업을 시작하면 약 5일에서 7일 정도 걸린다고 했다.

"전기입선 작업과 겹치지 않게 미장을 하면 됩니다. 예정대로 12일 또는 13일경에 미장 작업을 들어가겠습니다."

정호는 늘 조용히 얘기하지만, 일정은 꽤 차고 있었다.

오후 1시경 옆 현장의 경보건설 정사장이 소개해 준 영화타일 매장을 미키

와 방문했다. 사룽 근처에 위치한 규모가 매우 큰 타일 도매상으로, 전시실도 잘 갖추고 있었다. 미키와 함께 전시실을 한참 동안 둘러본 다음, 영화타일 영업담당자로부터 타일업자 3명을 소개받았는데, 그중 김홍수 사장이 제일 낫다고 하였다.

오후 4시 채소장에게 조명업체를 알려 달라고 했다. U건설과 거래를 많이 하고 있는 주인전기 이선한 대리를 소개해 주었다. 이대리에게 전화했더니,

"월요일 현장에 들를게요."

낭랑한 목소리로 대답했다.

오후 5시경 현장정리 작업이 3층까지 거의 완료되었다. 채소장은 내일은 일요일이라 작업하지 않고. 월요일 2명이 출근해서 현장정리를 마무리하겠다고 했다.

2016년 9월 3일

모처럼 작업이 없는 일요일이었다. 오전 9시경 현장사무실로 가서 현장을 둘러보고 작업일지를 정리했다.

2016년 9월 4일

오전 7시경 현장정리인력 2명이 오늘 중으로 3층까지 문틀 등 각재들을 모두 떼어 내 정리할 것이라고 했다. 오전 9시경 채소장에게 4층 다락층 천정 거푸집과 동바리를 떼어 내는 목수들이 수요일 들어오는지 확인했다. 채소장은 수요일과 목요일 계속 비가 오는 것으로 예보되었다며 걱정했다. 그리곤 미장이 다음 주에 들어온다고 했으니, 수요일 비가 오더라도 목수들을 투입시키겠다고 했다.

오후 1시 30분 주인전기 이선한 대리가 현장을 방문했다. 나이는 어려 보였는데 영업경력은 꽤나 된 듯 사교적이었다. 이 대리가 두 종류의 조명 카탈로그를 가지고 왔으나 너무나 평범했다.

"조명은 아직 시간적 여유가 있으니, 나중에 집사람과 함께 얘기하지요."

이 대리가 떠난 다음 현장에 들른 미키에게 조명 카탈로그를 보여 주었다. 미키가 너무나 수준이하라며 직접 인터넷으로 검색해 보겠다고 했다.

미장 작업이 들어가기 전에 방문틀을 설치해야 한다. 인테리어 대유건축 심 사장에게 부탁해 놓았으나 못미더웠다. 그래서 다른 업자를 알아보고 싶었다. 오후 2시 미키와 함께 상봉동에 위치한 영림몰딩도어 대리점인 서주목재 사무 실을 방문했다. 영업부장에게 단도직입적으로 물어보았다.

"미장이 들어오기 전에 문틀을 설치해야 합니다. 목문틀 설치하는 목수를 소개받을 수 있나요?"

영업부장은 잠시 머뭇거리더니, 수첩을 꺼내 펼쳤다.

"저희와 거래하는 목수가 몇 분 있긴 한데, 최인호 목수에게 연락해 보시지요."

담유는 최인호 목수에게 전화를 걸었다. 오후 5시에 현장사무실에서 만날 수 있는지 물어보았다. 가능하다고 했다. 오후 5시 현장사무실에서 영림몰딩도어에 서 소개해 준 최인호 목수를 만났다. 최목수의 팔뚝에는 문신자국이 선명했다.

"저는 인건비만 받고 일합니다."

최목수의 문신 때문에 건달은 아닌지 경계했으나, 얘기하다보니 너무나 순박 하고 착한 사람이었다. 그런데 왜 문신을 한 건지, 건달행세를 하다가 손을 씻은 것인지 의구심이 갔지만, 그의 선한 눈빛에 문신은 기억에서 지워지고 있었다.

"문틀 설치 뿐만 아니라 2, 3, 4 다락층 천정/벽 석고보드, 4층 목조계단 설 치하는 것을 포함한 인건비 견적을 내주실 수 있나요?"

"그럼요. 2~3일이면 충분합니다."

최목수는 정확한 견적을 주겠다고 했다. 그러면서 목수반장은 일당 29만 원, 일반목수는 일당 19만 원으로, 3명이 25일 정도 작업하면 될 것 같다고 했다.

오후 6시경 미키가 4층 다락으로 올라가는 내부계단을 철제로 하면 훨씬 고 급스러울 것 같다면서 담유에게 인터넷으로 검색한 철제계단 샘플 사진들을 보 여 주었다. 담유는 미키가 고른 철제계단 샘플들을 방사장에게 문자로 보내 주 었다.

"철제계단은 매우 섬세하고 정교한 작업입니다. 인건비만 300만 원 이상 들 어갈 겁니다."

방사장의 답변에 미키는 고개를 갸웃거렸다. 너무 비싸다고 했다.

새벽부터 비가 많이 내리고 있었다. 오전 8시경 서암석재 이성호 사장에게 전화했다.

"큰일은 잘 치루셨나요?"

이사장은 매우 차분한 목소리로 문상 와 주셔서 고맙다며 장례는 잘 마쳤다고 했다. 그래서 담유가 골조공사가 완료되어, 이제 돌을 붙일 수 있다고 알려 주었다. 이사장은 일 얘기가 나오자 본래 목소리로 돌아왔다.

"긱정하지 마세유. 장례기간 동안 팀장이 잘 해주어 모든 일이 정상적으로 돌아가고 있어유."

이사장은 어제 중국에 전화해 보았다고 했다. 인천항에 수요일 도착한다면서, 금요일 통관하고 토요일이나 일요일쯤 현장에 도착하니, 월요일(11일)부터는 작업할 수 있다고 했다.

오전 9시경 현장에 도착했다. 비가 여전히 세차게 내리고 있었다. 현장 옆을 흐르는 갈매천 수위가 눈에 띄게 높아졌고 물살은 거셌다. 옥상테라스에 올라가 흙탕물로 가득 찬 갈매천을 사진으로 찍어, 미키와 준성, 준영에게 카톡으로 보내 주었다.

오전 10시경 LS공조 김동철 사장이 현장을 방문했다.

"비가 많이 오는데 뭐 하러 나왔습니까?"

담유가 웃으며 농담을 건넸다. 김사장과 함께 현장에 올라가 임대세대 에어컨 실외기와 배수구의 위치를 결정하고, 4층과 다락층의 에어컨 실외기와 배수구의 위치도 결정했다. 외벽 석공사가 다음 주 월요일부터 시작된다고 했더니, 다음 주 화요일 하루 동안 외벽에 에어컨 배관공사를 마무리하겠다고 했다.

오후 1시 30분 대유건축 심사장이 현장을 방문했다. 심사장은 중고 BMW를 몰고 왔는데, 골프복장에다가 뾰족구두를 신고 있었다. 언뜻 강남제비 같았다.

"대단한 멋쟁이네요."

담유는 심사장에게 속에도 없는 말을 해주었다. 심사장은 어깨를 으쓱대며 담배를 꺼내 물더니 피식 웃었다. 심사장의 옷매무새는 전혀 현장사람 같지 않았다. 그렇게 보이도록 애쓰는 것 같았다. 심사장과 함께 현장에 올라가 2, 3, 4

층의 문틀 사이즈를 실측했다.

오후 4시 40분 방사장으로부터 전화가 왔다.

"내일 오전 방화문틀을 설치하러 들어갑니다."

담당가 아직 4층 천정거푸집과 동바리가 해체되지 않았다고 했다. 괜찮다면서 내일 오전에 설치하겠다고 했다. 미장이 들어오려면 아직 여유가 있었다. 그런데도 방화문틀을 설치하겠다고 하니 성미가 급하긴 급한 것 같았다.

2016년 7월 6일

오전 6시 30분 현장에 도착해서 옥상테라스에 올라가 보았다. 테라스에 가득 고였던 어제 새벽 내린 빗물이 모두 빠져 있었다. 오전 7시 목수 2명이 남아 있는 거푸집과 동바리를 해체하기 시작했다.

오전 7시가 조금 지나 목수 조사장과 목수반장이 함께 현장에 도착했다. 거푸집과 동바리 해체 작업을 함께 할 예정이라고 했다.

"1층 천정 거푸집을 떼어 내는 작업은 대단히 위험해요. 제가 직접 뗄 겁니다."

조사장이 직접 떼겠다는 것이었다. 참으로 대단한 목수오야지임이 분명하다. 하긴 1층 층고가 5.4 m이니 높긴 높다. 천정거푸집을 떼려면 동바리 서포트를 최대한 길게 빼서, 천정 거푸집 모서리에 동바리를 끼우고 아래로 힘껏 잡아당긴다. 그러면 바닥 단열재에 붙어 있던 천정거푸집이 아래로 떨어지는데, 어떤 거푸집은 너무 단단하게 붙어 있어, 대여섯 번을 잡아당겨도 꼼짝하지 않는 경우도 많다. 여하튼 천정거푸집을 떼어 내기 위해 무거운 동바리 서포트를 붙잡고 있어야 하고, 천정에서 떨어지는 거푸집에 맞을 수도 있으니, 위험하긴 위험하다. 그렇다고 큰 부상을 당할 정도는 아닌 것 같은데, 조사장이 직접 하겠다고 나선 것이다. 목수들을 아끼는 마음이 보통은 아닌 듯싶었고, 목수오야지의 이런 솔선수범하는 모습이 목수들을 단합시키고 분발시키는데 일조할 것이다. 오후 2시경 조사장은 1층 천정거푸집과 외벽거푸집 동바리까지 모두 해체한 다음 홀연히 현장을 떠났다.

오전 9시 30분 채소장에게 전화했다.

"거푸집 잔재와 폐목을 반출해야 되지 않나요? 아시는 폐기물처리업체 있으면 소개시켜 주세요."

채소장은 내일 현장정리인력 4명을 투입하면, 내일모레까지 현장정리를 마무리할 수 있다면서, 현장정리 후에 폐기물처리업체를 부르겠다고 했다.

오후 3시 반경 목수반장이 검게 그을린 얼굴에 땀이 범벅이 된 채 현장사무실로 들어와 냉수를 여러 컵 들이키더니,

"이제야 다 끝났습니다."

거푸집 해체 작업이 모두 완료되었다고 했다. 담유가 수고했다며 함께 현장으로 올라가 보았다. 아직 1층 엘리베이터 출입구 거푸집이 제거되지 않았다.

"엘리베이터 피트에 물이 가득차서 제거하지 못했습니다. 현장정리인력이 제거할 수 있습니다."

목수반장이 변명을 했다. 담유는 망치로 머리를 한 대 맞은 듯했다.

'아니 무슨 소리인가? 목수들이 거푸집을 해체하지 않으면 누가 한단 말인가?'

현장정리인력들은 목수들처럼 작업공구나 장비를 가지고 다니지 않는다.

"반장님, 양수기를 가져다줄테니, 물을 뺀 다음 거푸집을 떼어 주세요."

"오늘은 너무 늦었습니다. 내일은 다른 현장으로 가야하는데."

목수반장은 난감한지 쭈뼛거렸다.

"알겠습니다. 제가 물을 빼겠습니다. 기다려주세요."

담유는 현장사무실에 있던 양수기를 가져와, 엘리베이터 피트의 고인 물속으로 집어넣었다. 목수반장은 물이 다 빠지기를 기다렸다. 그런데 오후 5시까지 물이 절반도 빠지지 않았다.

"반장님, 오늘은 더 이상 작업이 어려울 것 같네요. 내일이나 모레 잠시 들러 떼어 줄 수 있나요?"

목수반장은 큰 눈을 껌뻑거리며 난감해 했다. 물이 다 빠지면 양수기는 자동으로 정지된다. 담유는 양수기를 그대로 놓아둔 채 귀가했다.

2016년 7월 7일

오전 6시 50분 현장정리인력 4명이 도착했다.

"1층 엘리베이터 출입구에 남아 있는 거푸집을 해체할 수 있습니까?"

담유는 현장정리 작업반장에게 조심스럽게 물어보았다.

"거푸집 해체는 목수들이 해야 합니다."

현장정리 작업반장은 짜증을 냈다. 담유가 곤란한 표정을 짓자, 작업반장은 할 수 없다는 듯, 자신들이 해체하겠다고 했다. 현장사람들은 대체로 이렇게 너그럽다. 자기가 할일과 남이 할일을 엄격히 구분하지만, 그래도 인간적인 감성이 우선한다. 현장에서 갈등은 하던 일도 망가뜨리지만, 감성은 하지 않을 일도 하게 만든다.

작업반장이 오늘은 각 층에 남아 있는 거푸집과 동바리들을 모두 지상으로 내려놓겠다고 했다. 내일은 화목을 반출할 것이며, 단열재는 현장사무실 뒤편으로, 현장쓰레기는 옆 공지로 옮기고, 시멘트벽돌, 시멘트, 레미탈은 사무실 옆에 쌓아둘 것이라고 했다.

오전 9시 15분경 한전 구리지점 정나은 과장으로부터 전화가 왔다.

"내일 전기계량기를 설치할 겁니다."

담유는 깜짝 놀랐다. 한전에서 직접 전화를 하다니! 그동안 한전에서 담유에게 전화한 적은 없었다. 아마 SMJ House가 갈매택지지구 첫 상가주택이라 본전기를 끌어오기 위해 많은 준비 작업이 있었을 것이다. 마침내 그런 수고가 결실을 맺어, 담유에게 희소식을 전해 주고 싶었는지 모른다. 여하튼 전기계량기가 설치되어야 본전기를 사용할 수 있고, 엘리베이터 설치 작업도 가능해지니 순풍에 돛 단 기분이었다.

오후 2시경 서암석재 이성호 사장으로부터 전화가 왔다.

"일요일, 돌이 현장에 도착혀유."

마침내 돌이 들어오는 것이다. 이사장은 부인을 잃은 충격에서 아직 벗어나지 못한 듯 목소리는 한풀 꺾여 있었다. 그럼에도 돌을 붙여야 한다는 강한 의지가 느껴졌다. 살기 위해 혹은 잊기 위해, 아니다 남아 있는 자식들을 위해 안간힘 쓰는 것이리라. 화요일부터 본격적으로 돌을 붙이겠다고 했다.

오후 4시 50분경 채소장과 함께 현장을 둘러보았다.

"아직 현장정리가 많이 남았네요."

담유는 채소장에게 내일은 어떻게 할지 물어보았다. 채소장은 내일도 거푸집과 동바리를 정리해야 할 것 같다며, 내일은 6명을 투입해서 현장정리를 모두 마무리하겠다고 했다.

2016년 7월 8일

오전 7시 10분 현장정리인력 6명이 출근해서 현장정리를 준비하고 있었다. 작업반장은 오전 중으로 거푸집과 동바리, 화목들을 모두 정리해서 오후에 반출시키겠다고 했다. 그리고 현장 대청소를 시작할 예정이라고 했다. 작업반장은 자신의 명함을 담유에게 건네주었다.

"서준원입니다. 다음에도 꼭 불러주세요."

서반장은 매우 마른 체형이었다. 까무잡잡했는데 술을 꽤나 즐기는 듯 코끝이 검붉었다. 담유는 그렇게 하겠다며 명함을 지갑에 끼워 넣었다.

오전 7시 15분 대유건축 심현구 사장에게 오후 5시 미키가 현장사무실에 오니, 함께 만나자고 했다. 그리고 목문틀 작업을 언제 착수하는지 물어보았다.

"다음 주 수요일에나 가능할 것 같은데."

또 말을 놓았다. 담유는 입안이 씁쓸했다.

"13일 미장이 들어옵니다. 그 전에 문틀을 설치해야 됩니다."

"미장 작업에 지장 없게끔 그 전에 설치해 놓을 테니 걱정하지 마시라니까."

심사장은 오히려 짜증을 내며 구렁이 담 넘어가듯했다. 심사장은 당초 약속했던 일정을 쉽게 무시했다.

'이런 사람과 계속 일을 해야 하나?'

심사장은 깃털을 부풀리며 과시하는 칠면조 같아 영 미덥지 않았다.

오전 9시 15분 채소장에게 층간방음재에 대해 물어보았다.

"허가도면에 층간방음재가 표시되어 있네요."

채소장은 방음재에 대해 금시초문인지 머뭇거렸다.

"이거 깔지 않으면 준공검사에 문제되는 것 아닌가요?"

담유의 질문에 채소장은 낄낄거리며,

"이미 방바닥 마감이 다 된 상태에서 준공검사를 받는데, 그 밑에 방음재가 설치되었는지 어떻게 확인합니까?"

한마디로 쓸데없는 걱정하지 말라는 것이었다. 다만 방음재 시공여부는 건축주가 알아서 판단하면 된다고 했다. 요즘 층간소음이 사회적으로 큰 이슈가 되고 있어, 층간방음재 시공은 당연한 것으로 생각했는데, 실제 현장에서는 소귀에 경 읽기인 듯싶었다.

　오전 10시 50분 대유건축 심현구 사장이 현장사무실로 들어왔다. 커피 한 잔을 마시더니 인테리어 공사비로 4,100만 원을 제시했다. 공사범위는 목문틀과 문짝 설치, 벽과 천정에 목틀을 짜고 석고보드를 대는 것이었다. 담유가 그동안 알아본 공사비 중 중간 정도에 해당했다. 심사장의 행동거지가 썩 마음에 들지 않았으나, 채소장이 소개해 주었으니 일단 믿어보자며, 그 가격으로 계약서를 작성하고 서명까지 마쳤다.

　'그래 일단 믿어보자. 잘못되면 그냥 뜯어버리고 다시 시공하면 되지 뭐. BMW 타는 사람이 설마 엉터리로 시공하진 않겠지.'

　담유는 편하게 생각하기로 했다. 심사장의 화려한 골프셔츠 목에 걸린 굵은 금목걸이가 눈에 거슬렸다.

　오후 4시 10분 현장정리 상황을 확인해 보았다. 내부에 아직 정리하지 않은 화목들이 여기저기 널려있었다. 다락층과 1층 청소도 마무리가 덜 되었다.

　"내일 직영인력 2명만 투입하면 청소가 마무리될 것 같네요."

　채소장의 말에 서반장이 고개를 저었다.

　"3명으로도 빡빡합니다."

　담유는 서반장에게 3명을 부르라고 했다.

　오후 4시 30분 미키가 현장에 도착했고, 5시에 심현구 사장이 다시 들렀다. 심사장은 계약금으로 1천만 원을 받아서인지 한결 여유가 넘쳤다.

　"문틀 색상은 엷은 게 좋지 않을까요?"

　미키가 먼저 말을 꺼냈다.

　"사모님이 잘 아시네. 맞습니다. 엷은 색상이 좋습니다."

　심사장은 미키를 띄우며 색상에 대해 제법 아는 척을 했다. 결국 미키의 뜻대로 엷은 베이지색 나무무늬인 '영림74'로 결정했다. 몰딩과 창문틀의 색상도 똑같아야 하므로, 현성창호 방사장에게 문자로 색상번호를 알려 주었다. 잠시 후 알았다는 답변이 왔다. 방사장은 심플하고 군더더기가 없었다.

2016년 7월 9일

오전 6시 40분 낯선 사람들이 1층 주변에 흩어진 철근조각을 주워 작은 트럭에 싣고 있었다. 잠시 후 현장정리 서반장이 도착해서 철근조각을 줍고 있는 사람들에게,

"내가 가져가려고 모아둔 거야. 그대로 놔둬."

큰소리로 화를 냈다. 철근조각을 줍던 사람들은 재수 없다는 듯 그대로 현장을 떠났다.

현장에서 나오는 폐자재 중 철근은 가장 인기 있는 품목이다. 왜냐하면 고물상에 가져가면 짭짤한 현금을 받을 수 있기 때문이다. 그 다음은 종이박스이다. 건축자재를 넣었던 종이박스는 버려지기가 무섭게 가져간다. 이른 아침이면 1톤 트럭을 몰고 현장 주변을 돌며, 철근조각이나 종이박스를 주어가는 사람들이 심심치 않게 많다. 그들 간 눈에 보이지 않는 경쟁이 치열하다. 어떨 땐 오늘 아침처럼 살벌한 분위기가 연출되기도 한다. 오늘 아침 SMJ House 주변에서 철근조각을 줍던 사람들도 늘 하던 일이었지만, 서반장이 미리 찜해 둔 것을 몰랐던 것이다. 자칫 큰 소란이 벌어질 뻔했다.

오전 6시 50분 전기 신사장에게 어제 전기계량기가 설치되었는지 물어보았다. 설치되었다면서 월요일부터 전기입선 작업을 본격적으로 시작하겠다고 했다.

오전 7시경 현장정리 서반장과 현장에 함께 올라가 현장정리 상태를 확인하고 추가적으로 해야 할 작업들에 대해 논의하였다. 각 층마다 거푸집 각재가 조금씩 남아 있고 3층에는 오야봉[73] 3개가 그대로 남아 있으니 제거하라고 했다. 그리고 계단실난간자리와 다락층 바닥 뚫린 부분(Void) 주위에 안전난간을 설치해 달라고 했다.

오전 10시 갈매역 근처 가설자재업체를 찾아 나섰다. 태릉CC 후문 앞 허름한 창고에 '가설재'라는 낡은 간판을 보고 안으로 들어갔다. 창고 앞마당에는

---

73) 아래층 먹 기준점을 위층으로 올리기 위해 바닥에 뚫어놓은 구멍

중고 유로폼과 비계발판이 산더미처럼 쌓여 있었다. 마당 중앙에서 유로폼의 합판을 교체하고 있던 작업자에게 물어보았다.

"안전난간 중고품 있어요?"

작업자는 가설자재 사장이었다. 담유를 아래위로 훑어보더니 가설재를 잔뜩 쌓아 놓은 곳을 가리켰다.

"마침, 중고 안전난간이 몇 개 들어와 있습니다. 개당 만 원인데 마음에 들면 가져가세요."

담유는 군말 없이 10개를 사서 현장으로 가지고 왔다. 안전난간을 4층과 다락층으로 올려놓은 다음, 서반장에게 계단실난간으로 4개, 다락층 바닥 뚫린 부분 주위에 6개를 설치하라고 했다.

오전 10시 40분 현성창호 창호팀 2명이 세대별 방화문틀을 설치하고 있었다. 그러고 보니 방사장이 오늘 방화문틀을 설치한다고 한 날이었는데 까맣게 잊고 있었다. 방사장이 아무런 통보도 없이 슬쩍 작업자들을 보내 방화문틀을 설치하는 것이었다. 방사장의 배려가 고마웠다.

오후 1시 대유건축 심현구 사장에게 문틀을 수요일 설치할 수 있는지 물어보았다.

"수요일 저녁에 문틀자재가 들어오니까, 목요일 하루면 문틀 설치 끝낼 수 있어."

말끝마다 반말이었다. 수요일 설치하겠다더니 또 하루를 늦추었다. 목요일 완료하면 미장 작업과 큰 마찰은 없을 것 같아 그냥 넘어가기로 했다.

오후 2시 10분 U건설 백사장에게 전화해서, 골조공사 마무리하느라 고생했다고 감사인사를 전했다. 백사장에게 이번에 적자를 많이 보았을 것 같은데, 지난번 말씀드린 대로 천만 원을 추가 지급하겠다고 했다. 백사장은 너무나 감사하다며 저녁식사를 대접하겠다고 했다. 담유는 저녁식사보다 안산목수팀과 정산 잘해서 깔끔하게 마무리해 달라고 부탁했다.

오후 2시 20분 정호로부터 전화가 왔다.

"가평방수 이사장이 급한 일이 생겼답니다. 월요일에 들어 올 수 없다네요."

방수가 13일(수요일)에 들어오겠다는 것이었다.

"13일은 엘리베이터 자재가 현장에 반입되는 날인데."

담유는 말끝을 흐렸다.

"아, 그래요. 그날은 설치를 시작하지 않습니다. 13일에 엘리베이터 피트 방수 작업해도 문제없겠네요."

엘리베이터 설치와 방수가 겹치지 않는다는 것이었다. 일단 정호의 의견을 따르기로 했다. 다만 가평방수와 가평미장이 구리에 오는 것을 내키지 않아 하는 것 같아 내심 언짢았다.

오후 3시경 현장정리 서반장이 오늘 작업이 끝나지 않을 것 같다고 했다.

'아, 현장정리만 벌써 며칠 째인가?'

채소장이 약속한 일정을 3일 이상 넘기고 있었다. 이러다가는 엘리베이터 설치와 외벽 돌 붙이는 작업을 예정대로 시작할 수 없다. 마감 작업은 일정이 한번 틀어지면, 일주일에서 열흘은 그대로 지연된다.

"서반장님, 오늘 반드시 마무리해야 합니다."

담유는 단호하게 말했다. 오후 5시 서반장이 기진맥진해서 사무실로 들어왔다.

"현장정리가 다 끝났습니다."

담유는 무슨 소리인가 싶었다.

'오늘 끝나기 어렵다고 하더니.'

서반장은 물 한 컵을 단숨에 들이켰다.

"남아 있던 철근과 철근조각들을 제 트럭에 실어가겠습니다."

서반장은 마치 자기물건 자기가 가져가겠다는 듯했다. 담유는 속으로,

'아, 그렇구나.'

서반장은 철근 때문에 악착같이 현장정리를 끝낸 것이다. 담유는 흔쾌히 그렇게 하라고 했다. 서반장과 동료 작업자들이 1톤 트럭에 철근을 가득 싣고 의기양양하게 현장을 떠났다. 마치 환희에 찬 개선장군처럼. 토요일 밤의 열기가 떠올랐다.

"Saturday Night Fever!"

오후 6시 50분 서암석재 이성호 사장으로부터 전화가 왔다. 내일 오전 7시에 돌이 현장에 도착하는데 지게차를 불러달라고 했다. 삼호지게차에 전화해서 내일 오전 7시 30분까지 현장으로 와달라고 했다.

외벽 석공사를 시작하다

2016년 구월 10일

오전 6시 40분 아직 돌을 실은 트럭이 도착하지 않았다. 작은 마대봉투를 들고 2층, 3층으로 올라가며 나무 조각들과 콘크리트 조각들을 가득 담아 내려왔다. 그리고 1층 화장실 내에 비계발판과 강관동바리 10여 개가 채워져 있어 밖으로 꺼내 세워 두었고, 건물뒤편 외부비계에 걸어 두었던 U건설 광고현수막을 떼어 내 현장사무실에 가져다 놓았다.

오전 7시 삼호지게차가 먼저 도착했고, 10여 분 뒤 이사장과 돌(고흥석, 카파오)을 실은 트럭 한 대가 도착해서 돌을 내려놓기 시작했다. 약 10여 분 뒤 또 한 대의 트럭(포천석)이 도착해서 오전 7시 30분경 돌을 모두 내려놓았다.

오전 7시 30분 이사장과 옥상테라스에 올라가 테라스 벽면 돌 붙이는 것에 대해 의논했다.

"북쪽 테라스 벽면은 현무암으로 붙이고, 남측 테라스 벽면은 징크로 감싸는 게 좋겠네유."

이사장은 옥상테라스 벽면에 대해 고민을 많이 하는 것 같았다. 이사장은 내일부터 돌을 붙이기 시작할 것이라고 했다. 그리고 LS공조 김동철 사장과 에어컨 배관 설치일정을 논의했다면서, 김사장을 잘 안다고 했다.

2016년 구월 11일

오전 7시 30분경 이성호 사장을 포함한 석공사팀 3명과 설비팀 2명이 현장에 도착했다. 이성호 사장의 표정이 매우 밝아 마음이 놓였다. 이사장과 석공사팀은 자신들이 몰고 온 자동차에서 작업복을 꺼내 갈아입자마자 곧바로 작업을 시작했다. 우선 돌들을 종류별로 분류한 다음, 돌 붙일 부분에서 가장 가까운 곳으로 이동시키기 시작했다. 이사장과 함께 온 석공들은 20대 젊은이가 대부분이었다.

"이사장님, 석공들이 무척 젊어 보이네요."

"네. 갓 스무 살 넘긴 애도 있어유."

"참 기특하네요. 요즘 젊은 사람들, 현장일 하지 않으려고 하는데."

젊은 석공들은 아직 조공에 불과했지만, 힘들고 고된 돌 붙이는 일을 배우려는 자세가 보기 좋았다. 요즘 젊은이들은 건설현장에서 일하는 것을 노가다라며 외면한다. 그래서 현장에서 젊은 사람을 발견하기 쉽지 않다. 건설현장의 많은 일자리가 중국계 조선족들과 동남아시아 노무자들로 대체되고 있다. 세태가 그러니 어쩔 수 없다. 그러나 국내 건설업도 다른 산업과 같이 선진국 형태로 변화되고 있다. 이제 일요일이면 대부분 쉰다. 토요일도 번갈아 가며 격주로 쉰다. 근무시간 역시 오전 7시에 시작해서 오후 5시면 종료된다. 일요일도 없고 꼭두새벽부터 밤늦게까지 일하던 이삼십 년 전과 비교하면 격세지감이 아닐 수 없다. 현장 노동자들의 작업환경도 많이 나아졌다. 골조를 제외한 거의 모든 공종들이 오전 8시에 시작해서 오후 5시면 칼 퇴근한다. 노무자 일당도 10년 전에 비하면 거의 두 배 이상 올랐다. 물가인상률에 비할 바가 아니다. 이제 우리나라 건설 산업도 선진국 형태로 변해가고 있는 것이다. 가까운 미래에 우리나라 건설노동자들은 미국의 건설노동자처럼 6개월 일하고 6개월 여행 다니는 시대가 올 것이다.

오늘 이사장과 함께 온 20대 젊은이들이 돌 붙이는 기술을 제대로 배운다면, 10년 후에는 벤츠 몰고 현장에 출근해서, 작업복 갈아입고 8시간 땀을 흘린 다음, 골프연습장이나 고급 레스토랑으로 향할 가능성이 높다. 왜냐하면 그것이 선진국의 현재 모습이기 때문이다.

석공사 첫날 작업은 기둥의 첫 단에만 돌을 붙이고, 계단실 외벽 아래에 줄을 띄우는 것으로 마무리되었다. 이사장이 작업을 마치고 사무실로 들어왔다. 냉수 한 잔 마시고는,

"지는 더운 날씨에 익숙해져 괜찮은디, 젊은 친구들이 많이 힘들어 하네유."

"더운 날씨에 무리하면 열사병 걸립니다. 큰일 나요. 틈틈이 사무실에 들어와 에어컨 바람으로 땀을 식히라고 하세요."

"그러면, 일이 더 힘들어져유."

이사장은 이런 날씨를 이겨내야 기술자가 된다며 냉정하게 고개를 저었다. 마치 야생마를 훈련시키는 조련사 같았다. 그리고 내일부터 오랫동안 함께 일해 온 팀장이 합류한다며, 전매특허인 빅스마일을 지어 보였다.

2016년 7월 12일

새벽녘부터 비가 내리고 있었다. 오전 6시 이성호 사장으로부터 경기도 광주는 비가 많이 온다면서 오늘 일이 안 되겠다는 문자를 받았다. 오전 6시 20분 현장에 나와 보니, 가랑비가 내리는데 서암석재 팀장이 돌을 옮기는 핸드카트(Hand Cart)를 가지고 현장에 도착해 있었다. 담유가 팀장에게 말을 걸었다.

"오늘 비 오는데 돌 작업을 할 수 있나요?"

"비가 조금이라도 오면 돌과 앵커를 연결하는 에폭시 본드가 잘 붙지 않습니다."

비 오는 날에는 작업하지 않는 게 좋다고 했다. 비 오는 상황을 좀 더 지켜보더니 내일 다시 오겠다며 현장을 떠났다.

오전 7시 LS공조 김동철 사장과 동료 2명이 현장에 도착했다.

"왜 하필 비가 오는지 모르겠네."

김사장이 투덜댔다.

"그래도, 오늘 에어컨 배관 설치를 끝내야지."

김사장과 동료 작업자들은 서둘러 현장으로 올라갔다. 그리고 곧바로 작업을 시작했다.

실내 곳곳에 고인 빗물이 발등까지 넘쳐 지나다니기에 너무 불편했다. 오전 8시부터 사무실에 보관하던 양수기와 전기롤선을 양손에 들고 현장으로 갔다. 1층 엘리베이터 피트, 각 층 화장실과 다용도실, 다락층 베란다로 올라가며 고인 빗물을 빼내기 시작했다. 물 빼기 작업은 약 1시간 30분 정도 걸렸다. 온몸이 땀으로 범벅이 되어 몰골이 말이 아니었다. 집에 가서 샤워한 다음 새 옷으로 갈아입고 현장으로 돌아왔다.

오전 10시경 집에서 샤워하는데 김동철 사장으로부터 전화가 왔다.

"3층 2룸 거실 에어컨 배관구멍을 뚫는데, 설비배관 PVC파이프가 있네."

설비배관에 구멍을 냈다는 것이었다. 김사장은 설비팀이 표시해 놓은 곳 바로 옆을 뚫었는데 설비배관 PVC파이프가 있었다며 설비에게 알려 주라고 했다. 설비 박사장에게 전화했다.

"에어컨 배관 설치하다가 설비배관 PVC파이프에 구멍을 냈다네요."

"벽에다가 설비배관을 표시해 두었는데, 조심하지 않았군."

박사장은 더 이상 화를 내지 않고 구멍을 메워주겠다고 했다.

오전 11시 50분 김동철 사장이 에어컨 배관 작업을 모두 마쳤다고 했다.

"벌써 끝냈어요?"

담유가 놀라워했더니,

"이 정도 작업을 하루 종일하면 인건비도 못 건져."

김사장은 에어컨 설치할 때 다시 오겠다며, 동료 작업자와 현장을 떠났다.

오후 1시 전기 신사장과 동료 1명이 현장에 도착해서 전기입선 작업을 시작했다. 전기입선은 골조공사 중 매설해 놓은 전기배관 속으로 전기선을 집어넣는 작업으로 전기공사중 가장 난이도가 높은 작업 중 하나이다. 만에 하나 전기배관이 콘크리트나 이물질로 막혀 있으면 콘크리트 옹벽을 깨 내고 막힌 곳을 찾아내어 전기배관을 다시 설치해야 하는 곤욕을 치른다. 따라서 전기팀에게 전기입선은 가장 큰 고비이다. 평소 후덕한 할아버지 같던 신사장도 오늘은 어지간히 긴장한 듯 보였다.

오후 4시 현대엘리베이터 우부장으로부터 전화가 왔다.

"내일 공장에서 엘리베이터 자재가 출하됩니다. 14일쯤 현장에 도착할 겁니다."

2016년 7월 13일

오전 6시 20분 석공사 팀장이 현장에 먼저 도착했다.

"혹시, 아침식사를 배달해 주는 식당이 주변에 있나요?"

팀장이 물었다. 담유는 아침식사를 배달시킨 적이 없어 무슨 소리인지 알 수 없었다. 불현듯 현장사무실 벽에 붙어 있는 스티커가 생각났다.

"현장사무실 벽에 '전주밥상' 전화번호가 붙어 있는 것 같던데요."

현장 주변에는 '함바'라는 현장식당들이 차려져 있다. 대개는 특정 현장과 계약하지 않은 임시식당들이다. 함바에서는 아침과 점심식사만을 제공하는데, 배달만 전문으로 하는 식당도 있다. '전주밥상'이라는 곳이 바로 배달만 전문으로 하는데, 주문하면 15분 내에 현장으로 음식을 배달해 준다. 오전 7시경 현장에 도착한 이성호 사장과 팀원들은 푸짐하게 배달되어온 음식으로 아침식사를 대신했다.

오전 7시경 가평방수 이배준 사장이 작업자 1명과 함께 현장에 도착했다. 이 사장과 1층 엘리베이터 피트, 각 층의 화장실과 다용도실, 옥상테라스를 돌아보며 방수해야 할 곳을 확인했다.

"오늘은 엘리베이터 피트 안쪽에만 방수할 겁니다."

방수 이사장은 화장실과 다용도실 방수는 설비배관이 완료된 다음 작업해야 한다고 했다.

오전 7시 30분경 정호가 현장에 도착해서, 방수 이사장과 방수 작업 일정에 대해 다시 한 번 논의했다.

"미장은 토요일 들어옵니다. 일단 벽돌과 레미탈을 각 층으로 곰방시킬 겁니다."

담유는 정호의 '곰방'이라는 말이 생소했다. 자재를 상층으로 올려놓는 작업이라고 했다. 현장을 둘러보던 정호가,

"현관 방화문틀 폭이 100㎜네요. 너무 좁습니다."

담유는 급히 도면을 확인해 보았다. 도면에는 150㎜로 표시되어 있었다. 현성창호 방사장에게 전화했다.

"미장에서 방화문틀 폭이 좁다고 하네요."

"요즘은 다 그렇게 합니다. 문틀이 좁으면 문틀 위를 미장으로 발라주어야 하니까, 미장하기 싫어서 그러는 겁니다."

방사장은 어이없어 했다. 12시경부터 오후 3시 30분까지 방사장과 방화문틀 폭에 대해 여러 차례 전화로 논의했다. 결론적으로 도면에 150㎜로 되어 있으니 그렇게 하자고 했다. 방사장은 미장이 일을 번거롭게 한다며 짜증을 내면서,

"아예 180㎜로 하지요. 제가 180㎜ 방화문틀 재고가 있는지 확인해 보겠습

니다."

방사장은 벽두께보다 문틀 폭을 아예 크게 하겠다는 것이었다. 담유는 태우설계 성소장에게 전화했다.

"방화문틀 두께를 100㎜로 변경해도 되나요?"

"법적으로 문제없습니다. 그런데 100㎜보다 150㎜로 하는 게 낫습니다."

성소장은 방사장이 원가를 절감하기 위해 100㎜로 설치했다는 것이었다. 나중에야 방화문틀은 대부분 100㎜로 설치한다는 사실을 알게 되었다. 방사장이 괜히 오해받은 것이었다. 방사장은 오해를 받으면서도 차라리 180㎜로 폭을 넓히겠다며 당당했다. 담유는 방사장을 잠시나마 오해했다는 사실이 왠지 미안했다.

오후 12시 20분 대유건축 심사장으로부터 연락이 왔다.

"내일 목문틀 설치하러 들어갑니다."

웬일인지 존댓말을 썼다. 담유가 계속 존대를 하니 본인도 미안했던 모양이었다. 그런데 심사장이 약속한 일정을 두 차례 어긴 탓에 내일 목문틀이 설치될수 있을지는 여전히 의문이었다.

오후 4시 10분 석공사 이사장이 오늘은 2층까지 화강석을 붙였다고 했다.

"너무 빨리 붙이는 거 아닙니까?"

담유가 의아해 했더니, 이사장은 충청도 사투리로,

"이 정도는 혀야지요."

빅스마일을 지었다. 그런데 눈가는 충혈되어 있었다. 이사장은 부인 잃은 슬픔을 감추려고 안간힘 쓰는 중이었다. 담유는 이사장에게 천천히 안전하게만 작업해 달라며 어깨를 두드려 주었다.

오후 5시 50분 엘리베이터 설치팀으로부터 전화가 왔다. 내일 오전 6시 30분경 엘리베이터 자재가 현장에 반입된다고 했다.

엘리베이터 자재가
반입되다

2016년 구월 14일

오전 5시 50분 현대엘리베이터 설치팀으로부터 전화가 왔다. 자재가 현장에 도착했는데 ㈜비라이너 현수막이 걸려 있는 건물이 맞는지 물었다. 그렇다고 대답해 주었다.

오전 6시 10분 엘리베이터 자재를 내려놓기 시작했고, 30여 분 후 모두 내려 놓았다. 엘리베이터를 내려놓은 직원에게 앞으로 엘리베이터 설치 일정이 어떻게 되는지 물어보았다.

"내일과 모레는 기계들을 엘리베이터 피트 최상부에 올려놓을 것입니다. 그 다음 2~3일 후에 엘리베이터 설치 작업을 본격적으로 시작할 거예요."

엘리베이터 가이드레일과 카(Car) 설치는 약 7일에서 10일 정도면 완료되는데, 엘리베이터 출입문과 제어판은 마감공사에 맞추어 설치되므로, 엘리베이터 준공검사까지 약 한 달 보름 정도 소요된다고 했다.

오전 6시 40분경 이성호 사장과 팀원 3명이 도착했고, 때맞추어 아침식사가 배달되었다. 아침식사를 끝내고 7시경부터 돌 붙이는 작업이 시작되었다. 오늘은 시다를 모두 넣을 예정이라고 했다. 돌 붙이기에서 시다는 외벽의 맨 아래에 붙이는 기준돌이다. 기준돌이 정확하게 붙여져야 그 위로 켜켜이 쌓아 올리는 돌들도 정확하게 붙여진다. 시다 작업은 당연히 이사장의 몫이다. 이사장은 전투에 임하는 장수처럼 머리에 흰 수건을 질끈 감아 돌렸다.

오전 7시 20분 대유건축 심사장과 목수 2명, 목문틀을 운반할 인부 2명이 목문틀을 싣고 현장에 도착했다. 심사장은 함께 온 목수반장을 소개했다.

"임반장입니다. 어렸을 때부터 목수일을 해왔어요. 목문틀 설치는 우리나라 최고입니다."

심사장은 임반장을 한껏 추켜세웠다. 담유는 목문틀 설치에도 대가(大家)가 있나 싶었다. 목수 임반장은 키가 훤칠했고 미남이었다. 나이는 심사장보다 한 살 위라고 했는데, 심사장과 달리 너무나 착하고 순박해 보였다.

"목문틀은 아무나 설치할 수 없어요. 임반장이 오늘 중으로 목문틀 설치를 완료할 겁니다."

심사장의 뻥이 심해 반신반의했으나, 임반장의 인상은 너무 좋았다. 심사장의 장담을 믿어보기로 했다.

오전 8시 20분 방사장이 방화문틀을 180㎜로 다시 설치하겠다며 문자를 보냈다. 이미 설치한 문틀을 떼어 내고 다시 설치하는 작업은 번거롭고 짜증나는 일이다. 그런데도 방사장은 군말 없이 다시 설치해 주겠다고 했다. 방사장은 조그만 이익에 연연해하지 않았다. 깔끔하고 아쌀했다. 방사장에게는 조금 미안했으나 문틀 폭이 넓으면 여러모로 유리할 것 같아, 고맙다는 답신문자만 보내 주었다.

오전 9시 설비 박사장이 화장실 배관을 완료했다며 내일부터 화장실 피트 벽돌을 쌓아도 된다고 했다. 벽돌 물량이 얼마 되지 않아 가평미장팀에서 벽돌을 쌓기로 했다. 정호에게 내일부터 벽돌을 쌓을 수 있다고 문자를 보내 주었다.

오후 5시 가람퍼니처 김이사가 소개해 준 한샘 영업사업과 현장사무실에서 미키와 함께 만났다. 영업사원은 한샘 잠실점의 여자 매니저였다. 진한 화장에 향수냄새가 진동했다. 미키는 향수 비염 알레르기가 있어 금세 코를 오물거렸다. 인사만 간단히 나누고 곧바로 4층으로 올라갔다. 매니저는 4층 주방크기를 줄자로 실측한 다음, 다음 주 수요일쯤 잠실 한샘점에서 만나자고 했다. 미키는 고개를 절레절레 흔들면서 상봉 한샘점 영업사원만 만나겠다고 했다.

2016년 7월 15일

오전 7시경 이성호 사장과 팀원들이 현장에 도착했다. 이사장은 작업에 들어가기 전 카파오 붙이는 부분의 돌출형식에 새로운 제안을 했다.

"원래는 카파오와 고흥석 부분은 포천석보다 5㎝ 돌출시키기로 했잖아요. 건물 모서리 부분에 카파오를 붙이면 그 부분과 접하는 동측과 북측의 카파오를 돌출시킬 수가 없습니다. 그래서 고흥석 부분만 5㎝ 돌출시키고, 모서리에 면한 카파오는 돌출시키지 않는 게 좋을 것 같습니다."

다시 말해 고흥석과 맞닿는 부분만 5㎝ 돌출시키자는 제안이었다. 그렇게 되면 카파오는 모서리에서 고흥석 부분으로 비스듬하게 돌출되는 것이다. 담유는 카파오가 비스듬하게 돌출되는 형태도 괜찮을 것 같아 이사장의 제안에 동의해 주었다.

오전 7시 25분 방사장으로부터 전화가 왔다.

"방화문틀을 다시 발주했습니다. 내일 다시 설치하러 들어갈 겁니다."

그리고 방사장은 석공사에 대해 물었다.

"돌이 얼마만큼 붙여졌나요?"

"서측과 북측은 2층까지 붙였어요."

방사장은 창문틀을 실측하려고 확인하는 것 같았다. 오전 8시경 미장 오사장이 조적공 2명과 함께 현장에 도착했다.

"오늘은 미장 단도리만 해주고, 엘리베이터 출입구와 화장실 피트에 벽돌을 쌓을 겁니다."

조적 작업만 하겠다는 것이었다.

오후 12시 50분 이성호 사장이 사무실로 들어와서, 2차분 포천석은 이미 인천항에 도착했고, 화요일에 카파오와 고흥석이 현장에 반입된다고 했다. 오후 1시 10분 현성창호 방사장이 현장사무실로 들어왔다. 아무런 사전 통보 없이 방문해서 깜짝 놀랐다.

"창문 실측하러 왔어요."

"그러시군요."

아침에 석공사를 물어본 이유가 있었다. 방사장은 알루미늄 창문(AW)에서 플라스틱 이중창(PW)으로 설계변경된 것이 많아 비용이 올라갈 것 같다고 했다. 담유는 창호공사가 끝나면 정산해야 하므로 일단 변경된 도면대로 시공해 달라고 했다.

오후 3시 20분 조적공이 각 층 화장실 피트마다 벽돌을 허리 높이만큼 쌓았고, 1층 화장실 피트는 내일 쌓겠다고 했다. 조적공이 담유에게 물었다.

"1층 계단실 아래에 창고를 만들 예정인가요?"

창고를 만들게 되면 그곳도 벽돌을 쌓겠다고 했다. 도면에는 계단실 아래에 창고를 만드는 것으로 되어 있다. 그러나 엘리베이터 앞이 너무 좁아 보여, 미키와 협의해서 창고를 만들지 않기로 했다.

오후 4시 20분 전기 신오석이 현장사무실에 들렀다.

"전기입선은 잘 되어 가나요?"

"까대기 할 부분이 의외로 많네요."

전기배관에 문제가 많은 듯했다.

"미장은 언제 들어오나요?"

담유가 일요일부터 들어온다고 했다. 신오석은 한숨을 크게 쉬었다. 일정이 빠듯한 것 같았다. 신오석은 아버지 신사장을 빼 닮았다. 늘 긍정적이고 명랑했다. 그러나 신세대답게 귀에는 항상 이어폰이 끼어져 있었다. 아마 요즘 유행하는 음악을 들으며 작업하는 것 같았다.

젊은 아들이 아버지의 평생 직업을 이어받는 모습은 참으로 아름답다. 담유 세대만 해도 아버지는 아들에게 자신의 직업을 물려주지 않으려 했고, 아들도 아버지의 직업과 다른 길을 찾으려 노력했다. 그러나 요즘은 많이 달라졌다. 주변에 자신의 직업을 아들에게 물려주는 아버지의 모습이 자주 눈에 띈다. 아버지의 경험과 지식을 온전히 아들에게 물려주려고 하는 행위, 아마 가장 자연스러운 본능일 것이다.

2016년 7월 16일

새벽부터 비가 내리기 시작했다. 비가 오는 날에 돌 붙이는 작업은 쉬어가야 한다. 아마 석공사팀은 현장에 나오지 않을 것이다. 오전 7시 30분경 현장에 나가 보았다. 설비 박사장과 동료 작업자 1명이 이미 도착해서 수도배관을 설치하고 있었다.

"박사장님, 2층 화장실 피트가 너무 넓은 것 같지 않나요?"

"피트가 넓으면 세면기가 들어가지 않아요. 벽돌을 다시 쌓아야 합니다."

담유는 석공사팀이 사무실에 보관해 놓은 망치와 돌 고정용 패스너를 가지고 2층 화장실로 올라갔다. 쌓여진 벽돌에 패스너를 대고 망치로 때렸더니, 시멘트몰탈이 아직 굳지 않아 벽돌은 쉽게 허물어졌다. 세면기에 인접한 벽돌은 모두 허물고, 벽 안쪽 일부만 남겨 놓았다. 허물어진 벽돌에 묻은 시멘트몰탈을 망치로 떼어 냈다. 그리고 화장실 개구부 옆에 반듯하게 쌓았다. 내일 조적공이 들어와 벽돌을 허문 것을 보고 크게 놀랄 터이니, 조금이라도 실망을 덜어주기 위해서였다. 떼어 낸 시멘트몰탈은 피피마대에 깨끗하게 쓸어 담았다.

설비 박사장은 오늘 화장실 부분만 빼고 수도배관을 모두 완료하고, 화장실 피트 조적이 완료되면 화장실 수도배관까지 마무리할 것이라고 했다.

"이제 난방용 엑셀 깔 때까지는 들어오지 않을 겁니다."

박사장은 묵묵히 성실하게 일을 잘해 주었다. 잠시 박사장이 들어오지 않는다고 하니, 어쩐지 허전하고 아쉬웠다.

"박사장님, 시간 나실 때 소주 한잔하시죠?"

"아, 아닙니다."

자기는 술을 못한다며 손을 내저었다.

"그럼 점심식사라도 같이 하시지요."

박사장은 그마저도 사양했다. 담유는 괜히 쑥스러웠다.

오전 10시 방화문틀을 교체하기 위해 현성창호 창호공 2명이 새로운 방화문틀을 싣고 현장에 도착했다. 창호공 2명은 지난번 방화문틀을 설치했던 작업자들이었다. 담유를 본체만체하는 것으로 보아 심기가 불편한 듯 보였다. 마치 기계가 움직이듯이, 이미 설치된 100㎜ 방화문틀을 떼어 내고, 새로운 180㎜ 방화문틀을 각 세대로 옮긴 다음, 레이저 레벨로 수평과 수직을 맞춰가며 방화문틀을 다시 설치했다.

오후 3시 현장에 나온 미키와 함께 현장을 둘러보았다. 방화문틀 5개가 모두 교체된 것을 확인했다. 창호공들은 이미 철수했는지 인기척이 없었다. 아마 기분이 많이 상했던 모양이었다. 나중에 알게 되었지만, 오늘 온 창호공들도 참으로 인간적이고 좋은 사람들이었다. 방사장과는 사장과 직원의 관계가 아니라 친구처럼 지내는 사이였다.

조적과 미장공사가
시작되다

2016년 구월 17일

오늘도 비가 내리고 있다. 새벽에는 빗줄기가 제법 세찼다. 오전 7시 30분경 미장 오사장이 현장으로 가는 중이라고 했다. 7시 50분 미장 오사장과 미장공 1명, 조적공 2명이 도착했다.

"어제 2층 3룸 화장실 피트에 쌓았던 벽돌 폭이 너무 넓어 세면기가 들어가지 않을 것 같아 허물었습니다."

담유는 조적공에게 벽돌 허문사실을 이실직고했다.

"허문 벽돌은 화장실 문 앞에 쌓아 놓았습니다. 설비배관에 바짝 붙여서 다시 쌓아주세요."

조적공의 표정이 일그러졌다. 어제 반나절치 일이 헛것이 되었기 때문이다. 오사장 표정도 썩 좋지 않았다. 담유에게 물어보고 쌓았던 터라 자기들 책임이 아니기 때문이다. 사실 도면에 피트의 치수가 정확하게 나타나 있지 않아, 대충 감으로 벽돌 쌓는 위치를 알려 주었던 것이 화근이었다. 오사장은 이내 고개를 끄떡이며 조적공에게 벽돌을 다시 쌓으라고 지시하곤 입맛을 다셨다.

미장 오사장에게 시멘트와 레미탈이 비에 젖었다고 알려 주었다.

"레미탈은 방수포장인데, 시멘트는 방수가 되지 않아요. 아마 물에 젖었을 겁니다."

물에 젖지 않은 부분만 사용하겠다고 했다.

"2층 3룸 현관 옆방 문틀 옆에 잘못 설치된 전기분전반을 아직 이동시키지 않았던데요?"

내일까지 이동시켜 달라고 했다. 전기 신사장과 신오석이 전기입선에만 열중

하느라 전기분전반 이동시키는 것을 깜빡했던 것이다. 전기 신사장에게 전화했다.

"미장이 내일까지 전기분전반을 이동시켜 달라고 하네요."

전기 신사장은 깜짝 놀라면서,

"미안합니다. 깜빡했습니다."

곧바로 이동시키겠다고 했다.

오사장과 다락층에 올라가, 담유가 엘리베이터 옹벽을 가리키면서,

"이곳이 외기에 접하는데, 아무래도 미장을 해야 할 것 같네요."

외기에 접하지 않는 면만 미장하기로 했고, 외기에 접하는 벽은 다루끼를 대고 석고마감하기로 했다. 오사장은 무표정하게 고개를 끄떡였다.

외벽의 바깥에 아이소핑크 100㎜ 단열재를 붙였지만, 혹시 단열재가 밀실하게 붙어 있지 않으면 단열효과가 떨어질 수 있다. 그러면 내벽에 습기가 차서 결로가 생기고 곰팡이가 피게 된다. 따라서 외기에 접하는 내벽에 단열재 역할을 하는 석고보드를 대주는 것이다.

"오늘 같이 비 오는 날 석공사팀에서 계단 걸레받이 돌을 붙여 주면 좋을 텐데."

미장 오사장은 아쉬워했다. 계단실 벽에도 미장하기로 했다. 요즘 계단실에 타일을 붙이는 추세이다. 담유는 타일이 깨지면 오히려 보기에 좋지 않을 것 같아, 미장위에 무늬코트하기로 결정했다. 허가도면에도 그렇게 되어 있다. 계단실 벽에 미장하기 위해서는 그 전에 걸레받이 돌을 붙여 주어야 한다. 그래야 걸레받이를 기준으로 미장할 수 있기 때문이다.

오늘 비가 와서 석공사팀은 들어오지 않았다. 아마 다른 현장에서 내부에 돌 붙이는 작업을 하고 있을 것이다. 석공사 이사장에게 비오는 날 계단실 돌을 붙여 달라고 미리 얘기해 두었으나, 아직 계단실 미장까지 해야 할 시점이 아니라고 생각하는 것 같았다. 그럼에도 미장 오사장은 한 번 올 때 웬만한 미장은 모두 끝내고 싶어 했다.

마감공사에서 후행공종의 작업팀들은 선행공종이 일찍 들어와 작업해 놓기를 바란다. 아마 어느 공종이나 마찬가지일 것이다. 그런데 선행공종들이 단 한 번 들어와 일을 끝내는 경우는 거의 없다. 왜냐하면 마감단계에서는 여러

공종들이 뒤섞이며 진행되기 때문이다. 따라서 몇 번씩 들어와서 작업하는 것이 당연한데, 가평에서 오가는 것이 내키지 않는 오사장은 현장에 들어 올 때 한꺼번에 끝내고 갔으면 하는 눈치였다.

오전 12시 20분 2층에 올라가 보았다. 미장팀이 벽에 돌출된 거푸집 스페이서(Spacer)들을 모두 제거했고, 벽모서리에 코너비드(Corner Beed)[74]도 설치했다. 미장 오사장은 내일부터 본격적으로 미장 작업에 들어간다고 했다.

조적공 1명은 1층 바닥의 상가경계면에 시멘트벽돌을 쌓고 있었다. 1층 화장실 상부에 올라가 보았더니, 아직 설비배관 피트(Pit) 주위에 벽돌을 쌓지 않았다.

"화장실 위에도 벽돌을 쌓아야 합니다."

조적공은 난감해 했다.

"벽돌 130장을 1층 화장실 위로 올려야 하는데, 저 혼자는 못합니다."

담유가 직접 벽돌을 올려놓겠다고 했다. 담유는 레미콘 공시체를 담았던 플라스틱 통을 들고 벽돌 쌓여진 곳으로 갔다. 처음에는 플라스틱 통에 10장을 담아 사다리를 올라갔는데, 너무 무거워 사다리가 휘청거렸다. 자칫 플라스틱 통과 함께 바닥으로 떨어지면 크게 다칠 것 같았다. 그 다음부터는 6장씩 담아 사다리를 올라갔다. 벽돌 130장을 1층 화장실 상부에 올려놓기까지 약 40분이 소요되었다. 온몸은 땀으로 범벅 되었으며, 바지와 상의는 흙투성이가 되었다. 노가다 일이란 아무나 하는 게 아니다. 객기로 덤벼들었다가는 다치기 십상이다. 담유는 젊은 시절을 떠올리며,

'까짓것, 벽돌 130장쯤이야.'

했는데, 섣부른 판단이었다. 노동에 익숙하지 않은 몸이 전혀 말을 들어주지 않았다. 허리는 뻐근했고 두 팔은 덜덜 떨렸다. 오후 2시 샤워하기 위해 일찍 귀가했다.

---

74) 벽, 기둥 등의 모서리를 보호하기 위하여 미장 바름질을 할 때 붙이는 보호용 철물, 플라스틱제, 아연 도금 철제, 스테인리스 철제, 황동제 등이 있음

하스리를 하다

2016년 7월 18일

오전 7시 10분경 석공사팀 5명, 설비팀 4명, 미장팀 6명이 현장에 도착해서 작업을 준비하고 있었다. 석공사 이성호 사장은 어제 출근하려고 했으나, 오전에 가랑비가 내려 하루 쉬었다고 했다. 오랜 만에 하루 쉬어서인지 석공사팀의 컨디션은 한층 좋아 보였다.

"2차분으로 발주한 돌이 인천항에 들어와 있습니다. 내일 통관시켜 모레 오전 현장에 들어 올 겁니다."

이사장은 팀장과 젊은 석공들에게 오늘 해야 할 일들을 지시한 다음, 비계위로 올라갔다.

미장팀 6명은 2층부터 3룸과 2룸에 각각 3명씩 나뉘어져 벽에 시멘트몰탈을 바르기 시작했다. 미장팀은 자기들이 먹을 물, 커피, 간식과 함께 라디오, 선풍기까지 준비해 왔다. 실내는 라디오를 틀어 놓아 뽕짝이 구성지게 울렸고, 선풍기가 회전하며 미장공의 땀 냄새와 시멘트몰탈 냄새를 섞었다. 미장을 함께 하던 오사장이,

"2층 전기입선이 덜 끝났네요."

전기 작업을 독촉해 달라고 했다. 전기 신사장에게 전화했다.

"지금 현장으로 가고 있습니다. 오늘 중으로 전기입선 작업을 모두 마무리할 겁니다."

다행히 신사장은 미장의 독촉에 화를 내지 않았다. 아니, 원래 신사장은 화를 내지 않는다. 그저 웃을 뿐이다. 전기팀은 공사가 시작할 때부터 다른 공종들이 작업하는 틈틈이 들어오는데 익숙해서인지, 다른 공종이 뭐라 하든지 그냥 웃어넘긴다. 그런 신사장이 그저 고마울 따름이다.

하스리업체는 현장사무실 외벽에 붙여 놓은 스티커를 보고 알았다. 미드나라는 업체였다. 김효재 사장이 직접 전화를 받았고, 김사장이 현장에 몇 차례 왔었다. 담유는 김사장에게 전화를 걸었다.

"미장에서 하스리할 부분을 노란 락카로 표시해 놓는다고 했습니다. 그리고 4층 주방 싱크대 앞 창문 높이를 10㎝ 정도 크게 뚫어 주세요."

김사장은 오후에 들어갈 예정인데, 비용은 물량을 다시 한 번 확인하고 알려 주겠다고 했다.

오전 8시 40분 전기 신사장 대신 아들 신오석이 전기공 1명과 함께 현장에 도착했다.

"2층에서 미장하고 있는데, 2층 3룸 분전반부터 옮겨 달라고 하네요."

신오석에게 오늘 중으로 전기입선 작업이 마무리되는지 물어보았다. 신오석은 고개를 꺄우뚱거렸다.

"아마 오늘 중에는 어려울 것 같습니다."

"그러면 2층부터 전기입선을 모두 마무리해 주세요."

담유는 신오석에게 4층과 다락층에 추가로 설치해야 할 콘센트 위치와 4층 거실부분 천정 전등 스위치 위치를 알려 주었다. 그리고 다락층 준성이 방의 CCTV 콘트롤박스를 다락 거실 벽으로 옮겨 달라고 했다.

오전 9시 32분 현대엘리베이터 양중팀에서 전화가 왔다.

"양중팀은 엘리베이터 자재를 최상층으로 올려놓는 작업만 합니다."

오후 2시 또는 3시경 현장에 도착할 예정이며, 양중 작업은 약 2시간에서 2시간 반 정도 소요된다고 했다.

오전 11시 25분 라인드림 김혜숙 과장에게 전화했다.

"준공 후 다락층에 보일러를 설치할 예정입니다. 도시가스 배관을 추가로 설치하는데 비용이 얼마나 들지요?"

"30만 원만 더 내시면 되요."

김과장은 다락층 추가공사를 많이 해본 듯 가격을 순식간에 알려 주었다. 담유는 공사 완료 후 정산하자고 했다. 오전 11시 30분 설비 박사장이 사무실로 들어왔다.

"다락층 보일러 설치 위치에 배기구를 뚫어 놓았습니다."

바닥에도 보일러 배수구 배관을 설치했다고 했다. 다락층에 보일러 설치는 박사장과 오랫동안 논의해 왔다. 4층 보일러로 다락층까지 난방하는 방법도 생각해 보았다. 박사장은 그럴 경우 보일러 용량이 너무 커지고 효율성이 떨어지며, 상향식 보일러는 고장이 잦다면서 추천하지 않았다. 그래서 다락층에 보일러를 추가로 설치하기로 한 것이다. 박사장은 오늘 아침에 다락층에 보일러를 설치하겠다고 알려 주었더니, 지체 없이 설비배관 작업을 완료했다.

오후 2시 이성호 사장이 사무실에 와서 커피 한 잔하면서,

"이제 시다(돌 붙이는 기준)를 다 넣었네유. 내일 3층까지 돌을 붙일 거예유."

이사장은 이제 부인을 잃은 충격에서 많이 벗어난 듯했다. 빅스마일이 점점 커지고 경쾌해지고 있었다.

돌은 상당히 무겁다. 그래서 돌을 위층으로 올릴 때는 전동 윈치를 사용해야 한다. 평지에서 핸드카트로 옮기지만, 평탄하지 않거나 장애물이 있으면 사람이 등에 짊어지고 옮긴다. 오른 손은 어깨 뒤로 넘겨 돌의 상부를 잡고, 왼 손은 옆으로 돌려 돌의 왼편을 잡고 옮긴다. 무더운 날씨에 돌을 등에 짊어지고 옮기는 모습은 너무나 힘겨워 보인다. 신들의 노여움을 사 산꼭대기로 바위를 끊임없이 옮기는 시지프(Sisyphus)를 연상시킨다.

오후 2시 30분 하스리 김효재 사장이 도착했다.

"1층 현관 바닥부터 하스리해 주세요."

1층 현관 콘크리트 바닥이 경계석보다 30㎝ 이상 높다. 따라서 도로에서 현관 바닥으로 올라오려면 계단을 만들어야 한다. 그런데 계단 2개를 만들면 유모차나 카트를 도로에서 현관바닥까지 밀고 올라올 수 없다. 그래서 현관출입문에서 1.2m 지점에서 경계석까지 비스듬하게 콘크리트를 깨 내어 램프(Ramp)[75]를 만드는 것이다. 그리고 화장실과 다용도실 바닥 튀어나온 부분, 4층 모서리 상단 튀어나온 부분, 4층 주방 싱크대 앞 창문 상단 커팅까지 45만 원에 작업하기로 했다.

---

75) 높이가 다른 두 도로·건물 등의 사이를 연결하는 경사로

1층 현관 앞 램프를 하스리 하는 작업은 엄청난 난공사였다. 기초철근으로 가장 굵은 철근인 D22가 많이 배근되어 있었기 때문이었다. 김사장과 작업자 1명은 눈에 고글을 착용하고 코와 입에 마스크를 한 채 콘크리트 커팅기, 브레이커를 번갈아 사용하며 콘크리트를 제거했다. 콘크리트가 깨지며 튀어 오르는 콘크리트 조각들과 먼지들이 작업자들을 온전히 집어 삼켰다.

하스리는 가장 거칠고 힘든 작업 중 하나이다. 가능하면 하스리할 곳이 최소가 되는 것이 좋지만, 목수들의 갈등으로 거푸집 작업이 정확하지 못한 탓에 하스리할 곳이 많아졌다. 이제 와서 목수들을 원망하면 무엇하랴. 1층 현관바닥 하스리 작업이 예상보다 길어지고 있었다. 김사장에게 5만 원을 추가 지불하겠다고 했다. 김사장이 멋쩍게 웃으며 브레이커를 힘껏 움켜잡고 콘크리트를 더욱 강하게 깨 내기 시작했다.

오후 3시 신오석이 사무실에 들렀다.

"오늘 3층까지 전기입선을 완료했습니다. 내일모레 4층과 다락층 입선을 마무리할 예정입니다."

신오석은 전기입선일정을 미장 오사장에게 이미 알려 주었다고 했다.

오후 3시 10분 방사장에게 오늘 하스리팀이 들어와서 4층 주방 창문을 25㎝ 까내면 총 70㎝가 되는데, 석공사 이사장이 돌을 위·아래로 5㎝씩 붙이므로 높이가 60㎝로 줄어든다고 문자로 알려 주었다.

"네."

잠시 후 답변이 왔다.

오후 4시 35분경 설비 박사장은 이미 다른 현장으로 이동하고 난 뒤였다. 남아서 작업하던 설비공이 수도가압시험을 끝냈다고 했다.

"이제 상수도관과 수도를 연결하면 끝납니다. 그런데 수도관이 기초 옆면 어느 쪽으로 연결되는지 모르겠네요?"

담유는 그동안 찍어 놓았던 공사사진들을 검색해 보았다.

"남쪽으로 수도관이 연결되어 있네요."

담유는 설비공에게 사진을 보여 주며, 연결방향을 알려 주었다.

"고맙습니다."

설비공은 수도관과 연결하면 설비배관에서 물이 샐 수도 있다고 했다. 물이 새면 밸브를 잠그라며 밸브 위치를 알려 주었다. 수도관에 압력을 걸어 놓아야 다른 공종에서 작업하다가 수도관을 파손시키더라도 금방 찾아 낼 수 있다는 것이었다.

오후 6시가 다 되어 1층 현관 램프 하스리 작업이 완료되었다. 김사장이 1층 현관 램프 하스리 작업이 너무 힘들었다며 무척 피곤해 했다.

"김사장님, 내일 다시 와서 작업하시죠?"

"내일은 다른 현장에 가야 합니다."

김사장은 오늘 하스리 작업을 마무리하겠다고 했다. 이제부터 4층 주방 싱크대 앞 창문 상단을 25㎝를 커팅하고, 그 다음 화장실과 다용도실 바닥과 벽이 교차부분에 튀어나온 부분을 제거하겠다고 했다.

"김사장님, 어두워지니 너무 무리하지 마세요."

김사장은 고개를 저으며,

"어두워지면, 불을 켜놓고라도 끝내겠습니다."

참으로 대단한 사람이었다. 이렇게 험한 일을 하면서도 책임감은 칼날 같았다.

오후 6시 30분 미키가 현장에 도착했다. 오후 8시 30분경 하스리 김사장이 작업을 완료했다고 했다. 미키와 함께 랜턴을 들고 하스리된 곳들을 불을 비춰가며 확인했다.

"2층 3룸 왼쪽 벽 아래 콘크리트가 그대로 있네요."

담유가 지적하자, 김사장은 곧바로 브레이커를 들고 올라가 제거했다. 4층 거실 모서리 상단 콘크리트 돌출 부분도 제거되지 않았다. 김사장은 다음 번 시간 날 때 반드시 제거해 주겠다고 약속했다. 오후 9시경 김사장은 작업공구들을 챙겨 1톤 트럭에 싣고 현장을 떠났다.

오늘 하스리 작업을 지켜보며, 하스리 작업이 너무나 힘들고 위험한 작업이라는 사실을 새삼 깨달았다. 브레이커로 콘크리트를 깨고 다이몬드 톱날로 커팅하면서, 사방으로 튀는 콘크리트와 철근 잔재를 온 몸으로 견뎌냈다. 그야말로 고행이었다.

하스리 김사장은 작업을 완료한 다음 공사비를 입금할 계좌번호를 수첩에 적어 주었다. 김사장의 필체는 한 점 흐트러짐 없이 너무나 깔끔했고, 정돈된 말투는 그가 상당한 고등교육을 받았음을 짐작케 했다. 건설현장은 수많은 사연들을 가진 사람들이 힘든 노동으로 생계를 꾸려가는 치열한 삶의 터전이다. 김사장에게 어떤 사연이 있었는지 모르겠으나 필체나 말투로 보아 평범한 노동자는 분명 아니었다.

방수와 엘리베이터 설치가 시작되다

2016년 7월 19일

오전 6시 50분경 석공사팀 5명, 실리콘팀 3명이 현장에서 아침식사를 하고 있었다. 담유는 어제 수도관에 압력을 걸어 놓아 혹시 물 새는 곳이 없는지 1층에서 다락층까지 올라가며 확인했으나, 물 새는 곳은 없었다. 4층으로 내려가 주방 싱크대 창문 하스리가 제대로 되었는지 확인했다. 하스리한 창문 상단이 칼로 도려낸 듯 반듯하고 깔끔했다. 창문 아래에는 어제 하스리 작업으로 콘크리트 잔해가 수북이 쌓여 있었다. 4층 계단실에 두었던 피피마대 5장을 가져와 콘크리트 잔해를 모두 담았다. 그리고 주방 창문 외벽에 남아 있던 단열재를 톱으로 잘라냈다.

석공사 이성호 사장은 오늘부터 돌 줄눈에 실리콘을 쏠 것이라고 했다. 카파오 줄눈은 분홍색, 포천석과 고흥석은 회색 실리콘을 쏘겠다고 했다. 담유는 실리콘 팀장에게 물었다.

"실리콘 재질이 어떤 건가요?"

"다우 888입니다."

"다우 988이나 999로 쏴주세요."

실리콘 팀장은 이성호 사장에게 전화로 물어본 다음 그렇게 하겠다고 했다. 돌 줄눈에 쏘는 실리콘의 접착력은 돌들을 단단하게 고정시키지만 줄눈사이로 빗물이 흘러들어 가지 않도록 하므로 실리콘에 하자가 발생해서는 안 된다. 따라서 가능하면 접착력이 좋은 실리콘을 사용하는 게 좋다. 담유는 인터넷을 통해 다우 888보다 다우 988이나 999가 강도와 내구성이 좋다는 사실을 알고 있었다.

미장팀은 7시 30분경 도착했다. 담유는 미장 오사장에게 양해를 구했다.

"어제 계단실 하스리는 못했습니다."

"하스리하지 않고 미장을 하면, 미장두께가 너무 두터워집니다."

"하스리 사장이 시간날 때 들러 하스리를 할 겁니다."

오사장은 석공사팀이 계단실 걸레받이를 붙일 때 볼록하게 튀어나온 부분을 감안해 붙여 주면 하스리를 하지 않아도 된다고 했다. 담유는 하스리 김효재 사장에게 전화해서 계단실 2층에 하스리 할 부분을 붉은 락카로 표시해 두었다고 했더니, 시간 날 때 반드시 들어와 하스리해 놓겠다고 했다. 하스리 김사장의 말은 왠지 신뢰가 갔다.

오전 9시 엘리베이터 설치팀 이재구 소장 혼자 현장에 도착했다. 이소장 머리는 반쯤 벗겨져 있었고, 팔자걸음에 어깨를 움츠리며 걸어왔다. 꼬나 문 담배 연기 때문인지 실눈을 하고 담유와 맞닥뜨렸다. 한눈에 건달의 모습이었다. 담유는 이 사람이 엘리베이터를 제대로 설치할 수 있을까 싶었다. 이소장은 담유에게 고개만 까딱하곤 오늘은 엘리베이터 문 위치에 줄눈만 띄울 것이라고 했다. 전라도 본바닥 말씨였다.

오전 9시 55분 영화타일에서 소개해 준 킴스타일 김홍수 사장에게 전화해서 언제쯤 타일이 들어 올 예정인지 물어보았다. 김사장은 방통 끝나고 들어오면 된다고 했다. 담유가 2주 후 방통 타설이 마무리될 것 같다고 했다. 김사장은 그 때는 여름휴가철이라 타일공들이 단체로 휴가를 간다면서, 2주 후 타일 작업은 장담할 수 없다고 했다.

타일 김홍수 사장의 집이 망우리이고 작업 중인 현장이 금곡이라, 출퇴근하며 SMJ House 현장에 가끔 들러 작업 상황을 확인한다고 했다. 김사장의 말씨가 너무나 겸손하고 성실해서, 미키는 김홍수 사장을 선호하고 있었다. 그러나 김사장은 신용이 좋아서인지 워낙 일이 많다며, 우리 현장에 들어 올 수 있을 지 미지수라고 했다. 반면 채소장이 소개해 준 김구영 사장은 머리에 기름을 바르고 화려한 티셔츠를 입고 현장에 나타나서인지 그다지 신뢰가 가지 않았다. 물론 외모로 사람을 판단해서는 안 된다. 그럼에도 타일공종에 뭔가 문제가 생길 것 같다는 불길한 예감이 들었다.

2016년 7월 20일

오전 7시 10분경 석공사팀 5명, 방수팀 3명, 미장팀 5명이 작업을 준비하고 있었다. 7시 30분경 엘리베이터 설치팀 2명이 도착했다. 이재구 소장이 작업자 1명을 데리고 온 것이다. 함께 온 작업자는 이소장과 달리 얼굴이 하얗고 꽤나 성실해 보였다. 이소장과는 딴판이었다. 이소장과 동료는 현관 출입구에 쌓여진 엘리베이터 자재를 훑어보고는 곧바로 엘리베이터 설치 작업을 시작했다.

방수 이배준 사장이 방수공 2명과 1층 계단실로 들어오고 있었다.

"이사장님, 다락층에도 화장실, 보일러실, 주방을 설치할 겁니다. 거기 바닥 전체를 방수해 주세요."

이사장은 다락층에 올라가 보았다며,

"설비가 배관을 깊이 묻지 않아 방수하기 힘듭니다."

짜증을 냈다. 방수 이사장은 방수에 대한 자부심이 대단했다. 단 하나 가평에서 구리까지 와서 작업하는 게 영 못마땅한 듯싶었다. 정호만 아니었으면 구리에 오지 않았을 거라며 심하게 투덜거렸다.

오전 9시 30분 부대토목업체인 라온조경 전상복 사장이 현장을 찾아왔다. 인터넷으로 검색해서 전화로 약속한 업체 사장이었다. 전사장은 얼굴이 타지 않고 옷매무새가 단정해서 토목공사 전문업체 사장같지 않았다. 서글서글한 말투에 친화력이 돋보였다.

전사장이 제안한 부대토목공사 범위를 설명해 주었다.

"오배수관 설치는 설비한테 맡기는 것이 좋습니다. 그리고 땅을 팔 때 도시가스 통신 설비가 함께 작업하면 터파기 비용을 줄일 수 있어요. 조경은 나중에 없앨 것이므로 가장 기본적인 것으로만 심으면 됩니다."

그리고 바닥투수성 포장재는 8T로 하고 자갈 등을 단단히 포설하면 나중에 침하 가능성이 낮아진다고 했다. 경계석 교체비용을 감안해서 견적을 내겠다며, CAD도면이 필요하다고 해서 USB에 담아 주었다.

오전 9시 50분 태우설계 장대표에게 전화했다.

"준공검사를 서서히 준비하려고 합니다. 준비서류 목록을 보내줄 수 있나요?"

장대표는 성소장이 보내줄 것이라고 했다. 그러면서,

"준공절차는 약 3주 정도 걸립니다. 8월 말부터는 준비해야 될 것 같네요."

아직 준공검사(사용승인)를 받기에는 시간적 여유가 충분하다고 했다. 그런데 처음 준비하는 것이라 쉽지 않을 것이라고 했다. 그런데 성소장이 서류를 보내준다고 하니, 또 언제나 서류를 받을지 의구심부터 들었다.

'성소장은 왜 일을 매번 늦게 처리하는 것일까? 원래 그런 성격인지, 아니면 바빠서 그런 것인지 잘은 모르겠으나, 서류 보내는 건 채 1분도 걸리지 않는데.'

사람들이 일을 처리하는 유형은 사람들의 성격만큼이나 다양하다. 담유는 조기일정(Early Schedule) 중심으로 처리하는 스타일이다. 해야 할 일들이 생기거나 떠오르면 바로 처리해야 직성이 풀린다. 나중에 하겠다고 미루다 보면, 마감일에 촉박하여 일을 그르칠 수도 있고, 아예 잊어버릴 수도 있기 때문이다.

그런데 어떤 사람들은 만기일정(Late Schedule) 중심으로 일을 처리한다. 즉 일의 마감일에서 역순으로 일정을 짜서 일을 하는데, 이런 사람들은 대체적으로 할 일이 생기면 느긋하게 후순위로 미룬다. 그 이유는 마감일을 준수할 수 있다는 자신감에서 비롯될 수도 있고, 일이 계속적으로 미뤄지다 보니 해야 할 일들이 쌓여 뒤로 미루어지는 것이다. 성소장은 만기일정 중심 스타일이다. 물론 어느 쪽이 좋다고 단정할 수 없다. 다만 담유는 성소장의 업무스타일이 영 마음에 들지 않았다.

오전 10시경 대유건축 심사장이 사무실에 들렀다.

"집사람이 1층 현관 입구 천정을 목재 루버로 하기를 원하네요."

"히노끼(편백나무)가 더 좋습니다."

심사장은 히노끼를 무척 애용하는 것 같았다. 담유는 일단 알았다고 했다.

"1층 기둥 중 샷시로 감싸는 부분은 페인트로 마감하는 게 좋겠네요."

담유의 제안에 심사장은 페인트는 걱정하지 말라고 했다.

"샷시를 세우고 유리 끼우기 전에 페인트하면 됩니다. 1층 주차장 천정은 SMC를 설치하고, 1층 상가내부 천정은 그대로 놔두면 됩니다."

1층 상가천정은 나중에 임대인이 마감한다고 했다. 미키가 오늘 한샘을 만나 주방가구(싱크대)를 결정할 예정이라고 했다.

"오늘 결정하지 말고 도면만 가지고 오세요. 내가 한샘과 똑같이 만들어 줄 수 있습니다."

심사장은 담배를 꺼내 입에 물었다.

"한샘 같은 브랜드 업체들의 싱크대는 모두 영세업체에서 제작해 주는 거예요. 브랜드 때문에 가격만 비쌉니다."

심사장은 자신이 목수일을 싱크대 만드는 공장에서 처음 배웠다면서, 싱크대는 제일 자신 있는 분야라고 했다. 심사장은 담배에 불을 붙이면서 사무실을 나갔다. 심사장은 늘 자신감에 차 있어 보였다. 그런데 이 사람이 진짜 목수인지 여전히 아리송하다. 목수반장과 목수들이 자기사람은 분명 아니다. 일회성으로 부르는 것 같은데 마치 자신이 월급을 주며 고용하고 있는 듯 떠벌인다. 단지 영업만 하는 사람 같은데, 담유를 현혹시키려는 것은 아닌지 여전히 의심스럽다.

오후 8시경 미키와 함께 현장에 돌아왔다. 현장사무실 문이 활짝 열려 있었다. 깜짝 놀라 사무실 안으로 들어가 불을 켜고 둘러보았다. 모든 자재와 장비는 그대로였다. 문을 단단히 잠근 다음 현장을 둘러보았다. 마지막으로 주문한 단열재인 아이소핑크 100T 30매가 기존 단열재 옆에 가지런히 쌓여 있었다.

핸드폰 랜턴을 켜고 현장 내부로 들어가 보았다. 방수공사는 1층 화장실 액체방수[76] 1차가 완료되었고, 미장공사는 3층 3룸까지 완료되었다. 그리고 석공사는 북측 외벽 4층 중간까지 완료되었으며, 전기입선 작업은 4층까지 마무리된 것을 확인했다.

별내 쪽 야경은 지난 며칠 동안 내린 비로 더욱 선명했다. 아파트 불빛은 레이저처럼 밤하늘 속으로 뻗어가고, 별내역 근처 상점들은 네온사인들로 번쩍였다.

"올해 말 갈매택지지구도 저런 모습으로 변해 있을까?"

담유와 미키는 설레는 마음으로 귀가했다.

---

76) 방수제를 물·모래 등과 함께 섞어 반죽한 뒤 콘크리트 구조체의 바탕 표면에 발라 방수층을 만드는 공법

오전 6시 50분경 석공사 7명이 1층 상가바닥에서 아침식사를 하고 있었다. 7시 30분경 방수팀 3명도 도착했다.

"이사장님, 오늘 집사람이 현장에 와서 4층 거실 아트홀에 대해 의논했으면 하네요."

"알겠시유."

이사장은 밥을 뜨다 말고 빅스마일을 지으며 고개를 끄떡였다. 그러면서 내일이나 모레 중 비가 오면 계단실 걸레받이를 붙이겠다고 했다.

방수 이사장은 오늘 방수 작업을 마무리할 것이라고 했다.

"화장실이나 다용도실에서 오줌냄새가 너무 심하네요. 소변금지 팻말이라도 붙여야지. 나 원 참."

방수 이사장은 고개를 내저었다. 내부에서 작업하는 사람들이 어둡고 외진 장소인 화장실이나 다용도실에 소변을 보는 것이다. 더운 날씨에 냄새는 더 지독했다. 담유는 '화장실(다용도실) 소변금지'라고 적은 A4 용지를 각 층 화장실과 다용도실 입구 옆 벽에 붙여 놓았다.

건물 내부에서 일하는 작업자들이 소변을 보기 위해 1층으로 내려오기보다, 어두컴컴한 공간인 화장실이나 다용도실에서 해결한다. 그래서 건물내부는 더위와 함께 악취로 진동하게 된다. 대규모 건설현장에서는 작업자들을 위한 편의시설들이 현장 내부 곳곳에 설치되어 있어 이런 일들은 거의 발생하지 않는다. 그러나 상가주택처럼 소규모 건설현장에서는 작업자들이 과거의 관행을 그대로 답습하고 있다. 다른 작업자들을 생각하는 배려심이 아직 약한 탓이다. 다른 작업자들을 배려하는 마음은 건설선진국으로 나아가기 위해 반드시 갖추어야 할 기본자세인데 말이다.

오전 7시 40분경 미장반장과 미장공 2명만이 현장에 도착했다.

"오늘은 3층 2룸과 4층 일부만 마무리할 겁니다. 내일 6명이 들어와서 다락층까지 끝내겠습니다."

미장반장이 멋쩍어 했다. 아마 미장공 중 일부가 다른 현장에 투입된 듯싶었다.

"토요일 비가 오면 석공사팀이 계단실 걸레받이를 붙일 거라고 하네요."

담유의 말에 미장반장이 반색을 했다.

"그래요? 계단실 걸레받이를 붙이면, 다음날 바로 계단실 미장을 붙을 수 있습니다."

계단실 미장만 약 3일이 소요된다고 했다.

오전 8시 45분 방음재업체 피엔제이 유인호 대리에게 바닥방음재 시공을 전화로 부탁했다.

"다음 주 월요일(25일) 방음재를 깔아줄 수 있나요?"

"확인하고 전화 드리겠습니다."

약 1시간 후 유대리가 3팀에게 물어본 결과, 그중 1팀이 26일만 가능하다고 해서 그렇게 하라고 했다.

오전 9시 담유는 골조공사 시 단열재를 붙이지 않은 엘리베이터 상부 외벽에 사무실에 남아 있던 반사단열재를 직접 붙이겠다고 작정했다. 한 손에 망치와 칼을 들고 반사단열재는 어깨에 둘러맨 채 비계 최상단의 발판으로 올라갔다. 비계발판은 23m 높이에 위치하고 있었다. 비계를 지지하는 지반이 내려앉아 비계는 기울어져 있었고, 비계 꼭대기는 바람에 흔들렸다. 담유는 기울어지고 흔들리는 비계위에서 엘리베이터 상부 외벽에 반사단열재를 붙이기 시작했다. 약 1시간 만에 단열재 붙이기를 끝냈다. 고공에서의 작업은 너무나 무모하고 위험한 시도였다.

오후 1시 20분 징크 이진상 소장이 현장사무실로 들어왔다. 석공사 이성호 사장과 일정을 조율했다면서, 이번 주까지 석공사가 완료되면 다음 주에 징크 자재를 들여와 본격적으로 작업을 시작하겠다고 했다.

"오늘 비도 오지 않는데, 어인 일로 오셨나요?"

담유가 웃으며 물어보았다. 이소장은 어깨에 메고 있던 서류가방을 책상 위에 올려놓으면서,

"교수님이 자꾸 전화를 하시니, 그냥 한 번 둘러보러 봤어요."

시큰둥하게 대답했다.

"그럼, 오신 김에 계약합시다."

담유가 징크공사 계약서를 출력해서 책상 위에 내밀었다. 도장을 가지고 오

지 않았다고 했다.

"도장 찍지 않고 서명만 해도 돼요."

"알겠습니다."

이소장은 눈을 껌뻑거리며, 계약서 내용은 읽어보지도 않고, 징크공사 계약서에 서명했다.

오후 1시 40분 인터폰/CCTV 세운통신 이근호 사장이 현장에 들러 인터폰/CCTV 계약도 체결했다. 인터폰/CCTV는 견적서로 대신하려 했으나, 담유는 가능하면 모든 공종을 계약하기로 작정했기 때문에 정식 계약하기로 했다.

"엘리베이터 설치팀에게 부탁해서, 엘리베이터 내부 천정에 CCTV구멍을 뚫어 달라고 하는 게 좋겠습니다."

"그럽시다."

담유는 이사장과 함께 엘리베이터를 설치하고 있는 층으로 함께 올라갔다. 설치팀장인 이재구 소장이 더위에 땀을 뻘뻘 흘리며 작업하고 있었다.

"이소장님, 엘리베이터 내부 천정에 CCTV구멍을 뚫어 줄 수 있나요?"

담유의 부탁에 이소장의 표정이 갑자기 일그러졌다.

"CCTV구멍은 제가 책임질 부분이 아닙니다."

이소장은 설치할 수 없다며 단호하게 잘라 말했다. 담유가 이소장의 기분을 누그러뜨릴 겸,

"담뱃값으로 현금 10만 원 드릴 테니 뚫어 주시죠?"

어르듯이 부탁했다. 이소장은 현금 10만 원에 금세 찌푸렸던 표정을 풀면서,

"우리가 할 일은 아닌데. 히히"

알았다는 듯 고개를 끄떡였다. 담유가 엘리베이터가 잘 설치되고 있어 고맙다며 이소장을 넌지시 추켜세워 주었다. 이소장은 하던 일을 계속하면서,

"교수님, 주스 있나요? 더워 미치겠습니다."

담유는 얼른 사무실로 내려가 냉장고에서 사과주스 2개를 꺼내 가져다주었다.

인간은 기분에 좌우되는 감정의 동물이다. 가능하면 자극하는 언행을 삼가며 상대방을 배려해 주면 대부분 호응해 준다. 현장도 마찬가지이다. 작업자들

을 배려해 주면 현장은 기름칠한 듯 잘 돌아가게 마련이다. 아주 단순한 것 같지만, 이게 삶의 이치 아닐까?

오후 2시 30분 4층에 올라가 보았다. 미장반장이 내일 5명 정도 들어 올 것이고, 토요일 비가 오면 석공사팀이 계단실 걸레받이를 붙여 주면, 일요일부터 계단실 미장 작업을 시작하겠다고 했다.

오후 2시 40분 U건설 백사장 아들 백윤병이 현장사무실로 와서, 미키와 4층 싱크대 설계와 가격에 대해 장시간 논의했다. 백윤병은 백사장의 둘째 아들로서 서른두 살이라고 했다. 백사장 말로는 대학에 다니다가 디자인에 관심이 많아 영국에 가서 1년 정도 공부하고 왔다고 했다. 1년 정도이니 정식 유학인지는 알 수 없었다. 아버지를 닮아 체구가 우람하고 얼굴은 부잣집 아들처럼 희고 살이 올라 있었다. 대학을 졸업하고 몇 군데 일을 하다가 지금은 토평 한샘대리점에서 영업을 담당한다고 했다. 백윤병은 CAD로 싱크대 배치도를 작성하고, 3D 애니메이션까지 만들 수 있는 재능을 가지고 있었다.

며칠 전 백윤병이 미키에게 4층 싱크대 배치도와 애니메이션을 보내 주어 담유와 2~3일 고민해 왔다. 미키는 한샘 유로6000급으로 하자고 했다.

"요즘 쿡탑을 아일랜드 싱크대에 설치하는 게 유행이던데."

여자들은 유행에 민감하다. 미키 역시 마찬가지였다.

"아니야, 쿡탑이 주방 중앙에 덩그러니 있으면 어떻게 해. 벽 쪽에 붙이는 것이 안전해."

담유는 유행보다 안전한 게 우선이었다. 담유가 수긍하지 않았더니 미키가 좀 더 논의해 보자며 한 발 물러섰다. 싱크대는 주부의 공간이므로 미키의 의견에 따라가는 게 순리지만, 쿡탑을 주방 중간에 덜렁 놓아두는 것은 납득하기 어려웠다. 미키는 담유가 완강하면 당장 맞서지 않고 한 발 뒤로 물러선다. 약간의 여유를 두고 생각한 다음 다시 제안하는데 그 때는 따라가야 한다. 부부란 서로 어울리며 살아가는 존재이다.

2016년 7월 22일

오전 7시경 정호가 도착해 있었다. 정호와 현장에 올라가서 방수와 미장 작업 현황을 확인하고 미장 오사장과 1층 화장실 외벽에 미장할지에 대해 논의하였다.

"벽에 라쓰(Lath)[77]를 대고 미장을 하면 나중에 떨어질 수 있는데, 석고로 마감하는 게 좋을 것 같습니다."

정호가 고개를 갸우뚱거렸다. 그리고 1층 기둥 중 샷시 안쪽 부분은 샷시를 설치한 다음 유리를 끼우기 전에 기둥 안쪽만 견출[78]마감을 하자고 했다.

"그렇게 하게."

담유는 동의했다. 결국 1층 화장실 기둥은 미장에서 견출해 주면, 심사장이 페인트로 최종 마감하는 것으로 결정했다.

오전 7시 30분 엘리베이터 설치팀장인 이소장이 현장사무실에 들어왔다.

"엘리베이터 준공검사는 언제쯤 받으면 좋을까요?"

이소장의 질문에, 담유는 벽에 붙여 놓은 비라이너 CPM공정표를 한참 동안 들여다 보았다.

"음, 8월 19일(금)이 좋겠네요."

이소장은 고개를 끄떡였다. 엘리베이터 준공검사 날짜가 확정되었다. 이소장은 엘리베이터 준공검사 전에 완료해야 할 사항들이라며 A4용지에 적어 주었다. 알아보기 힘든 글씨체로 출입구 벽체마감, 피트바닥 몰탈마감, 최상층 조명과 스위치 설치, 계단실난간 설치, 승강로비 인터폰 입선이라고 적었다. 담유가 글씨를 못 알아보겠다고 했더니,

"제가 고등학교밖에 나오지 못해서 그래요."

이소장은 멋쩍게 웃었다. 이소장은 호남사람이다. 고등학교만 마치고 서울로 올라와 엘리베이터 일을 배웠다고 했다. 한 때는 제법 큰 규모의 엘리베이터 설치 하청업체를 운영하면서 20여명의 직원을 데리고 있었다고 했다. 요즘은 마진이 자꾸 줄어들어 직원 3명만 데리고 일한다고 했다. 언뜻 보면 건달처럼 건들거리지만 일하는 솜씨는 최고이며, 툭툭 던지는 농담은 전혀 거슬리지 않았

---

77) 철골이나 목조에 모르타르 칠을 할 때 기초로 이용하는 쇠그물 모양의 제품
78) 건축구조물의 콘크리트벽 내·외부의 미관을 좋게 하기 위하여 매끈하게 마무리하는 작업

고 유쾌했다.

오전 7시 50분 현성창호 방사장에게,

"27일 기포타설하고 1일 방통할 예정입니다. 방통 전에 1층 샷시 설치 부탁드립니다."

라는 문자를 보냈다. 그리고 외벽에 돌 붙이는 작업이 거의 완료되었으니, 현장에 들러 확인해 달라고 했다. 얼마 지나지 않아,

"네."

방사장의 문자답변이 왔다. 방사장은 심플하다. 그리고 약속은 반드시 지킨다. 아니 항상 일정을 앞당겨 일을 끝내준다.

오전 8시 15분 하스리 김사장에게 전화가 왔다.

"어제 계단실 벽과 4층 거실 벽 하스리해 놓았습니다. 확인하셨나요?"

전혀 뜻밖이었다. 담유는 현장으로 올라가 확인한 다음, 수고했다는 문자를 보내 주었다. 김사장도 비용을 떠나 약속을 반드시 지킨다. 현장사람들은 대부분 이렇듯 약속을 잘 지키고 신용을 잃지 않기 위해 노력한다. 물론 일부는 자신을 과시하며 뻥을 치기도 하지만 극히 소수이다.

오전 11시 아침 문자를 보냈던 방사장이 현장사무실에 들렀다. 시흥에서 구리까지 오기가 만만치 않지만 어김없이 현장상황을 직접 확인하기 위해 들른 것이다. 마침 미키가 도착해 있었다. 미키가 인터넷에서 캡처한 거실 베란다 난간대를 보여 주었더니,

"그건, 3~4년 지나면 녹이 씁니다."

그리고는 방사장이 얼마 전 제주도에 스테인리스로 난간을 시공했다면서 자신의 핸드폰에 저장된 사진들을 미키에게 보여 주었다.

"스텐으로 되어 있네요."

미키는 마음에 들지 않는다고 했다.

"방사장님, 평철로 만들어서 검은색 페인트칠 해 주시죠."

미키가 수정 제안했더니, 방사장은 쿨하게 알았다고 했다.

그리고 4층 내부계단의 난간도 평철로 하려고 하는데, 대유건축 심사장이 할 것인지, 방사장이 할 것인지 잘 모르겠다고 했다.

"목계단으로 하면 목수들이 하는 것이고, 철계단으로 하면 제가 하는 것이죠."

방사장은 웃으며 역시 쿨하게 대답했다.

방사장과 함께 점심식사를 한 다음 사무실로 돌아와서 난간에 대해 다시 논의했다. 미키가 제안한 평철 검은색으로 하는 것으로 잠정 결정했으나, 방사장이 아파트에서 많이 시공하고 있다는 녹이 쓸지 않는 난간을 보여 주었다.

"도장이 두꺼워 녹이 쓸지 않습니다. 검정색도 가능합니다."

담유는 마음에 들었으나, 미키가 천천히 결정하자고 했다.

담유가 젊은 시절 사우디아라비아 주택현장에서 목재계단 손스침을 수작업으로 어렵게 만들던 경험을 얘기하면서, 계단난간 손스침이 목재라서 계단 돌아가는 부분을 자연스럽게 처리해 달라고 부탁했다. 담유의 얘기를 듣던 방사장은

"그건 옛날 방식이예요. 요즘 그렇게 안 합니다."

3~40년 전 얘기라며 피식 웃었다.

"요즘 손스침은 전부 규격화된 목재를 사용합니다. 현장에서는 단순히 목재를 길이만큼 잘라서 이어 주면 끝납니다."

방사장의 설명에 담유는 괜히 멋쩍었다. 그리고 미키가 가장 신경을 많이 쓰고 있는 현관문 디자인에 대해서 논의했다.

"현관문에 통유리를 많이 넣는데, 저는 싫어요. 통유리를 깨고 누가 들어오면 어떻게 하나요?"

미키는 현관문 프레임에 큰 유리만 넣는 것이 불안했던 모양이었다.

"그리고 통유리는 너무 밋밋해요. 바둑판처럼 중간에 프레임이 들어가면 보기에도 좋을 것 같아요."

결국 현관문은 격자형으로 잠정 결정했다.

오후 2시 엘리베이터 설치 이소장이 현장사무실로 들어왔다.

"아 참, 병신들 같으니라고. 엘리베이터 인양하는 줄을 짧게 만들었네요."

공장에서 엘리베이터를 제작할 때, SMJ House의 높은 층고가 반영되지 않은 것 같다고 했다.

"다시 제작해서 가져 와야 합니다."

그리고 나머지 엘리베이터 자재의 현장반입도 5일에서 13일로 연기되었다고 했다. 이소장에게 엘리베이터 설치 작업이 중단되면 손해를 보지 않느냐고 물어보았다. 이소장은 이미 여러 번 당했다는 표정으로,

"현대엘리베이터가 갑중의 갑인데 어쩌겠어요. 자기네들이 잘못해도 모든 손해는 우리에게 떠넘깁니다. 하청업체의 운명이지요."

씁쓸하게 입맛을 다셨다.

오후 2시 45분 내일부터 현장을 청소하기 위해 현장정리 서준원 반장에게 전화했다.

"서반장님, 잘 계시죠? 내일 현장청소를 해야 하는데 나오실 수 있나요?"

서반장은 잠시 머뭇거렸다.

"네. 저와 한 명 더 나가면 되나요?"

"그러면 될 것 같네요."

다행이었다. 원래는 적어도 2~3일 전에는 부탁했어야 했다. 담유가 깜빡했던 것이다.

"내일 미장이 모두 끝납니다. 아래층부터 청소를 시작하면 될 것 같네요."

담유는 서반장에게 일요일에도 작업할 수 있는지 물어보았다. 일요일은 동료 작업자가 잘 나오지 않는다며, 내일 모두 마무리하겠다고 했다.

마감공사 단계에서는 작업쓰레기가 끝도 없이 나온다. 청소하고 뒤돌아서면 작업하고 남은 폐자재들로 가득하다. 그래서 청소를 한 번에 몰아서 하는데, 1일 기포를 타설해야 하므로, 그 전에 바닥을 깨끗하게 청소해 두어야 한다.

오후 6시 30분 석공사는 북·서·남측 외벽은 100% 완료되었고, 동측 외벽도 90% 가까이 완료되었다. 미장 작업은 4층이 50% 정도 완료되었다.

"이사장님, 남측과 동측 외벽에 줄눈(메지)이 맞지 않는 부분 알고 계시나요?"

"네. 알고 있어유."

"돌을 파내어 공메지를 만들 수 있나요?"

담유가 공메지라고 했더니, 이사장이 눈을 깜빡이며 놀랐다. 공메지는 가짜 메지라는 의미인데, 자기들만이 사용하는 속어 비슷한 것이었다.

"아 네. 가능허지유. 메지 넣는 실리콘팀에게 얘기해 놓을께유."

그리고 이사장은 북측과 남측 옥상테라스 벽은 붙이고 남는 돌을 잘 조합해서 붙이겠다고 했다.

"작품을 만들려고 그러시나?"

담유가 농담을 걸었다.

"작품은 무슨 작품입니까. 저는 그저 돌쟁이예유."

"아니, 돌을 20년 이상 붙여 왔는데, 돌 붙이는 그 자체가 예술 아닌가요?"

담유가 이사장을 한껏 띄워 주었다. 이사장은 과찬이라며 머리를 긁적였다. 빅스마일이 한껏 맑고 커 보였다.

집으로 돌아와서 미키와 함께 백윤병씨가 보내온 주방가구 배치도 초안과 영화타일을 방문해서 선택한 타일들을 검토했다. 담유는 백윤병씨가 보낸 주방가구 배치도를 보고,

"쿡탑을 아일랜드에 설치하는 것은 아일랜드를 바(Bar) 형식이나 식탁 대용으로 사용하려는 목적과 맞지 않는데."

담유는 원래 쿡탑의 위치인 벽 쪽에 있어야 한다고 했다. 덧붙여서,

"개수대 위 상부장은 개수대 창문이 높아지면 그 위에 설치하면 되지만, 개수대 옆의 상부장들은 얼마든지 낮게 설치할 수 있어. 그런데 그렇게 못한다는 것은 말이 안 되는 것 같아."

담유는 한마디로 백윤병씨가 보낸 주방가구 배치도가 마음에 들지 않는다고 했다. 미키도 입술을 오물조물거리며 세심하게 살펴보더니, 좀 더 생각해 보자고 했다.

2016년 7월 23일

6시 40분경 현장정리인력 2명이 도착해서 아침식사하고 오겠다고 했다. 오전 6시 50분경 석공사팀 5명이 도착하였다. 이성호 사장은 식사를 마치고 오늘 중으로 외벽은 모두 끝낼 거라고 했다.

"1층 안쪽 벽은 피티아시바(이동식 비계)가 약해 돌 무게를 감당하지 못할 것 같네유. 그래서 강관비계를 매려고 해유."

옥상테라스 외벽은 징크 작업에 지장이 없도록 남는 돌로 붙이고, 계단실 걸

레반이는 계단실 청소가 완료되면 곧바로 붙이겠다고 했다.

외벽에 돌 붙이는 작업이 막바지 단계에 와 있다. 그동안 더운 날씨에 무거운 돌을 상층으로 올려가며 작업하는 모습은 위험하기 짝이 없었다. 열악한 외부 환경에서 작업을 계속해야 하는지 의문이 들었으나 무사히 마무리되고 있다. EBS TV에 '극한직업'이라는 다큐멘터리가 있다. 그 다큐의 70% 이상이 건설과 관련된 직업들이다. 건설은 그만큼 힘들고 어려운 과정인 것이다. 이번 외벽에 돌 붙이는 작업을 지켜보며,

'이것이 바로 극한직업이구나.'

라는 것을 생생하게 느꼈다. 이사장이 부인을 황망히 잃고도 최선을 다해 주는 모습, 그리고 항상 빅스마일 짓는 모습은 오랫동안 기억에 남을 것이다.

미장 작업은 오늘 중으로 4층과 다락층까지 끝낸다고 했다. 따라서 미장 작업과 현장정리가 겹치지 않도록 청소는 2층부터 시작될 예정이다. 현장정리 서반장에게 물어보았다.

"오늘 4층과 다락층까지 모두 청소할 수 있나요?"

"최선을 다해 보겠습니다."

서반장은 이를 악물었다. 현장정리와 청소도 쉽지 않은 일이다. 혹자는 현장 청소를 집 안 청소하듯 아무나 할 수 있는 것처럼 과소평가하기도 하지만, 현장청소도 나름대로 노하우(Know-How)가 있어야 한다. 현장내부 여기저기에 널려진 크기가 다르고, 무게도 다른 작업폐기물들을 순서대로 정리해야 한다. 정리에 서툰 작업자들은 하루 종일 정리해도 일이 줄어들지 않는다. 그러나 숙달된 현장정리 작업자들은 순식간에 정리하고 청소까지 마무리한다. SMJ House처럼 4층에 다락층까지 있는 건물을 2명이 하루 만에 청소하는 것은 무리이다. 그럼에도 서반장은 오늘 정리를 끝내겠다고 했다. 웬만한 현장정리 전문가가 아니면 엄두가 나지 않을 작업량이다.

오전 11시 17분 엘리베이터 설치팀 이소장으로부터 전화가 왔다.

"엘리베이터 출입문 잼(Jam)이 오늘 도착합니다. 현장에 우리 직원이 없어요."

담유에게 받아달라는 부탁이었다. 엘리베이터 잼을 실은 트럭 운전기사로부터 전화가 왔다. 오후 12시 40분경 도착한다고 했다.

"그 시간에는 점심시간인데, 현장에 아무도 없을 것 같네요."

"그럼 제가 알아서 내려놓고 가겠습니다."

오후 1시경 점심식사 후 현장에 돌아와 보니, 엘리베이터 잼이 1층 현관 앞에 하역되어 있었다.

오후 2시 30분경 채소장이 소개한 김구영 타일사장이 현장을 방문했다. 김사장은 충청도 말씨로 머리에 기름을 바르고 화려한 티셔츠를 입고 있어 현장에 어울리지 않았다. 담유와 날씨를 화제로 얘기하다가, 현장에 직접 올라가 타일 붙일 곳을 확인하고 오겠다고 했다. 잠시 후 사무실로 돌아왔다. 김사장에게 타일시공비에 대해 물어보았다.

"일반타일은 평당 5만5천에서 6만 원입니다."

"저는 5만 원에서 5만5천 원 정도라고 생각했는데요."

담유가 되물었다. 김사장은 요즘 타일공들이 없어 난리라며, 자기는 친척 조카들과 함께 다녀서 안정적이라고 했다. 그래서 다른 업자들보다 조금 비싸다며 평당 5만5천 원 이하로는 안 된다고 했다. 덧붙여서 옥상테라스 바닥에 붙이는 석재타일은 크고 무거워서 평당 7만 원은 받아야 된다고 했다.

김사장의 장황한 설명을 듣고, 담유가 잘 알았다며,

"제가 좀 더 알아보고 연락드릴게요."

"저한테 연락하게 될 겁니다."

김사장은 가슴을 쭉 펴면서 자신했다. 김사장은 다음에 방문할 때 정확한 물량을 실측할 것이라며, 4일에서 8일 사이에 작업을 시작할 수 있다고 했다.

김사장이 사무실을 나간 다음 정호의 말이 떠올랐다. 요즘 타일공이 부족해서 타일공 인건비가 가장 비싸다는 것이다. 그리고 정호도 타일 때문에 고생한 경험이 많다며, 가능하면 타일은 빨리 붙이는 게 좋다고 했다. 그렇다면 영화에서 소개해 준 김홍수 사장 아니면 채소장이 소개해 준 김구영 사장 중 선택해야 하는데, 아무래도 김홍수 사장에게 더 신뢰가 간다.

오후 3시경 외벽 돌 붙이는 작업이 모두 완료되었다고 해서 현장에 나가 보았다. 이사장은 이미 1층 화장실 외벽 하단에 시다를 넣고 있었다.

"이사장님, 이제 외벽 돌은 다 붙였으니 오늘은 그만 하고, 내일부터 화장실 외벽 시작하시죠?"

"저도 그랬으면 좋겠시유. 성남에서 또 와달라고 하는디, 죽갔네유."

이사장은 어쩔 수 없이 해야 한다며 힘든 기색이 역력했다. 아마 이 현장을 마치면 바로 성남현장으로 가야하나 보다. 쉴 틈도 없이, 무거운 돌과 씨름하는 이사장이 안쓰러웠으나, 살아간다는 것이 이런 게 아닐까? 이사장은 쉬고 싶어도 자기 식구들을 위해 쉴 수 없는 것이다.

오후 4시경 미장 작업이 완료되었다고 했다. 담유가 오사장에게,

"가평에서 오가며 고생들 많이 하셨습니다."

"뭐 늘 하는 일인데요."

오사장은 환하게 미소를 지었다. 더운 날씨에 실내에서 미장하는 일은 사우나에서 일하는 것과 매한가지다. 찜통 속에서 선풍기를 틀어 놓고, 라디오로 뽕짝을 들으며, 열심히 작업해준 미장공들이 너무 고마웠다. 미장공들은 자신들이 먹을 생수, 커피, 간식거리까지 준비해 와 사무실로 내려오지 않았다. 그래서 미장공들과 얘기할 기회가 거의 없었다. 담유는 미장공들의 인간적인 면을 느끼지 못해 끝내 아쉬웠다.

미장은 정말 숙련된 기술이 필요한 직종이다. 벽에 시멘트몰탈을 평평하고 일정하게 바르는 일은 그야말로 장인(匠人)들만 가능하다. 그래서 미장공들은 나이 지긋한 분들이 많다. 배우기가 어렵고 일이 고되 젊은이들이 좀체 덤벼들지 않기 때문이다.

미장공들은 가지고 온 공구들을 챙긴 다음 조용히 현장을 떠났다. 미장 오사장은 아직 미장 땜빵이 많이 남아 있고, 창문틀 주변 사춤 작업도 해야 한다면서, 엘리베이터 설치가 끝나면 다시 들어오겠다고 했다.

오후 4시 30분경 이성호 사장이 1층 화장실 외벽 하단에 시다 넣기를 마무리하고 현장사무실로 들어왔다. 담유와 미키에게 1층 현관 출입구 벽에 돌 붙이는 방법에 대해 자신의 생각을 제안하기 위해서였다.

"현관 출입구 벽도 어차피 남는 돌로 붙여야 합니다. 포천석(흰색)과 고흥석(검은색)을 켜마다 번갈아 붙이려고 하는데 어떠신지유?"

이사장은 일정한 패턴보다는 켜마다 두께를 달리해서 붙이면 재미있을 것

같다고 했다. 이사장의 제안을 듣고 있던 미키가 반색을 했다.

"그거, 아주 참신한 아이디어인데요."

담유는 속으로 똑같은 두께로 붙이기를 바랐지만 너무 올드(Old)한 생각 같아 입을 꾹 다물었다. 이사장은 빅스마일을 지어 보였다.

오후 6시경 엘리베이터 출입문이 3층까지 설치되었고, 현장청소도 모두 마무리되었다.

외벽 실리콘 작업이 시작되다

2016년 9월 24일

오전 8시 10분경 실리콘팀 3명이 외벽 돌에 줄눈(메지)을 넣고 있었다. 외벽 줄눈 작업은 줄눈 양옆으로 테이프를 붙이고, 실리콘을 충진한 다음, 실리콘 면을 평활하게 만든 뒤, 줄눈 양옆의 테이프를 제거하는 순서로 진행된다.

실리콘 작업 현황을 살펴보기 위해 비계계단으로 올라가는데, 실리콘 팀원 중 가장 나이 어린 작업자가 2층 계단실의 벽에 오줌을 누고 있었다. 이제 막 고등학교를 졸업한 듯 얼굴은 곱상했으나 양팔에 문신이 가득했다. 누군가 쳐다보고 있는 것을 느꼈는지 담유 쪽으로 고개를 돌렸다.

"실내에서 오줌을 누면, 더운 날씨에 냄새가 심해져서, 다른 작업자들에게 피해를 줘요. 조금 불편하더라도, 1층으로 내려가 간이화장실이나 공터에 소변을 보세요."

담유가 타이르듯 말했다. 젊은 작업자는 얼른 바지를 올리면서 시큰둥하게

"알았습니다."

대답하곤 작업하던 곳으로 돌아갔다.

실리콘팀장 역시 20대 후반쯤으로 매우 젊어 보였다. 줄눈 양옆으로 테이프를 붙이면서, 실내에서 오줌을 누던 작업자에게 이것저것 잔심부름을 시키고 있었다. 또 다른 외벽에 동료 작업자가 테이프가 붙여진 부분에 실리콘을 충진하고 있었다. 동료 작업자는 팀장과 연배가 같아 보였다. 그런데 실리콘팀장이나 동료 작업자 역시 양팔에 문신이 가득했다. 얼굴은 미남이고 착하게 생겼는데, 무슨 연유로 팔에 문신을 가득 새겼는지 알 수는 없었다. 아마 사연이 있을 것이다.

젊은이들이 겪은 사연들은 아파하다가 방황하다가 반항하다가 생겼을 것이다. 그러나 지금 건설현장에서 실리콘 작업하는 모습은 그런 사연들을 뛰어넘고 있었다. 진지하며 열과 성의가 가득했다. 부디 땀의 참맛을 알고, 정직한 노동의 보람에 익숙해지길 바란다.

담유는 실리콘팀장에게 말을 건넸다.

"4층 창틀 옆 줄눈이 맞지 않는 부분에 공메지(가짜메지)를 넣어 줄 수 있나요?"

"어디입니까?"

팀장이 물어 보기에, 담유가 손으로 위치를 가리켜 주었다. 팀장은 별것 아니라는 듯,

"알았습니다."

고개를 끄떡였다. 담유가 재차 물었다.

"혹시 공메지 넣기 위해 돌에 홈을 파야 되나요?"

"홈을 파는 것은 돌에서 하는 것이고, 우리는 돌 위에 실리콘을 쏘아 마치 줄눈이 있는 것처럼 만듭니다."

"그럼 시간이 지나면 공메지가 떨어지지 않나요?"

"떨어질 수도 있습니다."

담유는 석공사팀에게 홈을 파 달라고 할 테니, 다음 번 작업하러 올 때 홈에 메지를 넣어 달라고 했다.

"실내를 모두 청소해 놓았고, 이제 기포를 타설할 겁니다. 실내에 실리콘 작업 부산물을 버리지 마시고, 소변도 보지 말아 주세요."

"알겠습니다."

팀장은 쿨한 표정을 짓더니, 하던 작업을 계속했다.

오전 11시 40분 남측 벽에서 실리콘 작업을 하고 있었다. 집으로 돌아와 점심식사를 하던 중 갑자기 소나기가 내리기 시작했다. 더위를 식혀 주는 반가운 비였다. 오후 1시 현장으로 돌아왔다. 실리콘팀은 보이지 않았다. 이성호 사장에게 전화했다.

"실리콘팀이 보이지 않네요."

"비가 오면 실리콘 작업을 할 수 없시유."

철수했을 것이라고 했다.

"옥상테라스 에어컨 배관을 이동시켜야 하는데 옥상테라스 돌을 언제 붙이나요?"

"내일 하루면 끝나유."

그래서 담유는 LS공조 김사장에게 급하게 전화했다.

"월요일 옥상테라스에 돌을 붙인다고 합니다. 그전에 옥상테라스 에어컨 배관을 옮겨야 하는데, 가능하나요?"

"아, 큰일 났네. 지금 강원도 홍천에 있는데."

오늘 오후 늦게라도 올라가서 에어컨 배관을 옮겨 놓겠다고 했다.

2016년 7월 25일

오전 6시 50분경 석공사팀 5명이 아침식사를 하고 있었고, 실리콘팀 3명도 작업을 준비하고 있었다.

"내일부터 도시가스배관 설치팀이 들어옵니다. 엘리베이터 외벽에 가스배관을 설치하는데, 그곳부터 실리콘을 쏴주시겠어요?"

실리콘팀장은 고개를 끄떡였다.

석공사 이사장이 북측 옥상테라스 벽은 현무암을 붙이고, 남측 옥상테라스 벽은 포천석을 붙이겠다고 했다. 석공사 계약할 때 북측 옥상테라스 벽에만 현무암을 붙여 주겠다고 했고, 남측 옥상테라스 벽은 징크로 마감하자고 했다. 그럼에도 남측 옥상테라스 벽까지 돌로 붙여 주겠다고 하는 것이었다. 이사장의 속 깊은 배려가 고마웠다.

그런데 갑자기 옥상테라스 외벽에 콘센트가 설치되어 있지 않은 것 같았다. 곧바로 옥상테라스로 올라가 보았다. 역시 콘센트가 보이지 않았다. 재빨리 전기 신사장에게 오늘 옥상테라스 벽에 돌을 붙이는데 콘센트가 설치되지 않았다고 문자를 보냈다. 오전 8시 50분 전기 신사장으로부터 전화가 왔다.

"옥상테라스 벽에 콘센트를 설치하면 누전이 될 수 있습니다."

"그럼, 화장실에 설치하는 뚜껑 달린 콘센트를 설치해 줄 수 없나요?"

"네. 그렇게 하지요."

신사장은 조금의 망설임도 없었다. 참으로 선한 분이다.

오전 9시 10분경 가람퍼니처 김상근 이사로부터 전화가 왔다.

"방통타설했나요?"

"8월 1일 타설합니다."

김이사에게 대유건축 심사장이 임대세대 싱크대를 신발장 포함 150~160만 원에 해준다고 했다.

"아니, 그 가격이 어떻게 나왔는지 모르겠네요."

김이사도 자재의 품질을 낮추면 그렇게 할 수도 있다고 했다. 김이사의 말은 싱크대 가격은 얼마든지 낮출 수 있지만 품질이 형편없어진다는 것이었다. 결국 김이사가 옳았음이 나중에야 증명되었다.

오전 9시 50분경 LS공조 김동철 사장으로부터 전화가 왔다.

"어제 홍천에 비가 너무 엄청 왔어. 도저히 서울로 올라가지 못하겠던데."

김사장은 아직 홍천에 있다는 것이었다. 그러면서,

"돌 붙이는 게 진짜 끝나?"

"오늘이나 내일 중에 끝날 것 같은데요."

"아 그럼, 오늘 저녁 늦게라도 올라가야겠네."

오늘 올라와서 에어컨 배관을 이동시켜 주겠다고 했다.

오전 9시 55분 엘리베이터 설치팀이 담배를 피며 쉬고 있었다.

"엘리베이터 인양 줄 다시 만들어서 왔나요?"

담유의 질문에 이소장이 한숨을 푹 쉬더니,

"하나는 들어왔는데, 또 다른 하나가 오후에 온다고 하네요."

아마 두 줄이 필요한 모양이었다. 왜 따로따로 들어오는지는 알 수 없었다.

"8월 1일 방통타설하려고 합니다. 그때까지 1층 엘리베이터 자재들을 다 치워줄 수 있나요?"

이소장이 담배꽁초를 바닥에 비벼 끄더니, 그때까지는 모두 치워질 것이라고 했다.

오전 10시경 협성폐기물의 이훈봉 대표가 3.5톤 집게차를 직접 몰고 와서 폐기물을 싣기 시작했다. 폐기물처리비용은 서울가격을 적용해서 80만 원이라고 했다. 이대표는 참으로 재미난 사람이었다. 폐기물을 싣던 중간중간 사무실에 들러 냉수와 커피를 마시면서 이런저런 얘기를 많이 했다. 거의 독백수준이었다. 요지는 자신은 폐기물을 처리하고 있지만, 아들 둘은 모두 명문대를 졸업하고 최고의 직장에 다닌다는 자랑이었다. 초면인 담유를 만나 거리낌 없이 자신의 가정을 드러내는 모습이 너무나 순박해 보였다.

오전 10시 20분경 부대토목업체 일산건재 석기호 사장이 현장사무실로 불쑥 들어왔다. 석사장의 까맣게 탄 얼굴과 떡 벌어진 어깨는 현장사람 그대로였다. 말은 조금 어눌했지만 뭔가 내공이 있어 보였다.

"어떻게 오셨나요?"

담유가 석사장에게 물어보았다. 거두절미하고 바로 옆 별내택지지구 부대토목공사의 70%는 자신이 했다는 것이었다. 석사장은 SMJ House 현장을 오며 가며 계속 관찰하다가, 부대토목공사 할 시점이 된 것 같아 사무실에 들렀다는 것이었다.

석사장의 성이 희귀 성인지라, 혹시 경주 석씨 아닌지 물어보았다. 자신은 석탈해 자손이라면서, 장시간에 걸쳐 석씨 가문의 역사를 설명해 주었다. 석사장과 이런저런 대화를 나누면서 석사장이 꽤 신용 있어 보였다.

"부대토목공사 범위가 어디까지 입니까?"

석사장은 도면을 한참 뒤적이더니,

"빗물받이와 우수관 설치하고, 보도블록 하단에 레미콘 1대 타설하고, 그 위에 보도블록 깔고, 조경까지 합쳐 700만 원이면 될 것 같네요."

초면에 아예 공사비까지 제시했다. 그래서 일단 알았다며 연락을 드리겠다고 했다. 나중에 안 일이지만 석사장이 별내지구 70% 공사한 것은 부풀린 것이었고 석씨 가문처럼 위엄 있는 사람도 아니었다. 한마디로 스크루지 같은 사람이었다. 사람은 겉모습만 보고 판단해서는 안 된다는 교훈을 되새기게 했던 인물이었다.

오전 11시경 대유건축 심사장으로부터 전화가 왔다.

"창문틀은 언제 설치하지요?"

"돌이 오늘 내일 중으로 끝나면, 곧바로 창문틀을 설치할 겁니다."

담유는 이어서,

"미장이 창문틀 주변 사춤을 마무리하고, 석고를 붙여야 하니, 8일 정도 들어오세요."

"알았습니다."

"아 그리고, 싱크대를 결정해야 타일 붙일 위치가 결정됩니다."

담유가 싱크대를 결정해야 한다고 했다.

"싱크대는 걱정하지 마시라니까. 제가 그거 전문입니다."

심사장은 짜증 섞인 말투로 걱정하지 말라는 말만 반복했다.

오후 1시, 피엔제이 유대리로부터 전화가 왔다.

"내일 오후에 방음재 설치팀이 들어갑니다."

"혹시 내일 일정에 차질이 생길지 모르니, 오전에 들어오세요."

유대리는 잠시 후 전화해서 오전 9시까지 들어오겠다고 했다.

오후 1시 40분경 부대토목업체 라온조경 전사장으로부터 전화가 왔다.

"부대토목조경공사 견적서를 이메일로 보냈습니다."

이메일을 열어보았다. 900만 원이었다. 오전에 현장사무실을 찾아온 일산건재 석기호 사장이 제시한 금액 700만 원보다 200만 원이 비쌌다. 전사장과 석사장 중에 전사장이 마음에 들었으나, 석사장이 별내에서 70% 이상 공사를 했으며, 200만 원 저렴해, 일단 석사장에게 부대토목공사를 맡기기로 했다.

업체를 선정할 때 저렴한 가격만을 고려하면 낭패를 보는 경우가 많다는 사실은 익히 알고 있었다. 그러나 막상 업체를 최종 결정할 때는 무엇보다 가격이 우선시된다. 그래서 실수는 반복되는 것이다.

오후 2시경 내일 방음재 설치하기 전 바닥을 깨끗하게 청소하기 위해 빗자루를 들고, 미키와 함께 2층으로 올라갔다. 빗질을 하자 먼지가 너무 많이 나 숨쉬기조차 어려웠다. 담유가 2층 거실과 주방 쪽만 청소한 다음, 먼지 알레르기가 있는 미키에게,

"사무실로 내려가 쉬고 있어."

미키가 내려간 다음, 담유는 빗질하는 것은 포기하고 피피마대만을 들고 2층, 3층 4층으로 올라가면서 버려진 작업폐기물과 쓰레기 등을 담았다. 마지막

으로 다락층에 올라가 정리하려는데, 이성호 사장이 남측 테라스 벽에 현무암을 붙이고 있었다. 전기 신오석이 언제 왔는지 테라스 벽 단열재를 파낸 다음 콘센트를 설치하고 있었다.

오후 4시 30분 LS공조 김동철 사장이 현장에 도착했다. 얼굴이 잔뜩 긴장되어 있었다. 호흡이 가파른 것으로 보아 서둘러 올라온 것이 분명했다.

"김사장님, 심장마비 옵니다. 잠시 쉬세요."

"아니야. 빨리 올라 가봐야 돼."

담유는 김사장과 함께 급히 옥상테라스로 올라갔다. 옥상테라스 벽에 현무암 붙이는 작업이 에어컨 배관 바로 옆까지 진행되고 있었다. 김사장은 다행스러운 듯 차분하게 에어컨 배관 수정 작업을 시작했다.

석공사팀은 김사장이 작업하는 것을 전혀 개의치 않았다. 오늘 중으로 마무리하겠다며, 빠른 속도로 에어컨 배관 쪽으로 돌을 붙여갔다. LS공조 김사장은 석공사팀이 빠르게 돌을 붙여 오는데도, 에어컨 배수관 경사를 꼼꼼히 살펴가며 약 30분 만에 작업을 끝냈다. 에어컨 배관 수정을 끝내고, 채 30분도 지나지 않아 옥상테라스 벽에 돌 붙이는 작업은 완료되었다.

"김사장님, 내일 오신다고 안했나요?"

"뭔 소리야, 오늘 돌 다 붙인다고 해서 헐레벌떡 왔는데."

담유는 육십 대 중반의 노인을 너무 고생시킨 것 같아 미안했다.

오후 6시까지 남측 옥상테라스 파라펫 상부에도 돌을 모두 붙였다. 이제 건물하부와 1층 화장실 벽의 상부 1.5단만 남기고 있었다. 건물하부는 준공 후에 작업해야 하므로 준공 전 석공사는 거의 끝나가고 있었다. 외벽 실리콘 작업도 포천석 부분은 100% 완료되었고, 4층 공메지 부분까지 깔끔하게 마무리되었다.

바닥 방음재를
설치하다

2016년 7월 26일

오전 6시 50분 석공사팀 3명이 아침식사를 하고 있었고, 가평방수팀 2명도 현장에 도착했다. 담유는 바닥방음재를 설치하기 전에 바닥에 남아 있던 콘크리트 찌꺼기를 제거하기 위해 피피마대와 청소도구를 들고 2층으로 올라갔다.

2층 2룸에서 석공사팀의 망치를 빌려 레미콘 찌꺼기를 두들겼다. 의외로 단단히 굳어 있어 깨지지가 않았다. 그래서 석공사팀으로부터 정을 빌려 다시 시도해 보았다. 그런데 찌꺼기는 여전히 제거되지 않았다.

'역시 노가다란 아무나 하는 게 아니구나.'

포기하고 있었는데, 가평방수 이사장이 올라와서 망치와 정을 달라고 했다. 이사장이 콘크리트 찌꺼기를 툭툭 몇 번 때렸더니, 찌꺼기가 금세 제거되었다. 그래서 담유가,

"나는 잘 안 깨지던데 이사장님은 금세 깨버리시네요."

"나는 노가다 30년 경력이지만, 교수님은 공부만 했는데 그게 쉽게 되겠습니까? 사람을 사서 하세요."

이사장은 대수롭지 않다며 웃었다. 이사장에게 요령을 터득했기에, 담유는 의기양양하게 3층, 4층, 다락층으로 올라가며 레미콘 찌꺼기들을 제거해 보았다, 그런데 여전히 잘 깨지지 않았다. 뒤따라 올라온 방수 이사장이 얼른 망치와 정을 빼앗았다. 이사장은 몇 번 툭툭 치면 너무도 쉽게 깨어졌다.

'그래, 아무나 하는 게 아니구나. 나도 이제 많이 늙었구나.'

담유는 속으로 체념하고, 깨진 레미콘 찌꺼기들을 피피마대에 담아 계단실

에 옮겨 놓았다.

오전 8시 레미콘 찌꺼기를 정리했는데도 바닥방음재 설치팀이 아직 도착하지 않았다. 유대리에게 전화했다.

"아직 현장에 도착하지 않았습니다. 언제 오나요?"

"벌써 현장에 도착해서 4층에서 작업하고 있어요."

담유는 4층으로 뛰다시피 올라가 보았다. 작업자 혼자 바닥방음재를 깔고 있었다. 작업자에게,

"혼자 작업 하시나요?"

"네. 혼자서도 바닥방음재를 오늘 중으로 깔 수 있어요."

그러면서 미장이 방통선을 벽에 표시해 놓지 않았다며 방통선이 어디인지 물어보았다. 담유가 문틀 하단까지 방통을 타설하니 그 아래 기포 두께를 감안해서 방음재를 깔아 달라고 했다.

오전 8시가 조금 지나자, 징크 이진상 소장이 징크 자재를 실은 트럭을 몰고 현장에 도착했다. 잠시 후 징크자재를 옥상으로 인양하기 위해 크레인도 도착했다. 이소장은 담유에게 아무런 언질도 없이 징크자재 인양을 준비했다. 멀뚱히 쳐다보던 담유가 분주하게 오가는 이소장에게 물어보았다.

"오늘 몇 명이 작업하나요?"

이소장은 자재를 옮기면서 대답했다.

"3명이 작업할 겁니다. 일단 이번 주는 하지 작업과 단열재 부착 작업만 할겁니다."

담유는 징크자재를 옮기느라 정신없는 이소장에게 부탁했다.

"단열재 잘 붙여 주세요."

이소장은 당연하다는 듯 고개만 끄떡였다.

오전 8시 20분경 바닥방음재를 실은 트럭이 현장에 도착했다. 방음재 시공 작업자가 내려오더니 직접 자재를 어깨에 메고 각 층으로 올려놓기 시작했다.

"혼자 이 자재를 다 올려놓으실 건가요?"

"아주 가볍습니다. 저 혼자 충분히 할 수 있어요."

5매씩 자재를 둘러매고 계단을 올라갔다. 땀 흘리며 계단을 올라가는 모습

이 안쓰러웠다.

"제가 도와 드릴까요?"

"괜찮습니다. 놔두세요. 저 혼자 할 수 있습니다."

도와주겠다는 말만이라도 고맙다는 듯 미소를 지었다. 참으로 선한 사람이구나. 현장에서 항상 느껴 오고 있지만, 현장에서 일하는 작업자들 대부분이선하다. 아마 노동은 그자체가 순수하기 때문이리라.

오전 9시경 석공사 이사장이 1층 화장실 주변 외벽 돌 붙이는 작업을 모두 완료했다고 했다. 이제 석공사가 모두 끝난 것 같아 이사장에게 감사인사를 했다.

"더운데 수고 많았습니다. 고맙습니다."

"아직 창문틀 주변에 창대석을 붙여야 혀유."

아니 아직도 돌 붙이는 작업이 남아 있나 싶었다. 이사장은 창대석 붙이는 작업에 은근히 보람을 느끼는 듯했다. 그동안 지독한 무더위 속에서 젊은 석공들과 고군분투해 왔으니, 종착지에 무사히 도달했다는 안도감 때문인 것 같았다.

오전 10시 30분경 방수 이사장이 화장실과 다용도실의 배관주위에 도막방수를 마무리했다고 했다. 이사장과 함께 각 층 세대별 화장실과 베란다실의 도막방수를 확인했다. 도막방수는 검정색 콜타르 액체를 붓으로 칠하는 작업이다. 콜타르가 마치 아스팔트처럼 보였는데, 배관주변에 꼼꼼하게 잘 칠해져 있었다.

"이사장님 수고 많으셨습니다. 오늘 레미콘 찌꺼기도 모두 제거해 주시고, 다음에 언제 들어오시죠?"

"이제 들어 올 일 없을 것 같은데요."

이사장이 씩 웃었다.

"혹시 방수 땜빵 할 일 생기면 연락드리겠습니다."

담유는 말미를 남겼다.

"가평에서 뵙지요."

이사장은 함께 온 작업자와 작업도구들을 챙기더니, 현장을 떠났다.

오전 10시 40분 현성창호 방사장으로부터 전화가 왔다.

"오후에 직원이 창호와 샷시 크기를 재러 갑니다."

직원들에게 1층 샷시에 대해 잘 설명해 달라는 부탁을 덧붙였다.

오전 11시 40분경 미키와 점심식사 하러 현장을 떠나려는데, 설비 박사장이 4층에 올라와 있다며 4층 보조주방 싱크대 위치를 물어보았다. 곧바로 차를 돌려 현장으로 돌아왔다. 미키와 4층으로 올라가서 보조주방 싱크대 위치를 알려 주었다. 박사장이 고민하는 듯했다.

"아무래도 바닥을 까내야 할 것 같네요."

"바닥이 5㎝ 아래에 타설되었고, 그 위에 기포와 방통을 타설할 것이므로, 기존 배수관에서 엘보79)를 설치해서 싱크대 아래로 연결하면 될 것 같은데요."

"알겠습니다. 일단 그렇게 해보지요."

함께 온 아들에게 엘보 연결을 지시했더니 10분도 채 되지 않아 설치가 완료되었다. 설비 박사장과 아들에게,

"점심 식사 안 하셨으면, 저희랑 같이 하시죠?"

"이제 여주현장으로 출발해야 합니다."

"아니, 그래도 점심식사는 해야 되지 않나요?"

"가다가 휴게소에서 간단하게 때우면 되지요."

박사장은 손사래를 쳤다. 이제까지 박사장에게 식사를 몇 번 대접하려고 했으나 번번이 거절했다. 담유는

'나를 너무 어렵게 생각하는 건 아닌가?'

의구심이 들었지만,

"그럼 조심해서 다녀오세요."

라고 말해 준 뒤, 미키와 함께 아래층으로 내려왔다.

오후 4시 50분경 타일 김홍수 사장이 전화로 타일물량을 실측하기 위해 현장을 방문하겠다고 했다. 부위별로 타일 사이즈를 알려 주면 실측해서 물량을 정확하게 산출할 것이라고 했다. 화장실 세면기 위에 젠다이(대리석 받침대)는 미키가 오늘 중으로 실측해서 팩스로 보내 주겠다고 했다.

타일 작업은 김사장이 적절한 시점에 들어와 작업할 것이다. 엘리베이터와 창호 사춤이 모두 완료된 다음 들어오는 게 좋다고 했다. 타일을 붙일 때 아트

---

79) 관(管) 속을 흐르는 유체의 방향을 갑자기 바꾸는 장소에 사용하는 관이음

홀도 함께 해야 하므로, 수장공사 목수팀이 아트홀 뒷면에 석고 작업을 마무리해야 한다고 했다. 다른 공종들의 작업 상황을 알려 줄 터이니, 시간을 봐가며 천천히 들어오라고 했다.

오후 2시 현성창호 직원 2명이 1층 샷시 자재를 싣고 현장에 도착했다. 1층 샷시 설치위치에 대해 자세히 설명해 주면서, 준공 전 위치와 준공 후 이동하는 위치까지 알려 주었다. 현성창호 직원 2명은 지난번 방화문틀을 두 번에 걸쳐 재설치했던 작업자들이었다. 한 명은 한쪽 다리를 약간 절고 있었는데 성실하게 사는 모습 그대로였다. 또 한 명은 스포츠머리에 얼굴이 검게 그을렸는데, 잠이 부족한 탓인지 눈가가 거무죽죽했다. 두 사람은 매우 친하게 보였으며, 담유가 설명해 준 내용을 듣고는 곧 바로 1층 샷시 실측 작업을 시작했다.

오후 3시 지붕에 올라가 징크 작업 상황을 둘러보았다. 지붕 경사면에 하지틀 설치 작업을 시작했다, 사각 파이프를 잘라서 지붕면에서 약 20㎝ 띄워 용접해가며 징크를 올려놓을 틀을 제작하고 있었다.

무더운 날씨에 태양빛을 피할 그늘이 없는 건물 꼭대기에서, 숨 막히게 올라오는 콘크리트 열을 온몸으로 견뎌내는 모습은 그야말로 고행이었다. 담유는 징크 작업 현황을 살펴보며 작업자들이 너무나 힘들 거라는 생각에 안쓰러움이 커져갔다. 그러나 징크 작업반장에게 냉정하게 말을 건넸다.

"단열재를 빈틈없이 넣어주세요."

작업반장은 당연하다는 듯,

"걱정 마세요. 단열재를 깔고 연결부위는 우레탄폼으로 밀실하게 충진할 겁니다."

작업반장은 단열재를 다 깔고 나면 확인해 달라고 했다.

오후 3시 30분 석공사 이성호 사장이 사무실에 들렀다.

"내일 기포를 타설하나유?"

"네. 그럴 겁니다."

이사장은 기포를 타설하면 2~3일은 바닥을 밟을 수 없다며 창문틀 설치 작업을 당분간 중단해야 한다고 했다. 담유가 이사장에게 내일 비가 온다고 하니 하루 쉬는 게 어떠냐고 물어 보았다. 이사장은 충청 사투리로,

"저도 하루 쉬고 싶어유. 그런데 식구들 일당을 챙겨줘야 하네유."

내일 비가 오면 계단실 하바끼(걸레받이) 돌을 붙이겠다고 했다.

오후 5시 20분 미키가 전화해서 남양주 금곡에 위치한 제이앤비세라믹을 다시 방문했다고 했다. 영화타일보다 타일이 세련되고 값도 저렴해서, 타일 모양과 크기를 변경하는 조건으로 확정했다고 했다. 제인앤비세라믹에서 견적서는 내일 중으로 이메일로 보내 주면 김홍수 사장에게 전달해 주겠다고 했다.

오후 6시 석공사 팀장이 창문틀 창대석을 60% 정도 완료했다며 오늘은 작업을 중단하고 내일 출근해서 계속하겠다고 했다. 이성호 사장이 장담했던 오늘 창문틀 창대석 설치완료는 불가능해졌다. 이사장 입장에서는 다른 현장으로 이동해야 하므로, 가능하면 오늘 중으로 창대석 붙이기를 완료하고 싶었을 것이다. 그런데 이사장 생각만큼 작업자들이 따라와 주지 못한 것이다.

창문틀 창대석이 설치되어야 창호공사팀에서 창문틀을 설치할 수 있다. 따라서 창문틀 창대석 설치는 당연히 크리티컬(Critical)이다. 석공사 팀장은 내일 비가 온다고 하니, 내일은 계단실 걸레받이를 붙일 것이고, 비가 오지 않으면 창문틀 창대석 붙이는 작업을 마무리할 것이라고 했다.

오후 6시 바닥방음재 시공 작업자가 방음재 설치를 완료했다며 확인해 달라고 했다. 작업자와 함께 2층부터 올라가며 방음재가 깔린 상태를 확인했다. 혼자 작업했다는 것이 놀라울 정도로 정확하게 방음재들이 은색 테이프로 밀실하게 붙여져 있었다.

"혼자 작업해서 진짜 완료했네요. 수고 많으셨습니다."

이어서,

"방음재 위에 기포를 타설하니, 다시 작업하러 들어오지 않겠네요."

"네. 그렇습니다."

작업자는 고개를 끄떡였다.

"너무 늦었습니다. 퇴근하시죠."

작업자는 공구를 정리한 다음 공손하게 인사하고 현장을 떠났다. 담유는 눈삽과 빗자루를 들고 올라가 4층에서 2층으로 내려오며, 방음재 위를 깨끗하게 빗질하였다. 엘리베이터는 4층 출입문까지 설치 완료했고, 지붕징크 작업은 하지틀과 단열재 붙이는 작업을 약 70% 완료했다.

기포를
타설하다

2016년 7월 27일

    오전 6시 40분 석공사팀 5명이 도착해서 아침식사를 기다리고 있었다. 약간 피곤한 이성호 사장에게,

"어제 소주 한잔하신 것 같네요."

이사장은 빅스마일을 지으며,

"팀원들과 회식했어요. 젊은 애들이 워낙 술이 세서, 중간에 도망 나왔는데, 아직 술이 안 깨네요."

속이 불편한 듯 배를 문질렀다. 그 말을 옆에서 듣던 젊은 석공들은 아무렇지도 않다며 씩 웃었다. 이사장에게 물어보았다.

"오늘 기포를 조금 천천히 타설하라고 할까요?"

"창틀 붙이는 작업을 기포가 따라갈 수 없습니다. 그냥 놔두세요."

이사장은 팀장에게 식사배달이 늦는다며 전화해 보라고 했다.

오전 6시 55분 미장 오영석 사장에게 전화를 했다.

"기포타설팀이 현장에 아직 도착하지 않았습니다. 현장 못 찾는 거 아닌가요?"

"아닙니다. 기포차가 먼저 도착할 겁니다. 저는 나중에 갈 거예요."

담유는 기포타설 전에 다락과 4층 보조주방에 벽돌 쌓을 곳은 잊지 않았는지 물어보았다. 알고 있다면서, 기포타설하는 작업자들에게 알려 주면 벽돌 쌓을 것이라고 했다. 기포팀 중에 조적공도 포함된 모양이었다.

오전 7시 35분 기포타설팀이 기포차와 함께 도착했다. 기포타설 작업팀장은 지난번 화장실 피트에 벽돌을 쌓았던 작업자였다. 담유가 뜻밖이라며 물어보았다.

"아니, 기포도 타설하세요?"

"제 원래 주특기가 기포타설입니다."

껄껄 웃었다. 반장은 기포타설하기 위한 시멘트 양을 살펴보더니, 시멘트 1 팔렛(40포)이 더 필요할 것 같다고 했다. 일산건재 석사장에게 주문했다. 10분 후에 석사장이 직접 지게차에 시멘트 1 팔렛을 싣고 현장에 도착했다.

기포팀장에게 기포타설 전에 4층 보조주방 보일러·세탁기 놓을 자리에 사방 1m 정도의 턱, 그리고 다락층 보일러 놓을 자리인 창고 턱에 벽돌을 쌓아야 한다고 알려 주었다. 기포팀장은 벽돌은 오사장이 쌓을 것이라며, 느긋하게 기포차의 짐칸에 실린 기포기계에 시동을 걸었다.

기포차는 완전 고물차였다. 녹이 쓸어 온전한 곳이 거의 없어 움직이는 게 신기할 정도였다. 기포기계가 가동되니 기포차 전체가 요동치기 시작했다. 당장이라도 완전 해체될 듯 차에 붙어 있는 모든 부속들이 덜렁댔다. 팀장과 함께 온 기포타설공은 기포차 옆에 쌓아 두었던 기포타설용 호스다발을 끌어내렸다. 호스들을 연결한 다음 계단실을 통해 가장 높은 다락층까지 끌고 올라갔다.

오전 7시 50분경 미장 오사장이 도착했다. 4층 보조주방 보일러·세탁기 놓을 자리와 다락층 창고 턱에 쌓을 벽돌을 올려놓기 위해 야적된 벽돌을 모으기 시작했다. 담유가 오사장에게,

"오사장님, 제가 벽돌 올리는 거 도와드릴까요?"

"제가 하겠습니다."

그래도 거절하지 않았다. 벽돌 100여 장 정도를 4층과 다락층으로 올려놓아야 하는데 보통 일이 아니었다. 오사장은 한 번에 거의 20장을 손에 들고 4층으로 올라갔다. 담유도 20장을 모아서 들어 보았다. 그러나 꼼짝도 하지 않았다. 겨우 7장으로 줄여 들었는데도 허리와 팔이 끊어 질 듯했다. 역시 노동에 익숙한 사람과 노동에 익숙하지 않은 사람의 차이가 크구나. 담유는 이제 노동으로 먹고 살기는 어려울 것 같았다. 담유는 미키에게 곧잘 은퇴하면 귀촌해서 농사지으며 여생을 보내자고 했다. 그런데 이런 허약한 체력으로는 턱도 없을 것 같았다. 담유는 4층까지 두 차례 오르내리며 벽돌 14장을 올려놓은 다음,

사무실로 돌아와 가쁜 숨을 몰아쉬었다.

　오전 8시경 오사장이 벽돌을 모두 올려놓고 사무실로 들어와 냉수 한 컵을 시원하게 들이켰다.

　"오사장님, 창문틀 주변 사춤을 어떻게 하나요?"

　오사장은 현성창호 방사장이 4층에서 창문 사이즈를 재고 있다고 했다. 담유는 4층으로 급히 올라가 보았다. 방사장은 창문틀 크기를 줄자로 재고 있었다. 방사장에게,

　"방사장님, 왔으면 왔다고 하시지. 매번 혼자 일보고 휙 가버리셔."

　핀잔을 주었다. 방사장은 웃으면서,

　"할일만 하고 가면 되지요. 다들 바쁘신데."

　줄자를 길게 뺐다. 담유는 어이가 없어 그냥 헛웃음만 나올 뿐이었다.

　"방사장님, 오늘 현장에 왜 왔어요?"

　"어제 직원들이 1층 샷시 모서리 부분의 각도를 재지 않아 그것을 재고, 창문 사이즈도 실측할 겸 왔습니다."

　치수를 수첩에 적었다.

　오전 8시 20분경 방사장이 창문크기를 실측한 다음 사무실로 내려왔다. 마침 대유건축 심사장이 사무실로 들어오면서, 방사장을 발견하고는

　"오늘 창문틀을 끼웁니까?"

　"오늘은 실측만 했습니다."

　방사장이 심사장에게 창호틀을 4㎝나 돌출시켜야 하는지 물어보았다. 심사장은 창문주변에 몰딩을 한 번 더 돌리려 한다고 대답했다.

　방사장이 심사장에게 1층 샷시 세우는 위치에 대해 설명해 주었다. 방사장의 설명을 듣던 심사장이 뜬금없이 말했다.

　"1층 현관출입문을 자동문으로 하는 게 어떤가?"

　1층 현관출입문을 열고 들어가면 바로 좌측으로 꺾으며 계단이 시작되기 때문에 자동문 설치는 불가능했다. 그런데 심사장은 계단과 옹벽사이를 깨 내어 자동문이 들어갈 자리를 만들면 된다고 했다. 담유와 방사장은 심사장의 제안을 듣고 있다가, 너무 어이가 없어,

"나중에 논의합시다."

심사장 말을 끊었다. 방사장은 심사장이 불편했는지, 그대로 일어나 사무실을 나갔다.

자동문은 창호공사이므로 방사장의 영역이다. 심사장이 관여할 바가 아닌데도 심사장은 오지랖이 넓어서인지 자신의 지식을 내세우고 싶어서인지, 남의 일에 이러쿵저러쿵 끼어들기 다반사였다. 며칠 전 설비 박사장과도 설비공사에 대해 얘기하는데 심사장이 끼어들었다. 심성이 착한 박사장도 심기가 불편했는지 심사장에게,

"당신 일이나 잘 하세요."

고개를 돌렸다. 담유는 다른 공종에 대해 도가 지나치게 간섭하는 심사장이 늘 불안하고 짜증스러웠다. 담유는 가능하면 갈등이 발생하지 않도록 조심하고 있다. 그래서 심사장에게,

"방사장의 일이니 그 분에게 맡기세요. 괜히 기분 나쁠 수 있잖아요."

점잖게 타이르기만 했다. 이후에도 심사장의 버릇은 고쳐지지 않았다.

오전 내내 기포타설 진행상황을 확인하기 위해 여러 차례 외부비계위에서 작업현황을 지켜보았다. 기포타설은 시멘트에 기포를 발생시키는 화학약품을 첨가해서 내부에 구멍을 가득 차게 만든 콘크리트를 타설하는 것이다. 기포콘크리트의 내부구멍은 방음효과와 단열효과를 향상시킨다. 기포차에 실린 장비는 바로 시멘트와 화학약품을 혼합시키고, 혼합된 기포콘크리트를 펌프질을 통해 상층으로 밀어 올리는 역할을 한다. 상층으로 밀어 올린 기포콘크리트는 기포타설공이 호스를 이동시켜가며 구석구석 타설하는 것이다.

오전 11시 50분 기포타설이 완료되었다. 기포타설팀장이 담유에게 물었다.

"기포를 타설하고 남은 거 어디다가 버려야 하나요?"

"우리 대지 건물뒤편 조경자리에 버리세요."

"기포타설 후 얼마 지나야 밟을 수 있나요?"

"최소한 1일은 경과해야 합니다."

기포타설팀장은 비가 오지 않으면 괜찮은데, 비가 와서 빗물에 기포가 움푹 파질 경우 나중에 방통몰탈로 덮으라고 했다.

오후 1시 15분 이성호 사장이 1층 바닥에 단열재를 깔아 놓고 낮잠을 자다가 부스스 일어났다. 아무래도 어제 숙취가 가시지 않은 모양이었다. 이사장은 하품을 크게 한 다음 이제부터 걸레받이를 붙여야겠다고 했다.

"이사장님, 무리하지 마시고, 좀 더 쉬세요."

"괜찮어유."

젊은 석공들에게 일을 시작하자고 재촉했다.

석공사팀장은 젊은 석공과 함께 2층에 기포가 타설되어 있음에도 불구하고 2층 창대석을 설치하고 있었다. 팀장은 오늘 창대석을 모두 붙이겠다며. 타설된 기포를 밟지 않으려고 애쓰고 있었다. 팀장에게 오늘 복날인데 삼계탕을 먹었냐고 물어보았다. 팀장이 씩 웃으며,

"이사장은 짠돌이예요."

고개를 저었다.

"다음에 제가 사드릴게요."

담유의 제안에 팀장과 석공은 빙긋 웃으며 한껏 힘을 냈다.

지붕 징크공사가 시작되다

2016년 7월 28일

밤새 천둥과 함께 굵은 비가 세차게 내렸다. 오전 6시 어제 기포를 타설했는데 비가 너무 많이 내려 현장으로 나갔다. 현장에 도착해서 기포를 확인해 보니, 3층 바닥 오야봉을 메운 틈새로 3층 기포콘크리트가 2층 바닥으로 떨어져 2층 바닥의 기포에 웅덩이가 깊이 파여 있었다. 방수 이사장에게 전화했다.

"3층 바닥면에 방수해야 되지 않나요?"

"기포는 알갱이가 미세해서 틈이나 크랙(Crack)으로 샙니다. 이번에 기포가 새며 틈이 메워지니까, 다음번 방통타설할 때는 새지 않습니다."

한마디로 걱정하지 말라는 것이었다.

외부비계로 위층으로 올라가면서 기포콘크리트 상태를 확인해 보았다. 비가 들이친 흔적은 보이지 않았다. 마지막으로 다락층에 올라가 옥상테라스 창문에 세워 두었던 단열재를 치워보았다. 다락층 바닥 기포콘크리트 표면에도 비에 손상된 부분은 없었다.

오전 6시 30분 석공사팀이 현장에 도착해서 아침식사를 마치자, 이사장에게 물어보았다.

"어제 창대돌 다 붙인 것 같은데, 오늘은 걸레받이까지 붙일 수 있나요?"

"오늘 돌 다 붙이면 일단 철수할 겁니다."

돌 땜빵할 부분은 나중에 들어와서 하겠다는 것이었다.

오전 8시 징크팀 3명이 현장에 도착했다. 작업공구를 내려놓고 있는 작업반장은 50대 후반으로 키가 훤칠한 미남이었다.

"징크자재는 모두 올려놓은 것 같던데요."

"알고 있습니다."

작업반장은 나직하게 말했다. 팀원 2명도 거의 동년배로 보였는데, 사무실에서 근무하는 사람처럼 말쑥했다.

"날이 더운데 너무 무리하지 마시고, 사무실로 자주 내려오세요. 냉장고에 시원한 음료수를 넣어 두었습니다."

작업반장은 타고 온 카니발 뒷문을 열더니 보온통과 비닐봉지를 꺼냈다.

"감사합니다. 저희들 마실 건 준비해 왔어요."

보온통을 살짝 들어 올렸다. 성실한 사람들임을 한눈에 알아차렸다.

"오늘은 징크 하지틀 설치부터 시작할 겁니다."

작업반장은 빙긋 웃더니, 동료들과 함께 옥상테라스로 올라갔다.

오전 11시 20분 어제 석공사팀장과 약속한대로 삼계탕을 사주기 위해 석공사팀 5명과 함께 삼계탕식당으로 향했다. 별내지구에 새로 오픈한 삼계탕전문식당이었다. 삼계탕을 먹으며 이사장에게 반주로 소주 한잔하겠는지 물어보았다.

"이 친구들 술고래입니다. 지금부터 시작하면 오후에 작업 못해요."

이사장이 손사래를 쳤다. 옆에서 이사장을 지켜보던 젊은 석공들은 술 생각이 간절한 듯 보였지만, 이내 어쩔 수 없다는 듯 키득거렸다.

오후 3시 20분 도장 방해진 사장이 현장을 방문했다. U건설 채소장이 자기 친구라며 소개했는데 60대 초반이었다. 아마 친구의 아버지인 듯싶었다. 방사장은 도장 작업을 하다가 왔는지, 페인트로 얼룩진 작업복을 입고 있었다. 방사장에게 도장해야 할 부분에 대해 설명해 주었다. 1층 상가 기둥 및 벽은 미장면에 도장, 다용도실 벽 도장, 계단실 무늬코트, 계단실난간 도장, 옥상 테라스 난간 도장, 내부계단난간 도장 등이라고 했다. 방사장과 함께 현장으로 올라가서, 도장할 부분을 모두 확인한 다음 내려왔다.

"도장공사비가 어느 정도 될 것 같나요?"

"상가주택은 별 차이 없습니다. 대략 600만 원 정도 생각하시면 됩니다."

방사장은 아주 꼼꼼하고 신중해 보였다. 자기에게 일을 맡기면 절대 후회하지 않을 거라며 페인트가 묻은 얼굴에 미소를 띠었다. 담유는 알았다며 다음에 연락드리겠다고 했다.

오후 4시 20분 백윤병씨가 미키에게 카톡으로 보내준 주방 싱크대 배치 안을 전달받았다. 싱크대 시안은 3D로 작업해서 눈에 확 들어왔다. 견적서에 950만 원으로 적혀 있었다. 미키에게 전화로 알려 주었다.

"그럼, 한샘으로 하는 게 좋겠네요."

미키의 제안에 담유도 동의해 주었다. 미키는 백윤병씨가 타일가게를 잘 안다며 소개해 주었다고 했다. 타일가게는 집근처인 동구릉 옆이라고 했다.

오후 5시 15분 지붕에 올라가 보니 징크 하지틀을 설치하고 있었다.

"하지틀이 모두 설치되었나요?"

"내일까지 작업해야 할 것 같습니다."

올해 유난히 무더운데 그늘이 전혀 없는 지붕에서 작업하는 모습이 너무나 안쓰러웠다.

"너무 서둘지 마시고, 쉬엄쉬엄하시기 바랍니다. 자칫하면 열사병 걸릴지도 모르겠네요."

"늘 하는 일인데요. 저희들이 알아서 일하겠습니다."

세상에는 직업이 많다. 에어컨 바람을 맞으며 사무실에서 일하는 직업이 있는가 하면, 징크 작업자들처럼 극한의 환경에서 일하는 직업도 있다. 그런데 이런 극한의 환경에서 일하는 사람들에 대한 보상은 사무실에서 일하는 사람보다 훨씬 낮다. 불공평함이 지나치지 않나 싶다. 최근 국내 건설업에서도 레미콘이나 타워크레인처럼 공종별 노조가 생겨, 노동에 대한 정당한 권리를 찾으려는 움직임이 본격화되고 있다. 미국은 지역별 건설노조가 Union 형식으로 잘 갖추어져 있다. 그래서 건설노동자들이 사무실 근무자들 못지않은 대가를 받고 있고, 충분한 휴가도 얻으며, 퇴직연금으로 노후까지 보장되고 있다. 국내 건설업도 선진국 수준에 도달하기 위해, 건설 노동자들에 대한 대가를 정당하게 지급해야 한다. 인건비가 높아지면 공사비가 높아진다는 우려도 이해가 가지만, 국민 전체 삶의 가치와 행복의 질을 높이기 위해 건설노동자에 대한 정당한 대우는 반드시 보장되어야 할 것이다.

담유는 징크 작업반장에게 내일 작업에 대해 물어보았다.

"내일 비가 오면 작업하기 어렵지 않나요?"

"내일 오전 9시경에 비가 온다고 예보되어 있는데, 오전 5시 30분에 비가 오지 않으면 무조건 나오지만, 비가 내리면 나오지 않을 겁니다."

건설노동자들은 비오는 날을 공치는 날이라고 한다. 비가 오면 쉬게 되고 일당을 받지 못해, 생계를 위협받는 사람들도 적지 않다. 따라서 비가 온다는 것이 노동자들에게 결코 좋은 일만은 아니다.

"8월 1일 방통타설할 예정입니다. 옥상테라스에도 방통을 타설하는데, 8월 1일 전에 옥상테라스가 모두 정리될 수 있나요?"

"31일까지 하지틀 설치를 끝내고, 그 위에 합판과 방수포까지 덮을 겁니다."

담유는 폭염에 시달리는 징크 작업팀에게 일을 독촉하는 것 같아 미안했다. 그러나 후속 작업일정을 알려 주어야, 징크 작업팀도 자신의 일정을 조정할 수 있을 것이다.

오후 5시 20분 걸레받이 돌 붙이기를 끝냈다. 이성호 사장은 마지막으로 남은 현관 옆벽에 돌을 붙이고 있었다. 담유를 발견한 이사장은 씁쓸한 표정을 지었다.

"아무래도 내일 나와야 될 것 같네유."

'내일 비가 오면 돌 붙이는 작업을 할 수 없다. 그런데도 이사장이 서두르는 것을 보니 다른 현장으로 옮겨가야 하는 것이 분명했다. 석공사가 좀처럼 마무리되지 않고 있었다.

외벽 석공사를 끝내다

2016년 9월 29일

오전 6시 30분경부터 비가 쏟아지기 시작했다. 간만에 일기예보는 정확했다. 오전 8시경 이성호 사장을 제외한 석공사팀 4명이 현장 사무실 책상 주위에 옹기종기 모여 앉아 맥심커피를 먹고 있었다. 석공사팀장에게 말을 건넸다.

"비가 많이 오는데 돌을 붙일 수 있나요?"

"현관출입문 앞에 천정이 있어 옆벽은 비가 들이치지 않아요."

팀장은 남아 있는 계단실 걸레받이도 실내라면서 돌을 붙일 수 있다고 했다. 이성호 사장은 성남 현장에 잠깐 다니러 갔다고 했다.

커피를 다 마신 다음 팀장과 석공 3명은 2명씩 나뉘어 돌을 붙이기 시작했다. 팀장에게,

"현관출입문 옆벽을 부정형으로 붙이고 있는데 이상하지 않나요?"

"다른 벽들을 모두 정형으로 붙였기 때문에, 부정형의 현관 벽이 강조되면서 나름 멋도 있을 것 같은데요."

석공사팀장은 독실한 기독교인이다. 그을리지 않고 뽀얀 얼굴만 보면 험한 노동하는 사람 같지 않다. 이성호 사장과는 오랫동안 함께 석공사를 해왔는데 술과 담배를 하지 않는다고 했다. 충청도 말씨가 가끔 섞여있고 말이 느린 것으로 보아, 이성호 사장과 동향 같기도 했다. 여하튼 가끔씩 실없는 소리로 웃기지만 일은 정확하고 꼼꼼했다. 단하나 일이 느리다고 이사장에게 가끔씩 잔소리를 들었다. 그런데 이사장이 뭐라 해도 마이동풍인 양 흘려듣고는 아무렇지도 않게 하던 일을 계속한다. 그리고 이따금씩 담유에게 이사장이 성질은 급하지만 속마

음은 여리다며, 안 그러면 자기가 계속 같이 일하겠냐고 농담을 건넸다.

오전 8시 30분 방사장에게 전화했다.

"창호틀과 샷시를 함께 설치합니까?"

"네. 그렇습니다. 내일 설치하러 들어갈 거예요."

방사장은 아시바(외부비계)를 해체하면 바로 유리를 끼우겠다고 했다.

"8일 정도에 비계를 해체할 예정입니다."

"그러면, 9일이나 10일경 유리를 끼우겠습니다."

"8월 19일 엘리베이터 준공검사를 받습니다. 그전에 계단난간을 설치해야 합니다."

"알고 있어요. 계단실 바닥 돌을 붙이고 나면 곧바로 계단난간을 설치하겠습니다."

담유는 계단실 바닥에도 돌을 붙이는 것을 깜빡 잊고 있었다.

석공사는 크리티컬(Critical) 작업[80]이다. 석공사는 마감공사에서 후속공종의 일정에 막대한 영향을 미치는 주공정선(Critical Path)임이 분명하다. 이런 공종에 이성호 사장 같은 성실한 사람을 만났으니 천만다행이 아닐 수 없다.

주변에 석공사 때문에 고생한 사람들이 엄청나게 많다고 들었다. 대부분 사람들은 석공사 작업자들을 하나같이 돌들이라며 업신여긴다. 그런데 돌을 붙이는 과정을 직접 지켜보고 있으면, 그들이 얼마나 수학적 지식에 능통한지 알아차릴 수 있다. 돌을 나누고, 발주하고, 들어온 돌을 가다듬어, 정밀하게 붙여가는 과정은 단순 노동자들은 절대 흉내 낼 수 없다. 다만 육중한 돌을 다듬고 옮기며 붙이는 과정이 너무나 고되고 위험하기 때문에 항상 신경이 날카로워져 있어, 과민하게 반응하는데 이를 무식하다고 하는 것이다. 동양에서는 목재를 다루는 목수가 전체 공사를 지휘했지만, 서양에서는 돌을 다루는 석공이 전체 공사를 지휘하는 마스터(Master)이였음을 잊지 말아야 한다.

오전 9시 정호로부터 전화가 왔다.

"아침 일찍 현장을 다녀왔습니다."

---

80) 크리티컬 작업이란 공정관리에서 가장 중요한 작업을 의미함

참으로 고마운 친구다. 비가 억수같이 쏟아져서 가평에서 오는 길이 매우 위험했을 텐데도 계단실 미장 작업 들어오는 시점을 확인하기 위해 새벽에 현장을 다녀갔다는 것이다. 담유는 정호에게,

"창문틀을 내일 설치할 거야."

"아 그렇군요. 걸레받이 돌을 다 붙였으니, 창문틀이 설치되면 계단실 미장이 들어갈 수 있습니다."

담유가 들어오는 김에 1층 기둥미장도 마무리해야 할 것 같다고 했다. 그리고 1층 상가 내벽에 미장을 할지, 견출 정도로 마감하고 도장할지 판단하자고 했다.

오전 9시 30분경 이성호 사장이 현장에 도착했다.

"제가 거래하는 석재상에 남아 있던 젠다이[81]를 가지고 왔습니다. 타일에서 필요한 만큼 잘라서 붙이면 됩니다."

이사장은 팀장과 작업자들에게 여태까지 작업준비(단도리)만 하고 있었다며 크게 화를 냈다. 오전 중에 마무리할 수 있을지 모르겠다며 팀원들을 독려했다. 오야지가 없으면 작업자들은 느림보가 된다. 돈을 주는 사람과 돈을 받는 사람의 자세는 극명하게 다른데, 석공사팀도 예외는 아니었다. 팀장은 아무렇지도 않다는 듯,

"알았시유."

슬금슬금 계단실로 들어가서, 마지막 걸레받이 돌을 붙이기 시작했다.

오전 10시경 가장 나이 젊은 석공이 외벽의 고흥석과 카파오의 잘린 면에 뭔가 바르고 있었다. 잘라져 하얗게 변한 면이 본래의 돌 색이 나오게 하는 약품을 바르는 것이었다. 어제 약품이 모자라서 고흥석 옆면은 바르지 못했다고 했다. 오늘 약품 한통을 새로 가져왔는데, 비 때문에 돌이 젖어 있어 약품을 바를 수 없다고 했다. 오늘 석공사팀이 철수하면 언제 다시 들어 올지 모른다. 담유는 젊은 석공에게,

"약품 바르는 방법을 알려 줄래?"

젊은 석공은 의아스럽게 담유를 쳐다보았다. 담유가 바르는 방법을 알려 주면 직접 발라 보겠다고 했다. 젊은 석공은 잠시 머뭇거리더니 시범을 보여 주었

---

81) 화장실 세면대 위에 세면도구와 세면용품을 올려놓는 받침대

다. 목장갑을 뒤집어 약품을 묻힌 다음 잘린 면에 바르는 것이라며 매우 쉽다고 했다. 어제 카파오 잘린 면을 바르는데 20분 정도밖에 걸리지 않았다며, 뜯지 않은 약품 한통을 담유에게 건네주었다.

젊은 석공은 이제 스물다섯 살로 군대에서 막 제대했는데, 이성호 사장 둘째 딸의 남자친구라는 것이었다. 아마 제대 후 취직하기 쉽지 않아 이성호 사장을 따라 나선 것 같았다. 돌 운반하는 일을 주로 맡아 두 달 정도 일했다고 했다. 커다란 돌을 등에 짊어진 채, 오른손은 어깨 위로 돌을 잡고, 왼손은 허리 옆으로 돌려 돌을 잡고 나르는 모습은 제법 익숙해 보였다.

오전 10시 50분 타일 김홍수 사장이 미키가 타일을 정리해서 보낸 엑셀파일을 받아 보았다면서, 30분 후 현장에 도착할 것이라고 했다. 미키에게 전화해서 김홍수 사장이 현장에 온다고 했더니, 현장에 가는 중이라며 5분 후 도착했다. 김홍수 사장은 11시 30분쯤 현장에 도착했다. 미키와 김사장은 현장으로 함께 올라가 12시 10분경까지 실측하고 내려왔다.

"타일을 실측하기에는 마감이 덜 되었네요. 마감이 더 진행되면 정확하게 다시 실측하겠습니다."

담유가 오늘 아침 이성호 사장이 가져온 젠다이를 보여 주었다.

"C-Black은 괜찮지만 대리석은 약한대요."

이성호 사장에게 대리석이 약하냐고 물어보았다.

"강한 대리석입니다. 타일이 돌에 대해 제대로 알지 못해서 그래요."

심하게 짜증을 냈다. 아마 이성호 사장이 대충 아무 돌이나 가져오지 않았을 것이다.

미키와 김사장이 타일을 실측하기 위해 현장으로 올라가자, 오전 11시 설비 박사장이 현장에 도착했다.

"내일 엑셀 깔 때 필요한 자재를 내려놓으러 왔습니다."

박사장이 담유에게 화장실에도 엑셀을 깔 것인지 물어보았다.

"화장실에도 엑셀을 까나요?"

담유가 되물었더니,

"요즘 그렇게 해달라는 사람들이 많습니다."

미키에게 전화해서 화장실에도 엑셀을 까는 게 좋을지 물어보았다.

"당연하지."

미키는 반색을 하며 엑셀을 깔자고 하기에 그렇게 하자고 했다. 다만 화장실에 엑셀을 깔면 문틀 아래 방수가 손상되므로 방수팀이 한 번 더 들어와서 방수 땜빵을 해야 한다고 했다.

오전 12시 5분 정호에게 전화했다.

"화장실에 엑셀을 깔면서 문틀 아래 방수가 손상될 수 있으니, 방수가 아무래도 한 번 더 들어와야 될 것 같네."

"그 정도 방수는 미장도 할 수 있습니다."

정호는 미장 오사장에게 전달해 주겠다고 했다. 나중에 문틀 아래 방수 땜빵을 했다. 그런데 준공 후 그곳에서 물이 샜다. 누구도 예상하지 못했던 누수 하자였다.

오전 12시 15분 석공사팀 이사장이 현관 앞 외벽, 계단실 걸레받이 돌 붙이기가 마무리되었다고 했다.

"일단 철수했다가, 계단실 돌이 들어오면 15일 정도에 다시 작업하러 들어오겠습니다."

이사장이 석공사팀원들을 심하게 몰아쳤던 것 같았다. 석공사팀 모두 녹초가 되어 탈진상태로 현장사무실로 들어왔다. 반 통 정도 남아 있던 생수를 모두 들이켰다. 이사장이 잠시 화장실에 간 다음 팀장과 팀원들은,

"오늘 죽는 줄 알았습니다."

혀를 내둘렀다.

오후 3시 30분경 비가 그쳤다. 외벽 돌이 어느 정도 마른 것 같아 돌 잘린 면에 약품을 발라도 될 듯싶었다. 담유는 목장갑 하나를 뒤집은 채 약품을 들고 1층 현관으로 갔다. 1층 현관과 상가 모서리 잘린 면에 약품을 발라보았다. 신기하게 곧바로 돌의 원래 색깔이 드러났다. 색이 연해 보여 몇 번 덧칠을 했더니 진한 검정색으로 변해갔다. 아차, 어린 석공이 딱 한 번만 바르라고 했는데, 색이 연하다고 여러 번 바른 게 화근이었다.

오후 4시 20분까지 비계를 오르내리며 돌 잘린 면에 약품을 발랐다. 비계를

타고 약품을 바르는데 외벽과 비계 사이의 공간이 한층 넓어 보였다. 그 사이로 떨어질 것 같은 아찔함도 수차례 느꼈다. 쉽지 않은 작업이었다. 그래도 직접 약품을 발라서 돌의 원색이 드러나니 한결 보기 좋았다. 이것도 고진감래(苦盡甘來)라 할 수 있나? 여하튼 뿌듯했다.

샷시와 창문틀을 설치하다

2016년 7월 30일

오전 7시 30분 징크팀이 도착했다. 징크 작업반장은 어제 아침 현장에 나왔는데 비가 너무 많이 내려 철수했다고 했다. 오늘은 하지틀 설치를 마무리하고, 단열재를 깐 다음 우레탄폼을 충진하겠다고 했다.

징크팀장을 비롯해서 3명의 작업자들의 말투가 연변 또는 함경도 억양이어서 조선족 또는 탈북민으로 추정되었다. 그런데 워낙 열심히 일하고 있기 때문에 출신지를 묻고 싶지 않았다. 혹시 한국에 와서 어렵게 생활하며 자리를 잡아가고 있는데 괜한 상처를 줄까 싶어서였다. 이런 무더운 날씨에 웬만한 사람들은 작업할 엄두도 못 내겠지만, 징크팀들은 묵묵히 자신에게 맡겨진 일들에 최선을 다하고 있는 것이다. 아무쪼록 이곳 한국사회에 잘 적응해서 행복하길 바랄 뿐이다.

오전 7시 35분 창호공사팀이 창문틀과 샷시를 트럭 2대에 싣고 도착했다. 창문틀과 샷시를 내려놓은 다음,

"아침식사하고 오겠습니다."

현장 옆 식당으로 향했다. 약 30분 후 샷시를 실은 또 한 대의 트럭이 도착했다. 방사장도 함께였다. 방사장이 도착하자마자 창문틀을 일사불란하게 각 층으로 올리기 시작했다. 샷시는 현장에서 직접 재단하고 용접해서 샷시틀을 만든다고 했다. 방사장과 작업자 1명은 다락층부터 창문틀을 설치하며 아래층으로 내려왔고, 다른 2명은 1층 상가바닥에서 샷시자재를 재단하고 용접하며 샷시틀을 만들었다.

오전 9시경 엘리베이터 설치 이재구 팀장이 현장에 도착했다. 엘리베이터 내부에 CCTV선 연결하는 작업을 지난번 부탁했으나, 아직 작업하지 않았다.

"이소장님, 엘리베이터 천정 상부에 CCTV선 좀 뽑아주세요."

"저는 CCTV와 관계없어요."

시큰둥하게 말했다. 얼른 지갑을 열고 현금 10만 원을 꺼내 이팀장 손에 집어 주었다. 이팀장은 자연스럽게 받으며 금세 말이 부드러워졌다.

"어떻게 구멍을 뚫어야 하나요?"

담유는 세운통신 이근호 사장에게 전화했다. 담유는 핸드폰을 이팀장에게 건네주며 구멍 뚫는 위치를 직접 확인하라고 했다. 이사장이 엘리베이터 출입문 반대편의 천정에 벽으로부터 6㎝ 정도 떨어진 곳에 지름 10㎝ 구멍을 뚫으면 된다고 했다. 이팀장은 오전에 마무리하겠다고 했다. 참으로 재미있는 사람이다. 젊은 시절부터 어렵게 업체를 꾸려 와서 그런지 돈에 매우 민감했다. 그런 이팀장의 모습이 왠지 귀여워 보였다.

오전 10시 30분경 징크팀장이 냉수를 담기위해 사무실로 내려왔다.

"작업은 잘 진행되나요?"

"지금 우레탄폼을 충진하고 있습니다. 확인해 주시죠."

담유는 얼른 지붕 위로 올라갔다. 작업자가 단열재 틈사이로 우레탄폼을 충진하고 있었다. 그런데 지붕면이 평활하지 않아 단열재들이 들쑥날쑥 깔려 있었고, 단열재 사이 틈도 제각각이었다. 담유는 충진이 잘 안된 부분을 일일이 지적하며 충분히 쏘아달라고 했다. 작업자가 우레탄폼 1박스를 모두 쏘겠다고 했다.

오전 10시 50분 징크반장이 지붕 위에 설치된 환기구 3개의 높이가 낮다면서, 나중에 징크가 손상될 수 있다고 했다. 설비 박사장에게 전화했다.

"내일 엑셀 설치하러 들어 올 때 지붕 환기구를 좀 더 높여주세요."

"징크 하지틀이 그렇게 높나요? 내일 현장에 들어가서 환기구를 높이겠습니다."

오후 2시 징크 이진상 소장이 현장에 도착했다.

"외부비계를 언제 해체하나요?"

"비계를 8일 해체한다고 수차례 알려 주지 않았습니까? 젊은 사람이 그렇게 기억력이 없어서야."

담유가 웃으면서 핀잔을 주었다.

"아 그렇지요. 제가 요즘 용인일 때문에 정신없습니다."

용인에 유명 피겨선수 집에 징크공사를 하고 있다며 시공사진들을 보여 주었다. 이소장은 자기가 이 정도 일까지 한다며 어깨를 으쓱거렸다.

"이소장님 대단하시네. 우리 집도 잘 해주세요."

이소장을 추켜세웠다.

"다음 주에 징크공장이 문을 닫고 전원 휴가를 갑니다. 그래서 오늘 징크를 주문하면 휴가가기 전까지 공장 작업을 끝낼지 모르겠네요."

이소장이 고개를 갸우뚱하더니.

"아무래도 8일을 넘길 것 같네요."

담유는 8일 비계를 해체할 예정이니 그전에 반드시 징크 작업을 마무리해 달라고 했다. 이소장은 숨을 크게 들이마시며 최대한 노력해 보겠다고 했다.

오후 2시 30분 도시가스설치팀장에게 전화했다.

"내일이나 모레 중 도시배관 설치를 끝낼 수 있나요?"

"오부장과 작업일정을 확인하고 전화 드릴게요."

오후 3시경 라인드림 오부장으로부터 전화가 왔다.

"도시가스배관 제작공장이 여름휴가로 쉽니다. 8월 4일 오후에나 배관 작업을 끝낼 수 있을 것 같네요."

그러면 8월 2일 방통타설한 다음 2일밖에 지나지 않았기 때문에 바닥을 밟으면 안 될 것 같았다. 오부장에게 8월 5일 들어와 배관설치를 끝내 달라고 했다.

오후 3시경 방사장이 오늘 창문틀 설치를 완료하지 못했다며, 내일 다시 들어와 끝내겠다며 현장을 떠났다. 샷시틀 작업팀도 내일도 계속 작업해야 한다고 했다. 샷시팀장에게 물어보았다.

"8월 2일 방통타설하는데, 1층 바닥에서 어느 정도 높이까지 타설해야 합니까?"

"샷시틀 하단 1㎝ 정도는 몰탈에 묻혀야 합니다."

"준공 후 이동시킬 샷시틀도 1㎝ 묻혀야 하나요?"

"이동시킬 샷시틀은 하단을 접어놓을 겁니다."

담유에게 걱정하지 말라고 했다.

오후 3시 50분경 징크공사 진행상황을 확인하기 위해 지붕에 올라가 보았다. 우레탄폼 충진이 완료되었고, 하지틀 상부에 합판을 약 50% 정도 덮었다. 징크팀장이 내일 합판설치를 마무리하고 방수포까지 덮으면 비가 와도 문제없다고 했다.

난방 엑셀을 깔다

2016년 7월 3일

오전 7시 20분 징크팀 3명이 도착했다. 작업반장은 오늘 합판설치를 완료하고 그 위에 방수포를 덮고 자신들은 철수한다고 했다. 징크 만 전문으로 설치하는 팀이 별도로 있다며, 내일 들어와 실측을 해서 공장제작 을 의뢰한다고 했다.

오전 7시 25분 설비 박사장과 엑셀팀 2명(1명은 여자)이 도착했다. 박사장과 함 께 현장에 올라가서 엑셀을 깔 방과 거실들을 확인해 주었다. 7시 40분 박사장 으로부터 전화가 왔다.

"2, 3층 창문틀이 설치되지 않은 방들이 있습니다. 창문틀을 설치하지 않으 면 엑셀을 깔 수 없어요."

창호팀에게 창문틀 설치를 재촉해 달라고 했다.

오전 7시 45분 방사장에게 전화했다.

"창호팀이 언제 도착하나요?"

"지금 가고 있습니다. 다락층과 4층은 창문틀을 설치했으니, 그곳부터 엑셀 을 설치하며 내려오면 됩니다."

창호팀은 3층에서 2층으로 내려가며 창문틀을 설치할 것이라고 했다.

오전 8시경 미장팀이 도착했다. 미장 오사장과 함께 다락층에 올라갔다.

"주방부분 방수턱을 제거해 주시고 1층으로 내려와 상가바닥 방통몰탈 높이 를 표시해 주세요."

방사장과 오사장은 상가주택 시공경험이 많아 1층 상가 방통타설 높이에 대 해 담유보다 훨씬 많이 알고 있을 것이다. 역시 괜한 걱정이었다.

오사장은 방통타설 전에 바닥을 깨끗이 청소해야 한다고 했다.

"내일 직영 2명을 불러 전체적으로 청소할 겁니다."

"창호팀에서 1층 상가바닥에 플로어힌지(Floor Hinge)[82]도 먼저 설치해 놓아야 해요."

방사장은 오늘 모두 설치할 것이라고 했다. 1층 상가 화장실 내벽과 기둥은 미장을 하고, 그 외 상가 내벽은 견출로 마감하는 게 좋겠다고 했다. 1층 엘리베이터 피트에도 방통을 타설해야 한다고 했다. 엘리베이터 출입문을 손으로 열수 있어야 한다고 했다. 월요일 엘리베이터 설치팀이 들어오니 그렇게 준비시키겠다고 했다.

오전 11시 지붕에 올라가 보았다. 하지틀 위에 합판이 모두 깔려 있었다. 징크팀원들의 얼굴에 굵은 땀이 흥건했고, 움직임이 둔해 더위를 먹은 듯 보였다.

"오늘 그만 작업 중단하고 내일 아침에 다시 시작하는 게 좋을 것 같습니다."

"오늘 중으로 방수포 설치까지 완료하고, 저희들은 철수할 것입니다."

징크 작업은 하지틀 설치, 단열재 깔기, 합판설치, 방수포를 까는 작업과, 방수포 위에 징크를 설치하고 빗물받이와 선홈통을 설치하는 작업이 명확하게 구분되어 있다고 했다.

오전 11시 10분 난방 엑셀은 다락층, 4층을 모두 설치하고 3층으로 내려와서 작업하고 있었다. 창호팀에게 2층 창호설치를 서둘러 달라고 부탁했다. 방사장은 온몸이 땀으로 범벅이 된 채 전라도 말씨로,

"으메, 엑셀팀이 번개 같구먼."

라며 더욱 서둘렀다. 점심시간에도 창문틀 설치를 계속해서 엑셀깔기 전에 끝내겠다고 했다.

오전 11시 20분 설비 박사장이 1층 상가 동측 중간 기둥의 아래 부분에서 물이 새는 것 같다고 했다. 아무래도 1층 기둥의 스페이셔가 수도배관을 손상시킨 것 같다는 것이다. 안 그래도 기둥 하단에서 녹물이 흘러나오는 것 같아 이

---

82) 오일 또는 스프링을 써서 문을 열면 저절로 닫히게 하는 장치로써, 바닥에 묻어 설치한 다음 문의 징두리를 여기에 꽂아 돌게 하는 창호철물

상하게 생각했었다. 박사장도 유심히 관찰하고 있었던 모양이었다.

기둥에 매설된 수도배관이 손상되어 물이 흘러나온다면, 콘크리트 내에 철근들이 녹이 쓸게 된다. 그러면 철근강도가 약해서 기둥이 건물하중을 감당할 수 없을지도 모른다.

"박사장님, 기둥 미장하기 전에 반드시 확인해 주세요."

"기둥 콘크리트를 깨봐야 합니다. 오늘은 어렵고, 방통타설한 다음 바닥이 굳으면 확인해 보겠습니다."

담유는 설마 며칠 내에 큰 문제가 생기지는 않겠지 라며 그렇게 하라고 했다.

오후 1시 40분 현장정리 서반장에게 전화했다.

"내일 시간이 되나요?"

"네. 시간 됩니다."

"2일 방통타설하기 전 바닥을 청소해야 합니다."

"아 그래요. 그럼 동료 1명과 내일 나가겠습니다."

오후 2시경 난방 엑셀 깔기가 완료되었다. 설비 박사장이 엑셀팀을 보내고 사무실로 들어왔다. 담유가 1층 기둥 물 새는 것에 대해 걱정하는 것처럼 보였는지 냉수 한 컵을 들고 담유 앞에 앉았다.

"기둥에 매설된 수도배관이 손상되어 물이 새는 것 같습니다."

그렇다면 기둥 콘크리트가 아직 완전히 굳지 않았기 때문에, 콘크리트 굳는데 도움이 된다며 당분간 괜찮을 거라고 했다.

'그래 현장에서 이런 일을 많이 겪은 박사장 말을 믿어보자. 내일 당장 건물이 무너지겠나.'

담유는 약간 불안했지만, 박사장에게 오늘 수고하셨다며 환하게 웃어보였다.

오후 2시 40분 미장팀이 보이지 않았다. 오사장에게 전화했다.

"지금 어디신가요?"

"가평으로 내려가고 있습니다."

"다락에 벽돌을 쌓다가 중단했는데 내일 청소시켜도 되겠습니까?"

"벽돌은 그대로 놔두고 다른 것은 모두 정리해도 됩니다."

"창문틀 주변 사춤은 언제 하나요?"

"오늘은 단열재만 잘라서 1층 계단 밑에 보관해 두었습니다. 사춤은 여러 사람이 들어와 한 번에 작업해야 합니다."

오후 4시 40분경 지붕 방수포 설치 작업이 완료되었다. 다락에 올라가 확인해 보니 지붕 전체가 방수포로 빛나고 있었다.

"더위에 수고 많으셨습니다. 사무실로 내려가서 시원한 음료수를 마시지요."

반장이 괜찮다며 작업공구를 챙겼다. 담유는 징크팀과 헤어지는 게 왠지 아쉬웠다. 아마 뜨거운 햇빛과 무더위 속에서도 열심히 일해준 것에 대한 고마움 때문이리라.

담유는 아래층으로 내려오며 창문틀이 모두 설치된 것을 확인하였다. 그리고 1층 상가바닥에 플로어힌지도 설치되어 있었다. 방통타설 준비가 완료된 것이다.

2016년 8월 1일

오전 6시 50분 현장정리인력 서반장 포함 1명이 청소 작업을 준비하고 있었고, 방수 이배준 사장도 도착했다.

"미장이 방수 땜빵 한다고 하던데, 직접 오셨네요?"

"방수를 아무나 하나요? 나중에 미장이 땜빵 하고 나서 물이 새면, 자기들 책임 아니라고 할 게 뻔합니다. 그래서 제가 직접 왔습니다."

방수사장은 시니컬하게 말했다. 여하튼 어제 엑셀 깔면서 다용도실, 화장실 문턱아래 손상된 방수부분을 직접 땜빵 해 준다니 다행이었다. 방수 이사장은 곧바로 방수자재와 도구를 들고 위층으로 올라갔다.

방수 이사장이 올라가는 것을 보고, 현장정리 서반장과 함께 다락층으로 올라가서 내려오며 청소할 곳을 꼼꼼하게 알려 주었다.

"할일이 많네요. 오늘 저녁 늦게까지 작업해야 할 것 같습니다."

서반장의 표정이 굳어졌다. 서반장과 아래층으로 내려오다가 2층에서 방수 땜빵을 준비하던 방수 이사장과 마주쳤다. 이사장이 어제 엑셀 깔면서 방수턱이 모두 망가졌다며, 엑셀팀이 일을 너무 막했다면서 불만을 토로했다. 지금 와서 어쩌랴.

"이사장님, 문턱 아래에 엑셀파이프를 넣다보니 그렇게 된 건데, 이해하시고, 잘 마무리해 주세요."

이사장을 다독인 다음 서둘러 사무실로 내려왔다.

오전 8시 40분 현대엘리베이터 이재구 팀장이 도착했다.

"오늘 엘리베이터 출입문 버튼을 설치하면 대부분의 설치 작업은 끝납니다. 19일 엘리베이터 준공검사 할 때 4층 점검등 스위치가 설치되어 있어야 해요."

전기 신사장에게 전화했다.

"계단실 4층 천정에 점검등을 언제 설치할 수 있나요?"

"엘리베이터 출입문 옆벽을 마감해 주어야 합니다."

"8일쯤 엘리베이터 벽에 타일을 붙일 겁니다."

"그럼 시간이 충분합니다."

신사장은 걱정하지 말라며 껄껄거리며 웃었다.

오전 10시 25분경 지붕에서 실측하고 내려오는 징크 이진상 소장을 만났다.

"이소장님 또 몰래 오셨네."

농담을 던졌다. 이소장은 전라도 말씨로,

"날씨도 더운디 후딱 살펴보고 가야지요."

못 들은 척 했다.

"아시바를 8일이나 9일 정도 해체하려고 하는데, 그전에 징크설치를 끝낼 수 있나요?"

"9일까지는 충분히 마무리됩니다. 그런데 빗물선홈통을 2개 추가로 설치해야 할 것 같네요."

"꼭 설치해야 되나요?"

이소장은 건축주가 결정할 사항이라고 했다. 만약 빗물선홈통을 설치하지 않으면, 빗물커터를 설치해야 하는데, 겨울에 눈이 많이 내리면 눈이 뭉텅이로 떨어져 위험해질 수 있다고 했다. 빗물선홈통이 건물 여기저기 설치되면 보기 좋지 않지만 그래도 안전이 최우선이다.

빗물선홈통을 설치해줄 방사장에게 전화를 걸었다.

"징크 이소장이 선홈통 2개를 추가로 설치해야 한다고 하는데 어떠세요?"

"저는 추가 설치해 달라면 해주고, 말라면 말고, 그런 거지요."

방사장은 웃으면서 말했다. 다만 2개를 추가하면 비용이 추가된다는 것이었다.

"그럼 2개를 추가 설치해 주세요."

담유는 징크 이소장에게 빗물선홈통 2개가 추가 설치되는 위치를 알려 주었다. 이소장은 거기에 맞추어 징크설치를 마무리하겠다고 했다.

오후 1시 20분 채소장이 현장을 둘러본 다음 사무실로 들어왔다. U건설은 골조공사만 맡았기 때문에 마감공사는 계약사항이 아니었지만, U건설 본사가 바로 옆 U플라자로 이전해서 SMJ House 현장에 자주 들렀다. 채소장은 4층 기포콘크리트 타설 깊이가 낮아 엑셀 파이프가 떠오를 수 있다면서 와이어 메시와 차양막을 덮는 게 좋겠다고 했다. 그래서 미장 오사장에게 전화해서,

"4층 기포가 낮아 엑셀이 떠오를 수 있다고 합니다. 와이어메시나 차양막을 설치하는 게 좋은가요?"

"와이어메시와 차양막으로 덮는 것이 안전합니다."

그래서 평내건재에 와이어메시 10단과 차양막 3롤을 주문했다. 20분 후 현장으로 배달해 주었다.

오후 2시 20분 킴스타일 김홍수 사장에게 전화했다.

"타일 작업 착수일을 확정하려고 합니다."

"4일부터 들어갈 수 있습니다."

"2일 방통타설하는데 8일 정도 작업 들어와 주실래요?"

"8일부터 작업할 수 없습니다. 다른 타일업체를 알아봐 주시죠."

담유는 당황스러웠다.

'아니, 이게 무슨 소리인가?'

김사장이 타일공사하는 것으로 일정을 맞추고 있었는데, 갑자기 다른 업체를 알아봐 달라고 했다. 담유는 자신이 잘못한 것은 없는지 곰곰이 되짚어 보았다. 김사장과 감정적으로 어긋날 일은 전혀 없었다.

'아 그렇구나. 미키가 타일을 영화타일이 아니라 제이엔비에서 구매하겠다고 했더니, 영화타일과 의리를 생각해서 그러는구나.'

그렇다면 어쩔 수 없었다. 미키는 이미 영화타일이 아닌 다른 업체에서 타일

을 구매하기로 작정하고 있었다. 김사장이 작업할 수 없다면 다른 업체를 알아볼 수밖에 없는 것이다.

오후 4시경 먹구름이 몰려오더니 천둥과 함께 굵은 비가 쏟아지기 시작했다. 현장정리팀은 쓰레기를 피피마대에 모두 담아 지상으로 내려놓고, 야적장소로 옮기려 하고 있었다. 금세 그칠 것 같던 비가 오후 5시까지 계속 내렸다.

"서반장님, 쓰레기를 야적장소로 옮기는 것은 오늘 어려울 것 같으니 내일 야적장소로 이동시켜 주시죠."

"알겠습니다."

서반장이 고개를 끄떡였다. 서반장과 동료 작업자에게 일당을 송금한 다음 퇴근하라고 했다. 그런데 다음날 서반장은 현장에 오지 않았고, 준공할 때까지 더 이상 모습을 드러내지 않았다. 참으로 야속했다. 피피마대를 야적장으로 옮기는 일은 담유와 미키가 할 수밖에 없었다.

오후 6시 50분 타일 김구영 사장에게 전화했다.

"8일 타일 작업을 시작할 수 있나요?"

"그럼요."

김사장은 갑작스러운 연락에 기분이 좋았던지, 내일 오전 현장을 방문해서 실측하겠다고 했다.

방통을
타설하다

2016년 8월 2일

    오전 6시 40분 담유는 와이어메시 40장을 4층 계단실에 올려놓았다. 와이어메시 10장이 한 묶음이었고 예상보다 무거웠다. 오전 7시 10분경 방통타설팀 2명이 도착했고, 10여 분 뒤 몰탈펌프카와 함께 미장 오사장도 도착했다. 미장 오사장은 도착하자마자, 작업팀들과 함께 다락층으로 올라갔다가 내려오며, 각 층의 엑셀 위를 차양막으로 덮었다. 그러고 나서 오사장이 직접 1층 바닥을 빗자루로 청소했다.

    오전 7시 20분경 미키가 현장에 도착했다. 20분 후 타일 김구영 사장이 싱글거리며 사무실로 들어왔다. 오늘도 머리에 기름을 바른 듯 번질거렸고, 화려한 남방과 신사복 바지가 현장분위기와 어울리지 않았다. 김사장은 커피 한 잔 마시며 실없이 몇 마디하곤,

    "오늘 방통 치는군요."

    "네."

    "그럼, 빨리 올라가 실측해야겠습니다. 방통 치면 안으로 못 들어갑니다."

    실측한다며 현장으로 올라갔다. 30여 분 후 실측을 다했다며 사무실로 돌아왔다. 그리고 일반타일은 평당 5.5만 원, 옥상 테라스 석재타일은 평당 7만 원, 젠다이는 개당 2만 원에 일을 하겠다고 했다. 일방적인 통보였다. 그리고 타일공사에 필요한 부자재들도 종이에 빼곡히 적어서 건네주었다.

    킴스타일 김홍수 사장이 일을 포기했고, 타일공사 착수시점이 다가와서 별다른 대안이 없어, 김구영 사장의 요구를 그대로 들어줄 수밖에 없었다. 8월 6일 오전 7시에 타일이 현장에 도착하면, 타일팀이 자재들을 각 층으로 옮기겠

다니, 그나마 다행이었다. 다른 업자들은 자재를 옮기는 비용을 별도로 요구했는데, 김사장은 평당 시공비에 포함시켰다.

오전 8시 20분 몰탈을 실은 레미콘 첫차가 현장에 도착했다. 그런데 레미콘 차가 레미콘공장에 소속되지 않은 개인용이라고 했다. 레미콘공장의 차들이 부족할 경우 임시로 투입되는 차였다. 방통타설은 다락부터 시작되었다. 다락층부터 1층으로 내려오며 타설했다.

"야, 몰탈이 안 올라오잖아! 어떻게 된 거야?"

다락에서 방통타설하던 미장공이 큰소리쳤다. 레미콘 차가 너무 낡아 몰탈을 쏟아내는 날개 하나가 망가졌다고 했다. 몰탈을 각 층으로 밀어 올리는 몰탈펌프카 기사가 오늘 하루 종일 작업해야 할 것 같다면서 인상을 찌푸렸다.

"에이, 왜 하필 이런 똥차가 걸렸어."

미장 오사장이 오전 10시경 당초 예상했던 물량보다 몰탈이 훨씬 많이 들어간다며, 9㎥을 더 신청해야 한다고 했다. 청우레미콘에 급히 추가 주문하고 비용을 송금했다. 요즘 구리와 남양주 지역에 너무나 많은 건설공사가 진행되고 있어, 레미콘회사에게는 최고 성수기이자 갑중의 갑인 시절이다. 레미콘 비용을 미리 지불하지 않으면 레미콘을 공급하지 않는다. 그래서 즉시 입금시켜야 된다. 아마 늦가을로 접어들면 레미콘회사 직원들은 다시 을로 돌아가 각 현장을 돌아다니며 애걸하듯 영업해야 할 것이다. 그때는 그때이고 지금은 호황이다. 메뚜기도 한철이니 온갖 횡포를 다 부리고 있다.

오전 11시경 레미콘 4호차가 도착했다. 이번에는 몰탈펌프카의 진동기가 고장 났다. 레미콘 차에서 몰탈펌프카로 몰탈을 쏟아내면, 몰탈에 포함된 자갈을 채로 털털거리며 걸러내다가 그 채가 진동을 멈춘 것이다.

"가지가지 한다."

이번엔 레미콘 기사가 짜증을 냈다.

"진동기 스페어 없어요?"

"……"

레미콘 기사의 질문에 펌프카 기사는 아무 말도 없이 망치로 채를 강하게 내려쳤다. 진동기가 없어 망치로라도 채를 흔들며 몰탈을 타설해야 한다.

'어이없군.'

담유도 속이 탔다. 타설시간은 지연될 수밖에 없었다. 몰탈타설이 지연되자 레미콘 기사가 담유에게,

"차가 도착한 다음 2시간 지나면 대기료를 줘야 합니다."

눈알이 벌겋게 달아오르며 핏대를 올렸다.

"알았습니다. 드릴 테니까 가만히 계세요."

담유도 짜증이 확 올라왔다. 미장 오사장에게,

"기사가 성질내는데 어떻게 하지요?"

"가만 놔두세요. 쟤네들 매번 저러니 신경 쓰지 마세요."

오사장은 똥차를 끌고 와 미안했는지 멋쩍게 웃었다. 이번에는 레미콘 차의 슈트가 고장이 났는지 높이 올라가지 않았다. 채가 슈트와 바짝 붙어 있어 자갈이 골라지지 않았다.

"슈트가 안 올라가는데. 이 차도 똥차네."

펌프카 기사가 레미콘 기사에게 레미콘 슈트도 고장이 났는데, 자꾸 지연된다며 짜증내지 말라고 했다. 레미콘 기사가 운전석에서 내리더니 몰탈펌프카 기사에게,

"슈트엔 아무 이상 없어. XX"

삿대질하며 싸울 기세였다. 몰탈펌프카 기사는 못 들은 체 웃기만 했다. 마지막 레미콘 2.5㎡을 추가로 신청해달라고 했다. 주문과 동시에 입금했다. 오후 1시 30분경 방통타설이 완료되었다. 방통타설이 완료되면 몰탈 표면이 어느 정도 굳기를 기다려, 바닥을 평활하게 만드는 시야기 작업을 해야 된다. 미장 오사장은 시야기팀 3명을 남겨 놓고 몰탈펌프카와 함께 철수했다.

오후 5시 담유와 미키가 현장에 다시 돌아왔다. 시야기팀은 바닥을 평평하게 잡아주는 작업을 계속하고 있었다.

"저녁 7시까지는 해야 될 것 같네요."

미키와 함께 현장 주변을 안전테이프로 둘렀다. 미키가 몇 장의 A4용지에 '출입금지'라고 적었다. 안전테이프 곳곳에 A4용지를 붙이고 귀가했다.

2016년 8월 3일

오전 6시 50분경 어제 방통타설한 몰탈 상태를 둘러보았다. 1층 상가, 2, 3, 4, 다락층 바닥에 발자국은 없었다. 다만 위층에서 몰탈 물이 떨어져 패인 작은 홈들이 2, 3군데 발견되었고, 외부에서 날라 온 작은 부스러기들도 보였다.

오전 7시 현장 옆에 트럭이 계속 서 있기에 다가가서 물어보았다.

"이 현장에 오셨나요?"

"네. 징크예요."

징크자재를 실은 트럭이었다. 7시 30분까지 현장에 도착하라고 했는데 조금 일찍 왔다고 했다. 오전 7시 20분경 징크팀 3명이 트럭크레인과 도착했다. 징크 이소장이 보이지 않았다.

"어느 분이 반장이신가요?"

"접니다."

연변말씨의 잘 생긴 중년남자가 본인이 책임자라고 했다. 악수를 나누면서 잘 부탁한다고 했더니 조용히 웃었다. 곧바로 징크자재를 크레인을 이용해 옥상테라스로 올려놓기 시작했다.

"어제 방통타설했으니, 옥상테라스 바닥을 밟지 말아 주세요."

징크반장에게 조심해 달라고 당부했다. 특히 다락 내부로는 절대 들어가지 말라고 했다. 징크팀이 올라간 지 2시간 후 다락에 올라가 보았더니, 이미 다락층 실내에 발자국이 보였다. 그래서 팀장에게 물었다.

"누가 안에 들어갔나요?"

"어제 방통타설했으니 날씨가 좋아 충분히 굳었습니다. 저희들이 알아서 조심할 테니 걱정하지 마세요."

담유는 옥상테라스 바닥을 살짝 밟아 보았다. 다행히 발자국이 희미하게 생기는 정도였다.

"그래, 징크팀이 지붕에서 작업하는데 그래도 그늘은 있어야 되지 않는가?"

이 정도면 오후에는 밟아도 괜찮을 것 같았다.

"며칠 정도 작업할 예정인가요?"

"3일 정도면 충분합니다."

오전 7시 30분경 징크 이진상 소장에게 전화했다.

"징크팀 3명이 3일간 작업한다는데 가능한가요?"

"3일이면 빡빡합니다."

그래도 일정에 최대한 맞추겠다고 했다. 방사장에게 전화했다.

"징크가 5일 완료됩니다. 6일 또는 7일 정도에 빗물선홈통을 설치하면 될 것 같네요. 그럼 7일 또는 8일경에 외부비계를 해체하겠습니다."

"빗물선홈통을 어디에다 설치하면 되지요?"

"건물 네 귀퉁이에 모두 설치해 주세요."

"도면에는 2개인데요."

"추가 2개는 나중에 정산해 드릴게요."

오전 8시경 전기 신오석과 전기공 1명이 현장에 도착했다. 엘리베이터 준공검사에 필요한 4층 계단실 천정 점검등과 스위치를 설치하러 왔다고 했다. 신오석에게,

"준공검사 후 점검등을 센서등으로 변경할 수 있나요?"

"그럼요. 가능합니다."

신오석은 작은 눈을 동그랗게 뜨며 고개를 끄떡였다. 오전 10시경 전기 작업을 마치고 철수했다.

오전 11시경 다락층에 올라가서 징크팀장에게 당부했다.

"오늘 36도까지 올라간다고 합니다. 쉬엄쉬엄하세요."

담유는 방통을 타설한 다음이라 긴장이 풀린 탓인지, 온몸이 뻐근해지며 피로가 몰려왔다.

2016년 8월 4일

오전 7시 30분 비계다리로 다락층에 올라갔다. 옥상테라스 바닥은 이미 단단하게 굳어 있었다. 다락층 내부 바닥에 오른 발을 살짝 올려놓았다. 발바닥이 단단하게 느껴졌다. 다시 몸을 안쪽으로 들이밀며 살금살금 왼발을 올려놓았다. 마치 고양이가 멋모르는 새앙쥐를 덮치기 전 모습이었다. 왼발도 견고하게 지지된다는 느낌을 받았다. 새벽까지 28도를 유지하는 복더위에 방통이 단

단하게 굳은 것이다. 이제 징크팀이 다락층 내부에 물건을 올려놓고 쉬어도 되겠구나 싶었다. 계단실로 1층까지 내려오며 방통타설한 바닥들을 밟으며 살펴보았다. 별 이상은 발견되지 않았다. 다만 바닥 위에 실 크랙(Crack)이 조금씩 생기기 시작했다.

오전 8시 징크팀 3명이 도착했다. 타고 온 카니발 뒷문을 열고 물통을 꺼내는 작업반장에게,

"방통이 단단하게 굳었네요. 다락 안쪽에 물건을 놓아두어도 될 것 같습니다."

허락한다는 듯 웃었다. 작업반장은,

"요즘은 하루면 다 굳습니다. 어제도 안에 들어가서 쉬었는데요."

씩 웃었다. 징크팀이 어제 이미 다락 내부에 들어가서 쉰 것을 눈치채고 있었다. 그래서 현장에 나오자마자 다락으로 올라가 방통에 이상이 없는지 확인했던 것이다.

"오늘도 많이 덥다고 하니, 너무 무리하지 마시고 쉬면서 작업하세요."

부탁한 다음, 사무실로 돌아왔다.

징크 작업은 징크 판넬조각을 지붕경사를 따라 배열하고 판넬조각을 합판에 고정한 다음 연결부분을 접어 비가 새지 않도록 이어가는 순서로 진행되었다. 작년보다 심한 찜통 날씨에 지붕 위에서 태양열과 징크 복사열을 견뎌가며 작업하는 징크팀원들이 대단하다고 느껴졌다.

오전 8시 20분경 현성창호 창호팀 2명이 1톤 트럭에 빗물선홈통을 싣고 도착했다.

"오늘은 빗물선홈통을 지붕에서 2층까지만 설치하고, 외부비계를 해체하면 1층 부분을 마무리할 겁니다."

빗물선홈통을 벽에 고정하는 창호팀도 고생하기는 마찬가지였다. 지름 100㎜의 스텐 선홈통은 무게만 해도 만만치 않았다. 그것을 밧줄로 묶어 위에서 끌어올리고 수직을 확인한 다음 벽에 고정하였다. 담유가 선홈통을 끌어올리고 고정할 때 도와주었는데, 온몸이 땀으로 흥건해서 선홈통이 손에서 자주 미끄러졌다. 그야말로 난공사였다. 오후 5시경 선홈통 설치 작업은 완료되었다.

선홈통 설치를 마치고 사무실에 들어온 창호팀은 기진맥진해져 있었다.

"더운데 수고하셨습니다."

담유가 사과주스를 권했다. 주스를 받아드는 손에 힘이 다 빠져 나간 듯했다.

"8일 비계를 해체할 예정입니다. 그전에 창문틀 코킹을 쏴야 되지 않나요?"

"8일 쏘려고 하는데요. 비계를 9일 철거하면 안 되나요?"

담유는 더위에 고생하는 창호팀이 너무 안쓰러웠다.

'그래, 비계해체가 중요한 게 아니라, 고생하는 작업자들의 안전이 최우선이다.'

비계해체를 하루 지연시킨다고 해도 일정에 큰 문제는 없을 것이다. 담유는 팀장에게 그렇게 하겠다며 고개를 끄떡여 주었다.

오후 5시 30분경 시스템비계 대유공업 윤사장에게 전화했다.

"비계해체를 9일로 미루어야 할 것 같습니다."

"어, 8일 해체하는 것으로 일정을 잡고 있었는데요."

윤사장은 당황스러워 했다.

"혹시 내일이라도, 8일에 해체할 수 있으면 알려 주세요."

비계 작업자들도 여름휴가를 가기 때문에 일정변경이 쉽지 않다고 했다.

"그러면, 일단 8일 또는 9일 해체하는 것으로 일정을 잡아 놓겠습니다."

윤사장이 시스템비계 설치팀과 현장에 도착한 첫날, 벤츠를 몰고 와서 위화감이 들기도 했지만 참으로 융통성이 많은 사람이다. 일반적으로 일정이 자주 변경되면 짜증나기 마련이다. 그런데 일정을 몇 차례 조율하면서 느꼈지만, 윤사장은 고객의 입장을 최대한 배려하였다.

'그래, 비즈니스를 잘 한다는 게 바로 이런 거구나. 그러니 벤츠를 몰지.'

담유는 윤사장이 부러웠다.

도시가스 배관 작업을
시작하다

2016년 8월 5일

오전 7시 40분경 징크팀 3명이 도착해서 곧바로 다락으로 올라갔다. 그들은 사무실에 들르지 않는다. 자신들이 먹을 음료수와 간식거리를 챙겨오기 때문에 특별한 일이 아니면 지상으로 내려오지 않는다. 더운 날씨에 지붕꼭대기에서 일하는 그들을 보면 인내의 한계를 떠나 때론 성스럽기까지 했다. 가만히 앉아 숨쉬기도 버거운 찜통더위 속에서 웬만한 사람들은 엄두도 내지 못할 일을 해내는 것이다.

징크 작업자들은 모두 연변말씨를 쓰고 있었다. 그런데 옷매무새는 너무나 세련되어 조선족처럼 보이지 않았다. 한국에 들어온 지 꽤 오래된 듯싶었다. 요즘 건설현장에 조선족 중국인을 비롯한 외국 노동자들이 많이 들어와 있다. 몽고, 우즈베키스탄, 카자흐스탄 국적의 노동자들도 쉽게 눈에 띈다. 이러한 현상은 한국의 젊은이들이 건설노동을 꺼려하기 때문이다. 부족해진 건설노동인력을 외국에서 충당할 수밖에 없는 것이다. 그러다 보니 외국인 건설노동자들의 기술수준도 이제 상당히 높아졌다. 일부 분야에서는 국내 건설노동자들의 기술수준과 별반 차이가 없다. 징크분야가 그런 것 같다.

오전 7시 50분경 협성폐기물 이훈봉 사장이 3.5톤 집게차를 몰고 와 남아 있던 폐기물 전부를 실어가겠다고 했다. 이사장은 대화하기를 즐기는 사람이다. 폐기물을 전부 실은 다음, 사무실로 들어왔다.

"저도 집장사를 해 보았습니다."

이사장은 뜬금없이 말을 건넸다.

"제가 이래 봬도 인테리어 감각은 좀 있습니다."

이사장은 한참 동안 건축인테리어에 대한 지식을 한껏 뽐냈다. 담유가 이사장의 말에 호응해 주었더니,

"둘째 아들이 서울기술대 석사과정에 있습니다. 공부를 워낙 잘해요."

"아, 그러세요. 좋으시겠습니다."

"박사과정에 입학하려면 어떻게 해야 되나요?"

담유에게 자문을 구했다. 은근한 아들자랑이었다.

오전 8시 20분 설비 박사장에게 전화했다.

8일 비계해체하려고 하는데 괜찮은지 물어보았다. 박사장은 깜짝 놀라면서,

"비계가 있을 때 환기구 후드캡(Hood Cap)[83]을 달아야 합니다. 후드캡을 주문해 주시겠어요?"

담유는 설비배관 작업이 모두 완료되어 더 이상 비계가 필요 없을 줄 알았다. 그런데 후드캡은 외부비계가 있을 때 설치하지 않으면 나중에 스카이[84]를 사용한다고 했다.

"후드캡 숫자는 다시 확인해서 알려 드리겠습니다."

오전 8시 40분 인테리어 심현구 사장이 사무실로 들어왔다.

"8일 목수들이 들어옵니다."

담유는 심사장과 함께 현장으로 올라갔다. 심사장은 방통타설한 바닥을 밟아 보며 담배를 꺼내 입에 물었다. 담배에 불을 붙이더니,

"방통 참 더럽게 쳤네."

입술을 씰룩거렸다.

"방통이 뭐가 잘못되었나요?"

담유가 놀라서 물어 보았다.

"바닥 시야기가 평평하지 않아요. 강마루를 깔면 군데군데 떠요."

"강마루 작업팀이 이 정도는 잡아주어야 되지 않나요?"

담유가 되물었다. 심사장의 표정은 더 찌그러졌다.

---

83) 환기구로 벌레나 빗물이 들어오지 못하도록 보호하는 Cap

84) 이삿짐 사다리차와 유사하나, 이삿짐을 올려놓는 작업대에 난간을 두르고, 회전이 가능하도록 하여 작업자가 작업대 위에서 작업할 수 있음

건설현장에서는 선행 작업이 잘못되었다며 재시공을 요구하거나, 선행 작업의 잘못을 바로잡기 위해 추가비용을 요구하는 경우가 많다. 건설현장 갈등의 대부분을 차지한다. 물론 선행 작업이 잘못 되었을 경우도 많지만, 후속 작업팀이 선행 작업팀에게 책임을 전가하는 경우도 적지 않다. 따라서 선·후행 작업 간 갈등이 최소화되도록 현장관리 하는 게 무엇보다 중요하다.

방통이 잘못될 수도 있다. 그런데 모든 공종이 완벽하게 작업할 수는 없다. 그렇다고 방통을 다시 타설할 수도 없다. 바닥이 더 높아지면 문틀과 창틀 높이를 높일 수 없기 때문에, 방통바닥 높이는 그대로 유지되어야 한다. 그렇다면 당연히 방통의 후속공종인 마루 깔기에서 바닥을 잡아주어야 하는 것이다. 그럼에도 심사장은 괜한 심통을 부리고 있는 것이다. 심사장이 마루공사에 추가비용을 요구하는 게 아닌지 의심이 들었지만, 일단 넘어가기로 했다.

"목수들이 일을 시작하면 내가 직접 지시하고 감독할 겁니다."

심사장은 잔뜩 골이 난 표정이었다.

"싱크대도 제가 하겠습니다."

심사장은 싱크대도 자신에게 맡겨달라고 했다. 심사장이 방통 때문에 기분이 언짢았는지 딱 잘라 말했다. 담유는 잠시 당황했다.

'싱크대까지 맡기라고?'

심사장을 고려하지 않은 건 아니었다. 일단 심사장을 누그러뜨릴 겸,

"한샘에서 임대세대 싱크대 4개, 보조주방 싱크대, 다락 싱크대를 합쳐 1,200만 원에 견적을 넣었습니다."

담유의 말에 심사장의 눈꼬리가 올라갔다.

"저는 무조건 싱크대 개당 150만 원에 해줄 수 있습니다. 제가 2층 3룸에 샘플로 시공해 놓을 테니 마음에 들면 하시고, 마음에 들지 않으면 안하서도 됩니다."

심사장은 아주 자신만만했다. 자신이 싱크대 1곳을 샘플로 만들어 놓을 테니 그때 가서 결정하라는 것이었다.

'이미 만들어 놓은 싱크대를 마음에 들지 않는다고 뜯으라고 한다?'

담유는 고개를 갸우뚱했다. 심사장에게 싱크대 하나만 맡겼다면 그럴 수도

있을 것이다. 그런데 이미 수장공사를 맡겼다. 싱크대 때문에 수장공사가 위험에 빠질 수도 있는 것이다.

'이거 어떻게 해야 하나?'

담유가 속으로 궁리를 하고 있는데, 심사장은 도배, 장판, 도장까지 모두 자신이 하겠다고 했다. 점점 공사범위를 넓혀가는 것이었다.

"제가 인테리어를 다 맡으면 문제 생길 일이 하나 없습니다."

심사장은 자신이 인테리어를 모두 맡으면 선·후행공종 간 갈등이 발생하지 않는다고 했다.

'아, 방통이 잘못되어 마루 깔기가 힘들다고 하는 이유가 여기 있구나.'

심사장이 화를 낸 이유를 알 것 같았다. 심사장의 말은 맞다. 자신이 인테리어 전부를 맡으면 선·후행 작업간 책임을 따질 여지가 없어진다. 자신이 다 책임지기 때문이다. 심사장 말을 어디까지 믿어야 할지 모르겠다. 일단 그럴 듯하게 들렸다.

"일단 하고 싶으신 작업들 모두 견적해 주세요."

담유는 심사장에게 도배와 마루는 LG제품으로, 현관출입구는 천정루버를, 4층 계단실 천정에는 텍스, 주차장 천정은 SMC, 화장실은 최고급 큐비클을 설치하는 조건을 제시했다.

"걱정 마세요. 무조건 싸게 해 줄게요."

심사장은 한술 더 떴다. 담유는 무조건 싸면, 도대체 어디서 남기려는 건지 아리송했다. 하지만 심사장 말처럼 인테리어를 한 업체에게 맡기면 공종 간 갈등은 없을 것이라는 말은 귀에 쏙 들어왔다.

오전에 잠시 외부 일이 있어 현장을 떠났는데 10시 30분 미키로부터 코킹팀이 도착해서 외벽코킹 빠진 부분을 마무리하고 있다고 했다. 오전 11시 현장에 돌아와 보니 코킹팀이 1층에서 작업을 마치고 정리하고 있었다.

"코킹 빠진 곳이 없나 확인했나요?"

"위에서 내려오면서 구석구석 확인했습니다."

팀장은 자신했다.

"비계 해체하면 더 이상 코킹 쏘지 못합니다. 다시 한 번 점검해 보시죠."

"걱정하지 마세요. 혹시 빠졌으면 스카이 타고 해 드릴게요."

코킹팀은 서둘러 다음 현장으로 떠났다. 코킹팀은 하루에 몇 개 현장을 돌아다니는지 알 수 없었다. 아침 7시 이전에 도착해서 30여 분 일하고 떠나고, 오후 6시가 지나서 들어와 30여 분 일하고 떠나기도 했다. 오늘은 오전 중 잠깐 들러 일하고 떠났다. 젊은 사람들 양팔에는 문신이 가득했으나, 정말 성실하게 열심히 사는 모습이 보기 좋았다.

오전 11시 방사장으로부터 전화가 왔다.

"월요일에 창문틀 코킹 쏘러 들어가겠습니다."

"그날 비계를 해체할 예정인데, 혹시 일요일에 들어 올 수 있나요?"

"알겠습니다."

방사장은 심플했다. 일요일에 들어오겠다고 했다. 이제까지 일요일에 창호팀은 작업하지 않았다. 일요일은 무조건 쉰다는 것이었다. 그런데 담유의 부탁을 받은 방사장은 한 치의 망설임도 없이 그렇게 하겠다고 했다. 너무나 고마웠다. 그래서 시스템비계 윤사장에게 8일 비계를 해체해도 된다고 문자로 보냈다. 비계해체를 9일로 연기했지만 8일 해체해 주겠다고 했다. 윤사장 역시 일정이 계속 바뀌는데도 전혀 짜증을 내지 않았다.

오후 1시 20분 도시가스배관 설치팀장에게 전화했다.

"3시 정도에 도착할 것 같습니다."

오후 3시가 지나도 도시가스배관 설치팀 모습이 보이지 않았다. 30분 후 도시가스 오부장에게 전화했다.

"작업팀이 아직 도착하지 않았습니다."

"지금 가고 있습니다. 30분 후 도착한데요."

4시가 지나서야 도시가스배관 설치팀 차소장과 동료 1명이 현장에 도착했다. 곧바로 4층에 올라갔다. 주방과 보조주방 쿡탑 위치, 다락층으로 올라가 보일러 위치를 알려 주었다.

"알았습니다."

팀장이 고개를 끄떡이더니, 곧바로 작업을 시작했다.

나중에 알게 되었지만 차소장과 동료 1명은 형제였다. 그런데 둘의 외모는 전허 딴판이었다. 형인 차소장은 얼굴이 넓적하고 뚱뚱했지만, 동생은 갸름하고 홀쭉했다. 말투도 형은 우렁찼으나 동생은 말끝을 흐렸다. 둘은 작업하며 거의 말을 주고받지 않았다. 그냥 알아서 일하는 것이었다. 형은 주로 도시가스배관을 벽에 설치했고, 동생은 벽에 배관구멍을 뚫거나 1톤 트럭 짐칸에서 배관을 절단했다. 둘의 말없이 일하는 모습이 이상했는데 형제애가 돈독한 형제였던 것이다.

오후 2시 40분 설비 박사장으로부터 전화가 왔다.

"스탠 후드캡(75㎜) 12개가 필요한데 15개를 주문해 주세요."

"보일러 연통도 설치하나요?"

"창문 바로 옆에 보일러 연통이 있으면 비계를 해체한 다음 설치해도 됩니다. 아무래도 비계 있을 때 설치하는 게 좋겠지요."

박사장은 보일러 연통도 설치하겠다고 했다.

오후 5시 방사장이 코킹재료를 싣고 현장에 도착했다. 코킹을 내려놓으면서,

"내일 아침에 코킹 쏘러 한명 올 거예요."

땀에 젖은 방사장 얼굴 표정을 살펴보았다. 그다지 기분 나빠 보이지 않았다. 다행이었다. 방사장은 내일 코킹 작업을 마무리하겠다고 했다.

그리고 방사장이 계단실난간 모양에 대해 최종 결정내리자고 했다.

"집사람과는 평철로 장식 없는 모양을 결정했어요."

"그래요. 그럼 그렇게 하지요."

"2층, 3층 거실 베란다 난간은 방사장님이 아파트에 시공했다는 녹이 쓸지 않는 재질로 설치해 주세요."

"사모님도 동의하셨어요?"

"그럼요. 그리고 베란다 난간은 한쪽에 에어컨 실외기를 설치할 수 있도록, 에어컨 실외기 너비만큼 연장시켜 주시죠."

"베란다 연장이라."

방사장은 이해가 잘 안 되는지 중얼거렸다. 담유가 도면을 보여 주며 설명해 주었다. 방사장은 마침내 고개를 끄떡였다.

"아, 알겠습니다. 문제없습니다."

그리고 서둘러 현장을 떠나려 했다.

"오늘 소주 한잔하시죠."

담유가 방사장의 소매를 붙잡았다. 방사장은 이마에 흐른 땀을 훔치면서,

"오늘은 선약이 있는데요."

담유에게 미안하다며, 다음에 자신이 한 잔 사겠다면서 빙긋 웃고는 사무실을 나갔다. 방사장은 술을 잘 마시지 못하고 즐기지도 않는다. 그런데 오늘은 방사장에게 소주 한잔 사주고 싶었다.

2016년 8월 6일

오전 7시 20분경 징크팀 3명, 미장팀 4명, 창문틀 코킹 작업자 1명이 도착해서 작업을 준비하고 있었다. 오전 7시 25분경 설비 박사장이 스텐 후드캡을 설치하기 위해 도착했다.

오전 7시 30분부터 우편함 부착위치에 붙어 있는 단열재를 파내기 위해 칼과 해라, 톱 등을 챙겨들고 현관출입문 옆벽으로 갔다. 석공사 이사장이 이미 우편함 크기만큼 돌을 잘라 놓아 아이소핑크만 보였다. 뚫어 놓은 돌 주변 귀퉁이 단열재 속으로 칼을 깊숙이 찔러 넣었다. 그리고 칼을 아래 방향으로 힘껏 내렸으나, 단열재 속에 묻힌 칼은 전혀 움직이지 않았다. 아이소핑크가 너무 단단했다. 작은 톱으로 바꾸어 단열재 속으로 톱 끝을 찔렀으나, 톱은 꿈쩍도 하지 않았다. 이번에는 해라로 바꾸어 단열재를 찔러보았다. 해라는 칼이나 톱보다 더 무디어 단열재에 해라자국만 살짝 냈을 뿐이었다.

우편함 자리 단열재를 파내려고 용을 쓰고 있는데, 미장 오사장이 다가왔다.

"그렇게 하면 하루 종일해도 단열재를 파낼 수 없습니다."

한심하다는 듯 피식 웃었다.

"어떻게 하는 게 좋을까요?"

"설비들이 단열재에 구멍 낼 때 쓰는 전기기구로 해 보세요."

담유는 설비 박사장에게 단열재에 구멍 내는 전기기구를 빌려 달라고 했다. 전기기구를 빨갛게 달구어 우편함 부착위치의 단열재에 갖다 대었다. 단열재는 부지직거리며 순식간에 떨어져 나갔다. 그런데 단열재 중앙에 돌출된 스페

이서는 도저히 자를 수 없었다. 오사장에게 부탁했다.

"이거 잘라 줄래요?"

오사장은 그라인더로 후딱 잘라주었다. 현장일도 짬밥이었다.

사무실로 가서 보관하던 마스터테크 우편함을 양손에 들고 사무실 문을 나섰다. 도로보다 사무실이 높아 사무실 문 앞에 계단 한단을 설치해 놓았다. 우편함을 들고 문을 나서는데 오른 발이 공중에 뜬 느낌이었다. 오른발로 계단 디딤판을 찾으려고 휘적거려 보았다. 발에 아무 것도 닿지 않았으나, 발밑에 있겠거니 그냥 대디뎠다.

"어 어 어 어"

그곳은 계단이 없는 허공이었다. 우편함을 들은 채 도로로 내동댕이쳐졌다. 우편함도 손에서 떨어져 멀찌감치 굴러 떨어졌다.

"오마이 갓!"

담유는 자신은 살펴보지도 않고, 도로에 구르는 우편함을 잡았다. 우편함을 살펴보았다. 약간 뒤틀어진 것 같았다. 괜스레 우편함을 설치하겠다고 나섰다가 오히려 우편함만 손상시키고 말았다. 마스터테크 방부장에게 전화했다.

"우편함이 뒤틀어졌습니다."

"일단 붙여 놓으세요. 제가 시간 날 때 현장에 직접 가서 고치겠습니다."

담유는 손과 팔꿈치, 엉덩이와 무릎에 심한 통증을 느꼈다.

오전 8시 30분경 미키가 도착했고, 조금 후에 타일 김구영 사장이 건들거리며 현장사무실로 들어왔다. 오전 9시 타일을 실은 트럭이 도착해서 지게차로 타일을 내려놓았다. 미키와 김사장은 타일 작업과 그전에 선행해야 할 미장과 석고 작업에 대해 오랫동안 논의했다.

"타일은 당신이 알아서 해."

담유는 미키에게 타일공사를 일임했다. 미키는 타일 작업에 온 정성을 쏟았다.

"계단실 미장할 때 타일 곰방[85]하면 미장과 엄청 싸웁니다. 미장 끝나고 화요

---

85) 금방, 방금과 같은 뜻으로 사용하는 전라도 사투리로서, 건축자재(시멘트, 벽돌, 합판 등의 중량물)를 인력으로 운반하는 일

일에 들어 올게요."

김사장은 만족스러운 듯 만면에 미소를 지었다.

오후 3시 징크공사 현황을 살펴보기 위해 지붕으로 올라가 보았다. 징크 이진상 소장이 10분전에 도착했다면서 작업팀과 함께 있었다.

"일 정말 잘 하시네요."

담유가 징크팀을 칭찬해 주었다.

"이 형님들보다 일 잘하는 사람은 없습니다."

이소장은 징크팀원들을 형님이라고 했다. 징크팀원들은 이소장보다 나이가 훨씬 많아보였다. 이소장은 징크팀원들을 깍듯하게 대우해 주고 있었다. 비록 자신 밑에서 일하는 조선족들이었지만 예의를 갖추는 모습이 보기 좋았다. 이소장은 오늘 중으로 징크 작업이 마무리된다고 했다.

오후 5시 미장팀이 계단실 미장을 준비하고 있었다.

"오사장님, 타일이 들어오기 전에 계단실 미장을 끝낼 수 있나요?"

"가능합니다. 내일부터 미장공 9명이 들어 올 겁니다."

오사장은 최대한 서두르겠다고 했다.

오후 6시경 징크 작업이 끝났는지 확인하기 위해 지붕에 올라갔다. 징크는 모두 설치되었고 마지막으로 실리콘을 쏘고 있었다.

"더운 날씨에 정말 너무 수고 많으셨습니다."

담유가 징크반장에게 고맙다고 했다. 징크반장과 팀원들은 땀에 절어 얼굴 표정을 알아보기 힘들었으나, 순박한 미소가 번지는 것은 알 수 있었다.

오후 7시 15분경 징크팀은 카니발에 작업도구와 남은 자재들을 싣고 떠나려고 했다. 그들은 작업 중 단 한 번도 사무실에 들르지 않았었다.

"사무실에 들어오셔서, 음료수라도 한 잔 하시지요?"

담유의 권유에 징크팀은 허허롭게 웃었다.

"많이 늦었습니다."

그대로 차에 올라탔다. 담유는 다시 한 번,

"삼복더위에 수고 많으셨습니다."

진심으로 고맙다는 말을 전해 주었다. 언제 다시 만날지 모르지만, 정말 고마운 분들이었다.

오후 9시 라인드림 오부장에게 전화했다.

"비계 해체해도 되겠습니까?"

"그렇게 하세요."

오부장은 주저 없이 해체하라고 했다. 그러면서 비계를 해체하면 사다리를 타든 크레인을 타든 추가비용은 요구하지 않겠다고 했다. 도시가스배관 설치 팀 차소장에게 단단히 화가 난 듯했다. 차소장이 약속시간을 번번이 어기고 작업도 너무 늦는다는 것이었다. 도시가스배관 팀 내부에 뭔가 갈등이 있는 것 같았다.

외부비계를
해체하다

2016년 8월 2일

    오전 6시 50분경 미장팀 8명이 도착해서 오사장을 기다리고 있었다. 오사장은 7시 10분경 도착해서 미장팀의 조를 나누었다. 각 조는 미장도구와 우마를 챙겨들고 계단실 각 층으로 올라갔다. 오사장이 어제 미장 작업 단도리를 해두었기 때문에 곧바로 계단실 미장이 시작되었다. 땀이 흐르는 것을 막기 위해 이마에 머리끈을 두른 오사장은 마치 전투에 나서는 용사 같았다.

    "내일까지 계단실 미장을 끝내겠습니다."

    계단실 내부는 선풍기와 라디오 뽕짝 소리가 함께 어우러지기 시작했다.

    오전 9시 40분 도시가스배관 설치팀 차소장에게 전화했다.

    "내일 비계 해체합니다."

    "그렇게 하세요."

    "4층 외벽에는 사다리가 닿지 않아요. 비계를 해체하기 전에 4층에는 도시가스배관을 설치해야 할 것 같은데요."

    "내일 새벽 6시까지 현장에 들어가서, 4층 배관은 설치해 놓겠습니다."

    담유는 약속시간을 자주 어기던 차소장이 과연 내일 새벽 현장에 와서 작업할 지 의문이 들었다. 오부장이 비계를 무조건 해체하라고 했으니 차소장을 믿어볼 수밖에 없었다.

    오후 2시 점심식사 후 현장에 돌아와 보니, 창문틀 사춤미장, 다용도실과 계단실 미장 작업이 많이 진척되어 있었다. 미장팀은 선풍기가 돌아가는 좁은 계단실에서 라디오 뽕짝을 들으며 마치 전투하듯 미장흙손[86]을 분주하게 놀리고 있었다.

　오후 3시경 비계해체팀이 현장에 들어왔다. 담유는 어리둥절했다.

　"아니, 내일 들어오기로 했는데요."

　"마침 옆 건물에 비계설치를 했습니다. 일찍 끝나서 넘어왔습니다."

　비계팀장은 쿨했다. 비계공들은 서둘러 방진막부터 떼어 냈다. 그리고 비계 맨 꼭대기로 올라가 다락층 비계부터 해체하기 시작했다. 비계해체 속도는 엄청 빨랐다. 그래도 너무 늦게 비계해체를 시작해서, 담유가 비계해체팀장에게 물어보았다.

　"오늘 비계를 모두 해체할 수 있나요?"

　"오늘은 장비가 없어 모두 해체할 수 없습니다. 내일 오후 2시까지는 끝낼 겁니다."

　다행이었다. 내일 오전 아래층은 비계가 남아 있을 것 같았다.

　"내일 오전 4층 계단실 외벽에 도시가스배관을 설치해야 합니다. 4층 계단실 외벽 아래 부분의 비계는 내일 해체해 주세요."

　비계팀장은 알았다며 고개를 끄떡였다.

　오후 4시 10분 방진막을 제거한 건물의 모습이 드러나기 시작했다. 미키와 준영이가 현장에 도착했다. 미키와 준영이는 방진막을 떼어 낸 SMJ House의 외관을 유심히 살펴보더니,

　"와우, 대단한데."

　생각보다는 꽤 괜찮아 보인다고 했다. 그런데 다락부분만 비계가 해체되었기 때문에 건물 외관이 제대로 보이지 않는다며, 내일 비계가 모두 해체되면 외벽에 돌이 붙여진 모습을 감상하러 다시 오겠다고 했다.

---

86)　건축 공사에서 벽이나 천장, 바닥 따위에 흙이나 회, 시멘트 따위를 바르는 데 쓰는 도구

오전 7시 10분 4층과 3층 외벽에 도시가스 배관이 설치되었는지 확인했다. 설치되어 있어 깜짝 놀랐다. 차소장이 새벽 6시에 현장에 들러 설치했다는 것이었다. 아마 오부장이 적잖게 닦달했던 것 같았다.

오전 7시 30분 심사장이 석고보드를 실은 트럭과 함께 현장에 도착했다.

"지게차를 어디서 부릅니까?"

"삼화지게차를 부르면 됩니다. 제가 전화할게요."

담유는 삼화지게차에 전화했다. 5분도 지나지 않아 지게차가 현장에 도착했다. 지게차로 석고보드를 내려놓은 다음,

"내일부터 석고 작업을 시작할 겁니다."

심사장은 바쁘다며 곧바로 현장을 떠났다. 심사장이 서두르는 건 처음이었다.

오전 8시 미키가 현장에 도착했다. 오전 9시 미키에게 현장을 맡기고 외부회의에 참석했다가 오전 11시 30분경 현장에 다시 돌아왔다. 외부비계는 1층만 남기고 모두 해체되어 있었다.

오후 1시 40분경 U건설 채소장이 현장에 들렀다.

"오수받이 설치는 누가 해야 하나요?"

"구리시에 등록된 업체가 해야 합니다."

채소장은 잠시 생각하는 듯했다.

"설비 박사장은 구리시에 등록되지 않았는데."

잠시 후 구리시에 등록된 U건설이 시공한 것으로 하면 된다고 했다.

"제가 오수받이 설치할 때 현장에 와서 사진을 찍겠습니다."

담유는 골조공사가 끝났는데도 계속 SMJ House 현장을 살펴보며 도와주는 채소장의 호의가 너무 고마웠다.

오후 2시경 외부비계가 모두 해체되었다. 비계공들은 해체한 비계들을 한 곳에 모아 정리하기 시작했고, 오후 3시 30분경 모든 비계자재들이 현장에서 반출되었다. 외부비계가 해체된 SMJ House는 이제야 건물의 온전한 모습을 드러냈다. 그동안 외벽에 돌을 붙이면서 제대로 붙이고 있는지, 어떤 모습인지 궁금하기 짝이 없었다.

SMJ House의 외모는 걱정과 달리 나올(羅兀)[87]을 벗은 처녀처럼 수줍기도 하고, 억센 팔로 휘장 막을 걷어내고 당당하게 위용을 뽐내는 장군 같기도 했다. 아니 우뚝 솟은 오름[88]처럼 주변을 압도하고 있었다. 그렇다. 갈매천 너머 별내 뒤편에 마테호른처럼 버티고 선 불암산 정상과 별반 다르지 않았다.

---

87) 머리 위에 늘어뜨려 얼굴을 가리는 얇은 천
88) 제주도 한라산 기슭에 분포하는 소형 화산체

제7부
내부마감공사

담　유
澹　喩
건축일기

타일공사를
시작하다

2016년 8월 9일

오늘부터 타일공사가 본격적으로 시작된다. 오전 7시 20분 미키와 함께 현장에 도착했다. 타일팀이 각 층으로 타일들을 곰방하고 있었는데, 타일 종류가 많아 난감해 하고 있었다. 미키가 타일가게에서 보낸 송장을 살펴보며 타일들을 분류했고, 분류된 타일들은 각 층으로 올려졌다. 타일과 레미탈이 준비된 2층부터 타일 부착 작업이 시작되었다.

오전 7시 50분 타일 김구영 사장이 짜증을 냈다.

"아직 주방에 타일 붙일 부분을 표시하지 않았네요."

담유는 인테리어 심사장에게 전화했더니 곧 현장에 나오겠다고 했다. 오전 8시 20분 심사장이 현장에 도착했다.

"거 XX, 이제 붙이기 시작하면서 지랄이야."

심사장은 김사장이 괜히 서두른다며 성질을 냈다. 심사장은 임대세대 주방 벽부터 타일 붙이는 부분을 표시했다. 4층 주방의 벽타일 붙이는 부분은 백윤병씨가 보내준 도면을 참고해서, 타일 김사장이 표시했다.

임대세대 주방 벽타일 부착부분을 표시한 다음 사무실로 내려온 심사장은 미키를 설득하고 있었다.

"제가 인테리어 전체를 맡으면 비용이 절약됩니다. 그리고 마감하는 사람들끼리 싸울 일이 없습니다."

미키 역시 심사장의 허세를 어느 정도 눈치채고 있었다. 그런데 인테리어공사를 한 업체에게 맡기면 다른 공종의 작업자들 간 다툼이 없다는 말에는 고개를 끄떡였다. 결국 담유와 미키는 심사장에게 목수 작업 뿐만 아니라, 도배,

마루, 도장, 임대세대 싱크대, 내부 철계단, SMC, 큐비클, 드레스룸과 팬트리 가구의 제작까지 맡기기로 했다.

오전 11시 30분 라인드림 오부장으로부터 전화가 왔다.

"도시가스배관 연결하는 작업, 도시가스공사 승인 받았습니다."

담유는 1층 상가 천정 설비배관에 보온재를 감고 있던 설비 박사장에게 물어보았다.

"도시가스배관 연결할 때 오수받이도 설치하면 좋은가요?"

"도시가스배관과 오수받이를 동시에 설치하면 장비비용이 절약됩니다."

그러면서 박사장은 16일 오전에 오수받이를 설치할 수 있다고 했다. 오부장도 16일 도시가스배관을 연결하겠다고 했다. 오전 11시 40분 U건설 채소장에게 전화했다.

"16일 오전 도시가스배관과 오수받이를 설치하려고 합니다. 현장에 와 주실 수 있나요?"

"네. 가능합니다."

채소장은 흔쾌히 오겠다면서, 땅 파는 장비인 백호는 자신이 알아봐 주겠다고 했다.

오후 4시 40분경 옥상테라스에 올라가 보았다. 북측 옥상테라스에 바닥타일이 모두 붙여져 있었다.

"벌써 옥상테라스 타일을 다 붙였네요."

담유가 타일공에게 놀라워했더니,

"비가 언제 올지 모르니, 비 오지 않을 때 후딱 붙여야지요."

가볍게 웃어넘겼다. 타일팀은 오늘 하루 타일을 붙였는데도 여러 곳이 완료되어 있었다. 2층 2룸과 3룸의 화장실 벽타일, 3층 3룸의 화장실 벽타일이 완료되었고, 3층 2룸의 화장실 벽타일은 약 50% 완료되었으며, 4층 안방 화장실 벽타일 완료, 2층 3룸 2룸 주방 벽타일도 완료되었다. 담유가 눈을 크게 뜨면서 놀라워했다.

"엄청 빨리 붙이네요?"

"이 정도는 해야지요. 이렇게 하지 않으면 인건비가 나오지 않습니다."

김사장은 기름 바른 머리를 가볍게 쓸어 올리며 거들먹거렸다. 타일팀은 대부분 젊어 보였는데, 김사장의 친척 동생들과 그 친구들이라고 했다.

'호흡이 잘 맞아 작업속도가 빠르구나.'

담유는 김사장의 장담이 허풍만은 아닌 것 같았다.

2016년 8월 10일

엘리베이터 준공검사 전에 계단실 바닥 돌이 깔려 있어야 그 위에 계단난간을 설치할 수 있다. 오전 6시 35분 석공사 이사장에게 전화했다.

"내일이면 타일 작업이 완료될 것 같네요. 계단실 돌은 언제 깔 수 있나요?"

"계단실 돌은 목요일 들어와유. 그럼 곧바로 계단실 돌을 붙일게유."

너무 이른 시간에 전화해서인지, 이사장 목소리가 조금 잠겨 있었다.

오전 7시 10분 타일팀은 이미 타일 붙이기를 시작했다. 젊은 타일공들이 전력을 다하는 것 같았다. 타일공들도 미장팀들처럼 라디오를 틀어 놓았는데 최신 유행가였다. 역시 타일공과 미장공은 세대가 달랐다. 삼복더위에 실내에서 그것도 화장실이나 다용도실이라는 폐쇄되고 어두운 공간에서 타일을 붙인다는 것은 악전고투임에 분명하다. 그런데도 라디오 음악소리에 흥얼거리며 타일 붙이기를 즐기는 듯했다.

현장사무실 옆을 기웃거리는 젊은이가 눈에 들어왔다.

"인력사무실에서 보냈나요?"

"그렇습니다."

젊은이는 공손하게 인사했다. 그런데 현장에서 일하기에는 너무 어려 보였다.

"나이가 어떻게 되나요?"

"19살입니다."

그러면서 서울기술대 건축과 1학년에 재학 중이라고 했다. 학비를 벌려고 1학기 기말시험이 끝나자마자 현장에서 아르바이트를 시작했다고 했다.

현장사무실로 들어와서 작업복으로 갈아입으라고 했다. 작업복으로 갈아입은 후 얼굴에 선크림을 발랐다. 키가 훤칠하고 공부 잘하게 생긴 뽀얀 얼굴이 현장에 어울리지 않았다. 담유는 학생을 데리고 현장 주변을 돌며 청소해야 할 사항들을 알려 주었다.

"날씨가 너무 더우니 무리하지 말고, 언제든지 사무실에 들어와 쉬세요."

담유는 젊은이에게 쓰레기는 마대에 담아두면 나중에 폐기물 야적장으로 함께 옮겨 주겠다고 했다.

"고맙습니다."

젊은이는 눈삽과 빗자루, 마대를 들고 현장 주변을 쓸기 시작했다.

오전 8시 40분 인테리어 심사장에게 전화했다.

"오실 때 무늬코트 샘플 가져 오실래요?"

"내일 가져다주겠습니다."

그러면서 15일부터 무늬코트 작업을 단도리하고, 계단실 4층 천정에 석고보드를 붙이겠다고 했다. 계단실 무늬코트는 뿜칠 작업이다. 계단난간이 설치되어 있으면, 계단난간을 비닐로 덮어야 하는데, 인건비가 두 배 이상 들어간다. 그래서 계단실 돌을 깔면 곧바로 무늬코트를 뿌리겠다고 했다.

오전 9시 30분경 창호팀 2명이 도착해서 1층 화장실 방화문틀을 설치했다. 타일팀은 1층 화장실 방화문틀이 설치되자마자 화장실 벽에 타일을 붙이기 시작했다. 창호팀장이 담유에게 말을 건넸다.

"1층 기둥 노출콘크리트를 끝내야, 그 위로 빗물선홈통을 설치할 수 있어요."

"아, 그렇군요. 16일 노출콘크리트 작업을 시작할 겁니다."

"알겠습니다."

창호팀은 다른 현장에 가봐야 한다며 곧바로 현장을 떠났다.

오전 11시 옥상테라스로 올라가 보았다. 남측 옥상테라스 바닥에 타일을 모두 깔았다. 그리고 북측테라스 파라펫 벽에 타일을 붙이고 있었다. 다른 타일팀은 4층 엘리베이터 벽에 90% 이상 타일을 붙였다. 타일을 상당히 빠른 속도로 붙여 주고 있어 김사장에게 일을 맡기기를 잘 했다고 생각했다. 거들먹거리긴 하지만 일은 야무지게 하는 것 같았다.

오후 4시 현장을 청소하던 젊은이가 사무실로 들어왔다.

"피피마대에 쓰레기를 모두 담아 놓았어요."

담유에게 도와 달라는 뜻이었다. 담유는 밖으로 나가 젊은이와 함께 피피마대를 폐기물 야적장소로 옮겼다.

"이제 일 끝났으니, 집에 가세요."

젊은이는 아직 1시간이나 남았다며 미적거렸다.

"오늘만 일하는 게 아니니까, 빨리 들어가 쉬세요."

젊은이는 머리를 극적이더니,

"고맙습니다."

고개를 꾸뻑하고 현장을 떠났다.

오후 5시 벽타일 부착 작업이 모두 완료되었다. 이틀 만에 벽타일을 다 붙인 것이다. 그리고 옥상 테라스 바닥타일까지 붙인 것이니 대단히 빠른 속도였다. 예상보다 빠른 타일공사에 김사장의 얼굴이 금복주처럼 아른거렸다.

도시가스배관 작업자가
추락하다

2016년 8월 11일

오전 7시 타일팀이 작업을 시작했다. 엘리베이터 준공검사가 8일 앞으로 다가왔다. 준공검사를 받기 위해 준비해야 할 일들이 많이 남아 있다. 우선 계단실 바닥에 돌이 깔리면, 계단실 마구리에 미장 땜빵을 해야 한다. 미장을 하루 정도 굳혀야 계단실 바닥 돌에 구멍을 뚫고 난간을 끼워 넣을 수 있다. 그러니 시간이 넉넉한 편은 아니었다.

석공사 이성호 사장에게 전화했다.

"계단실 바닥 돌을 언제 깔 수 있나요?"

계단실 돌 일정을 다시 한 번 확인했다.

"13일까지 끝낼 거예유."

이사장이 능글거리며 대답했다. 미장 오사장에게 전화했다.

"13일까지 계단실 바닥 돌이 깔립니다. 14일에는 계단 마구리 미장하러 들어와야겠는데요."

"알겠습니다."

미장 땜빵은 한 사람이 들어와서 작업하므로 오사장에게도 큰 부담은 아니었다.

오전 7시 30분 인테리어 심사장과 내장목수 4명이 트럭에 자재를 싣고 현장에 도착했다. 곧바로 사다리차를 불러 자재들을 각 층으로 올려 보냈다. 내장목수들은 2층부터 외기에 접하는 벽에 온돌이[89]를 붙인 다음, 다루끼[90]를 대

---

89) 두루마리 형태의 열반사 단열재
90) 5㎝ x 5㎝ 각재

고 못으로 고정하기 시작했다.

오전 8시 인테리어 심사장이 사무실로 들어왔다.

"도배, 바닥, 도장, 싱크대, 주차장 SMC, 화장실 큐비클, 현관 및 계단실 최상부 천정 루버 작업에 대해 견적해 보셨나요?"

담유가 심사장에게 물어보았다.

"아직 못했어요."

심사장은 별것 아니라는 듯 담유와 마주 보는 책상 앞에 앉았다. 그리고는 이면지에 공종별로 물량과 투입인원을 적기 시작했다. 가끔씩 얼굴을 찡그리며, 쓰고 있던 안경을 손으로 올렸다 내렸다 했다. 한참을 궁리하더니,

"3,400만 원이면 되겠네요."

담유는 이미 오래전부터 여러 업체들로부터 인테리어 비용을 알아보고 있었다. 심사장이 제시한 견적은 다른 업자들과 별반 차이가 없었다. 견적에서 큰 차이가 없다면 한 업자에게 인테리어 공사를 맡기는 것도 괜찮을 것 같긴 했다. 그러나 심사장의 과장된 언행이 마음에 걸렸다.

'이 사람을 진짜 믿어도 되나?'

담유는 잠시 머뭇거리다가, 다시 한 번 채소장이 소개한 사람이니 믿어 보기로 했다. 담유는 심사장에게 계약하자고 했다. 심사장은 담배 한 개비를 꺼내 불을 붙이면서,

"싸게 해주는 거야."

라며 큰 인심이라도 쓰듯 말을 놓았다. 또 반말이군. 한마디 해줄까 하다 참았다. 담유는 계약서를 작성하기 위해 노트북을 열었다. 노트북에는 이미 심사장과 체결한 수장공사 계약서 파일이 저장되어 있었다. 공사명, 공사비, 작업내용 몇 군데만 수정해서 인테리어공사 계약서를 완성했다. 노트북을 돌려 심사장에게 보여 주며 확인하라고 했다. 심사장은 안경을 위로 올리고 꼼꼼하게 확인하더니,

"잘 되었네요."

고개를 끄떡였다. 담유는 U플라자 현장사무실에 가서 계약서 2부를 출력해서 사무실로 돌아왔다. 심사장과 계약서에 서명했다. 이제 SMJ House 공사와

관련된 모든 계약이 완료되었다. 더 이상 업체선정에 대해 고민할 필요가 없어졌다. 홀가분했다. 그런데 바지를 치켜 올리고 사무실을 나가는 심사장의 뒷모습을 보니 뭔가 꺼림칙했다.

오전 8시 도시가스배관 차소장과 동생이 도착했다. 차소장은 한여름인데도 청바지를 입고 있었다.

"한여름에 청바지를 입고 작업하면 땀 때문에 거추장스럽지 않아요?"

차소장은 피식 웃으며,

"저는 청바지만 입습니다. 이게 편해요."

신경 쓰지 말라는 투였다. 차소장은 뚱뚱한 체구에 상의까지 언제나 긴팔 소매 셔츠였다. 여드름 자국이 가득한 차소장의 얼굴은 이미 땀으로 범벅되어 있었다.

"다용도실에서 바닥타일을 붙이고 있습니다. 다용도실 보일러 배관 설치는 못하겠네요."

오늘은 외벽 가스배관만 설치할 것이라고 했다.

오후 3시 30분 1층 화장실에서 타일을 붙이던 타일공이 급하게 사무실로 뛰어 들어왔다.

"사람이 사다리에서 떨어졌어요."

악을 쓰듯 큰소리로 외쳤다. 담유는 쏜살같이 달려 나갔다. 남측 외벽에 5m 사다리는 그대로 걸쳐져 있는데, 그 아래에 차소장이 대자로 누워있는 게 아닌가? 차소장이 5m 사다리 위에서 작업하다 추락한 것이었다. 차소장은 흙바닥에 길게 누운 채 왼쪽 무릎과 목덜미를 감싸면서 고통스럽게 신음하고 있었다. 심장이 요동쳤다. 넋이 나간 동생은 차소장의 얼굴과 어깨를 흔들어대면서,

"형, 괜찮아?"

라는 말만 반복하고 있었다. 차소장이 의식을 잃지 않도록 말을 거는 사이, 타일공은 119에 전화를 걸고 있었다. 차소장은 떨리는 손으로 왼쪽 무릎과 다리를 가리켰다.

"으~ 아, 부러진 것 같아요."

말을 하는 것을 보니, 다행히 머리로 떨어지지 않은 모양이었다.

119는 10분도 채 지나지 않아 도착했다. 119구급대원들은 차소장의 상태를 재빠르게 살폈다. 차소장의 의식을 확인한 다음,

"어디가 아픕니까?"

차소장은 고통스럽게 다리를 가리켰다.

"알겠습니다."

그러면서 차소장의 목에 보호대를 두르고 들 것으로 옮겼다. 담유는 혹시 모르니 사진을 찍어야겠다고 생각했다. 핸드폰을 올려 사진을 찍으려는 순간, 119구급대원이,

"사진 찍지 마세요."

화난 표정으로 담유를 옆으로 밀쳤다. 담유가 눈만 껌뻑거리고 있는 사이, 119구급대원은 차소장을 구급차에 실었고 곧바로 병원으로 출발했다.

그야말로 순식간이었다. 차소장이 추락한 지 20여 분만에 현장상황은 끝난 것이다. 구급차가 떠나자 담유는 오부장에게 서둘러 전화를 걸었다.

"차소장이 사다리에서 추락했습니다."

"의식은 있나요?"

"네. 의식은 있습니다."

"알겠습니다."

오부장은 차분했고, 놀라는 기색은 전혀 없었다.

오후 3시 50분 U건설 백사장이 허겁지겁 사무실로 들어왔다.

"무슨 일입니까?"

"도시가스 작업자가 사다리에서 추락했어요."

담유도 아직 놀란 가슴을 진정시키지 못하고 있었다. 백사장은 떨리는 목소리로,

"도시가스공사를 정식으로 계약했나요?"

"네."

"천만다행입니다."

백사장은 하도급업체와 계약했기 때문에 안전사고는 하도급업체의 책임이고 건축주 책임은 아니라고 했다. 담유는 처음 겪는 안전사고라 어찌할 바를 모르

고 있는데, 백사장과 사고를 목격한 사람들이 한결같이 하도급업체와 정식으로 계약했기 때문에 하도급업체가 알아서 처리할 것이라며 안심시켜 주었다. 그게 맞는 말인지는 모르겠으나, 이내 안정을 되찾을 수 있었다.

오후 4시 30분 라인드림 오부장에게 전화했다.

"차소장의 상태가 어떤가요?"

"현장근처 서울의료원으로 왔어요. 지금 CT촬영하고 있습니다."

"괜찮나요?"

"크게 다치지 않은 것 같습니다. 혹시 몰라 전신 촬영하고 있어요."

오부장은 여전히 침착했다. 담유는 호흡을 가다듬으며,

"차소장이 작업하던 장비들을 어떻게 할까요?"

"그대로 놔두세요. 제가 직원 보내서 정리하겠습니다."

오후 4시 50분 라인드림 직원 2명이 현장에 도착했다. 직원 한명이,

"차소장이 크게 다친 것 같지 않습니다. 2~3일 후에 다시 작업할 수 있을 것 같은데요."

담유는 눈이 휘둥그레져서 되물었다.

"진짜 괜찮습니까?"

"차소장이 다행스럽게 흙바닥에 떨어졌고, 하도 많이 떨어져봐서 안 다치는 방법을 아는 것 같습니다."

대수롭지 않게 웃어넘겼다. 그리곤 차소장이 작업하던 장비들을 정리해서 현장을 떠났다. 차소장이 크게 다치지 않았다니 천만다행이었다. 그런데 5m 높이에서 추락했는데 다친 곳이 없다니 도무지 믿어지지 않았다. 일단 오부장의 연락을 기다려 보기로 했다.

오후 5시 타일 작업은 바닥타일에 메지 넣는 것만 빼고 모두 마무리되었다고 했다. 타일 김사장은 오늘 현장에 나오지 않아 도시가스배관 작업자가 추락하는 사고를 목격하지 못했다.

수장 작업은 2층 3룸 천장틀 설치까지 완료되었다. 심사장도 사고당시 현장에 없었다. 목수들은 오늘 추락 사고에 대해 별다른 반응을 보이지 않았다. 119구급차가 오고 난리법석을 떨었는데 분명히 무슨 일인지 알고 있을 것이다.

그런데도 아무 일도 없었다는 듯 무심하게 현장을 떠났다.

　현장 작업자들은 때론 매우 이기적이다. 자신과 관련된 일이 아니면 전혀 관심을 보이지 않는다. 그 이유는 잘 모르겠으나 아마 힘든 노동 탓이리라.

2016년 8월 12일

　오전 7시 어제 도시가스배관 차소장이 추락했던 현장 남측으로 가보았다. 계단실 외벽에 5m 사다리는 그대로 걸쳐져 있었고, 작업이 중단된 외벽 도시가스 파이프는 고정되지 않아 을씨년스러웠다. 오부장으로부터 아직 아무런 연락이 없다. 밤새 잘못 된 것은 아닌지 갑자기 초조해지기 시작했다.

　오전 7시 10분 이성호 사장으로부터 전화가 왔다.

　"오늘 계단실 돌이 들어와유. 현장에 가 볼께유."

　이사장의 목소리는 밝았다. 어제 추락사고 얘기를 듣지 못한 것 같았다.

　오전 7시 20분 방사장으로부터 전화가 왔다.

　"내일 모레까지 유리를 끼우려고 했는데, 유리업체가 다 휴가 갔네요. 아무래도 다음 주에나 끼울 수 있을 것 같습니다"

　방사장에게 어제 추락 사고를 말해 줄까 망설였다. 초조함을 덜어내기 위해서였다. 괜히 아침부터 심란해할까 싶어 그만두었다.

　오전 7시 30분경 목수팀이 도착했다. 어제 사고도 있었고 내부 인테리어 작업을 본격적으로 시작했기 때문에 외부인의 출입통제가 필요할 듯싶었다.

　"1층 현관에 임시로 방화문을 설치할 수 있나요?"

　심사장에게 전화로 물어보았다.

　"제 창고에 쓰던 방화문 하나 있어요. 오늘 오후에 설치해 줄게요."

　오전 8시경 일산석재 석사장이 석공사용 모래 2㎡을 낡은 덤프트럭에 싣고 와서 출입문 옆에 쏟아놓고 사무실로 들어왔다. 석사장은 어제 사고에 대해 얘기를 들었다고 했다.

　"떨어진 사람 많이 다치지 않았나요?"

　"어제 저녁 병원에 후송되어 CT까지 찍어 보았는데 큰 이상은 없다고 합니다."

　"하늘이 도운 겁니다."

석사장은 담유가 준비해 두었던 부대토목조경공사 계약서에 서명했다.

"안전하게 작업해 주세요. 떨어지면 큰일 납니다."

"저희들은 땅 위에서 작업하기 때문에 떨어질 일 전혀 없습니다. 딱 3일 정도면 끝납니다."

싱겁다는 듯 웃으며 사무실을 나갔다.

오전 8시 30분경 미키가 현장에 도착했다. 둘이 마대자루를 들고 계단실 4층으로 올라가 아래층으로 내려오며 작업폐기물들을 담고 청소했다. 미키는 남아 있는 타일 중 반납할 것들과 포장을 뜯은 타일들을 정리하고, 포장한 다음 끈으로 묶었다. 역시 여자의 손은 야무졌다.

오전 9시경 인테리어 심사장이 현장사무실로 들어오며 물고 있던 담배를 물이 담긴 종이컵에 넣었다. 목수들에게 어제 사고를 전해 들은 것 같았다.

"떨어진 사람 다치지 않았나요?"

"크게 다친 데는 없는 것 같네요."

어제 저녁 퇴근하던 목수들이 무표정해서 관심 없는 줄 알았더니 그게 아닌 모양이었다.

"혹시 모릅니다. 산재신고하세요."

심사장은 산재보험처리 하라고 했다. 만에 하나 추락한 작업자가 나중에 추락 후유증으로 보상을 요구할 수 있다며, 사고를 빙자해서 돈을 갈취할 수 있으니 조심하라는 것이었다. 심사장이 간만에 심각한 어조로 조언하는 터라 갑자기 불안해 졌다.

"하도급계약을 정식으로 체결했으니, 도시가스 오야지가 어떻게 처리하는지 결과를 보고 후속대책을 세우려 합니다."

담유의 말에 심사장은 담배 한 개비를 꺼내 물고는 고개를 갸웃거렸다. 담유는 화제를 돌리고 싶었다.

"계단실 돌 붙이는 게 예정보다 늦어지네요."

심사장에게 무늬코트를 계단실난간 설치한 이후로 미루어야 될 것 같다고 했다.

"계단난간 설치한 다음, 무늬코트를 뿌리면 난간보양을 해야 하는데, 품이 많이 들어가지 않을까요?"

담유가 미안해했더니, 심사장은 반색하며,

"계단실 무늬코트할 때 난간보양은 별거 아니에요."

걱정하지 말라고 했다. 아니 무슨 소리인가? 계단난간 설치 전에 무늬코트를 반드시 뿌려야 한다며 짜증을 내더니, 오늘은 계단난간 설치 후에 무늬코트를 뿌려도 괜찮다고 한다. 음, 어제 추락사고로 관대해지셨나? 아마 도장업체 수배가 쉽지 않은 듯 보였다.

오전 10시 20분경 타일 김사장에게 전화했다.

"타일메지는 언제 넣을 건가요?"

"월요일에 메지 넣는 아줌마를 보내겠습니다."

"4층 엘리베이터 벽타일 메지도 아직 넣지 않았어요. 거기도 여자가 넣을 수 있나요?"

"4층은 층고가 높아 여자는 힘듭니다. 남자를 보내겠습니다."

김사장은 무슨 질문이든 금세 답변한다. 임기응변에 능한 것인지, 신중하지 못한 것인지 헷갈린다.

오후 12시 50분경 석공사 이성호 사장이 젊은 석공 2명과 함께 현장에 도착했다.

"내일부터 계단실 바닥 돌을 까는데, 돌을 밟으면 돌이 뜨는디유."

이사장은 목수들이나 다른 작업자들이 들락거리며 계단실 바닥 돌을 밟을까봐 걱정했다. 그러면서 하루 정도는 다른 작업자들이 못 들어오게 해 달라고 부탁했다.

"항상 목수들이 문제여유."

특히 계단실 바닥에 돌을 깔면서 목수들과 많이 다툰다면서, 목수들을 하루 쉬게 해 달라고 했다. 이사장은 심사장과 U건설 현장에서 함께 일해 본 경험이 있어서 인지 심사장을 별로 탐탁하게 여기지 않았다. 심사장에게 전화했다.

"내일 계단실 바닥 돌을 깝니다."

"안 그래도 내일은 목수들에게 하루 쉬라고 할 겁니다."

심사장은 내일 계단실 돌이 들어온다는 것을 이미 알고 있었다.

오후 2시 30분 라인드림 오부장이 현장사무실로 들어왔다. 오부장의 얼굴 표정부터 유심히 살폈다. 늘 그렇듯 오부장은 포커페이스였다. 정수기 물로 커피를 타던 오부장에게,

"차소장 괜찮아요?"

오부장은 커피 한 잔 마시고는.

"많이 다치지는 않은 것 같습니다. 자기가 알아서 처리하겠지요."

담유에게 걱정하지 말라고 했다.

"산재보험 신고를 해야 되지 않나요?"

담유가 조심스럽게 물어보았다.

"다친 데도 없는데 신고할 필요가 있나요?"

오부장은 말을 끊고 화제를 돌렸다.

"16일 도시가스배관 연결할 때 오수받이도 함께 설치하지요?"

"그렇습니다."

"그럼 백호를 불러 주세요. 장비 값은 반반씩 내기로 하지요."

담유는 고개를 끄떡여 주었다. 진짜 아무 일 없는 것인지, 산업재해 신고를 하지 않아도 되는지, 여전히 찜찜했지만, 당사자인 오부장이 괜찮다고 하니 그냥 믿어보기로 했다.

현장사람들은 남에게 의심받는 것을 극도로 싫어한다. 노동에는 요령 부릴 여지가 없어서 그럴 것이다. 그래서 정직한 노동에 익숙한 현장사람들은 머리로 꾀를 부리는 사람들이 의심하면, 그 자리에서 하던 일을 멈추고 곧바로 자리를 뜬다. 마치 오염된 물을 마시기라도 한 듯 퉤퉤 뱉으면서 말이다. 오부장은 자기가 알아서 처리한다고 했다. 더 이상 의심하지 말라는 강력한 메시지였다.

오후 4시 20분 이성호 사장이 현장으로 다시 돌아왔다. 젊은 석공들과 함께 짐통에 모래를 가득 담아 계단실 각 층으로 올려놓기 시작했다. 바닥 돌 아래를 채우고 수평을 잡기위해 많은 양의 모래가 필요하기 때문이다.

"아니, 사다리차 불러서 모래 올리면 되지. 더운데 이게 뭡니까?"

담유가 이사장에게 화를 냈다.

"이 친구들 이런 거부터 배워야 혀유."

이사장은 젊은 석공들을 훈련시키는 거라며 빅스마일을 지었다. 참으로 순수하고 아름다운 미소였다.

2016년 8월 13일

오전 7시 30분 이성호 사장이 젊은 석공 3명과 함께 현장에 도착했다. 오후에는 미사현장에서 일하고 있는 팀원 모두 이쪽으로 넘어올 것이라고 했다. 어제 현장에 처음 나와 짐통으로 모래를 올렸던 젊은 석공이 보이지 않았다.

"한 명이 안 보이네요."

"어제 모래를 짊어지고 계단 오르다가 기절했시유."

담유는 차소장 추락 사고를 떠 올리며 눈이 휘둥그레졌다.

"뭐라구요? 상태는 어떤가요? 입원시켰나요?"

이사장은 놀란 담유가 어이없어 보였는지,

"물 한 모금 마시면 바로 깨어나유. 요즘 젊은 애들 약해 빠져서."

혀를 찼다. 아마 다시는 현장에 나오지 않을 거라고 했다.

오전 8시 20분경 전기팀 2명이 현장에 도착했다. 4층 주방 가스레인지용 콘센트를 설치하고, 4층 엘리베이터 점검등 스위치를 달고, 4층 계단유도등 구멍을 찾으러 왔다고 했다. 오전 9시 25분 전기 신오석이 사무실에 들러 작업을 마쳤다고 했다. 전기팀과 설비팀은 자기들이 작업할 내용과 시점을 미리 파악해서 들어온다. 긴급하게 땜빵이 필요할 경우에도 여지없이 달려온다. 더없이 편하고 순한 사람들이다.

오전 11시 20분 라인드림 오부장에게 전화했다.

"차소장 어때요?"

"많이 다치지 않았습니다. 내일이나 모레 현장에 나올 겁니다."

"말도 안 됩니다. 천천히 해도 되니까 더 쉬라고 하세요."

"다음 주말 스킨스쿠버 다이빙 함께 가기로 했습니다."

오부장과 차소장이 함께 놀러간다는 것이었다. 담유는 너무나 황당해서,

"아니 무슨 소리하는 거예요. 2~3m 높이에서 떨어져도 사망하는 경우가 허다한데, 5m 높이에서 떨어진 사람과 놀러간다니요?"

"운이 좋았습니다."

오부장은 낄낄대며 너스레를 떨었다.

오후 12시 20분 방사장에게 전화했다.

"계단실 바닥 돌 까는 게 늦어지네요. 아무래도 엘리베이터 준공검사 받은 후에 무늬코트를 뿌려야 되겠습니다. 돌 작업이 월요일에 끝난다고 하니, 화요일부터 계단난간을 설치할 수 있나요?"

"계단실 바닥 돌을 다 붙여도, 계단 마구리 미장을 해야 합니다. 그리고 마구리 미장이 굳어야 계단난간을 돌에 박을 수 있어요."

계단 바닥 돌이 다 깔려도 이삼일 지나야 계단난간을 설치할 수 있다는 것이었다. 그러면 계단 마구리 미장을 서둘러야 했다. 미장 오사장에게 전화했다.

"계단실 바닥 돌을 내일까지 다 간다고 하네요. 월요일 계단 마구리 미장하러 들어오실 수 있나요?"

"네. 그렇게 하겠습니다."

오사장의 전화 목소리가 잘 안 들려 무슨 일인지 물어보았다. 미장팀 전체가 야유회를 나왔다는 것이다. 원래 7월 말이나 8월 초에 휴가를 가야 하는데, 올해는 일 때문에 이제야 단체로 하루 쉰다는 것이었다. 전화기로 들려오는 웃음소리와 노랫소리가 흥거웠다.

오후 7시 석공사 이사장으로부터 전화가 왔다.

"이제 막 계단실 바닥 돌 다 깔았시유. 그런데 1층 현관 바닥 돌은 아직 조금 남았시유."

"아니 내일 마무리하면 될걸, 왜 이렇게 늦게까지 작업합니까?"

담유가 이사장에게 핀잔을 주었다.

"내일이 지 마누라 49제여유."

이사장의 말에 담유는 갑자기 말문이 막혔다. 내일 오전 현장에 와서 마무리하고, 오후에 절에 가서 49제를 지내겠다고 했다. 담유는 벌써 49제라니 까맣게 잊고 있었던 게 미안했다.

"이사장님, 현관 바닥 돌은 미장이나 계단난간과 아무 상관없어요. 천천히 들어와서 마무리해도 됩니다."

"……"

이사장은 아무 말이 없었다. 흐느끼는 것 같았다.

"내일 49제 잘 지내세요."

담유는 갑자기 코끝이 찡해졌다. 전화기를 내려놓으며 이슬 맺힌 이사장의 눈동자가 떠올랐다. 더 이상 할 말이 없었다.

2016년 8월 14일

오전 7시 5분 석공사 이성호 사장 차가 주차되어 있었다. 현장사무실 문이 열려 있어 1층 현관으로 가보았다. 이사장 혼자 현관 출입문 바닥에 돌을 붙이고 있었다. 담유의 인기척에 깜짝 놀라는 이사장을 질책했다.

"오늘이 부인 49제라면서 현장에 나오면 어떻게 합니까?"

"오전에 빨리 마무리하고 10시경 49제를 지내러 가면 되유."

이사장은 계속 돌만 붙였다. 그 움직임이 너무 처량했다. 10여 분 후 젊은 석공 2명이 현장에 도착해서 이사장을 도와주기 시작했다.

부인의 49제인데도 묵묵히 돌을 붙이고 있는 이사장은 도대체 어떤 생각을 하고 있을까? 가늠할 수 없었다. 이사장의 얼굴은 땀으로 흥건했다. 눈매는 슬픔을 억누르고 있는 듯 충혈되어 있었다. 오늘 나오지 말라고 했는데 왜 나왔지? 일이 급해서인가? 아니면 슬픔을 억누르기 위한 것인가? 바닥에 돌을 까는 이사장의 뒷모습이 너무 애처로웠다.

오전 9시 20분 미키가 현장에 도착했다. 이사장이 돌 붙이는 모습을 물끄러미 바라보았다. 잠시 후 사무실로 들어오더니,

"참 안됐다."

눈시울을 붉혔다. 오전 9시 40분 1층 현관으로 다시 가보았다. 1층 계단실 바닥 돌은 거의 다 붙였다. 이사장은 젊은 석공들에게 현관 바닥 돌 까는 방법을 알려 주었다. 그리고 부인의 49제를 위해 현장을 떠났다.

오전 11시 갑자기 소나기가 내리기 시작했다. 이사장 부인의 49제에 맞추어 내리는 단비였다. 오전 11시 20분 방사장으로부터 계단과 옥상테라스 난간 설치를 의뢰받은 장사장이 현장사무실로 들어왔다. 수원에서 주로 일한다면서 방

사장과는 꽤 오랫동안 함께 일했다고 했다. 장사장은 돌쇠처럼 단단한 체형에 고집스럽게 보였는데, 스스로 계단난간의 달인이라고 소개하였다. 담유가 장난스럽게,

"자랑이 너무 심한 것 아닌가요?"

웃었더니,

"제가 일하는 거 보면 압니다."

담유에게 현장에 올라가 보자고 했다.

"장사장님, 계단난간은 단순한 형태의 평철로 만들어 주세요."

"그게 가장 좋지요. 잘 생각하셨어요."

그리곤 계단난간은 최고로 만들어 주겠다며 목에 힘을 주었다. 아마 방사장이 단단히 부탁했던 모양이었다.

오전 11시 50분 집으로 돌아와서 점심식사 후 잠깐 눈을 붙이고, 오후 2시 20분 현장으로 돌아왔다. 석공 2명이 1층 현관 입구 플로어 힌지 부분에 돌을 깔고 있었다.

"너무 오래 걸리네요."

이사장이 없어 오래 걸린다며 투덜댔다. 석공사팀도 일요일에는 작업하지 않는다. 그런데 일요일이고 연휴 첫날인데 현장에 나와 일하는 젊은이들의 심정은 오죽 답답하고 좀이 쑤시겠는가? 미안한 마음에,

"일찍 들어가세요."

젊은 석공들이 담유를 힐끗 쳐다보더니,

"사장님이 오늘 다 끝내라고 했어요."

시큰둥하게 말했다. 그런데도 오늘이 이사장 부인의 49제임을 절절하게 공유하고 있는 듯 보였다.

오후 2시 30분 마스터테크 방혜영 부장으로부터 전화가 왔다.

"점심때 현장에 갔었는데 아무도 없어서요. 그냥 우편함만 수리하고 왔어요."

담유는 얼른 현관으로 가서 우편함을 확인했다. 선과 각이 완벽하게 맞아 떨어졌다. 방부장은 앞으로도 우편함에 문제가 생기면 언제든지 전화하라고 했다. 마스터테크 본사가 그리 멀지 않지만 일요일에 직접 와서 수리하고 가

다니, 참으로 고마운 사람들이었다.

2016년 8월 15일

오전 7시 도시가스배관 설치팀 차소장이 동생과 함께 도착했다. 담유는 차소장을 아래위로 훑어보며 물어보았다.

"괜찮아요?"

차소장은 피식 웃었다. 가무잡잡하던 얼굴이 약간 뽀얘진 듯했다. 차소장은 지난 20년 동안 사다리에 올라 작업하면서 많은 사고를 당했으나, 다행히 뼈는 부러진 적 없었다고 했다. 이번에도 괜찮다는 것이었다.

참 희한한 일이로구나. 5m 높이에서 떨어졌는데 멀쩡하다니. 차소장에게 어쩌다가 떨어졌는지 자초지종을 설명해 달라고 했다.

"사다리 위에서 작업하는데, 갑자기 돌에서 뜨거운 바람이 확 나오는 거예요. 그래서 잠시 정신을 잃었던 것 같아요."

더위 때문인 것 같다고 했다. 올해 여름 정말 징그럽게 무덥다. 담유도 이런 더위는 처음이었다. 차소장의 설명은 그게 전부였다.

차소장은 떨어졌던 남측 외벽에 사다리를 다시 걸쳤다. 웬만한 사람이면 쳐다보기도 싫을 텐데 아무 일도 없었다는 듯 동생에게 말했다.

"엘보[91] 가져와."

동생이 트럭에 가서 엘보를 가져와서 건네주었다. 차소장은 엘보를 받아들고는 사다리를 올라가기 시작했다.

"형이 사다리를 타고 작업할 때 반드시 사다리를 붙잡아 주고, 작업이 끝날 때까지 지켜보세요."

담유는 동생에게 신신당부했다. 동생은 근심스러운 눈빛으로 고개를 끄떡였다.

오전 7시 10분 목수팀이 도착했다. 목수 임반장은 어제 다른 현장에서 일했다면서 오늘은 10명이 들어 올 거라고 했다.

---

91) 관(管) 속을 흐르는 유체의 방향을 갑자기 바꾸는 장소에 사용하는 관이음

"오늘은 1층 화장실 상부 옹벽 개구부를 석고로 막을 겁니다."

1층 샷시와 맞닿는 석고 벽은 영구적(永久的)으로 존치(存置)되므로 단단하게 설치해야 하지만, 1층 화장실 상부 옹벽 개구부 2곳은 준공 후 떼어 낼 것이므로 임시로 느슨하게 막아야 한다.

"살짝 막아 주세요. 나중에 톡 치면 떨어지게요."

"그렇게 하면 큰일 납니다. 기대서 빠지지는 말아야죠. 잘못하면 떨어져 사고 나요."

임반장은 담유의 제안이 어이가 없는지 웃었다. 임반장은 심사장과 달리 참으로 선하게 생겼다. 심사장은 임반장을 종업원 부리듯 했지만, 임반장은 자기 식구들을 데리고 다니는 내장목수 오야지다. 내장목수도 평범한 목수가 아닌 장인(匠人)급 목수인 것이다. 더욱이 사람 됨됨이는 심사장과 비교할 바가 아니었다.

오전 7시 30분 미장 오사장이 작업자 1명과 도착해서 계단 마구리 미장을 시작했다.

"오사장님, 가평에서 오고가기 힘드니 오늘 계단 마구리 미장을 끝내고, 나머지 미장 땜빵까지 모두 마무리해 주세요."

"미장은 계속 땜빵이 나옵니다. 아마 몇 번 더 와야 할 거예요."

오사장은 흰 이를 드러내며 웃어넘겼다. 어제 미장팀과 야유회를 즐겼던 여운이 남아 있는 듯했다.

오전 8시 인테리어 심사장이 도착했다. 담배를 피며 사무실로 들어오는 심사장에게,

"4층 계단을 빨리 설치해야 목수들이 다락을 오르내리기 편리합니다."

내부 철제계단을 빨리 설치해 달라고 했다.

"까짓것 서두를 필요 없어요."

계단은 나중 일이라며 천천히 생각해 보자고 했다. 사실 심사장과 내부 철제 계단 설치는 가장 먼저 하기로 약속했었다. 외부비계가 철거되면 다락으로 올라가는 통로가 없어지기 때문이었다. 그래서 내부 철제계단을 조속히 설치해서 작업통로로 사용하자고 했던 것이다. 그런데 심사장은 내부 철제계단 설치

를 자꾸 미루고 있었다. 참으로 답답했다. 담유는 할 수 없이, 설비 박사장이 가져다 놓은 알루미늄 사다리 양쪽에 철 파이프를 덧대고 반생으로 묶어 임시로 다락계단 구멍에 걸쳐놓았다. 그러나 사다리가 너무 가팔라서 올라 다니기가 여간 힘들지 않았다. 담유는 심사장에게 계단실난간 설치하는 장사장에게 일을 맡기자고 제안했다.

"그 친구, 단가가 너무 비싸요."

다른 사람을 알아보고 있다고 했다. 결국 돈이었다. 좀 더 싼 일꾼을 찾느라고 다락 오르내리는 불편에는 관심이 없는 것이었다.

오전 10시경 타일 메지 넣는 아줌마가 도착해서 화장실, 다용도실 바닥타일에 메지를 넣기 시작했다. 오후 2시에는 타일 김구영 사장이 현장에 도착했다.

"4층 엘리베이터 벽타일 메지는 제가 직접 넣을 겁니다."

김사장이 처음으로 직접 작업하는 것이었다. 작업복으로 갈아입지도 않고 화려한 셔츠와 신사복 바지에 구두를 신고 메지 넣는 광경은 그야말로 가관이었다. 그래도 벽메지는 깔끔하게 넣어졌다.

"수고했습니다."

담유가 메지를 잘 넣었다고 추켜세웠더니, 김사장은 파안대소하며 우쭐댔다.

도시가스배관을 연결하고 오수받이를 설치하다

2016년 8월 16일

오전 6시 40분 도시가스배관을 메인 가스관과 연결하기 위해 작업자 2명이 현장에 도착했다. 작업자 2명은 나이가 꽤 많이 들어 보였다. 한 사람은 60세를 넘긴 것 같았는데 팀장 같았고, 또 한 사람은 70세가 넘어 보였다. 두 작업자는 도착하자마자 사무실로 들어와서 작업복으로 갈아입었다. 사무실에 보관해 두던 삽을 들고 밖으로 나오더니, 서로 얘기를 주고받는데 무슨 소리인지 도저히 알아들을 수가 없었다. 이런 사람들이 도시가스배관을 제대로 연결할 수 있으려나 의구심이 들었다.

오전 7시 30분 라인드림 오부장이 도착했다.

"진짜 스킨스쿠버 다이빙 다녀왔어요?"

오부장은 웃으면서 고개를 끄떡였다. 참으로 알다가도 모를 일이었다. 오부장은 도시가스배관을 밑에 깔고 그 위에 오수관을 올려놓는데 그 사이를 모래를 채워야 한다고 했다. 일산건재 석사장에게 모래 2㎥을 주문했다.

오전 7시 40분 석사장이 덤프트럭에 모래를 싣고 도착했다. 덤프트럭은 고물도 그런 고물이 아니었다. 엔진룸을 덮는 본넷이 반은 어디로 갔는지 엔진룸이 훤히 보였고, 엑셀레이터와 브레이크 자리도 너덜거렸다. 운전석 문은 아예 달려있지도 않았다. 움직이는 게 신기했다. 석사장은 모래를 부리고 현장을 둘러보더니,

"내일 부대토목공사를 시작하겠습니다."

"아니, 그렇게 서두를 필요 있나요?"

부대토목공사는 도시가스배관을 연결하고 오수받이를 설치한 다음, 약 일주

일 정도는 그대로 놔두어 땅을 다진 다음에 천천히 하려고 했다. 그런데 석사장은 부대공사를 서둘렀다. 담유는 잠깐 생각해 보다가 보도블록 아래에 타설할 레미콘을 내일 받을 수 있는지 확인하는 게 우선이라고 했다.

"일단 내일 레미콘을 받을 수 있는지 확인해 보아야겠습니다."

"그렇게 하시죠."

석사장은 할 수 없다는 듯 고개를 끄떡였다.

오전 7시 55분경 설비 박사장과 설비공 1명이 도착했다. 오전 8시 백호가 도착했고 곧바로 터파기가 시작되었다. 도시가스배관을 먼저 매설한 다음 모래를 덮고, 그 위에 오수관을 매설하게 된다. 백호가 도시가스 계량기 하부에서 도시가스 메인관 방향으로 땅을 파내기 시작하였다.

도시가스 메인관 쪽으로 땅을 깊게 파내려 가자 지하수가 흥건하게 흘러나왔다. 곧바로 사무실에 있던 양수기를 물웅덩이에 집어넣고 가동시켰다. 뻘흙으로 인해 양수기가 막혀 물이 잘 빠지지 않았다. 도시가스배관 연결 작업자들이 신고 있던 장화가 물속에 깊이 빠지면서, 터파기는 매우 더디게 진행되었다.

오전 8시 40분경 U건설 채소장이 오수받이 공사현황을 사진촬영하기 위해 현장에 도착했다. 도시가스배관 터파기 작업이 늦어지는 것을 보더니,

"오후에나 오수받이를 설치할 수 있을 것 같네요."

채소장은 U플라자 현장으로 돌아갔다. 설비 박사장과 설비공 1명도 장화로 갈아 신었다. 박사장은 도시가스배관 연결 작업을 지켜보다가,

"저도 옆 현장에 잠깐 다녀올게요."

현장을 떠났다.

오전 9시 라인드림 오부장이 도시가스배관 연결상태를 확인하는 예스코 감독관이 11시 30분경 현장에 도착한다고 했다. 그런데 점심시간이 지난 오후 1시 30분경 현장에 도착했다. 예스코 감독관은 도시가스배관이 완벽하게 연결된 것을 확인하고 돌아갔다.

"이제 각 세대로 가스가 들어갑니다."

오부장은 자기가 맡은 일은 다 끝났다고 했다. 도시가스공사가 완료된 것이다.

오전 10시경 미키와 함께 4층에 올라가서 목수들의 수장 작업을 둘러보았다. 4층 거실 우물천정을 너무 낮게 시공하고 있었다.

"제가 4층 층고를 일부러 높게 만들었습니다. 우물천정을 왜 낮게 시공하지요?"

담유의 질문에 임반장은 입맛을 다셨다.

"천정이 낮지 않습니다. 일반 주택의 천정높이가 2,300인데, 이 집은 2,600이 넘어요."

천정 높이가 충분하다는 뜻이었다.

"거실천정에 150㎜짜리 단열재가 붙어 있습니다. 거기에 목틀을 지탱시킬 수 없습니다. 그래서 목틀을 지탱할 보를 설치했어요."

보가 높아 우물천정이 낮아졌다고 했다.

"저희들은 거실천정을 최대한 높이려고 설계과정에서 고민 많이 했습니다."

담유와 미키는 거실천정을 더 높여주고 천정틀에 석고를 붙이기 전에 최종 확인해야겠다고 했다.

4층 안방과 서재의 천정목틀도 낮게 설치하고 있었다.

"안방과 서재의 벽에 에어콘을 설치합니다. 그러니 에어콘 배수배관보다 천정이 약 40㎝ 이상 높아야 해요."

담유의 지적에 임반장은 고개를 끄떡이더니, 낮게 설치된 목틀을 모두 뜯어내고 재시공하겠다고 했다.

다락층으로 올라가 보았다. 다락층 천정 목틀도 10㎝ 이상 낮게 시공하고 있었다.

"왜 이렇게 낮게 설치하나요?"

"다락천정이 울퉁불퉁해서 수평을 잡기위해 목틀을 낮출 수밖에 없습니다."

"다락방에 장롱이 들어가야 합니다. 천정에는 다루끼만 붙여 주세요."

목수들은 담유를 한참 동안 바라보더니 임반장을 불렀다. 임반장이 다락에 올라와서 담유의 얘기를 듣고 나서, 장롱이 설치되는 부분에 다루끼만 붙이라고 지시했다. 목수들은 자기 오야지 말 이외에는 듣지 않는다. 담유가 아무리 뭐라 해도 소용없다. 자신들의 오야지인 임반장이 지시해야 움직인다. 임반장이 일당을 주기 때문이다.

오후 2시경 목수팀이 4층 천정에 전등을 어떻게 설치할지 결정해 달라고 했다. 미키와 함께 4층에 올라가 설치위치를 알려 주었더니 스위치가 모자란다고 했다. 오후 2시 20분경 전기 신사장에게 전화했다.

"목수들이 4층 전등용 스위치가 부족하다고 합니다."

"내일 현장에 가서 확인하고 추가 설치하겠습니다."

담유와 미키는 목수 임반장과 4층 천정 몇 군데에 우물천정을 만들지 장시간 논의했다. 결국 거실 중앙, 식탁 위, 주방 중앙, 현관 중문에서 안방까지, 총 4개의 우물천정을 만들기로 합의했다.

오후 3시경 목수팀이 4층 거실 베란다 창문틀의 위부분이 바깥쪽으로 기울었다며, 석고벽 마감이 불가능하다고 했다. 목수 임반장이 레이저 측량기를 세워 놓고 창문틀의 수직도를 확인했다.

"이 정도 기울어져 있으면 벽목틀로도 잡을 수 없습니다."

방사장에게 전화해서 목수 임반장과 통화하도록 했다.

"알겠습니다."

방사장은 내일 창호팀을 보내겠다고 했다.

오후 4시 30분경 오수받이 설치가 완료되었다. 설비 박사장의 온몸과 얼굴은 뻘흙으로 범벅이 되어 있었다.

"설비가 궂은 일 참 많이 하네요."

담유가 안쓰러워했더니, 박사장은 고개를 저으면서,

"산다는 게 다 그런 거지요. 세상에 쉬운 일이 어디 있습니까."

세상 이치가 다 그렇다는 듯 웃어넘겼다.

부대토목공사,
계단난간 설치를 시작하다

2016년 8월 17일

오전 7시 20분 부대토목공사 작업팀이 도착해서 작업하고 있었다. 석기호 사장과 닮은꼴인 사람이 사무실로 들어왔다.

"석사장의 동생입니다. 제가 작업을 책임집니다."

조금 뒤 석기호 사장도 사무실로 들어왔다. 부대토목공사 전반에 대해 다시 한 번 점검했다.

"이런 공사를 수없이 많이 해왔습니다. 아무런 문제없이 잘 마무리될 것입니다."

담유에게 걱정하지 말라고 했다. 석사장에게 빗물받이가 놓일 위치와 우수관을 매설할 위치를 알려 주었다. 대지경계석은 우리 대지 안쪽으로 놓아달라고 했다.

오전 7시 30분경 목수팀이 현장에 도착했다. 임반장은 과음을 했는지 얼굴이 푸석거렸다.

"2층 2룸 아트홀이 주방타일과 너무 가깝게 설치되었는데요. 주방타일에서 90㎝ 정도는 여유 공간이 있어야 냉장고가 들어갑니다."

임반장에게 아트홀을 이동시켜 달라고 했다. 임반장과 2층 2룸으로 올라갔다. 심사장 아들이 아트홀 작업을 준비하고 있었다. 임반장이 냉장고 들어갈 자리를 줄자로 재보았다.

"아트홀 다 떼어 내, 그리고 냉장고 들어갈 자리 비우고 다시 만들어."

심사장 아들은 눈을 껌뻑거리더니,

"알겠습니다."

군말이 없었다. 오야지가 하라면 하는 것이다. 담유와 임반장은 다락층으로 올라갔다. 목수들이 다락천정에 설치했던 목틀을 떼어 내고 다루끼를 대고 있었다.

"다락천정틀을 좀 더 높일 수 없어요?"

담유의 지적에 목수들이 일제히 임반장을 바라보았다.

"……"

임반장이 말없이 우물쭈물하자, 목수들은 다락천정 콘크리트 면이 평평하지가 않다며, 목틀을 더 이상 높일 수 없다고 했다.

목수들은 수평과 수직에 매우 민감하다. 한마디로 반듯해야 한다. 담유도 물론 건축은 선이라는 말에 동의한다. 그러나 공간의 실용성이 더욱 중요하다. 선은 아름다움이지만 실용성을 넘어설 수는 없다. 모양이 덜 나더라도 실용성이 우선이다.

담유는 설계단계부터 천정고를 높이기 위해 많은 노력을 기울여 왔다. 일단 천정이 높아야 공간이 넓어 보이고, 내부에 뭐든 자유롭게 배치할 수 있기 때문이다. 골조공사에서 다락 층고를 높이기 위해 안간힘을 썼다. 그런 노력이 마감단계에서 물거품 되도록 내버려 둘 수는 없다. 목수들에게 천정이 울퉁불퉁해지더라도 장롱이 들어갈 수 있는 충분한 높이를 확보하라고 강조하는 이유이다. 특히 이년 전 아들들 방에 새로 들여놓은 장롱을 버릴 수는 없지 않은가? 그건 한마디로 낭비(浪費)인 것이다.

오전 8시경 창호샷시팀이 4층 베란다 창문틀을 수정하기 위해 도착했다.

"어디지요?"

"4층 거실 베란다 창틀입니다."

창호팀은 4층으로 올라갔다. 레이저로 수직도를 측정하더니, 창문틀을 떼어 내서 수직으로 세웠다. 약 1시간 만에 완료되었다. 창문틀 수정으로 외부 코킹이 손상되었다.

"유리를 끼울 때 코킹은 다시 쏘면 됩니다."

창호샷시팀은 곧바로 현장을 떠났다. 시흥에서부터 1시간 작업하기 위해 들른 것이다. 오며가며 길에서만 3시간 이상 소비할 것이다. 목수 작업에 지장 없도록 신속하게 처리해 준 방사장이 고마웠다.

오전 9시경 전기 신사장이 아들과 함께 현장에 도착했다. 4층 거실에 추가되는 조명등 위치에 전기선을 연결하고, 스위치를 추가하기 위해 벽미장을 까냈다.

"엘리베이터 준공검사를 받으려면, 4층 계단실 천정에 엘리베이터 점검등을 설치해야 됩니다. 전등이 필요합니다."

신사장의 부탁을 받고, 담유와 미키는 함께 현장에서 가장 가까운 조명할인 매장을 방문해서 LED 직구등 1개를 사서 가져다주었다. 신사장은 곧바로 설치했다. 계단실에 전기를 살려주었다.

오후 1시 인테리어 심사장이 현장사무실로 들어왔다.

"내부 철제계단 작업은 언제 시작할 겁니까?"

"내일 시작합니다."

심사장은 건성으로 대답했다. 철제계단 설치는 잡철물을 전문으로 하는 업체에서 맡아서 일을 한다. 목수일과는 전혀 다른 것이다. 그런데도 심사장이 내부 철제계단을 설치하겠다고 나섰으니, 일이 원만하게 풀리지 않는 것이다.

"그런데 유리는 왜 아직도 안 끼웁니까?"

심사장이 유리끼우기가 늦는다고 불평을 했다.

"토요일 끼울 것 같네요."

"그럼 됐어요."

심사장은 실내에 비가 들이칠까 염려하는 것이었다. 유리를 끼워서 실내와 실외를 차단시켜야 비가 오더라도 내부 인테리어 작업을 계속할 수 있기 때문이다.

오후 1시 30분, 석사장 동생이 레미콘 차를 띄워달라고 했다. 보도블록 아래 무근 콘크리트를 타설하기 위해서였다. 청우레미콘 김대리에게 전화해서 레미콘을 띄워달라고 했다. 오후 2시 10분경 레미콘 차가 현장에 도착했다. 부대토목공사 터파기 장비인 백호 삽에 레미콘을 담아, 구석구석 옮기면서 레미콘을 타설했다.

오후 2시 30분경 1층 엘리베이터 벽에 비상인터폰을 설치하는 작업자들이 도착했다. 여성 작업자들이었다.

"비상인터폰은 엘리베이터 설치와는 별개입니다."

그래도 엘리베이터 준공검사를 받기 전에 설치되어 있어야 한다. 약 30분 정도 작업한 다음 철수했다. 오후 3시경 엘리베이터 설치팀장인 이소장이 도착해서 엘리베이터 버튼을 설치하기 시작했다. 엘리베이터 준공검사 전 마지막 작업이라고 했다.

오후 4시 이소장이 계단난간이 아직 설치되지 않았다고 걱정했다.

"금요일 오전 10시에 엘리베이터 준공검사를 받는데 아직도 계단난간이 설치되지 않았네요."

"내일부터 설치할 겁니다."

"준공검사 전에 완료하기 힘들겠는데. 이거 큰일이네."

그리고 4층 계단실 천정은 언제 마감하는지 물어보았다. 엘리베이터 점검등이 고정되지 않았다는 것이다. 담유가 계단실 천정은 19일 전에 마무리될 것이라고 했다.

오후 5시 4층 석고 작업 80%, 다락층 석고 작업 70%가 완료되었다. 2층 몰딩 작업은 큰 진전이 없었다. 심사장은 내일 석고 작업에 더 많은 인원을 투입할 것이고, 내일모레부터는 몰딩과 필름 작업만 할 것이라고 했다.

그런데 무엇보다 시급한 것이 내부 철제계단 설치이다. 목수들을 포함해서 모든 작업자들이 다락층 오르내리기를 너무 힘들어 했다. 심사장에게 내일 내부 철제계단을 진짜 시작하는지 물어보고 싶었으나, 한 번 더 기다려 보자며 꾹 참았다.

오후 5시 15분 방사장으로부터 전화가 왔다.

"베란다 난간자재가 내일 오전 8시경 현장에 도착합니다. 지게차를 불러서 내려주세요."

베란다 난간은 1층 상가바닥에 넣어두고 주요 부품들은 현장사무실 내부에 보관해 달라고 했다.

오후 6시 30분 이성호 사장으로부터 전화가 왔다.

"보도블록 바닥에 콘크리트를 타설했시유?"

"네. 오늘 타설했어요."

이사장은 보도블록을 깔기 전, 1층 외벽 맨 아래 부분에 돌을 붙여야 한다며 20일쯤 들어오겠고 했다.

"이사장님, 49제는 잘 지내셨나요?"

"잘 지냈시유."

담유에게 신경 써 주어 고맙다고 했다. 왠지 목소리에 힘이 없었다. 부디 날개를 다시 활짝 펼치기를, 임재범의 '비상'이라는 노래를 떠올렸다.

2016년 8월 18일

오전 6시 40분 미키와 함께 준성이 방에 있는 장롱 크기를 재어 보았다. 폭은 67㎝ 높이는 210㎝였다.

오전 7시경 현장에 도착해서 다락층에 올라가 준성이 방 높이를 재어 보았다. 천정 중심부에서 70㎝ 떨어진 높이가 213㎝ 였다. 다락천정이 경사졌으므로 장농을 세우기 위해서는 장농의 대각선 높이인 220㎝를 확보해야 하는데 약 7㎝ 정도 모자랐다.

오전 7시 10분경 계단난간(데스리) 설치팀 장동현 사장과 동료 1명이 도착해서 계단난간 설치에 대해 논의했다.

"계단 돌아가는 부분에서 손스침 아래의 평철을 120㎜ 정도는 빼야 되는데, 그렇게 되면 계단의 법적 최소 폭인 1,200㎜가 나오지 않아요. 모양이 안 나네요."

장사장의 표정이 일그러졌다.

"계단난간 때문에 준공에 문제가 생기면 안 됩니다. 모양은 따지지 마시고, 법적요건을 맞춰서 최소 길이만 빼세요."

장사장은 스스로 계단난간의 명장(名匠)이라며 계단난간에 대한 자부심이 대단했다. 계단난간 자체를 멋지게 만드는 것이 너무나 중요한 것이었다. 따라서 손스침 하단 평철의 돌출 길이가 짧아지는 것에 대해 불만이었다. 담유는 계단난간의 멋도 중요하지만 준공에 지장 없도록 계단의 법적요건을 준수하는 게 보다 중요하다고 설득했다. 그런데 이게 설득할 일인가? 멋보다 법이 우선 아닌가? 설득한다는 사실 자체가 우스웠으나, 자신을 명장이라고 칭하는데 자존심을 살려주는 게 현명하다고 판단했다.

오전 7시 20분경 내장목수 임반장이 도착했다.

"계단난간을 1층부터 설치하며 올라가고 있습니다. 4층 계단천정부터 석고를 붙여 주세요."

그리고 함께 다락층으로 올라갔다.

"다락방 천정높이가 낮아 장롱이 들어가지 않습니다."

다락천정목틀을 떼어 내고 높이에 맞추어 다시 설치하겠다고 했다.

목수들이 천정목틀을 뜯어내고 다시 설치하는 것은 벌써 두 번째이다. 목수 입장에서는 반갑지 않은 일이었다. 그런데 천정높이에 대해 담유와 미리 상의했으면 이런 일이 발생하지 않았을 것이다. 심사장은 천정높이에 대해 담유와 상의한 적이 없었다. 담유를 무시해도 된다고 판단했는지 자신의 뜻대로 작업을 진행시켰다. 그러다 보니 두 번이나 재시공(데나우시)해야 하는 일이 발생한 것이다. 재시공은 작업의 흐름을 끊어 버려 작업의 효율성을 떨어뜨리고 목수 인건비를 증가시킨다. 따라서 재시공을 최소화하기 위해 작업 전에 반드시 건축주와 상의하는 것은 당연한 수순이다. 그런데 심사장은 그런 과정을 생략하고 자기 생각대로 일을 진행시킨 것이다. 참으로 이해할 수 없었다. 이러고도 돈이 남을까 싶을 정도였다.

오후 5시 계단난간 설치 작업이 2층까지만 완료되었다.

"계단난간 설치가 끝나지 않았는데, 내일 엘리베이터 준공검사 받는데 문제없을까요?"

"계단난간을 설치하고 있다는 것만으로도 엘리베이터 준공검사는 통과됩니다. 전혀 문제없습니다."

장사장은 걱정 말라며 고개를 저었다. 담유는 계단난간 장인의 장담을 믿을 수밖에 없었다. 장사장은 내일까지 계단난간과 테라스난간을 모두 설치하겠다며 현장을 떠났다.

엘리베이터
준공검사를 받다

2016년 8월 19일

오전 7시 5분 현관에 임시로 설치해 놓은 방화문이 열리지 않았다. 문 사이 틈으로 잠금볼트가 휘어진 것이 보였다. 누군가 문을 강제로 열려고 했던 것 같았다. SMJ House 주변으로 상가주택이 우후죽순으로 착공되고 있었다. 덕분에 가설사무실도 많이 설치되었고, 그곳에 고가의 건설장비들을 보관해 두었다. 밤새 건설장비를 도둑맞았다는 소식도 간간히 들려왔다. 아직 택지조성이 끝나지 않아 CCTV도 설치되어 있지 않았다. 밤손님들의 활동이 부쩍 늘어난 것이다. SMJ House에도 밤손님이 들어오려 했었던 듯싶었다.

오전 7시 15분 계단난간 설치 장사장과 작업자 1명이 도착했다.

"문짝의 잠금볼트가 휘어 문이 열리지 않네요."

"그래요? 제가 한 번 확인해 볼게요."

장사장이 문틈으로 살피더니,

"그러네요."

그리고는 1층 계단실 중간 창문에 사다리를 걸쳐놓고 계단실 내부로 들어갔다. 뚱뚱한 몸집이었으나 잽싼 몸놀림이었다. 장사장이 계단실 안쪽에서 걸쇠를 풀고 문짝을 열었다.

"엘리베이터 준공검사 전에 4층까지 난간을 설치해야겠습니다."

4층으로 서둘러 올라갔다.

오전 7시 25분경 목수팀이 도착했다.

"임시방화문의 문짝 잠금볼트가 망가졌네요. 누군가 목공장비들을 훔치려고 했던 것 같은데, 올라가 확인해 보시죠."

"예?"

임반장은 눈이 휘둥그레져서 위층으로 뛰어 올라갔다. 잠시 후 도둑맞은 것은 없다고 했다. 도둑들이 노리는 목공장비는 바로 콤프레셔[92]였다. 요즘은 망치로 못을 박지 않고 자동으로 못을 박는다. 자동권총 모양의 못 박는 총은 압축공기로 작동되는데 콤프레셔와 연결되어 있다. 그 콤프레셔를 훔쳐가는 것이었다. 목수 임반장은 문짝을 새것으로 교체하겠다고 했다.

오전 7시 30분경 목수 임반장과 함께 다락층으로 올라갔다.

"다락방에 장농이 들어가려면, 다락층 중심벽에서 70㎝ 떨어진 곳이 220㎝는 나와야 합니다. 그런데 7㎝ 정도 모자라네요.

담유는 임반장에게 다락 중심벽에서 80㎝ 정도까지 천정목틀을 떼어 내고 재시공해 달라고 했다.

"알겠습니다."

임반장은 아무렇지 않은 듯 그렇게 하겠다고 했다. 임반장이 데리고 다니는 목수들이라 목수인건비는 임반장 책임인 줄 알았는데 그게 아닌 모양이었다. 이번에는 심사장이 수장공사 전체를 책임지고 목수들에게 인건비도 직접 지급한다고 했다.

오전 9시 20분 인테리어 심사장이 도착했다.

"계단실 4층 천정을 석고에서 편백나무(히노끼)로 바꾸는 게 어떨까요?"

심사장은 얼굴을 찌푸리며,

"히노끼가 석고보다 비싼데……."

추가비용을 달라고 했다. 담유는 인테리어공사 끝내면 정산해 주겠다고 했다.

"4층 내부 철제계단 설치를 오늘 시작하나요?"

심사장은 어제 담유에게 했던 약속을 까맣게 잊어버린 듯,

"월요일 실측하러 들어와서 화요일부터 설치할 겁니다."

또 다시 건성으로 답변했다. 심사장이 또 다시 약속을 어긴 것이다. 담유는

---

92) 압축공기를 만드는 기계장치

갑자기 속이 불편해졌다. 가까스로 호흡을 가다듬으며,

"심사장님, 내부 철제계단을 장사장한테 맡깁시다."

다시 한 번 제안했다. 심사장은 대뜸,

"잡철하는 놈들이 말을 안 듣네. 개XX들."

쌍욕을 하며 말을 돌렸다.

오전 9시 24분 엘리베이터 설치 이소장으로부터 전화가 왔다.

"엘리베이터 준공검사 전에 엘리베이터 시운전 한 번 해 주세요."

담유는 엘리베이터를 타고 1층에서 4층, 4층에서 1층, 1층에서 3층, 3층에서 1층을 몇 번 오르내렸다.

오전 9시 45분 엘리베이터 준공검사를 위해 승강기 안전원에서 2명이 도착했고, 곧바로 엘리베이터 준공검사가 시작되었다. 준공검사는 고작 30분 만에 끝났다. 준비했던 시간을 생각하면 허무했다. 10시 15분경 승강기 안전원 2명이 사무실로 들어왔다.

"엘리베이터가 잘 설치되었습니다."

매우 만족스러워했다.

"승강기 검사 합격증명서는 월요일까지 이메일로 보내 주겠습니다."

음료수를 한 잔 마신 다음, 곧바로 현장을 떠났다.

엘리베이터 설치팀 이재구 소장이 정말 열심히 일해 준 덕분이었다. 현장에서는 현장 작업자의 마음을 사는 게 가장 중요하다. 그들의 마음을 사면 일정과 품질은 저절로 달성된다.

오전 11시 준공검사를 마친 엘리베이터 내부를 보양하기 위해 평내건재에 전화했다.

"엘리베이터 내부 보양할 만한 자재 뭐 없나요?"

"특별한 자재는 없고 플라스틱으로 만든 상자박스를 펴서 붙이면 됩니다."

담유는 현장사무실 뒤편에 두루마리로 된 바닥방음재 자재가 떠올랐다. 스폰지 재질이라 엘리베이터 내부에 붙이면 보양이 될 것 같았다. 바닥방음재를 잘라서 엘리베이터 내부에 테이프로 붙였다. 임시방편으로는 그럴 듯했다.

오전 11시 30분 계단난간 설치 장사장이 오늘 중으로 테라스난간까지 끝내기 힘들다고 했다. 오늘은 계단난간만 설치완료하고 철수했다가, 수요일 테라스 난간과 계단난간 손스침를 모두 마무리하겠다고 했다. 그전에 계단난간에 페인트를 칠해 달라고 했다.

장사장은 묵직했다. 본인의 기술에 대한 자부심 때문일 것이다. 자기 일에 최선을 다하면서 자신이 최고라고 생각하는 것은 잘난 척이 아니다. 자신에 대한 자부심은 약속을 반드시 지키게 하는 신념을 만들고, 혹시 약속을 지키지 못할 경우에도 그 이유를 떳떳하게 밝히고 끝까지 책임지겠다는 의무감을 갖게 하는 것이다. 우리 건설업계에도 장사장과 같은 장인정신은 반드시 필요하다고 생각한다.

오후 3시 50분 심사장과 계단난간 페인트에 대해 논의했다. 미키가 먼저 말을 꺼냈다.

"검은색으로 칠해 주세요."

심사장이 고개를 끄떡이며,

"그럼, 유광 검은색으로 칠하면 되나요?"

"아니에요. 무광 검은색으로 칠해 주세요."

"알겠습니다."

색상에 관한한 미키에게 모든 것을 일임했기 때문에 담유는 할 말이 없었다.

"심사장님, 수요일에 계단난간 손스침을 설치할겁니다. 그 전에 계단난간에 페인트를 칠해 주세요."

계단난간 페인트 작업에 대해 얘기하던 중에 심사장 표정이 매우 어두워졌다.

"무슨 안 좋은 일이라도 있나요?"

"아 XX, 다락층 면적을 잘못 계산해서, 목수, 도배, 마루공사 견적을 다 잘못했네."

심사장이 투덜거렸다.

"다락에 직접 올라가서 다락층 면적을 확인하지 않았나요?"

담유가 되물었다.

"난 고소공포증이 있어 다락층에 한 번도 올라간 적이 없어요."

"현장사무실에서 다락 평면도를 포함해서 건축도면을 수차례 보여 주었는데요?"

심사장은 담유의 말엔 대꾸도 하지 않고 계속 다락층 면적을 잘못 계산했다는 말만 되풀이했다. 그래서 담유가 달랬다.

"심사장이 손해를 보지 않도록 할 테니, 잘 마무리 해주세요."

심사장은 담배 한 개비를 꺼내 물더니,

"에이 XX"

내뱉고 밖으로 나갔다. 심사장은 욕을 잘했다. 본인이 개띠라서 그렇다고 했다. 참으로 어이가 없었다. 여하튼 심사장이 마무리를 해야 공사가 끝나게 되어 있다. 어떻게든 심사장을 달래가며 일을 시키는 수밖에 없다. 심사장에게 인테리어 공사 전부를 맡긴 것에 대해 후회해도 소용없다. 심사장이 알아서 포기하지 않는 한 계약은 유효하기 때문이다.

오후 5시 전기 신사장에게 전화했다.

"8월 31일에서 9월 2일 사이에 준공서류를 제출하려고 합니다. 그전에 필요한 전기통신 준공검사 필증을 받아줄 수 있나요?"

"최대한 노력해 보겠습니다."

정중히 대답했다. 현장사람들은 똑같지 않다. 별 사람들이 다 있다. 이 조그만 현장에 들어오는 사람들도 천차만별이다. 그럼에도 착한 사람들이 못된 사람들보다 훨씬 많다. 그게 큰 위안이다.

거실 테라스 난간을 설치하고 유리를 끼우다

오전 7시 10분 유리창과 샷시 유리를 실은 트럭 3대와 함께 창호팀 4명이 도착했다. 조금 후 스카이 사다리차와 함께 방사장도 도착했다. 스카이 사다리차로 거실 테라스 유리창을 각 세대별로 올려놓았다. 8월 말인데도 더위는 조금도 수그러들지 않았다.

"방사장님, 오늘 작업이 제일 위험해 보이네요. 안전하게 작업하세요."

"네. 걱정 마세요. 매번 하는 건데요."

방사장의 얼굴은 이미 땀으로 범벅되어 있었다. 창호팀 2명이 각 세대별 거실 테라스 난간을 설치하기 시작했다. 방사장도 테라스 난간 설치 작업을 도와주었다.

오전 7시 10분 석공사 이성호 사장이 현장으로 가는 중이라고 했다. 7시 15분경 돌을 실은 용달차가 도착했다. 오전 7시 20분에 보도블록을 실은 트럭이 도착했다. 일산건재 석사장이 지게차를 직접 몰고 왔다. 트럭에 실린 보도블록을 현장 주변에 내려놓았다.

"석사장님, 용달에 실린 돌도 좀 내려주세요."

석사장은 용달차를 힐끔 보더니, 군말 없이 내려주었다.

오전 7시 30분 이성호 사장과 젊은 작업자 1명이 도착했다. 보도블록을 깔기 전에 1층 하단 돌을 붙이기 위해서였다. 보도블록이 이미 도착해 있어 이사장은 서둘렀다.

"기초 매트가 지반 위로 30㎝ 올라와 있는데, 보도블록이 어디까지 깔리나유?"

"돌은 30㎝ 높이 그대로 붙이지요. 보도블록이 돌보다 위에 올라오니 괜찮을 겁니다."

"네. 그렇게 허겄시유."

이사장은 지체 없이 기초매트 옆으로 돌을 붙여 나갔다.

"1층 임시방화문을 떼어 주세유. 현관바닥도 마무리해야 허유."

창호 방사장에게 부탁했더니 지체 없이 1층 방화문을 떼어 주었다.

오전 7시 44분 가평 노출콘크리트 전호철 사장으로부터 전화가 왔다.

"22일 노출콘크리트 작업하러 들어가겠습니다."

"25일부터 들어오는 게 좋겠습니다."

"알겠습니다."

전사장은 그렇게 하겠다고 했다. 노출콘크리트 물량은 1층 기둥 4개가 전부이다. 하루 반나절이면 끝난다고 했다. 다만 다른 현장일정과 겹치지 않아야 하므로 미리 알아보는 것이었다.

현장 작업에는 변수가 너무 많다. 계획대로 되는 경우는 거의 없다. 따라서 계획은 계속 수정되어야 한다. 다만 계획수정은 여러 공종들에 영향을 미치므로 미리미리 양해를 구하며 일정을 조정해야 한다.

오전 8시 30분 인테리어 심사장이 사무실로 들어왔다.

"내부 철제계단은 월요일 들어와서 실측하나요?"

"다음 주 월요일에 들어와 실측하고, 화요일부터 설치할 겁니다."

심사장은 담배를 꺼내 물더니 심각한 어조로,

"아 XX, 다락층이 이렇게 넓은지 몰랐네. 다락층 석고 작업을 350만 원으로 견적했는데."

실수했다는 말만 반복했다. 담유에게 보상해 달라는 요구로 들렸다.

"심사장님, 도면을 몇 번이나 보여 주었는데 확인 안 하셨나 봐요."

담유는 애써 외면했다. 심사장이 약속을 잘 지키고 목수들에게 재시공하게 만들지 않았어도 어느 정도 보상해 줄 생각은 있었다. 그런데 약속을 지키지도 않고 자기 맘대로 일을 하니 보상해 주고 싶은 생각은 아예 사라져 버렸다. 일체유심조(一切唯心造). 세상의 모든 일은 마음에 달려있는 것이다. 마음을 얻지 못하면 아무 것도 이룰 수 없다.

오후 2시 대한가설 최진욱 부장에게 전화했다.

"가설컨테이너 계약만료가 27일입니다. 26일경에 철거해서 가져가세요."

"네. 알겠습니다. 하루 전에만 알려 주세요."

최부장은 철거 하루 전에만 알려 주면 된다고 했다.

오후 2시 30분경 석사장과 함께 부대토목공사팀이 갑자기 현장에 도착했다.

"웬일입니까? 내일 들어오시는 거 아니예요?"

"D6블록 보원건설 현장 보도블록 작업이 일찍 끝나서, 시간이 남길래, 내일 보도블록 깔기 전에 모래를 미리 깔아 놓으려고 합니다."

"거의 작업이 끝날 시간인데, 작업자들을 쉬게 하시지. 왜 왔어요?"

담유가 핀잔을 주었다.

"작업자들을 이렇게 뺑뺑이 돌리지 않으면 남는 게 없습니다."

석사장은 스크루지 같은 사람이었다. 덤프트럭은 마땅히 폐차되어야 할 차인데도 몰고 다녔다. 돈이 된다는 것이었다. 참으로 못 말리는 구두쇠였다.

오후 3시 46분 ㈜한솔 서형호 과장에게 전화했다.

"다음 주중으로 도시기반시설 원상복구확인서를 제출하려고 합니다."

"제가 현장에 직접 가서 설명해 드리겠습니다."

잠시 후 서과장이 현장에 도착했다. 담유에게 원상복구확인서를 건네주며,

"현장사진을 많이 첨부해야 합니다. 그리고 경계석 복구, 도로 차선 도색 복구, 우수맨홀 마무리 및 청소 등이 깔끔하게 되어 있어야 합니다."

담유에게 준비가 되면 자기에게 서류를 제출하라고 했다.

오후 4시 25분경 창문짝 설치를 끝낸 스카이 사다리차 운전기사에게 물어보았다.

"외벽 돌에 묻은 흙탕물 얼룩을 지우려고 하는데 스카이를 잠시 사용할 수 있나요?"

"시간이 없습니다."

운전기사는 냉정하게 말을 잘랐다.

"제가 2만 원을 지불하겠습니다."

담유의 제안에 운전기사는 곧바로 알았다고 했다. 역시 현장에서 돈이면 안

되는 게 없다. 아니 세상사가 그런 게 아닌가? 담유는 직접 스카이 사다리차 작업대에 올라섰다. 운전기사가 동측 외벽 4층 빗물선홈통을 따라 내려오도록 스카이를 조정했다. 담유는 작업대에 올라서서 흙탕물 얼룩 위로 수돗물을 뿌리고, 빗자루로 강하게 쓸어냈다. 그러나 얼룩은 지워지지 않았다.

오후 5시 창호팀이 거실 테라스 난간설치와 1층 샷시 유리 끼우기를 마무리했다. 그러나 1층 유리문과 2, 3, 4층 창문 일부는 설치하지 못했다고 했다. 사이즈가 잘못 되었다는 것이다. 월요일 현장에 다시 들어와서 마무리하겠다고 했다.

하루 종일 거실 테라스 난간 설치와 창문 끼우기 작업으로 녹초가 된 방사장이 사무실로 들어왔다. 방사장은 한국방화문 카탈로그를 보여 주며 세대 현관 방화문을 결정해 달라고 했다. 미키가 2, 3층 방화문은 지체 없이 선택했는데,

"4층은 한국방화문이 촌스러울 것 같네요."

미키가 MBC건축박람회에서 가져온 금강방화문 카탈로그를 내놓으면서,

"여기서 골라도 되나요?"

"그렇게 하세요."

방사장은 늘 그렇듯 쿨하게 대답했다. 창호팀과 1층 임시방화문을 다시 설치해 놓고 현장을 떠났다.

오후 5시 20분 석공사 이사장이 현관 출입구 바닥 돌을 모두 깔았다고 했다. 담유가 현관으로 가서 현관 출입구를 확인해 보았다. 그런데 출입구 서측 옆면 하부에는 돌을 붙이지 않았다.

"이곳도 붙여야 되지 않을까요?"

"붙여 달라면 내일이라도 붙여 주겠지만, 보도블록으로 마무리해도 될 것 같은데요."

이사장은 기진맥진해 있었다. 오늘까지 3주 이상 하루도 쉬지 못했다고 했다. 오늘은 팀원들과 모처럼 회식을 하겠다며 현장을 떠났다. 오늘은 이사장의 빅스마일을 못 본 것 같았다.

오후 6시 미키와 함께 현장에 올라가 보았다. 각 세대 현관에서 방으로 올라가는 턱을 이성호 사장이 C-Black으로 잘 마무리해 주었다. 이사장이 무상 서비스해 준 것이었다. 새삼 고마웠다. 4층 보조주방을 살펴보았다. 목수들이 보

조싱크대와 보일러사이에 목재칸막이를 설치해 놓았다.

"목재칸막이 폭이 넓어 답답한데. 보조주방 음식 연기도 저것 때문에 쉽게 빠져나가지 못할 것 같아."

미키는 목재칸막이가 영 마음에 들지 않는 눈치였다. 내일 심사장과 의논해서 목재칸막이 폭을 줄이던지, 아니면 아예 철거하기로 했다.

2016년 8월 21일

오전 7시 10분 부대토목공사 작업팀 4명과 석사장 동생이 도착해서 보도블록을 깔기 시작했다. 어제 깔아 놓았던 모래를 작업자 1명이 기다란 합판으로 수평과 물매를 잡아 놓으면, 다른 작업자들이 보도블록을 모래 위에 까는 순서로 진행되었다. 일반 보도블록은 시멘트 색이지만 주차선에는 주황색 보도블록을 깔았다. 건물과 접하는 부분, 경계석 부분, 그리고 맨홀 주위에는 돌을 그라인더로 절단해서 끼워 넣었다.

오전 8시 30분경 석사장이 조경수(造景樹)인 감나무, 주목, 향나무 등을 트럭에 실어 왔다. 나무가 심어질 위치를 알려 주었더니, 30분도 지나지 않아 나무를 모두 심었다.

오전 8시 50분 부대토목조경 도면을 살펴보니, 보도블록이 투수성으로 표시되어 있었다.

"보도블록이 투수성 블록 맞습니까?"

"불투수성입니다."

"그러면 도면과 일치하지 않는데 준공에 문제없을까요?"

"이제까지 문제된 적 한 번도 없어요. 문제되면 곧바로 교체해 주겠습니다."

석사장은 자신만만했다. 그런데 담유는 어쩐지 찜찜했다.

오후 11시 50분 미키와 함께 점심식사를 하고, 오후 1시 50분 경기도 광명시에 위치한 이케아 매장에 도착했다. 서재와 준성·준영 방에 설치할 책상, 책장 등의 가구를 살펴보기 위해서였다. 그런데 별로 마땅한 물건을 찾지 못하였다. 오후 1시 20분 석사장에게 전화했다.

"보도블록 까는 작업이 끝나면 1층 현관 임시방화문을 달아 주실래요?"

"네. 그렇게 하겠습니다."

오후 4시 30분경 현장으로 돌아왔다. 부대토목공사 작업팀은 작업을 끝내고 이미 철수한 뒤였다. 오전에 심은 조경수에 미키와 함께 물을 준 다음, 부대토목공사가 완료된 건물주변을 둘러보았다. 현장 주변이 깔끔하게 정리된 SMJ House는 더욱 빛을 발하고 있었다.

2016년 8월 22일

오전 7시 현관 임시방화문에 이상은 없었다. 방화문을 열고 각 층으로 올라가며 살펴보았다. 별 일 없었다. 오전 7시 30분경 일산건재 석사장이 사무실로 들어왔다.

"LH원상복구확인서에 도로청소 사진을 첨부해야 하네요. 현장 주변 도로에 묻은 시멘트 자국을 지워 주실래요?"

"저에게는 그런 일 할 사람은 없어요."

담유는 순간 당황했다. 아니 부대토목공사 작업팀 10여 명은 자기 사람들 아닌가? 석사장이 지독한 구두쇠라는 것은 이미 짐작하고 있었으나, 자기 식구들도 자기 사람이 아니라니. 기가 막힐 노릇이었다. 석사장에게 자비(慈悲)는 없었다. 조금도 손해를 보려 하지 않았다. 이런 사람이 별내지구 부대토목공사를 70% 이상 했다니 도저히 믿어지지 않았다.

"그라인더로 아스팔트 자국을 갈아낼 수 있어요. 건자재상에 가서 그라인더를 구매해서 직접 갈아내면 됩니다."

석사장의 뻔뻔스런 얼굴에 침이라도 뱉어주고 싶었다. 그럴 순 없었다. 평내건재에 가서 그라인더와 그라인더 날, 쐐기 망치를 사서 현장으로 돌아왔다.

오전 7시 20분 어제 계단실 천정에 편백나무를 붙인 목수가 도착했다.

"계단실 천정에 편백나무를 붙이니 보기에도 좋고 냄새도 좋네요."

"화장실 천정도 편백나무로 붙이면 좋습니다."

목수는 한술 더 떴다. 7시 40분경 목수 임반장이 도착했다.

"임반장님, 4층 보조주방 중간 목재칸막이 없애 주세요."

임반장은 쭈뼛거리다가 심사장과 의논해 보겠다고 했다.

오전 8시 20분경 인테리어 심사장이 도착했다.

"화장실 천정도 편백나무로 시공해 주세요."

"그렇게 하지요."

심사장은 별말 없이 고개를 끄떡였다. 뭔가 이상했다. 심사장이 이런 사람이 아닌데. 편백나무가 돔[93]보다 가격이 싼가? 심사장이 추가비용을 요구할 줄 알았는데 그러지 않아 너무 의아했다. 1층 화장실 천정은 돔을 그대로 설치하기로 했다.

오전 8시 25분경 전기 신오석과 전공 1명이 도착했다.

"1층 현관 출입구에 빼놓은 전기선을, 창호팀에서 현관 상부 문틀 중앙으로 빼놓았나요?"

신오석이 물어보았다. 현관문 자동걸쇠용 전기선을 의미했다.

"그런 것 같은데."

담유는 애매하게 대답했다. 사실은 나중에야 빼놓지 않은 것을 발견하고 창호팀이 부랴부랴 현장으로 달려와서 전기선을 찾아 빼놓느라 애를 먹었다.

"8월 말 준공서류를 제출할 예정입니다. 준공검사에 필요한 전기통신공사 필증을 받기 위한 작업부터 먼저 마무리해 주세요."

"네. 알겠습니다."

신오석은 고개를 끄떡였다.

이제부터 본격적으로 준공서류를 준비해야 한다. 태우설계 성소장이 보내준 준공준비서류 종류는 꽤 많았다. 준공서류 준비를 늦게 시작하면 그만큼 준공도 늦어질 수밖에 없을 것이다. 일단 설치 완료된 공종부터 준공서류를 챙기기로 했다.

오전 9시 20분 심사장이 현장사무실로 들어왔다.

"원상복구확인서를 제출하기 전에 현장정리를 해야 하는데, 직영을 부를까요?"

"그럴 필요 없어요. 마감단계에선 직영시켜도 깨끗하게 정리되지 않아요."

심사장 본인이 보유하고 있는 1톤 트럭과 직영 2명을 투입해서 깨끗하게 정

---

93) 점검구와 통풍구가 설치되어 있는 화장실 천정마감재

리하겠다고 했다. 그러면서 폐기물 처리비 20만 원, 직영인건비(점심값 포함) 25만 원, 도합 45만 원을 송금해 달라고 했다. 곧바로 송금해 주었다.

오전 9시 30분 방사장에게 전화했다.

"준공서류중 창호납품확인서 및 시험성적서가 있는데, 내일 현장에 오는 사람에게 보내줄 수 있나요?"

"필요한 서류를 알려 주면 내일 보내 드릴게요."

오전 9시 50분 협성폐기물 이훈봉 사장에게 전화했다.

"건설폐기물 처리확인서를 보내 주실 수 있나요?"

"사무실 직원에게 전화해서 요청하면 됩니다."

오전 10시 협성폐기물 사무실에 전화해서 건설폐기물 처리확인서를 요청했다. 담당 여직원이 이메일로 보내 주겠다고 했으며, 오후에 이메일로 보내왔다.

오전 11시 40분 노출콘크리트 전호철 사장에게 전화했다.

"25일 작업 들어 올 수 있지요?"

"네."

"혹시 가능하면 그 전에 들어와도 됩니다."

"그렇게 하겠습니다."

오후 1시 15분 방사장으로부터 전화가 왔다.

"사모님이 4층 현관방화문으로 선택한 금강방화문 모델이 단종되었다고 합니다."

담유는 당황스러웠다. 방사장은 담유에게,

"금강 카탈로그에서 그 옆의 모델은 가능하다고 하네요."

"알겠습니다. 집사람과 의논해서 알려 드릴게요."

오후 5시 30분경 미키와 다시 협의해서 금강방화문 KDM746R으로 변경했다. 방사장에게 변경된 방화문 모델번호를 문자로 알려 주었다.

오후 2시 40분 ㈜한솔 서형호 과장에게 전화했다.

"원상복구확인서에 배수설비필증은 첨부하지 않아도 되나요?"

"일단 준비된 서류만 제출하세요."

"알겠습니다."

LH에서 받아야 하는 원상복구확인서는 준공서류중 하나지만 가장 중요한 서류이다. LH가 원상복구 되지 않았다고 하면 준공절차는 거기서 멈추게 된다. 그 절차의 첫 관문이 바로 ㈜한솔 서과장이다. 서과장이 오케이(OK)해 주어야 다음 단계로 넘어가는 것이다.

오후 5시 미키가 현장에 도착했다. 미키와 심사장은 다락층 도배에 대해 최종적으로 합의했다. 미키, 심사장과 함께 4층으로 올라가 보았다. 보조주방의 목재칸막이가 그대로 있었다.

"목재칸막이를 철거해 주세요."

미키가 심사장에게 요청했다.

"그대로 놔두어도 되는데."

심사장은 입맛을 다셨다.

"답답하고 통풍도 잘 안될 것 같아요."

미키가 재차 철거해 달라고 했다.

"알았어요."

심사장은 어쩔 수 없다는 듯 동의했다.

담유와 미키는 보조주방의 목재칸막이 설치에 대해 전혀 아는 바가 없었다. 물론 건축도면에도 표시되어 있지 않았다. 심사장 스스로 판단해서 목재칸막이를 만들어 놓은 것이다. 목재칸막이를 만드느라 목수일당 반나절치는 들어갔을 터인데, 담유와 사전에 협의했다면 이런 불상사는 벌어지지 않았을 것이다.

2016년 8월 23일

오전 7시 10분 인테리어 심사장이 이미 현장에 도착해 있었다.

"내부 철제계단을 내일 착수하는 게 맞지요?"

"장사장에게 부탁했어요. 내일 옥상테라스 난간 설치하러 들어오면 계단부터 실측할 겁니다."

심사장은 어쩔 수 없었다는 듯 체념조로 대답했다.

'아니 무슨 소리지?'

담유는 깜짝 놀랐다. 장사장과 가격이 맞지 않아 외면했던 심사장이 다시 장사장에게 일을 시킨다니, 담유에게는 더 없이 반가운 소식이었다. 장사장은 자신을 계단난간의 장인이라며 자부심이 대단한 사람 아닌가? 계단실난간도 단단하게 설치해 주어 만족하고 있었다. 심사장은 담유가 좋아하는 모습이 그리 달갑지 만은 않은 듯, 담유를 힐끗 쳐다보곤 사무실을 나갔다.

오전 7시 40분 석공사 이성호 사장이 젊은 석공 1명과 현장에 도착했다. 이사장이 조수석에서 내리며 오른 손으로 허리를 떠받쳤다.

"허리가 불편하세요?"

"어제 하남현장에서 돌 붙이다가 다쳤시유."

담유는 깜짝 놀랐다.

"많이 다쳤나요?"

"아녀유. 조금 지나면 나아지겠쥬."

오늘은 차를 운전해 온 젊은 석공 혼자서 계단실 현관출입문틀 옆 걸레받이, 현관출입구 외벽 걸레받이, 1층 화장실 걸레받이를 붙일 것이라고 했다. 오늘 돌 작업을 끝내면 준공 이전에 더 이상 현장에 오지 않아도 된다. 이사장은 조수석으로 들어가 좌석을 뒤로 완전히 젖힌 다음 길게 누웠다. 통증이 심해 보였다. 담유는 맥심커피를 타서 이사장에게 가져다주었다. 이사장은 얼굴을 찡그리면서도,

"고마워유."

빅 스마일을 지었다.

오전 8시 담유는 아스팔트 도로에 묻은 시멘트 찌꺼기를 그라인더로 갈아내기 시작했다. 옆 현장사람들은 담유의 엉성한 그라인더 손놀림에 잔뜩 긴장하며 불안해했다. 시멘트 찌꺼기를 모두 갈아내는데 약 2시간 정도 소요되었다. 담유는 원상복구확인서에 첨부하기 위해 그라인더 작업 전·후 사진을 촬영했다.

그라인더를 사용하는 작업은 위험하다. 위험한 작업은 직접 하는 게 최선이다. 만에 하나 직영을 시켜 작업하다가 부상이라도 당하면 큰 곤욕을 치를 수 있기 때문이다. 담유는 얼굴과 온몸이 먼지와 땀으로 뒤범벅되었으나, 스스로 해냈다는 사실에 뿌듯하기만 했다.

오전 10시 25분 대한가설 최부장으로부터 전화가 왔다.

"가설컨테이너를 언제 가지고 가는 게 좋겠습니까?"

"25일 오후에 가지고 가세요."

"알겠습니다."

철거 전날 다시 한 번 알려 달라고 했다.

오후 6시 외부행사에 참석했다가 현장에 돌아왔다. 늦은 시간인데도 창호 작업자가 1층 현관문을 설치하고 있었다.

"현관문 폭이 30㎜ 작네요. 잘못 만들었습니다."

담유는 무슨 소린가 싶었다.

"다시 제작해서 설치하러 오겠습니다."

그리곤 현장을 떠났다. 1층 상가 유리문은 정상적으로 설치되어 있었고, 열쇠도 꽂혀 있었다. 방사장에게 전화했다.

"현관문이 잘못 되었다는데 무슨 소리지요?"

"아, 제가 치수를 잘못 쟀습니다."

"예에?"

방사장이 치수를 잘못 잴 수도 있나? 갑자기 어리둥절했다.

"그럼, 현관문을 다시 제작하는데 며칠 걸리나요?"

"내일 주문하면 2~3일 정도 걸릴 겁니다."

방사장은 자신이 실수했다며 미안하다고 했다. 담유는 방사장을 이미 오래 전부터 신뢰하고 있었기 때문에 그의 실수가 그다지 크게 느껴지지 않았다. 곧바로 제대로 해 놓을 테니까 말이다.

현관문 상부 문틀에 인터폰과 연결된 자동걸쇠(Auto Lock)가 설치되어 있었다. 세운통신 이사장이 다녀간 것이 분명했다. 이사장은 여전히 온다는 말도 없이 왔다가 간다는 말도 없이 가버리는 그림자 같은 존재였다.

도장 작업과
노출콘크리트 작업을 시작하다

2016년 8월 24일

오전 7시 10분 인테리어 심사장이 현장에 도착했다. 심사장은 오늘부터 필름 작업을 시작하는데 약 3일 정도 걸린다고 했다. 그리고 목수 1명은 4층 안방 드레스룸의 포켓 도어를 설치할 것이라고 했다. 필름 작업은 목수들이 합판으로 만들어 놓은 아트홀과 우물천정박스 위에 대리석 무늬 또는 원목 무늬의 필름을 덮는 작업이다. 필름 작업이 완료되면 아트홀에 대리석을 붙인 느낌이 나고 우물천정박스가 원목 느낌이 나게 되는 것이다. 이제 본격적으로 내부마감 중 치장 작업에 들어선 것이다.

오전 7시 20분 도장팀 3명이 도착했다. 도장팀은 가장 먼저 계단실 무늬코트 작업을 시작한다고 했다. 도장팀은 보양 작업으로 PE필름을 계단난간에 덮기 시작했다.

"세대 방화문(현관문)은 어떤 색으로 결정하셨나요?"

도장팀장이 담유에게 물어보았다. 담유는 방화문 카탈로그를 보여 주면서,

"주인세대와 임대세대 방화문이 다릅니다. 페인트는 두 종류입니다. 그리고 계단난간은 검은색 무광페인트입니다."

"알겠습니다."

도장팀장은 핸드폰을 꺼내더니, 카탈로그 사진을 찍었다. 사진으로도 색을 맞출 수 있는 것 같았다.

오전 7시 30분 계단난간 설치 장사장과 작업자 1명이 현장에 도착했다. 곧바로 옥상테라스로 올라가서 테라스난간 설치 작업에 착수했다. 담유는 어제 심사장으로부터 장사장에게 4층 내부 철제계단 설치를 요청했다는 말을 전해 들

어, 장사장이 내부 철제계단 설치에 대해 언급할 것을 기대하고 있었다. 그런데 장사장은 그에 대해서는 일언반구도 없이 옥상테라스로 올라간 것이다.

"장사장님이 내부 철제계단 설치하는 거 맞나요?"

장사장은 일단 창호 방사장에게 물어보겠다고 했다는 것이다. 장사장과 방사장 사이의 거래관계가 매우 돈독한 것 같았다. 장사장이 방사장에게 전화했다.

"여기 SMJ입니다. 내부 철제계단 설치를 제게 부탁하는데 해도 될까요?"

방사장은 심사장과 장사장이 합의해서 일을 추진하면 된다고 대답하는 것 같았다. 방사장의 성품으로 보아 당연했다. 괜시레 남의 일에 간섭하거나 피해를 주는 스타일은 아니기 때문이다.

담유는 심사장과 장사장이 잘 합의해서 내부 철제계단 설치가 곧 시작될 것이라 기대하며 사무실로 내려왔다. 그런데 심사장이 약 30여 분 후 사무실로 내려와서,

"장사장과는 단가를 맞출 수 없네."

다른 철제계단 설치팀을 알아보겠다고 했다. 아니 이게 또 무슨 말인가? 단가가 맞지 않다니. 얼마나 맞지 않기에 좋은 사람을 놓치는지 이해되지 않았다. 그런데 어떻게 하라. 담유는 심사장과 이미 계약한 상태이기 때문에, 심사장에게 내부 철제계단 설치에 대해 이래라저래라 간섭할 수 없었다. 내부 철제계단 설치는 또다시 원점으로 돌아간 것이다. 가장 먼저 했어야 할 일이 이제 마지막으로 밀린 것이다. 이렇게 되면 마감공종은 꼬이게 되고, 작업자들은 더욱 힘들어지게 된다.

'아! 미치겠구나.'

심사장이 손들고 나가면 담유가 마무리하면 된다. 그런데 심사장은 손들 생각이 전혀 없는 것 같았다.

오전 7시 50분 ㈜한솔 서과장에게 전화했다.

"원상복구확인서를 제출하면 결재 받는데 얼마나 걸리나요?"

"약 이삼일 걸립니다."

서과장은 LH로부터 원상복구확인을 받을 때까지 현장 주변에 안전띠를 둘러 외부인의 접근을 막아 달라고 했다.

오전 9시 설비 박사장이 수도계량기가 아직 설치되어 있지 않다면서 구리시 급수과에 문의해 보라고 했다. 오전 9시 40분 구리시 급수과 이진우 주무에게 전화를 했다.

"갈매택지지구에서 상가주택 신축 중입니다. 수도계량기 설치는 어떻게 해야 하나요?"

"수도계량기를 설치하는 과정은 급수공사 신청절차와 동일합니다. 시간이 걸립니다."

그리고는 수도계량기 설치절차를 설명했다.

"우선 수도계량기 설치 신청서를 작성해서 제출하면, 급수과에서 수도계량기 견적을 내서 건축주에게 고지서를 발급합니다. 건축주가 수도계량기 설치비용을 납부하면, 구리시에서 지정한 업체가 수도계량기를 설치합니다."

담유는 준공이 얼마 남지 않았으니 수도계량기 설치를 서둘러 달라고 요청했다. 이주무는 SMJ House가 갈매택지지구에서 처음으로 준공되는 상가주택이므로 특별히 긴급으로 처리해 주겠다고 했다. 오전 10시 30분경 구리시 급수과를 방문해서 이주무를 만났다. 수도계량기 설치 신청서를 작성해서 제출했다. 이주무가 26일 정도에 고지서가 발부될 것이고, 30일 정도에 수도계량기를 설치할 것이라고 했다.

오전 10시 40분 노출콘크리트 전호철 사장으로부터 오늘 오후에 들어갈 것이라면서, 현장위치를 알려 달라고 해서 문자를 보내 주었다.

오전 11시 전기 신오석이 비상시 탈출용 완강기를 3, 4층에 설치해야 한다면서 위치를 알려 달라고 했다.

"도면에 표시되지 않았나요?"

"허가도면에 표시되지 않았습니다."

담유는 준공검사에 필요한 소방설비가 도면에 표시되지 않았다는 게 이해되지 않았다. 상가주택 건축허가도면이 얼마나 허술한지 새삼 깨달았다.

"완강기는 어디에 설치해야 되나요?"

"3층 이상의 세대에 1개씩 설치해야 됩니다."

신오석과 함께 3층과 4층으로 올라가, 3층 2룸은 다용도실에, 3층 3룸은 거실에, 4층은 보조주방에 설치하는 것으로 결정했다.

오후 2시 노출콘크리트팀 3명이 현장에 도착했다. 노출콘크리트 비용을 아직 결정하지 않았다.

"기둥 4개인데, 150만 원에 하면 어떨까요?"

담유가 먼저 제안했다. 전사장은 콘크리트면이 거칠어 비용이 더 들어간다면서 난색을 표하다가,

"알겠습니다."

고개를 끄떡였다. 전사장도 현장사람들 대부분이 그렇듯 쿨했다. 대신 피티아시바[94]를 가져다 달라고 했다. 설비팀이 보관해 둔 피티아시바를 사용하라고 했다.

오후 6시 외부에 나갔다가 현장에 돌아왔다. 미키가 도착해 있었다. 노출콘크리트팀은 기둥면을 그라인더로 갈고 있었다. 먼지가 1층 상가전체로 번져가고 있었다. 위층으로 올라가 보았다. 내장필름 작업은 3층 2룸까지 마무리되었고, 계단실 계단난간에는 비닐 보양막들이 꼼꼼하게 덮여 있었다. 무늬코트를 뿌리기 전 보양 작업이 완료된 것이었다. 옥상 테라스 난간도 설치가 완료되어 있었다.

이제 공사가 막바지로 접어들며 군데군데 비어 있던 부분들이 메워지고 있었다. 마감공사가 끝나면 콘크리트나 미장면은 시야에서 사라지고, 그 위에 덮인 도배나 필름, 마루와 페인트만이 보일 것이다. 마치 순백의 얼굴이 엷고 화사한 분홍빛으로 변하는 것처럼 말이다.

---

94) 이동식 틀비계로서 비계다리에 바퀴가 달려 있어 이동시킬 수 있음

가설컨테이너를
철거하다

2016년 8월 25일

오전 6시 20분 LS공조 김동철 사장에게 전화했다.

"오늘 가설사무실을 철거하는데 가설사무실에 설치되어 있는 에어컨을 떼어 내는 방법을 알려 주세요."

"실외기 옆의 보호캡(2개)을 열면 4㎜ 육각나사가 있어, 렌찌로 시계방향으로 돌려 잠근 다음, 연결파이프를 자르면 돼."

"알겠습니다."

담유는 오전 6시 40분 철물점에서 육각렌찌, 망치(일제), 안전띠, 드라이버를 구매해서 현장으로 갔다.

오전 7시 10분 인테리어 심사장이 이미 도착해 있었다.

"현장 앞에서 서성이는 아줌마들 누구지?"

심사장이 담유에게 물어보았다.

"계단실 바닥 돌에 메지 넣으러 온 사람들 같은데."

오늘은 계단실 무늬코트 작업 때문에 계단실 메지 작업이 불가능했다. 어제 석공사 이성호 사장에게 오늘 계단실 무늬코트 작업을 하니 계단실 돌 메지는 다음 주에 들어와 달라고 부탁했었다. 메지아줌마들에게 전달되지 않았던 모양이었다.

"다음 주에 다시 와 주시겠습니까?"

메지아줌마들이 기분 나빠할 것 같았는데 별 말없이 철수했다.

오전 7시 15분경 노출콘크리트팀이 현장에 도착했다. 전사장의 표정이 밝았다.

"어제 밤 잘 주무셨습니까?"

"네. 별내 사우나가 너무 좋던데요. 편히 잘 쉬었습니다."

전사장은 오늘 중으로 작업을 마무리하겠다고 했다.

오전 7시 20분 도장팀이 도착했다. 계단실 벽면에 하얀 페인트를 칠하기 시작했다.

"심사장님, 내부 철제계단은 어떻게 되어가나요?"

"잘 아는 잡철사장이 오늘 들어와 실측할 겁니다."

마침내 단가가 맞는 설치팀을 찾은 모양이었다.

오전 7시 50분 전기 신오석에게 전화했다.

"오늘 현장에 들어오나요?"

"네. 들어갑니다."

"오늘 가설컨테이너를 철거합니다. 가설컨테이너에 부착된 전기박스와 전기선을 오후 1시까지 제거해 줄 수 있나요?"

"네. 알겠습니다."

오전 7시 50분경 목수 1명과 필름팀 2명이 도착했다. 목수는 4층 드레스룸 포켓도어, 보조주방 칸막이 제거, 4층 현관 3중문 문틀, 현관 팬트리(Pantry) 문틀을 설치할 예정이라고 했다. 필름팀은 오늘은 2, 3층까지 마무리하고, 내일 4층까지 모두 완료할 것이라고 했다.

필름팀장은 육체미 선수같이 단단한 근육질 몸매를 가지고 있어 위압감이 느껴졌다. 그런데 필름을 붙이는 모습은 너무나 여성스럽고 꼼꼼했다. 특히 오른쪽 귀에 달린 조금만 금색 귀걸이가 유난히 빛을 발했다. 귀걸이 한 남자들을 아직도 이해하기 어렵지만, 어쩐지 어울리는 것 같았다.

오전 7시 50분경 가설컨테이너 지붕으로 올라가, 에어컨 실외기를 해체할 수 있는지 살펴보았다. 엄두가 나지 않아 내려왔다. 오전 7시 55분 에어컨을 구매했던 하이마트 별내점 에어컨 설치팀장에게 전화했다.

"오늘 가설컨테이너를 철거하는데 에어컨을 떼어 낼 수 있나요?"

"저희들도 매일매일 설치 작업 스케줄 때문에 현장에 갈 수 없습니다."

팀장은 에어컨 실외기를 떼어 내는 것은 매우 쉽다고 했다.

"일단 실외기가 가설컨테이너 지붕에 실리콘으로 부착되어 있습니다. 지붕에 고정한 나사를 먼저 풀고 실외기를 떼어 내면 됩니다."

오전 8시경 담유는 가설컨테이너 지붕으로 다시 올라갔다. 에어컨 실외기를 지붕에 고정시킨 실리콘을 제거하고 떼어 내려 했더니, 2곳은 떼어졌는데 나머지 2곳이 떼어지지 않아, 살펴보니 나사로 고정되어 있었다. 드라이버로 나사를 풀고 실외기를 가설컨테이너 지붕에서 떼어 냈다.

오전 8시 15분 라인드림 오부장이 현장에 도착했다. 심사장과 함께 4층으로 올라가 4층 주방 도시가스배관 위치를 주방 모서리로 이동시키기로 결정했다. 오부장과 도시가스배관을 이동시킬 위치를 의논하고 있는데, 옆에 있던 심사장이 비아냥거리며 끼어들었다.

"2, 3층 주방 도시가스배관도 잘못 설치되었어요."

심사장의 빈정거리는 것을 듣던 오부장이 기분 나빠졌는지,

"뭐가 잘못되었다는 겁니까?"

갑자기 목청을 높였다. 그리고 심사장과 격렬하게 말다툼하기 시작했다. 담유가 중간에 나서 겨우 진정시켰다. 2, 3층 주방 도시가스배관은 이동시키지 않기로 결정했다. 사실 도시가스배관은 싱크대를 설치하는 심사장이 정확한 위치를 알려 주어야 한다. 그런데 심사장이 오부장에게 사전에 알려 주지 않고 비난을 했으니, 오부장 입장에서는 기분이 나쁠 수밖에 없었다.

심사장이 현장에 들어오면서 다른 공종들과 심심치 않게 언쟁이 벌어지고 있다. 담유로서는 곤혹스럽기 짝이 없는 일이다. 심사장은 점잖고 착한 설비 박사장과도 화장실 문이 변기에 걸린다며 크게 다툰 적이 있다. 화장실 문이 변기에 걸리는 문제는 심사장과 박사장이 조용히 얘기하면 되는 것이다. 심사장은 쉽게 풀릴 일들을 괜히 상대방의 심기를 건드리는 나쁜 버릇이 있는 것 같았다. 화를 자초하는 심사장은 참으로 알다가도 모를 사람이었다.

오전 11시경 전기 신오석이 전기계량기를 신청하겠다고 했다. 그리고 이번 주 중으로 소방, 통신, 전기 작업을 모두 완료할 예정이라면서, 다음 주중으로 준공검사를 받고 필증까지 받을 수 있을 것 같다고 했다.

오전 11시 5분 방사장으로부터 전화가 왔다.

"오늘 가설컨테이너를 철거하나요?"

"네. 칠거합니다."

"그럼, 현장사무실 짐들을 1층 상가 안으로 옮겨야 되지 않나요?"

"네. 옮길 겁니다."

담유는 방사장이 가설컨테이너의 물품을 상가 안쪽으로 이동시키는 것까지 신경 쓰고 있다니 깜짝 놀라지 않을 수 없었다. 시흥에서 오가느라 정신없는 줄 알았는데, 사무실 이동까지 살펴보고 있었던 것이다.

"오늘 1층 상가 빠진 유리를 끼우러 갈게요."

그래야 1층 상가내부가 완전하게 차단된다는 것이었다. 방사장이 너무나 고마웠다.

오후 1시 가설컨테이너를 실어갈 크레인 트럭이 도착했다. 크레인의 와이어에 가설컨테이너의 네 귀퉁이를 묶어 트럭에 올리는데 불과 20분도 걸리지 않았다. 가설컨테이너가 놓였던 자리는 풀 한 포기 자라지 않아 썰렁했다. 지난 4개월 동안 현장을 지키던 가설컨테이너가 떠나간 것이다.

오후 2시 40분경 방사장 혼자 유리문을 트럭에 싣고 현장에 도착했다.

"유리문은 저 혼자 설치해도 충분합니다."

"제가 도와 드릴게요."

"다치십니다."

방사장은 담유에게 손사래 쳤다. 다만 문틀 상부 잠김볼트만 위로 올려달라고 했다.

"현관문을 다시 제작했나요?"

"제작해서 공장에 들어왔습니다. 내일 설치하러 올 겁니다."

그리고 빗물선홈통은 주차장 천정 SMC를 설치한 후에 마무리하겠다고 했다. 담유가 SMC설치가 지연되고 있으니 그전에 설치해도 된다고 했다. 방사장은 알겠다며 바로 설치하겠다고 했다.

오후 3시 30분경 노출콘크리트 작업이 완료되었다. 전사장을 포함해서 작업팀 3명은 참으로 성실한 사람들이었다. 5.4m 높이의 기둥들을 그라인더로 갈아내고, 노출미장을 한 다음 코팅을 입히기까지 잠시도 쉬지 않고 작업했다,

"전사장님, 왜 쉬지도 않고 일하십니까?"

"노출콘크리트 작업은 인건비 싸움이에요."

너털웃음을 지었다. 웃는 모습이 너무 천진스러웠다. 전사장은 곧바로 다음 현장으로 이동해야 한다며, 1톤 트럭에 장비와 자재들을 싣고 황급히 현장을 떠났다. 현장 사람들을 만나면서 항상 느끼지만, 정말 성실하고 열심히 사는 사람들 같았다. 힘겨운 노동에 시달리면서도 마음은 늘 순수하고 따뜻했다.

오후 4시부터 무늬코트를 뿌리기 시작하였다. 오후 5시경 계단실 4층과 3층 벽면에 무늬코트 분사가 완료되었다. 오후 5시 필름 작업은 2, 3층까지 완료되었다. 내일 4층까지 마무리하겠다고 했다. 목수는 보조주방 칸막이를 제거했고, 4층 현관 3중 문틀과 현관 팬트리 문틀도 설치하였다.

"오늘 내부 철제계단을 실측하러 들어오려고 했는데, 너무 늦어 내일 실측한 다음 모레까지 설치할 겁니다."

심사장은 무심하게 둘러댔다. 이제 심사장이 콩 심으면 콩 난다 해도 믿지 않을 것이다. 벌써 약속을 몇 번째 어기는가? 아니 약속을 어겼으면 미안한 기색이라도 보여야 하지 않은가? 심사장은 무표정하게 담배를 꼬나물었다.

도배 작업을 시작하다

2016년 8월 26일

오전 7시 10분 1층 현관문을 설치하다 돌아갔던 창호 작업자가 다시 제작한 현관문을 설치하고 있었다. 현관문 설치는 오래 걸리지 않았다. 설치 완료된 격자틀 모양의 현관문은 주변의 검은색 고흥석과 잘 어울렸다. 단순미가 돋보이고 담백하며 빈틈이 없었다.

오전 7시 20분 ㈜한솔 사무실로 가서 서과장에게 도시기반시설 원상복구확인서를 건네주었다.

"제가 검토해 보고 연락드리겠습니다."

서과장은 키가 훤칠하고 얼굴이 갸름했다. 태양빛에 그을린 얼굴에 항상 선글라스를 끼고 다녔는데, 젊은 나이지만 공사과장으로서 카리스마가 넘쳤다. 담유에게는 무척 친절하게 대해 주었다. 아무래도 토목전공이라 건축전공인 담유에게 친근감을 느끼는 듯했다. 특별히 SMJ House가 갈매택지지구의 첫 상가주택이니 더욱 신경 써 주는 것 같았다.

오전 7시 30분 도장팀 2명, 내장필름팀 2명이 도착했다. 내장필름은 오늘 작업을 완료할 것이라고 했다. 도장은 무늬코트 분사를 마무리하고, 세대별 방화문, 계단난간, 테라스난간에 페인트칠할 예정이라고 했다. 시간이 되면 다용도실 벽에 광텍스 페인트까지 마무리할 것이라고 했다.

도장팀 2명은 나이가 지긋해 보였으나 도통 말이 없었다. 페인트 작업의 특성상 마스크를 착용해서 그럴 것이다. 계단실을 오르내리며 작업하는 모습을 유심히 살펴보았는데 매우 꼼꼼했다. 페인트 작업의 연륜을 느낄 수 있었다.

오전 7시 40분경 도배팀 3명이 도착했다. 남자 2명, 여자 1명이었다. 담유와 함께 현장을 둘러본 다음 곧바로 도배 작업에 들어갔다. 도배팀도 시간과의 싸움 같았다.

"도배 잘 부탁드립니다."

담유가 도배팀장에게 말을 건넸다.

"도배가 다 그렇지요. 그런데 도배지를 잘 고른 것 같습니다."

담유는 도배 작업 역시 미키에게 일임했다. 도배지는 미키가 골랐다. 도배전문가가 잘 골랐다고 하니 기분이 상쾌해졌다.

도배 작업은 2층 2룸부터 시작되었다. 가장 먼저 석고면은 종이테이프로 틈을 메우고 미장면은 바탕벽지를 붙였다. 바탕면이 정리되면 천정부터 도배지를 붙이기 시작했다. 도배지에 풀을 바르는 기계는 마치 프로터(Plotter)처럼 생겼는데 시간과의 싸움에서 빠질 수 없는 도구 같았다. 도배는 일요일까지 마무리하겠다고 했다.

오전 7시 50분경 목수 1명이 도착했고, 오늘 목수 작업을 모두 완료할 것이라고 했다.

"다락층 내벽에 돌출된 수도와 오배수배관이 안 보이도록 석고로 잘 가려주세요."

"잘 알고 있습니다. 다락 석고 작업 끝나면, 1층 화장실천정 설치, 현관출입구 외부천정에 편백나무 설치순서로 작업할 겁니다."

오전 8시경 전기 신오석이 현장에 도착했으며, 오늘 전기, 통신, 소방 작업을 모두 완료할 것이라고 했다.

오전 8시 10분경 인테리어 심사장이 도착했다.

"오늘은 내부 철제계단 실측하러 진짜 들어오나요?"

"오늘 오후에 들어옵니다."

담유는 의례적으로 물었다. 그런데 오늘은 심사장이 건성으로 말하는 것 같지 않았다.

"아 XX, 모든 게 순조롭게 진행되는데, 그 놈의 내부 철제계단 때문에 머리되게 아프네."

이번 주 중으로 내부 철제계단을 반드시 마무리하겠다고 했다. 그리고 1층 화장실에 큐비클만 끼우면 자기가 맡은 공사는 모두 마무리된다고 했다.

심사장은 내부 철제계단을 제외하고 다른 작업은 잘 진행된 것으로 생각하고 있는 것 같았다. 아마 목수 작업을 의미할 것이리라. 그런데 목수 작업을 돌이켜 보면 심사장이 협의 없이 진행해서 뜯어내고 다시 작업한 경우가 어디 한두 번인가? 아직도 심사장이 맡은 공종 중 절반도 마무리되지 않았다. 도장 작업과 필름 작업이 오늘 끝나지만 도배는 이제 시작되었다. 앞으로 임대세대 싱크대와 신발장 설치, 마루 깔기, 문짝 설치, 드레스룸과 팬트리 가구 설치, 그리고 다락층 추가공사가 남아 있었다.

"심사장님, 아직 남아 있는 일이 많은데 무슨 소립니까?"

"그런가요."

심사장은 담배를 꺼내 불을 붙이더니 한숨과 함께 담배연기를 길게 뿜어냈다. 본인도 답답한 모양이었다.

오전 9시 20분 구리시 급수팀 이진우 주무에게 전화했다.

"오늘 수도계량기 고지서가 나온다고 했는데 어떻게 진행되나요?"

"오늘 하루 종일 SMJ House만 작업해서 저녁에 고지서가 나오도록 할 것입니다. 고지서를 받으면 곧바로 비용을 지불하세요."

이주무가 오후 6시경 고지서를 U플라자 팩스로 보내 주었다. 비용은 은행창구에서 납부해야 한다고 했다.

오전 9시 40분 방사장에게 전화했다.

"내일 위생도기를 설치합니다. 그전에 1층 화장실 방화문을 설치할 수 있나요?"

"1층 화장실 방화문만 설치하지 않고요. 전 세대 방화문을 한꺼번에 설치할 겁니다."

그러면서 내일 가능한지 확인해 보겠다고 했다.

오후 1시 50분경 미키에게 문자로 내일 위생도기가 들어오는데 지게차를 불러야 하는지 물어보았다. 위생도기는 파렛트에 싣지 않기 때문에 설비팀에서 직접 내려야 한다고 했다.

오후 2시 30분 서과장이 전화해서 현장에 있는지 물어보았다.

"도시기반시설 원상복구확인서 서식이 잘못되었습니다. 제가 직접 새로운 서식을 가져다 드리겠습니다."

잠시 후 서과장이 현장으로 와서 새로운 서식을 건네주었다.

"8월 말까지 준공검사를 신청하려고 합니다. 원상복구확인을 서둘러 주실래요."

"원상복구해야 할 사항들이 아직 남았습니다. 맨홀뚜껑을 열고 맨홀 바닥면이 보이도록 깨끗이 청소해야 합니다."

오후 3시 담유는 별내역 앞 이마트에 가서 프라스틱 국자를 사왔다. 맨홀뚜껑을 열고 좁은 맨홀 안으로 들어갔다. 맨홀 공간이 협소해서 손에 든 국자를 제대로 움직일 수 없었다. 억지로 맨홀 바닥의 쓰레기와 벽돌 잔해 등을 꺼냈다. 옆 현장소장이 지나가다가,

"수도물로 쓰레기들을 맨홀 안쪽으로 밀어 넣으면 됩니다."

담유는 맨홀에서 얼른 빠져 나왔다. 수도꼭지에 호스를 연결해서 맨홀 속으로 집어넣은 다음 물을 틀었다. 수도물이 맨홀 속 쓰레기들을 안쪽으로 흘려보냈다. 수도물 압력에도 꿈쩍하지 않는 쓰레기들은 삽으로 맨홀 안쪽으로 밀어 넣었다. 맨홀 바닥면은 금세 깨끗해졌다.

오후 5시 서과장이 건네준 새로운 서식의 도시기반시설 원상복구확인서를 작성해서 서과장을 찾아갔다. 서과장이 개인 일로 일찍 퇴근했다기에 서류를 책상 위에 올려놓고 현장으로 돌아왔다.

오후 5시 10분경 목수 작업과 내장필름 작업이 모두 완료된 것을 확인했다. 오후 5시 30분 심사장이 내부 철제계단을 설치할 사람이 저녁 늦게라도 현장에 올 것이라고 했다. 오후 6시 20분경 내부 철제계단을 설치할 송사장이 현장에 도착했다. 심사장과 함께 4층에 올라가 내부 철제계단 설치방법을 논의하고 내려왔다. 송사장은 내일 오전 7시 실측하고 일요일에 설치할 것이라고 했다.

'드디어 내부 철제계단이 설치되는구나!'

별것 아닌데도 감동이 몰려왔다. 얼마나 마음 졸였으면 이럴까 싶었다.

2016년 8월 27일

오전 6시 50분 휴가 나온 준성이와 함께 현장으로 나왔다. 5분 후 위생도기를 실은 트럭이 현장에 도착했다. 오전 7시가 지나서도 설비팀이 도착하지 않아, 박사장에게 전화했다.

"지금 오금동 현장에서 오늘 레미콘 타설한다고 해서, 급하게 배관 작업하고 있습니다. 오후 늦게 현장에 들어갈 수 있겠네요."

오전 7시 10분경 미키가 현장에 도착했다. 담유와 준성이가 트럭에 실린 위생도기들을 현관 앞과 상가내부에 내려놓았다. 미키는 내려놓은 위생도기들을 목록과 대조하며 꼼꼼하게 확인했다. 미키의 다문 입술은 야무졌고 눈빛은 날카로웠다. 위생도기 물량은 정확했다.

오전 7시 20분경 도장팀 2명이 도착했고, 오늘 도장 작업을 마무리할 것이라고 했다.

오전 7시 30분 내부 철제계단을 실측하기 위해 잡철 송사장이 도착했다. 심사장과 함께 4층에 올라가 철제계단 설치방법에 대해 다시 논의했다.

"여기에서 계단이 시작되면 됩니다."

담유가 매직으로 표시해 놓은 위치를 알려 주었다. 그곳은 난방엑셀이 깔리지 않은 곳이었다. 철제계단을 지탱하는 프레임은 사각파이프를 사용하기로 했다. 사각프레임과 4층 바닥, 사각프레임과 다락 바닥은 플레이트를 용접하여 연결시키고, 플레이트는 앵커로 콘크리트 내부에 단단하게 고정하기로 했다.

오전 8시경 도배팀 3명이 도착해서 곧바로 3층부터 도배를 시작했다. 도배는 내일까지 4층을 마무리하겠다고 했다. 그런데 내일 4층 내부 철제계단을 설치하는데 도배를 붙일 수 있는지 의문이었다. 도배팀장에게 물어보았다.

"내일 4층에서 철제계단 설치하는데도 도배를 붙일 수 있나요?"

"철제계단 설치하지 않는 곳부터 작업하면 됩니다."

도배팀장은 대수롭지 않게 대답했다. 아무래도 도배가 내일까지 끝나기는 어려울 것 같았다.

오전 10시경 창호팀 2명이 도착해서, 빗물선홈통 3곳에서 2층까지 내려온 홈통을 연결해서 1층 바닥 빗물받이 위에 고정하기 시작했다. 피티아시바 위에서

홈통을 연결하고 용접하는 모습이 너무나 힘겨워 보였다. 오후 2시 빗물선홈통 연결 작업을 마무리했다. 그리곤 곧바로 1층 화장실 방화문과 도어록 설치, 2, 3층 임대세대 방화문 설치, 1층 현관문 상부 유리끼우기를 완료했다. 마지막으로 방화문틀 주변과 1층 샷시와 돌이 만나는 부분에 코킹을 쏜 다음, 오후 3시 30분경 철수했다. 오늘 창호팀 작업은 조금도 쉬지 않는 그야말로 강행군이었다.

오후 2시 U건설 채소장에게 전화했다.

"배수설비필증은 언제 받아야 하나요?"

"위생도기를 모두 설치한 다음, 구리시 하수도과 공무원들이 직접 현장에 나와 오수가 제대로 빠지는지 검사한 다음 발급합니다."

"아, 그렇군요. 일요일에 위생도기를 설치할 예정입니다."

"위생도기가 모두 설치되면 월요일에 배수설비 검사를 신청하겠습니다."

오후 2시 30분경 심사장이 인테리어공사 기성금(既成金) 1,000만 원을 입금시켜 달라고 했다. 심사장은 툭하면 기성금을 미리 당겨 달라며 떼를 썼다. 그래서 이제까지 계약금액 7,500만 원 중 이미 4,500만 원을 지급했다. 담유가 심사장에게 농담을 던졌다.

"심사장은 자기 돈은 한 푼도 안 쓰고, 내 돈으로만 시공하려 합니까?"

"이 공사로 재미 하나 못 봅니다."

심사장은 웬일인지 멋쩍게 웃기만 했다.

건설공사에서 일한 물량(物量)보다 기성을 더 많이 지급하면 문제가 종종 발생한다. 일을 시켜도 말을 듣지 않거나 최악의 경우 오야지가 야반도주할 수도 있다. 담유도 익히 알고 있었다. 그런데 심사장이 매번 죽는 소리를 하니, 어차피 주어야 할 돈이라며 선뜻 입금시켜 주었다. 그래서 그런지 심사장은 담유의 말을 잘 듣지 않고 약속도 쉽게 어겼다.

담유는 오야지들과 가능하면 갈등을 만들고 싶지 않았다. 갈등의 원인은 대개 돈이다. 업자들이 건축주가 돈이 없거나 재무능력이 부족하다고 생각되면 일을 늦추거나 중간에 그만두기도 한다. 역으로 건축주가 충분한 재무능력을 가지고 있다고 생각되면 최선을 다해서 돈을 빼먹으려고 한다. 담유는 후자의 경우를 선택한 것이다. 건축주가 충분한 재무능력이 있으니 열심히 일하면 그만큼 보상해 준다는 것을 보여 주어 오야지들이 최선을 다하도록 유도하려는 것이다. 그런데 심사장은 담유의 선택을 역이용하는 것 같았다.

'심사장, 마음대로 해봐라. 이 바닥에서 계속 일하려면 중간에 그만두고 도망가진 못하겠지. 충분하게 보상해 주니까 말이야.'

담유는 허허실실(虛虛實實) 전략을 구사하고 있는 것이다. 상대방의 허를 찔러 실익을 얻는 것이다. 채소장이 심사장을 소개했으므로, 심사장이 함부로 도망가진 못할 것이다. 그랬다간 이 바닥에서 완전히 퇴출될 것이다. 담유는 겉으로 참고 있으나 속으론 칼을 갈고 있었다.

오후 3시 30분경 설비 박사장이 아들과 함께 현장에 도착해서, 30분 정도 위생도기들을 각 층으로 올려놓았다. 박사장의 움츠린 어깨가 한층 무거워 보였다. 아마 일이 많아서 일 것이다. 박사장은 내일 설치하겠다며 현장을 떠났다.

오후 4시 30분경 철제계단 자재를 실은 트럭과 사다리차가 도착했다. 4층 거실 베란다 창문을 떼어 내고 사다리를 베란다 난간에 걸친 다음 철제계단 자재를 올리기 시작했다. 그런데 인테리어팀 김준호 반장이 사다리차 짐칸에 자재를 싣고 짐칸에 올라타는 것이 아닌가? 철제자재의 길이가 길어 올리는 과정에서 떨어질까봐 김반장이 자재를 붙잡으려고 하는 것이었다.

"김반장님, 사다리차 짐칸에서 내리세요. 위험합니다."

담유가 소리쳤다. 김반장은 꿈쩍도 하지 않았다. 옆에 있던 심사장이 그대로 잡고 있으라고 했기 때문이었다.

'참 황당한 사람들이군. 짐칸에서 떨어지면 어쩌려고 저러나.'

사다리차 짐칸은 올라오기 시작했다. 이미 엎어진 물이었다. 담유와 준성, 준영이는 4층 거실에서 사다리차의 짐칸이 올라오는 것을 초조하게 바라보고 있었다. 마침내 사다리차 짐칸이 4층 거실 베란다 난간에 도착했다. 철제자재를 붙잡은 김반장은 식은땀을 흘리고 있었다. 담유는 철제자재를 김반장으로부터 받아들고 4층 거실 안쪽에 내려놓았다.

짐칸에 앉아있던 김반장에게,

"어서 내리세요."

"4층에 쌓아 놓은 피티아시바와 동바리, 인테리어 작업폐기물들을 내려놓아야 됩니다."

김반장이 우물쭈물 거렸다. 담유가 화를 내며,

"아 참 빨리 내리라니까. 어서."

큰소리를 치고서야, 김반장은 짐칸에서 슬금슬금 내려왔다. 그리고는 짐칸에 피티아시바와 동바리, 작업폐기물들을 올리더니 지상으로 내려 보냈다. 길고 긴 하루가 거의 마무리되어 가고 있었다.

오후 5시 30분경 도장 작업은 끝났다. 도배는 2층과 3층 벽도배를 50% 정도 완료하였다. 내일까지 도배 작업을 끝내는 것은 사실상 불가능해 보였다. 오후 6시경 담유, 미키, 준성, 준영은 착공 후 처음으로 함께 귀가했다.

2016년 8월 28일

　　오전 6시 50분 철제계단 설치팀 2명이 도착했다. 4층 거실로 올라가서 어제 올려놓은 자재들을 확인했다. 이미 구상이 끝났는지 아니면 시간과의 싸움인지 곧바로 작업을 시작했다.

　　오전 7시 10분 박사장과 함께 설비팀 2명이 도착했다. 1층 상가내부에 보관해 두었던 화장실 악세서리를 각 층으로 올려놓았다. 설비팀 3명은 각자 1층씩 맡아 위생도기를 설치하기 시작했다. 박사장이 4층, 연변 조선족 설비공은 3층, 망우리에 산다는 설비공은 2층을 맡았다. 위생도기 설치는 빠르고 순조롭게 진행되었다.

　　오전 7시 15분경 타일 김구영 사장과 작업자 1명이 도착했다. 김사장은 현장에 어울리는 작업복을 입고 있었다. 처음 보는 정겨운 모습이었다. 김사장과 작업자 1명은 4층 주방과 아트홀에 벽타일을 붙이기 시작했다. 오후 4시경 주방과 아트홀 벽타일을 모두 붙인 다음, 주방 벽타일에 메지까지 넣었다. 그러나 아트홀은 벽타일의 크기가 커서 벽타일이 완전히 붙은 다음 메지를 넣어야 한다고 했다. 김사장은 아트홀에 붙인 벽타일이 꽤나 마음에 들었는지 담유에게,

　　"타일 이렇게 붙이는 사람 봤습니까?"

　　우쭐거렸다. 아트홀 타일은 수직과 수평이 정확하게 맞았고, 줄눈은 가늘고 일정했다. 아트홀에 큰 대리석 한 판을 붙인 듯했다.

　　오전 11시 4층에 올라가 내부 철제계단의 메인프레임과 연결된 하부 플레이트가 4층 바닥 콘크리트에 앵커로 단단하게 고정되는 과정을 지켜보았다. 송사장이 담유에게,

"계단의 단 높이를 28㎝로 하겠습니다."

"너무 높아요. 20㎝로 줄이세요."

"그러면 계단이 길어집니다."

송사장은 불만스러워했다. 오후까지 계단발판 총 15개중 12개를 설치했다. 상단 3개는 내일 계단 하부를 용접으로 보강한 다음 설치하겠다고 했다.

오후 12시 40분 계단실난간에 손스침을 설치하기 위해 계단난간 설치팀 장동현 사장과 작업자 1명이 도착했다. 장사장은 4층 거실로 올라와 내부 철제계단 설치 작업을 살펴보았다.

"에이, 뭐 이래."

"왜 마음에 안 드세요?"

담유가 물었다.

"저라면 저렇게 안합니다."

장사장은 계단형식이 자기 마음에 들지 않는다고 했다. 그리고는 계단실 1층으로 내려가서, 계단난간 평철 위에 손스침을 올려놓기 시작했다. 미송목재인 손스침을 난간이 변하는 부분에 맞추어 재단한 다음, 손스침 바닥에 본드를 묻혀 평철 위에 올리고 힘껏 눌렀다. 작업자 1명은 접착된 손스침과 평철을 나사로 재차 고정했다. 오후 4시 30분경 손스침 설치가 마무리되었다.

오후 2시경 설비 박사장이 1층 상가천정에서 물이 샌다고 했다.

"뭐라고요?"

담유는 놀래서, 1층으로 내려갔다.

"2층 2룸 화장실 배수관이 제대로 연결되지 않은 것 같네요."

박사장은 큰 문제 아니라며 내일 작업하겠다고 했다. 천정에서 물이 새는 것은 간단한 문제가 아니다. 집을 다 짓고 가장 고생하는 부분이 바로 누수문제이다. 한 번 누수가 발생하면 누수 원인을 찾기 힘들어 완벽하게 보수하기 쉽지 않기 때문이다. 아무쪼록 박사장 말처럼 큰 문제가 아니길 바랄 뿐이었다.

오후 5시경 도배 작업은 2, 3층을 모두 완료했고, 4층에서 바탕면 처리 작업을 시작했다. 예상한 대로 도배 작업은 내일까지 해야 끝날 것 같았다. 설비팀은 위생도기를 95% 정도 설치 완료했다. 변기와 바닥타일 사이에 백시멘트 충진 작업과 1층 상가천정 보수 작업은 내일 하겠다고 했다.

심사장이 설비 박사장에게 보일러를 언제쯤 설치하는지 물어보았다.

"마루 깔기 전에 보일러 가동해서 방바닥 습기를 제거해야 합니다."

맞는 말이다. 그런데도 박사장은 심사장이 짜증스러운 듯,

"곧 설치할 겁니다."

퉁명스럽게 대답하곤 현장을 떠났다. 심사장은 누구에게도 환영받지 못했다. 채소장에게만은 신임을 얻고 있으니 알다가도 모를 일이었다.

2016년 8월 29일

오전 7시 40분경 도배팀 5명이 출근했다. 어제보다 2명이 추가된 것이다. 아마 오늘 도배공사를 정말 끝내려는 것 같았다.

오전 8시 30분 철제계단 설치팀 송사장이 도착했다. 어제와 달리 담유에게 반갑게 인사를 했다.

"안녕하십니까?"

"오늘도 잘 부탁드립니다."

송사장은 곧바로 4층으로 올라가서 철제계단 설치 작업을 시작했다. 담유도 따라 올라갔다. 철제계단 발판이 거실 벽에 바짝 붙어 있었다. 도배팀장에게 물어보았다.

"이 상태에서도 도배가 가능할까요?"

팀장은 웃으면서,

"어떻게든 벽지를 붙일 테니 걱정하지 마세요."

가히 도배달인의 미소 같았다.

담유가 철제계단의 중간쯤까지 올라가 보았다. 머리가 천정에 닿았다.

"송사장님, 머리가 닿네요."

"고개를 조금 숙이면 됩니다."

송사장은 대수롭지 않게 대답했다.

아니 무슨 소리인가? 계단으로 다락을 오르내리며 머리를 숙여야 한다는 것은 상식적으로 이해되지 않았다.

"계단을 낮추는 방법을 찾아보세요."

"그러려면 처음부터 다시 작업해야 하는데 그럴 수 없습니다."

송사장은 발판 용접 작업을 계속했다.

참으로 난감했다. 진작 설치했어야 할 내부 철제계단을 도배가 들어온 다음에야 설치하면서, 오르다가 머리가 닿는 어정쩡한 계단을 만들다니. 너무나 화가 났다. 심사장이 현장에 오면 단단히 따지리라 굳게 마음먹었다.

오전 8시 45분 U건설 채소장에게 전화했다.

"배수설비 준공검사를 신청하셨나요?"

"오전 중에 준비해서 신청하려구요."

오전 9시 구리시청 국민은행 지점에 가서 수도계량기 설치비용을 납부했다. 그리고 구리시청 민원과 도로명주소팀을 들러 SMJ House 도로명주소를 받아서 현장으로 돌아왔다. 현장에 도착하자마자 도로명주소 팻말을 현관출입문 좌측상단에 붙이고 준공서류에 첨부할 사진을 찍었다.

오전 10시 전기 신오석이 현장에 도착했다.

"내일 오후 2시 소방설비 준공검사를 받을 겁니다."

그러면서, 준공검사를 위해 완강기를 각 층에 가져다 놓겠다고 했다.

"오늘 가져다 놓으면 분실할 염려가 있으니 1층 상가에 보관해 두세요."

담유가 내일 직접 가져다 놓겠다고 했다.

오후 5시 설비 박사장이 오금동 설비 작업 때문에 현장에 오지 못했다고 했다.

"내일은 반드시 현장에 와서 1층 천정 물 새는 것부터 보수하겠습니다."

박사장은 미안하다고 했다.

"여기는 걱정 마시고, 오금동 현장일이나 잘 마무리하세요."

"고맙습니다."

담유는 박사장이 늘 고맙고 미안한 존재였다.

도배공사는 4층까지 완료되었다. 도배팀은 일단 철수했다가 다락층 추가공사 때 들어오겠다고 했다.

내부 철제계단은 발판 하부 보강 작업과 다락난간 설치까지 완료되었다.

"계단 설치가 모두 끝났습니다. 이제 더 이상 들어오지 않을 겁니다."

송사장은 뒤도 돌아보지 않고 현장을 떠났다.

'아니 계단 중간 머리 닿는 것은 어떻게 하라는 말인가?'

심사장은 하루 종일 현장에 나타나지 않았다. 나중에 안 일이지만, 심사장과 송사장이 계단 설치비용 때문에 엄청나게 싸웠다고 했다.

소방검사와
배수설비 준공검사를 받다

2016년 8월 30일

　오전 6시 50분 현장에 도착해서, 4층에 올라가 철제계단 중간 부분에서 4층 천정까지 높이를 줄자로 재어 보았다. 170㎝ 정도밖에 나오지 않았다. 계단발판에 3㎝ 원목판을 올려놓으면, 담유, 준성, 준영의 머리가 4층 천정에 닿는 것은 확실했다. 계단 중간 부분을 높이는 방법에 대해 궁리해 보았다.

　첫 번째 방법은 철제계단 상단과 하단을 잘라낸 다음, 발판의 수평을 유지하면서 계단 전체를 수직아래방향으로 내리는 방법이었다. 그런데 이 방법은 전체 계단의 무게를 지탱해줄 유압잭이 필요하고, 철제계단 상·하단을 정확히 잘라내야 한다. 실행 가능성이 전혀 없는 방법이었다.

　두 번째 방법은 4층 천정 머리 닿는 부분을 철거하는 것이다. 다락바닥 전체 두께는 외견상 42㎝이다. 그런데 다락바닥 슬라브 두께가 20㎝, 기포와 미장이 8㎝이므로, 순수한 다락바닥 골조두께는 합해서 28㎝이다. 그렇다면 전체두께 42㎝에서 골조두께 28㎝를 빼면 목재천정틀의 순수한 높이는 14㎝가 된다. 만약 목재천정틀을 철거한다면, 계단 중간은 14㎝ 높아지므로 184㎝로 높아진다. 발판 원목두께 3㎝를 빼고도 180㎝는 충분히 확보된다. 이 정도면 가족 중키가 제일 큰 준영의 머리도 4층 천정에 닿지 않을 것이다. 이 방법은 타당성이 충분했다. 그런데 이렇게까지 고민해야 하나! 참으로 어이가 없었다. 심사장이 원망스러웠다.

　오전 7시 20분경 설비팀 4명이 도착했다. 박사장과 아들은 작업준비만 해주고 다른 현장으로 떠났다. 나머지 2명은 어제 2층과 3층의 위생도기를 설치했던 설비공들이었다. 연변 조선족 설비공이 팀장이었다.

"오늘은 1층 천정 물 새는 것부터 보수하겠습니다. 그리고 화장실 악세서리 설치, 위생도기 주변 백시멘트 채우기를 순서로 작업할 겁니다."

"1층 천정 누수 원인은 찾아냈나요?"

담유가 근심스럽게 물어보았다.

"아 네. 2층 2룸 화장실 배수관이 1층 배수관과 연결되지 않아서 물이 샜습니다."

1층 천정 단열재를 떼어 내고 2층 화장실 배수관과 1층 배수관을 연결하면 된다고 했다. 망우리 설비공은 3층 2룸 화장실 문이 화장실 변기에 걸리는 것을 해결하기 위해 변기를 5㎝ 정도 이동시키고 있었다. 언제 현장에 왔는지 인테리어 심사장이 설비공이 변기를 이동시키던 화장실 문을 열었다. 아직 작업 중이라 화장실 변기에 문짝이 걸렸다. 심사장이 설비공에게,

"아니, 나중에 문제가 될 줄 뻔히 알면서도 변기를 고정하는 거야?"

반말투로 버럭 화를 냈다. 그동안 심사장의 간섭에 짜증스러워 하던 설비공이 심사장에게 정면으로 대들었다.

"뭐라고, 이런 개XX가 다 있어."

대판 싸움이 벌어진 것이다. 심사장과 설비공이 옥신각신하더니, 설비공이 작업도구를 챙기면서,

"더러워서 일 못 하겠네. 저 갑니다."

현장을 떠나겠다고 했다. 다툼을 지켜보던 담유가 설비공을 붙잡으며 억지로 진정시켰다. 설비공은 화장실 변기를 작은 것으로 바꾸면 된다고 했다. 담유는 갈매역 근처 위생도기 상점에 가서 소형변기를 6만2천 원에 구입해서 현장으로 돌아왔다. 화가 아직 덜 풀린 설비공을 진정시키고, 소형변기를 설치하도록 했다. 화장실 문이 변기에 걸리는 문제는 말끔하게 해결되었다. 3층 2룸에 설치하려던 변기는 다락 화장실에 설치하기로 했다.

심사장이 다른 공종에 간섭하는 버릇은 언제쯤 고쳐질까? 아마 이제 고치기 힘들 것이다. 자기 잘난 맛에 사는 것인지, 자기 아닌 다른 사람은 사람으로도 보이지 않는지, 참으로 이해할 수 없었다. 그래도 이제 와서 어떻게 하랴. 여하

튼 끝내자. 이제 끝이 거의 보인다. 담유는 조금만 더 참자며 이를 악 물었다.

오전 8시 인테리어 김반장이 도착해서, 4층 내부 철제계단에 페인트를 칠하기 시작했다. 오전 9시경 인테리어 심사장과 함께 4층에 올라가 4층 철제계단 중간에서 머리가 닿는 문제에 대해 논의했다.

"계단 올라가며 머리 좀 숙이는 게 뭐 어때요."

심사장은 오히려 담유를 이해할 수 없다고 했다.

'이 양반이 정신 나갔나?'

담유는 화가 머리끝까지 치밀었지만 참았다. 담유는 두 번째 방법을 설명해 주었다. 심사장도 그럴듯했는지 고개를 끄떡였다.

오전 11시 30분 설비 작업자 2명이 위생도기 설치와 백시멘트 채우기를 끝내고 현장을 떠났다. 오후 2시 구리시 소방서에서 소방설비 준공검사를 나왔다. 소방검사는 아무런 지적사항 없이 무사히 끝났다. 그리고 필증까지 곧바로 발급해 주었다.

"이제 소방검사가 완료되었으니 완강기를 제거해도 됩니까?"

담유가 신오석에게 물어보았다.

"아 그런데, 보름에서 한 달 내에 경찰서에서 다시 나와 소방시설을 점검한답니다. 그때 완강기가 없으면 벌금을 내야 한다네요."

그래서 한달 정도 완강기를 그대로 놔두기로 했다.

오후 2시 30분경 구리시청 공무원이 배수설비 준공검사를 나왔다. U건설 채소장이 1층 화장실에서 변기와 세면대의 물에 각각 다른 색의 물감을 섞어 배수시켰다. 오수받이에서 배수되는 물을 지켜보던 공무원이 합격으로 판정했다. 다만 우수관과 맨홀의 연결부분이 깨졌다며 미장으로 메워야 한다고 했다. 깨진 부분을 메운 다음 사진을 찍어 보내면 필증을 발급하겠다고 했다. 구리시청 공무원이 현장을 떠난 다음, 담유는 직접 레미탈을 물에 혼합해서 깨진 부분을 손으로 메웠다. 그리고 사진을 찍어 채소장에게 문자로 보내 주었다.

오후 2시 40분경 ㈜한솔 서과장이 현장에 도착해서 현장을 둘러보며 원상복구확인과 관련해서 몇 가지 지적사항을 알려 주었다.

"우수맨홀 바닥에 쓰레기가 다시 쌓였습니다. 확인하기 바로 전에 제거하시고, 경계석 이음부 줄눈도 메워주세요."

서과장은 아주 미미한 지적사항이라며 미소를 지었다. 자신이 그 정도에서 막아 주겠다는 의미 같았다.

오후 5시 30분경 미키와 함께 신내동 조명가게에 들러 조명을 선택했다. 담당자가 너무 바쁘다며 조명기구에 대해 제대로 설명하지 못했다. 1시간 이상 미키와 논의한 다음 조명기구 목록을 만들었고, 담당자는 곧바로 견적해서 이메일로 보내 주겠다고 했다.

마감공사단계에 들어서며 정신 차릴 수 없을 정도로 바쁘고 혼란스럽다. 많은 공종들이 한꺼번에 들고나는 탓도 있지만, 심사장 같은 사람들 때문에 더욱 힘들어지고 있다. 담유는 그래 한 번 해보자, 끝내보자며 주먹에 힘을 불끈 쥐었다.

인터폰/CCTV 설치, 전기·통신 준공검사, 원상복구확인을 받다

2016년 8월 31일

오전 7시 현장으로 가는 도중, 방사장에게 창호납품확인서와 시험성적서를 보내달라고 전화를 했다. 방사장은 준비되었다면서 곧 보내주겠다고 했다. 담유는 4층 방화문을 언제 설치해 줄 수 있을지 물어 보았다.

"조금 더 시간이 필요할 것 같습니다."

오전 7시 10분 라인드림 오부장에게 전화해서 4층 주방 도시가스배관을 언제 이동시킬 수 있는지 물어보았다.

"현재 상태에서도 준공에는 지장 없습니다. 일단 싱크대를 먼저 설치하시죠."

"도시가스배관을 이동시켜 주어야 후속 공종들이 편하게 작업할 수 있습니다."

"알겠습니다."

오전 7시 12분 석공사 이성호 사장으로부터 전화가 왔다. 바닥 돌에 메지 넣는 아줌마들이 현장으로 간다고 했는데 도착했는지 물어보았다.

"제가 확인해 보겠습니다."

담유는 아줌마 2명이 현관문 앞에서 서성거리고 있는 것을 발견했다. 현관문을 열어주면서,

"LH원상복구확인을 받기 위해 현장쓰레기를 임시로 1층 계단 밑에 쌓아 놓았습니다. 혹시 이동시키면서 메지를 넣을 수 있나요?"

아줌마들이 담유를 뻔히 쳐다보면서,

'뭐 이런 사람이 다 있어?'

하는 눈빛으로 힐끗 쳐다보았다.

"쓰레기가 너무 많아 곤란합니다."

"알겠습니다."

담유는 군말 없이 직접 쓰레기들을 상가 뒤편으로 모두 옮겨 주었다.

오전 8시 10분 U건설 채소장에게 전화했다.

"배수설비 준공필증이 나왔나요?"

"네. 오케이 되었습니다. 그런데 구리시 하수도과에서 결재를 받는데 이틀 정도 걸린다고 하네요."

오전 8시 50분 전기 신오석으로부터 오늘 전기설비 준공검사가 나오는데, 현장에 도착하기 2시간 전에 알려 주겠다고 했다.

담유는 오후 12시 30분경 현장으로 돌아왔다. 계단실 바닥 돌에는 메지를 거의 다 넣었고, 현관출입문 바닥 돌에 메지를 넣고 있었다. 가랑비가 내리기 시작했다. 메지아줌마 중 한 분이,

"메지가 비에 젖지 않도록 비닐로 덮어 주세요."

부탁했다. 담유는 옆 현장에 버려진 단열재와 합판 등을 가져와 메지 위에 덮었다. 오후 1시 10분경 메지 아줌마들이 작업을 끝내고 현장을 떠났다.

오후 1시 30분경 인터폰/CCTV 이근호 사장이 도착했다. 오늘 인터폰/CCTV 작업을 마무리하겠다고 했다.

"이사장님, 오늘 작업 끝나면 언제 다시 들어오시나요?"

"큰 이상이 없으면 더 이상 들어 올 일 없습니다."

이사장은 씩 웃었다. 작은 키에 단단한 체형의 이사장도 참으로 성실한 사람이었다. 현장에 온다 간다 말도 없이 왔다가 자기 일만 보고 바람처럼 사라지는 것이다. 목소리는 부드러웠으나 단호함이 배어 있었다. 만만한 사람은 아니었다.

오후 1시 35분 설비 박사장에게 보일러를 언제쯤 설치할 수 있을지 물어보았다.

"내일 모레 정도 가능할 것 같습니다."

오후 2시 50분 인테리어 심사장에게 전화했다. 금요일에 보일러를 설치하고, 조명은 월요일에 설치할 예정이라고 알려 주었다. 그러면 다음 주 화요일부터 마루를 깔 수 있다고 했다. 그리고 4층 계단에 머리 닿는 부분은 마루를 깔기

전에 해결해 달라고 했더니 알았다고 했다. 건성이었다.

심사장에 대한 신뢰는 이미 접은 지 오래다. 그래도 계속 공사를 하고 있으니, 일을 맡기고 확인하는 수밖에 없다. 심사장이 계단에 머리 닿는 문제를 해결할 수 있을까? 아마 못할 것이다. 그렇다면 내가 해야지. 반드시 해내야지. 담유는 속으로 다짐했다.

오후 3시 10분 태우설계 성소장에게 전화해서, 준공서류가 90% 이상 준비되었다며, 다음 주 중에 모든 서류를 가져다주겠다고 했다. 그리고 특검에 대해 물어보았다.

"구리시에 준공서류를 제출하면 며칠 후에 특검이 나오나요?"

"그 다음 날 바로 나옵니다."

성소장은 준공서류를 제출한 다음 사용승인이 날 때까지 약 10일 정도 걸리는데, 추석 전에 사용승인을 받기는 어려울 것 같다고 했다.

"특검이 까다로운가요?"

"그렇지는 않습니다. 가능하면 통과시켜 주려고 합니다. 특검에 따라 감리를 부를 수도 있고, 혼자 할 수도 있어요. 어떤 특검은 아예 현장에 가지 않고 서류만으로 처리해 주기도 합니다."

오후 3시 30분 일산석재 석사장에게 전화했다.

"경계석 중 일부가 손상되었는데 보수해 주실 수 있나요?"

"더 이상 보수할 수 없습니다."

석사장은 딱 잘라 말했다. 그는 구두쇠였다. 그리고 일을 끝내면 얼굴색이 변하는 그런 사람이었다. 담유는 너무 어이가 없었다.

"부대토목공사 계약서에 경계석을 보수해 주는 것으로 되어 있는데, 준공할 때까지 보수해 주는 것이 당연하지 않나요?"

"사람이 없습니다."

석사장은 못해 준다는 말만 반복했다. 담유는 석사장에게 원래 이런 식으로 비지니스 하냐며 전화를 끊어 버렸다.

석사장에게 계약서는 휴지조각에 불과했다. 계약서에 무엇이 쓰여 있던 상관할 바 아닌 것이다. 부대토목공사도 설계도면과는 전혀 다르게 자기 마음대로 비용이 적게 드는 방향으로 시공하더니, 시공한 다음에도 문제가 생기니까 남에게 책임을 전가시키며 자신은 조금의 손해도 보지 않으려고 했다. 더 이상 쳐다보고 싶지 않은 하류인간(下流人間)이었다.

오후 4시경 인터폰/CCTV 설치가 제대로 되고 있는지 확인하기 위해 2층으로 올라갔다.

"이제 현관출입구 천정의 CCTV만 설치하면 됩니다. 그런데 RGV선을 가지고 오지 않았어요. 그래서 CCTV 화면이 나오지 않네요."

이사장이 곤란해 하고 있었다. 담유는 얼른 별내역 이마트에 가서 RGV선을 구입해서 돌아왔다. 다락에 올라가 CCTV모니터와 DVD에 RGV선을 연결하자 CCTV화면이 나타났다. 그런데 총 8개의 CCTV 중 3층과 외부의 CCTV화면이 모니터에 표시되지 않았다. 이사장은 모니터와 DVD선의 연결을 바꾸어 가며 여러 번을 시도했다, 드디어 8개 CCTV화면이 모니터에 모두 나타났다.

오후 6시경 인터폰/CCTV 설치가 모두 완료되었다. 현관문 자동걸쇠도 설치되었다. 이사장은 인터폰 작동 방법, 현관문 여는 방법, 비밀번호 변경 방법 등에 대해 상세하게 설명해 주었다. 담유도 이사장이 알려 준대로 인터폰과 CCTV를 작동해 보았다. 모든 게 정상이었다.

요즘 하루하루는 그야말로 전쟁이다. 어떻게 시작해서 어떻게 끝났는지 알 수 없을 정도로 많은 일들이 벌어지고 있다. 이사장이 현장을 떠나고, 불암산 자락을 넘어가는 태양을 바라보았다. 능선 위로 번지는 붉은 노을이 마치 담유인 듯했다. 붉게 피 멍든 가슴이었다.

2016년 9월 1일

오전 6시 15분 이성호 사장에게 어제 바다 돌 메지는 잘 넣어졌다며 고맙다는 문자 메시지를 보냈다. 그리고 1층 엘리베이터 벽의 대리석 메지는 아직 넣지 않았는데 어떤 메지인지 물어보았다. 잠시 후 이사장으로부터 전화가 왔다.

"엘리베이터 벽 메지는 코킹을 넣어유."

"아, 그렇군요."

그리고 며칠 전 건물 내부를 드나들던 작업자의 부주의로 현관출입구 앞 바닥 돌 모서리가 깨졌었다. 담유는 이사장에게 보수를 부탁하려던 것을 잊어버리고 있다가, 마침 생각이 났다.

"이사장님, 현관출입구 앞 모서리 깨진 부분은 그냥 커팅하고 삼각형 돌을 넣는 게 어떨까요?"

"제가 돌 땜빵하러 들러갈 때 깔끔하게 처리할게유."

"바닥이 하얀색 포천석이니, 모서리는 검정색 고홍석으로 하는 게 어떨까요. 강조도 하고 바닥경계도 확실하게 하고."

"네. 좋은 생각이네유. 그렇게 하겠습니다."

이사장에게 너무 이른 시간에 전화한 것 같아 미안했다. 이사장의 목소리는 쉬어있었다.

오전 7시 20분 현장 주변을 둘러보던 중, 옆 현장소장이 우리 집 조경수 중 백일홍이 넘어져 있다고 했다. 어제 밤 강풍에 쓰러진 것 같았다. 백일홍을 일으켜 세우고 각목으로 삼각지지대를 만든 다음 안전띠로 고정시켰다.

오전 9시 25분 전기 신오석이 통신검사가 10시 30분에 나온다고 알려 주었다. 12시경 전기 신오석이 통신검사가 잘 끝났으며, 필증은 월요일에 가져다주겠다고 했다.

오전 11시 50분 한샘 백윤병이 현장에 도착했다. 4층에 올라가 싱크대 놓을 자리를 다시 확인했다.

"4층 천정이 너무 높네요, 싱크대 상부장을 천정까지 붙일 수 없습니다."

"상부장은 올릴 수 있는 데까지 올리고, 싱크대 상판 뒤편에 받침대를 설치하기 위해 60㎜ 정도 띄워 주세요."

"한샘은 원래 싱크대 뒤편에 받침대를 설치하지 않습니다. 사모님이 요구하시니 해드릴게요."

한샘의 자존심 문제라며 받침대를 설치해 주겠다고 했다.

"근데, 한샘 신발장은 어디에 설치해야 할까요?"

"3층 2룸에 설치하시면 됩니다."

"그곳도 천정고가 높아 신발장을 천정까지 올릴 수 없습니다."

"알겠습니다."

오후 1시 45분 U건설 채소장이 배수설비 필증이 나왔다고 알려 주었다. 오후 3시경 구리시 하수도과에 가서 배수설비 필증을 받아 오후 3시 20분경 현장에 도착했다. 오후 3시 40분경 ㈜한솔 서과장이 현장에 나와 원상복구 상태를 확인했다.

"원상복구 항목들은 대부분 통과되었습니다. 그런데 경계석 메지 2곳 메우고 현장 앞 도로변을 청소해 주세요."

담유는 미키와 함께 도로변 흙더미와 쓰레기를 청소했고, 담유가 시멘트에 물을 섞어 경계석 메지 2곳을 메웠다. 오후 4시 30분 서과장에게 문자로 지적사항을 처리 완료했다고 알려 주었다. 서과장은 내일 아침 현장에 나가 확인하겠다고 했다.

2016년 9월 2일

오전 7시 36분 라인드림 오부장에게 전화했다.

"4층 주방 도시가스배관 이동 작업은 언제 하나요?"

"어제 저녁에 작업한 것 같습니다."

"아직 이동되어 있지 않았던데요."

"그래요? 이동된 걸로 보고받았는데, 제가 다시 확인하고 전화 드리겠습니다."

잠시 후 라인드림 차소장으로부터 전화가 왔다.

"어제 저녁 현장에 갔었는데, 아무도 없어서 그냥 왔습니다. 내일 오전 7시에 다시 가겠습니다."

"그렇게 알고 있겠습니다."

차소장이 원래 약속을 잘 지키지 않았고, 오더라도 약속시간보다 보통 서너 시간은 넘겼다. 담유는 차소장이 내일 아침 일찍, 그것도 7시에 오겠다는 말이 도무지 신뢰가지 않았다.

오전 9시 방사장에게 전화했다.

"창호납품확인서와 시험성적서를 아직 못 받았습니다."

"죄송합니다. 오늘 제가 직접 가져다 드리겠습니다."

오후 5시경 방사장이 직접 현장에 와서 〈창호납품확인서 및 시험성적서〉를 건네주었다.

　오전 9시 55분 전기 신오석으로부터 전화가 왔다.

　"전기사용전검사가 나오면 알려 주겠습니다."

　오전 10시 35분경 신오석이 연락을 주지 않았는데도, 전기안전공사에서 전기
사용전검사를 나왔다. 담유가 어리둥절해 하며 따라다녔다. 검사원들은 각 세
대 분전반을 모두 확인하고 검사필증을 분전반 옆에 붙였다. 담유가 검사원에
게 물었다.

　"전기사용전검사필증을 팩스로 보내줄 수 있나요?"

　"네. 가능합니다."

　잠시 후 U부동산 팩스로 보내 주었다.

　전기·통신·소방설비 준공검사가 모두 완료되었다. 전기분야가 가장 먼저 준
공서류 준비를 마쳤다. 이제 전기분야에서 남아 있는 일은 조명기구를 달아주
는 것이다. 오전 11시 10분 신오석에게 다음 주 조명기구를 설치해 달라고 요청
했다.

보일러 설치,
설계사무실에 준공서류를 넘겨주다

2016년 9월 3일

오전 7시 30분경 도시가스 차소장과 동생이 현장에 도착했다. 약속시간보다 30분 늦었으나, 담유의 예상보다 훨씬 빨리 현장에 도착한 것이었다. 차소장과 동생은 서둘러 4층으로 올라갔다.

"어디로 옮겨 드릴까요?"

담유가 주방 벽이 만나는 모서리를 가리키며,

"저쪽으로 옮겨 주세요."

차소장이 그곳에 구멍을 뚫었고, 동생은 보조주방 쪽에서 가스배관을 다시 연결하였다. 4층 주방 도시가스 배관 위치를 이동하는 작업은 약 30분 만에 완료되었다. 차소장과 동생은 서둘러 현장을 떠났다.

오전 7시 50분 설비 박사장에게 오늘 보일러 설치하는지 물어보았다.

"오후에 설치하러 들어갑니다. 오늘 중으로 끝낼 겁니다."

오전 9시 미키가 신내조명에서 조명을 모두 고르겠다고 했다. 오전 10시 40분 미키가 신내조명을 방문해서 조명을 모두 골랐다고 했다.

오전 9시 15분 태우설계 성소장에게 전화해서 주차장 카드 만드는 방법을 물어보았다.

"준공서류중 주차장카드를 어떻게 만들어야 하나요?"

"주차장카드는 설계사무실에서 준비합니다. 건물주변을 깨끗이 청소하고 주차선에 마킹하고 알려 주시면, 제가 직접 가서 사진을 찍을 겁니다."

오전 9시 20분 인테리어 심사장에게 주차선 마킹은 누가 하는지 물어보았다.

"제가 알아서 합니다."

심사장이 데리고 다니는 김반장에게 시킬 모양이었다. 김반장은 계란도매 사업을 크게 했었다고 했다. 그런데 몇 년 전 떠들썩했던 조류독감 때문에 망했다고 했다. 2년 전부터 심사장을 따라다니며 목수일을 배우고 있다고 했다. 그런데 심사장이 목수일이 아니라 거의 잡부 수준의 허드렛일만 시키는 것 같았다. 김반장은 묵묵히 심사장의 지시에 따르고 있었지만, 가끔 심사장이 문제가 많다며 담유에게 불만을 털어놓았다. 목수일을 배우면 곧바로 독립하겠다고 했다. 비록 허드렛일이지만 최선을 다하는 모습에서 진지함과 열정을 느낄 수 있었다. 노동의 참맛을 알아가는 것 같기도 했다. 좋은 목수가 되었으면 좋겠다.

오전 10시 35분 설비 박사장이 보일러가 오전 중에 배달될 것이니 잘 받아달라고 부탁해서 알겠다고 했다. 오전 11시 40분경 보일러가 현장에 도착했다. 오후 1시 40분 설비 박사장으로부터 전화가 왔다.

"보일러 들어왔나요?"

"네. 그런데 보일러 분배기가 보이지 않네요."

오후 1시 50분 설비 박사장이 분배기를 구입해서 현장으로 가겠다고 했다. 각 세대별 엑셀파이프가 몇 가닥씩 나와 있는지 물어보았다. 각 층별로 확인해서 문자로 알려 주었다.

오후 2시 40분 전기 신오석에게 조명을 하루에 모두 설치할 수 있는지 물어보았다.

"아마 2~3일은 작업해야 될 겁니다."

월요일 현장에 와서 조명을 각 세대별로 올려놓겠다고 했다.

오후 2시 40분경 설비팀 3명이 현장에 도착했다. 보일러를 확인하더니 곧바로 설치하기 시작했다. 오후 3시 설비 박사장에게 물어보았다.

"오늘 보일러를 설치하면 곧바로 가동할 수 있나요?"

"도시가스만 들어오면 가능합니다."

박사장이 고개를 끄떡였다.

라인드림 오부장에게 전화해서 물어보았다.

"보일러를 설치하면 바로 가동해도 됩니까?"

"네."

가동해도 된다고 했다.

오후 5시 30분까지 보일러와 분배기 설치 작업 약 70% 정도만 완료되었다. 내일 오전 설치를 완료하겠다고 했다.

오후 5시 40분 코킹팀 4명이 갑자기 현장에 도착했다. 1층 외부 하단, 1층 엘리베이터 대리석 벽에 코킹 쏘러왔다고 했다.

"4층 아트홀에도 코킹을 쏘아줄래요?"

담유의 부탁에 코킹팀장이 망설였다.

"다른 데 코킹 쏘고 시간되면 해 드릴게요."

결국 마지막으로 아트홀에 코킹을 쏘아주었다. 코킹팀장의 손놀림은 너무나 빨랐고, 코킹의 폭도 일정했다. 아트홀 코킹은 오와 열이 정확한 그야말로 예술이었다.

"아 정말 코킹 잘 쏘았네요."

코킹팀장은 씩 웃더니 30분 만에 아직 한 곳이 더 남았다며 서둘러 현장을 떠났다.

코킹팀은 젊은 사람들이어서인지 움직임이 빨랐다. 마치 번갯불에 콩 구워 먹듯 했다. 지켜보는 담유가 정신이 없을 정도였다. 그런데도 열심히 살아가는 모습이 너무나 보기 좋았다. 반팔 셔츠에 들어난 팔은 문신으로 가득했지만 눈빛은 살아 움직였다. 불량스러운 눈빛이 아닌, 진실하고 열정으로 가득 찬 안광(眼光)이었다.

2016년 9월 4일

오전 8시 10분 설비 박사장과 동료 1명이 출근해서 보일러를 설치하고 있었다. 4층에 올라가 철제계단 위의 다락바닥을 자세히 살펴보았다. 철제계단을 그대로 놔둔 상태에서 천정고를 높이는 방법이 없을까 궁리해 보았다. 머리가 닿는 다락바닥을 경사지게 커팅하면 계단 중간에서 다락바닥 하부까지 높이가 얼마나 될지 줄자로 재 보았다. 약 190cm 높이는 확보될 것 같았다. 190cm면 왠만한 사람들은 머리를 숙이지 않고 충분히 오르내릴 수 있는 높이였다. 그렇다면 다락바닥 하부를 경사지게 하스리를 해야 한다.

오전 8시 30분 하스리 김효재 사장에게 경사지게 커팅하는 방법에 대해 물어보려고 몇 차례 전화했으나 받지 않았다.

설비 박사장에게 2, 3층 전기가 들어오면 보일러를 가동해도 되는지 물어보았다.

"보일러 가동 전에 엑셀 내에 남아 있는 공기를 모두 빼내야 합니다."

그러면서 오늘 중으로 전기를 살려 놓으면 보일러를 가동할 수 있도록 준비하겠다고 했다. 전기 신오석에게 전화해서 2, 3층 배전반 스위치를 올리면 전기가 들어오는지 물어 보았다.

"아직 안 들어옵니다. 먼저 전기계량기를 설치해야 하는데, 내일 현장에 가서 조치하겠습니다."

설비 박사장에게 보일러 분배기에 각실 명칭을 붙여 놓는 게 좋지 않겠냐고 물어보았다.

"굳이 그럴 필요 없어요. 분배기는 좌측부터 가장 가까운 방에서 시계방향 순서로 연결됩니다. 쉽게 알아볼 수 있어요."

오전 10시경 4층 보일러 설치가 완료되었다. 4층에는 전기가 들어와 시험가동을 시도해 보았다.

"가스가 나오지 않는데요. 공기만 계속 빠지는 것 같습니다."

몇 분 후 박사장이 가스를 다시 연결하고 온도조절기를 작동했다. 보일러는 정상으로 돌아가기 시작했고, 수도꼭지에서 온수도 정상적으로 나오는 것을 확인했다. 박사장은 2, 3층으로 내려가서, 전기가 들어오면 보일러가 정상적으로 작동할 수 있도록 엑셀 내의 공기를 빼내었다.

오전 11시 박사장이 보일러 설치 작업이 모두 완료되었다고 했다. 보일러 설치 및 보험가입 확인서를 건네준 다음 박사장은 현장을 떠났다. 연변 조선족 설비공은 1층 천정 배관 보온 작업을 시작했다.

"저 혼자 피티아시바를 옮길 수 없네요."

설비공이 담유에게 도와 달라고 했다. 담유가 피티아시바 이동을 도와주었다. 약 2시간 후 1층 천정 배관 보온 작업을 마무리했다.

오전 11시 10분 하스리 김효재 사장으로부터 전화가 왔다.

"11시 30분까지 현장에 도착하겠습니다."

11시 50분경 김사장 혼자 현장에 도착했다. 4층 철제계단을 올라가서, 계단 중간 부분 다락바닥을 45도 경사지게 커팅하는 방안을 논의했다.

"계단을 올라가면서, 위층 바닥에 머리가 닿을 경우 대부분 바닥을 하스리합니다. 잘 생각하셨습니다."

김사장이 담유의 판단이 옳다면서 고개를 끄떡였다. 김사장은 비록 험한 일을 하고 있지만, 말투나 글씨체로 보아 범상한 사람은 아니라고 생각하고 있었다. 그런 김사장이 칭찬해 주니 담유는 괜시레 기분이 좋아졌다.

김사장은 다락바닥 아래 목틀과 MDF를 제거하기 시작했다. 이런 일에는 이골이 난 듯 여유가 넘쳐 보였다. 김사장은 점심식사도 거른 채 하스리 작업을 계속했다. 브레이커의 진동소리, 깨어지는 콘크리트 잔해, 그리고 자욱한 먼지가 4층 전체로 퍼져 나갔다. 경사진 계단 위를 종이박스와 단열재로 보양했으나, 그 위로 떨어지는 깨진 콘크리트가 계단 전체를 거세게 흔들어 댔다.

오후 2시 40분경 하스리 작업이 끝났다. 김사장이 마스크와 보호 안경을 벗자, 그 부분만 남기고 얼굴은 시멘트를 바른 듯 짙은 회색빛이었다.

"일요일인데 쉬지도 못하시고, 작업하느라 수고 많았습니다."

담유가 감사인사를 건넸다. 김사장은 흰 이를 드러내면서,

"불러주셔서 제가 고맙지요."

빙긋 웃었다. 약속이 있다면서 장비를 챙긴 다음 서둘러 현장을 떠났다.

담유와 미키가 4층으로 다시 올라갔다. 하스리 작업 폐기물들인 나무조각들과 석고판 등은 일반 마대 2개에 담고, 콘크리트 폐기물은 피피마대 4개에 담아 1층으로 내려놓았다.

오후 3시 40분 인테리어 심사장에게 내부 철제계단 상부 천정을 하스리했다고 알려 주었다.

"잘 했습니다."

심사장은 반색했다. 자기가 해야 할 일을 담유가 미리 해결해 주었으니 고맙기도 할 것이다. 심사장은 내일 목수 임반장이 현장에 와서 다락바닥 아래 떼어진 목틀과 석고판을 보수할 것이라고 했다.

2016년 9월 5일

오전 6시 50분 인터넷으로 주문해서 어제 도착한 공간조명의 조명기구 박스에 세대별 실별 위치를 매직펜으로 표시했다. 오전 7시 50분경 목수 임반장과 인테리어 김반장이 도착했다. 곧바로 4층에 올라가 어제 하스리한 철제계단 다락바닥 아래를 꼼꼼하게 살펴보았다.

"하스리 잘 하셨습니다."

임반장은 계단을 오르면서 머리가 닿으면, 대부분 이렇게 천정을 하스리한다고 했다.

"목틀과 MDF를 경사지게 설치하면 오히려 멋지게 보일 겁니다."

임반장은 빙그레 웃으면서, 곧바로 계단 상부 천정에 목틀과 MDF 설치를 시작했다.

오전 9시경 창호팀 2명이 현장에 도착했다. 오늘은 4층 방화문, 창문의 하드웨어 및 부속품, 그리고 차면시설까지 모두 설치할 예정이라고 했다. 오후 4시경 작업을 마무리하였다.

오전 9시 40분경 태우설계사무실을 방문해서 성소장에게 그동안 준비한 준공서류를 넘겨주었다. 오전 10시 20분경 현장에 다시 돌아와 보니, 신내조명에서 보내온 조명기구가 1층 상가내부에 쌓여져 있었다. 세대별 위치를 매직펜으로 표시했다.

오전 11시 30분 인테리어 심사장 아들이 현장에 도착했다.

"무슨 일로 왔어요?"

심사장 아들은 주로 아트홀 작업만 했기 때문에 담유는 의아했다.

"아버지가 임반장님 도와주라고 해서 왔어요."

김반장 말로는 심사장과 심사장 아들은 거의 말도 하지 않는다고 한다. 아들이 아버지를 무시해 버린다는 것이었다. 그래도 아버지의 직업을 물려받는 모습을 보면 피가 물보다 진한 것 같았다.

오후 3시경 김반장이 주차선 마킹 준비를 하며, 심사장 아들에게 주차선 먹놓기를 부탁했다. 심사장 아들은 곧바로 먹줄을 놓았고, 김반장이 먹줄 양옆에 테이핑을 한 다음, 주차선에 광텍스 페인트를 칠했다.

오후 3시 반 임반장은 4층 계단상부 천정에 경사목틀과 MDF설치를 완료했다. 내부 철제계단에 손스침과 철제발판에 원목바닥을 설치하기 시작했고, 오후 5시 임반장은 손스침과 원목바닥 설치를 모두 마무리했다. 진정한 고수다운 면모를 유감없이 발휘했다.

오후 5시 20분경 미키가 현장에 도착했다. 4층 철제계단 손스침과 원목바닥 설치가 완료된 것을 살펴보더니,

"어머, 너무 멋지네요."

골치 썩이던 내부 철제계단이 깔끔하게 잘 마무리되었다며 만족해했다. 미키가 심사장에게 물어보았다.

"드레스룸과 2룸 현관 앞 수납장, 4층 현관 옆 팬트리 선반은 언제 설치해 주시나요?"

"지금도 적자입니다. 더 이상 추가 작업은 할 수 없어요."

심사장은 딱 잘라 말했다. 담유는 어이가 없었다. 계약서에 명시된 작업들이 추가 작업이라니? 그래 오늘은 그냥 넘어가자. 그동안 내부 철제계단 때문에 마음고생 심했는데 말끔히 정리되었고, 특히 임반장의 장인다운 모습에 즐거웠다. 모처럼의 상쾌한 기분을 심사장 때문에 망치고 싶지 않았다.

2016년 9월 6일

오전 7시 담유는 방화문이 설치된 것을 보니 카탈로그 모델과 일치하지 않는 것 같아, 방사장에게 전화를 했다.

"방사장님, 4층에 설치한 방화문이 카탈로그와 다르네요. 그리고 금강방화문 로고도 없습니다. 짝퉁인 것 같아요."

방사장은 황당해했다.

"그럼, 금강방화문 담당자 전화번호를 알려 주겠습니다. 직접 통화해 보시지요."

오전 8시 금강방화문 담당자와 통화가 되었다. 담당자는 막무가내였다.

"주문하신 746R 모델이 맞는데요."

"무슨 소리 하십니까? 제가 현장사진과 카탈로그 사진을 보낼 테니 비교해 보세요."

담유는 카탈로그 사진과 현장 사진을 문자 메시지로 보내 주었다. 담당자는 746R이 맞는다면서 끝까지 우겼다. 담유는 화가 나서 당장 떼어가라고 했다.

오전 8시 10분 방사장이 한국방화문 카탈로그에 있는 명품사진을 문자로 보내 주었다.

"제가 뭐라 했습니까. 한국방화문도 금강방화문과 별 차이 없어요. 한국방화문 명품 중에서 하나 고르시면 교체해 드리겠습니다."

오전 8시 30분 미키에게 한국방화문 명품사진을 보내 주었다. 미키가 PR4를 선택했다. 방사장에게 문자로 알려 주었다.

오후 5시 50분 태우설계 성소장에게 전화해서 주차장 사진을 찍었는지 물어보았다.

"현장에 가보았는데 주차장에 마킹을 확인할 수 없던데요."

"저는 잘 보이는데. 제가 다시 찍어서 보내 드릴게요."

성소장은 그렇게 하라고 했다. 그리고 어제 현장에 와서 둘러보았던 소감을 얘기했다.

"전체적으로 마감이 완료되지 않았어요. 특검이 검사하지 않고 그냥 돌아갈 수 있습니다. 특히 다락층 마감이 되지 않았네요. 다락층 마감을 더 꼼꼼히 해야 합니다."

그리고 뜬금없이 차면시설은 허가도면에만 표시한다면서, 제일 먼저 짓는 집은 하지 않아도 된다고 했다. 나중에 성소장의 차면시설이 필요 없다는 말 때문에 사용승인이 일주일 정도 늦어졌다.

오후 6시 30분경 ㈜한솔 서과장이 단독주택재복구비 3,500,000원을 납부해야만 원상구확인서에 도장을 찍어 줄 수 있다고 했다. 그리고 ㈜한솔 입금계좌번호를 알려 주었다.

임대세대 싱크대 설치,
조명기구를 달다

2016년 9월 구일

오전 7시 10분 2층, 3층 보일러를 가동해 보았다. 301호 보일러가 가동되지 않았다. 설비 박사장에게 물어보았다.

"301호 보일러가 꿈쩍도 않네요."

"그럼, 전원코드를 뽑았다가 다시 꼽아보시죠."

담유는 전원코드를 뽑았다가 다시 꼽았다. 그런데도 보일러는 아무런 움직임이 없었다. 전기 신오석에게 전화해서 301호 보일러실 콘센트에 전기가 들어오지 않는다고 했다.

"제가 내일 들어가서 확인해 보겠습니다. 그런데 다른 콘센트도 전기가 들어오는지 확인해 주시겠습니까?"

담유는 핸드폰 충전기 코드를 가지고 2층에서 다락층까지 모든 콘센트를 체크해보았다. 전기가 들어오면 핸드폰이 켜지고 들어오지 않으면 핸드폰이 꺼지는 현상을 이용했다. 301호 다용도실, 화장실, 현관 옆방 콘센트, 다락층 전체 콘센트에 전기가 들어오지 않는다고, 신오석에게 문자로 알려 주었다.

오전 9시 35분 태우설계 장대표로부터 전화가 왔다. 구리남양주 상공회의소 조찬모임에 참석하고 나오는 중이라고 했다.

"제가 어제 현장에 가 보았습니다. 그런데 1층 상가 남측 상단에 유리가 끼워져 있지 않더군요. 그렇게 되면 남측은 벽으로 인정받지 못합니다. 상단에 유리를 끼워주세요. 그리고 1층 주차장 천정 보는 보온재로 감싸지 않았던데요?"

"상가 내부인데도 보에 보온재를 감싸야 하나요? 천정에만 단열재를 붙이면 되는 거 아닌가요?"

"아닙니다. 보에도 단열재를 붙여야 합니다. 혹시 모르니까, 1층 상가내부 천정을 텍스로 마감해 주시죠."

"네. 생각해 보겠습니다."

장대표는 공사가 시작된 다음 현장 주변을 차를 타고 지나가며 살펴보기만 했었는데, 어제는 처음으로 건물내부에 들어온 것 같았다. 이제 완공이 다가오면서 본인이 직접 나서서 준공준비를 하는 것 같았다.

오전 9시 40분 인테리어 김반장과 목수 1명이 도착했다. 곧이어 심사장도 싱크대와 신발장을 트럭 2대에 싣고 현장에 도착했다. 곧바로 싱크대와 신발장 자재를 각 층으로 올려놓았다. 심사장은 직접 싱크대를 설치하겠다고 했다. 김반장은 심사장을 옆에서 도와주었다. 함께 온 목수는 신발장을 설치하기 시작했다.

"심사장님, 목수일 손 뗀 지 오래되었다면서, 싱크대 조립 가능하겠어요?"

담유의 걱정스런 질문에,

"이 까짓것, 별거 아냐. 아직 녹슬지 않았습니다."

심사장은 자신 있다는 듯, 담배를 꼬나물더니, 싱크대 하부장들을 벽에 붙이기 시작했다. 옆에 있던 김반장의 얼굴에는 불안과 짜증이 섞인 심란한 표정이 묻어나왔다.

오후 5시 일산석재 석사장에게 감리가 1층 상가 바닥과 출입문 앞 보도블록과 단차를 10㎝ 정도 낮추라고 하는데 줄여줄 수 있는지 물어보았다.

"그걸 왜 제가 해야 됩니까?"

오히려 버럭 화를 냈다.

"계약서에 준공이 날 때까지 보수해 준다고 명시되어 있지 않습니까?"

담유가 강하게 항의했다. 그제서야 석사장은 할 수 없다는 듯,

"알겠습니다. 해 드리겠습니다."

그런데 늦어질 수 있다고 했다. 석사장은 전화할 때마다 기분이 언짢았다. 그런데 공사를 끝내야 하므로 참기로 했다. 너무나 역겨웠다.

오후 5시 30분 서형호 과장에게 전화해서 원상복구확인서 나왔는지 물어보았다. 나왔다고 해서, 미키와 함께 ㈜한솔 사무실을 방문해서 원상복구확인서를 받아왔다.

오전 6시 50분 미키가 정리한 타일공사 금액(박스당, 실평수당)에 대해 설명을 듣고, 오전 7시 10분 미키와 함께 현장에 도착했다. 어제 저녁 신내조명에서 차 트렁크에 실어 가져온 조명기구들을 1층 상가에 내려놓고 층별로 분류했다.

오전 7시 50분 일산건재 석사장에게 전화해서 준공검사 때문에 보도블록을 긴급히 보수해 달라고 재차 요청했다.

"제가 해야 할 일이 아닙니다."

석사장은 어제는 할 수 없이 해 준다더니, 오늘 또 다시 못해 주겠다며 큰소리쳤다.

"석사장님, 그럼 누가 합니까? 어제 해 주신다고 했잖아요?"

담유는 기가 막힐 노릇이었다. 직영인부를 사서 보수하라는 얘기 같았다.

"석사장님, 제가 화를 못 내서 이러는 줄 아세요? 참는 데도 한계가 있습니다. 그럼 제가 직접 하라는 건가요?"

피가 거꾸로 솟았다. 담유의 분노에 찬 목소리를 듣던 석사장은 작업해 주겠다며 슬그머니 전화를 끊었다.

오전 8시 타일 김구영 사장에게 미키가 정리한 타일공사 금액을 문자로 보내 주었다. 오후 1시 50분 김사장으로부터 전화가 왔다. 아주 냉냉한 목소리로,

"박스 당 정산하는 것은 맞습니다. 좋습니다. 잔금을 입금시켜 주세요."

"김사장님, 아직 깨진 타일을 보수하지 않았습니다. 아트홀 메지도 넣지 않아서, 제가 돌 메지팀에게 부탁해서 넣었어요. 적어도 깨진 타일은 보수해 주셔야 잔금을 입금시키든지 말든지 할 거 아닙니까?"

김사장이 아트홀 메지는 원래 넣지 않기로 했다며 자기는 더 이상 타일 작업을 하지 않겠으니, 남은 작업은 다른 업체에게 시키라고 했다. 참으로 어이없는 답변이었다. 타일공사는 유일하게 계약서를 작성하지 않았다. 단지 550만 원으로 하자며 구두로 약속했기 때문에, 김사장이 더 이상 작업하지 않겠다는 통보에 마땅히 대응할 방법이 없었다. 이래서 구두계약을 하면 안 된다는 사실을 새삼 깨달았다.

오전 8시 10분 전기 신오석과 전기 작업자 1명이 현장에 도착했다. 미키와 함

께 정리해 놓은 조명기구들을 보여 주었다. 그리고 각 층별 스위치 작동이 이상한 곳, 301호 콘센트 전기 들어오지 않는 곳 등을 알려 주었다. 전기팀은 곧바로 조명기구를 달기 시작했다. 오후 4시경 준비된 조명기구는 모두 설치했다.

오전 9시 10분 태우설계를 방문해서, 성소장에게 원상복구확인서를 건네주었다.

"다락바닥에는 장판만 깔지요. 그 상태에서 특검을 한번 받아보고, 마감을 더 하라고 하면 그때 가서 하지요."

성소장은 큰 인심 쓰듯 말했다. 주차장은 허가도면대로 주차선을 마킹하기로 했다.

"추석 연휴 전에 준공서류를 넣으면 공무원들이 짜증냅니다. 추석 연휴가 끝나는 19일에 준공서류를 제출하겠습니다."

성소장은 준공서류를 접수시키면 접수시킨 다음날 또는 그 다음날 특검이 나온다고 했다.

오전 9시 40분 일산건재 석사장 동생으로부터 전화가 왔다. 현장에 도착했는데 보수해야 할 부분을 물어보았다. 1층 상가 출입문 보도블록과 남측 보도블록을 보수해 달라고 했다. 석사장 동생도 자기네들 일이 아니라며 투덜거렸다.

오전 10시 40분경 창호팀 2명이 현장에 도착했다. 오후 3시까지 1층 샷시 상단 유리 끼우기, 차면시설 제거, 301호 방화문 도어스톱 수정 작업을 마무리했다.

오후 12시 30분 부대토목공사 작업자 2명이 남측 보도블록을 다시 깔고 있었다. 석사장 밑에서 일하는 작업반장은 너무나 착하고 성실했다. 항상 웃으며 담유가 원하는 것은 뭐든 해주려고 노력했다. 저런 분이 어떻게 석사장 같은 악덕업주와 일하는지 이해되지 않았다. 작업반장과 1층 상가 출입문 앞 보도블록을 높이는 방법에 대해 의논했다.

"일단 최대한 비스듬히 보도블록을 깔아서 1층 상가 바닥과 보도블록의 단차를 줄입시다."

담유의 결정에 작업반장이 그렇게 보수하겠다고 했다. 담유는 준공한 다음 경사지게 깐 보도블록을 걷어내고, 그 자리에 디딤돌을 설치하겠다고 했다. 보도블록 보수 작업은 약 2시간 만에 완료되었다. 석사장과 전쟁을 통해 얻은 전

리품 같았다. 정말 힘든 싸움이었다.

오후 5시 20분 미키가 현장에 도착해서 설치된 조명기구들을 일일이 살펴보았다. 미키가 선택한 조명들이니 미키의 마음에 들어야 했다. 미키는 고개를 끄떡이며 미소를 지었다. 만족스러운 듯 보였다.

태우설계 성소장이 준공 후 확장하려던 1층 상가바닥 부분에도 준공 전에 주차선을 표시해야 한다고 했다. 담유는 이미 주차선을 칠해 주었던 인테리어 김반장에게 다시 부탁하기 미안했다. 그래서 직접 주차선을 마킹해 보기로 했다. 그렇게 하기 위해서는 주차선에 먹부터 놓아야 했다.

담유는 확장될 1층 상가바닥에 줄자로 주차길이와 주차선 두께를 잰 다음 연필로 표시했다. 그리고 미키에게 먹통을 잡도록 했다. 담유는 먹줄 끝을 잡고 연필로 표시된 부분에 먹줄을 갖다 대고 먹줄을 잡아 위로 올렸다 살짝 놓았다. 1층 상가바닥에 검정색 먹줄이 선명하게 표시되었다. 담유가 직접 먹을 놓아보기는 처음이었다. 먹을 다 놓은 다음 주차선 양옆에 테이프를 붙였다. 테이프 중앙에 페인트칠은 내일하기로 하고, 미키와 귀가했다.

2016년 9월 9일

오전 8시 10분 평내건재에 들러 주차선에 페인트를 칠하기 위해 흰색 수성페인트 1리터, 롤러(10cm), 목장갑(적색) 1다발을 구입했다.

오전 8시 30분경 현장에 도착하자마자, 주차선 양옆 테이프 중앙에 롤러로 흰색 페인트를 칠하기 시작했다. 오전 9시 10분경 주차선 페인트 작업을 완료했다. 태우설계 성소장에게 주차선 마킹이 끝났다며 사진을 찍어 보내 주겠다고 했더니, 성소장은 자신이 직접 현장에 와서 사진을 찍겠다고 했다.

오전 9시 30분경 화장실 환풍기를 직접 설치하기 위해 환풍기 설치 메뉴얼을 살펴보았다. 환풍기와 자바라를 연결하는 밴드(100mm) 1다발, 절연테이프 1개를 평내건재에서 구입해서 현장으로 돌아왔다.

오전 9시 40분부터 화장실 환풍기 설치 작업을 시작했다. 201호 화장실은 환풍기가 이미 설치되어 있었다. 202호로 가서 화장실 천정의 자바라 구멍을 살펴보니 너무 작았다. 4층에 올라가 목수들이 보관해 놓은 전동톱을 가지고 내려왔다. 화장실 천정 편백나무를 전동톱으로 잘라서 구멍을 만들었다. 천정에 뽑아 놓은 전선과 환풍기 전선을 연결한 다음 환풍기를 구멍 안쪽으로 밀어 넣었다. 환풍기와 전선을 동시에 구멍 안으로 밀어 넣기가 쉽지 않았다. 한참 동안 밀어 넣다가 일부 전선은 다 밀어 넣지 않은 상태에서 환풍기를 천정 편백나무에 나사로 고정했다. 그러나 환풍기가 천정에 완전히 밀착되지 않아 환풍기 커버가 건들거렸다. 환풍기를 다시 떼어 내고, 전선을 천정 구멍 안으로 모두 밀어 넣은 다음 환풍기를 천정에 밀착시켰다. 그리고 커버를 나사로 단단히 고정했다. 202호 환풍기 설치 작업에만 거의 1시간 이상 소요되었다. 온몸은 땀으로 범벅이 되었고, 허리통증이 온몸으로 퍼져 나갔다.

오전 10시 40분 302호 화장실 환풍기 설치 작업을 착수했다. 202호보다 훨씬 수월하게 20여 분만에 끝냈다. 온몸이 땀에 젖어 더 이상 작업이 어려웠다. 집으로 돌아와 샤워하고 새옷으로 갈아입은 다음, 오후 2시경 현장으로 돌아왔다.

4층 거실 화장실 환풍기를 설치하기 시작했다. 천정 편백나무에 환풍기 구멍을 전기톱으로 잘라냈으나, 천정 목틀 때문에 자바라가 잘 빠지지 않았다. 할 수 없이 목틀 건너편에 환풍기 구멍을 다시 잘라낸 다음 환풍기를 설치했다. 처음 잘라낸 부분이 커버 밖으로 노출되었다. 노출된 부분에 잘라낸 편백나무를 다시 끼운 다음, 임시방편으로 테이프를 붙여 놓았다.

오후 3시경 안방 화장실에도 환풍기를 설치했다. 301호실로 내려갔다. 301호실 화장실 천정 안쪽을 살펴보니 전기선이 보이지 않았다. 환풍기 구멍을 전기톱으로 확대한 다음, 화장실 전등을 켜고, 천정안을 살펴보았다. 화장실 전등 안쪽에 전기선이 보였다. 전기 신오석에게 전화했다.

"301호 환풍기 전기선이 전등 쪽에 있어 환풍기를 설치할 수 없네요."

"제가 들어가서 환풍기를 설치해 놓겠습니다."

신오석은 담유에게 환풍기 설치는 자기가 하겠다며 그대로 놔두라고 했다. 그런데 환풍기는 거의 다 설치되었다. 담유는 뿌듯했다.

오후 4시 30분경 인테리어 심사장에게 전화해서, 큐비클, 방 문짝 등을 특검 전에 모두 설치해 달라고 했다. 심사장은 알았다면서 내일 오전 7시에 SMC 설치팀이 들어온다고 했다

SMC와 큐비클을
설치하다

2016년 9월 10일

오전 7시 10분 SMC 작업팀 2명이 도착해서 SMC 자재를 내려놓고 있었다. SMC 작업팀장이 1층 천정을 올려다보면서 입을 쫙 벌렸다.

"와, 천정 엄청 높네. 천정 배관 저거 어떻게 하지?"

화장실 설비배관 때문에 일이 힘들겠다며 투덜거렸다. 담유가 커피부터 한 잔하고 시작하라고 했더니, 커피는 마시지 않는다며 짜증을 냈다.

오전 7시 30분경 인테리어 김반장이 비계를 싣고 현장에 도착해서 SMC팀에게 비계를 건네주었다. 김반장에게 주차선 마킹이 잘 되었냐고 물어보았다. 김반장이 깜짝 놀라며 어떻게 먹줄을 놓았냐고 했다.

"못할 게 어디 있습니까? 다 하면 되요."

담유는 웃어넘겼다.

담유가 어제 화장실 환풍기도 직접 설치했다고 했다. 김반장이 다시 한 번 눈이 휘둥그레지더니 어떻게 구멍을 뚫었냐고 물었다. 담유는 목수들이 보관해 놓은 전기톱으로 뚫었다고 했다. 김반장은 어려운 작업이라면서, 믿을 수 없다는 듯 놀라워했다.

김반장에게 계단실난간과 손스침에 도장 작업을 해야 하는데, 도장팀이 다시 들어오는지 물어보았다.

"도장팀은 더 이상 들어오지 않을 겁니다. 아마 제가 해야 할 거예요."

김반장은 심사장이 어떻게 할지 이미 다 안다는 듯 말끝을 흐렸다. 담유가 준공 전에 모든 일을 마무리해야 하는데 심사장이 준공 후에 해도 된다며 자꾸 일을 늦춘다고 했다. 김반장은 심사장에게 강하게 요구하라면서, 심사장에 대해 잘 아는데 강력하게 요구하지 않으면 안 된다고 했다. 담유는 가능하면 좋게 마무리하려고 노력 중인데 심사장이 말을 듣지 않아 힘들다며 한숨을 쉬었다.

오전 7시 40분경 심사장이 현장에 도착했다. SMC팀과 작업방법에 대해 논의했다.

"일단 준공 후 확장될 상가부분과 설비배관 부분은 SMC를 붙이지 맙시다."

준공 후에 실제 사용될 주차장 부분만 SMC를 설치하기로 했다. 그리고 심사장은 상가 확장될 부분과 설비배관 부분은 목수들을 불러 석고로 마감하자고 했다. 어차피 그곳은 준공 전 임시로 붙여 놓는 것이기 때문에 석고가 좋을 것 같아 동의해 주었다.

"SMC팀이 오늘 작업을 시작했으니 SMC팀에게 텍스를 붙이도록 하는 게 어떨까요?"

담유의 제안에 심사장은 당연하다는 듯,

"안 그래도, 그렇게 하라고 했어요."

심사장은 오늘 작업하는 SMC팀이 이 동네에서는 가장 일을 잘한다며 목에 힘을 주었다. 이제 1층 화장실 칸막이인 큐비클만 설치하면 된다. 큐비클도 준공 전에 반드시 설치되어야 하는데, 심사장은 아무것도 아니라며 차일피일 미루고 있었다.

"큐비클은 언제 설치하실 겁니까?"

"월요일에 들어 올 거예요."

큐비클 설치팀 수배가 원활했던 것 같았다.

"그러면, 계단실난간과 손스침 도장은 어떻게 할 건가요?"

심사장은 곧 하겠다고 했다. 김반장이 할 것이라는 말은 하지 않았다. 담유는 남아 있는 다른 마감 작업들에 대해서도 심사장과 일정을 확정하는 게 좋을 것 같았다. 그래서 월요일 마루를 깔기 시작하면 다락층까지 마루를 전부 깔자고 했다. 심사장도 동의했다. 또한 특검을 받기 전에 방문짝도 설치하자고 했다. 심사장은 마루를 간 다음 방문짝을 실측을 해야 한다며, 추석 연휴가 끝나면 곧바로 실측하겠다고 했다. 심사장은 남은 일들의 일정을 고분고분하게 말해 주었다. 의외였다. 그런데 심사장이 약속을 여러 차례 어겼기 때문에 크게 기대하지 않았다. 다만 남은 일들의 일정을 정리하는데 의미를 두기로 했다.

오전 11시 30분경 SMC 작업팀이 식사배달해 주는 곳을 물어보았다.

"아직 주변이 공사 중이라 제대로 된 음식점이 없습니다. 중국음식은 어떠세요?"

"괜찮습니다."

담유는 별내 '차오차오'라는 중국음식점에 짬뽕(곱빼기 1, 보통 1), 짜장면 곱빼기를 시켰다. 30~40분 걸린다고 했다. 오전 12시 20분경 중국음식이 배달되기 직전, 김반장이 천정텍스 자재를 싣고 현장에 도착했고, 곧바로 중국음식이 배달되었다. SMC팀장은 자기들 음식값은 자기가 지불하겠다고 했다. 담유가 손사래를 치며 음식값을 모두 지불했다.

"김반장님, 식사하셨어요?"

"아직 안했습니다."

"그럼 짬뽕 드시겠어요?"

담유의 몫이던 짬뽕(보통)을 김반장에게 양보했다. 김반장은 극구 사양했으나, 억지로 자리에 앉혀 놓고, 담유는 U플라자 김밥집에 가서 떡만두국을 먹고 왔다.

짬뽕은 SMC 작업팀에게 즉각적인 효과를 발휘했다. 아침 내내 짜증을 부리며 일을 더디게 하던 SMC 작업팀이 이제 미소를 지으며 작업에 속도를 내기 시작했다. 짬뽕값이라야 1만 원이 조금 넘는데 그 효과는 족히 몇 십 만 원 값어치는 될 듯싶었다. 이런 것도 투입되는 비용보다 효과가 훨씬 좋으니 가치 공학(Value Engineering)[95]이라 할 수 있을까? 담유의 입가에 미소가 번졌다.

오후 1시부터 김반장이 계단실과 4층 내부 철제계단의 손스침에 니스칠을 시작했다. 오후 4시 30분경 마무리되었다. 김반장이 계단에 올라가지 말라는 경고문구를 붙여 달라고 했다. 담유는 4층 내부 철제계단은 안전테이프로 계단하단을 2중으로 두른 다음 '계단 올라가지 말 것'이라는 문구를 붙여 놓았

---

95) 가치 공학(Value Engineering: VE)이란 제품 또는 서비스 등에 포함되어 있는 불필요한 기능 또는 비용을 발견하여 이를 제거하고, 원가를 절감시키는 기법

고, 계단실은 1층 계단이 시작하는 난간에 '계단 올라가지 말 것'이라는 문구를 붙여 놓았다.

오후 1시 30분 북쪽 보도블록 위에 쏘렌토 1대와 K5 1대가 주차되어 있었다. 차에 적어 놓은 전화번호로 차를 이동시켜 달라고 했다. 남자 1명과 여자 1명이 U플라자 쪽에서 나왔다. 담유가 40대 중반쯤으로 보이는 젊은 남자에게 아직 준공이 안 되었으니, 보도블록에 차를 올려놓으면 안 된다고 했다. 젊은 남자가 갑자기 눈을 부라리며 기분 나쁘다는 듯,

"차를 빼면 될 것 아니야."

반말을 했다. 차를 빼면서도 차 창문을 조금 열고는 기분 나쁘다는 말을 지껄이는 것 같았다. 그리고 현장을 떠났다. 담유는 젊은 친구가 버릇이 너무 없다고 생각했다. 젊은 친구에게 전화를 걸어 현장으로 다시 오라고 했다. 다시 돌아온 남자가,

"보도블록에 차바퀴 자국 때문에 불렀어."

시비를 걸어왔다. 담유가 아무에게나 싸울 듯 대드는 폼이 너무 건방지고 보기에 안 좋아, 충고하려고 불렀다고 했다.

"어쭈, 드라마 써?"

젊은 남자는 삿대질과 함께 눈을 부라리며 싸울 듯 대들었다.

"당신 몇 살인데 손윗사람에게 말을 함부로 하는 거야? 그냥 차를 이동시키면 될 것을 아무에게나 싸울 듯이 막말하지 마. 알았어."

담유가 강하게 나무랐다. 젊은 남자의 아버지라는 사람이 담유와 젊은 남자 사이에 끼어들며, 자기 아들이 선생이라고 했다. 아니 무슨 소린가? 선생이면 조용히 차를 빼주면 될 것을,

"당신만 선생 아니니, 선생답게 행동해."

담유는 너무 기가 막혀서 쏘아붙였다. 젊은 남자의 아버지는 담유의 단호한 어조에 놀랐는지 자기 아들을 제지했다. 젊은 남자는 아버지 말은 들은 체도 하지 않고 계속 막말을 해대며 담유에게 주먹이라도 날릴 듯한 기세였다. 참으로 예의와 버릇이라곤 눈곱만치도 찾아볼 수 없는 괘씸한 녀석이었다.

김반장과 SMC 작업팀장이 담유가 젊은 남자와 언쟁하는 것을 듣고 다가왔

다. 젊은 남자의 막말을 전부 들었던 김반장이 저런 쓰레기 같은 놈과는 상대하지 말라고 했다. 김반장은 젊은 남자에게 그만 가라고 했다. 젊은 남자는 이제 김반장에게 싸울 듯 대들었다. 그냥 아무에게나 싸우려고 덤비는 폼이 참으로 가관이었다. 놈은 덩치가 왜소하고 비쩍 말라서 싸움도 못할 것 같은 약골이었다. 주둥아리만 살아서 아무에게나 막말을 해대는 성질 고약한 놈이었다. 담유는 저런 친구가 선생이라니 참으로 한심했다. 김반장은 꾹 참으면서 젊은 남자에게 그냥 가라고 했다. 김반장의 충혈된 눈과 근육질에 겁이 났는지, 놈은 씰룩대면서 아버지와 현장을 떠났다.

젊은 친구에게는 담유의 후줄그레한 현장 작업복과 검게 그을린 얼굴이 현장 잡부 정도로 보였을 것이다. 하찮은 인간이 자기같이 높은 신분의 선생님에게 차를 빼라고 했으니 치욕스러웠던 것이다. 감히 노가다가 건방지게 선생님에게 이래라저래라 하다니, 그래서 더욱 열을 받았으리라. 세상을 화이트와 블루로 구분하는 전형적인 쓰레기였고, 감정 컨트롤이 안 되는 사이코였다. 저런 놈이 애들을 가르치니. 담유는 못 먹을 것을 먹은 듯 침을 퉤퉤 뱉어 버렸다.

오후 3시경 태우 성소장이 카메라를 들고 현장에 도착했다. 카메라로 주차장을 찍으려다 말고, 오늘 SMC 작업 때문에 주차장에 비계가 설치되어 있어 사진을 찍을 수 없다며, 다음에 다시 와서 찍겠다고 했다. 성소장은 다른 일로 지나가다 들린 듯했다.

오후 4시 50분경 SMC 설치 작업이 완료되었다. SMC설치팀장은 상가확장부분 천정에 텍스는 내일 붙일 것이라고 했다. 담유가 상가열쇠를 화장실 옆 걸레받이 밑에 놓아두겠다고 했더니, 알았다며 고개를 끄떡였다.

오후 5시 모처럼 가족행사로 외식 중이었다. 한샘 백윤병 대리가 미키에게 전화했다.

"싱크대 잔금을 완불해 주세요."

"싱크대가 설치되지 않았는데도 완불하라는 게 말이 되나요?"

"한샘의 방침이라 어쩔 수 없습니다."

백대리가 계속 완불할 것을 요구했다. 미키가 담유에게 전화를 건네주었다.

"아직 아무런 작업도 하지 않았는데 미리 완불하라는 것은 말도 안 돼요. 그렇게 할 수도 없습니다."

담유가 단호하게 잘라 말했다.

"한샘의 방침입니다."

"한샘이 그렇게 잘났습니까? 그럼 계약금 수준에서만 작업하고 그만두세요."

"이미 발주했기 때문에, 중간에 그만둘 수 없습니다."

"우리가 왜 한샘의 방침을 따라야 하는지. 그리고 작업을 시작하지도 않았는데 완불을 요구하는지, 제가 알아듣게 설명해 주세요. 공정거래법에 위반되는 거 아닙니까?"

담유는 화를 내며 전화를 끊었다.

오늘은 참으로 일진이 사나웠다. 낮에 주차문제로 젊은 친구와 벌인 말다툼으로 기분이 많이 상했는데, 저녁에 한샘의 말도 안 되는 완납요구로 화가 머리 끝까지 치밀어 올랐다. 말짱한 정신으로 있으면 더욱 열 받을 것 같았다. 소주 한잔하고 푹 자자. 저녁식사는 소주로 대신했다. 아무 생각 없을 정도로 취해서 집에 돌아와 그대로 쓰러졌다.

2016년 9월 11일

오전 8시 40분 SMC 작업팀장 1명만 현장에 출근했다. 담유가 혼자 작업할 수 있는지 물어보았다. 오늘은 혼자해도 된다며, 어제 함께 작업하던 동료는 시골에 내려갔다고 했다.

오후 9시 담유는 4층 철제계단 목재발판에 사과박스를 잘라서 덮는 보양 작업을 시작했다. 이제 마감단계에 들어와 직영인부를 하루 종일 배치하기에는 작업량이 많지 않다. 따라서 가볍게 청소하고 보양하는 작업들은 담유 스스로 하기로 했다. 약 30분 만에 계단발판 보양 작업을 완료했다.

오후 11시 성묘를 갔다가, 오후 3시 30분 현장으로 돌아왔다. 1층 상가확장 부분의 천정 텍스설치 작업이 완료되어 있었다. SMC와 텍스의 높이가 약 40㎝ 정도 차이가 났다. 어차피 준공 후 용도변경해서 확장할 부분이니 준공검사만 무사히 통과하면 되지만, 텍스 위쪽이 뻥 뚫려 있어 보기 흉했다.

"텍스와 SMC 중간 터진 부분 막을 수 없나요?"

팀장에게 물어보았다.

"심사장이 거기까지만 작업하라고 했습니다. 목수들이 알아서 마감할 거예요."

심사장이 현장에 다녀간 모양이었다. 팀장은 공구를 챙겨 봉고차에 실은 다음 현장을 떠났다.

오후 4시경부터 준영이와 다락층에서 2층으로 내려오며, 각 세대마다 쌓인 나무조각, 박스, 담배꽁초 등 쓰레기를 청소했다. 준영이는 집이 완성되어 갈수록 집에 대한 관심이 부쩍 높아지고 있었다. 착공 초기에는 대학원 공부가 바쁘다며 현장에 나오려 하지 않더니, 이젠 곧잘 현장에 나와 허드렛일을 돕고 있다. 본인도 건설관리를 공부하고 있으니 집 짓는 과정이 예사롭지 않은 것 같았다.

오후 5시경 집으로 돌아와서 샤워를 한 다음 쉬고 있는데, 5시 30분경 심사장으로부터 전화가 왔다.

"큐비클 작업팀이 현장으로 가고 있습니다."

담유는 깜짝 놀라 급하게 현장으로 차를 몰았다.

오후 5시 50분경 큐비클 작업팀 2명이 도착해서 자재와 장비를 내리고 있었다. 곧바로 1층 화장실 칸막이인 큐비클 설치 작업에 들어갔다.

"큐비클은 최상품입니다."

심사장은 큐비클을 가리키며 만면에 미소를 띠었다. 심사장과 큐비클 사장은 잘 알고 지내는 듯 농담을 주고받았다. 큐비클 작업은 어두워진 뒤에도 계속되었다. 큐비클 사장이 작업등을 환하게 밝혔다. 큐비클팀의 솜씨는 야무졌다. 거의 8시가 다 되어서야 큐비클 설치 작업이 완료되었다.

마루를 깔고, 주인세대 싱크대를 설치하다

2016년 9월 12일

오전 6시 50분경 마루시공팀 2명이 자재를 실은 트럭과 함께 현장에 도착했다. 작업반장은 담유를 보자마자 환한 미소를 띠며 먼저 악수를 청했다.

"최인곤이라고 합니다."

현장 작업자들은 건축주와 가능하면 대면하려 하지 않는다. 아마 갑을관계라 부담스러워서 그럴 것이다. 그런데 최반장은 서글서글하게 웃으며 먼저 다가왔다. 이웃집 아저씨처럼 참으로 편하고 푸근한 인상이었다. 어쩐지 마루는 제대로 깔릴 것 같았다.

담유는 최반장과 2층, 3층, 4층, 다락층을 돌아보며, 마루 까는 방향, 싱크대 아래 시공여부, 다락층 화장실 창고부분 장판 및 걸레받이 시공, 다락층 경사창고 상부 장판 시공 등에 대해 의논했다. 마루 까는 방향은 3룸은 거실 테라스 창문과 평행하게, 2룸은 방문과 평행하게 하고, 싱크대 밑은 시공하지 않기로 했다.

오전 7시 30분부터 약 30분 동안 주차장에 쌓인 작업폐기물을 정리하고, 아시바를 옮긴 다음 주차장 바닥을 빗자루로 깨끗이 쓸어냈다. 오전 8시 주차장 청소를 끝내고, 태우 성소장에게 전화했다.

"주차장 사진을 제가 찍어서 보내 드려도 될까요?"

"그래도 됩니다. 카톡으로 보내 주세요."

담유는 주차장 사진 11장을 찍어 카톡으로 보내 주었다.

오전 8시 30분 미키가 현장에 도착했다. 아직 설치하지 않은 조명기구와 반납할 조명기구를 확인하고 정리했다.

오후 1시 30분 한샘 백대리로부터 전화가 왔다.

"지난주 토요일, 제가 실수했습니다. 죄송합니다."

백대리가 미안하다며 사과했다. 담유는 우리가 왜 한샘의 방침에 따라가야 하는지 물어보았다. 백대리는 거듭 미안하다고 했다.

"싱크대는 언제 설치할 예정인가요?"

"지난주 금요일 제작에 들어갔습니다. 19일 들어가서 싱크대 상부장 목대부터 설치할 겁니다."

오후 3시경 마루 깔기 작업을 확인한 다음, 비염 알레르기로 고생하는 미키에게 집에 돌아가 쉬라고 했다. 미키도 마감자재를 고르고 작업을 살펴보느라 많이 피곤해져 있었다. 그런데 갑자기 소나기가 내리기 시작했다. 주차장 보도블록이 빗물에 씻겨 선명하게 드러났다. 아침에 청소한 뒤라 더욱 깨끗해진 주차장 사진을 다시 찍었다. 성소장에게 카톡으로 보내 주었더니, 곧바로 감사하다는 답장이 왔다.

오후 3시 20분 담유는 4층 화장실 천정 환풍기 구멍 옆에 임시방편으로 테이프로 붙여 놓은 편백나무 조각을 제대로 붙여 놓기로 했다. 환풍기 나사를 모두 풀어 편백나무 조각을 떼어 낸 다음, 마루시공 최반장에게 가져가 실리콘을 발라 달라고 했다. 최반장은 담유가 내민 나무조각을 멀뚱히 쳐다보더니,

"어디에 쓰는 겁니까?"

고개를 갸우뚱거렸다.

"4층 화장실 천정에 붙이려고 합니다."

최반장은 하던 작업을 멈추고 4층 화장실로 올라갔다. 최반장이 직접 나무조각과 천정구멍에 실리콘을 바른 다음, 나무조각을 천정에 고정시켰다.

"시켜도 되는 일을 직접 하시네요."

최반장은 씩 웃고는 작업하던 곳으로 돌아갔다. 담유는 환풍기 커버를 조심스럽게 덮은 다음, 나사로 단단히 고정시켰다.

오후 5시경 인테리어 심사장이 현장에 도착했다. 오늘 양평에서 목수 작업을 착수했다면서 목수들에게 인건비를 지급해야 한다고 했다. 표정이 매우 어두

왔다. 또 돈을 당겨달라고 할 것 같았다. 이번만큼은 돈이 없다며 거절하리라 마음먹고 있는데, 심사장이 다락에 올라가 보자고 했다. 심사장은 4층과 다락 층 바닥면적을 줄자로 재어 보았다. 그리곤 누군가에게 전화를 걸어 바닥면적에 대해 의논하는 것 같았다. 심사장에게 김반장이 언제 오는지 물어보았다. 내일 저녁에 와서 아시바와 자재를 가지고 갈 것이라고 했다. 오후 6시경 심사장이 현장을 떠났다. 돈 얘기를 하지 않으니 오히려 허전했다.

잠시 후 심사장으로부터 전화가 왔다.

'그러면 그렇지 돈을 당겨 달라는 거겠지.'

담유가 우물거리는데,

"다락층에 보일러를 가동하지 않아, 방바닥에 습기가 남아 있어 마루를 깔면 안 될 것 같습니다."

심사장이 다락 보일러에 대해 물었다. 담유가 최반장에게 다락층에 마루를 깔아도 되는지 물어보았다. 괜찮다고 했다. 심사장에게 작업반장이 괜찮다고 하니 그대로 깔자고 했다. 심사장은 알았다면서 다락층까지 마루를 모두 깔기로 했다. 왠지 싱거웠고 헛웃음이 나왔다.

오후 6시 20분경 마루 작업팀은 작업을 계속하고 있었다. 최반장은 추석 연휴 전에 마루 작업을 마무리하겠다고 했다. 담유는 최반장에게 현관문 비밀번호와 여는 방법을 알려준 다음 전화번호를 주고받았다. 임대세대에 까는 강화마루는 2층 2룸을 남기고 모두 깔았다. 4층과 다락층에는 강마루를 깔아야 하는데 아직 시작도 못했다.

"내일은 오전에 1명만 출근하고 오후에 3명이 출근해서 마루 작업을 모두 끝낼 겁니다. 만약 내일 작업을 끝내지 못하면 추석 연휴기간에 나와서 작업할 거예요."

"알아서 하세요."

최반장이 성실하게 일정까지 얘기해 주는 게 너무 고마웠다.

이제 내일 모레면 추석 연휴가 시작된다. 공사는 거의 마무리되어 가고 있으나, 준공검사를 받기 위해 아직 부족한 부분이 많다. 집으로 가는 길에 달을 쳐다보았다. 달은 이미 꽉 찬 보름달이었다. 내년에는 SMJ House에서 추석을 보내겠지. 입가에 미소가 흘렀다.

2016년 9월 13일

오전 7시 10분 마루 작업자 1명이 도착했다. 그런데 어제 온 작업자가 아니었다. 그는 어제 저녁에 현장을 확인했다면서, 다락층 계단난간 하단을 프로파일로 마감하겠다고 했다. 담유는 프로파일이 무엇인지 이해할 수 없어, 전문가들이 잘 알아서 시공해 달라고 했다.

오전 8시 30분부터 인터넷으로 현장부근 디지털도어록 판매 및 설치하는 업체를 검색했다. 오전 8시 40분 신내동에 위치한 국제열쇠와 전화연결이 되었다.

"게이트맨도 취급하나요?"

"네. 게이트맨 어떤 모델을 찾으시나요?"

"중간급 모델로 사진 찍어 보내 주세요."

"알겠습니다."

열쇠사장은 3종류의 모델의 사진을 문자로 보내 주었다. 그중 하나를 선택한 다음, 오늘 설치해 줄 수 있는지 물어보았다. 가능하다고 했다. 24만 원에 설치하기로 했다.

오전 8시 50분경 4층 강마루 까는 현장으로 올라갔다. 화재경보기가 작동되어 계속 화재가 발생하였다는 음성경고가 반복되고 있었다. 마루 작업자에게 어디서 화재경보기가 울리는지 물어보았다. 보조주방과 서재에서 울린다고 했다. 전기 신오석에게 전화해서 화재경보기가 울린다고 했다.

"불량품입니다. 돌려서 떼어 낸 다음 배터리 연결선을 뽑아 놓으세요."

담유는 사다리를 세워 놓고 올라가서 천정에서 화재경보기를 떼어 냈다. 배터리를 뺐더니 더 이상 울리지 않았다. 떼어 낸 화재경보기를 창문턱에 올려 놓았다. 그래야 신오석이 들어와 쉽게 교체할 수 있을 것이다.

오전 8시 40분 301호 화장실 천정에 환풍기를 설치하기 위해 살펴보았다. 천정에 환풍기가 이미 설치되어 있었다. 그런데 나사 2개를 고정하지 않았고 커버도 씌우지 않아, 나사를 고정시킨 다음 커버를 씌웠다. 전기 신오석에게 전화해서 301호 화장실 환풍기를 언제 설치했는지 물어보았더니 어제 U플라자에 일이 있어 갔다가 잠시 들렀다고 했다. 참으로 우직한 젊은이였다. 시켜서 일하는 게 아니라 알아서 일하는 자세, 참으로 보기 좋았다.

오전 10시까지 기다려도 게이트맨 설치사장이 현장에 도착하지 않았다. 담유는 외부일정 때문에 현장을 떠나면서 미키에게 현장에 와 있으라고 했다. 오전 10시 20분 미키로부터 전화가 왔다. 4층 방화문은 교체할 건데 게이트맨을 설치하기 위한 구멍을 뚫어도 되는지 물어보았다. 방사장에게 전화했다.

"4층 방화문을 교체하기 전인데, 구멍을 뚫어도 되나요?"

"괜찮습니다."

미키에게 방화문에 구멍을 뚫고 설치하라고 했다. 오전 11시 20분 게이트맨 설치업자가 도어록 설치를 완료했다면서 28만 원과 계좌번호로 입금해 달라는 문자 메시지를 보내 주었다.

오후 3시 30분경 현장으로 돌아왔다. 오후에 마루 작업자 3명이 합류했다고 했다. 4명이 4층과 다락층에서 강마루를 깔고 있었다. 오후 5시가 넘어서 마루 작업자가 3명이 추가로 현장에 들어왔다. 2층 2룸 강화마루 깔기와, 2층 3룸 걸레받이 설치 및 코킹 작업을 시작했다. 오후 6시경 마루 작업자가 2명이 또다시 추가되었다. 오후 8시경 마루 작업이 모두 완료되었다. 대단한 작업팀이었다. 늦은 저녁이고 내일부터 추석 연휴인데도 마루 작업을 마무리하기 위해 마루 작업팀 전원이 합세한 것이다. 그런데 2층 2룸 강화마루는 자재가 1평 정도 모자라 할 수 없이 추석 연휴가 끝난 다음날인 19일 마무리하겠다고 했다.

오후 8시 20분 현장 주변은 어두컴컴하고 을씨년스러웠으나, 작업을 마친 마루 작업팀들의 추석 연휴에 들떠 있는 모습에서 추석내음이 물씬 풍겨왔다. 마루 작업팀과 추석 잘 보내라며 덕담을 나눈 뒤, 휘영청 부풀어 오른 달을 머리에 이고 집으로 향했다.

2016년 9월 14일

오전 8시 49분 추석 연휴 첫날이라 작업이 없어 집에서 쉬고 있는데, 인테리어 심사장으로부터 전화가 왔다.

"현장에 왔는데, 문이 잠겨 있네요."

"오늘은 작업을 안 하는 줄 알고 문을 잠갔습니다."

"오늘 작업할 겁니다."

심사장이 문을 열어달라고 했다. 곧바로 현장으로 출발했다.

오전 9시 10분 현장에 도착했다. 심사장과 김반장이 도착해서 신발장을 설치하고 싱크대 문짝을 달겠다고 했다. 심사장은 장비를 내려놓고 있었고, 김반장은 주차장에 있던 피티아시바를 해체해서 트럭에 싣고 있었다.

오전 9시 20분 현관문을 열어주고 집으로 왔다. 와인 2명과 꿀 선물세트를 가지고 현장으로 돌아갔다. 김반장 트럭 조수석에 와인 2명을 올려놓아 두었다. 김반장이 우마를 찾으러 내려 왔을 때, 와인 2명을 트럭에 놓아두었다고 했다. 너무나 고마워했다.

김반장은 인테리어 작업하며 온갖 궂은일을 도맡고 있어 고맙기 그지없었다. 괴팍한 심사장의 변덕을 다 받아주는 모습이 때론 안쓰러웠지만, 목수일을 배워 독립하겠다는 의지가 강철 같았다. 심사장에게 충분한 보상을 받지 못하고 있음이 분명했다. 간단한 추석선물로 그동안 수고에 보답해 주고 싶었다.

오전 11시경 4층에 올라가 보았다. 현관출입구와 3중문 사이에 거울문을 단 신발장이 완성되어 있었다. 사진을 찍어 미키에게 보내 주었더니 매우 만족스러워했다.

오후 3시 30분 싱크대 몰딩 작업과 신발장 문짝 설치 작업이 어느 정도 진행되었는지 확인하기 위해 현장으로 올라가 보았다. 4층 신발장, 3층 싱크대 및 신발장이 완료되었고, 2층 싱크대에 몰딩을 붙이고 있었다.

오후 4시부터 다락층, 4층, 3층 작업폐기물을 정리하기 시작했다. 오후 5시가 지나서 심사장이 2층까지 작업을 완료하면 더 이상 작업폐기물이 나오지 않는다고 했다. 심사장이 2층 2룸의 신발장 문짝 경첩이 모자란다며 연휴가 끝나고 19일 마무리하겠다고 했다.

추석 연휴 첫날인데도 심사장이 직접 신발장과 싱크대를 설치했다. 심사장도 이제 나이가 들었고 목수일도 오랜만에 해서 그런지 목수공구 다루는 솜씨가 서툴렀다. 싱크대 설치 인건비가 만만치 않다고 했다. 담유는 심사장이 절대 손해는 보지 않게 하겠다고 몇 번 언질을 주었다. 심사장이 혹시 손해보고 있는 게 아닌가라는 생각이 들었다.

그런데 김반장은 담유에게 걱정하지 말라고 했다.

"심사장님은 절대 손해보는 사람이 아닙니다. 왜냐하면요. 누구보다 자재를 싸게 구매합니다. 그게 심사장님의 장점이자 경쟁력이에요."

담유는 다행이라며 고개를 끄떡였다. 그리고 심사장에게 꿀 선물세트를 건네주었다. 심사장은 준비한 게 없다며 멋쩍어 했다. 담유는 괜찮다며 손사래를 치고 명절 잘 지내시라고 했다. 그동안 심사장과 감정이 많이 상했으나, 추석선물을 주고 나니 왠지 홀가분해졌다.

2016년 9월 15일

추석이다. 집에서 추석 차례를 지낸 다음, 오전 11시경 엄마, 미키, 준영이와 함께 현장에서 여동생인 양희와 매제인 문서방을 만났다. 청소도 하지 않은 4층 거실에 돗자리를 펴놓고 점심식사를 했다. 담유는 다락층에서 돗자리를 깔고 30분 정도 단잠을 청했다. 오후 1시경 엄마, 양희, 문서방을 보낸 다음 미키, 준영이와 귀가했다.

2016년 9월 16일

오전 11시 구리롯데마트에서 노루페인트 니스(바니쉬) 0.9리터, 니스칠용 붓, 사포 1세트를 구매했다. 오후 1시 20분경 준영이와 함께 현장에 도착했다. 1층 현관 옆에 쌓아 둔 종이박스 일부를 4층으로 가지고 올라가, 내부 절체계단 아래의 강마루 위를 덮은 다음 테이프로 고정시켜 보양했다.

담유는 4층 내부계단 손스침과 원목발판을 사포질했고, 준영이는 계단실 손스침을 사포질했다. 담유가 다락층 내부계단 손스침에 니스칠을 시작했더니,

"아빠, 제가 할게요."

준영이가 자신이 하겠다고 했다. 준영이에게 붓을 건네주고, 담유는 니스통을 들고 준영이를 따랐다. 준영이가 손스침과 원목발판에 대부분을 니스칠했다. 계단실 손스침은 준영이가 4층을 니스칠했고, 3층에서 1층까지는 담유가 니스칠을 했다.

사포질과 니스칠하는 준영이의 모습은 사뭇 진지했다. 손스침에 니스를 골고루 바르려는 집중력도 대단했다. 한 방울의 니스도 바닥에 떨어뜨리지 않았다. SMJ House에 쏟은 작은 헌신이지만 그 의미는 결코 작지 않았다. 오후 3시 30분경 현장을 정리한 다음, 준영이와 귀가했다.

2016년 9월 17일

오전 10시 계단난간에 수북이 쌓인 먼지를 물수건으로 닦아 내고, 마른 수건으로 재차 닦아 냈다. 집에서 점심식사한 다음 준영이와 함께 현장으로 돌아오는 길에 사릉역 앞 KCC페인트가게에서 흑색무광애나멜 1리터와 붓을 구입했다.

오후 1시 30분 현장에 도착해서 준영이가 4층 철제계단난간에 애나멜을 칠하기 시작했다. 어제 니스칠한 경험 때문에 자신 있다고 했다. 담유는 준영이가 붓에 애나멜을 잘 묻힐 수 있도록 옆에서 애나멜통을 조심스럽게 이동시켜 주었다. 계단실 철제난간의 애나멜칠은 담유가 완료했다.

오후 3시 30분경 미키가 현장에 와서 내부계단의 페인트칠을 살펴보더니,

"우리 아들 대단한데."

준영이가 니스칠과 애나멜칠을 잘했다며 극찬해 주었다. 평소에 뺀질거리던 아들이 직접 칠을 했으니 너무나 대견했던 모양이었다. 담유가 칠한 계단실의 철제난간은 거들떠보지도 않았다. 엄마에게는 아들이 최고였다. 담유는 그래도 즐거웠다.

2016년 9월 18일

오늘은 추석 연휴 마지막 날이다. 아직 준공청소하기에는 이르지만 미리 청소를 해 두면 특검을 받기 위해 청소할 때 훨씬 수월할 것 같았다. 그래서 오늘 건물내부를 진공청소와 물청소하기로 했다.

오전 10시 구리롯데마트에서 회전식 물걸레, 슬리퍼 5켤레를 샀다. 오전 11시 현장에 도착해서, 일단 먼지털이개로 전등, 우물천정 등에 쌓인 먼지를 떨어 내고, 우물천정 무늬목필름에 묻은 풀찌꺼기도 닦아 냈다. 오후 12시 다락층부

터 진공청소를 시작해서 오후 2시 30분경 진공청소를 완료했다.

오후 3시 미키가 현장에 도착했다. 미키는 창문틀에 쌓인 먼지와 작업부스러기를 청소했고, 담유는 4층에서 다락층으로 올라가며 물걸레질을 했다. 마지막으로 다락층에서 4층으로 내려오면 철제계단 발판을 물걸레로 닦아 냈다.

담유는 4층, 3층, 2층으로 내려오면서 각 세대 현관 턱에 설치한 C-Black 옆면 돌 자른 면에 약품을 발라 돌 원색이 나타나도록 하였다. 오후 5시경 미키가 다락층 창문틀 청소를 완료했다. 이제 건물내부는 비스듬히 쏟아지는 햇빛에 티 하나 없는 맨살을 드러내고 있었다. 마음마저 정화되어 후련했다.

2016년 9월 19일

오전 마루 작업 최반장에게 전화해서, 2층 2룸 마루 1평 미설치한 부분을 오늘 중으로 설치해 달라고 요청했다. 최반장은 자재발주부터 해야 하는데, 자신은 작업만 하기 때문에 잘 모르고 있다며 확인해서 알려 주겠다고 했다.

오전 7시 45분 아직 설치하지 않은 조명기구들인 1층 화장실 직부등 및 환풍기, 4층 주방등 및 계단들을 설치해야 할 위치로 옮겨 놓았다.

오전 7시 59분 인테리어 심사장에게 전화해서 오늘 현장에 오는지 물어보았다. 확실하지 않다고 했다. 4층 보조주방 싱크대는 자재만 가져다 놓고 아직 조립하지 않았다. 그래서 심사장에게 보조주방 싱크대는 언제 설치할지 물어보았다. 심사장이 싱크대 다리만 설치하면 된다고 했다. 이제 특검을 받아야 하는데 문짝을 달아야 한다고 했다. 심사장은 이미 문짝 실측을 완료했다고 했다.

오전 8시 15분 태우설계 성소장에게 오늘 준공서류를 접수시켜 달라고 했다.

"설계변경 사항을 모두 반영해서 감리에게 넘길 겁니다."

"감리가 태우설계 아닌가요?"

"아, 맞습니다."

성소장이 깜빡했다며 자기가 알아서 하겠다고 했다. 오늘 서류를 접수시키면 특검이 언제 나오는지 물어보았다. 내일 오후 정도 나올 것 같은데, 건축주가 없어도 된다면서, 문 여는 방법만 알려 달라고 했다. 이제 진짜 특검 분위기가 무르익는 것 같았다.

오전 8시 25분경 한샘 신발장 설치 작업자 1명이 도착했다. 5분 후 한샘 싱크대 설치 작업자 2명도 도착했다. 오전 8시 40분 한샘 백대리가 현장에 도착했다.

"4층 후드와 천정 후드구멍이 맞지 않네요."

백대리가 천정 후드구멍을 이동시켜 달라고 했다.

"싱크대 설치팀에서 적당한 위치로 후드를 이동시켜 주면, 목수와 도배가 땜빵할 겁니다."

담유가 그대로 후드를 일단 설치해 놓으라고 했다. 한샘 싱크대 설치팀은 임대세대 싱크대를 설치했던 심사장과는 모든 면이 달랐다. 우선 싱크대 조립공구가 매우 다양했고 그 수도 많았다. 작업을 시작하는 방식도 매우 체계적이었고, 이미 절차가 확립된 듯 일사불란하게 움직였다. 심사장이 담배를 꼬나물고 어정쩡하게 나사를 조이는 모습과는 판이하게 달랐다. 역시 브랜드는 다르구나 생각했다.

오전 10시 55분 인테리어 심사장에게 임대세대 다용도실에 빨래건조대를 설치할 수 있는지 물어보았다. 심사장이 설치할 수 있다고 했다. 빨래건조대는 계약서에 별도로 명시되지 않았으나, 암묵적으로 인테리어공사에 포함되는 것이었다. 그런데 심사장이 추가공사비를 요구할 것 같아 미리 알아보고 싶었다. 만약 심사장이 추가공사비를 과하게 요구할 경우 빨래건조대 자재비는 얼마 되지 않으므로 목수를 일당으로 불러 설치하겠다고 마음먹었다. 심사장에게 4층 주방에서 보조주방으로 나가는 문은 격자 유리문으로 해주고, 유리는 버블형으로 해달라고 부탁했다. 심사장은 알았다면서도 뜨뜻미지근했다.

오전 8시 30분경 현장에 들어온 전기 신오석과 전기공에게 아직 설치하지 않은 전등 위치를 알려 주었다. 1층 SMC에 설치하는 센서등 위치도 확정해 주었다. 신오석이 다락층 테라스 옥외등 설치에 문제가 있다고 했다. 확인해 본 결과 거꾸로 설치하고 있길래 바로 잡아 주었다. 오후 4시경 주차장 SMC에 센서등 설치를 완료했고, 1층 화장실에 직부등과 환풍기도 설치했다. 내부 철제계단 천정 등은 양방향 스위치가 작동해야 하는데 작동하지 않아, 신사장이 직접 현장에 와서 연결하기로 했다고 했다. 신오석이 담유에게 물었다.

"언제쯤 다시 오면 되나요?"

"다음 주 화요일쯤 들어와서 다락층 조명을 달아주면 됩니다."

전기공사가 이제 거의 끝나간다. 전기팀은 설비팀처럼 알아서 들어와서 작업하고 나간다. 담유가 신경 쓸 일이 거의 없었고, 가끔 설치위치만 결정해 주면 되었다. 참으로 편한 작업팀이었다.

오후 2시 10분경, 3층 2룸 한샘 신발장 설치는 완료되었다. 4층 싱크대는 상하부장 골격을 설치 완료했다. 싱크대 설치 작업은 바닥에 두꺼운 양탄자를 깔고 작업하기 때문에 강마루가 손상될 염려는 전혀 없었다. 지속적으로 발생하는 작업부산물들은 미리 준비한 커다란 비닐봉지에 넣기 때문에 먼지도 날리지 않았다. 그야말로 깔끔하고 순조롭게 진행되었다.

오후 3시경 태우설계 성소장이 현장을 갑자기 방문해서 4층 싱크대 설치 작업을 유심히 살펴보았다.

"이제 공사가 다 끝났네요."

성소장이 환하게 웃었다. 다락층에 올라가서 여기저기 돌아보며 사진 촬영한 다음 현장을 떠났다. 오후 5시 20분경 미키가 현장에 도착했다. 미키는 4층 싱크대 설치 작업자들과 많은 얘기를 주고받았다. 미키에게는 어쩌면 가장 중요한 공간일 것이다. 그래서 그런지 미키는 싱크대 작업이 완료될 때까지 싱크대 설치하는 과정을 매의 눈으로 지켜보았다. 오후 8시가 지나서야 4층 싱크대 설치 작업이 완료되었다. 단 하루 만에 싱크대 설치가 완료된 것이다.

역시 한샘 싱크대는 달랐다. 주방공간을 꽉 채운 아이보리 색의 싱크대는 갓 달아놓은 주방 전등에 우아하고 상큼한 빛을 발하고 있었다.

"한샘으로 하길 정말 잘했네."

미키는 크게 만족해했다. 싱크대 설치팀은 상부장에 한샘마크를 붙인 다음, 품질보증서와 전자레인지, 인버터의 사용자설명서를 미키에게 건네주었다. 그리곤 꼼꼼하게 읽어주었는데 전문가다웠다.

싱크대 설치팀은 공구를 챙기고 남은 자재와 작업부산물까지 모두 트럭에 옮겨 실었다. 그리고 4층 주방 바닥에 깔았던 보양용 양탄자를 걷어낸 다음 빗자루로 깔끔하게 쓸어주었다. 그야말로 조금의 빈틈도 없었다.

"역시 한샘이군."

이라는 말이 절로 나왔다. 싱크대 설치팀이 철수하고, 담유와 미키는 4층 바닥을 둘러보며 혹시 흘리고 간 것은 없는지 살펴본 다음, 8시 30분경 귀가했다.

제|8부
사용승인과 입주

담 유
澹 喩
건축일기

준공서류를
제출하다

2016년 9월 20일

오전 7시 30분 마루 최반장에게 전화해서 2층 2룸(202호) 강화마루 1평 설치를 했는지 물어보았다. 어제 저녁 작업 완료했다고 하길래, 깜짝 놀라 2층 2룸에 올라가 보았다. 이가 빠진 것 같았던 강화마루가 말끔하게 채워져 있었다. 이제 마루 작업은 마무리되었다. 모든 것이 끝난 듯 홀가분해졌다.

오전 8시 10분경 인테리어 심사장이 현장에 도착했다. 영림도어 카탈로그에 4층 보조주방 문을 표시한 페이지를 보여 주었더니 알았다고 했다. 방 문짝 설치를 계속 차일피일 미루고 있는 심사장을 이해할 수 없었다. 심사장은 준공검사에 지장 없다며 준공 받은 후에 설치해도 된다며 우기고 있었다. 태우설계 성소장에게 물어보았다.

"방문짝을 설치하지 않아도 특검받는데 지장 없습니까?"

"당연히 문제 됩니다. 특검은 집이 완성된 것을 확인하는 것인데, 문짝이 설치되지 않은 집을 어떻게 완성된 집이라고 할 수 있나요?"

성소장은 웃고 말았다. 심사장이 왜 이럴까? 목수 작업이 시작될 때부터 모든 일들을 미루고 있다. 참으로 답답한 노릇이다. 한두 번 얘기하면 잔소리지만 매번 다음 일이 언제 들어오는지 물어보아야 하니 이건 하소연이다.

심사장은 금요일에 문짝을 달겠다고 했다. 오늘이 화요일이니 3일 후이다. 금요일에 설치하지 못하면 준공서류 제출은 다음 주로 미루어지고 10월 1일 입주는 아예 불가능해진다.

"이번에는 반드시 약속을 지켜야 합니다."

심사장에게 몇 번을 다짐했다. 심사장은 담배를 꼬나물고 먼 산 보듯 했다. 이 양반이 돈을 더 달라는 건가? 아마 그럴 것이다. 지금 손해보고 있으니 손해 본 만큼 내 놓으라는 시위를 하는 것일 게다. 담유는 이제까지 그래왔듯 꾹 참기로 했다. 아직 문짝도 달아야 하고, 다락층 추가공사도 해야 한다. 아직은 말다툼할 때가 아니다. 참자.

심사장은 내일 임대세대 싱크대 하부장 상판에 인조대리석을 설치할 것이라고 했다. 심사장과 4층으로 올라가 어제 설치한 한샘 싱크대를 보여 주었다. 심사장은 놀란 듯했다. 고개를 갸웃거리더니,

"한샘이 이제 제법하네."

라며 입맛을 다셨다. 주방 싱크대가 생각보다 훨씬 잘 나왔다고 했다.

심사장에게 4층 현관 신발장에 대해 미키가 지적한 사항을 알려 주었다. 그리고 2, 3층 신발장, 싱크대 지적사항도 알려 주었더니,

"한샘에 비해 헐값으로 설치한 것이에요. 이 정도면 잘 나왔습니다."

라며 우겼다. 담유는 일단 그냥 넘어가기로 했으나, 나중에 정산할 때 지적사항을 확인하기로 마음먹었다.

오전 8시 30분 태우설계 성소장이 전화를 받지 않길래, 40분 장대표에게 전화해서 준공서류를 제출했는지 물어보았다.

"성소장이 오늘 새벽까지 준공서류 작업했습니다. 아마 제출했을 겁니다."

만약 새벽에 제출했으면, 오늘은 특검이 나오지 않고, 내일이나 모레 나올 것이라고 했다. 오후 2시 30분 성소장에게 전화해서 준공서류를 제출했는지 물어보았다. 제출했는데 아직 특검이 정해지지 않았다면서, 특검이 정해지면 알려 주겠다고 했다.

오후 5시 40분경 미키가 가구업체 NDF가구 구사장을 데리고 현장에 도착했다. 구사장은 큰 키에 신사복차림이었다. 목수 같지 않고 영업대표 같았다. 담유는 구사장에게 건축도면을 펼쳐 놓고 제작해야할 가구에 대해 설명해 주었다. 구사장은 노련한 장사꾼처럼 빙긋 웃었다. 그리곤 곧바로 4층으로 올라갔다. 드레스룸, 서재 책상 및 책장, 팬트리, 내부계단 하부의 수납공간, 아트홀 하부 TV 받침대, 거실 탁자를 실측했다. 그리고 다락층으로 올라가 준성·준영

방 책상 및 책장을 실측했다. 구사장은 자신이 넘쳐 보였다.

"제가 먼저 가구에 대해 기본설계를 해보고 연락을 드리겠습니다."

구사장은 암사동 본사에서 만나자고 했다.

2016년 9월 21일

오전 7시 40분 태우설계 장대표로부터 전화가 왔다.

"특검이 선정되었습니다. 두인건축 이순남 소장입니다. 50대 중반의 여성건축가인데 무난합니다."

장대표는 자기와 잘 아는 사이라면서 연락해 보겠다고 했다. 이제 드디어 특검이 결정되었다. 만반의 준비를 해서 한 번에 통과되어야겠다며 각오를 다졌다. 오전 7시 50분 4층에 올라가 현관 바닥타일에 묻은 작업 찌꺼기들을 헤라로 긁어내고 청소를 했다.

오전 9시 30분경 심사장이 김반장과 함께 트럭을 몰고 현장에 도착했다. 곧이어 임대세대 싱크대 상판인 인조대리석을 실은 트럭도 도착했다.

오전 9시 35분경 U건설 백사장이 실내화를 신은 채 1층 상가로 들어왔다. 자신의 차남인 한샘 백대리가 설치해 놓은 한샘 싱크대를 확인해 보겠다고 했다. 담유와 함께 4층으로 올라갔다. 백사장은 한샘 싱크대를 둘러보더니,

"참 잘 설치되었네요. 멋집니다."

만면에 미소를 띠었다. 담유도 고개를 끄떡여 주었다. 백사장은 한층 기분이 좋아져, 내친 김에 심사장이 설치해 놓은 임대세대 싱크대와 신발장을 살펴보자고 했다.

백사장은 3층, 2층으로 내려오며 임대세대 싱크대와 신발장을 유심히 살펴보더니 이내 표정이 굳어졌다. 백사장은 인조대리석을 설치하고 있던 심사장을 큰소리로 불렀다. 심사장이 무슨 일인가하며 엉거주춤 다가오는데, 백사장은 화를 벌컥 내면서,

"뭐 이따위로 일해. 전부 다 다시 설치해."

심사장을 심하게 나무랐다. 담유가 백사장을 말려야 할 지경이었다. 심사장의 얼굴은 심하게 찌그러졌고, 곧이어 담배를 꼬나물었다. 입에서 욕이 나올

듯했다. 담유는 백사장의 팔을 끌다시피 해서 1층으로 내려왔다.

오전 11시 50분 태우설계 장대표가 특검 이소장과 전화통화를 했으며, 특검이 내일 오전 현장에 나올 것이라고 알려 주었다. 오후 3시 5분 태우설계 성소장으로부터 전화가 왔다.

"제가 특검에게 잘 설명해 주었습니다. 그런데 구리시에서 준공 승인을 위해 현황측량도면을 요구하네요."

"아, 그래요. 현황측량을 어디서 해주나요?"

"아마, 한국국토정보공사에서 현황측량을 할 겁니다."

담유는 한국국토정보공사에 전화를 했다. 갈매택지지구는 자기네들이 측량을 했다며, 측량비용을 알려 주었고, 입금하면 측량일정을 잡아서 알려 주겠다고 했다.

오후 5시 5분 심사장에게 전화해서 내일 특검이 나온다는데, 문짝을 금요일 설치하는 게 확실한지 물어보았다.

"금요일은 어렵고, 다음 주에 설치하겠습니다."

또 미루는 것이었다. 내일 특검이 나오면 분명히 문짝 달지 않은 것을 지적할 것이다. 그래 지적사항 하나 정도는 남겨두어야 특검을 했다는 증표가 남겠지. 그러나 또 다시 약속을 미루는 심사장이 괘씸했다. 담유는 인내의 한계치에 다가서고 있음을 느꼈다. 담유는 부들거리는 목소리를 최대한 참으면서,

"저희가 입주하기 전에는 설치합니까?"

"당연하지요."

심사장은 피식 웃으며, 걱정하지 말라고만 했다.

오후 5시 미키에게 전화해서 현장에 있는지 물어보았다.

"네. 현장에 왔는데, 임대세대 싱크대 상판의 인조대리석이 엉망이에요."

인조대리석이 마음에 들지 않는다고 했다. 미키에게 일단 참으라고 했다. 다만 심사장이 방문짝 모델을 잘 모르는 것 같으니, 직접 심사장에게 전화해서 알려 주라고 했다.

오후 6시 15분경 현장에 도착해서, 미키와 함께 3층 2룸 싱크대 상판에 설치된 인조대리석을 살펴보았다. 인조대리석은 저품질이었고 코킹도 엉망으로 쏘

아져 있었다. 심사장에게 전화했다.

"싱크대 코킹이 엉망이고 상판도 너무 싸구려 같네요."

심사장은 화를 내면서,

"내가 싱크대 비용 750만 원을 돌려 드릴 테니, 설치한 싱크대와 신발장을 모두 철거해 가겠습니다."

참으로 기가 막혔다. 드디어 본색을 드러내기 시작한 것이다.

"심사장님, 이미 설치했으면 소유권은 저에게 있습니다. 협박하지 마세요."

심사장은 잠시 숨을 고르는 듯했다. 담유는 입술을 깨물었다.

"그러지 마시고, 코킹을 다시 쏘고, 조금 수정합시다."

심사장은 막무가내로 철거하겠다며 고집을 부렸다. 오후 7시 30분 심사장에게 문자 메시지를 보냈다.

"심사장님 너무 흥분하지 마세요. 이미 설치한 것은 제 재산이니 마음대로 떼시면 안 됩니다. 제가 부탁드리는 것은 보기 안 좋으니 조금 손봐서 깔끔하게 정리하자는 것입니다."

오후 8시 30분 심사장으로부터 전화가 왔다.

"임대세대 싱크대 견적을 750만 원 넣었는데, 1,000만 원짜리 싱크대를 넣어 달라면 말이 됩니까?"

심사장의 목소리가 갈라져 있었다. 술에 취해 있었다.

"심사장님이 견적을 그렇게 넣지 않았나요? 보기 안 좋은 부분만 조금 손보자는데, 그게 그렇게 어렵습니까?"

심사장을 다독여 주었다. 심사장은 이내 수그러진 듯 알았다며 전화를 끊었다.

이제 거의 끝나간다. 조금만 참자. 물가에 가지 않으려고 떼쓰는 조랑말을 어르고 달래며 여기까지 왔다. 어떻게 보면 우스운 일이다. 돈을 주면서 달래야 하다니. 그런데 살다보면 이런 경우는 비일비재하다. 다 내주고도 아무 말도 할 수 없는 그런 상황들. 이제 결승선이 눈앞에 있다. 기어서라도 그곳까지 가야한다. 담유는 내일 특검이 잘 통과되기만을 바라며 일찍 잠에 들었다.

특검을
받다

2016년 9월 22일

오전 5시 30분경 메일로 보내온 한국국토정보공사의 현황측량 견적서를 확인하고 지적측량 비용 364,100원을 송금했다. 오전 8시 50분 임차장에게 전화해서 다음 주 수요일 오전에 측량해 줄 것을 부탁했다.

"아침 일찍 현장에 도착하도록 노력하겠습니다. 그런데 수원에서 출발하기 때문에 조금 늦을 수 있습니다. 측량시간은 얼마 걸리지 않아요. 배치도만 준비해 주세요."

임차장은 매우 친절했다. 요즘 공공기관들이 민원인을 대하는 태도가 많이 좋아졌다. 우리나라도 선진국에 진입하긴 진입한 모양이다. 기분이 상쾌했다.

오전 7시 5분 다락층에 올라가 내려오면서 건물내부를 둘러보았다. 큰 이상은 발견되지 않았다. 다만 3층 2룸에 목공용 콤프레셔가 아직 남아 있고 톱밥 부스러기가 눈에 띄었다. 담유는 3층 3룸, 2층 2룸, 2층 3룸 순서로 쓸면서 내려왔다. 이제 특검이 나와 지적할 것은 문짝이 유일한 것 같았다.

'하나 정도는 지적사항이 있는 것도 괜찮을 거야.'

오전 9시 55분 태우설계 장대표로부터 전화가 왔다.

"특검이 지금 남양주시청 앞에서 출발합니다. 성소장과 함께 현장에 도착할 거예요."

오전 10시 30분 태우설계 성소장이 전화해서 1시간 후 현장에 도착할 것 같다고 했다. 오전 11시 30분경 특검이 현장에 도착했다. 특검인 두인건축 이순남 소장은 50대 중반으로 아줌마 같은 외모였다. 이소장은 도착하자마자 건물 주변을 살펴보더니,

"제가 혼자 둘러볼게요."

라고 한 다음, 도면을 들고 1층 주변을 둘러보기 시작했다. 건물 곳곳의 사진을 찍었는데 별다른 코멘트는 없었다. 그 다음 2층으로 올라가 3룸 베란다에서 방바닥과 창틀까지 높이, 외부 베란다 난간 높이를 줄자로 대여섯 차례 계속 재어보았다. 담유는 무슨 문제가 있나 불안했다. 성소장이 얼른 올라가 특검 옆에서 뭐가 얘기를 주고받았다. 이내 특검은 성소장과 함께 4층과 다락층을 둘러본 다음 10여 분 후 1층으로 내려왔다.

성소장이 웃으면서,

"4층 베란다 창문 높이를 바닥에서 2㎝만 더 띄우시지."

"바닥에 두꺼운 방음재를 깔았더니 2㎝ 정도 높아졌어요."

담유의 설명에 특검이 고개를 끄떡였다. 특검은 1층 상가내부로 들어와 층고가 높은 것을 보고,

"중층을 만들려고 하시나 봐요?"

"상가 임차인이 알아서 하겠지요."

담유는 웃어넘겼다. 특검이 설계가 잘 되었고, 집도 잘 지었다고 했다. 담유는 냉장고에 넣어두었던 망고주스를 이소장과 성소장에게 건네주었다. 특검은 담유와 명함을 주고받은 다음 현장을 떠났다.

오후 12시 55분 성소장에게 전화해서 4층 베란다 창문 높이 2㎝가 문제되는지 물어보았다.

"말이 그렇다는 얘기입니다. 특검은 무사히 통과되었어요."

성소장이 웃으면서 말했다. 문짝얘기는 없었다. 천만다행이었다. 담유는 구리시 설계사무실인 태우설계에게 설계와 감리까지 모두 맡기기를 정말 잘했다고 생각했다. 오늘은 거나하게 대포 한 잔 해야지. 쭉 들이켜야지. 하늘을 날 듯했다.

2016년 9월 23일

오전 8시 20분 태우설계 장대표에게 어제 특검 무사히 끝난 것인지 물어보았다. 잘 끝났다면서, 다음 주 중으로 사용승인이 날 것이라고 했다.

오전 8시 25분 국토정보공사 임차장이 다음 주 수요일 회사에서 행사가 있어, 화요일 오전에 측량하러 가겠다고 했다.

"그럼, 오전 10시 30분까지 와 주실 수 있나요?"

"네. 그렇게 하겠습니다."

임차장은 측량 시간이 많이 걸리지 않으니 건물배치도만 준비해 달라고 했다. 담유는 시간이 촉박해서 지적측량도는 국토정보공사를 방문해서 직접 픽업할 것이라고 했다. 임차장은 수요일 오후에 1층 민원실에 오면 된다면서, 도착하기 전에 전화해 달라고 했다.

오전 9시경 심사장이 김반장과 현장에 도착했다. 싱크대와 신발장 몰딩을 다시 수정하고 코킹도 다시 쏠 것이라고 했다. 심사장은 뿔난 듯했으나 곧바로 작업을 시작했다.

오후 4시경 심사장과 김반장이 임대세대 싱크대, 신발장, 4층 신발장 몰딩 수정 작업 및 코킹을 완료했다. 담유는 임대세대에 남겨진 톱밥 등 작업부산물을 빗자루로 쓸고 마대에 담아 놓고, 오후 5시경 집으로 돌아왔다.

2016년 9월 24일

오전 7시 50분 인테리어 심사장에게 오늘 현장에 오는지 물어보았다. 김반장이 임대세대 싱크대 코킹을 다시 쏠 것이라고 했다. 담유가 심사장에게 10월 1일 입주해야 하고 특검이 완료되었으니, 다음 주 월요일부터 다락층 목수 작업을 시작하자고 했다. 심사장은 목수가 없다며 우물쭈물했다.

'이 양반이 끝까지 골탕 먹이려고 하나.'

속이 부글거렸지만, 다른 현장에서 목수를 빼서라도 시작하라고 했다.

오전 7시 50분 하스리 김효재 사장에게 다락층 화장실 벽에 환풍기 구멍을 뚫어 달라고 부탁했다. 오늘 오후 또는 내일 들어와 작업하겠다고 했다. 김사장은 일체 토를 달지 않는다. 하면하고 말면 마는 것이다. 깔끔했다.

오전 7시 55분 설비 박사장에게 다락층 화장실 환풍기 구멍을 후드캡 크기인 75㎜로 뚫으면 되는지 물어보았다. 넉넉하게 100㎜로 뚫어 놓으라고 했다.

오전 8시 30분 심사장으로부터 전화가 왔다.

"내일 다락에 목수 작업을 붙이겠습니다."

담유는 웬일인가 싶었다. 조금 전까지만 해도 목수가 없다더니, 갑자기 무슨 생각이 들었던 것일까? 심사장은 이어서 입주하기 전에 타일 도배 작업을 마무리하겠다고 했다. 듣던 중 반가운 소리였다. 입주를 배려해 주니 고맙긴 했지만 어쩐지 찝찝했다.

오전 10시 미키와 함께 암사동 NDF가구 본사에 도착해서 구사장을 만났다. 본사라고 할 것까지 없었다. 조그만 사무실이었다. 구사장은 자신이 설계한 드레스룸, 팬트리, 서재, 준성과 준영방의 책상과 서재 스케치를 보여 주었다. 많이 고민한 흔적이 엿보였고, 구사장의 스케치 솜씨가 범상치 않았다.

"구사장님, 스케치가 프로솜씨네요."

"별거 아닙니다."

구사장은 미키와 컬러와 재질 등을 결정한 다음, 비용은 500만 원 정도라고 했다. 담유가 예상했던 1천만 원의 절반 가격이었다.

"구사장님, 가구제작도 계약서를 작성하나요?"

구사장은 웃으면서 견적서로 대신하자고 했다. 구사장은 왠지 믿음직스러웠고, 가격도 마음에 들었다. 책상은 제작하는 것보다 기성품을 구매하는 것이 좋다면서, 두꺼운 카탈로그를 건네주었다.

오후 3시 구사장이 건네준 카탈로그에 적혀 있는 하남에 소재한 가구전시장을 방문했다. 책상(서재, 준성/준영). 침대(라텍스 매트리스 포함), 거실장 등을 결정했고, 계약금 25만 원을 지불했다. 오늘로서 SMJ House에 대한 모든 계약은 완료되었다. 이제 입주준비만 잘 하면 될 것 같았다.

입주를
준비하다

2016년 9월 25일

오전 7시 다락층 추가공사가 시작되면 작업자들이 4층 내부계단을 사용해야 한다. 4층으로 올라가 계단발판의 헐렁해진 종이박스를 단단하게 고정시켰다. 그리고 4층 현관에서 내부계단이 시작되는 부분까지 강마루 위를 종이박스와 비닐장판으로 덮어 보양했다.

오전 8시 20분경 김반장과 목수 1명이 도착했다. 함께 다락층에 올라가 목수 작업할 부분을 상세하게 설명해 주었다. 목수 작업은 곧바로 시작되었다.

오전 9시 50분 하스리 김사장에게 오늘 들어 올 수 있는지 물어보았다. 오후에 오겠다고 했다. 오전 10시 30분 라인드림 김혜숙 과장에게 특검이 끝나서 다락층 추가공사를 시작했는데 다락 보일러 가스배관을 내일이나 모레 중에 설치해 달라고 했다. 오부장과 통화한 다음 알려 주겠다고 했다.

오전 10시 30분 김반장은 내일 타일이 들어오고, 수요일 도배가 들어오며, 목요일 문짝을 설치하는 일정으로 알고 있다고 했다. 그러면서,

"심사장에게 일정을 지키라고 강력하게 얘기하세요."

김반장은 심사장을 옆에서 지켜봐서 잘 안다고 했다. 딱한 노릇이다. 담유가 아무리 강력하게 말해도 심사장이 말을 듣지 않으니 어떻게 하랴.

오전 10시 40분 심사장에게 내일 타일이 들어오는지 전화로 물어보았다. 그렇다고 했다.

"그럼 문틀을 먼저 설치해야 하는 것 아닙니까?"

"제가 알아서 합니다."

심사장은 전화를 끊었다. 담유는 일단 내일 타일이 들어온다고 하니 그나마

다행이라고 생각했다.

오전 11시 10분 미키가 현장에 와서 다락층에 붙일 타일을 확인했다. 점심식사 후 상가에 포장을 뜯었던 타일들을 정리해서 4층 현관 팬트리로 옮겨 놓았다. 오후 2시 목수가 준성이 방 목재벽체 두께를 100㎜로 하겠다고 해서, 그렇게 하라고 했다.

오후 3시 준성이 방 문틀 상부에 유리를 끼워 넣으려고 했으나 경사지붕이라 공간이 나오지 않았다. 목수에게 문 좌측벽 상단에 유리 끼울 구멍을 만들어 달라고 했다. 목수가 유리 끼울 구멍을 만든 다음, 준성·준영이 방의 유리 구멍을 사진 찍었다. 오후 3시 40분 현성창호 방사장에게 유리 구멍을 찍은 사진과 크기를 문자로 보내 주었다.

오후 4시경 하스리 김사장이 작업자 1명과 도착해서 다락 화장실 환기구 구멍을 뚫기 시작했으며, 약 30분 만에 완료했다. 오후 4시 20분 설비 박사장에게 다락층 보일러 위생도기를 수요일 설치해 달라고 요청했고, 오후 4시 30분 전기 신사장에게 다락층 전기 작업을 수요일 마무리해 달라고 했다.

오후 5시 30분 다락층 목재벽체 설치 작업이 완료되었다. 목수는 퇴근했고, 김반장과 함께 다락층 바닥을 청소한 다음 6시 30분경 귀가했다.

2016년 9월 26일

오전 6시 56분 LS공조 김동철 사장에게 인창아파트에 설치되어 있는 에어컨을 SMJ House의 4층 거실과 안방에 옮겨서 설치해 달라고 요청했다. 그리고 가설사무실에 설치했던 에어컨은 서재에, 준성·준영이 방 에어컨은 새것으로 설치해 달라고 요청했다. 화요일 오전 8시 서재, 준성·준영 에어컨을 설치해 주고, 기존 에어컨들은 금요일 설치해 주기로 했다.

오전 7시 10분 전기 신사장에게 다락 싱크대와 세탁기가 놓일 벽에 콘센트가 없다고 알려 주었다. 아들을 보내겠다며, 아들에게 거실 계단 천정등 양방향 스위치 설치방법도 알려 주었다고 했다.

오전 7시 20분 김반장과 타일 1명이 현장에 도착했다. 다락층에 올라가 타일 작업 부위를 알려준 다음, 붙일 타일들을 4층 현관 팬트리에서 다락층으로 올려주었다.

오전 8시 라인드림 오부장으로부터 전화가 왔다.

"다락층 가스배관 작업하려면 스카이가 필요합니다. 차소장이 현장에 직접 가서 확인할 겁니다."

오전 9시 20분 차소장으로부터 전화가 와서 내일 오후에 현장에 와서 작업 여건을 확인한 다음, 작업할 수 있으면 곧바로 작업하겠다고 했다.

오전 8시 40분 현성창호 방사장에게 다락 준성·준영이 방문틀 상부에 끼워 주는 유리는 상가의 유리와 같은 불투명 유리로, 프레임 없이 실리콘으로만 고정해 달라고 했다. 방사장은 현장에 와서 확인해 보겠다고 했다.

오전 11시 전기 신오석이 현장에 도착해서 다락 싱크대 벽에 콘센트를 설치했으며, 다락 화장실 전등, 계단실 전등 양방향 스위치를 제대로 연결시켰다. 오후 1시 50분 설비 박사장에게 목요일 보일러를 설치할 수 있는지 물어보았다. 가능하면 빨리 설치해 주겠다고 했다.

오후 3시 20분 인테리어 김반장이 벽타일이 모자라서 싱크대 벽면을 모두 붙일 수 없을 것 같다고 했다. 담유는 남아 있는 벽타일을 모두 붙이라고 했다. 다만 가능하면 무늬를 맞추어 달라고 했다.

오후 4시 10분 라인드림 오부장이 내일 오후 작업하는데, 차소장이 현장에 가보니 스카이를 불러야 한다면서, 비용은 건축주가 지불해야 한다고 했다. 스카이 1시간 이용 비용이 15만 원이라고 하길래, 부르라고 했다.

오후 5시 30분 다락 타일 작업이 모두 마무리되었다. 김반장과 타일공이 떠난 다음, 미키와 함께 다락층 바닥에 깔아 놓았던 종이박스, 단열재, 비닐을 모두 걷어내고 빗자루로 깨끗이 바닥을 청소한 다음 오후 6시 30분경 귀가했다.

오후 7시 50분경 미키가 NDF가구 구교한 사장에게 전화했다.

"견적가 423만 원은 너무 비싸요."

미키가 깎아달라고 했다.

"400만 원까지 디스카운트 해줄 수 있는데, 그 이하로는 안 됩니다."

담유는 미키가 너무 많이 깎는 듯싶었는데, 구사장에게도 여유가 있었던 모양이었다. 큰 실랑이 없이 네고를 끝냈다. 담유는 구사장에게 가능하면 금요일까지 가구를 모두 설치해 달라고 했다. 구사장은 일정상 조금 어렵다며 10월 1일까지 마무리해 주겠다고 했다.

2016년 9월 27일

오전 7시 50분경 에어컨 김사장이 현장에 도착했다.

"공사가 벌써 다 끝났네."

김사장은 공사가 빨리 끝났다며 놀라워했다. 커피를 마시면서 담소를 나눈 다음, 김사장은 가설사무실에 설치했던 에어컨을 서재에 설치하기 시작했다. 그리고 다락층 준성·준영이 방에서는 새로운 LG에어컨을 설치하는데 오후부터 비가 계속 내리기 시작했다. 결국 내부 에어컨은 모두 설치했으나, 실외기는 하나만 설치했다. 김사장은 10월 1일 입주하는 날 마무리하겠다고 했다.

오전 9시 50분경 한국국토정보공사 측량기사 2명이 현장에 도착해서 지적현황측량을 약 20분간 실시했다. 담유가 측량기사에게 물어보았다.

"별 문제가 없나요?"

"네. 정상입니다. 근데 사무실에 들어가서 다시 정리해 보아야 합니다."

담유는 내일 오후 2시 정도에 공사 사무실을 방문해서 지적현황도면을 직접 픽업하려는데 가능한지 물어보았다. 오전에 행사가 있어 어려울 것 같다며 미리 전화해 달라고 했다.

2016년 9월 28일

오전 7시 20분경 도배팀 3명이 도착했다. 다락층 도배할 부분과 2, 3, 4층 보수할 부분들을 알려 주었다. 다락층 실별 도배지 종류에 대해 여자 작업자가 미키와 직접 통화하며 정리했다.

오전 8시경 도시가스 배관팀 차소장과 동생이 스카이와 함께 도착했다. 동생이 다락층 창고 수도배관 우측 하단에 도시가스 배관구멍을 뚫어 놓으니, 차소장이 스카이에 올라타서 약 30분 만에 도시가스배관을 설치한 다음 곧바로 현장을 떠났다.

오전 8시경 방사장으로부터 전화가 왔다.

"다시 주문한 4층 방화문이 들어왔습니다. 오늘 오후나 내일 오전에 현장에 들어가겠습니다."

오후 3시경 방사장이 작업자 1명과 현장에 도착했다. 4층 방화문을 새것으로 교체했고, 세대별 거실 방충망 설치, 다락층 준성·준영이 방문틀 상부에 유리를 끼우고 코킹으로 고정시켰다. 그리고 다락층 베란다 창문 바깥 걸쇠를 제거해 주고, 301호 도어스톱을 수정한 다음 현장을 떠났다.

오전 10시경 심사장이 현장에 도착했다. 심사장은 담배를 질근질근 씹으면서, 담배연기를 퉤퉤거리며 뱉어 냈다.

"문짝 비용이 6백만 원이나 초과되었어."

마침내 심사장의 최후통첩이 시작되었다. 담유도 이제 가만히 있지 않았다. 문짝만 설치하면 인테리어의 모든 작업이 완료되기 때문이다. 이제까지 참았던 분노를 서서히 풀어놓기 시작했다. 심사장이 포문을 열었다.

"3중 도어만 290만 원이야."

담유는 3중 도어 비용을 이미 알아보았었다.

"나도 많이 알아봤는데, 100만 원 선이던데."

담유도 이젠 반말로 대답하기 시작했다.

"뭔 소리하는 거야. 유리문만 90만 원인데."

심사장은 자기가 거래하는 업체사장에게 전화를 걸더니, 스피커폰으로 통화하는 것을 들려주었다. 업체사장은 3중 도어는 짝 당 28만 5천 원으로 총 85만 원 정도라고 했다. 심사장이 가격을 부풀렸던 게 들통난 것이다.

난감해진 심사장은 말을 돌리더니 문짝 가격을 따지기 시작했다. 이제까지 문짝 설치를 미루어왔던 이유가 적나라하게 들어났다. 문짝 설치를 미루면서 추가비용을 요구할 작정이었던 것이다.

"주인세대 방문짝만 개 당 28만 5천 원이야. 주인세대에만 문짝이 12개나 들어간다고. 그래서 총 325만 원이 추가되었어."

"문짝비용이 많이 들어가면, 사전에 문짝가격을 왜 알려 주지 않았어? 그래야 내가 선택할 거 아냐?"

담유도 따지듯 물어보았다. 당연히 건축주가 선택할 수 있도록 해야 하는데,

사전 논의도 없이 일방적으로 문짝을 주문한 다음 문짝이 들어오기 전날에야 문짝이 비싸다며 추가비용을 요구하는 것은 잘못이라고 했다. 심사장은 아랑곳하지 않고 말을 이어갔다.

"거기다가, 다락층 석고 작업에 250만 원, 주차장 텍스에 60만 원, 화장실 천정 편백나무에 100만 원, 다락층 타일에 45만 원, 폐기물처리비 20만 원, 도합 475만 원이 추가로 들어갔어. 여기에 주인세대 문짝 값으로 325만 원을 더해 봐. 그럼 800만 원이 추가로 들어간 거야."

그렇다. 당초 계약금액 7,500만 원에서 800만 원을 보태 8,300만 원을 내놓으라는 것이었다.

담유는 심사장이 괘씸했다. 심사장이 그동안 약속을 지키며 성실하게 일해 주었으면 얼마든지 보상해 줄 수 있는 금액이다. 그런데 심사장이 그동안 보여 온 행태는 그야말로 상식 이하였다. 그래놓고 추가비용을 달라니 도저히 받아들일 수 없었다. 담유는 내일 문짝을 설치한 다음 정산하자고 했다. 심사장도 담유의 강력한 반발이 의외였는지 더 이상 추가비용에 대해 말을 꺼내지 않았다.

오전 11시 10분 수원 한국국토정보공사로 출발했다. 오후 1시 수원에 위치한 국토정보공사에 도착해서, 지적현황측량도를 건네받은 다음 오후 2시 구리시 건축과에 들렀다. 담당자인 윤주무가 교육 중이라고 해서, 옆자리 직원에게 지적현황측량도를 맡겨 두고 현장으로 돌아왔다.

오후 3시 10분경 윤주무로부터 전화가 와서, 지적현황측량도를 잘 받았다고 했다.

"그럼 사용승인은 언제 나오나요?"

"설계사무실에서 서류를 전부 제출하지 않았어요. 그리고 특검 보완사항으로 문짝 미설치가 있습니다."

담유는 그럼 그렇지 문짝이 설치되지 않았는데 그냥 넘어가진 않겠지. 그런데 설계사무실에서 서류가 다 제출되지 않았다니 무슨 소리인가 싶었다.

태우설계 성소장에게 전화해서 구리시 건축과에서 서류를 다 받지 않았다는데 어떻게 된 것인지 물어보았다.

"죄송합니다. 직원실수로 세움터에 서류를 전부 올려놓지 않았어요."

담유는 무슨 소리인지 이해되지 않았다. 성소장이 올리라고 했는데 직원이 올리지 않았다니. 그럼 서류가 미비한 상태에서 특검이 나왔다는 말인가? 이해가 되지 않았으나, 서류가 미비해도 특검을 신청하면 특검이 나오는 것 같았다. 특검은 한 번 이상 나오지 않는다고 했다. 그나마 다행이었다.

성소장은 구리시 건축과로부터 서류가 미비하다는 연락을 받고 곧바로 올려놓았는데, 구리시에서 확인하지 않았다고 했다.

"아니, 특검이 문짝을 설치하지 않았다고 한다는데 무슨 소리 하십니까?"

담유가 되물었다. 성소장은 특검은 지적사항 없이 통과되었는데, 다른 집과 혼동하는 것 같다고 했다.

'참나 무슨 소리인가. 우리 집만 문짝 설치하지 않았지, 다른 집이 문짝 설치하지 않았을 리가 있겠는가.'

"내일 문짝을 설치합니다. 제가 사진 찍어 보내면 되나요?"

"네. 그렇게 하시면 됩니다."

성소장이 잠시 후 구리시 건축과에서 윤주무와 성소장이 당초 허가도면에서 변경된 것에 대해 논의하기로 했다며, 그때 확인하겠다고 했다. 그리고 지적현황측량도면도 세움터에 올려놓아야 한다고 했다.

오후 2시경 미키가 현장에 도착했다. 도배팀에게 잘못 붙인 도배를 다시 붙여 달라고 했다. 미키가 학교로 돌아간 다음, 심사장은 도배지 10평 정도 못쓰게 되었다면서 화를 내었다. 오전에 담유와 심하게 다투었던 심사장의 심기가 뒤틀어져 있었다. 미키에게 전화해서 심사장에게 도배 잘 못 붙인 것에 대해 설명해 주라고 했다. 미키는 심사장이 전화를 받지 않는다고 했다.

다락에서 작업하던 여성도배공이 1층 상가로 내려와 담유에게 도배지가 변경되고 도배지 10평이 못쓰게 된 자초지종을 설명해 주었다. 심사장이 미키와 아무런 상의없이 자기 마음대로 붙이라고 했다는 것이다. 담유는 기가 막혔다.

오후 3시경 심사장이 1층 상가로 들어왔다.

"XX, 문짝값 325만 원은 추가로 받지 않겠어. 대신 문짝을 설치한 다음 다시 다 떼어 갈 거야. 그리고 가격에 맞는 문짝을 다시 달아 놓겠어."

담유에게 협박하듯이 책상을 손으로 내려쳤다. 그리고는,

"도배지도 10평이 추가로 더 들어갔어. 사모님이 무리하게 도배지 색깔을 요구해서 그렇게 된 거야."

눈이 벌겋게 충혈되며 큰 소리로 떠들었다. 도배팀 여성도배공과는 정반대 소리를 하는 것이었다. 미키에게 전화해서 도배지 때문에 심사장이 화를 내는데 도대체 무슨 일인지 물어보았다. 원래 심사장에게 알려준 대로 도배지를 바르지 않았기에 제대로 붙여 달라고 요청한 것밖에 없다고 했다. 오후 6시경 도배 작업이 완료되었다.

오후 8시경 태우설계 성소장으로부터 전화가 왔다.

"건축과에서 남측 창문에 차면시설이 설치되어 있지 않아 사용승인을 내줄 수 없답니다."

"아니, 무슨 소립니까? 지난번 차면시설 설치해 놓았더니, 성소장님이 가장 먼저 지은 집은 차면시설이 필요 없다며 떼라고 하지 않았습니까?"

담유는 황당했다. 성소장은 멋쩍은 듯,

"서측 창문에는 설치하지 않아도 되지만, 남측 창문에는 설치해야 할 것 같네요."

"지난번 차면시설을 설치한 다음 사진 찍은 게 있는 것 같은데 그것으로 안 될까요?"

"그거라도 보내 주세요."

오늘 하루는 황당한 일의 연속이었다. 준공시점에서 대혼란이 벌어지고 있었다. 그야말로 아수라장이었다. 담유는 정신을 똑바로 차리기로 했다. 정신일도하사불성(精神一到何事不成)!

사용승인이
지연되다

2016년 9월 29일

오전 5시 30분 담유는 컴퓨터에 차면시설을 찍은 사진이 있는지 파일들을 샅샅이 뒤져 보았으나, 발견할 수 없었다.

오전 7시 30분 갈매동 원주민 배사장에게 전화해서 구리시 건축과에 같이 가볼 수 있는지 물어보았다. 배사장은 무슨 일인지 모르겠지만 그렇게 하겠다고 했다.

오전 8시경 목수 임반장과 심사장 아들이 현장에 도착했다. 곧이어 문짝을 실은 트럭도 도착했다. 임반장과 심사장 아들은 문짝을 트럭에서 내린 다음 1층 엘리베이터 앞에 겹겹이 세워 놓았다. 담유는 영영 들어 올 것 같지 않던 문짝을 보니 감개무량했다. 그러나 심사장과 벌인 언쟁 때문에 마음은 편치 않았다.

임반장은 언제나 푸근했다. 어제 담유와 심사장 사이에 무슨 일이 있었는지 눈치채지 못하는 것 같았다. 임반장은 다락층 문틀 설치, 4층 드레스룸 포켓도어, 보조주방 유리문 설치, 문짝 설치 순서로 작업할 것이라고 했다. 아마 오늘 안으로 끝내지 못할 것 같다면서, 공구를 챙겨 심사장 아들과 서둘러 다락층으로 올라갔다.

오전 9시 30분경 배사장과 함께 구리시 건축과를 방문해서, 윤주무, 담당계장, 건축과장과 면담했다. 담유가 말을 꺼냈다.

"차면시설을 설치했었는데, 감리가 설치하지 않아도 된다고 해서 철거했어요."

"감리가 누굽니까? 정신 나갔군요. 구리시에서는 창문으로 옆집 내부가 들여다보여 민원이 발생하는 것을 미연에 방지하기 위해, 갈매택지지구는 아예 모든 건물에 차면시설 설치를 의무화하고 있습니다."

맞는 말이었다. 옆집이 훤히 들여다보이면 프라이버시가 침해될 뿐만 아니라 범죄에도 악용될 수 있기 때문에 당연했다.

건축과에서 담담공무원들과 면담하는데 태우설계 성소장으로부터 전화가 왔다. 담유가 자리에서 일어나 복도로 나와 전화를 받았다.

"제가 전에 촬영해 둔 사진에서 SMJ House의 남측 창문에 설치된 차면시설의 사진을 발견했습니다. 그것으로 한번 제출해 보겠습니다."

담유는 다시 자리로 돌아갔다. 그리고는 얼른 말을 바꿔 구리시 건축과장, 계장, 주무에게 차면시설을 설치하겠다고 약속했다. 그리고 오늘 방문했던 일은 없던 일로 해달라면서 오히려 사정했다. 완전한 코미디였다. 차면시설 없이도 사용승인을 내달라고 요청하러 왔다가 차면시설을 설치하겠다며, 오늘 방문한 것을 없었던 일로 해달라니,

'이게 말이나 되는 소리인가?'

담유 스스로도 한심하기 짝이 없었다.

담유의 돌변한 태도에 어리벙벙하던 윤주무는 태우설계에서 새움터에 서류를 모두 올리지 않아, 정상적으로 사용승인처리를 못하고 있다고 했다.

'아직도 제출 안했나?'

담유는 어이가 없었지만, 뭔가 착오가 있는 듯싶었다. 태우설계 장대표에게 전화해서,

"성소장은 자료를 모두 올렸다고 하고, 윤주무는 아직 확인 못했다는데, 도대체 어떻게 된 겁니까?"

"거 참, 세움터에 로그인한 기록을 확인해 보면 알 수 있습니다."

장대표는 성소장을 두둔했다. 담유는 덧붙여서,

"윤주무가 외벽 색채가 변경되었으면, 도시과와 다시 협의해야 되는데 그렇게 하지 않았다고 하네요. 그래서 내일까지 사용승인처리는 시간상으로 어렵다고 합니다."

장대표는 자기가 구리시에 들어가서 협의해 보겠다고 했다. 큰일이었다. 내일 모레면 입주해야 하는데 사용승인이 나지 않는다고 하니 답답하고 막막할

따름이었다.

오후 2시경 현장으로 돌아와서, 문짝이 잘 설치되고 있는지 확인할 겸 4층으로 올라갔다. 임반장과 심사장 아들은 다락층 방문틀, 4층 드레스룸 포켓도어 설치를 마치고, 4층 문짝을 달고 있었다. 심사장과 갈등의 정점에 있던 문짝들이 드디어 설치되는 것을 보니 감개무량했다.

오후 3시경 설비팀 3명이 도착해서 다락층 보일러, 다락층 화장실 위생도기, 액세서리를 설치하기 시작했다. 오후 5시 20분 신오석에게 전화해서 보일러실 콘센트를 옮겨야 한다고 했더니 내일 현장을 방문하겠다고 했다. 설비팀은 다락층 세탁기 싱크대 수도꼭지 설치, 옥상테라스 수도꼭지 설치를 완료했고, 강마루로 덮여 있던 다락층 싱크대 오수배관 PVC파이프를 찾아서 노출시켰다. 설비팀은 이제까지 그래왔듯 남아 있는 일들을 깔끔하게 마무리한 다음 현장을 떠났다.

오후 5시경 임반장이 작업을 마무리했다. 그러나 4층 문짝들을 모두 설치하지 못했다. 임반장은 내일 오전 일찍 들어와 마무리하겠다고 했다. 너무나 고마운 말이었다. 임반장과 심사장은 친구라면서 캐릭터가 완전히 달랐다. 임반장의 말에는 신뢰가 깃들여 있었으나, 심사장의 말은 믿어지지가 않았다. 그래서인지 임반장이 내일 들어와 4층 문짝을 모두 달겠다는 말은 묵직하게 들렸다.

2층과 3층 문짝은 천천히 달아도 된다. 왜냐하면 2, 3층 전세입자들이 10월 중순에야 들어오기 때문이다. 4층 문짝은 내일까지 모두 달아야 한다. 그래야 10월 1일 입주할 수 있기 때문이다. 그런데 그전에 사용승인은 나지 않을 것이다. 그래도 일단 입주할 수밖에 없다. 살던 인창아파트를 비워주어야 하는데, 이사짐을 임시로 맡겨둘 마땅한 장소도 없다. 입주일에 맞추어 공사를 부지런히 서둘렀는데도 이렇게 되었다.

2016년 9월 30일

오전 6시 30분 LS공조 김사장은 서둘러 인창아파트로 왔다. 담유와 함께 거실과 안방에 설치되었던 에어컨 2대와 실외기 1대를 철거하기 시작했다. 베란다 실외기가 너무나 무겁고 단단하게 고정되어 있어 떼어 내기 쉽지 않았다. 겨우 떼어 낸 에어콘과 실외기를 김사장의 트럭에 싣고 SMJ House로 옮겨 왔다. 김사장은 작은 키에도 항상 여유가 넘쳤다. 1층 상가에서 커피 한 잔 하며 담소를 나눈 다음, 4층으로 올라가 거실과 안방에 에어컨을 설치하기 시작했다. 오후 1시경 준영방 실외기까지 설치를 끝냈다. 김사장은 이사짐이 정리되면 집 구경하러 오겠다면서, 마실 다녀가듯 현장을 떠났다.

오전 7시 30분 입주청소를 위해 SMJ House 관리계약을 맺은 D주택의 오과장과 작업자 1명이 현장에 도착했다. 2층부터 입주청소를 시작했다. 하루 종일 작업자들이 오가는 바람에 청소하는데 많은 애로가 있었지만, 오후 5시경 입주청소를 완료했다.

오전 8시경 목수 임반장과 김반장이 현장에 도착했다. 김반장은 대뜸 내일 이사 오는데 지장 없도록 깔끔하게 마무리해 놓겠다고 했다. 김반장은 담유에게 심사장의 행태가 마음에 들지 않는다며 입버릇처럼 말해 왔다. 그리고 인테리어공사 과정에서 일을 늦추는 심사장을 지켜보며 담유에게 늘 미안해했다. 그래서인지 오늘은 각오가 대단했다.

옆에서 김반장 말을 듣고 있던 임반장은 동감한다는 듯 고개를 끄덕였다. 임반장은 김반장과 함께 공구를 챙기더니 서둘러 4층으로 올라갔다. 4층 문짝 설치는 채 30분도 걸리지 않았다. 그리고 2, 3층 문짝을 설치하기 시작했다. 전광석화(電光石火) 같았다. 오후 5시경 모든 문짝 설치가 완료되었다. 임반장은 강행군한 탓인지 약간 지쳐 보였다. 김반장은 약속을 지켰다는 것이 만족스러웠는지 얼굴에 미소가 번졌다. 김반장은 손볼 곳이 아직 몇 군데 남았다며 내일 다시 오겠다고 했다.

오전 10시경 전기 신오석이 현장에 들어와서, 다락층 싱크대 뒷벽에 콘센트 1개를 추가 설치하고, 다락 화장실 변기 뒤 콘센트와 다락 보일러 뒤 콘센트를 이동시키고, 오작동하는 화재경보기 2개를 교환해 주었다.

오후 5시 30분경 가구밸리에서 구입한 서재 책상, 준성·준영의 책상, 거실장을 설치 작업자가 트럭에 싣고 도착했다. 거실장과 책상은 모두 설치하였으나, 책상유리를 가지고 오지 않았다며, 내일 다시 들어와서 유리를 갈아주겠다고 했다. 오후 6시경 NDF가구에서 서재 책장, 준성·준영의 책장, 팬트리 가구를 실은 트럭이 도착했다. 가구들을 각 방으로 옮겨 놓은 다음, 내일 오전에 들어와서 본격적으로 조립하겠다고 했다.

드디어 입주하다.
그리고 사용승인이 나다

2016년 10월 1일

오전 7시 NDF가구에서 책장과 현관 팬트리 선반을 조립할 작업자가 도착했다. 10여 분 뒤 드레스룸 가구 부속을 실은 트럭과 함께 드레스룸 가구를 조립할 작업자도 도착했다. 오전 9시 30분까지 모든 가구의 조립이 완료되었다.

오전 8시 30분경 김반장이 도착했다. 다락 싱크대 하부장 조립, 다락 문틀 옆 코킹 등 남아 있는 작업들을 마무리했다. 오후에는 필름 작업자가 도착해서 계단천정 경사부분에 필름을 붙였다.

오후 12시 30분경 이사짐을 실은 KGB이사짐센터 트럭 3대가 사다리차 1대와 함께 SMJ House에 도착했다. 오후 1시부터 이사짐을 풀기 시작해서 오후 7시경 이사짐 정리를 완료했다.

이사짐이 제자리를 잡고 밝은 조명으로 빛나는 SMJ House 내부는 싱그러웠다. 그동안 정성껏 집을 지어온 탓에 새집증후군인 포름알데히드 냄새는 아예 흔적조차 없었다. 미키는 새집이 마음에 들었는지 얼굴에 미소가 떠나지 않았다. 담유도 오랜만에 편안함을 느꼈다. 오후 10시경 SMJ House에서의 첫날을 마감하며 일찌감치 잠자리에 들었다.

2016년 10월 2일

오전 6시 잠자리에서 일어나 창밖을 보니 비가 내리고 있었다. 담유는 비를 좋아한다. 거실창문 밖에서 비를 맞고 있는 갈매천, 별내지구, 불암산은 한폭의 그림이었다. 하루 종일 미키와 함께 이사짐을 정리했다.

2016년 10월 3일

오전 8시경 인테리어 김반장이 도착했다. 다락 창고 벽 광텍스 도장 작업, 다락 화장실 환풍기 및 스텐후드 설치, 201호 화장실 변기를 이동시켰다. 오후 7시경 현장쓰레기를 트럭에 싣고 떠나려는데 담유가 수고비와 폐기물처리비로 40만 원을 손에 쥐어 주었다.

2016년 10월 4일

오전 11시경 준성이가 5박 6일 휴가를 나와 SMJ House에 들어서더니, 집이 너무 좋다며 매우 만족해했다. 아들이 좋아하니 담유는 덩달아 좋았다.

오후 2시 40분 태우설계 성소장이 구리시 건축과에서 차면시설을 제대로 설치한 다음 사진을 다시 올리라고 했다며 난감해했다. 아마 성소장이 찍어두었던 사진으로 해결되지 않은 모양이었다.

"남측 창문에만 차면시설을 설치하면 되나요?"

담유가 재차 물어보았다. 성소장은 머뭇거리다가,

"서측 4층 보조주방 창에도 설치하는 게 좋겠네요."

미안한 듯 슬그머니 하나를 추가했다.

오후 2시 55분 미키로부터 전화가 왔다.

"우리가 살던 구리 인창아파트에 이사 온 사람들이 우리에게 전출신고를 빨리 해달라고 해서, 갈매동주민센터에 전입신고하러 왔는데, SMJ House가 사용승인이 나지 않아 전입신고를 할 수 없다고 하네."

미키의 목소리는 다급했다. 담유는 갈매원주민 배사장에게 전화해서 물어보았다.

"난감한 일이 벌어졌네요. 임시로 전입신고할 집이 있을까요?"

"제가 알아보고 전화 드리겠습니다."

배사장은 친절하게 알아보겠다고 했다. 잠시 후 배사장으로부터 전화가 왔다.

"갈매동주민센터 동장실로 오실 수 있나요?"

"네. 그런데 5시 40분경에나 도착할 수 있을 것 같습니다."

오후 5시 45분 담유는 갈매동주민센터에 도착해서 동장실로 들어갔다. 동장과 배사장이 환담하고 있었다. 갈매동 통장 이운배씨 집으로 임시 전입신고해도 된다고 하길래 곧바로 전입신고를 했다. 미키에게 전입신고를 했으니, 구리 인창아파트로 이사 온 사람에게 알려 주라고 했다.

오후 6시경 현성창호 방사장에게 전화했다.

"아무래도 차면시설을 다시 설치해야 할 것 같습니다."

방사장은 담유의 딱한 사정을 알아채고, 내일 오전에 설치해 주겠다고 했다. 곤경에 처했을 때 도와주는 사람이 진정한 친구이다. 비록 방사장을 현장에서 만났지만 그런 친구였다.

2016년 10월 5일

오전 2시에 잠에서 깨어 뒤척이다가 새벽을 맞았다. 오전 8시 30분경 임시 전입신고 편의를 봐준 갈매동 이통장에게 전화해서 고맙다고 했다. 이통장은 별것 아니라며 겸손해 했으나, 훈훈한 시골인심을 느꼈다. 갈매동을 '담터'라고도 한다. '담'이라는 뜻은 수수하고 담백하다는 의미인데, 이통장은 그 의미에 딱 맞는 사람이었다.

오전 9시경 창호 작업자 1명이 도착했다. 담유와 함께 차면시설을 약 1시간 30분 만에 모두 재설치했다. 재설치된 차면시설을 남측, 서측에서 각각 3장씩 사진을 찍어 성소장과 조대표에게 카톡으로 보내 주었다. 성소장은 이 정도면 충분하다고 했다.

2016년 10월 6일

아침 일찍 잠에서 깨었다. 구리시 건축과에서 사용승인 절차가 제대로 진행되는지 궁금했다. 구리시 담당자인 윤주무에게 전화해 보고 싶었다. 그런데 태우설계 장대표가 구리시 건축과 직원들과 친하다고 하니 기다려 보기로 했다.

오후 5시경까지 사용승인에 대한 연락이 없었다. 초조해졌다. 성소장에게 전화해서 사용승인이 언제 날지 물어보았다. 성소장도 재촉하고 있다고 했다.

2016년 10월 7일

오전 9시 30분경 성소장으로부터 전화가 왔다.

"사용승인이 났습니다."

"정말입니까?"

담유는 갑자기 큰 짐을 내려놓은 듯 홀가분해졌다. 그리고 너무나 기뻤다. 성소장이 카톡으로 사용승인서를 보내왔고 오늘 중으로 건축물대장이 나올 것이라고 했다. 미키, 준성, 준영에게 카톡으로 사용승인이 났다고 알려 주었다. 준영이가 즉각적으로 이모티콘을 올려 반가움을 표시했다. 미키도 조금 뒤 사용승인 난 것을 확인하고 너무나 좋아했다. 준성이는 군 복무 중이라 카톡을 확인하진 못하겠지만, 기뻐하며 커다란 미소를 짓는 준성이의 얼굴이 떠올랐다.

오전 9시 50분경 갈매동주민센터에 전화했다.

"사용승인이 났습니다. 전입신고해도 되나요?"

주민센터 담당자가 확인한 다음 전화를 주겠다고 했다. 5분 뒤 전화가 왔다.

"건축물대장이 나왔네요. 이제 전입신고 할 수 있습니다."

오전 10시 20분경 갈매동주민센터에 가서 전입신고를 마쳤다. 임시로 전입신고했던 이통장에게 전화해서 그동안 편리를 봐주어 너무나 고마웠다며 감사인사를 전했다.

오전 10시 30분 U부동산으로부터 건축물등기를 대행하는 무한법무사무소를 소개받아 박실장과 통화했다. 11시경 건축물대장, 주민등록등본을 준비해서 무한법무사무소를 방문했다. 박실장을 만나 서류를 건네주고 건축물등기를 곧바로 신청해 달라고 부탁했다. 오후 1시 40분경 박실장이 건축물등기 비용내역서를 카톡으로 보내왔다. 곧바로 비용을 입금해 주었다. 박실장은 등기가 나오는 대로 알려 주겠다는 문자를 보내왔다.

이제 SMJ House 건설과정이 모두 끝났다. 집을 짓겠다며 땅을 보러 다니던 때부터 거의 1년 반 만에 꿈이 현실이 된 것이다. 집은 겉모습만으로 그 실체를 알 수 없다. 그 집을 짓는 과정의 땀과 노력, 열정과 헌신을 알았을 때 그 집의 진정한 실체를 깨닫게 될 것이다.

SMJ House 준공 공정표

(Level 3 of 3 Schedule)

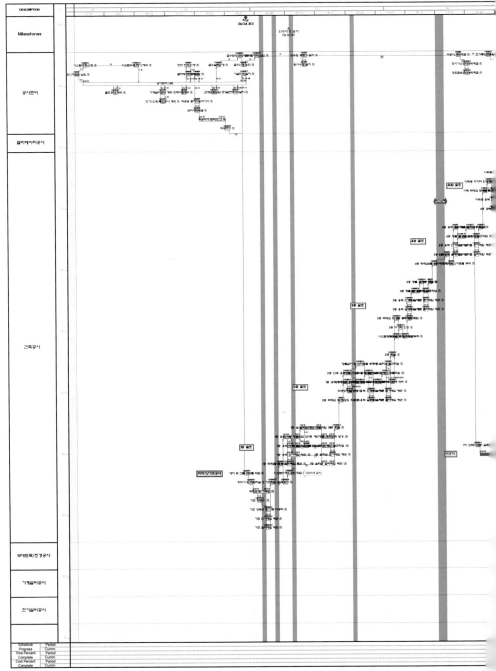

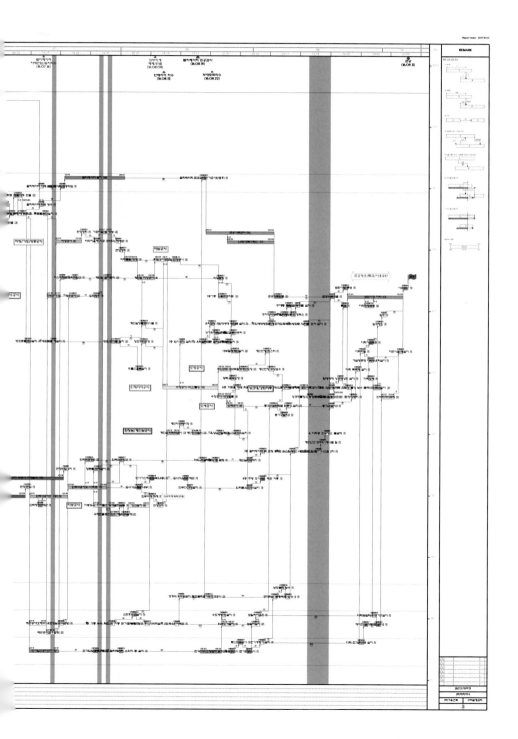

REMARK